陽光

川沙◎著

臺灣商務印書館發行

“謹以此書獻給我的母親劉瑞瓊”

目次

代序一　靈魂的救贖

趙毅衡

川沙這部小說，是政治小說，也是宗教小說。宗教是純粹的非功利的價值，至少在其理想狀態中是如此；政治則是各種臨時權宜之舉的綜合，是價值被權利腐蝕後人際關係的朽敗，至少在其不理想狀態中是如此。

而川沙的小說偏偏就讓他的人物群落進了這兩種狀態之中。這不是川沙的挑選，這是中國現代史自己做的選擇。選擇的仿佛不是中國人自己，而是難以阻擋的命運。所謂「世界潮流，浩浩蕩蕩；順之則昌，逆之則亡」，這個心理恐怕使現代中國人心安理得地盲目行事；所謂個體在擁抱「時代精神」才得到永生，這使中國人幾乎完全失去了追求超越的努力　超越本身成了實踐，所以實踐中的種種愚行，殘暴瘋狂，都借「時代精神」而行之。

這樣一部中國現代精神史和實踐史，今天看上去不僅慘不忍睹，而且千頭萬緒萬般無奈，不知從何說起。一切仿佛天定，一切都是以「人定勝天」的名義行之。而且，更令人恐怖的是，今天的實踐可能改了，改成「致富光榮」，但精神一脈相承，依然是唯時尚是騖。全國人民依然轟轟烈烈無頭蒼蠅一般在猛追死趕集團衝鋒

「衝向哪裡去?!」這是川沙的深沈憂慮。的確，中國人對現代史缺乏反省，許多應當深思的

問題，統統被向前看一句話推開了，實際上我們不得不反思的，不僅是愚行，而是殘酷：中國飽受帝國主義侵略之苦，尤其是那個長得挺像中國人的國家對中國的酷行永遠不應當忘卻。但是中國人的自相殺戮，自相迫害虐待，遠遠超過任何外國加諸中國的程度。

在這裡，統計數字會令人信服，卻不會令人服氣。因為數字太大到最後成了抽像。而川沙描寫的人的命運，就強迫我們面對自己醜陋的過去。

為什麼必須仔細反省過去？因為我們今日依然是盲人走黑道，不知道要往哪裡去。固然我們可以說，已經撥亂返正，走到國家發展、民生日富的「正道」上來了。這點不可否認。但是我們知道前程嗎？沒有一條道是可以不辨方向永遠走到底，直線前進，數量累加。我們的歷史可以看出，任何一種單向度進步，前程必然有懸崖。

我從川沙小說中讀出了這樣嚴重的警告。那些悲歡離合，那些兒女情長，那些生離死別，那些天涯斷腸，不都是我們失去了精神向度的結果嗎？

社科院文學所的李潔非先生，曾與我有過一場辯論。他的看法是：千年之交，中國人在現代化進程似乎正在延伸之日，發現一個大問題：我們沒有「精神家園」。李潔非明察到這個缺失後果嚴重，它必得「威脅到社會的完整性、凝聚力、乃至民族的長遠生存。」

但是李先生認為，中國人並非一定要補上「滌罪」這一課，「中國從來沒有一個讓全民信服的宗教，中國文化自適自足，外界文明的輸入只不過是微調和補充。」只有在中國「無奈踏上現代化之路時，才遠離甚至不得不破壞自己的精神家園。」

所以，救治之方，是回到現代化之前。

我不想在此重覆我當日的駁難了。我當時就痛感到像李潔非這樣痛感失去精神家園的人，在中國寥若晨星。但是從川沙的小說中，我們可以看到，精神家園的問題，將會永遠是個問題，認識到的中國人會越來越多，而且，認真一回頭來的每個中國人都會明白，那麼多「愚行酷行」並非偶然的，而是川沙在小說中如此信服地寫到的，是缺少心靈追求的緣故。

那麼，籠統地否定現代性，並不解決問題，至關重要的，是取得一個精神向度。在川沙看來，中國人的靈魂就是需要徹底洗滌，哪怕不追求「現代化」，哪怕處於異國他鄉。

那麼中國人的靈魂有救贖的可能嗎？川沙這本小說提出這樣的問題，卻沒有一清二楚地加以回答。出色的藝術作品，本來就是提問而不開藥方。當我們掩卷自問，小說已經把我們帶到悟境。

二〇〇四、七、二十五

英國　倫敦

趙毅衡　作家、詩人、文學批評家。美國柏克萊加洲大學比較文學博士，現為英國倫敦大學東方學院教授。主要著作：《遠遊的詩神》、《新批評》、《文學符號學》、《苦惱的敘述者》、《必要的孤獨》、《窺者之辯》、《當說者被說的時候：比較敘述學引論》、《禮教下延之後：文化學論集》、《建立一種現代禪劇：高行健與中國實驗戲劇》、《居士林的阿遼莎》（小說集）、《The Uneasy Narrator: Chinese Fiction from the Traditional to the Modern》、《Towards a Modem Zen Theatre》等。

代序二　強大的回聲

白樺

很久都沒有讀過使我這樣沈重的小說了。小說中那些血與火的畫卷重新把我拉回到將近四十年前的惡夢裡（或許不少中國人都認為惡夢已經醒來，我以為並不），迫使我必須重新思考我們這個國家和民族的許多根本性的問題。雖然我一直都在思考，而且因為這思考付出了沈重的代價。在中國大陸以外的地方生活的人一定會認為：這部小說向讀者展現的人物、場景與事件為什麼都是那樣荒誕，那樣誇張，那樣畸形呢？甚至認為那不是真實的。但那的確是真實的，真實得至今都讓我顫慄不止。而我們這些過來人，當時為什麼又是那樣順理成章或逆來順受地接受了那些精神上的屈辱，肉體上的蹂躪，乃至引頸就戮呢？把瘋狂自虐和自相殘殺都當做天神賜予的恩惠呢？人類歷史上經常會有驀然回首看到童年的稚嫩和天真，卻很少像中國人這樣驀然回首看到的是自己在自己製造的地獄裡的悽惶和猙獰，既是夜叉，又是冤魂。最使人悲哀的是：今天，大多數人就像陪著偉大的明星在電影裡跑了一次龍套，擦擦臉上的油彩，脫掉身上的服裝，有人換上西服革履，有人甚至連服裝都沒條件替換，就把一切都統統遺忘得乾乾淨淨了。當然，也有許多人不，即使是時間空間、燈紅酒綠、聲色犬馬，都沖洗不掉那些記憶。例如晚年巴金，他就代表那些不敢遺忘的中國人呼籲：建立一座文革紀念館。他的呼籲並非沒有回聲，有！只不過強大的回聲被掩埋了。回聲也能被掩埋嗎？是的，什麼都可以掩埋。但是，我相信被掩埋的一切最終會復活。耶穌不是復活了嗎！而且還有個復活節。

川沙這部小說使我震撼的還不只是他對往日場景和靈魂的細膩再現，而是揭示了這些人物靈魂上的重負。小說的主人公秦田只有在另一個國度，在另一個愛他而又沒有與他相同經歷的、逼近著審視他的、傳統而又開放的中國女子面前才能看清自己。我發現，許多經典小說在具體描寫上的手法可以多種多樣（現實主義、超現實主義、意識流……），卻不妨礙它在總體上是一個精闢的寓言、又同時是一首長詩。如：魯迅先生的《阿Q正傳》、蕭紅的《呼蘭河傳》、君特·格拉斯的《鐵皮鼓》、馬爾科斯的《百年孤獨》……等等。小說《陽光》也是一個寓言，一個含意深刻的寓言。

不久前，我在報紙上讀到一位中國知名作家的答記者問，記者提出的問題是：為什麼您這樣饒有興味的描寫歷代帝王的豐功偉業？他的回答的確把我嚇了一大跳。他說：我是為了迎合中國人的帝王情結。我真的很難想像，這位作家會不知道一百年之前有過一次前仆後繼推翻帝制的辛亥革命？會不知道帝王情結是中國人的「海洛英」？不管「迎合」這兩個字是這位作家的原話？還是記者的復述語言？都令我驚駭不已！確有不少中國人有很深的帝王情結，可他們的帝王情結是從哪兒來的呢？帝王的世襲制始於夏禹，那位為華夏立過大功的治水英雄是帝王世襲制的始作俑者，是他把從舜那裡受禪的帝位傳給了自己的兒子啟，開創了四千年家天下的可悲格局。與啟同時代的部落有扈氏不服，雙方大戰於甘，可惜有扈氏被啓擊敗而滅亡。接下來商—周—春秋—戰國，形形色色的王，為爭奪一個統一華夏的帝位而激戰了一千八百多年。到了西元前二二一年，秦王嬴政以雄兵百萬，滅亡六國。以血流成河、屍骨堆山的代價，統一了天下，而後自稱為始皇帝。嬴政及其謀臣以空前強大的權勢與軍威，製造了一個欺世盜名的騙局　「天命神授」。其實，這也是上古時代所有部落的巫師玩過一萬遍的把戲。於是，秦始皇「名正言順」地成為對天下人擁有生殺予奪大權的真龍天子。而什麼是天？什麼是天意呢？天意高難問，歷來如此！皇帝的子民只有呼天搶地的份兒，唯有天子才能領會並且有權假冒天意而不遭天譴。想當皇帝的人，最初的輿論往往就是編織一個真龍天子下凡的神話。漢代開國皇帝劉邦，只是一個小小的亭長，自知出身微賤，難以服眾。他的謀士們只好揀起劉邦起事前逃亡芒碭斬殺一條白蛇的故事，加以敷衍，成為一篇赤帝子斬殺白帝子的聖跡。在帝制時代，即使是揭竿而起的盜賊，也懂得要高舉「替天行道」的大旗。陳勝、吳廣起事前都會裝神弄鬼，魚腹之中藏了一條寫著「陳勝王」三字的丹書帛，立即就能起到極大的震懾作用。在今天的韶山衝和溪口鎮的遊客不是還在聽導遊煞有介事地、一遍又一遍地講述偉人誕生時天地間出現的異像嗎？足見在沒文化和有文化的愚民占絕大多數的中國，「帝王情結」是多麼容易「迎合」啊！二十世紀的林彪是一個最善於用現代的摩登大白話來推行造神運動的老法師，他把「口含天憲」直譯為「一句頂一萬句」，直譯為「理解的要執行，不理解的也要執行」。「皇帝即天子」這一定位，把歷朝歷代的帝王以及他們的殘暴統治變得既順乎天理而又合乎人情。歷代知識份子（尤其是那些大儒）為了迎合中國人的帝王情結，在理論上對於「天命」這一帝制的理論基礎，不斷加以神聖的肯定，使得世世代代的子民只能任其宰割，甚至在處死前都還要向皇帝頂禮膜拜、叩謝聖恩。「君權神授」也難以滿足帝王的無限膨脹，於是反過來成為「神權君授」，帝王可以到處封神。帝王專制的惡性循環延續了兩千多年，「帝王情結」已經成了許多中國人精神上不治的痼疾了。那麼，中國人指望得到帝王的恩賜是什麼呢？以秦為例：大多數中國人從始皇帝那裡除了得到華夏空前大國的「黔首」稱號以外，就是被遣往邊境修建萬里長城和皇家馳道的榮耀。從此以後，一日無君，中國人反倒會惶惶不可終日。即使像我這樣的後生小子，在「城頭變換大王旗」的時候，也會經常遇到誠惶誠恐的鄉民問我：「讀書人！如今哪位萬歲爺登基呀？」我回答說：「您就甭管這些天上的事了！」他正色道：「那怎麼成呢！俺初一十五要燒香上供的啊！」至於我們這些讀書人，表現得比文盲更為殷切。因為沒了皇帝，誰給你官做呀？即使皇上給個小官當當也行呀。當了官就好辦，只要不遺餘力地歌功頌德，粉飾太平，吹牛拍馬……皇上放個屁，連忙呈上一首《大地芳香頌》。皇上抬抬腿，立即吟出一篇《九天龍騰賦》。為皇上的有效統治苦思冥想，出謀劃策，製造彌天大謊，蒙蔽天下視聽。如此這般，自會步步高升，不斷晉級，甚至出將入相。當代知識份子又是如何呢？以經歷過「五四」洗禮的幾位文壇巨匠的例子來說吧！郭沫若在文革中向毛澤東發誓，要徹底乾淨地燒毀自己的著作。老舍投湖自殺時，懷裡揣著毛澤東的詩詞，以死效忠。田漢的絕命詩是：「先烈熱血灑神州，我等後輩有何求？沿著主席道路走，堅貞何惜拋我頭。」凡此種種，僅僅是用悲哀能夠表達我們的心境嗎？巨匠尚且如此，普通人又將如何呢！

也有不少人像買彩票一樣，對於中獎抱有熱誠的期待。頭獎就是當皇帝，所有的開國皇帝都是稀有的中獎者。機會難得，而機會確實存在。一旦中獎，就是世襲帝王，澤披子孫萬代。每一個時代都有人在做皇帝夢，不斷聽到有人墜入癡夢。有些癡迷者貧困潦倒，衣不遮體，食不果腹，卻要廣納後妃。居然還真的有些愚昧女子一個接一個地自動去接受「皇封」。也許人們以為這只有在偏僻山野裡才會有的怪現像。其實，無論哪裡都有人在做皇帝夢，只不過他不用皇帝這個尊稱罷了。我本以為中國進入二十一世紀之後，過於直白的癡迷者已經絕跡了。誰知道並非如此。據最近的《北京青年報》報導：河南原陽縣蔣莊鄉堤東村小學有一位杜保岑老師（切記！這是老師），而且還是二年級的班主任。這位為人師表的杜某每當上課時就要自己高喊「上朝！」接著他要孩子們低頭三呼「吾皇萬歲萬萬歲！」經常對學生恣肆地實行體罰，除了打耳光，還要用玻璃喳和樹上的茨去刺孩子們的手心。這位老師肯定是紅旗下生，紅旗下長的「新人」！而且絕沒有患精神分裂症。一個鄉村小學的教師都要過皇帝癮！看來，半個多世紀把人整的死去活來的歷次政治運動，其實是很「成功」的，尤其是在極權統治與利益雙重驅動下，鮮活運轉著的現實社會的生動示範作用……想到這兒，不覺黯然……

我很不願意摘錄小說裡的名言與華彩片斷，那要留給讀者自己去欣賞。但我還是忍不住要摘錄一段，那是秦田和伍芳對話的一段精彩描寫：

「我到今天還記得的最可怕的一件事情，就是一個關於一顆手榴彈的記憶。當時，我在班上是屬於個頭中等很瘦弱的那種，班裡有個叫靳俊的大個子打架王的傢伙，他身上有一顆自製的手榴彈，自製雖然是自製的，但那畢竟是軍工廠裡自製的東西，那是一顆圓筒形的漆了綠皮的鐵傢伙，它有手電筒般粗大半根筷子那麼長，它沈甸甸的，它三分之二的前面大半截的圓筒形外殼上面像電影裡的地瓜手榴彈那樣滿是縱橫凹槽，後面三分之一的小半截有點呈正方形，正方形的一面有個摁一個按鈕就可以彈開的蓋子，打開那個薄薄的蓋子，裡面就是一個滴答著響的機械記時表，那個機械記時表和正常的機械手錶一樣，上面有時針、分針和秒針，就是說，它完整地旋轉一個週期就是十二個小時，也就是說，那顆手榴彈是定時炸彈，它的最大預設引爆時間爲十二小時，當然，也可以在十二小時內隨意地預設引爆時間，哪怕是幾分幾秒；那個機械記時表的反面也是一個蓋子，上面也有一個按鈕，彈開反面的蓋子後，裡面就是機械記時表的時針、分針和秒針的撥動旋鈕，實際上就像普通鬧鐘的反面。手榴彈的末端頂部是一個像墨水瓶蓋子般的可以順時針旋開的金屬圓帽兒，把那金屬圓帽兒旋開後裡面就是一個凸起的按鈕，如果將那按鈕按下去後，在五秒鐘就會引爆那顆手榴彈！就是說，那顆手榴彈是個半自動的兩用的傢伙，既可以當定時炸彈用，也可以當手榴彈用。要命的問題是，因爲是文革時軍工廠的造反派自製的，那傢伙在兩用上都是不牢靠的，首先是，那個金屬圓帽兒裡外螺紋配合得不緊實，就是說，那個金屬圓帽兒活搖活甩地隨時都要掉下來的樣子，而且，更加可怕的是，搖動那個綠皮的東西時，裡面那個凸起的按鈕也在裡面喀嚓喀嚓地晃動作響……那響聲……那響聲……」

「天啦……天……」

伍芳撲在秦田的懷裡兩手緊緊地抱住了他的脖子……秦田又說道：

「更可怕的就是，那個機械記時表有些時候就會無緣無故地自動地嗒嗒嗒嗒地走起來！」

「天啦……天……」

伍芳兩手緊緊地抱住了他的脖子，那樣子好像那顆手榴彈就要爆炸了，她要和他死在一塊兒一樣……秦田用手撫摩著她的頭髮又說道：

「靳俊說，有一次，大家正在屋子裡打撲克的時候，他無意中發現手榴彈的指針正在嗒嗒嗒嗒地轉動，仔細一看，還差十五分鐘就要爆炸，嚇得他尖叫著趕緊叫屋子裡的人四散奔逃，又打開後蓋，才把那些指針撥到停止狀態。那樣的事情後來又發生過幾次，所以，他也對那個綠皮的傢伙是又怕又愛，下農村之前根本不敢放在家裡，只有悄悄藏在機關花園的一個水溝的洞子裡。上了船揣在我的背包裡也是叫我兩三個小時要到廁所裡去關死門把它拿出來看看，如果看見那指針在轉動，又教我怎樣打開後蓋讓指針停止轉動，還特别提醒，如果時間實在來不及了時，就把它扔到河水裡算刁球啦！於是，我就神經高度緊張地一躺又一趟地往廁所裡面跑……」

「打架王靳俊個子大，我打不過他，他就命令我將那顆手榴彈揣在了我的背包裡，當然，我如果堅絶不從他，他也拿我沒有什麼辦法，最多我和別人打架時他不幫手，但是，對於那顆手榴彈我也很矛盾……那東西揣在自己的背包裡又感到它是一顆隨時都會爆炸的不定時的炸彈，何況，那玩意兒的活搖活甩，搖起來裡面那個凸起的按鈕還他媽的哢啦哢啦地作響，那響聲就讓我隨時想起電影裡定時炸彈的慢慢移動的秒錶上的指針和嗒嗒嗒嗒發響的聲音，那樣的想法讓我在揣著那個綠皮的寶貝玩意兒的整個時間裡都處於高度緊張的狀態，那個狀態緊張到讓我嘔吐了好幾次……你記得上次我們從法國回來經過多佛爾海峽的時候我嘔吐的事情嗎？在那艘叫做『海狗』的氣墊船上，當我聽到那種船在水上行駛的突突突突的聲音，再看見藍色的海水翻著白色的波浪的時候，我就想了起來我的那一段經歷……」

為什麼我要單單摘錄這一段呢？說實話，因為我至今都覺得這顆手榴彈還在我的背包裡嗒嗒嗒嗒地響……

二〇〇四、七、二十二
上海

白樺　中國作家、詩人、編劇。在創作上，幾乎嘗試過所有的文學形式：詩歌、小說、電影、戲劇、散文等，均有結集出版。主要作品：長篇小說《媽媽呀，媽媽！》、《愛，凝固在心裡》、《遠方有個女兒國》、《溪水，淚水》、《哀莫大於心未死》、《流水無歸程》、《每一顆星都照亮過黑夜》；詩集《鷹群》、《孔雀》、《白樺十四行抒情詩》；電影《苦戀》、《最後的貴族》、《山間鈴響馬幫來》、《今夜星光燦爛》；戲劇《吳王金戈越王劍》、《遠古的鐘聲與今日的回響》、《槐花曲》、《走不出的深山》；電視劇《阿桃》、《今年在這裡》等等。

推薦序一

莫言

川沙是謙謙君子，但在小說創作中卻野心勃勃。這部《陽光》，就是明證。他試圖用小說探索中國人的信仰問題，試圖用小說解構歷史並重新建設歷史。於是，歷史和哲學就交織在一起，波瀾壯闊和柔情萬種就融會於一爐，過去的痛苦與未來的焦慮就並存於文本之中。

整部小說貫穿了川沙詩人的激情和美國詩人金斯伯格式的反叛。在人文哲理方面讓人聯想到昆德拉的《玩笑》、《生命中不能承受之輕》，奧威爾的《一九八四》和《動物莊園》，車爾尼雪夫斯基的長篇《怎麼辦？》，英國女作家伏尼契的長篇《牛虻》等小說裡承載著巨大的思想內涵的作品。

正如川沙所說，這部小說就是要讓千百萬念著「阿彌陀佛」的中國人知道世界上還有千百萬念著「阿門」的西方人、人除了「託福」外還要有懺悔。如果說人的思想和信仰就是人的靈魂，則川沙的小說《陽光》是試圖為後共產主義時期物欲橫流拜金主義盛行的中國人招魂。一本書本不應該承擔這麼多，但偏偏承擔了這麼多，這也是我推薦這本書的重要理由。

二〇〇四、七、十二
北京

莫言

中國作家。北京師範大學魯迅文學院研究生班碩士文藝學學位。獲得中國「大家文學獎」、「馮牧文學獎」、「法蘭西藝術與文學騎士勳章」等獎項。主要作品：長篇小說《紅高粱家族》、《天堂蒜薹之歌》、《十三步》、《酒國》、《豐乳肥臀》、《檀香刑》、《四十一砲》等；中篇小說《透明的紅蘿蔔》、《爆炸》、《歡樂》、《三十年前的長跑比賽》等；短篇小說《枯河》、《白狗秋千架》、《拇指銬》等八十餘篇，還有劇本、散文等多部、篇。大量作品被譯介成多種文字。

推薦序二

哈金

《陽光》是一部雄心勃勃的小說。它力圖通過一個愛情故事來描述中國人精神上的創傷和衰落，從而走向文學固有的領域——人的心靈。自八十年代以來，中國大陸文壇充滿了寫肉體和寫古人的作品，使文學失去了分量，使作家無足輕重。從這個意義上說，《陽光》是積極如世之作。川沙的文筆富有激情，浪漫多彩，為讀者展示了血腥而又絢爛的世界。

二〇〇四・八・二十八
美國波士頓大學

哈金　美國作家、詩人。布蘭戴斯大學（Brandeis University）博士。曾任教於艾莫里大學（Emory University），現爲波士頓大學教授。曾獲一九九九年美國「國家書卷獎」、二〇〇〇年美國筆會／福克納基金會所頒發「美國筆會／福克納小說獎」，為第一位同時獲此兩項美國文學獎之中國作家。主要作品：詩集：《於無聲處》（*Between Silence*）和《面對陰影》（*Facing Shadows*）；短篇小說集：《辭海》（*Ocean of Words*）、《光天化日》（*Under the Red Flag*）和《新郎》（*The Bridegroom*）；長篇小說《池塘裡》（*In the Pond*）、《等待》（*Waiting*）、《瘋狂》。

主要人物表

秦田 中國留學生，英國倫敦大學國王學院（King's College, University of London）物理系博士後研究生；

伍芳 台灣留學生，英國倫敦大學瑪麗女王學院（Queen Mary's College, University of London）文學系博士研究生，一個美麗性感家庭富有而又西化的女中之皇，一個虔誠的天主教徒；

穆瑛子 中國南方巴京市無業女青年，原名鄒雪梅，是一個不到兩歲時就因為文革的政治原因失去親人被寄養在別人家裡的孤女，一個流落風塵的絕色女子，一朵上帝垂憐的小野花；

白雁 台灣留學生，英國倫敦大學國王學院藥劑系博士研究生，一個害單相思的多情女子；

秦清 秦田之父，中國南方巴京市市委常務副書記，功勳卓著的共産黨開國戰將；

林伊 秦田之母，中國南方巴京市婦女聯合委員會主任，烈士之女，其父母為延安時期中共高級知識份子，後犧牲在國民黨監獄；

梅玉環 秦清之保姆及情婦，一個曾經是國民黨長江航運公司美孚號輪船船長之五姨太的天生麗質流落風塵的漂亮女人，虔誠的天主教徒；

鄒知遠 中國南方巴京市檔案局局長，身經百戰的正直軍人，在中國的文化大革命運動中因為保護秦清而被抓進監獄而神經錯亂；

沈麗娟 鄒知遠之妻，中國的文化大革命運動中因丈夫被抓進監獄，自己又被造反派強姦而含恨自盡；

鄒雪妮　鄒知遠之長女，文革中巴京市的紅衛兵和校花，在文革的武鬥中被炸彈炸瞎了一隻眼睛和炸掉了一隻胳臂；

米約翰神父　英國倫敦英華天主教堂（London Ascension Chinese Catholic Church）神父，一個北洋軍閥時期出生在中國福建的英國傳教士家庭的天主教徒，他的母親是中國福建人；

黑袍神父　一個中國的文化大革命運動中，在巴京市的聖威爾福德天主教堂門前上吊自殺的中美混血兒的天主教神父；其父為北洋軍閥時期死於長沙農民暴亂的清朝末期到中國傳教的美國傳教士，其母為上海的天主教徒，他名叫沙聖煥，他是梅玉環的情人；

段　勇　秦清之警衛員；

雷傑貴　秦清家炊事員，秦清之身經百戰出身入死殺人如麻之老部下，原山西五台山和尚；

鄭　毅　秦清之司機，文革期間被造反派刺傷；

范漢章　秦清之秘書；

薛家倫　文革中欠有血債的靠造反起家的巴京市市委副書記；

薛　李　薛家倫之子，一個無法無天的紈絝子弟；

靳　俊　秦田的中學同學，陸陽縣白馬區金龍公社水田大隊麻柳灣生產隊知青，死於文革知識青年上山下鄉運動時和農民的械鬥中；

伍　原　伍芳之父親，原國民黨中將級軍長，六十年代中退出軍界後任台北太平洋銀行董事長；

沈　鵬　早期台灣駐英國辦事處武官，伍原之戰友；

程麗蘊　沈鵬之妻，伍芳之乾媽。

第1章　夢中的修女

伍芳就站在那兒了，站在好像是一個江邊的輪船車渡碼頭前面的一條公路的正中，赫然地、赫赫然然地，面對他們身後衝他們壓過來的一輛草綠色的載重卡車，一輛龐然大物似的斑駁破舊顛簸而來的、後面又掛著拖斗的老鴨車。秦田一陣驚駭，那瞬間他看見了伍芳的眼睛。那時，她的眼睛向上翻，眼白泛藍光，瞳仁呈暗褐色，斜睨著前上方，有點像兩隻山羊打架相互用頭上的羊角頂住時，眼向上翻那種眼神，一種十分怪異的樣子。

另外幾人從公路上跳開了，迅速地衝向了人行道，而和他們本來在一塊走的伍芳卻自己一人站在公路中央，自己去拉她的時候，她不但雕塑似地立在那兒紋絲不動，竟還掉過頭去看那身後的衝過來的龐然大物……她要幹什麼？她要幹什麼？天啦——原來、原來她的手裡還舉著那顆手榴彈，那顆手榴彈，那顆靳俊臨死前在醫院裡畫的路線圖叫自己去找的藏在那個公社的小學院牆後面涵洞裡的手榴彈！現在，現在那顆手榴彈，那顆自己找了整整二十多年都沒有找到的綠皮的寶貝玩意兒，那顆既可以當定時炸彈用，也可以當手榴彈用的是個半自動兩用的軍工廠造反派們自製的寶貝蛋傢伙，就握在她的手裡了！不是嗎？現在還可以清清楚楚地看見手榴彈後面那個滴答著響的機械記時表，上面的正在轉動著的時針、分針和秒針……那個當年讓我們又怕又愛的玩意兒現在就握在了她的手裡了。他媽的，她現在手裡高舉著那個玩意兒要幹什麼呢？她明明看見那輛大卡車衝過來了為什麼還要橫著公路衝過去呢？哦——原來，原來她是要把那顆手榴彈扔到公路前面的河裡去……可是，可是，可是這條河不對呀？這條河是長江啊？我們下鄉的那個地方是烏江啊？但是，但是也不對啊？我們，不是我們，是靳俊，是靳俊一個人，是他一個人藏的手榴彈，他藏手榴彈的那個地方也不是烏江而是金龍河邊啊，不是嗎？那所公社的小學就是在金龍河邊啦……

「叮！……叮！……叮！……叮！……叮！……」

陣陣電話鈴聲把秦田從夢中弄醒了，一看鐘指針正好指著中午十二點正，他才猛地想了起來，他這幾天晚上都在加班加點地趕寫東西。他忙不疊地提起了枕頭旁邊淡藍色的電話聽筒：

「喂——喂——秦田，怎麼，還在睡覺？好，你再睡一會兒吧，我現在在系裡的辦公室，戴維斯教授等會兒就來和我談話，下午回來時我要開車到城西那邊去買點東西，要捎點什麼回來嗎？」他感到伍芳聽出了他睡意朦朧的聲音。

「唉——什麼也不要，你知道我一直寫到早晨四點才上床，唉，你這電話……」

秦田嘭地一聲扔下電話倒頭又睡了過去……耳畔還響著伍芳的十分像電影片和電視片裡林青霞的非常女性化的台北普通話腔調，模模糊糊中心裡十分納悶，腦海裡卻浮現出她在夢裡斜低著頭眼睛卻向上翻看的樣子……那顆滴答著響的手榴彈……那上面的指針正在轉動的記時表……他有點懊惱這個被她打斷的關於她的夢，他十分奇怪為什麼恰恰是她自己來打斷了他的關於她的夢，讓他的夢裡的她脫了險，至少在他的夢裡免於被那輛草綠色的屁股後面掛著拖斗的載重卡車壓死在他們在河邊的車渡碼頭上。我們在河邊的碼頭上是要去幹什麼呢？哦……哦……我們好像是要去尋找那顆手榴彈，對了對了對了，我們好像是去尋找那顆手榴彈！我們正在渡過一個個的碼頭，渡過一條條的河流……可是，可是為什麼裡面好像還有靳俊呢？靳俊不是二十多年前就死了嗎？是呀，他是死了呀……他的墳就埋在當時我們下鄉插隊落户時的靠近金龍河灘的生產隊的野墳山坡上，那個靠近金龍河灘的生產隊的名字現在都還記得，就是叫做白馬區金龍公社水田大隊麻柳灣生產隊，隊長是個解放前當過土匪的滿臉橫肉的麻子，麻子臉隊長講義氣又耿直，他的名字還記得好像是叫滕青山，麻子臉隊長當時就悄悄的背著公社領導給靳俊劃了一塊墳地，然後叫來一幫知青，吹吹打打地把他老兄埋了……自己不是後來還到陸陽縣他的墳頭上去給他燒過幾拄香嗎？記得就是出國前的那一年，是幾個當年的知青開了幾輛車去的，自己還給他淋了兩瓶酒，一瓶貴州的茅台酒，一瓶四川的五糧液……還在墳頭前擺了幾碟肉菜……什麼紅燒肉、板栗燒雞、粉蒸燒白……

……那顆手榴彈……那顆圓筒形的漆了綠皮的軍工廠裡自製的鐵傢伙，它有手電筒般粗大半根筷子那麼長，它沈甸甸的，它三分之二的前面大半截的圓筒形外殼上面像電影裡的地瓜手榴彈那樣滿是縱橫凹槽，後面三分之一的小半截有點呈正方形，正方形的一面有個一摁上面的按鈕可以彈開的蓋子，打開那個薄薄的蓋子，裡面就是一個滴答著響的機械記時表，那個機械記時表和正常的機械手錶一樣，上面有時針、分針和秒針，就是說，它完整地旋轉一個週期就是十二個小時，也就是說，那顆手榴彈是顆定時炸彈，它的最大預設引爆時間為十二小時。當然，也可以在十二小時內隨意地預設引爆時間，那怕是幾分幾秒；那個機械記時表的反面也是一個蓋子，上面也有一個按鈕，彈開反面的蓋子後，裡面就是機械記時表的時針、分針和秒針的撥動旋鈕，實際上就像普通鬧鐘的反面。手榴彈的末端頂部是一個像墨水瓶蓋子般的可以順時針旋開的金屬圓帽兒，把金屬圓冒兒旋開後，裡面就是一個凸起的按鈕，如果將那按鈕按下去後，在五秒鐘就會引爆那顆手榴彈！就是說，那顆手榴彈是個半自動的兩用的傢伙，既可以當定時炸彈用，也可以當手榴彈用。要命的問題是，因為是文革時軍工廠的造反派自製的，那傢伙在兩用上都是不牢靠的。首先是，那個金屬圓帽兒裡外螺紋配合得不緊實，就是說，那個金屬圓帽兒活搖活甩地隨時都要掉下來的樣子，而且，更加可怕的是，搖動那個綠皮的東西時，裡面那個凸起的按鈕也在裡面喀嚓喀嚓地晃動作響……那響聲……那響聲……天啦，那個在自己的耳畔滴滴答答響了二十多年的響聲……還有那河水，那兩條河，長江、烏江……冬天的河水，翻著白浪的河水……天啦……天……而且，伍芳什麼時候去了中國，真是他媽的活見了鬼！

她是在他的夢裡第三次這樣了，遇難時她倒自己偏要送上去喂到虎口裡、鑽進狼穴去，唉！她又不是什麼救自己又救人的英雄行為，完全是給她自己又給別人他媽的惹麻煩的動作嘛……

她總是愛說那句話：

「……淌那趟渾水……」

大陸人不像台灣人那樣講，而是北方人說：「惹一身腥！」南方人說：「惹一身臊臭！」上海人說：「關我啥事體（關我乜事）？」重慶人說：「關我屁事！」就是不自己給自己惹麻煩的意思啦！

……秦田在一個四周全是花園的二層樓的房間裡，黑燈瞎火地和另外兩個來刺殺他們的刺客追殺，雙方的手裡都拿著匕首和手槍，他怕傷了身邊的女性和朋友，就一人把追殺他們的兩個刺客引到了花園裡四寂無人的二層樓房裡，他想那樓沒有其他朋友知道。至於為什麼那棟樓只有他自己清楚而別人不熟悉，他自己也不明白，只是覺得好像以前自己好像在樓裡幹過什麼……

他記得他把那兩人引上了樓，在樓上他把對方的其中一人推下樓去摔死了。而另一人則跑到了樓下，在他黑夜中打開瞳孔的視線裡看得清清楚楚。他記起來了，對了，是那樣的，唉，倒楣的伍芳……

當時，他爬在樓下花園裡的灌木叢中，眼看樓上追殺他的人從樓上順那根水泥灰糊的排水管一溜煙地梭下來著地後，躡手躡腳在花園和那幢樓之間的一堵舊牆邊晃來晃去，遠處的路燈把那人晃來晃去的影子投在牆上，牆上的一個長長的巨大的影子也跟著晃來晃去。

從影子上看，那個人明顯手上有支手槍。他想起他輕輕地把肩頭上的拉練包打開（那包是他在一九九一年從倫敦高街買的，十分結實），從裡面取出那支黑色的防水電筒。

他想起他那練武功的同學徐甯的「喊字功」來……

他突然站起身來，一手舉電筒，一手平端著手槍，然後猛地用左手對著那人啟亮電筒，同時一瞬間用右手食指扣動手槍上的板機，又扯破喉嚨般厲聲地喊出一句：

「滾你媽的！」

立時，打開的手電一道雪亮的強光照在了那人身上，手槍裡擊發出的子彈「砰！砰！砰！……！」一連串打了過去……

然而，只有鬼才知道伍芳是從那裡冒出來的，一個黑影一閃即出，她突然就出現在他的槍口旁邊，他電筒照在她的臉上時，她撲上來抱住他，大喊：

「秦田！你不能這樣！你不能……」

她仍是那種眼光，山羊似的眼睛斜睨著他——一臉的福星像！天庭飽滿，印堂放光，大腦發達型：但對男人是堵牆。

就像現在這樣！

他順手掀了她一個趔趄。黑暗中，他立刻衝過去用手電筒照在牆上，只見牆上齊胸處有幾個血糊糊的彈口——他每次十米手槍射擊胸靶均八至十環上，十發十中。那人中彈了！地上一灘鮮血，但人卻不見了。

咳！伍芳，又是她，讓那傢伙逃掉了。她為什麼要阻擋他？她是好心?!

她不許他殺人！她不許他殺生！不許他作惡！

然而，秦田感到最為奇怪的是，夢裡的伍芳竟是穿了一身修女的黑色的袍子，那樣子好像是更加像個美麗的仙女般楚楚動人了……

第2章　換靈

伍芳的父親伍原在五十年代末是官至國民黨軍隊中將軍銜級的軍長，他在六十年代中期退出軍界後，憑著自己在軍政界廣泛的人際關係和岳丈早年在天津充當英國買辦時積存在英國和瑞士等好幾個國家的大筆金錢，就在台北開辦了一家太平洋銀行。一開始，伍原只任副總裁。岳丈去世後，他就一把抓地既任了董事長，又任了總裁。

伍原還是個文學上的票友。當本名為熊耀華的古龍從淡江大學外文系畢業後分到台北美軍顧問團任職時，伍原到那裡去檢查工作就認識了他。經過幾次談話後，年齡相差十歲的兩人就成了忘年之交。之後才是一九六〇到一九六四年古龍寫他那些早期的沿用傳統的對仗式回目、內容乏善可陳的不成功的處女作《蒼穹神劍》，改用四字短句分章，嘗試以新穎筆法創作亦未成功的《孤星傳》、《湘妃劍》，又受陸魚《少年行》之「新型武俠」文風啟發，改弦易轍，自出機樞後才在一九六四年寫出《浣花洗劍錄》。此後才是古龍向吉川英治、金庸等取經，搞什麼「迎風一刀斬」（日本刀法）、「無劍勝有劍」（中原劍道）的武學精義，拋棄冗長的打鬥過程描寫，才寫出了奇幻色彩仍濃的《大旗英雄傳》、《絕代雙驕》、《鐵血傳奇》、《蕭十一郎》、《多情劍客無情劍》、《流星・蝴蝶・劍》到《七種武器》系列故事。再以後才是《陸小鳳》系列、《邊城浪子》、《天涯・明月・刀》、《三少爺的劍》、《白玉老虎》等等等等，最後在一九六七年到一九七六年獨領十年風騷他的「新派」武俠大業。

自始至終，伍原都是台灣著名武俠小說家古龍最要好的朋友和老大哥。直到了今天，伍芳都還可以點點滴滴地道出古龍的七種武器系列故事裡的什麼《霸王槍》、《孔雀翎》、《長生劍》、《碧玉刀》、《離別鈎》等等等等，其中的武器、武術套路（伍原會些武術）、人物、事件，哪些哪些又是哪些是她父親伍原給古龍怎樣怎樣又是怎樣出主意構思和創造出來的……古龍發跡之後雖說是有了很多錢，但是，因為他完全不善理財，又一味地大肆酗酒和交女朋友，他還是經常要到伍原的錢袋子裡來抓錢用。伍原也時常和古龍在外廝混，深夜喝得個爛醉才跌跌撞撞地滾回家，好在母親的性格還算活泛，又是灌茶水，又是涼水搽身，當然也少不了把個古龍罵得個狗血噴頭。

伍芳畢業於台北聖約翰女子學院西方文學系，現在倫敦大學瑪麗女王學院（Queen Mary's, University of London）文學系攻讀西方文學博士學位。搞文學或多或少恐怕是受了她父親和古龍的影響。

伍芳是十分虔誠的的天主教徒。

秦田想起了她給他看過的一篇她在台北受洗時寫的加入天主教時的宣誓文章。文章字字句句抒發了她的肺腑之言，情至深處，感人至深，催人欲淚。

她時常勸告他去信天主教，並說一個沒有宗教信仰的人，等於沒有靈魂，即便有一個靈魂，也不過是一個荒野裡無所依歸的沒有受過人類文明訓教的野魂，他時常陪伴她去倫敦的教堂做彌撒，她甚至勸他去受洗，然而他總是說無法相信耶穌，她也總是說：「你這個大陸人也該去換換靈了。」

她給他講「阿門」①是什麼意思，講「人怎樣創造了神」，講猶太人、人子的王國、羅馬帝國的猶太人，講古代基督教的主教和神學家，什麼西爾維斯特一世②、利奧一世③、阿里烏④、優西比烏⑤、奧古斯丁⑥的《上帝之城》⑦和《懺悔錄》⑧。講隱修院⑨、修道院、修道院院長的權力、修道士應遵守的戒律，講教皇、教皇國，基督教東西方教會大分裂後產生的西方天主教和東方正教、西方天主教的什麼托缽修會⑩、奧古斯丁會⑪和加爾默羅會⑫，講多明我⑬、方濟各⑭、聖殿騎士團⑮、格列高利十一世⑯、英諾森三世⑰、波尼法八世⑱、但丁的《神曲》⑲、哥白尼、布魯諾⑳、伽利略和天主教會、羅馬教庭之間的鬥爭、十字軍東征㉑、天主教哲學、經院哲學、變體論、拜占庭禮儀、講達文西、米開朗基羅、拉斐爾以及十四幅耶穌受難像，又講東正教、君士坦丁堡正教會、亞歷山大里亞正教會、耶路撒冷正教會、塞浦路斯正教會、美國正教會；再講胡斯戰爭、馬丁路德的宗教改革運動，又再她講大齋節、受難節、復活節、升天節……講十字架、靈魂、天堂、地獄、煉獄、天使和魔鬼，講她去過的，他也去過，但只是走馬觀花地看了看的世界上最大的教堂聖彼得大教堂、巴黎聖母院大教堂、英國的聖保羅大教堂和俗稱西敏寺的威斯敏斯特大教堂（西敏寺）等等等等……

常常，他們之間就會發生一些關於宗教方面的問答。當然，提問的往往就是秦田了。有一天，秦田就問伍芳：

「倫敦城裡有很多的教堂，我觀察了好多次，我發覺主要有兩個問題，我還是很混淆。一個就是關於我問過你的十字架的形狀問題，十字架的樣式很多，它們究竟是代表些什麼，讓我有些眼花繚亂。當然，和十字架連帶在一起的就是教堂了，就是說，什麼樣的教堂裡，就是什麼樣的十字架，是嗎？還有就是關於基督教和天主教，兩種教好像都和基督耶穌有關，但是，好像他們又各是一回事情，這到底中間的區別是什麼？」

伍芳回答到：

「先說關於十字架的問題，你的理解是對的，就是說，什麼樣的教堂裡，就是什麼樣的十字架？你在倫敦城裡見到的十字架一般無外乎四種樣式：丁字形的三出十字架是聖安東十字架，在城裡泰晤士河南岸東面的羅姆利路桑德利公園那裡的一家教堂，還有我們在法國時我給你講過的在巴黎市西北靠近塞那河的科爾梅伊和蒙特松兩個地方我們都見過；你在我們泰晤士河南岸布拉克弗萊爾路（Blackfriars Road）三六八號的英國倫敦英華天主教堂（London Ascension Chinese Catholic Church）看見的天主教使用的拉丁式十字架是長方形的十字架，它的下垂一臂長於其他的三臂，這一類的教堂在全世界很多，所以，就到處都可以看見長方形的拉丁十字架了；東正教使用的希臘樣式十字架呈正方形，它的四臂長度相同，你看過的十九世紀俄羅斯文學裡描述的就都是這樣的十字架，海德公園西南角旺德爾河温布林登體育場附近，北面洛克沃德水庫北面大康橋路和哈福德路之間就都有這樣的教堂，裡面的十字架就都是正方形；還有一種聖安德列十字架，它的樣子就像羅馬數字的X形狀，這樣的教堂在城裡的一些老街，當然，在義大利很多，而且，這類教堂的歷史都很久遠。」

秦田又問：

「十字架究竟是怎麼回事情呢？」

伍芳答到：

「十字架本來是古羅馬帝國時代的一種刑具，用來處死奴隸和沒有羅馬公民權的人。這種刑具因為是用兩塊木頭交叉做成，形狀就像我們漢字裡的『十』字，所以，把英文 Cross 翻譯成中文的時候，就翻譯成為了『十字架』。十字架施刑的時候是把受刑者的雙手釘在横木的兩端，又將雙腳合攏重疊在一塊兒用巨大的釘子釘入十字架垂直於地面的木頭的下端，然後，把十字架在地面豎立起來，讓受刑者掛在十字架上慢慢地流血死去。所以，你就知道為什麼西方文學裡總是用十字架來比喻苦難，是痛苦和恥辱的表徵。當然，在基督教裡的含義就主要是代表上帝與人和好的福音了，它像徵耶穌基督在十字架上受刑受難而死亡以救贖人類。我們教徒在胸前行劃十字禮是我們的信仰、獻身、祝福和祈禱。」

秦田問到：「那麼，教堂呢？」

伍芳答到：「教堂在英文裡叫 Church，希臘文裡叫 Kryiakon，教堂也叫禮拜堂，顧名思義，就是教徒在裡面做禮拜的房子，更深的意思就是『主的住所』。最早的教堂是古羅馬的巴西利卡會堂，西元四世紀的時候，基督教成為了羅馬帝國的國教，就開始正式地營造教堂。像西元六世紀建造的君士坦丁堡的拜占庭式索菲亞大教堂；西元十一世紀羅馬的羅馬式聖彼得大教堂；十二世紀法國巴黎的哥德式巴黎聖母大教堂；十六世紀莫斯科紅場的斯拉夫式瓦西里升天大教堂等等等等。」

秦田再問：「基督教和天主教究竟是什麼關係，我小時候在C市的城裡有好幾座教堂，天主教和基督教好像都尊崇耶穌，小說裡面，電影裡面，他們好像都是十字架掛在胸前，這件事讓我很混淆。當然，更小的時候，在我的腦子裡，是把中國的和尚、尼姑、道士和西方的修士、修女、神甫和牧師這樣的一些人物混為一談的，後來漸漸地長大了以後，例如看了明清的一些小說，後來又看了英國伏尼契的《牛氓》，義大利薄伽丘的《十日談》和十九世紀俄羅斯文學裡面托爾斯泰的《復活》、《安娜・卡列尼娜》，契柯夫的那些短篇小說，我才開始比較深入瞭解裡面的關係。但是，在中國，什麼基督教、天主教畢竟是很少的，而且，在中國的歷史上從官方到民間，似乎也很排斥這些西方的東西，所以，很多這方面的問題我還是不明白。我的感覺是在中國，很多信菩薩的人，很多到廟裡去燒香的人，實際上是很實用主義的，當然，大部分的人是需要一個信仰，也就是你們系裡的那個到中國去過很多次的穆爾教授對我說的：『我們英國人有三個精神支柱，那就是耶穌、女皇和首相，而你們中國人呢？你們信菩薩，信孔子、孟子和老莊，還有就是信皇帝，可是，你們的孫逸仙先生卻把皇帝給搞垮了，搞出了那麼多的軍閥小皇帝，搞得老百姓是又怕又恨又無可奈何。當然，你們中國人信家長，信父親，可是，我們不信父親，父親和兒女是平等的，我們信耶穌、女皇和首相。』」

伍芳解釋到：「天主教是與東正教、新教並列的基督教三大宗教派別之一，亦稱公教。又因為它以羅馬為中心，也又稱羅馬公教。天主教和東正教是基督教發展到了中世紀後期由於很多的原因分離出去的兩個分支。當然，後來就成了兩個非常重要的派別。東正教的英文叫 Easten Orthodox，就是東方正教啦，其實，東正教從基督教裡分離出一個派別也是事所必然，因為基督教發展到一定的時候，從地域上就漸漸地分化出以希臘語地區為中心的東部派教會和以拉丁語地區為核心的西部派教會，後來，就東西兩派就正式地分開了。東正教以君士坦丁堡為中心認為自己是『正教』，就是說，認為自己保留了正統的教義是正宗的教會，而且，地點又在東方，因此就叫『東方正教』，又因為他們的宗教儀式都使用希臘語，所以也叫『希臘正教』，他們主要在東歐和近東一帶傳教。東正教不接受天主教裡的一些教規，公開地反對羅馬教皇永無謬誤的說法等等。東正教不同於天主教的地方還在於，他們沒有統一的宗教領袖中心和教會的首腦。他們除了主教以外的神職人員都可以結婚。」

秦田歎道：「唉……你真是個基督教專家啊，完全就是基督教學的教授嘛……天主教呢？我想聽聽天主教的情況，當然，剛才你那樣一講，我已經明白為什麼基督教和天主教為什麼都信耶穌基督了。其實就是像中國明清時期的劍俠小說一樣，青幫、洪幫、各路袍哥大爺都想標明自己是正宗，都想自立門户自擁一個山頭一樣。」

伍芳反駁到：「唉……你扯到哪裡去了？你說的那些殺人掠貨的山大王都是些什麼亂七八糟的東西，他們都有什麼信仰嗎？他們都有什麼教義嗎？他們都是些龜縮在大山野嶺沼澤湖泊裡的強盜蟊賊，扯旗為桿、一呼百應，然後，就把個中國搞得個屍橫遍野、血流成河，然後，各路山大王就開始拼死廝殺，最後，殺出個山大王來，春秋戰國，東周列國後來殺出個山大王秦始皇，北洋軍閥時代殺來殺去，最後殺出個我們那邊的蔣委員長蔣介石，後來又被你們的毛委員長趕下了台……」

秦田有些惱了：「唉……我說，我說芳，我們怎麼談宗教又談起政治來了，我剛才在問你什麼呢？你這樣一攪，你把我的腦袋都攪糊塗了，我在問你什麼來著？」

「天主教！」伍芳提醒他道。

「哦……對了，天主教，天主教，天主教怎麼又到了蔣委員長和毛委員長頭上？」

秦田開始搔起自己的頭皮來。伍芳像老師在給學生講課一樣地又繼續說了下去，但是，她開始由政治和宗教的話題轉向藝術了，因為她想起了秦田的作品，她覺得，她應該讚美他了，而且，她的心裡確實是想讚美他：

「是你自己在這裡亂扯嘛！人家在給你講天主教和東正教，你卻扯到什麼青幫洪幫頭上！唉，你在中國真的是很可憐啦！堂堂的一個博士後，卻滿腦子都是些青幫洪幫，怎麼能夠讓那些村夫野佬的東西在腦子裡佔據一角呢？但是，我看你在這裡的一些中文報刊雜誌上發表的文學作品倒是很深刻的嘛！像那首詩歌，那首《拖著影子的人群》，還有你最近還在寫的長詩《先鋒男孩》，我已經把《先鋒男孩》的前面五節翻譯出來給倫敦的樂隊搞歌詞的人看了。」

「是嗎？芳。是嗎？」

「那當然！」

「哦……親愛的！太好了，過來，讓我吻一下！太感謝你了，親愛的，我的美人兒哦……讓我好好抱抱，我抱抱……」

伍芳走到秦田的面前，讓秦田在前額上吻了幾下，又順從了秦田把自己的身子扳了過去，讓他溫柔地貼在了背後，還讓秦田的雙手從自己的腋下穿到前面圈在豐滿的胸前，她嬌柔地說：

「你聽我背誦前面兩段，呵！太好了！太棒了……」

先鋒男孩——末世黃昏的獨白

一

先鋒男孩
我們先鋒男孩
褲腰掛在髖上
腰位下降到髖位
褲檔落至膝蓋
鼠蹊門鎖住雙膝運動

好像只是爲了DISCO舞蹈
褲腳上開兩朵大喇叭花
活靈活現兩把大掃帚
一路走過學雷鋒掃大街
光膀子無腰小背心
肚臍眼亮出來看世界
屁股溝也伸頭伸腦探出一大截來先鋒先鋒
爲什麼把老子千年鎖在這羞恥的褲襠裡
褲襠是什麼?
羞恥究竟是個什麼玩藝兒?
哪天若是惹得老子不高興了
興許就要光身子在運動場萬眾雀躍歡呼聲中
勁跑上他幾大圈!
最好上報紙頭版頭條電視新聞黃金時段爆光
氣死你這幫僞善的紳士淑女!

二

末世的黃昏已經降臨

遍地都是越戰、文革
戈巴契夫、南斯拉夫的殘肢斷體
東南西北天空
海洋陸地外太空
四面八方都豎起對著腦袋的
熱核聚變達摩克利斯鋒利的彈頭
政治騙子木頭人耶穌還在一隻手提著錢袋子
另一隻手舉起高音喇叭一遍又一遍地吼
叫著和平口號

耳朵都早已聽起了老繭
還在他媽的一遍又一遍的吼喊
狼來了狼來了狼來了狼又來了！
狼若是不來了我們吃什麼我們又如何如何喂
你們吃我們吃剩下的什麼什麼？

「哈哈哈哈哈哈哈……我們每念一遍大家都笑出了眼淚，但是，大家又都感到寫得太好了，寫出了我們現在年輕人心裡想的，他們又問我雷峰是個什麼？我就告訴他們。雷峰是一個中國勇敢善良的軍人，又問雷峰為什麼要掃大街，我說是做好事情唄，他們也聽得個唏哩糊塗，哪天你自己去給他們講講。」

伍芳在秦田的懷裡顫抖著大笑不已，她越是大笑不已，秦田便越是更加愛意濃濃地親吻她後面的脖頸，摟在她胸前的雙手便摟得更緊，秦田又興奮地問到：

「他們準備把我的東西拿到他們的樂隊去上演嗎？」

「那是當然，他們還想見見你呢，他們想叫你專門為他們寫寫東方味兒的搖滾歌詞。就這《先鋒男孩》，他們幾個已經非常興奮，說是你的東西很有東方龍的霸氣，說是如果搞出來在倫敦上演，就像李小龍的武打片還魂了一樣。配了幾段音樂他們試了試，感覺很好。」

「可是，我寫這首詩歌的時候，只是把它當著詩歌去寫的呀，在我的腦子裡並沒有什麼寫搖滾樂的概念哦，我只是看見今天的年輕人，他們的反叛情緒，他們的服裝，他們的言談舉止，今天蘇聯的解體、南斯拉夫的戰爭，等等等等，就激發了我的創作想像……」

「哎——這就夠了！這就夠了！這就夠了！這些就是激情的動力所在，就是搖滾歌曲歌詞的最主要的元素！」

「是嗎?當然，很多詩歌本身就是歌詞，而很多名曲又是從好的詩歌裡激發起譜曲的原始動力，這兩者應該是經常相輔相成的。」

「對了，就是你理解的那個意思，他們看見我翻譯的英文的歌詞後，立刻就認定那是個好東西，而且，極有異國情調，說是按照你的歌詞裡的意思那樣順著去配樂，很多的東西比約翰・藍儂的日籍太太大野洋子一九八〇年出品的那些《雙重幻想》，一九七三年出品的最佳之作《approximately infinite universe》、《season of glass》和《It's alright》那些東西具有更加深層和典型的東方文化的內涵裡面的東西和味道，特別是裡面關於反戰的歌詞那幾段，他們中間年紀大點兒的說是讓他們想了起來六十年代美國的巴布・狄倫㉒，你知道那個巴布・狄倫嗎？他是美國的著名的搖滾歌星？」

「不太清楚，知道他的名字。我對美國詩人金斯伯格的東西看得更多一點，但是不太喜歡。我想，亞洲除了日本以外國家的人，都不是會太喜歡他的東西，完全的精神分裂，裡面表現出來的全是西方世界分裂的狀態，一切都碎裂了，看了叫人難受。你說的巴布・狄倫好像是和金斯伯格同時期的越戰時期的搖滾歌星吧，是嗎？」

「對了，巴布・狄倫的東西主要是反戰的東西，非常有激情，你的《先鋒男孩》好像在激情方面更加狂烈，詩句裡面影射的面更加寬廣和深遠。日本的村上春樹㉓的最早的小說《聽風的歌》㉔就是受了巴布・狄倫那首叫做《Blowin' in the Wind》㉕搖滾歌詞的影響而創作的。六十年代初期，巴布・狄倫的作品在美國開始風靡時，全球正處在反政府和反戰的運動中，美國人正在搞黑人公民運動，世界正在燃燒和沸騰，當然，我是在看他的作品裡去感受那個年代的東西的，但是，《Blowin' in the Wind》那首歌曲我還是能夠唱得出來，你聽：

Blowin' in the Wind

How many roads must a man walk down

Before you call him a man?
Yes, 'n' how many seas must a white dove sail
Before she sleeps in the sand?
Yes, 'n' how many times must the cannon balls fly
Before they're forever banned?
The answer, my friend, is blowin' in the wind,
The answer is blowin' in the wind.

How many times must a man look up
Before he can see the sky?
Yes, 'n' how many ears must one man have
Before he can hear people cry?
Yes, 'n' how many deaths will it take till he knows
That too many people have died?
The answer, my friend, is blowin' in the wind,
The answer is blowin' in the wind.

How many years can a mountain exist

Before it's washed to the sea?
Yes, 'n' how many years can some people exist
Before they're allowed to be free?
Yes, 'n' how many times can a man turn his head,
Pretending he just doesn't see?
The answer, my friend, is blowin' in the wind,
The answer is blowin' in the wind.

《Blowin' in the Wind》開始流行的時候是一九六二年，當時，巴布・狄倫才二十一歲，他立刻因為這首詩歌而贏得了『英雄詩人』的桂冠，這首反體制運動的像徵性歌曲在美國廣為流傳，錄製的唱片以平均每週一萬張的速度暢銷全球，可見這種驚人的傳播方式真的就是『隨風』似的在世界各地傳唱。世界各國的學生在唱這首歌時，就像基督教徒唱聖歌一樣地虔誠，因為反戰和反政府，就是說，解放父權制的束縛，這首歌就在他們身上或多或少都激起些年輕人的激進主義和冒死的情緒。你只要仔細品味兒一下歌詞就可以看出，《Blowin' in the Wind》既是『反戰歌曲』，也是『安魂曲』，從旋律中明顯何以聽到黑人靈歌中的那種聖歌的東西，因此，很容易在年輕人的心裡產生共鳴。我感到，你的《先鋒男孩》就是今天的類似的東西，其實，每到一定的歷史時期，都會產生與那個時期相共振的藝術作品，是一種自然而然的現像。」

「你真的覺得《先鋒男孩》有那麼好？」

「那當然，念文學念到這大英帝國的帝都倫敦城裡的最高學府裡的博士來了，也不至於這麼沒有眼光吧！還有你的那些比方，一上來的關於『先鋒男孩』們的形像的描述，唉……秦田，還有你的那首《拖著影子的人群》，裡面那些句子，那些句子構成的朦朧的畫面，哦……那裡面有莫內的溫馨味道兒，更有保羅·德爾沃㉖那種潛意識所激發出的怪異、美麗夢幻的意像。但是，更重要的是我從你的詩歌裡感受到了的總是存在的一組人類的具有普世意義的雕塑的感覺，那裡面還濃濃地含有些亨利·摩爾㉗《王與后》㉘的青銅雕像一類作品的感覺，我不能夠理解的是，秦田，親愛的，為什麼你的文學作品裡都具有很明顯的關於人類共同意義的抽像出來的畫面的感覺，而且，就是那種人們在舞台下面觀望著舞台上面的中心演員的形像，就是像哈姆雷特和很多的莎士比亞戲劇裡的中心人物在舞台上的造型的那種莊重大氣的悲劇形像，為什麼？你是一個搞物理學的人，為什麼會有這樣強烈而明顯的藝術傾向和造化？你看，你自己看你的作品，你聽我念：

拖著影子的人群

拖著影子的人群
在陽光下恣肆著匍匐的軀形
摩肩接踵相互踩踏地向前走著
你踩住我的腳尖

我踩住他的腳尖
他踩住你的腳尖
在那時光
沒有孽障
用影子去踩
戮力同心狠狠地踩踏
忍住呲牙咧嘴吞下詛咒怨懟和訾議
向前走著
走向陌生的黑夜

拖著影子的人群
在月光下恣肆著匍匐的軀形
摩肩接踵愛慕追逐地向前走著
他拽住你的指尖
你拽住我的指尖
我拽住他的指尖
在那時光
沒有眼睛

⑵換靈

用影子去愛
去掉羞怯
情竇初開般如癡如醉地親吻擁抱
向前走著
走向陌生的酣夢

拖著影子的人群
在夢鄉裡恣肆著匍匐的軀形
摩肩接踵赤裸裸地向前走著
我們銜住他們的心尖
他們銜住你們的心尖
你們銜住我們的心尖
在那時光
沒有衣服
不用影子去動作
扯直九曲回腸
膽子都頂在頭上
向前走著

「唉……天啦！我簡直很多時候都不敢相信是你這樣的一個搞物理學的博士寫出來的，但是，這首詩歌就是我眼見著你在倫敦寫出來的啊……我學了這麼多年的文學，學到了今天的文學博士，我也寫過上百首詩歌，但是，我簡直不敢拿出來和你的東西比較，我知道，我的東西是太淺了太小了，我也想過，是不是我的生活太優越和富有，我的生活經歷和受的苦難太少，但是，但是藝術還是藝術啊！你的這首詩歌是一首藝術感極強的東西啊……這是任何一個搞詩歌的人都一看即知的不能夠回避和蒙上眼睛說假話內心裡不去讚美的東西啊！還有我們到巴黎的拉雪滋神甫公墓去時你寫的那首《舉旗的人》的關於對於歷史的理解的詩歌，那真的是一首可以成為經典的關於歷史學的注解的情感強烈而又含義深刻的詩歌，你聽我再念給你聽：

舉旗的人——致歷史學家

舉旗的人
在歷史的疆場上
他靜靜地倒下
他在太陽的炫光裡飛灰煙滅
他在月光下銀色的風中飄散在原野的灰暗裡

他在泥土裡化石
他在後來人認知的天空一片空白
他們在歷史的連結處都是盲點
他們是歷史書裡行行文字間的空白
夜深人靜時
去翻開那些書櫥裡曾祖父留下來的線裝書
仔仔細細看那些夾在書頁裡的爬來爬去的銀蟲
會聽到它們頑強地啃噬那些紙面荒誕的符號時
撕心裂肺不平的哭喊！

舉旗的人
舉旗的人踩著舉旗的人的屍骸
舉旗的人踩著舉旗的人的層層疊疊的屍骸把旗幟舉到勝利的前夜
舉旗的人卻在黎明前最後一刻的黑暗中倒下
舉旗的人在背後的一聲槍響聲裡倒下
舉旗的人在黎明前最後一刻的黑暗中把旗幟交到了能言善道者的手裡
舉旗的人都不會説話

舉旗的人都是啞口
舉旗的人舉旗舉到了最後都是被舉到了能言善道者手裡
舉旗的人都是陽光下的影子
他們看著能言善道者倒提著他們血染的旗幟一屁股坐在了帝王沈重的金椅上

伍芳那樣激動地說著的時候，她感到後面摟著自己的秦田的身體已經在開始興奮起來，一忽兒就感到自己被他的雙手一用勁兒抱起來懸在了空中，又眼看著天花板在頭上旋轉，秦田的臉龐一次次地向自己的臉上俯來，他的一個個熱烈的吻就在自己的臉上吧嗒吧嗒熱熱濕濕地開了花，一會兒，就弄得自己滿臉滿眉眼滿脖頸項上都是濕漉漉粘呼呼的，又聽他激動地說：

「唉……親愛的，太感謝你能夠看得懂我，親愛的……」

伍芳也嬌羞地急不可耐地說道：

「我的男人，唉……親愛的，快！快！快過來吻我幾口，快……唉……天啦……你吻哪裡啊？天啦順著脖子往下啊！往下！快把衣領解開，快快快！解開，後面……哎……後面……哎……每次你都解不開，笨手笨腳……扯開！撕開！我，我，我愛死你了！我的天啦……你怎麼會是學物理的，你分明就是個藝術家嘛，你是一個天才的，天生的藝術家，而我呢？我呢？我只是在背誦一些文學的書本，我根本沒有創造力和想像力，天啦，你，你，你究竟是個什麼傢伙？是什麼魔鬼派你來佔據我、擁有我、征服我、驅使我、打跨我、蹂躪我！讓我發瘋！讓我瘋狂地愛……快……快脫，快脫光我，快……」

那些時候，他就感到她的美麗的臉上總是一副神彩奕奕、形貌佚麗而且又學識淵博、高雅、文明和聖潔的樣子。

他感到她是他的教師、姊妹、甚至是聖母。

更準確地說，他感到她是一個仙女和修女、再加上又是懂得自己的藝術、思想和靈魂的情人的三位一體的結合體。一想到這些，秦田就激動和感慨不已……

然而，伍芳在深愛他的同時，自己的內心深處在近來卻漸漸地感覺到：

對於任何一種宗教，特別是任何的一種神，豈止是神，只要是和神沾了一點邊的任何一種事物，他不僅僅是警惕，抵觸，而更是出自本能地害怕。

---

①「阿門」（Amen），希伯來文的譯音，也譯作「阿孟」，意思是「但願如此」、「誠心所願」或「是，上帝」等等。「阿門」一詞最早源於《聖經》之《民族記》第五章第二十二節。「阿門」在《聖經》中還有一個特殊用法，就是稱呼耶穌為「阿門」，因為他就是真理，此源於《啟示錄》之第三章第十四節。

②西爾維斯特一世（Silvester I, ?-335），是君士坦丁大帝執政時的羅馬主教。

③利奧一世（Leo I, ?-461），古代基督教羅馬主教，生於義大利的沃爾特拉。

④阿里烏（Arius, 250-336），生於利比亞的早期基督教的神學家。

⑤優西比烏（Eusebius, 260-340），生於巴勒斯坦的早期基督教的神學家，教會史家。

⑥奧古斯丁（Augustinus, 354-430），基督教的神學家，哲學家、拉丁文教父的主要代表，早期基督教宗教思想的集大成者。也是《上帝之城》和《懺悔錄》的作者。

⑦《上帝之城》，共三十二卷，講述羅馬的歷史和宗教，上帝之城和世人之城之間的關係，天國和人間的關係等。

⑧《懺悔錄》，共十三卷，以抒情文學體裁勸喻人們皈依基督教。

⑨隱修及隱修院。隱修是基督徒的修煉方式，盛行於古代和中世紀。它已苦身修行為宗旨，要擺脫世俗纏累，脫離社會，離開家庭，過貧窮生活，貞守禁欲，潛心修行，沈思祈禱，堅持默念，追求「與基督合一」。隱修生活分為兩種：一種是獨居式，另外一種就是集體式。集體式的隱休生活就產生了隱休院，盛行於西元三至四世紀。

⑩托缽修會（Mendicants）又叫托缽僧團、乞食修會，是十三世紀時在羅馬教皇支援下成立的天主教神職人員的組織。

⑪奧古斯丁會（Augustinians）又名奧斯定會，是天主教托缽修會之一。原為遵守奧古斯丁倡導的隱修會規而成立的各隱修會的總稱，其會規主要為：拋棄家庭和財產，追隨耶穌基督，集體過清貧生活，脫離世俗世務，除祈禱外，進行濟貧、佈道。十三世紀，奧古斯丁會達到鼎盛。一六八〇年代傳入中國。

⑫加爾默羅會（Carmelites），又叫聖衣會，是天主教托缽修會之一。十二世紀由義大利人伯爾禱主持建立於巴勒斯坦的加爾默羅山。會規為：聽命、守貧、貞潔、禱告、苦行、靜默、戒齋，與世隔絕等。十九世紀該會傳入中國。

⑬多明我（Dominic, 1170-1221），西班牙天主教佈道托缽修會多明我會創始人。一二二一年被教皇授予聖徒稱號。

⑭方濟各（Francis of Assisi, 1181-1226），天主教方濟各會和方濟各女修會的創始人。一二二八年被教皇授予聖徒稱號。

⑮聖殿騎士團（Templars），中世紀天主教的軍事團體，目的是保護十字軍東征時聖城耶路撒冷拉丁王國和保護朝聖者。

⑯格列高利十一世（Grerory XI, 1370-1378 在位），最後一任法國教皇，也是阿維尼翁教廷執掌教權的最後一代教皇。一三七〇年在阿維尼翁當選為教皇，一三七五年佛羅倫斯侵擾教皇國被他制止，一三七七年他不顧法國人的強烈反對，將教廷遷會回羅馬。

⑰英諾森三世（Innocentius III, 1189-1216 在位），羅馬教皇，出生於義大利貴族。他於一一九八年登位，提出教權至上的觀點，想建立歐洲基督教封建神權大一統帝國。極力主張教皇是世界之王，是上帝在世界的代表，一切君王應臣屬於教皇。他們只能從教皇手裡領受世俗統治的權利。教皇英諾森三世還發動第四次十字軍東征。

⑱波尼法八世（Boniface VIII, 1294-1303 在位），義大利籍教皇。極力主張教皇是世界之王。一三〇二年因代表羅馬教廷和法皇腓尼四世發生紛爭，被法皇腓尼四世派人囚禁，釋放後返回羅馬憂鬱而亡。

⑲但丁（Dante Alighieri, 1265-1321），義大利人文主義思潮的先驅人物、義大利文學語言的締造者，文藝復興詩人，就是恩格斯所說的「中世紀最後的一位詩人，同時又是新時代的最初的一位詩人」。一三〇一年被教皇放逐，後死於拉文納。《神曲》是他的著名詩作，共分《地獄篇》、《煉地獄篇》、《天堂篇》，是一部中世紀的百科全書。其基本情節是幻想「生後的三個境界」。但丁的主要著作有《帝制論》、《俗語論》和《神曲》三部作品對歐洲歷史、文學、語言、神學產生了巨大的影響。

⑳布魯諾（Bruno, 1548-1600），文藝復興時期義大利卓越的自然科學家、唯物主義哲學家和先進的政治思想家，早年曾為天主教多明我修道院修士，並晉升為神父又獲博士學位，後因受哥白尼《天體運行論》影響開始批判神學，一六〇〇年二月羅馬教廷將他活活燒死在羅馬白花廣場。

㉑十字軍東征是羅馬天主教皇與西歐封建地主、貴族幾城市福商聯合對伊斯蘭國家的軍事遠征，目標是奪取聖城耶路撒冷。十字軍東征從一〇九六年至一二九一年共八次，歷時兩個世紀。因為參戰者的軍服上均印有一個十字標記，故稱其為十字軍。

㉒巴布・狄倫（Bob Dylan, 1941-）美國著名搖滾歌星，主要作品為：《城堡大街的瘋屋》、《傾盆大雨》、《戰神》、《躺著的女人躺著》、《思鄉布魯斯》、《敲鼓的男人》、Like a rolling stone、Positive Forth Street、Rainy day women等衆多經典名曲。他為搖滾樂創造了一種新的語言表現方法，改變了民謠的地位和創作主題，增強了表現力，使得民謠具有更為強烈的個性，以致於達到了詩化的境界，除此而外，他還是搖滾樂壇獨具個性的一位天才。他的略顯憂鬱的、鼻音濃重的粗獷音質，很容易讓聽衆識別。那強勁而粗放的、幾乎不加修飾的吉他彈奏，則融入了布魯斯音樂的精緻風韻。

㉓村上春樹，日本當代著名暢銷小說作家，主要長篇小說作品有：《聽風的歌》、《一九七三年的彈珠遊戲》、《尋羊冒險記》、《世界盡頭與冷酷仙境》、《挪威的森林》、《發條鳥年代記》等等。

㉔《聽風的歌》，村上春樹長篇處女作品，一九七九年出版，獲日本群像新人文學獎。

㉕《傾盆大雨》（Blowing in the wind），美國搖滾歌星巴布・狄倫作品。中文大意為：一個男人要走多少條路，才能將其稱作男人。／一隻白鴿要飛過多少海洋，才能在沙灘上歇息。／砲彈要掠過多少次天空，才能永遠停止。／我的朋友，這答案在風中，這答案在風中飄蕩。／一個人抬頭看要看多少次，才能看見藍天？／一個人要長多少只耳朵，才能聽見人的哭喊？／要有多少人死去了他才能知道，已經有太多的人死去。／我的朋友，這答案在風中，這答案在風中飄蕩。……

㉖保羅・德爾沃（Paul Delvaux, 1897-1994），比利時超現實主義畫家，常常描繪由夢和潛意識所激發出的怪異、卻總是美麗的意像。德爾沃在嘗試過印象上義和表現主義的繪畫風格後，較晚才加入到超現實主義運動中。在第二次世界大戰之後，他在流行的藝術圈內頗具知名度，當時超現實主義正處在全盛期。一九三九年他曾走訪義大利，羅馬建築給他留下很深的印象。他為人所知的是這樣的繪畫手段：通常在精美的建築物之前，一展美麗的、常常是裸體的年輕女子夢幻般的意像。

㉗亨利・摩爾（Moore Henry, 1898-1986），在現代雕塑家中還沒有一個能超越的英國雕塑家，生於英格蘭約克郡西區卡斯爾福德。一九四八年，獲威尼斯國際雕刻獎。亨利・摩爾的作品為時代創造了一種新的雕塑語言，一種與環境對話的充滿人性的現代語言。他在觀察自然界有機形體（如甲殼、骨骼、石塊、樹根等）中領悟空間、形態的虛實關係，自然力賦予形態的影響等等，使自己的作品儘量符合自然力的法則。他說：「大自然中即存在不對稱法則，被海浪衝洗得平滑的卵石，顯示了石頭損耗和磨蝕的不對稱的法則。」最出色的代表作如一九五一年作的《內部和外部的斜倚人物》。它的母題仍是自一九二六年受印地安托爾特克文化中雨神雕像影響而創作的《斜倚人物》，但以圓孔處理頸、胸、腹部的體積，流暢自然，韻味無窮。

㉘《王與后》，青銅雕像，高一六一點三釐米，英國雕塑家亨利・摩爾一九五二年作品，是扁平造型的代表，簡練的平片形產生了起伏的立體空間。《王與后》位於蘇格蘭曠野。作品中國王與王后的頭部都有一個洞，似眼非眼；面孔十分怪誕，像個面具，似人非人，身體薄且長，呈扁葉狀。整個作品簡潔明瞭，沒有過多的細部刻畫。對這件作品的評述有很多，最精彩的莫過於摩爾對自己構思的說明：「恐怕，理解這組雕像的線索正在於這個『王』的頭部，那是冠、鬍鬚和顏面的綜合體，像徵著原始王權和一種動物性的『潘神』似的氣質的混合。『王』的姿態比起『后』來顯得較為從容和自信，而『後』則更為端莊，而且帶點帝後的自覺。在我開始做雕像的手和腳的時候，有機會使它們做得更為現實，以進一步表達我的想法。我想以此說明人類的溫良和原始皇權觀念之間的對比關係。」

第3章　無神論者

伍芳和秦田在一起的時候，每日三餐的飯前飯後，伍芳都會靜默正色雙手合掌於胸地獨坐飯桌前進行祈禱，例如，飯前祈禱時，伍芳就會在飯桌前默詠道：

「主，求你降福我們，並降福你惠賜的這次（早、午、晚）餐，因我們的主基督。阿們。」

當她在飯後祈禱時，她就會念道：

「全能的天主，為你惠賜我們這次（早、午、晚）餐和各種恩惠，我們感謝你讚美你，因我們的主基督。阿們。

願天主聖名受讚美自現世，直到永遠。阿們。願所有過世的信友賴天主仁慈獲得安息。阿們。」

秦田見她那樣一本正經的樣子，就嘿嘿地笑道：

「這樣嚴肅地必恭必敬地吃飯，那糧食在肚子裡還能夠好消化嗎？本人很有些懷疑哦？」

秦田說完了，嬉皮笑臉板了自己的臉，怪模怪樣假裝嚴肅著，還拿自己的手學伍芳的樣子，也在胸前抬手劃起了十字。

伍芳見他那頑皮的樣子，禁不住笑道：

「看你那副樣子！簡直就是個異教徒，哪裡是用一個手指頭劃十字呢？又是個左撇子，看上去怪怪的。」

「還這麼多的講究，幾個手指頭？」

「整個手掌。」

「整個手掌？不對吧！我以看過電影《復活》，哪裡面教堂裡的神父好像就是是用一個手指頭在胸前劃十字。」

「列夫・托爾斯泰的《復活》？」

「是呀！我在中國的時候就看過，還是黑白片子，就是小說裡的女主角，就是那個後來當了妓女的瑪絲洛娃還是小說裡男主角家裡的女傭的時候，就是，就是，就」

「就、就、就！看你急了就結巴的，就是，就是，就是德米特裏・伊凡諾維奇・聶赫留朵夫公爵和那個年輕的女傭『那個半養女半奴婢的姑娘』，一個女農奴的私生子，她是她的母親和一個過路的吉普塞人生下的，她在十六歲那年暗暗地愛上了兩個老姑娘的侄兒，一個在大學裡念書的闊綽的公爵少爺，她的監護人的侄子聶赫留朵夫公爵，她又不敢向他表白，甚至連自己都不敢承認這種感情，後來是這位少爺從軍遠征出發時路經他的姑媽家門時，在那裡住了幾夜就誘姦了她，臨走時扔下一百個盧布，直到幾個月後她發現自己懷上了少爺的孩子……她的正名叫葉卡捷林娜，卑稱叫卡特卡，愛稱叫卡倩卡，更普通的愛稱叫卡秋莎。哎呀，俄羅斯人的名字真難記，就是、就是、後來，後」

「呵、呵、呵，你也結巴啦……真是遇到文學專家了，你還記得那麼清楚！」

「結巴、結巴，就是你傳染的！後來、後來就是他們兩人和公爵的姨媽到教堂裡做禮拜的那個場面，我知道，你要說的就是那個場面。先是公爵少爺大學三年級時夏天假期到他姑媽家寫論文時認識了女孩，後來就是公爵少爺從軍遠征前，路經他的姑媽家時，在那裡住了幾天，你說的教堂裡的場面就是在那幾天裡的復活節時，他們做晨禱時的場面。小說裡，電影裡都是那樣，十六歲的卡秋莎穿了一身潔白帶褶皺的連衣裙，她的苗條的身材、她的聚精會神的喜氣洋洋的臉、她唱聖歌的樣子、她的可愛的臉蛋上泛起的青春的紅暈、她的黑色發亮的眼睛、她的整個天真浪漫的少女的樣子……再加上電影裡東正教的莊重豪華的復活節儀式，穿著銀光閃閃的法衣、胸前掛著金十字架的司祭、搖曳的蠟燭、呼喊著『基督復活了！基督復活了！復活了……復活了的教徒們……」

「呵——天啦！你簡直就好像在那座教堂裡。」

「開玩笑！文學博士不研究《復活》？告訴你吧，托爾斯泰是我研究的重點課題。」

「但是，英國的D. H. 勞倫斯可是把他罵得很厲害喲。」

「罵什麼？」

「主要是指他的說教。」

「哦……」

「就是說他在小說裡兜售他的『基督教社會主義』，當然，包括哈代的悲觀主義、福樓拜的精神絕望，都是他批判的。①」

「哦……」

「他說《復活》裡的虔誠公爵少爺是個傻瓜，沒有人會相信他的虔誠，他認為《復活》是一部傻乎乎的複製品，《薩朗波》②則更是一部惡毒的複製品，渥倫斯基和安娜·卡列妮娜的悲劇是Phallic③之罪，他認為托爾斯泰的每一本書裡都少不了這個Phallic的輝煌，但是他倒惡毒地咒罵起這『血性的支柱』來了。」

「哎喲……『血性的支柱』，在這大英帝國，誰不知道他勞倫斯『血性的支柱』哦……」

「勞倫斯倒是一個痛快的傢伙，把他的前輩人幾乎都罵完了，他說托爾斯泰簡直就是個猶大，從巴爾紮克到哈代，從艾普尼亞斯④到E. M.福斯特，他們的激情無不讓他們一個個變成陽物崇拜者，可是，一旦他們談到哲學和他們自己，就全都變成了一個個的掛在十字架上的耶穌了……勞倫斯認為幾乎所有大作家們的說教企圖和哲學都和他們的激情靈感背道而馳大相徑庭。」

「哎!知道,知道,我知道……我們不談這個了。剛才,剛才你」

「我很喜歡這個搗蛋的傢伙,他說他很喜歡柏拉圖在念《對話錄》的時候,有人當著他的弟子的面,在他的背後對著他的屁股狠狠地踢上一腳,把他的學堂攪亂,然後看著柏拉圖捂著屁股喊痛的樣子,於是,他老兄就可以處在一個和宇宙更為真實的關係中。還有馬太、馬可、路加和約翰⑤,他認為四福音書裡佈道太多,什麼『馬太、馬可、路加和約翰,穿著褲子來上床!⑥』他說,他們脫了褲子上床該有多好!」

「哎……我看,我看你也是像他那樣的一個搗蛋的傢伙!哎……剛才,剛才你,我們回到剛才你問的劃十字的問題吧,我告訴你,你在《復活》那部電影裡看見復活節做祈禱時,人們在胸前劃十字是用三個手指頭,但是,是用拇指、食指和中指。東正教就是那樣。」

「方向呢?」

「方向是自右向左,然後自下向上。」

「天主教難道和東正教還有什麼不同?」

「那當然!我們天主教是用整個手掌劃十字。」

「方向相同?」

「不,不,不,天主教祈禱時劃十字的方向是自左向右,然後自上向下。整個方向完全相反。」

「哪不跟中國大陸和台灣認漢字一樣了嗎,你要繁體我就要簡體,你要把字豎著排我就要橫著排,你要從右向左看我就要打個顛倒,看樣子都是要自立門户對著幹,恨不得你吃了我我吃了你啊！我還以為在宗教領域就可以免俗呢！搞了半天，原來只要是人這種東西，披上什麼外衣都是一個樣子，還是本質上的弱肉強食的動物本性。對了，還有個問題我想問你一下，你們的神職人員可以結婚嗎？佛教的和尚尼姑好像是不能夠結婚的喲？」

「天主教的神職人員不能夠結婚，天主教強調禁欲主義和獨身主義。但是，東正教則除了主教以外的所有神職人員都可以結婚、離婚、再婚。」

「那、那、那你為什麼可以和我結婚呢？」

「我又不是什麼神職人員。」

「你不是教堂裡的秘書嗎？」

「不是，我不是，那是他們在開玩笑，我只是有些時候幫助神父做些義務的事情，比別人做得多了些，秘書Cathleen Wu，她姓吳，就是口天吳的吳，吳和伍在中文拼音裡一個是二聲，一個是三聲，這裡的人又念不准，就念成一樣了，所以，教會的教友們就開玩笑說我是秘書罷了。」

「說心裡話，我完全無法想像像我這樣的人，就是在中國經歷過了文化大革命的人，經歷過了偶像在自己心裡徹底崩潰了的人，我們怎麼還可以再去相信什麼人和一種宗教，不可能，完全不可能了。你終身信仰的偶像，你的陽光和雨露，你的父親和母親，最後把你來個徹底的從頭到腳的欺騙，像喝茶一樣，你就是那剩下的喝幹了茶水的壺底的茶葉渣滓，通通倒進垃圾堆裡，攆到農村去流放，還他媽的美其名曰什麼『接受貧下中農的再教育！』我們那個時候才是多大的孩子啊？」

「你好像很仇恨中國文化？」

「為什麼這樣說？」

「我看你總把那些孔子孟子的書拿來墊在屁股下面當板凳坐。」

「是啊，我就是這樣，你他媽的越是權威，我就越是先拿你的書來在屁股下麵坐了再說，中國的孔孟思想完全把中國人變得奴化了，所以我們的頭上就到處都是些什麼太陽月亮的，我們他媽的到底算是個什麼玩意兒？到了西方才曉得，原來天上還有那麼多的太陽月亮星星，什麼愛因斯坦、弗洛依德、薩特，後來才發現，他媽的！老子們自己也可以是顆太陽！你看見了嗎？我最近也開始把什麼這個那個的西方所謂的著名作家的所謂著作拿來塞在屁股下面當板凳坐了。」

「你以為你這樣坐在了巨人的肩膀上，你就比巨人更高了嗎？」

「我們是在中國被那些什麼鳥巨人們欺騙壓迫慣了，被當作渣滓，當作茶壺裡喝剩了的茶葉渣滓拋棄慣了的一代，既然世界說我們什麼也不是，我們還相信什麼？我們變得什麼也不相信了，鬼都不相信，更何況人？這世界除了欺騙還是欺騙，你前幾天不是說我太狂妄了嗎，說我連莎士比亞的東西都拿來塞在屁股下麵，什麼左拉的東西，還有好多中國作家的東西，我告訴你吧，塞在屁股下面的有些東西還算是對他們的東西有點尊重的才那樣的對待，那些作品裡有些東西是我的支撐，屁股坐在什麼地方不是要支撐嗎？但是，他們的東西裡有些卻是臭不可聞和儘是些垃圾、狗屎和謊言！好東西往往是在垃圾裡面生長的，世界上實際上沒有什麼絕對的好東西。什麼康有為、梁啟超，什麼耶穌、蘇格拉底、赫胥尼，哪個不是良莠摻半？恰恰中國人總喜歡說這個是聖人，那個是萬壽無疆的太陽，這個又是日月經天的月亮，如果只是我們中國人的浪漫品行都還好說，問題是全都是些用來壓迫人迫害人世世代代強迫你相信的戒律式的狗屁謊言！是些用來殺人不見血的文字啊！我的整個受教育的過程都是在欺騙和奴化中度過的，所以，我今天看任何東西都要百倍的當心才對！以前，它們壓迫我，我今天就要天天把他們坐在屁股下面，倒不是報復它們，只是要把它們擺放在一個正確的位置，那個地方就是我認為他們應該擺放的最恰當而又合適的位置，否則，我寫出來的東西還有什麼立論的客觀性呢？失去了客觀性，就什麼也談不上了。文學創作就更不能讓那些東西來污染、窒息和禁錮自己。」

「嗨——難怪你寫得出《先鋒男孩》那樣反叛的作品！」

「是呀！」

「哎，我們還是說點什麼高興的事兒吧！」

「再說什麼高興的事兒，我也不會去相信一個什麼宗教。我這種人，我們這代人已經變成了野獸，變成狼，我們既不被人理解，還被人嘲笑，已經變成了狼的人，怎麼還有可能變成耶穌基督腳下溫順的羊呢？上個月我碰見有幾個從加拿大到這兒來旅遊的大陸中國移民，他們是些老知青，他們說，他們在加拿大加入基督教會是因為他們死了以後，教會可以低價處理他們的後事。不是教會的人死後安葬費要上萬元，可是，教會成員卻只要三千元。這就是我們這幫垃圾和廢料，社會把我們變成了廢料，中國的知青一代就像美國越戰的一代，他們還有美國政府的錢把他們養起來，我們呢？有些人在這個世界上是精神上的貴族物質上的窮光蛋，有些人則反過來是物質上的貴族精神上的窮光蛋，我們是他媽的雙料的徹底的窮光蛋，是這個世界上真正的無產者，精神和物質都一無所有，我們是什麼呢，孤魂野鬼！精神支柱，物質支柱，全部被毀滅得一乾二淨……所以，所以你還叫我們相信什麼呢？一說到相信兩個字就讓人害怕，Believe、Trust、Accept、Deem、Presume這些和他媽的這個字眼相近的任何一個英文單詞都讓我本能地害怕和躲閃，就是中國人說的那句話『一度著蛇咬，怕見斷井索』⑦。真的，相信鬼都不願意相信人，所以才有蒲松齡在《聊齋》裡把鬼寫得比人還要好。所以，我現在就形成了一個歷史文化的條件反射，你越說他是個什麼權威和什麼大人物，你越說他是個什麼太陽月亮似的偉大的東西，你越是那樣說的時候，我就越是直覺地認為他是個騙子，越說得大就越是個大騙子。文革的後果就是那樣。所以，我現在完全就懷疑耶穌是個全世界最大的騙子，他騙了西方人差不多快兩千年！馬克思把東半球騙了上百年，耶穌比他更厲害！」

伍芳則反駁道：

「你呀……你呀……你真是一個頑症的無神論者！一隻迷途不知返的羔羊啊！」

「不是頑症，頑固不化！我們大陸人叫頑固不化，例如說，頑固不化的走資派，頑固不化的臭老九，頑固不化的你這個國民黨的殘渣餘孽！頑固不化的，頑、頑——」

「頑！頑！頑！完蛋了你這個共產主義的死硬派！共產主義是完蛋了，可是，卻在精神上把你們這批人變成了思維方式的共產主義的產物。你們不喜歡共產主義，但是你們用共產主義的眼光來看世界，來看一切。」

「哦，對了！對了！死硬派就說對了！三民主義的死硬派在一個小島上窮途末路了之後，就從西方世界引進了耶和華這個舶來品，釋伽牟尼的佛教不信，老莊的道教不信，卻要去崇洋媚外？」

「你——你——你——你得意個什麼?!唐僧到印度取經是不是崇洋媚外？老莊道教的教義是什麼？那些教義又是不是純宗教的？教主呢？根本就沒有什麼自己的宗教體系。什麼李耳李伯陽李老聃的哲學、西漢張道陵的玄學、還加進了唐僧取回來的佛教，還有江湖術士的巫術！什麼天神人鬼地祇仙真！什麼玉皇大帝西靈王母娘娘叫化子般的濟公和尚！亂七八糟的東西那裡能讓今天的人信服！」

「唉——什麼都知道，如此漂亮、美麗、性感而又青春煥發的女人，原本應該是個電影明星或者是個什麼交際花一類的人物，哈哈哈……怎麼竟跟個哲學家、通神論者的巫女似的！穿了一身漂亮的花裙子，怎麼看來看去都像是穿的一身修女的袍子？哈哈哈……」

「那又怎麼樣？」

「唉——唉——我只想天天摟著你，吻你，親熱你，愛撫你，我的美人兒喲！可是，你卻成天要叫我去教堂受洗，我的天——就跟早先中國文化大革命的時候組織上天天要叫我們去背誦毛主席語錄一樣，唉——我說，別對我說什麼宗教了，來，讓我摟摟你。」

「唉什麼？說得你心痛了！所以說——所以說——中國人直到今天還是一盤散沙！」

「你不是中國人？你——別提這些什麼宗教不宗教的了，好不好，親愛的，我們談點別的什麼好嗎？我喜歡前幾天我們在伯丁根森林裡時，我給你拍的那些裸體照片，唉——真美！」

「你就只知道女人的裸體，是嗎？」

「唉——這個世界究竟是怎麼啦？怎麼剛從東方的政治裡逃出來，現在又鑽進了西方的宗教裡？唉——我就想成天待在伯丁根森林裡，或者，或者成天待在那些海邊的天體營裡，和那些赤身露體的人為伍。你說說，為什麼要宗教，為什麼要民主，回歸陶淵明式的大自然有什麼不好？你們台灣都是一九四九年從中國大陸弄過去的精英。錢也好，物也好，人也好，今天又怎樣呢？

在電視畫面上還沒有把中國人的醜出夠嗎？」

「是呀——所以今天的台灣就是這樣，你不是在中國的電視新聞上也看見了議會上拳腳交加的場面了嗎？公說公有理，婆說婆有理，打從春秋戰國諸子百家開始，中國人就是誰也不信誰，誰也不服誰，秦始皇統一了也沒有用，文字統一了也沒有用，西漢又來冒出個道教，更是把中國人的腦筋給攪得個亂七八糟的。歷朝歷代總是皇帝統治，皇帝是人而不是神，像朱元璋、毛澤東這類的純粹的布衣農民都可以揭竿而起坐到金鑾殿裡去當皇帝，中國人誰還會服誰？誰還會認真地做什麼學問？當個農民得啦！那天一揭竿而起，說不準真的還造出了一個大大的反來了呢！文化大革命你們不是人人都在造反嗎？我看是人人都在想有朝一日能當個皇帝，或者說，或者說是——是——」

「唉——唉——我投降了罷！我投降！」

「假裝的！」

「唉——唉——你看，我雙膝不是都已經跪在了地上，你看，手舉得多高！不比你在那個南韓人面前舉得低吧！」

「一派假惺惺的，耍嘴皮子！」

「你以後也去給我弄個什麼銅牌鐵板的，把我的這副樣子——」

「去——去——去——」

「唉——喲！唉——別——別戳腦門兒！戳這兒！戳——戳——」

「呀——你別把我樓得太緊，慢點——慢點——唉喲！你輕點，把我弄疼了！」

「造反啦！」

「回你的中國去造反吧！好了，我們到天主教堂——」

「天主教堂在那兒！那兒——」

「哪兒？哪——」

「那——唉、唉——床——」

「去你的！去——去——天主教堂去做禮拜吧！米約翰神父還老在我面前叨念著你呢，哎喲——你輕點——輕——輕點——吻！輕點，哎——喲！輕輕咬，用嘴唇，用嘴唇，別用牙齒，乳頭都咬疼了，起來——起來跟我到教堂去，到那兒去吻吻聖母瑪尼亞的腳趾頭吧。」

「聖母！聖——母——聖母不穿衣的！」

「撕爛你的嘴巴！撕——撕——撕——」

「你問拉菲爾，拉——」

「唉——唉——你這個撒旦！你這個撒——旦——你、你、你脫慢點！輕——輕點……」

「唉——」

「老唉、唉、唉的歎什麼？」

「閉上嘴巴，要完全的、一絲不掛的，才像——才像——」

「去你的！」

「才像個聖母、女子學院的皇后、台北樹林子裡的一個雌獸，一條台灣海峽遊過來的美人魚，一隻——一四——」

「打死你！打——」

他們之間，常常就發生著類似於上面的對話的情景。秦田還動不動就拿些不知道從什麼書上看來的關於宗教史上的什麼禁欲派⑧、閹割派⑨和鞭身派⑩來揶揄伍芳。

最把她氣得要死的就是他叫自己「白雪」的那件事情。

因為她有些時候會去唱一些教堂裡做禮拜的時候教的聖歌，其中有一首叫「Whiter Than Snow」，翻譯成中文就是潔白得勝過雪、比雪還要白的意思。當秦田問伍芳翻譯成中文應該怎麼說的時候，伍芳就說是「白超乎雪」，還拿來一本台灣的中英文對照本的《耶穌聖歌集》來給他看，那上面就是把「Whiter Than Snow」直接就翻譯為了「白超乎雪」。

秦田看了之後當場就哈哈哈地笑得在地上前仰後翻地快要岔了氣，說是不知道是哪個唐朝還是宋朝的人從棺材裡爬出來翻譯的。又打比方說，自己在翻譯一本英國小說的時候，曾經去請教過倫敦的一個老華僑，因為老華僑是從巴基斯坦過來的專門用英文和中文翻譯伊斯蘭教的阿拉伯文《可蘭經》的專家，請教的幾段英文裡其中有一段翻譯成為現在的白話文就是：「爺爺生氣了，爺爺對著的孫子的屁股狠狠地踢了一腳。」而那個老華僑興許是一時興起，竟把那句話翻譯成了：「爺爺霽顏衝冠亦，爺爺端地照準那廝後裔之腚門霹靂一足。」秦田說打那以後，他每次見了那個老華僑都會感覺到中國文化在海外的一些地方，是完完整整地被封存在某些歷史的斷面或斷層上，意思就是在海外的一些華人和華人的社區，就是一些明清時代或者北洋政府時期中國某些地區和某些時代的人的活的化石啦！那個老華僑在三十年代初就從南京的一家教會學校畢業，畢業後就到了巴基斯坦，到了巴基斯坦又在那裡加入了當地的一個叫作阿哈默底亞會⑪的伊斯蘭教組織，然後，一九六〇年代，他又到了那個組織在倫敦的傳教機構的總部，秦田是和一個在倫敦研究《可蘭經》的同學到他們的總部去見他們教會組織的精神領袖的時候見到了老華僑的。秦田感到老人已經不太會講什麼中國話了。秦田問過老人，在一九三〇年代，中國已經開始了很久的白話文運動了，為什麼他的中國話裡儘是些文言文的之乎亦者的東西，聽老人結結巴巴地一會兒中文，一會兒英文，一會兒又糊糊塗塗地講起來秦田根本就聽不懂的巴基斯坦的阿拉伯語（老人已是太老了），好半天才弄清楚，老人的祖上是清朝的世襲的官宦，骨子根本就拒絕「五四」時期西方傳到中國的白話文……

因此，每次當伍芳唱「Whiter Than Snow」時，秦田就會帶著有些揶揄的味兒說：

「『白雪』，您又開始『白超乎雪』啦！穿著衣服怎麼看得清楚呢？……」

其實，秦田也說那首歌好聽，以至於後來秦田就乾脆叫起她「白雪」來了。當然，她知道，他的意思說的是她的白皙的皮膚。但是，她還是在愛他愛到了骨頭裡去了的感覺裡，感到他拿「Whiter Than Snow」的聖歌來形容自己的皮膚是有辱於耶穌有辱於主的。當然，她沒有絲毫地認為他在人品和品質上有什麼問題，但是，她卻是認為，他的環境，他的早期的教育，他的人生觀和信仰觀念裡，相對於自己篤信的基督信仰而言，是很粗鄙和原始的。

常常，她會在內心裡恨他的環境。

她認為，那樣的環境會讓最優秀的人身上都會染上一些痞氣的、野蠻的、甚至是下流的東西。她知道，就是在自己最愛的人身上，也是明顯的存在著那樣的一些痕跡的。然而，她又清楚，那些東西哪裡能夠去怪罪他和他的那個環境裡的人們呢？他們不過都是一些受環境所害的善良人罷了。

這樣去想的時候，加之她是一個虔誠的天主教徒，又是一個女性、一個善良的女性，更加之面前的是自己心儀的將來的夫君，她就把自己看見的他的身上相對於基督教文明自己認為明顯是粗鄙的、痞氣的、野蠻的、甚至是下流的東西變成了她更加有責任和義務要去愛他、改造他、憐憫他的東西，於是，她的內心裡立時就升起來一股強大的、甚至是偉大的、崇高的類似於傳教士的力量，那種力量裡面還有更多的對於男性來說是母性的溫柔似春天的陽光的東西……

那時，她會想起書裡看過的義大利到中國去傳教的利瑪竇[12]、德國的湯若望[13]、比利時的南懷仁[14]那樣的一些人物……她想起那些人最後都葬身在了中國，葬身在了那片神秘而又富有吸引裡的地方……

她想，眼前的他就是中國，就是那片神秘而又富有吸引力的地方……她知道，她現在才剛剛一腳踏上他的那片廣袤的土地的邊緣……

於是，她就會更加經常地當他的面前去唱「Whiter Than Snow」，它的歌詞其實是極其簡單的，就是那麼反來複去的兩句話：

Whiter than snow　　比雪白
Yes, whiter than snow　　比雪更潔白
Now wash me　　主哦，洗乾淨我！
And I shall be whiter than snow　　讓我比雪更潔白

伍芳總認為秦田內心是冷酷和頑固的。

她認為，他受的是中國傳統文化遭到了破壞的文化大革命式的教育，雖然他是一個業餘的作家，一個內心篤信人類真善美的、有著善良願望和愛恨分明的正義感的作家，但，他是學物理的，所以他很容易直截了當地從實證主義過渡到無神論。無神論者本身無所謂什麼好壞，但是，一個沒有神靈指導和規範的人，會像一個沒有父母的孩子，他（她）在幼小的時候做錯了事情不曉得敬畏和懺悔，那卻是一件十分可怕的事情……

她知道這一點。

她更知道歷史上很多憑著善良的願望和正義感而把許許多多的人引領到災難的深淵裡的歷史故事，因此，她並不像台灣很多人那樣簡單地認為國民黨宣傳的大陸中國的共產黨人、甚至《共產黨宣言》的創始人馬克思、恩格斯是什麼人類的魔鬼和撒旦之類的說法，她倒是認為，與其說他們是邪惡的故意，毋寧說是善良的無知。因為，她相信，邪惡是不可能號召大眾的，只有善良才可以號召大眾。而越是內心的真實的善良，就越是能夠號召更多的大眾。

可是，善良卻並不是真理的全部啊！

所以，在她的眼裡，包括像馬克思那樣的偉人，她都認為是屬於「善良的無知」之列。

她認為，任何一個人都不可能全知全能。全知全能的人只能是她所信奉的耶穌上帝。一個在某方面全知的人，一般而言，在另外的一些方面一定就是無知的。她認為，那是一個基本的數學裡的容積的問題，就是說：

一個容器裡、一個人的腦袋裡，某些東西裝多了，另外的東西就裝不進去了。

就像她時常告訴秦田的話「博士博士，越讀越薄」一樣，她說那是她的母親在伯明罕念經濟學博士時的體會。就是說，真正有學問的人，是能夠把複雜問題簡單化的人。所以，在她的眼裡，簡單地說，馬克思是和牛頓、愛因斯坦那一類的人相同的偉大的人物，但是，他們在某些方面卻一定會是些幼稚的兒童。

她認為，馬克思在經濟學領域裡的《資本論》越是優秀或越是接近於全知全能，那麼，他的關於社會學方面的論著就會越是幼稚。馬克思又是一個顯而易見的極度博愛善良的人，再則，他又生活在那樣的一個凡是在某些方面傑出的人物都把腦袋膨脹到可以在萬事萬物上去充當一個能夠預言千秋萬代的宇宙大師的偉大人物輩出的時代：

上個世紀法國的伏爾泰的《論各民族的風俗與精神》、《路易十四時代》，盧梭的《社會契約論》、《論人類不平等的起源和基礎》、《懺悔錄》等正在歐洲社會爭論不休。一八二一年，年僅四歲的馬克思在德國都還能夠聽到滑鐵盧戰敗後死在大西洋中聖赫勒拿島上的軍事巨人拿破崙·波拿巴念念叨叨地夢囈著的：「再過幾天，這個世界就屬於我了！」的還在世界上空回盪的話語。法國文學史上最偉大的作家雨果又和馬克思幾乎是同時代地呼吸著歐洲的空氣在憤懣地書寫著《巴黎聖母院》、《悲慘世界》、《九三年》那些呼喚著勞苦大眾的煽動性極強烈的小說，而馬克思的老鄉尼采卻在到處瘋瘋癲癲鼓吹他的超人論……

因此，處在那樣的一個時間和空間裡的偉大的經濟學家馬克思會在社會科學領域自然而然地去產生一些什麼樣的極其善良的非分之想，就是不難想像的了……

所以，伍芳知道改造秦田的難度。那難度就像利瑪竇、湯若望、南懷仁，甚至，甚至更早的什麼馬可波羅那樣的一些人物進入到中國的土地上去的那種難度。

因為，因為那片土地的靈魂，滋養那靈魂的血脈，連著血脈的根須，是太悠深和亙遠了……

然而她想，他和她的兒女，他和她的兒女的兒女的兒女，總是可以改造的……

---

①《勞倫斯隨筆集》，「關於小說」，一一七頁，四川文藝出版社

②《薩朗波》（Salammbo）一八六二年發表了長篇歷史小說，描述西元前迦太基發生的雇傭兵和民衆的起義。福樓拜在《薩朗波》中塑造了一個長年被幽禁在家的女性形象。她的名字就叫做薩朗波。薩朗波的母親很早就去世了，她的父親不喜歡她，而且時常東征西討，極少時間過問她的情況，他不願意薩朗波進學，沾染塵俗。在富麗堂皇之中，她一個人生活著，長期呼吸不到外界的新鮮空氣，她的世界就是她一塵不染的宗教思想。她不知道自己，不知道愛。直到她接觸到馬托以後，才發現自己受了幻想的欺騙，世間原來有「像太陽神一般勇敢、正直、堅強的男性」，然而為時已晚，她已被父親許給起義軍叛徒納爾阿瓦，馬托要被處死來慶祝她的新婚，她在這樣強烈的刺激下無法忍受，終於倒地而死。

③Phallic，即陽物、陰莖崇拜，勞倫斯用這個詞表達生命活力即男性力量。

④艾普尼亞斯(Apuleius)，紀元後二世紀羅馬哲學家與諷刺家。

⑤馬太（Mattew），耶穌十二門徒之一，著有《馬太福音》；馬可(Mark)，《馬可福音》之作者；路加(Luke)，《路加福音》之作者；約翰(John)，《約翰福音》之作者，耶穌十二門徒之一。歷史上稱四人的福音書為「四福音書」。

⑥典出《馬太福音》第五章。為宗教史上著名之順口溜。

⑦語出《五燈會元》卷二十，龍翔士珪禪師：「問：『狗子還有佛性也無？趙州道無，意旨如何？』師曰：『一度著蛇咬，怕見斷井索。』」亦作「一年被蛇咬，三年怕草索」、「一朝被蛇咬，十年怕草繩」、「一朝被蛇咬，三年怕井繩」、「一夜被蛇咬，十日怕麻繩」。比喻人於遭受過挫折後，凡遇類似狀況，就變得膽小如鼠。

⑧禁欲派，又稱伏爾加河東岸長老派，是俄國的宗教政治派別，出現於十五世紀末十六世紀初。主張禁欲主義，宣揚遁世說。要求教會和修道院放棄土地所有權。

⑨閹割派，俄國東正教分離出來的屬靈基督派的一個分支。出現於十八世紀末。是一個宗教狂熱的派別組織。主張擺脫世俗生活、反對性欲。宣揚用對男人和女人閹割的方法來「拯救靈魂」。崇拜和加入該派的人必須經過閹割。俄國十月革命後，因傷害身體而被禁止。現代閹割派則採取「精神閹割」來代替肉體閹割。至今，該派仍舊存在。

⑩鞭身派，俄國東正教分離出來的屬靈基督派的一個分支。出現於十八世紀。認為聖徒能與「聖靈」直接交往，不需要神職人員作仲介。常在狂熱跳動中使自己的神魂顛倒，認為這樣便可同「聖靈」結合在一起而成為「基督」或「聖母」的化身。該派主要分佈在古比雪夫州、唐波夫州、奧倫堡州、北高加索和烏克蘭等地區。

⑪阿哈默底亞會（Ahmadiyya Muslim Community）。伊斯蘭教阿哈默底亞運動由阿哈默德先生創始於一八八九年，為這一運動所建立的會體稱為伊斯蘭教阿哈默底亞會。這一會體迅速發展到整個世界。其支會遍佈於一百三十多個國家。伊斯蘭教阿哈默底亞傳教機構於一九一四年在英國成立。一九一四年米爾薩・巴禧爾・丁・邁哈姆德・阿哈默德繼位擔任阿哈默底亞會會長。

⑫利瑪竇（Matteo Ricci, 1552-1610），明末天主教去中國傳教之開拓者、東西方文化交流之先驅人物。一五五二年（明世宗嘉靖三十一年）十月六日出生於義大利的馬切拉塔（Macerata），十六歲（一五六八）時其父送他到羅馬學習法律，三年後（一五七二）入顯修會神學校（Collegio Romano）就讀，並在丁先生（Christophorus Clavius, 1537-1612）門下學習數學。一五七七年（明神宗萬曆五年）利瑪竇請願來華傳教，於一五八二年（明神宗萬曆十年）抵廣東香山澳，先學習中文。次年（一五八三）入廣東肇慶，明神宗萬曆十七年由肇慶往韶州，建立首座教堂，二十二年（一五九四）由韶州而南雄而南京，明神宗萬曆二十八年（一六〇〇）再入北京，入貢方物，神宗欽賜官職，並賜第於順承門（後改名宣武門）外居住。在北京與徐光啟共譯《幾何原本》六卷，與李之藻共譯《同文算指》等書。是為西洋曆算輸入中國之始。利瑪竇於明神宗萬曆三十八年閏三月十八日（一六一〇年五月十一日）病逝。

⑬湯若望（Johann Adam Schall Von Bell, 1592-1666）原名約翰・亞當・沙爾・馮・貝爾，一五九二年生於德國萊茵河畔的科隆城，一六一八年從里斯本啟程，於一六一九年到達澳門，一六二三年抵達北京，其時明神宗在位。經過幾次皇位的更替和變遷，明思宗崇禎皇帝即位後，湯若望受委託從事撰寫《崇禎曆書》等工作。順治元年（一六四四），八旗兵入關之後，湯若望獲新朝信任，掌欽天監信印；終順治一世，當時的孝莊皇太后和年輕的順治皇帝從他身上吸收了來自西方的自然科學知識和部分人文思想，並在醫學上得到他的幫助。於一六六六年逝世並安葬於北京。

⑭南懷仁（Ferdinand Verbiest, 1623-1688），字敦伯，天主教耶穌會傳教士。一六二三年十月九日生於比利時，一六四一年九月二十九日入耶穌會，一六五七年隨同衛匡國（M. Martini）神父去中國。抵達澳門不久，於一六五九年赴陝西傳

教，一六六〇年奉召進京協助湯若望修曆。在華期間，在天文、地理、兵器等諸多方面皆有貢獻，是清初著名的傳教士。康熙皇帝親政後，令其撰修《永年曆書》三十三卷；又主持西法鑄砲，擢為工部侍郎，正二品，使之成為在華傳教士中官品最高者。一六八八年一月二十八日卒於北京。

第4章 陰差陽錯

一九九一年夏天，伍芳在一座學生公寓裡，第一次見到了秦田。她的從台北和她一塊到倫敦來留學的中學同學白雁，就住在那座學生公寓裡。

之前的一天，白雁告訴她，她在暗戀著他們國王學院（King's College, University of London）物理系的一個博士後研究生；因為他們都在同一所大學、同一個學生公寓，所以，她就漸漸地開始注意起那個從中國大陸來的氣度不凡的男生了。她說：

「他在物理系的那個雷射研究所做博士後，學校裡的人都知道，那個研究所的六層樓的鐵灰色房子裡的研究課題，很多都是和英國的一些軍事研究如像什麼潛水艇、航海、航空、航太、導航、雷射武器制導、太空武器、光纖通訊之類有關的課題，那個研究所有很多的錢，所以在那個研究所裡的博士、博士後的老闆出手都很闊掉，誰都知道，軍事課題都是拿錢堆出來的，所以他的獎學金和研究經費是很充足的，聽他講，他的碩士研究生是在中國科學院的物理研究所讀的，而博士研究生是在美國的麻省理工學院，但是，奇怪的是，在倫敦的幾份中文報刊，像什麼英國版的我們台灣的《世界日報》，香港的《星島日報》和當地華人辦的雜誌上，像什麼倫敦的《長城》、《東亞之光》、法國巴黎《世紀末的聲音》那幾本文學雜誌上，都時常看到他寫的詩歌、小說和散文，特別是他的那些短小樸素而又雋永的詩歌，像什麼《三月的風》、《藍色的裙子》、《花朵》，他的好多詩歌都成了倫敦城裡幾所大學裡的讀中文的學生不但是喜歡，而且有些還能夠背誦的了。甚至連新加坡、馬來西亞、印度尼西亞的學生都喜歡他的詩歌，你看，這不是，順手拿一份《長城》來看，你看這上面的詩歌專欄裡刊登的他的詩歌，你看，我來念幾首給你聽，嗨！又樸實，又雋永，真的，又美又耐讀，你聽：

三月的風

三月的風
拂掃
窗櫺上的灰塵
輕撫蘇格蘭原野上那些
溶雪下黑色的泥濘
白色的小花

夜晚
月光下

大西洋上
一波一波的手敲響
腰鼓的棰音
於是
二胡的刀鋒
就在切開的傷口裡
彈撥
古琴上的
斷弦

藍色的裙子

藍色的裙子
覆蓋著
被大海鼓動的女人
欲望的戰慄
排山倒海撲過來野狼的饑餓
一浪一浪又一浪的目光

女人的白肉
近處的風
漸漸呻吟
掀起藍色的裙子
野狼的欲望更深、更遠、更廣闊、更往昔
藍色的裙子
嘩嘩嘩地吹向
海的遠處

花朵

釋放色澤芬芳的花朵
它在濕潤的枝葉上
它在風上
它在風上釋放
它在風上靜靜枯萎

釋放光亮的花朵
它在燃燒著熾烈光焰的燭火上
它在黑夜
它在黑夜光彩奪目
它在黑夜漸漸熄滅

釋放啁啾的花朵啊
它在春夏秋冬彩豔繽紛的山林飛來飛去
它在溫暖的土地上
它在溫暖的土地上婉轉鳴唱
它在溫暖的土地上生生息息靜靜寂滅長睡在草葉叢中

怎麼樣?伍芳,你我兩個也寫過一些詩歌,無論是在台北的時候,還是到了這兒。當然,我是搞著玩,你可是西洋文學專業的博士哦?不得不佩服吧!我覺得他的東西裡面既有法國蘭波那幫詩人的東西,又有印度泰戈爾的東西,看來這個來自中國大陸的男生還是一個很有些浪漫的文學氣質的奇才,只是他年齡可能有些偏大,而且他自己並不知道我在暗暗喜歡他。」

白雁又說:「一開始,我是讀他在《東亞之光》上面發表的短篇小說,像什麼《野玫瑰咖啡館》、《在列車上》,我就暗想,這個人一定是學戲劇的,因為,他的小說裡的對話,還有對話的背景讓人感覺就像一幕幕的話劇或者說是電影裡的片段出現在你的眼前……」

「他叫什麼名字？」伍芳問道，白雁又接著說：

「看了好幾篇他的短篇小說之後，我感到好幾本雜誌上刊登的好多個新近冒出來的寫小說的，他的小說是寫得最好，不但精彩，主要是讀完後讓你有很多的餘味兒，就是那種餘音繚繞，回味無窮的感覺，完全不是我們台灣的什麼三毛和瓊瑤那些才子佳人，兒女情長、什麼窮家碧玉小女子遇上了富家大男子或是大公司高級白領大經理，也不是像黃春明那樣的鄉村題材的東西，他的東西裡面總有些中國文化裡深奧的寓言的感覺，有十九世紀俄羅斯的契柯夫小說的味道兒，但是，寫作手法又完全不同，我說不清楚，要你看了才能夠品評，就是說，很有小說故事外的影射的更多的東西，當然，有些東西好像哲理又太深了一點……」

「他叫什麼名字？」

伍芳又問道。白雁不假思索地答到：

「哦，他叫秦田，他發表作品時的筆名就是他的真名。」

「哦——你說的就是秦田，就是，就，就？……」

伍芳有些驚訝地張大嘴叫了起來……

「是啊！你也看過他的東西？」

白雁得意地問到。

「秦田？秦田？秦田？」

伍芳的嘴巴越張越大，眼睛更是亮亮地盯在了白雁的腦門上，她的眼光好像是把白雁的腦門都看穿了似的，那眼神就像是看見了白雁腦門後面的更遠處的什麼東西……她喃喃地，若有所思地輕聲念到：

「哦……搞錯了，搞錯了，中國人裡同名同姓的太多了，你說的這個人寫劇本嗎？他，他，他不會也寫劇本吧？」

伍芳那樣輕聲地問白雁的時候，她的眼睛裡有一絲讓人很難覺察到的狡黠的目光一閃即逝。

「噫——你怎麼知道？那你算是說對了，他的劇本還在學院裡讓學生會組織的劇團在排練呢！像什麼《夢遊的唐吉訶德》，還有他的短篇小說改編的《在列車上》……」

白雁還在天真而又得意地炫耀著講話的時候，卻沒有注意到在聽她講話的伍芳已經更加吃驚的由頻頻點頭變成慢慢地搖頭而緘口了……

其實，伍芳早就在倫敦城裡的報刊雜誌上注意到了這個名字叫秦田的「作家」和「詩人」了。原本，她還以為，這個秦田一定是從什麼地方過來的什麼專業的作家或劇作家。因為，自己不僅僅是看見過他的詩歌和小說，更在倫敦戲劇界很有影響力的《倫敦旗幟晚報》上的戲劇專欄看見過他的戲劇作品。雖然不多，但是，卻是獲得了很高的評價。《倫敦旗幟晚報》上前幾天還在報道英國皇后樂隊與好萊塢老牌影星羅伯特·德尼羅在倫敦西區推出的《我們將你震撼》的音樂喜劇。說那是英國最著名的搖滾樂隊和最富人氣魅力的好萊塢硬漢聯手打造的音樂劇，又說那出劇主要由皇后樂隊的暢銷金曲組成，觀眾聽了後無不心跳加速等等。同時，就在那天的《倫敦旗幟晚報》上的戲劇專欄裡還辟了一個整版用通欄大標題來介紹「《夢遊的唐吉訶德》——一個來自中國的、藝術潛力巨大的、倫敦國王學院物理系研究雷射武器的博士後研究生的業餘戲劇家的天才作品！」因為，引起伍芳注意的是，寫評論的德裔英籍的戲劇專欄評論家韓德爾一向來是很少會去寫文章介紹或讚揚一個年輕的劇作家的，更何況一個業餘的，再加上又是來自中國大陸的！韓德爾一般的評論都是要麼其人其作品是最經典的，要麼就是最前衛的。他評論過的經典的如像是什麼文藝復興時期英國的莎士比亞、法國的喜劇作家莫裡哀、悲劇作家萊辛、高乃伊之類；十八世紀義大利的《一僕二主》、《鄉村假日三步曲》的喜劇作家卡羅哥登尼、法國《費加洛婚禮》的劇作家伯馬榭、德國的歌德《貝里亨的格慈》、《艾格芒》，席勒的《搶匪》、《卡洛斯先生》；十九世紀在宗教和道德觀念漸漸淡漠後產生的寫實主義和自然主義諸如什麼最典型的挪威易卜生的《布蘭德》、《皮爾根特》、《傀儡家庭》和俄國的契柯夫的《海鷗》、《凡尼亞叔叔》等等。最前衛的如現在還很時髦地在倫敦皇家宮廷劇院和國家劇院裡演出的什麼約翰・奧斯本的《怒然回首》、《憤怒青年》，品特的《無人之地》，貝克特的《等待哥多》等等。就是說，韓德爾筆下論說的一般都是些名家和名家的作品。就是像歌曲，也是像什麼《波西尼亞狂想曲》和《我們是冠軍》等經典老歌。

而且，伍芳覺得，韓德爾的戲劇評論都是很有些獨到的見解的，例如，就是他身處倫敦，對於英國的戲劇泰斗，一旦到了他韓德爾的評論文章裡，也是一抹不忍手地大加撻伐，在他的眼裡，莎士比亞在刻意地創造個人風格的同時，實在是十二分地依賴著他的前人和同時代的人，解剖莎士比亞的規律，不難發現他把喜劇硬塞進悲劇裡以求新穎，例如那個《哈姆雷特》裡的掘墓人；而同樣地，他把悲劇也像義大利人揉麵團裡糅進些什麼作料似地揉進了喜劇，以求改進人們的口味，例如《第十二夜》裡的那個梅沃里奧、《威尼斯商人》裡的那個夏洛克等等，就是說，其實莎士比亞身上也充分地體現了大自然的規律，那就是，偉大和平凡其實是並存的，戲劇史和其他歷史都是一個坍塌模糊的歷史云云云云。所以，在伍芳原先看來，這個韓德爾都用文章去讚揚的秦田，就完全不可能是一個什麼來自中國大陸的學生，而至少都應該是來自有著她認為的良好教育環境的台灣，或者是什麼新加坡，再或者是什麼北美的美國、加拿大和英、法、德的哪個國家的華人富家子弟的天才少爺之類的神童一類的男孩子。然而現在，現在，現在這個秦田竟然就來自中國大陸，而且，這個來自中國大陸來的神童卻是居然就住在了自己的同窗好友的同一個宿舍裡，而且，看來，他還不是一個書呆子迂夫子類型的男子，他可能真還是一個什麼英俊的男子漢呢……

白雁還在那裡哇啦哇啦地自顧自地信口開著河的時候，伍芳的心裡已經是各種味兒的東西都在波浪翻滾了……然而，性格一向開朗大方的伍芳，常常卻能夠做到在一些關鍵的時候喜怒哀樂不形於色。現在，她就在臉上顯得毫不在意地聽白雁說話。白雁說：

那個大陸的男生無論從形像、氣質還是談吐，都開始讓她晝夜不安起來。她說，在他的身上，完全沒有香港電影演員張國榮、台灣電影演員秦漢那幫人身上都或多或少自覺不自覺地帶有一點的那種甜膩膩的女人味。在他身上，倒是有一種類似日本性格演員高倉健①的氣質。特別像在《遠山的呼喚》的那部片子裡，高倉健扮演的男主角的身上的那一種男子漢味兒極濃的、帶著一些憂鬱和傷感、野氣混合著沈靜，然而又讓人、也許特別是讓女人感到堅強有力、可以信賴和依靠的感覺。

白雁又說，尤其是他的高大的身軀、堅毅的嘴角和下巴、一對男子漢味兒十足的英俊的似乎深藏著許多的秘密的眼睛，簡直讓人過目不忘。她每次在學校的校園裡的教學樓、花園、或者宿舍樓那些地方的稍遠的距離上看見他的身影出現的時候，她的眼前就會浮現出幾部日本電影裡高倉健的那個形像，他走路的樣子，他看人的樣子，他抬起頭來的臉、他的眼睛、眉毛、眼神，他的直直的鼻樑、緊抿的嘴角、堅毅的下巴，他從來不穿披風，但是，在她的眼裡，卻老把他想像成電影裡高倉健穿著黑色的披風快步跑動的樣子，就像電影《追捕》裡的那副樣子……有些時候，他會到學生會的劇團去指導他們演出根據他的劇本正在排練的話劇，因為那裡面有白人學生的角色，所以，甚至於連一些白人女孩都叫他給迷住了。她已經開始對任何靠近他的女孩感到不安和難受了，但是，秦田本人好像倒是完全渾然不知。

至少，從表面上看來，他跟其他的男生很不一樣，那些人成天在外到處交朋友。他卻只是忙於學習、寫作，寫作、學習……像個苦行僧似的，好像他對女人一點兒也不感興趣。

白雁還告訴伍芳，她想找藉口約他出去，但她感覺他好像知道她的心事。每次看著似乎是有了一個機會，都被他遠遠地、巧妙地給回避了。她也覺得有些心虛，覺得自己沒有把握和信心。

但是，她看見秦田總是孤零零的一個人，除了讀書就是讀書，除了寫作還是寫作，對人又是那麼地和善，因此，她就起了一種愛慕之心。他們在同一個學生公寓裡進進出出，門斜對著門，早早晚晚都要見面，又只有他們兩個人是中國人，特別是有時兩人穿著睡衣在公用客廳裡看電視，看完了電視見他站起身來調皮著臉不失禮貌地給她道一聲晚安，然後一隻手上拿著本書，趿拉著拖鞋，晃悠著他的一公尺八三的偉岸的身軀，一蹭一蹭地消失在了她的面前的時候，她就會浮想聯翩，夜不能寐了。

白雁說，久而久之，她感到自己竟然就變成了近乎於像單戀似的病態般的心理。

秦田和伍芳的第一次見面，是那年放暑假前、剛考試完畢後一周的週末。而那次見面，又恰恰是在白雁舉辦的一次派對上。

而且，舉辦那次派對本來是白雁有意讓伍芳去幫她看人的，或者說是還要讓伍芳幫她牽線搭橋的！

事情之前，白雁雖然沒有明明白白地這樣給伍芳一五一十地說和授意，但是，白雁知道，伍芳在這類似的場合裡，都是一個特別善於交際和自然而然就具有親和力的漂亮女人，或者說，她是一個有些類似大眾情人之類的女人也不為過，因為，她在很多男人的心目中，都是一個高貴的皇后。

白雁是個有心計的較為安靜的女人，她不像伍芳那樣相對外向和對人對事更為熱烈和熱情，白雁想在這樣的場合讓伍芳自然而然地和秦田搭訕上並熟絡了之後，以伍芳對自己的心思的熟知和她的為人的熱心和喜歡交際的性情，她伍芳是斷斷然然會主動去向秦田傳達自己的心事並幫自己牽線搭橋的，她知道，她伍芳一向來就是那樣的一個人物，說她是好出風頭也好，說她是喜歡顯示自己支配男人能力也好，總之，憑白雁一向來對伍芳的瞭解，她認定事情會按照自己的安排那樣滑進自己預設的軌道……

然而，白雁畢竟還是涉世不深，她不知道，普通的人在普通的路上行走的時候，一般會按照普通的走法去走路，然而，當普通的人走上了一條不是普通的路的時候，他（或者她）的走法可能就不是那樣的走法了……

也許是一種天緣吧，就在白雁舉辦的那次派對上，在那個叫 Spring house 的學生公寓的二樓寬大的客廳裡的一扇可以依窗眺望外面的景致、把倫敦城東北角的芬斯勃廣場附近的森林公園裡鬱鬱蔥蔥的樹林景色盡收眼低的大窗户旁，那時，恰恰就刮起了一陣越來越大的風兒。那一陣風兒竟然把窗户上面掛著的金色的金絲絨窗簾都吹得旗子般地飄揚了起來。等到那一陣大風過去了，窗簾驟然地落了下來的時候，依在窗口正在熱烈地談話的秦田和伍芳，已被金色的絲絨窗簾雙雙地罩在了一起。等到旁邊的同學撩開那巨大的窗簾時，受了驚的伍芳，正尖叫著，又小鳥依人般，緊緊地撲在了秦田的胸前，雙手還死死地摟在他的脖子上。那情景，倒是讓不明内情的其他人，特別是那幾個金髮碧眼的洋同學們迎起一片鼓掌聲和喝彩聲。

當兩個擁抱著的人旋即分開，又滿面通紅地跑開了時，旁邊的另外一個人卻像是被人當胸捅了一刀似的疼痛。

那人就是白雁。

還在她看見他們兩人漸漸地，不由自主地雙雙聚攏到了窗前，又熱烈地，長時間地談了起來的時候，她的心就越來越高地提了起來懸著了，並且，就還那麼一直地提心吊膽地懸著懸了下去……

過上過下，白雁都拿眼睛乜乜斜斜刀鋒樣剜著窗前的一對人兒。特別是那個粉紅色的小禮服套在黑色帶暗花薄紗晚禮服上的她所熟悉的雍容華貴而又嬌巧的身影。怎麼現在竟讓自己的七竅都生起了煙來?!她怎麼也不理解，她怎麼也想不通的是，她伍芳怎麼會第一次見面就把人家靠得那麼近，喊了好多次伍芳伍芳伍芳伍芳伍芳呀！你這個懶蟲你還是快到廚房去幫忙拾掇拾掇晚宴，她都像是耳朵聾了、腳下生了根似地立在了窗前紋絲不動。倒是一幫老外同學爭先恐後地在廚房裡幹了起來，直氣得白雁躲在一旁亂跺腳。

過上過下的人都看出來了，怎麼回事兒呀？怎麼她把大家邀請來過一個本來大家都應該高高興興的派對，她自己的臉倒是一直就看上去拉得跟掛麵似的那麼老長？

當人們鼓起了掌來的時候，本來就心裡面氣鼓鼓的她，在一片掌聲、口哨聲、喝彩聲中莫名其妙地從廚房裡衝出來的時候，可憐的人兒，她正好看見那雙雙擁抱在一堆的一白一粉紅的兩個人，就像劇院裡開場時揭了幕似地被人從那金絲絨窗簾裡拽了出來！

那個魔術般的場面，簡直令到她幾乎是快要昏厥過去倒在地上般地逃離開了那兒……

---

①高倉健，日本著名演員，主演過《追捕》、《遠山的呼喚》、《幸福的黃手帕》、《車站》、《海峽》、《夜叉》等電影。其中的《遠山的呼喚》係一部動人的日本愛情片，原作者：三浦綾子；導演：山田洋次；主要演員：高倉健、倍賞千惠子。

第5章　丘比特之箭

那天下午四點多鍾，當伍芳立在 Spring House 學生公寓的石頭老房子門口的時候，就被眼前的秦田給迷住了。

似乎是一瞬間的事情，她看見出現在面前的、穿一身白色的運動服的高大的男子正微笑地看著她。他的有些寬闊的嘴的上方，是方向舵般輪廓分明的鼻子，兩道劍眉下的雙眼閃爍著一些和煦的目光。一瞬間，她感到他離她是那麼的近。又看到他的目光在瞳仁裡徒然地更亮了起來，那目光幾乎迅即要溶化了她的全身，她已是由不得自主地低下了頭去，卻在他的一聲「下午好！」中，哼哼著含糊其詞的話語進到了客廳裡。那一瞬間，丘比特的神箭，肯定地說，是射到了伍芳的身上，而射沒射在了秦田的身上呢？只有他自己最清楚，反正後來她每一次問他的時候，他都說：那一箭正好射在了他的腦門上，給他射來了個台北的美女。可不是嗎？這箭頭都還在腦袋裡，箭尾還拽在您的手上呢！

至少在當時，她是完全地被他迷住了。

一直到後來過了好久，他們都從蘇格蘭回到了倫敦之後，她才比較清楚地回憶起來那天的情景，才記起了那天出門前是怎樣處心積慮地刻意將自己打扮了一番，穿上了自己好多次在朋友的生日宴會和一些名目繁多的派對上最吸引男士目光的顯得高貴典雅而又性感的那種夏季晚禮服服式，那就是：由繁化簡地在簡單的馬尾髮式上露出自己光潔的額頭，從而讓白金鑽石的花瓣形耳釘和自己橢圓微豐的漂亮臉蛋上的柳葉眉下一對雙眼皮的大眼睛、櫻桃小嘴兩邊的酒窩都相得益彰，並使自己煥發出健康清新的美麗和燦爛的笑容。粉紅色的小禮服套在無袖開背的黑色帶暗花薄紗旗袍上，當葡萄酒、威士忌或者是白蘭地之類的酒精在兩頰上現出淡淡的紅暈時，或者是舞過兩曲、在肌膚上泛起薄薄的香汗之後，自己一個優雅的動作便將那套在晚禮服上的偽裝掀開來，立時就秀出來自己兩條《紅樓夢》裡薛寶釵似的雪白豐腴的蓮藕也似的玉臂，當然，還有白出一大片的光滑誘人的裸背、以及那耗費了不少男士的目光和照相機裡面菲林的她的在低領口處若隱若現的正面和側面看上去都曲線凸挺的雙乳，正面稍近的距離上，特別是顯現在舞伴的眼前的自己雙乳中間金項鏈上吊著的十字架下面深深的乳溝……還有兩手上動態十足的玉筍樣的十個手指頭、手指頭那些塗抹著淡金、淡銀或是紫羅蘭色、葡萄酒紅色等等顏色的修剪保養得玲瓏剔透的讓男士看得心醉神迷的華貴而又性感十足的手指甲……才記起了自己後來又是怎樣來到了休斯街一七八號 Spring House 學生公寓的石頭老房子前面，又一步步上到了二樓二號那白色的，上面凸現出一些對稱的枝繁葉茂的花飾的門前，伸出戴著精心準備的白色絲手套的纖纖秀手來，用一個食指去摁動那個黃銅的電鈴的按鈕，在鈴聲響起來的那一瞬間，自己的心裡還在發出輕蔑的冷笑：

「我倒是要看一看，這個白雁心目中的大陸來的男生，這個作家兼詩人，他究竟是個什麼樣子的人物！即便是他相貌一般，就憑他的文學方面的天賦，我都應該是會喜歡他的！至少，他應該是我的談得來的文學上的朋友，或許，即便是他的相貌一般，也許，我還會愛上他呢！他畢竟是一個很有文學才華的人物嘛，但是，一般來說，這樣的人物，大都是些書呆子和迂夫子一類的傢伙，他可能是個例外嗎？不可能吧！不可能吧！願主耶穌保佑，保佑我啊！阿門！阿門！阿門！阿……」

但是，心裡有些惶惑的是，她也知道，白雁的眼光還是挺高的。

兩人走到街上，伍芳的回頭率總是要比白雁高。無論在台北，還是現在在倫敦。男人的眼光總是跟著她，甚至於斯斯文文的陌生男人把車停在路邊跟在她的屁股後頭攆上幾條街的事情，也是家常便飯稀疏平常的事兒。

所以，當伍芳在開了門第一眼看見了秦田的時候，就完全證實了自己內心的惶惑——

秦田不僅僅是個不說是天才的，至少可以說是一個有著相當潛力和才華的藝術家，更還是個英俊的男子！幾乎也是在那一瞬間，伍芳斷定了一個重要的而且對於自己來說也是主要的問題，那就是，以自己對白雁的瞭解，和自己與白雁在眾多男人面前屢試不爽的回頭率的比較，可以肯定地說，自己要向秦田進攻的話，她白雁就完全不是自己的對手，就是說，從內到外，從文學到形像，她都不是自己的對手！更重要的是，也幾乎就在自己見到秦田的那一瞬間，自己一眼就看出了一個問題，那就是，如果白雁要去追秦田，那，她白雁肯定是處於下方，而且，那中間還有相當的距離呢！相當的距離，相當的距離啊！但是，那又畢竟是自己的個人的看法而已，世間上就有很多那樣的事情，任何外人都看上去極不般配的兩個人，人家兩口子就是生活得快快樂樂，因為，很多的東西畢竟不是外在的，而是內在的，因為，人畢竟是一種思想的動物，更何況，更何況，人家白雁也是一個相貌端莊賢淑的漂亮的女孩兒，家庭背景也是在台北的中上家庭……要是，要是，要是她不是那樣總是太內向，太端莊賢淑，太成天就埋頭在她的枯燥的藥劑學文字符號裡，要是她也像自己那樣更加浪漫些，像自己那樣在穿著上更加熱烈些，就是說，什麼粉紅啦、水紅啦、玫瑰紅啦、或者是黑色加大紅啦，還有就是金銀的豔麗的顏色啦！前衛一些的，比較跟上時尚的啦！哎呀，她就總是那些她說的莊重的什麼灰色啦、紫色啦，唉，就是那次的那種他們兩人都同時看中的香港人的店裡賣的紫色金花的旗袍，她穿和我穿怎麼就完全不一樣呢？那次在聖誕晚會上，我倆都穿著同樣的那件紫色金花的旗袍，我倆都是幾乎相同的一公尺六八的高度，圍著自己轉的男人為什麼就那樣的多呢？天！上帝為什麼就讓自己是這麼的一個尤物呢？唉……

當然，那個時候，伍芳也有一小會兒想到了自己的私心，人家白雁畢竟是和秦田在一個宿舍裡住了那麼長的時間，自己才一腳踩了進來……

然而，人情就是這樣——

往往爭鬥都是發生在熟悉的人之間，越是熟悉，就越是爭鬥，那相互熟悉人就是所謂的叫做「朋友」二字的人之間的稱謂，所以才有世間人們對於朋友的很多的感歎，才有朋友之間要保持一定的距離的說法，才有世間一些久經滄海的人們對於真正的朋友難以尋覓就像大海裡撈針樣的感歎，才有後來的法國人讓・保羅・薩特在他的存在主義哲學裡根本就一針見血地認為世界上不要說什麼朋友，就是兄弟姊妹父母夫妻之間都只存在一種利用的關係云云云云……

現在不是，當伍芳一腳踩進門看見了秦田之後，雖然對自己的老朋友白雁心裡也咯噔了好幾下，但是，卻很快就把任何事情都拋到腦後去了……

更何況還有那句不知道是什麼人說的話呢，就是說——

在類似愛情的事情上，任何人都是絕對地自私的呢！

那次派對後的第二天下午，伍芳和秦田就在電話裡約在一家咖啡店裡見了面，然後是宵夜的晚餐，看電影。第三天晚上兩人就在伍芳住的地方聊了一個通天亮！

然後是一個禮拜幾乎天天晚上見面的晚餐、電影、戲劇、音樂廳裡聽音樂……除了以文學上的詩歌、小說、戲劇作為談資或話題外，兩人簡直就是無話不說，好像雙方都覺得相見恨晚，好像前生前世兩人就是早就相愛過的一對兒一樣似的。緊跟著，兩人又興致勃勃閃電般地去了一趟温莎堡，又乘飛機去蘇格蘭的愛丁堡。前兩天在風景如畫的古城堡裡逛來逛去、攝影、買小擺設，後來就是白天在福斯灣北海邊的露天浴場游泳，晚上到賭場去玩上幾把，他們就那樣在愛丁堡待了一周。

那次派對的結局是：

兩周以後，白雁搬出了休斯街一七八號。

又過了一周，秦田也離開了 Spring House 學生公寓那座百年的老石頭房子。他徑直地搬進了 St. James Park 路 Lansdown 南街一〇二六號別墅二樓靠南的一間寬大的房間裡，那是伍芳的臥房，在那兒，他們可以憑窗眺望格林公園的一角。

他乾乾脆脆地和伍芳公開地同居了！

就在他們同居後的第二天，伍芳給秦田寫了一首詩，還將那首詩用鋼筆抄寫在一張漂亮的信紙上壓在玻璃板下麵。當秦田晚上從學校裡回去繼續在書桌前看書時，那首抄寫在信紙上的詩就立時映現在了秦田的眼前，他看見那首名叫《夜星》的詩是這樣寫的：

夜星——QT

夜星
夜星你就是我的靜夜的星
我的靜夜閃爍的啓明星

閃爍著你的星空火海火的海洋之光
遙遠的火海哦
噗噗飛竄的火焰
尾曳著億萬星星億萬星星的子孫向我飛行的你
雄性的火焰之光哦
你照見我遙遠的過去
你照見我遙遠的未來
竟是那麼晶瑩純淨
那麼光焰萬丈你把它引燃
燃燒成你懷抱裡的灰燼

那棟靠近格林公園的別墅，是伍芳的父親伍原的老戰友、台灣駐英國辦事處武官沈鵬早年在倫敦購置的兩處別墅之中的一處。兩棟別墅本來是沈鵬準備退下來以後留在倫敦當寓公時居住，順便也可以收一些房租的。誰知，沈鵬卻在四年前的一次大西洋上空的墜機事件中喪生。好在老伴程麗蘊跟著沈鵬在倫敦早已習慣了那兒的生活，伍芳又是她早年在台灣認的乾女兒，那一棟別墅自然而然就拿去讓伍芳居住和管理了。伍芳只是將住不了的樓下的幾間租給別的人去住，按月到房客那兒去收齊租金之後，存入她乾媽的户頭裡就行了。

第6章　在從倫敦到愛丁堡的飛機上

從倫敦蓋特維克機場起飛去蘇格蘭首府愛丁堡的波音七三七飛機正穿過英格蘭南部低平地帶的倫敦盆地、英格蘭中部平原和約克夏低地進入蘇格蘭高地地帶，坐在伍芳左邊靠近窗口的秦田正在透過飄逝過窗口的大片大片白雲俯瞰著地面，他慵懶地看著蘇格蘭東海岸的海陸相連的相對來説較平直的海岸線，飛機就那麼緩緩地順著藍綠交界的由西向東曲曲彎彎鋸齒型延伸的海岸線向前移動。有些時候，當飛機穿過厚厚的雲層時，秦田看見機窗外銀白的飛機翅膀在上下地擺動和顫動，又有些時候，當飛機在沒有雲層阻擋時，銀白的飛機翅膀又反射著刺眼的陽光，飛機上時不時有些穿著漂亮制服的空勤人員在走來走去，掛在耳朵上的耳機裡正在播放著一些音樂，一會兒是菲利克斯・門德爾松的《A大調義大利交響曲》，一會兒又是赫克特・柏遼茲的《幻想交響曲》和亞歷山大・波爾菲里耶維奇・鮑羅丁的《在中亞細亞草原上》，後來又放了幾首秦田叫不出名字來的爵士音樂。現在，又在開始放門德爾松的《『仲夏夜之夢』序曲》。

那時，伍芳見秦田正陶醉在音樂裡有些輕輕地搖頭晃腦時，就伸手去把秦田戴在耳朵上的耳機取了下來。伍芳問秦田：

「田，你覺得門德爾松為莎士比亞的這齣喜劇配的序曲怎樣？」

「哎……當然很好。」

「好在哪裡？你喜歡這曲子的哪幾段？」

「奏鳴曲開篇的四個極其輕盈淡雅的木管和絃，就是說，一開始的音樂讓你感覺到了莎士比亞的意圖，就是那種雅典城裡密林深處花園裡樹枝上的小鳥兒、夜半的調皮的小精靈們，它們都在竊竊私語，我想，十七歲的少年門德爾松寫這個開篇時，正是他那樣年齡的人的事情。聽這個曲子是個好的兆頭，我們現在不是正要飛到雅典城去嗎？只不過，我們要去的卻是『北方的雅典』莎士比亞的這齣劇說的是南方的雅典而已罷了！我們算不算是私奔呢？」

「嗨——你這個傢伙！什麼南方北方雅典的，什麼私奔還是公奔的，人家問你話呢！說門德爾松的《『仲夏夜之夢』序曲》吧，接著剛才的話題，然後呢？」

「然後，然後就是私奔！」

「打你——怎麼又說私奔？我們是私奔嘛？我們是私奔嗎？我們是光明正大的公奔呢！」

「人家說的是莎士比亞戲劇《仲夏夜之夢》裡的美貌的赫米婭和拉山德私奔，依我看，你就是赫米婭，你是東方的赫米婭，是不是，我的美人兒？」

「哎……田，別鍴嘴兒了行不行？接著剛才的說。」

「好，親愛的，奏鳴曲開篇的四個極其輕盈淡雅的木管和絃，就是說，一開始就是音樂由兩個聲部迴旋上升到八個聲部……」

「不是八個啊……」

「至少八個吧！」

「厲害厲害厲害！就這樣已經就很厲害了，告訴你，是十個聲部，一下子就展開到了十個聲部……」

「哦……十個聲部，然後，音區變大、頻響變寬，和絃更加飽滿，是開始的好多倍地增加，於是，莎士比亞的情人和瘋子的什麼紛亂的思想和幻覺就出現了，就出現了人間的和天國的，現實的和夢幻的交織的歡樂的場面，體現在音樂裡就是用多聲部寬頻響去表現。」

「呵……厲害！你是怎麼學來的？」

「我什麼書都看，音樂學院的有些課我也去聽聽，美術學院的課我也去看看，但是，只是聽聽和看看，如果聽完看完念完讀完就人也完了，在藝術領域裡，很多大師都不是什麼專門院校裡出來的，藝術的專門院校只培養出匠人和書蟲。藝術不是自然科學，是感覺而不是理論框架的束縛。其實，自然科學在一定的高度上也可以感覺到音樂的和諧，像量子力學的波粒二像性裡面，化學的元素週期裡面，特別是天體物理學裡面就是那樣，你完全可以感覺到裡面的旋律的對稱和和諧，那時，你就會吃驚於這個世界究竟為什麼是這樣奇妙地構成的……」

「繼續說剛才的話題，兩個聲部上升到了十個聲部之後呢？」

「突然的變調，於是產生出異常的新奇。」

「天啦——怎麼個變調法？」

「我記不得了，除非回去重聽那曲子的時候，我才可以告訴你，你不是在考我吧？我又不是音樂學院的學生。」

「天啦，就這樣你就已經是很不得了啦，你的感覺真的是太好了。我告訴你吧！門德爾松為莎士比亞的這出喜劇配的序曲一開篇由兩個聲部上升到了十個聲部之後，一下子就用音樂把人們的想像帶到五彩斑斕的神話和夢幻的境界裡去了，跟著就是變調，由E調變到C小調，調式的急促的變化帶來色彩的新奇，小提琴細碎急速的弓法讓人們有一個精靈四處飛翔的幻境……當樂隊的第三主題出現的時候，磅礡的樂隊全奏就推出一個輝煌明朗的主題，就是說，在配器方面，平行三度的音響用主題a去突出，平行四度音響用對應句b突出。最後的四個小節的真正速接句，e小調的#5就是E大調的導音7，於是，就自然而然回到了E大調……一個簡短的卡農式段落後……」

「哎……芳，不要再給我上課了吧！」

「好好好，田，我們不談音樂了，談點文學吧，我想問你，你的文學功底那麼好，特別是戲劇，你是怎麼學來的？」

「唉……其實都是文革在家無聊的結果，在家裡就什麼都看，文革以前，老頭子還有些特權，常領我到市裡的幾家劇團去看戲，他倒是只是看看，我卻是被那些演員領到家裡去玩，他們拿些書給我看，那樣就開始看開了，後來是寫日記，日記裡的好的篇章其實就是後來的一些作品的段落和核心。上大學以前我是什麼書都看。到後來，我發覺我真正喜歡的是藝術。要不是高考逼迫著我没有機會和時間了，否則，我會去學音樂和繪畫的。如果人還有來生，我一定要去搞音樂和繪畫。現在，就業餘搞搞文學吧。但是，我時常都感到我對於戲劇的東西很有些衝動，因為，戲劇裡可以接近真實地去表現一種活生生的動態的美。」

「你覺得，戲劇是什麼呢？」

「哎……你是在考我還是什麼的？」

「哪裡！你是一個創造型的人，我只是一個就是你剛才說的真正的讀書匠。其實，很多的研究文學的人是搞不了什麼創作的。」

「你這個觀點倒是說的實話。」

「你認為戲劇是什麼呢？」

「這方面你是專門家了，我不想在你的面前來班門弄斧，如果我從什麼亞里斯多德的悲劇理論開始和你討論，那一定會讓你時不時地笑掉幾顆大牙，那樣的話，我到了愛丁堡的第一件事情就不是去找旅館，而是找醫院了，那不是太掃咱們度蜜月的興了……」

「嘻嘻嘻……你這個傢伙，你淨胡扯些什麼，嘻嘻嘻……你還沒有送我白金鑽戒和帶我穿白色的婚紗上教堂呢！嘻嘻嘻……」

「那不過是些庸人的過場，你看我倆這一對兒是講究那些東西的人嗎？」

「你不要我可是要耍的喲……」

「好吧！就依了你。恐怕是依了你心裡的還在台北的爸爸媽媽吧？」

「哎……你這個鬼精靈，才幾天，我的什麼心事你都能夠猜到。」

「那當然，我是寫小說的嘛，簡單的推理啊……」

「哎……還是談戲劇吧，我問你，你認為，戲劇是什麼？」

「戲劇是無什麼規則的，就是一個模仿！」

「嗯……對！往下說。」

「例如剛才耳機裡的門德爾松的《『仲夏夜之夢』序曲》，我們就在模仿一個去蘇格蘭的北方的雅典的『仲夏夜之夢』！」

「嘻嘻嘻……你這個壞蛋！嘻嘻嘻……」

「不是嗎？」

「嘻嘻嘻……是啊，是啊。嘻嘻嘻……」

「戲劇模仿的方式方法滿足『一千個哈姆雷特』……」

「嘻嘻嘻……」

「模仿的方式方法就是：Suspense（懸念）、Surprise（驚奇）、Satisfaction（滿足），然後在距離和想像中產生移情，最後創造出『一千個哈姆雷特』們自己需要的主觀幻覺的東西。」

「嘻嘻嘻……嘻嘻嘻……精闢到了極點！完了嗎？」

「最後一句：一個戲劇作家需要知道的是，那『一千個哈姆雷特』裡面一般分為三類。」

「咦——？」

「那就是：一般觀眾要動作；女人要熱情；思想家要性格。」

「嘻嘻嘻……嘻嘻嘻……嘻嘻嘻……你這個傢伙，你怎麼會是學物理學的？哈哈哈……你簡直就是個魔鬼藝術家，嘻嘻嘻……難怪你這個傢伙現在對我是百依百順，還儘給我的都是些熱情呢。」

「其實，這些話都不是我說的，最後的一句話是雨果說的，而 Suspense（懸念）、Surprise（驚奇）、Satisfaction（滿足）的三S原則是西方戲劇界眾所周知的基本規則。我的感覺是這些東西都不重要，重要的是創作，是憑空想像和做出你的優秀的白日夢，當然，關鍵是用什麼形式去把你的優秀的白日夢表現出來，畫家用畫布，音樂家用五線譜和樂器，戲劇家用舞台，雕塑家用泥土，作家用墨水和筆，等等等等，當然，廣義地說，其他學科達到一定的高度都叫藝術，任何藝術都是最獨到的最優秀的個人的白日夢！」

「天啦，我怎麼今天才找到你哦！」

伍芳喀嚓喀嚓幾下解開扣在腰上的安全帶，她張開雙臂撲到坐在身邊靠近窗口的秦田身上，她完全忘記了身旁那些乘客似地撲哧撲哧地親吻起秦田的臉頰來……那樣好一陣之後，她張開了她的雙臂，她看見秦田的臉頰上、唇上、下巴上甚至連鼻子上都是些她自己的東一塊西一塊的紅紅的口紅，她禁不住就更加得意地嘻嘻哈哈大笑起來，一個正在路過的漂亮的空勤小姐猛地一轉頭，她正好面面相覷地看見秦田那副樣子，頓時就睜大眼睛尖叫了一聲，待她回過神來意識到是怎麼回事兒時，立時就捂了嘴吃吃地笑得蹲了下去，她還忙不疊地趕緊將手裡端著的上面放了一杯正冒著熱氣的咖啡的托盤立時就放在了旁邊的一張空著的座位上。看著秦田那副滑稽的模樣，坐在他倆身邊的另外幾個乘客也都發出了會心的微笑，還有一個紅頭髮的女大學生立刻就將拇指和食指捏攏含在嘴裡尖聲地吹響了一聲口哨，又引來了幾個傢伙舉起手來啪啪啪地鼓起了掌來，立時弄得秦田滿臉通紅，一直紅到了脖子根兒上。伍芳倒是臉不紅心不跳地照樣在那裡哈哈大笑，還跳到過道上來身子轉了幾圈兒對那些向他們鼓掌的傢伙舉起手來叉開食指和中指打著得勝的V字，那些本來就無聊的乘客竟把巴掌拍得個響成了一遍，立時就引來了飛機上的保安人員，見了秦田那副狼狽的樣子，也忍俊不禁地笑了起來，又張開雙手向下彈壓示意大家在飛機上要安靜，人們才一個個噤了聲兒。

秦田悄聲地罵起伍芳來，又伸手在她的身上胳臂窩揑了幾把後，就又開始講起戲劇的話題來：

「我喜歡話劇是很早的事情了……我想，那是從我們那裡的一個老頭子喜歡的話劇女演員那裡開始的，文革前，她常常到我們的家裡來，她長得很美，我小時侯就知道，老頭子喜歡她，有一段時間，常常帶她到家裡來玩，她總是穿一些與眾不同的很好看的衣服，她也常常帶我出去玩，也把我帶到她的家裡去給我看很多的當時外面很少看見的外國的畫報，特別是前蘇聯的芭蕾舞劇照的彩色畫報，我喜歡看那上面的穿著白色短裙的漂亮的女演員們，她的先生是一個美術學院的教授，所以，在他們的家裡，我也看見了很多的西方關於繪畫的書籍，那上面的許多的裸體繪畫讓我感到興奮和激動，當然，主要是美的感受，當然，我那時即便是很小，我知道那個女話劇演員很美，她夏天穿著裙子更美，她的嗓子也很甜很甜……文革中間的大字報上面就揭發說父親和她的關係不正常，還說……」

「哎喲……你整個一個父傳子的好色的小公子哥兒哦……」

伍芳伸手在秦田的臉頰上掐了他一把。

「小時侯，我心裡長得最美的女人，一個就是我家的保姆梅姨，一個就是那個女話劇演員孫媛媛阿姨了，當然，還有電影裡面那個演金環和銀環的女演員。好了，回過來再說兩句戲劇吧。Drama、Modern Drama，歐洲戲劇除了義大利歌劇以外，一般都是以對話而不是以中國的唱為主。真正的大戲劇藝術家從來都是和藝術規則反其道而行之的。就是你提到的前不久在《倫敦旗幟晚報》上的戲劇專欄裡用整版用通欄大標題來介紹我的《夢遊的唐吉訶德》的那個韓德爾，就是那個寫評論的英國籍德國血統的戲劇專欄評論家韓德爾，自從他寫了那篇對我的評論後，我才開始重視起我的『才華』來，我才開始考慮，原來，我這個人居然還有個洋人來看出了我的什麼『才華』來了……」

「嘻嘻嘻……嘻嘻嘻……」

伍芳嘻嘻嘻地笑著，又伸頭到秦田身邊去親吻起秦田的臉頰來。秦田繼續說道：

「那時，我才到學校的圖書館去翻些戲劇理論的書來看，我才看到原來那些真正是原創的大劇作家們，都是不去看那些什麼戲劇理論方面的書籍的，或者說，看了之後就開始批判和反其道而行之。例如寫過一千八百個劇本的西班牙的多產劇作家羅貝・維嘉（Lopede Vega, 1562-1635），前蘇聯的劇作家馬克西姆。高爾基（Maxim Gorky, 1868-1936），英國的劇作家阿契爾在他的《劇作法》（*Playmaking*, 1912）裡，美國的勞遜在《戲劇與電影的劇作理論與技巧》（*Theory and Technique of Playwriting and Screenwriting*, 1949）裡，都大談特談對所謂的『劇作法』反其道而行之的言論，就是一句話，藝術要的是個性和獨創。」

「好孩子，我的好孩子，來，親我幾口，快，來，親我幾口……」

秦田也轉頭去在伍芳的額頭上、嘴唇上啪嗒啪嗒地吻了一陣。

他掉頭看窗外時，飛機已經是在一片蔚藍色的大海之上。越來越近的地面，正好是圍繞在綠色的萬山叢中蘇格蘭低地中心的一排排房屋和街道錯落有致地排列著的號稱是『北方的雅典』的愛丁堡城，一些教堂側面的玻璃窗還在針頭上的銀光般地一閃一閃地反射著陽光，一叢叢高聳的教堂尖頂的十字架，就像海港的港灣裡那些停靠的船舶上的船桅，軍堡山上依山環繞的鋸齒狀的城牆上的箭垛都還歷歷可見，上面行走的人們就像是螞蟻一般……

秦田眼見得地面越來越近，空勤人員又在揮手致意大家扣好自己身上的安全帶。一會兒，就感覺到飛機的機身上輪子和地面硬接觸時的輕微的振動，又見近處地面的指揮塔、停機坪上停靠的車輛、飛機唰唰唰地一一閃過……

那時，他聽見旁邊一些人喀嚓喀嚓地解開了安全帶。伍芳嘴裡嘟噥著說：

「唉……秦田，要是，要是這飛機永遠不停地飛下去就好了，這飛機上的過程，就是最蜜月的過程……你看，陽光、大海、陸地、心愛的人兒，又在天上，唉……」

第7章　在蘇格蘭低地談中國山地人

愛丁堡市東北面福斯灣海濱沙灘上的下午時分，八月的陽光熱辣辣地灑滿大地。遠處的海水裡正有些人在游泳，兩艘汽艇在安全區的紅白相間的浮漂球之外的藍色的海水裡昂昂昂地響著劃出一道道白色的漂亮的弧線。幾隻白色海鷗在天空張開翅膀來回地翻飛著。

穿著一條藍色三角游泳褲的秦田正從海水裡遊回來向岸邊走來。

一身粉紅色比基尼泳裝的伍芳仰躺在一把插在沙地上的紅藍白三色相間的大遮陽傘下，她正抬起上身一雙手肘支在沙地上，她透過架在鼻樑上的墨鏡看著向她走來的他，她看著虎背猿腰的秦田在海水的淺灘處邁動步伐向自己走來時，一步步都濺起些白白的水花。她看見，就這麼才三四天的功夫，他們倆人的皮膚都曬得由白變紅，由紅變灰，由灰變紫再變黑。現在，不管再怎樣抹些什麼防曬油，還是抵擋不住一層層的脱皮……

現在，她取下了架在鼻樑上的墨鏡，看看自己架起二郎腿的一雙有些豐滿修長的大腿在遮陽傘裡陽光通過沙灘漫反射進來的光線裡的樣子，那樣子真的就像一尊美女的古銅雕像般的那麼和諧。她看見自己的雙腿竟然是如此般的美麗動人，心裡頓時就漾起一些得意的自憐自愛來……

她知道，她自己長得真的是很美很性感。她知道，自己獨處的時候，就常常會那樣地產生一種自憐自愛的情愫來……

這片沙灘後面不到三百米的地方，就是一家賭場，這幾天晚上，她都會帶秦田去玩上幾把。賭場後面就是一排排的豪華旅館，基本上都是些為度夏的人們專門準備的臨時旅館。臨時雖說是臨時，但是那裡面卻是十分的豪華和應有盡有。說白了，關鍵就是一個錢字。好在，這在她伍芳來說，那是不成什麼問題的。但是對於秦田而言，卻是不太習慣看她大把大把地花錢。好在，她還不是那種花天酒地的現代女性，只是由於家裡並不缺錢用而養成的習慣而已。

當秦田來到伍芳身邊和她並排躺下來之後，倆人就摟抱著親吻了一會兒，這幾天，他們時常都是那樣，完全沈浸在甜蜜的愛意之中。過了一會兒，伍芳就將自己的頭枕在秦田的胸膛上，又拿手指在秦田的耳朵上輕輕地揉捏著說：

「秦田，前天我們跟旅遊車到尼斯湖那邊的蘇格蘭高地去遊了一躺，你說那些山還叫什麼高地？要是和你們四川的什麼峨眉山那些山比較起來，就顯得高度還不夠，還說蘇格蘭人的性格跟你們家鄉的人的性格很相像，都是山地人，都是 Mountain People，你是寫劇本的，現在你又待在蘇格蘭的首府，你曉得蘇格蘭人是怎麼回事兒嗎？」

那時，秦田看見伍芳本來仰著的臉此時扭了過來，她戴著一副乳白色框子的墨鏡的嘴角浮起一絲狡黠的微笑。另外的一隻手還在抓起一把沙正準備往自己的頭髮上灑下來，看著她的那個鬼鬼祟祟的樣子，秦田禁不住哈哈地大笑起來。他一翻身就把伍芳推在了一邊，然後倆人就在沙地上嘻嘻哈哈地追打得滾成了一團。後來，伍芳就騎在了秦田身上，還說：

「哎……快快回答我，剛才我問你的問題，蘇格蘭人是怎麼回事兒？」

「哦！你才是專門兒搞藝術的啊——而且，你現在還在爭取成為英國公民哦！還是你來講解給我聽吧！我還想問問你呢！哈哈哈……」

秦田裂開嘴巴大笑著答應道。伍芳又說：

「嗨——你知道蘇格蘭人嗎？蘇格蘭人首先是蘇格蘭人，其後才是英國人，這是許多蘇格蘭人秉持的信念。你看好多蘇格蘭的產品，包括一些蘇格蘭的威士忌酒的酒瓶上都印著『蘇格蘭製造』的字樣。他們是一個很固執和頑梗的民族，就像你自己說的一樣，是山民，和你這個四川巴京市人一樣，是四川巴蜀的巴人，也是山民，是 Mountain People，是腦子不拐彎的『方腦殼』，嘻嘻嘻……」

伍芳看見秦田揚起手來做出一副要打她的樣子，就嬉皮笑臉地抱住他，一隻手揚起粉拳在他的胸膛上輕輕地敲打著，嘴裡又喃喃地嬉笑道：

「你打呀！你打呀！把我的肚子裡的可能就已經就有了的那個小『方腦殼』一併打掉！嘻嘻嘻……」

「嗨——芳，你，你，你別嚇唬我吧？我們，我們才……我們才幾天？」

秦田故意裝出一驚一乍的樣子，又說道：

「最近我還真的想過四川的巴人和蜀人的區別，我把英格蘭人和蘇格蘭人作了一番比較，又把四川的巴人和蜀人作了一番比較，再把蘇格蘭和四川川東的山區，英格蘭和四川的川西平原進行類比，得出的結論還很有意思。」

「講來聽聽。」

「我在四川蜀京市省立大學念書的時候，無論在學校還是大街上，時常看見人們發生爭執，最典型的就是因為騎自行車發生的吵架打架的糾紛，人窮氣大，吵鬧起來就精彩得很，也很能夠表現兩個地方人的性格和民風。你看著啊，舞台上是這樣，從舞台的兩側騎出兩輛自行車來，就像是從蜀京市的小巷子裡的拐彎處的兩個看不見對方的兩條路上，兩輛自行車向一個交彙點上騎過去，也許是白天兩人都忘記了摁自行車上的鈴鐺，也許是晚上路燈被調皮的小孩兒用彈弓打爆了，就是說，自行車按蜀京市人慣常喜歡說的叫做是『里弄倒拐！里弄倒拐！朝候（裡）頭！朝候（裡）頭！端端兒呢走！端端兒呢走！好……兩輛自行車端端兒呢走！端端呢兒走！端端呢兒走！好……嘭！兩輛自行車嘭地一聲撞在了一塊兒，現在，他們在舞台的中央撞在了一塊兒了，兩輛自行車和兩個人都撞翻在了一堆兒。第一幕完了。好，現在第二幕開始。這時，從後台上來了許多圍觀的群眾，你想像是在蜀京市的小巷子裡或者是大學的校園的某棟教學樓下面花園路徑上的一個拐彎處。我們又假定是兩個年輕的男人，就是我前幾天告訴你的，兩個『半截子麼爸兒』①，哦，不對，蜀京市話叫『耍哥子』②，好像現在又叫著『嫩毛賊』③，我們就叫『耍哥子』吧，於是，兩個男人就面對面地站著開始吵起架來。這裡，會出現三種狀態。

「現在，我們假定的第一種狀態是，如若是兩個蜀京市年輕男人，就是說是兩個『耍哥子』，則通常典型的場面是，兩人的對罵從你輩我輩相互之間的父母輩罵開，從『X你媽！X你老婆！X你姐妹』，直X到祖宗十八代的Grand、Grand、Grand、Grand mother or From Generation to Generation！直罵到了雙方嘴裡的唾沫都把對方淬了一頭一臉，手指尖相互在對方的鼻子尖上指來戳去，可是，哪怕從太陽出山直罵到天黑，你不要指望他們兩人開打，即便是旁邊人山人海的圍觀者山呼海嘯地怎麼樣地齊聲喊打，那兩人是斷斷然定定地不會開打的！」

「為什麼呢？」

「你先不要問為什麼。現在，我們來看第二種假設，如果這兩人撞在一塊兒之後，其中一個說『你爪子哦？（幹什麼？）你爪子哦？你爪子哦？』而另外一個說『你龜兒子啷格搞起（幹什麼）呢喲？』那麼好了，這件事就很快解決！因為，那樣的結局一定是是說『你爪子哦？』的人一聽見說『你龜兒子啷格搞起呢喲？』的人一開口立馬就緘口不言語了，跟著就是撤退，而且，撤退得飛快。說『你爪子哦？』的人一定就是個蜀京市人了！」

「你的意思在這裡就是說，說『你爪子哦？』的人就是英格蘭人哦？」伍芳學著秦田用四川話說。

「你這個鬼精靈！當然，不能完全那樣去類比，英格蘭人的紳士也還有提劍決鬥的傳統，蜀京市人也還有到茶店子裡去喝上幾壺茶讓雙方的師爺和中間人協調和約定是否『決鬥』和如若要『決鬥』的話，採取什麼規則之類的很多袍哥大爺的名堂和段子兒等等。」

「那麼？第三種假設是什麼呢？」

「第三種假設就是，如果兩人撞在一塊兒了之後，雙方開口都是以『你龜兒子』起頭，那麼，接下來大都是兩邊的人一言不發地拳腳交加展開一場血戰，巴京市的『半截子麼爸兒』都是些亡命徒，往往是從太陽出山直打到天黑，你不要指望他們兩人分開，即便是旁邊人山人海的圍觀者山呼海嘯地怎麼樣地齊聲喊，不要打了，不要打了，血都流了那麼多了，你下面的那個人眼睛都從三白眼翻成四白眼快要翻成全白了！他的尿都流出來流了那麼大一灘了，他的……你格老子呢朗格還不鬆手哦？」

「你這個傢伙，你在胡說八道些什麼啊？嘻嘻嘻……你說給我聽，為什麼會是你說的那樣呢？為什麼？」

伍芳又揚起粉拳在秦田的胸膛上咚咚地敲打起來，還努著嘴巴說秦田盡拿起亂七八糟的故事來戲弄她。而秦田卻是又一本正經地繼續講了下去。

「你是學藝術的，你到羅浮宮、大英博物館再去仔細地看看那些古羅馬和古希臘的石頭雕像，然後再回去翻翻有關藝術史的書籍看看就會明白那時怎麼回事了。在大英博物館、羅浮宮，那些從地中海撈起的羅馬石雕上，羅馬人的頭顱大都是呈十五度角前傾低垂著朝向前方的，他們隆起的前額下的眼睛總是一隻睜開，一隻微閉，嘴角緊抿略微向下彎曲。羅馬人總是沈重地滿腹疑慮地睜開一隻眼來看我們這個所謂的光明世界！在那些羅馬的石雕上，他們彎曲的脊樑、空濛的眼眶總讓我揮之不去地聯想到我們川東山區那些苦澀的農民！希臘雕像卻相反，他們頭顱大都是呈十五度角向上仰起朝向前方，他們開展的前額下面的雙眼大都大大的睜開，他們的樣子大都有些眉開眼笑，或者至少是那樣的傾向。為什麼呢？羅馬人重農，希臘人重商。地緣條件使然亦！巴人和蜀人也類似，巴人多處山河之地，上山打獵，下河摸魚，即便是農耕，也是所謂的刀耕火種，一切的勞作都長期處於原始狀態，人與人之間由於山河的阻隔更限制了其社會文明的交流，所以，蘇格蘭也好，我的家鄉川東的山民也好，就是說，山地的人一般都更憨頑梗直得多。就像我在巴京市一樣，最簡單的例子就是行路，假使你從甲地到乙地，例如，像由沙坪壩的磁器口巴京市大學到市中心的鬧市區中心會仙橋的解放碑吧，你就幾乎只有一條路，那就是乘電車由沙坪壩先經大坪繞著一叢大山南邊山腰的唯一的一條公路到兩路口，再由兩路口經七星崗繞著另一叢大山南邊山腰的唯一的一條公路到目的地；如果你要換一條路，要由沙坪壩先經化龍橋繞著前面那叢大山北邊山腰的唯一的一條公路到到牛角沱，再由牛角沱經過黃花園繞著後邊那一叢大山北邊山腰的唯一的一條公路到達目的地的話，則只有前面的那種走法在發生交通事故的情況下，人們才會去選擇那樣的走法，否則，你就一定是腦筋有了毛病。因為……」

秦田順勢就彎腰曲膝蹲在地上，又從放在沙地上的短褲的褲兜裡掏出一串鑰匙來，用左手的拇指和食指捏住一把閃光的黃銅鑰匙在地上畫了一個直角三角形，然後側過頭來仰起臉笑眯眯地看著仍然站著，但勾了頭正看著他地上畫的圖形的伍芳凝神穆思又說道：

「這是一個直角三角形，這裡是巴京市大學的位置，我們假定為A點。」

秦田用左手上發亮的銅鑰匙在三角形的一個鋭角上寫出一個大寫的『A』字母。

「這兩條直角邊相交的直角為B點。」

銅鑰匙又在三角形的直角處畫出一個大寫的『B』字母。

「這個鋭角處C點就是目的地鬧市區中心會仙橋的解放碑。」

銅鑰匙最後在三角形的剩餘的角上金光一閃地輕揮出一個大寫的『C』字母。

「如果拿這個直角三角形來打比方的話，前面的一種走法就是從A點到C點走的是一條斜邊，而後面的走法則是從A到B，然後再由B到C，走的是AB加上B、C兩條直角邊。小學生都知道，兩點之間以直線間的距離最近，另外，按照平面三角的『兩條邊之和大於第三條邊』的定律，該走那一條路我想大家都知道。在我的老家山城巴京市，道路都是盤山而建，市中區的Downtown基本上就是一個長江和嘉陵江由西向東流到一個交彙點自然而然形成的半島，書上稱為『長江繞其東、南，嘉陵江繞其北、西接陸。其四塞之險，甲於天下。』半島上本身也是山連著山的一片群山，半島的南北兩邊就是夾著半島的長江和嘉陵江，兩條江的再往南北兩邊又是群山連著群山，而上千年來，應該説從遠在三四千年前的夏商周時期，以巴京市為中心地帶的大片地區，就已形成了一個統稱為『巴』的強大的奴隸制部族聯盟。周慎靚王五年（前三一六），秦滅巴國，置巴郡。秦時分天下為三十六郡，巴郡為其一。漢朝時稱江州。魏晉南北朝時期，先後更名為荆州、益州、巴州、楚州。隋朝為渝，北宋年間又改為恭州。孝宗淳熙十六年（一一八九）皇子趙淳接踵於正月封恭王，二月受內禪即帝位，自詡『雙重喜慶』，遂將恭州升格命名為重慶府。巴京市得名重慶迄今已八百餘年。就是説幾千年來，這個半島上的居民和圍著半島的兩條大江對岸的居民，他們之間要相互交流和走動，靠的是什麼？不外乎爬山、渡河，渡河靠什麼？那個時候又不能架橋，因為，長江、嘉陵江都不是你在倫敦見到的泰晤士河，比泰晤士河要寬要深幾十倍，既不能架橋又不能架鋼索更不能飛，那就只能夠是划船，有船就有碼頭，所以巴京市就有了很多的碼頭，上了碼頭就是城門，又所以說巴京市的城門特別多，明初就有十七座，稱為『九開八閉一十七門』所以巴京市才有那麼多的城門。『九開八閉一十七門』就是《易經》裡『九宮八卦』的意思。而且，那些城門還特別講究，例如城門之首的兩條大江匯合之處的朝天門，就是迎接天朝皇帝聖旨、迎接皇親國戚以及欽差大臣的碼頭，朝天就是面朝真龍天子的意思。還有什麼南紀門、千廝門、通遠門、望龍門、東水門等等每個城門的名字都有些來由。念小學的時候，我們的兒歌裡唱的就更精彩了，哎……開九門怎麼唱的呢？哎……我記不得了，閉八門，嗯……對了！閉八門，關於閉八門唱的就是：『翠微門，掛彩旗，五色鮮明；洪崖門，廣船開，殺雞敬神；太安門，太平倉，積穀利民；金湯門，木棺材，大小齊整；鳳凰門，川道拐，牛羊成群；望龍門，火砲響總爺出巡；定遠門，較場壩，舞刀弄棍；福興門，溜跑馬，快如騰雲。』哎……巴京市的城門現在是看不見什麼了，看不見了！真的很可惜！古代的時候，他們的交通主要就是靠划船渡河，還有就是爬山，或者是圍著山腰的盤山小路，你又不能去打洞，山那麼大，要打，你也打不起，因為打每一個山洞，恐怕都要興師動眾地像從多佛爾到迦萊的英法海底隧道那麼大的工程，就是你沒有那麼多的錢去打山洞。所以，山民的思想，或者說山民的思維方式自古以來就是我們所說的『自古華山一條道』，我想，陝西華山的人最能理解我的意思了。就是我們那兒人說的話：『耿直到一根腸子通到屁眼兒！』你有什麼辦法呢？只有這一條路，要麼，你就爬山，要麼，你就下河！就像我們那兒的人在打架之前說的話一樣，那就是『逮你龜兒子呢下河去吃水！』所以，山民的腦筋自古來就是一根筋，因為只有一條路啊！他們的腦殼裡不可能有兩根或者更多根的筋，他們無路可走，所以，兩輛自行車撞到一塊兒了，如果上面是巴京市人，是我們巴京市的『半截子麼爸兒』，那麼，對不起，兩個傢伙的腦殼裡都只有一根筋，就是只有一種思維，那就是打！要麼爬上山，要麼滾下河，沒有什麼平坦的第三條大路可走！『方腦殼』不方不行，山民幾千年的集體無意識就是那樣形成的，你他媽的無路可走啊！你的腦殼裡想多長幾根筋也長不出來。所以，山地的人打起仗來就特別的厲害，要麼大勝，要麼大敗，所以，山地人的性格就是反差極大，粗獷豪放，和當地的山水一樣，大起大落，越是大山大水交錯的地方，就越是明顯。」

「那不是就跟原始人就更接近了嗎？難怪你有些時候就那麼的粗野哦！連親熱親熱造個愛都毛手毛腳的像是老虎打架，要不是本人給你薰陶薰陶，哈哈哈哈……哈哈哈哈……我不知道你以前那些女孩子……哈哈哈哈……不過倒是刺激……倒是刺激……哈哈哈哈……」

「恩……那倒不是有你說的那麼難聽，但是，也有那樣的一層意思吧……按照巴爾扎克那本《貝姨》裡的話，就是有些屬於『本色人』的意思啦！就是說，文明的薰陶還不夠，當然，交通都沒有，哪裡來的文明的薰陶呢？當然，今天他們文明了，就像現在站在你的面前的本人是文明了一樣，不是嗎？如果不文明，你也不會喜歡本人，哈哈哈哈……哈哈哈哈……」

「你臉皮倒是很厚哦，你文明嗎？剛才還在海水裡幹什麼？哈哈哈哈……」

「還不是你這個水妖先出的手，不是嗎？才剛才的事情，一把伸進去抓住就不放，還說不放就是不放，昨天晚上才像個瘋子一樣搞到快天亮，弄得你看你看，現在這脖子上下巴頰上都還是青一塊紫一塊的，我看你那張嘴巴才是張老虎的嘴巴，還好意思說別人，哈哈哈哈……你不老實的話我就真的當一回你說的老虎再把你這只母老虎拖到海水裡去，還幹得動嗎？哈哈哈哈……」

秦田邊說就邊抬腿伸胳臂地佯裝著要準備去把伍芳攔腰抱起來的樣子，伍芳則嚇得連連地朝後退去，嘴裡又尖聲嬌嗔道：

「打死你！打死……」

秦田則正色道：

「好了，讓人家繼續把剛才的話題講完，好嗎？對了，就這樣老老實實地站在這裡，對了，對了……剛才說到了哪裡去了呢？對了，說到了性格反差極大、粗獷豪放的山地人和大山大水的地形地貌之間關係的問題，就是說，按照佛洛伊德的大弟子榮格所說的那個叫著集體無意識的理論，山地人倔強和腦子不拐彎的特徵經過幾千上萬年在血液裡或者說是在基因染色體裡就沈澱了下來，從而就形成了他們的性格基因或者說是性格染色體，形成了他們的集體無意識。山地人比較適合交朋友，但是，如果是做生意或者是需要更多的智慧的地方，他們就需要平原人來當參謀或者說是當軍師爺。蘇格蘭人當年如果不是被英格蘭人用酒灌醉，就是說，被英格蘭人用了智謀的話，我看，今天的地圖就不是現在這樣畫的了。平原地方的人就不是這樣的了，他們太多的平路可走，他們是這樣的，你看……」

銅鑰匙在沙地上又是唰唰唰地一陣金光閃爍之後，剛才的三角形旁邊又出現了一個不太規則的裡面有許許多多經線緯線縱橫交錯的基本上是長方形的幾何圖形。

「現在，這是一幅平原城市的地圖，你可以想像它是台北、東京、倫敦、巴黎，但是，在我的腦子裡現在把它想像成是蜀京市，反正，平原城市的地圖差不多都是這個樣子。現在，這裡是標示方位的座標。」

秦田左手裡閃光的黃銅鑰匙在長方形的右下腳畫了一個一橫一豎分別平行於長和寬兩條邊的十字叉，又在『十』字的四邊分別用英文大寫字母寫上『E』、『S』、『W』、『N』字樣。

「在東西兩條邊線上，我們由上往下等距離地用『AZ』字母標示出來。然後我們畫線讓讓AA相連，BB相連，CC相連，DD相連，直至ZZ相連。」

銅鑰匙在沙地上又是唰唰唰地一陣閃光之後，不規則的長方形變成了一張上面有很多歪歪扭扭平行線條的文件紙，那個上面畫著字母的座標就像文件紙下面的公司的標記。

「在上下兩條邊線上，我們由東向西也等距離地用『AZ』字母標示出來。然後我們畫線讓讓AA相連，BB相連，CC相連，DD相連，直至ZZ相連。」

閃光的銅鑰匙在沙地上又是唰唰唰地一陣揮灑之後，不規則的長方形的上面有很多歪歪扭扭平行線條的文件紙又變成了一張縱縱橫橫丫丫叉叉中國的小學生練習寫字的方格紙了，那個上面畫著字母的座標就更像文件紙下面的一個公司的標記了。

「現在，這幅平原城市的地圖就基本上算是完成了。」

秦田又側過頭來仰起臉笑眯眯地看著仍然站著，但雙手掌已經撐在有些彎曲的膝蓋上正看著他地上畫的圖形的伍芳說道。

「畫的什麼亂七八糟的東西啊？」

伍芳抬手在秦田的肩上輕拍了一掌。

「現在我們來看，從一個平原城市的一個點到另外的一個點有多少條路可走，我不用再多說了，大街小巷縱橫交錯，電車汽車地鐵高架橋人工運河經緯交錯⋯⋯所以說，平原人說得好聽一點叫做聰明、思維敏捷、腦子靈活、路子多、點子多，說得難聽點就叫圓滑、世故、滿肚子鬼點子、一肚皮彎彎繞等等等等。平原人怎麼路子不多呢？平原人怎麼點子不多呢？你看看這張地圖，真的是從任何一個點到任何另外的一個點，其中的路徑是太多太多了，所以，蜀京市人遇事總是會動腦筋去思考，思考什麼呢？思考走捷徑。巴京市人和蜀京市人最明顯的區別是，從外形上看，前者是下部肌肉乃至與骨骼遠較於上部發達，所以，特別是夏天，在大街上行走之時，那種看上去頭細小如拳或柚橙且屁股高蹺腿肌特發達如青蛙腿者，則多為川東祖傳之巴人；而看上去頭大而寬幾乎及肩如碾盤或跑馬場且屁股扁平腿瘦為圓柱形鋤頭把兒或腿肥為印度大象腿者，則十之八九係川西蜀人之後裔。」

「哈哈哈哈哈……哈哈哈哈哈……秦……秦……你別講了，你……」

伍芳已經是笑得捧著肚子在沙灘地上翻起滾兒來，又拿手指著秦田叫他住嘴，但是，秦田兀自充耳不聞地繼續講了下去：

「兩者的外形相同的地方都是體現出一種特殊的動勢，而不同的地方是，川東巴人的動勢體現在屁股和腿上，就像跑馬場上蓄勢待發的奔馬的下半身，是小腦動勢型；而川西蜀人的動勢卻體現在斗大的腦殼上，他們的腦殼裡面就是跑馬場，是屬於大腦動勢型。」

「哈哈哈哈哈……哈哈哈哈哈……川東巴人的動勢體現在屁股和腿上，就像跑馬場上蓄勢待發的奔馬的下半身，是小腦動勢型；川西蜀人的動勢卻體現在斗大的腦殼上，他們的腦殼裡面就是跑馬場，是屬於大腦動勢型！哈哈哈哈哈……哈哈哈哈哈……」

伍芳學著秦田的腔調越發笑得厲害，笑得全身開始抽搐起來……秦田則還是繼續在那裡發揮著：

「所以我看現在的小人書和電影電視京戲裡的諸葛亮孔明的那個樣子都搞錯了，現在我們見到的諸葛亮孔明都是一副頭戴方巾上嘴唇上吊著兩撇長長的八字鬍鬚又手搖鵝毛扇的樣子，那完全是今天那些蠢人的憑空想像，按照我的推測，他哪裡會是那副樣子呢？當年三國時期的諸葛亮孔明應該是我前面說的平原人的樣子！雖然他諸葛亮孔明東漢末年生在山東徐州琅邪郡陽都縣，後來又到荊州襄陽隆中山中隱居待時隱居了十年，再後來劉備三顧草盧才得到了他提出『統一天下，必將中國鼎足三分，聯孫抗曹』的『隆中對策』。但是依我的看法，真正改變了諸葛亮思維方式的還是當時的蜀都的地形地貌，所以，我都懷疑那個『隆中對』究竟是出自隆中還是出自成都？他在那荊州襄陽隆中山裡，雖說是隱居待時了十年，但是，他在大山裡每天只見著一線天空，他的思路是怎麼轉彎的呢？一千八百多年前又不像現在又是飛機又是無線電又是什麼電視機電腦網路通訊什麼的，『秀才不出門，全知天下事』？我很懷疑！歷史往往都是掌權者和後人改寫的，所以，我對他有兩點懷疑，其一就是所謂的『隆中對』究竟是不是出在隆中？其二就是他的形像問題，他到了成都以後，他的樣子一定就是我所說的真正的成都人的樣子，就是說，那副樣子一定是看上去頭大而寬幾乎及肩、且那上面如碾盤或跑馬場，又且，他又屁股扁平、還腿瘦為圓柱形鋤頭把兒或腿肥為印度大象腿者也！」

「哈哈哈哈……哈哈哈哈……那副樣子一定是看上去是頭大而寬幾乎及肩、且那上面如碾盤或跑馬場，又且，他又屁股扁平、還腿瘦為圓柱形鋤頭把兒或腿肥為印度大象腿者也！哈哈哈哈……哈哈哈哈……」

伍芳仍在那裡一字一頓又還抑揚頓挫地學著秦田的話語全身抽搐地大笑著，秦田則繼續在那裡往下發揮：

「另外，從行事之思考決斷方面而言，則前者川東巴人較之於後者川西蜀人是行動遠大於思辯，而後者卻是恰恰正好相反，是思辯遠大於行動。平原人的好處是感情細膩。但是，太細膩的感情又會導致性格上的軟弱，特別是對於男人。一個要面對外部風風雨雨世界的男人，性格軟弱無疑是很不合適的。但是，那種性格好像又容易產生詩人，因為詩人的性格就是多愁善感，如果我現在還能夠寫幾首詩的話，那，可能還要歸功於在川西蜀地蜀京市呆的那幾年。所以蜀京市有唐代女詩人薛濤的那些柔情似水的詩歌，像什麼《鄉思》之類，如果我沒有記錯的話……」

「別別別……哈哈哈……你這個傢伙，我怎麼遇上你這麼個如此會閒扯談的傢伙？哈哈哈……現在，現在你又從一個說相聲的變成個詩人了，哈哈哈……」

「薛濤的原詩為：

峨嵋山下水如油，憐我心同不系舟。
何日片帆離錦浦，棹聲齊唱發中流。

還有什麼《江月樓》：

秋風仿佛吳江冷，鷗鷺參差夕陽影。

垂虹納納臥譙門，雉堞耽耽俯漁艇。
陽安小兒拍手笑，使君幻出江南景。

我為什麼記得這些詩歌呢？因為，我在蜀京市省立大學念書的時候，學校的後校門就通向蜀京市的望江公園，而薛濤墓就在公園裡面，那兒有很多她的詩歌的鐫文，晚飯過後，晚自習之前，我們都要到那兒去散步，那樣，你不背也會念了，再加上本人又還如你所知道的是個多情的種子」

「是嗎？臉不臉紅哦？」

「也許，我寫詩歌還受到了薛濤的一些影響，但是，我還是覺得，這種情緒不應該是男人的情緒，男人的情緒應該是剛強為主。但是，談到詩歌的時候，又是另外一回事了。還有當時和薛濤來往的相當一批唐代的著名詩人如元稹、白居易、令狐楚、裴度、杜牧、劉禹錫、張籍等，而且，他們都交往甚密，互有唱和之作。所以，後來就有當代中國的大文豪巴金、郭沫若和作家詩人沙汀、流沙河、艾蕪等人。但是，這種文人氣息在有些時候也是不太健康的，那，就是容易養成空談誤國的惡習，當然，當你成了一個作家，一個文豪，那就是另外一回事了，如果你成不了，就變成一個耍嘴皮子的人。在蜀京市，在北京、天津、法國的巴黎，那些人都有類似的毛病。這裡又說回到平原人了，在平原上，有太多的路線可以讓平原人考慮了，也就是說，有太多的前進的路，那麼，相反地，也就有太多的撤退的路，所以，平原人、平原城市打起仗來總是吃敗仗的多，貪生怕死的多。歷史上的北京、南京、成都、巴黎就都是那樣。」

「哎喲，我說秦田，你現在究竟是一個什麼人物喔？我現在簡直就不知道你是個藝術家還是歷史學教授或者說是個人種學的研究專家？」

「哎！去去去，聽人家繼續講下去。一八六〇年第二次鴉片戰爭英國、法國聯軍火燒圓明園，一九〇〇年八國聯軍進兵北京，那中間都有北京人幫忙先行去偷去搶去放火，圓明園廢墟在英法聯軍的惡行之後，又再度被義和團拳民、無業遊民以及盲流亂匪等偷盜搶劫瓜分。一九三七年十二月十三日日本人開始的南京大屠殺，現在網路上披露的資料是：十一萬國民黨軍人打算死守半年，結果四天就跑光了。一個地方關押了三千多人，就三個日本兵看守，南京人怕得要死，叫東就東，叫北就不敢南，就像我們中國那個寫《苦戀》的作家白樺說的那樣：『每個人他媽的哪怕是吐口唾沫，也把那三個日本兵給淹死掉了！』簡直就他媽的就不可思議！手紮『膏藥旗』避難的有，跪地求饒的有，蹶了屁股滿地亂爬的有，結果就是三十多萬南京人都進了大屠殺的歷史黑洞。法國人就更是他媽的軟蛋了！一九四〇年六月，德軍攻入巴黎，法國政府幾天就他媽的瓦解了，由貝當組成傀儡新內閣，向德國乞和，後簽訂停戰協定，容許德國佔領法國西部和北部。戴高樂則逃到倫敦去，他在廣播中拒絕接受停戰協定，並號召法國人共同戰鬥，回應而行動的法國人稱之為自由法國。戴高樂就是在那個時候顯露出來的。」

「哎呀！秦田，咱們還是換個話題兒吧！我看你是越來越興奮了。」

「哦——好！好！好！我知道，我知道我不能在你的面前談到國民黨的那些事情……」

那幾天，伍芳和秦田都會去討論一些類似的問題。沒有太多的心眼兒的秦田只是伍芳問什麼就回答什麼，實際上，在伍芳來說，卻是在旁敲側擊地瞭解秦田的情況。當然，最主要的是秦田的內心世界。因為，在伍芳來説，她並不在乎秦田的物質方面。她認為，他是個大才子，就憑他的那些作品就足以説明問題了，哪怕他就是個一文錢也沒有的叫花子，就憑他的藝術才幹，在加上一個賞識他、看得懂他的有錢的人，那麼，他就是一架創造財富的機器。古龍當年不就是那樣的一個人嗎？父親以前就是那樣説古龍的，他説，有一天古龍會有用不完的錢，可惜只不過他喝酒喝得太厲害了，要不，他不會死得那麼早。當然，這樣説並不是説伍芳是看重秦田有什麼物質財富的利用價值。在伍芳的眼裡，物質財富和精神財富兩則之間並非並行不悖。況且，她也並不缺錢用，作為一個國民黨中將軍長任上退役下來，憑著岳丈早年經商積累的財富和自己在軍政界廣而深的人脈經營著台北的一家銀行自任董事長的她的父親，就她這樣的一個獨養女兒，可以説在物質上她不單是應有盡有，而且應該説是非常富有。所以，伍芳在乎秦田的不是他的物質方面的東西，她在乎的是他的世界觀，人生觀。説到了底，就是伍芳希望秦田的人生觀和自己相同，當然，還有性格和脾氣等等內在因素的東西而已。

他們之間的類似的討論，一直到進行到了他們回程的飛機上。

---

①「半截子麼爸兒」，四川東部流行語，指少不更事的男青年。
②「耍哥子」，四川西部流行語，指好吃懶做遊手好閒的男青年。
③「嫩毛賊」，四川東部流行語，指少不更事的男女青年。

第8章　一堵看不見的牆

對於秦田，從內到外，伍芳都是承認著白雁的那些讚美的話的。

兩人畢竟是同床共枕了，伍芳比白雁在有些問題上對秦田就很快看的更深了。自然而然，在文學藝術和通過文學藝術進入的精神領域，她就對他瞭解的更深更廣……然而，在對秦田的藝術和精神領域瞭解得越來越深又同時讓自己也愛得更深的同時，在她的內心最深處，卻時不時地漸漸顫動起一些不安的漣漪來……

那就是當他們倆爭論到宗教和窮人的時候，當把話題被扯到了越是接近到兩人未來的生活：是留在英國、還是到台北、甚至於到中國大陸去的時候。

每當那種時候，伍芳就會感覺到在他們之間，好像是悄悄地豎起了一堵看不見的牆。而在牆的那一頭，是一個她很有些陌生的人。那種時候，她會有些驚愕地、甚或是有些害怕地、看見在他的瞳仁的深處，有些一瞬即逝的，她完完全全無法捉摸的、閃爍在一片漫無邊際的永恆的黑暗中的電光。那種電光在她的感覺上，是憂鬱、寒冷和野生的……

然而，又正是秦田身上的伍芳不熟悉的東西把她強烈地吸引住了。因為，人的天性就是那樣，相同的東西排斥，相異的東西吸引。錢鍾書的《圍城》也好，哈金的《等待》也好，鯉魚跳龍門不跳不行也好，麻雀一進籠子就死也好，鸚鵡一進籠子就活也好，都是說明的類似的問題和人性的規律。況且，最主要的是，伍芳還是一個征服欲望很強烈的具有浪漫情懷的理想主義者，一個具有著宗教情懷加前衛藝術、中國的舊式倫理觀念混合著西洋開放的生活方式的最古典加最當代的矛盾混合體的人物，這樣的人物和今天這個世紀末的很多東西都是悖論並行的世風是一脈相承的。當然，秦田就更是那樣的人物了，從他的文學作品裡，特別是他的那個《先鋒男孩》裡，就完全看出了他對這個世界的既愛又恨的看法。

好多年以後，當白雁在台北和伍芳再度見面屈膝談心的時候，白雁對伍芳說道：

「我們在台北，在倫敦，一個個的男人都讓你攆走了，一般的三五天，到咖啡店裡喝兩次咖啡，最多的兩個不過一兩個月，最後都讓你給攆走了，你也不管人家怎樣的要死要活要上吊，你在男人面前就是個高貴的皇后，可以把那些男人差遣來差遣去，很多的男人在你的面前都是手下的敗將，如果說你要是稍微地有點水性的話，他們就都會是你手上的玩物和戲弄的對像，好在你又不是。我們從來就沒有為一個什麼男生發生過爭奪。可是，在秦田身上卻出現了。也許就是天意，你是非要和我搶過獨木橋的。當然，當我意識到你是真的被他吸引住了的時候，我就知道我是自不量力的了，所以，當我離開那座學生公寓的時候，我的心裡是很平靜的，我不會生你的氣。我知道我們之間的差距。如果我硬要去追秦田，那明顯地是自討苦吃。就連你，最後還是，唉——他確實是一個難以揣摩的很有深度的男人，更加可怕的是，他又長得是那麼的英俊和瀟灑，唉……」

當他們都脱光了衣服，赤裸裸地相擁，然後她看著他酣然入睡，大理石雕像般恬靜地躺在她的身邊的時候，她俯身看著他的寬闊的腦門，腦門上兩道濃濃的劍眉，眉毛下邊關閉著靈魂窗户的睫毛長長的眼簾，眼簾末梢大洋娃娃似地拖著的兩道長長的眼尾時，她的內心有了一些微笑。

那時，她往往就會輕輕地哼起一首叫「馬槽聖嬰」的歌來。

她還是一個小女孩的時候，應該說，她還是個躺在搖籃裡的嬰孩的時候，母親就把那首歌當她的搖籃曲來在自己的耳邊輕輕地唱。後來自己長大些了的時候，每當春天來臨，母親帶自己到忠孝大橋一帶的淡水河邊去放風箏玩的時候，或者，開車經過羅斯福路、中山南路到衡陽路和中山堂附近的一座天主教堂和父母做禮拜的時候，她更是常常伴著鋼琴的音樂聲和大人們一塊兒唱那首歌。後來聽了舒伯特的搖籃曲，聽了貝多芬的《月光曲》和《致愛麗斯》後，就對「馬槽聖嬰」的理解更深了。母親是出身在天津一個英國華人的買辦家庭，一家人從小就篤信基督教，後來四十年代，母親也去了伯明罕念大學。母親說，她還沒有到英國去留學的時候，就在家裡跟著父母用英文唱「馬槽聖嬰」(Away in a Manger)，其歌曲名字，作為歌曲名字的引自《新約全書》之「路加福音」第二章第十二節的開篇語「You will find a baby wrapped in strips of cloth and lying in a manger」①伍芳在很小的時候，就完全能夠用英文來說和唱，那歌詞開始②的一部分就是：

遠遠地在馬槽中
無枕又無床
小小的主耶穌啊
恬睡得好安祥
眾星兒輝啊輝

Away in a manger,
no crib for a bed,
The little Lord Jesus
laid down His sweet head;
The stars in the bright sky

looked down where He lay,
The little Lord Jesus
a sleep on the hay.

The cattle are lowing,
the Baby awakes,
But little Lord Jesus,
no crying He makes.
……………
……………

輝在主身上
小小的主耶穌啊
睡在乾草上
牲口們鳴啊鳴
聖嬰忽驚醒
小小的主耶穌啊
卻沒啼哭聲
……………
……………

她一邊輕輕地哼著歌曲，一邊就深情地望著睡在自己身邊的像個嬰孩的秦田，心裡就升起無限的愛來，她知道，那不單是戀人的情愛，裡面還含了一種源自女人身體裡更深處的東西……常常在半夜時分，在秦田睡得很深很深、發出微微的鼾聲的時候，她就會悄悄地爬起來擰亮床頭的枱燈，用自己白皙柔軟的手指去輕輕摩挲他的頭髮、臉頰、他的手指、腳趾，她還用自己的嘴唇去一遍遍柔柔地摩挲和親吻……那時，她會去飄渺地想像著他們將要生下來的孩子……

她想，一定是一個像他那樣棒和那樣帥的白白胖胖的男孩子……

那樣想的時候，她就想著他叫自己「白雪」的時候，哎——「白雪」！她就會一陣陣地在心裡孤芳自憐起來……

她起身來把自己身上的睡袍去掉，又將內衣也一件件去掉，就那麼一絲不掛地房間裡的穿衣鏡前把身子轉來轉去地照看著自己……看看自己的腿腹，手裡捧著的兩隻顫顫的、白白的、隆起的玲瓏的乳房，還有床頭鏡子裡照著的連接著大腿上部和腰際那一對曲線優美的、大大的、圓圓的、結實的臀部，她想起他時常在上面摸捏著說，是她常常打網球和游泳的結果……

再看看這顆黑色的秀髮披肩的橢圓臉蛋的頭顱，他常常捏著那上面的臉蛋，用手指戳著上面的酒窩，說是女人中的豔麗型。那時，她看見鏡子裡她的臉上，真的浮現起了閃爍著彩光的一對酒窩，臉龐上、眼眉處，竟是喝了威士卡一般粉紅粉紅地紅出了一片，恍眼一看，鏡子裡一會兒站著、一會兒又仰躺著的，竟是一個自己都有些不相信的如此這般美麗風騷而又楚楚動人的性感的裸體的尤物！

她又想起他在伯丁根森林裡給自己拍的那些裸體相片，那頂自己的頭上戴著的他用各種顏色的野花編織的花冠，腰上纏著的上面滿是些綠色枝葉的荊條，他讓三腳架上的照相機連續地啪啪啪閃拍出來的兩個「野人」在森林裡的一些奇奇怪怪的畫面，他們在伯丁根森林裡的湖邊拍攝的他們赤裸相擁的他說是像海涅和席勒詩歌集裡的插圖上的那種古典的畫面，他想起他們到西區地鐵站旁邊的一家一小時快速沖洗店裡去鬼鬼祟祟沖洗那些相片時的情景，她就像是喝醉了酒似地飄然了起來……

那時，她的心裡開始升起了許多的自信，堅信起了她的愛情的力量、她的精神和肉體的力量。

當然，她更堅信著，她所信靠的主的無邊的法力。重要的是，他希冀著她所愛著的人，她理想之中的未來的夫君，是一個和她有著一個共同信仰的人。那就是，他們都要共同地跪拜在耶和華的腳下。

然而，她卻忽略了最本質的一點，那就是為什麼秦田會抗拒宗教，會害怕神（God）。一提到神或者是相近於這個字眼的一些字眼，無論是中文的例如：主、上帝、基督、造物主、全能者、主教、教堂、神父、聖經……還是英文裡的在天主教領域裡的諸如此類的單詞如：God（天主）、Lord（上主）、The Maker（造物主）、The Creator（創造者）、The Supreme Being（至高無上的天主）、The Almighty（全能的天主）、priest（神父）……每當他們論及到了那些字眼的時候，她就會頭痛地想不通，秦田眼裡為什麼會流露出一種十分警惕、害怕，甚至於是像被針刺了心臟般異常痛苦的的目光來。

她時常會去想他曾經說過的那些話，那就是：

「我看著這兒的一些教堂，無論是哪一種式樣的教堂、哥德式③的也好、巴羅克式的也好、文藝復興時期樣式的也好，那些教堂的尖頂、特別是哥德式教堂的尖頂，如果是讓我來塑造的話，我會把那尖頂的角度塑造地更窄、更尖，我會把那個尖頂的針頭一直伸展到天頂、伸展到主耶穌的下巴上，並用那針尖捅他幾下，問他老人家是不是睡著了？並告述他老人家，地上還有很多他的正在受苦受難根本就没有眼睛的羔羊！他老人家還管不管？地上現在那些人們塑造的教堂根本就是一些讓你老人家聽不到祈禱聲音的教堂，那些教堂很多都蛻化成了一些富人追求長生不老的奢侈欲望的處所。」

又說：

「從根本上來說，你們幾乎所有現在的教堂音樂，特別是兩百年前的莫札特的那些東西，什麼《慈悲經》、《榮耀經》、《羔羊經》，莫札特那種什麼仙童似的富家子弟、宮殿御用作曲師、半點人間痛苦的滋味都沒有品嘗過的人，他譜的曲子、能讓上帝真的聽到嗎？好多的詠歎從那些男女歌手的喉嚨裡詠歎出來，生個人死個人要詠歎、愛情要詠歎，這都還說得過去。吵嘴要詠歎、生悶氣要詠歎、上街買把花要詠歎、吃個飯打個嗝兒的雞毛蒜皮兒的事兒也要詠歎。你看今天的那些什麼樣的義大利歌劇，再去看一看咱們中國的京劇，哎——空虛、空虛、空虛喲！特別是那些又肥又胖的腦滿肥腸的男歌手的喉嚨裡，他越是悲哀、我越是想發笑！有些歌手還是詠歎得很好的，特別是女歌手在詠歎痛苦的時候、她的歌聲高音部分一直朝上拉：

「啊——啊——啊——啊——啊——啊——啊——————————————————————」

「每當那個時候，我就開使感受到了那些教堂的尖頂的意思了，只是，我覺得，那教堂的尖頂還不夠高，那女歌手呢，吃的苦還不夠，教堂呢，裡面裝了太多太多的富人、騙子和病人、還有作奸犯科幹過了壞事又怕受到末來審判的鳥人和懦夫！當然咯！那些病人大都是些神精上有毛病的人！

伍芳還想起，就是前幾周，秦田還拿來幾張報紙給她看。其中一張報紙上面的一個通欄大標題的名字就是「耶穌娶過老婆嗎？」幾張報紙的報導都說：

最近美國廣播公司（ＡＢＣ）記者伊莉莎白·瓦加斯根據暢銷小說《達文西密碼》拍成的節目「耶穌、瑪利亞和達文西」④宣稱，小說《達文西密碼》部分內容是根據歷史事實寫成。小說裡認為《聖經》裡的抹大拉的瑪利亞不是妓女而是耶穌妻子。瑪利亞在耶穌被釘十字架後帶著耶穌的孩子逃往了耶路撒冷。基督教的一個秘密教派把這件事情流傳了好幾個世紀，而義大利的畫家達文西正好就屬於這一秘密的基督教派。暢銷小說《達文西密碼》宣稱，達文西去世前在他的油畫裡埋藏下了這個秘密的線索。

秦田還說：

「你沒有看見，美國廣播公司這幾天還在不顧一切地把這個節目播給一些記者和宗教領袖看，雖然一些神學家認為這簡直就是一派胡言，是根本不可能的事情，這個節目還立刻就受到全世界宗教界的批評，但是，還是有天主教方面的人士並不否認這樣的說法，例如。聖母院麥克科比·布萊恩特神父的意見就認為：歷史瞭解抹大拉的瑪利亞的重要性，她有可能就是耶穌的妻子。而美國廣播公司記者伊莉莎白·瓦加斯卻是公開承認，她的特別報導節目『耶穌、瑪利亞和達文西』就是要廣泛探討耶穌是否娶妻的這個基督教神學領域的爆炸性問題。」

---

①「You will find a baby wrapped in strips of cloth and lying in amanger」引自《新約全書》之「路加福音」第二章第十二節，中譯文為：「你們要看見一個嬰孩，包著布，臥在馬槽裡，」

②翻譯自古聖詩集：「Little Children's book」（一八八五年）。

③哥德式教堂（Gothic Church），十二世紀中葉至十六世紀初期在法國北部地區創始並流行到西歐各國的建築樣式，以巴黎聖母大堂（即俗稱的「巴黎聖母院」），薩特大堂等為代表。整體建築高聳挺拔，採用尖拱代替圓拱，牆壁較薄，窗户面積較大，以繪有《聖經》故事圖案的彩色玻璃畫窗裝飾，塔樓上加以錐形尖塔，將觀衆視線引向天空。教堂正門一般有雕像和浮雕裝飾，莊嚴華美。

④原文出自：台灣《聯合報》二〇〇三年十月三十一日消息。（小說中把時間向前移動了）標題：「耶穌娶過老婆？ABC捅了馬蜂窩！」據美聯社紐約三十日電，美國廣播公司（ABC）記者伊莉莎白・瓦加斯承認，她的特別報導《耶穌、瑪利亞和達文西》是要探討耶穌是否娶妻的神學勁爆問題。瓦加斯製作的報導節目預定在美東時間十一月三日晚上八點播出。她說：「我們談這個題目無可避免會冒犯某些人。我們儘量做到畢恭畢敬。」美國廣播公司今天把這個節目先播放給一些記者和宗教領袖看。這個節目根據暢銷小說《達文西密碼》拍成，該小說宣稱部分根據史實。美國廣播公司的特別報導介紹這些理論，並訪問一些神學家。

第9章《慕尼黑慈悲經》

話雖然是這麼說，伍芳還是看見秦田哭了。而且是哭得淚流滿面，結果是感染到她，讓她也流了半天的淚。那讓秦田流淚的曲子，恰恰正好是在伍芳第一次領秦田到他們在泰晤士河南岸布拉克弗萊爾路三六八號的英國倫敦英華天主教堂去做主日彌撒的時候。那是在那天的主日彌撒做完了之後的一會兒，有人在上面彈奏鋼琴曲的時候，而恰好那首鋼琴曲又正好就是莫札特的《慈悲經》：

Kyrieeleison　主，憐憫我們吧
Kyrieeleison　主，憐憫我們吧
Kyrieeleison　主，憐憫我們吧
Christeeleison　基督，憐憫我們吧

Christeeleison　基督，憐憫我們吧
Christeeleison　基督，憐憫我們吧
Kyrieeleison　主，憐憫我們吧
Kyrieeleison　主，憐憫我們吧
Kyrieeleison　主，憐憫我們吧

那是一首莫札特的D小調《慕尼黑慈悲經》。

伍芳知道，在「主，憐憫我們吧！」的低沈莊嚴的D小調的反覆迴旋的主調中，回盪著莫札特辭世前幾年的巴黎大革命的滾滾雷鳴，《慈悲經》裡面恢宏磅礡的氣勢，已經預示著不久就要吞噬舊時代深淵的劃時代的大變革的來臨。她知道，在《慈悲經》的音樂的旋律裡，振顫著法國大革命宣布普遍人權的蓄之已久的民眾的吼聲。

作為一個在西歐文化的中心倫敦攻讀西方文學博士學位的人，她當然是很清楚的，更何況在台北聖約翰女子學院的時候，她還選修了鋼琴課和西方音樂史。

然而，讓她奇怪的是：秦田雖然知道一些莫札特，但他肯定是不太清楚《慕尼黑慈悲經》的歷史、特別是音樂史背景的。為什麼兩百多年以前的曲子，竟然能把他那樣平時很少流露感情，更不要說內心深處的感情的人，竟然感動得淚流滿面、情不能自禁？她除了是有些感歎莫札特、或者說感歎主耶穌的力量之外，在她的內心，她真的是覺得更有些摸不透秦田了。她自己都不太想信主有那麼大的感召力，她時常也會去彈奏那首《慈悲經》，有很多的時候就是她在彈鋼琴，

很多的人根本就不知道那首《慈悲經》叫《慕尼黑慈悲經》、更不要説知道作曲者的名字和時代背景了。平時無論是別人去彈奏、還是她自己去彈奏，她都只是一般來説地覺得那首曲子莊嚴、熱烈、氣勢磅礡而已罷了。從來也就沒讓她流過淚，更不要説是讓她會淚如雨下。

她想了起來，好幾年前，女子學院的同班同學李穎的男朋友在河裡游泳給淹死了，火化之前去送葬的時候，李穎的男友的母親一開哭，大家也就都跟著開了哭，她不是就也哭得淚如雨下了嗎！李穎的男友她就只見過一面，連話都沒有説過兩句！

第10章　英國倫敦英華天主教堂

布拉克弗萊爾路（Blackfriars Road）三六八號的英國倫敦英華天主教堂（London Ascension Chinese Catholic Church）位於倫敦泰晤士河南岸的正東南正西北走向的滑鐵盧路（Waterloo Road）、正南正北走向的布拉克弗萊爾路和東西偏東十五度斜向的韋柏路（Webber Street）三條路圍在中間的珀柏德廣場（Peabady Square）的東北角臨近布拉克弗萊爾路的地方，是一座在倫敦城裡不太顯眼但又樸素大方的中等規模的哥德式建築教堂。

和西歐大多數的哥德式教堂一樣，教堂頂端有好幾座尖塔，門楣和窗櫺均由古典花飾雕刻裝點。只不過當你真正身臨這座教堂門前仔細觀看的時候，除了會有些驚訝於正門前的幾乎完全只有十五度角呈倒三角狀像一柄達莫克利雙刃劍般直插雲天的教堂塔尖外，你還會發現，這座教堂正面下部三道門的老石頭牆壁在更多的方面有些像法國巴黎的巴黎聖母大教堂（Notre Damede Paris）①。在這座高大宏偉莊嚴雋永的古老石頭建築面前，你會感到你的渺小和無助，感到生命的有限性和一種宿命的窒息。你知道，在你面前的這座教堂雖然已經很古老久遠了，但是，它的壽命肯定是要遠遠地大於你、大於你現在所知道的活在這個世界上的任何一個人，甚至於他（和她）的好幾代子孫的。你也知道，這些到教堂裡面去的人們，他們前面的好多代人，都是在它裡面受的洗，又穿著白紗在裡面舉行婚禮，再終其一生最後被親人穿著黑紗在裡面舉行葬禮……就是說，這些人、這些天主教的信徒，他們的後人，他們的好幾代後人，都還要在它的裡面一代代、一個個地受洗、做彌撒、舉行婚禮、葬禮……你感到它是一個活物、一個巨大的、龐大的、遮天蔽日無邊又無際地籠罩著你的所有一切的有思想有靈魂有生命有靈性的永生的活物！

秦田第一次到那裡的時候，是一個禮拜天的上午。按照教堂的彌撒時間表，主日感恩禮上午共有三場彌撒。上午八點到九點半是一場；九點半到十一點又是一場；十一點過後是最後一場。前面兩場都是使用廣東話的彌撒，最後一場則是英語和中國普通話的雙語彌撒。伍芳讓秦田去參觀十一點開始的雙語彌撒，是因為秦田聽不懂廣東話。

上午十點半，他們兩人就提前半個小時到達那裡。將車在停車場停好之後，伍芳就讓秦田站在教堂的正門外，一臉皮笑肉不笑的狡黠的樣子吃吃笑著，說是讓他仔細地觀察教堂正面的建築藝術的樣式一分鐘，然後要向他提一個問題。當秦田才看了那教堂正面三秒鐘不到，立刻就看出了問題之所在！

立刻，秦田就雙手合抱在胸前歪了脖子用眼睛斜眯著伍芳嬉皮笑臉地嘿嘿謫到：

「哼哼！你的問題哪裡需要本人去觀察一分鐘，一秒鐘足矣！再拿一秒鐘讓我告訴你，你將要對我提的問題是什麼？」

伍芳就咧嘴哈哈地笑了，又伸手拿拇指和食指在秦田一邊的臉蛋兒上親昵地揪了一爪高聲說：

「咦……是——嗎？我的乖乖！那你就説好了，問題是什麼？答案，答案又是什麼？」

秦田立時就哆了一哆嘴兒，又將兩手的食指伸到嘴裡，把兩個嘴角大大地拉開，又眨巴著眼睛翻著白眼對伍芳做著怪像嗡聲嗡氣地怪叫著説：

「我親愛的……我親愛的……吉普賽女郎伍芳小姐，您的……您的……您的朝思暮想的鐘樓怪人來了哦——！」

伍芳頓時就哈哈哈哈地大笑著彎了腰蹲在了地上。嘴裡又念道：

「嗨……嗨……你這個傢伙……你這個傢伙……你這個傢伙……你簡直就是鑽到了我的肚子裡的孫悟空，哈哈哈……哈哈哈……」

秦田就得意地拿手指著教堂正面的門和牆壁比手劃腳地說：

「這哪裡還用得著本人想什麼啊？只要到塞納河上的那個西岱島上去溜達過的人，就連是個傻瓜蛋，他都能夠一眼就看出來，何況秦田他還不至於是個傻瓜蛋哦！一個還有點兒藝術天份的你的未來的先生啦——他怎麼就會在這『一篇由石頭交織成的交響樂』②的贋品面前就看得走了眼呢？贋品雖然説是贋品，但它畢竟是模仿的大師的作品啦！這幾幾乎完全就是法國巴黎聖母院的縮小版嘛！你看你看你看，你看這教堂正面外立面的結構嚴謹而又雄偉莊嚴的獨特風格，它被壁柱縱向分隔為的那三大塊。那三條裝飾帶又將它橫向劃分為的三部分，那不完全就是兩周前我們才去參觀了的巴黎聖母院的正面大門的那個樣子嗎？你看你看你看，其中，最下面的三個內凹的門洞。門洞上方的那個什麼『國王廊』，『國王廊』上面那些以色列和猶太國歷代國王的二十八尊雕塑。只不過整個兒顯得按比例縮小了些尺碼罷了而已！秦田既不是個傻瓜，他也還沒有得健忘症哦！其實，這英國的匠人們還真他媽的——」

伍芳聽見秦田說他媽的就立刻用手指頭封在了秦田的嘴上。

「噓——噓——噓——嘴巴！打嘴巴！你不看看這是在什麼莊嚴神聖的地方？」

秦田見伍芳目光有些硬了起來，就有些歉意地臉上聳起了一抹兒訕笑。但是，他又意猶未盡地突然弓背彎腰曲起一條腿來打起一個遮手眯眼朝那教堂的正面頻頻點頭望去，那架勢正是學著《西遊記》裡孫悟空拿眼睛望白骨精的架勢。然後，他就怪聲怪調兒大喇喇地說道：

「哦——娘子——對不起，對不起喲——！依本人的目光，這英國的匠人們還真的做工精細逼真哦——你看你看你看，這教堂前面的三重哥德式拱門兒，就是你們叫做的什麼聖母門兒、聖安娜門兒、末日審判的門兒，還有門兒上面的那些壁龕裡的二十八位形貌各一的以色列和猶太國王的樣子兒，一個個木癡癡傻呆呆泥巴頭兒似地盯住我們倆哦！」

伍芳聽見秦田又開始亂說起來，就又用手指頭封在秦田的嘴唇上吼了起來：

「噓——噓——噓——嘴巴！打嘴巴！你這個無神論的傢伙，什麼『你們』、『我們』、『他們』的？什麼『什麼』、『什麼』的？什麼『一個個木癡癡傻呆呆泥巴頭兒似地』？你在這裡說話稍微還是心存一點敬畏和莊重好不好？神可是無處不在地長著耳朵喲？神可是到處都拿眼睛盯著你的喲？」

秦田只好臉上再次尷尬著一層微笑涎皮賴臉再次表示歉意地說道：

「哦……哦……恕秦田對天主教無知和缺乏敬畏，恕秦田……」

伍芳又拿兩個手指頭在秦田的臉頰上掐了一爪，然後嗔道：

「哼——看娘子今兒個夜裡怎地脫了你的褲子懲罰你！當然，幸好你的問題還算是回答得很好，還算是在你的娘子面前沒有丟醜。你還算是沒有和你的娘子白到巴黎去了一趟，要是這都看不出來，那，那你秦田也就太沒有點藝術鑒賞力了……」

兩人還在教堂門前嘻哈打笑的時候，那裡已經鬧鬧哄哄三三兩兩陸續來了些做主日彌撒的人和裡面完了前面一場廣東話彌撒開始出來的人。伍芳去和一些人寒暄的時候，秦田就倒背著兩手像個什麼考古學家那樣自己在那裡轉來轉去地仔細地觀看門前的那些牆壁上的浮雕了。

巴黎聖母大教堂就是法國文豪雨果寫的那本長篇小說《巴黎聖母院》的原型教堂。「巴黎聖母院」的稱呼在民間廣為流傳，以至於當你去到了法國巴黎時，當你問到巴黎聖母大教堂時，反而還很少有人知道，如果你說就是雨果的那部小說裡的那座教堂時，立刻就很多人都可以告訴你說：哦——那當然知道！就在塞那河的西岱島上嘛！

當年已經很是有些破落了的巴黎聖母大教堂在雨果的那本小說風靡全世界的時候，巴黎市政府就重新花鉅額的金錢將其重新裝飾一新。秦田在出國前看過根據雨果的同名小說改編的《巴黎聖母院》的電影，所以，當他和伍芳兩周前到那裡去參觀的時候，就特意爬到樓頂去看電影裡美麗的吉普賽女郎和鐘樓怪人幽會的地方。因為對其印象較深，所以伍芳剛才也就沒有難倒他。

教堂正門左右兩邊各有一塊近兩米高的黑色的大理石銘碑。左邊的銘碑上方是古典《聖經》裡的人物經變形處理後的花飾作遮雨的冠蓋，銘碑正中是上下兩段分開的分別用拉丁文和繁體中文鐫題的關於教堂建立至今的大事記。秦田留意到關於這座教堂的幾段重要的文字如下：

倫敦英華天主教堂是大倫敦市幾百座已被列如古蹟古老教堂之一。
教堂於一七八九年啓用，原名爲 St. Patrick，爲蘇格蘭教友使用；
一八五〇年因蘇格蘭人他遷，隨即爲義大利人取用，並改名爲 Our Lady of Mount Carmel Church，爲義大利人在倫敦第一所聖堂；
一八九一年－一九一二年間爲荷蘭人使用；一九一二年至今爲華人使用。
一九五〇年作內部裝修，一九八〇年作外部裝修而成現貌。
一九八五年由準堂區提升爲正式堂區，爲大倫敦教區設立的第二所爲華人服務的堂區。

右邊的銘碑上方同左邊的相同，也是古典《聖經》裡的人物經變形處理後的花飾作遮雨的冠蓋，冠蓋下方是一幅耶穌在十字架上受難的浮雕像，而下方則先用中文後用英文鐫題著教堂的耶穌聖言、教堂名稱、地址及神父姓名、電話，其文字顯示如下：

「願那些尋求你的人，都因你歡欣鼓舞。
願戀慕你救恩的人，都常說：『大哉上主！』」（詠四十：十七）

倫敦英華天主教堂
倫敦市布拉克弗萊爾路三六八號
司鐸：米約翰神父
電話：44-20-8855-2389
傳真：44-20-8855-2387

"May all who search for you be filled with joy and gladness.
May those who love your salvation repeatedly shout, 'The LORD is great!' " (Psalms 40: 17)

London Ascension Chinese Catholic Church
368 Blackfriars Road, London
Paster: Rev. John Me
Tel: 44-20-8855-2389
Fax: 44-20-8855-2387

教堂外前後是一大片一大片綠茵茵的草地。石頭老教堂的尖閣頂上的塔尖都一根根無可奈何般地直指著倫敦上空的蒼穹。

庭院後面是幾間平房，本堂神父和一些神職人員就住在那裡。

英國倫敦英華天主教堂正面的古典建築藝術樣式仿世界聞名的法國巴黎聖母大教堂。教堂前面的是三重哥德式拱門和兩邊的牆壁上都是些莊嚴華美對稱的古典浮雕花飾。

教堂前面的石頭牆凹進去的三重哥德式拱門分別為聖母門、聖安娜門和末日審判門，三重門的上方是一排凹進去的石槽，那就是民間所謂的國王廊，國王廊上是一溜二十八個雕刻精湛的壁龕，每個壁龕裡是一位國王，他們就是《聖經》裡寫到的二十八位形貌各一的以色列和猶太國王。

由三重哥德式拱門進去後，是一個不太大的過廳，過廳的正面是一道裝飾華美的牆壁，牆上掛滿了很多油畫畫框，畫框裡都是些和教堂有關的神職人員身著教袍的油畫，當然，在牆上的主要位置，都掛著天主教梵蒂崗（Vatican）③羅馬教廷（Curia Romana）歷代教皇的油畫像，現任的羅馬天主教會第二百六十六任教皇保羅二世④，與之上前的很多任教皇的畫像都掛在了牆上。

過廳的幾個書架和幾張桌子上還擺著一些報刊雜誌和文件，都是些梵蒂岡天主教羅馬教廷國務院下屬的什麼聖部關係局、宗座信件秘書局、密碼局、司法局、國際局、語言局、情報文獻局、法庭、教廷「正義與和平」委員會、教廷正確解釋教會法典委員會、教廷社會交流委員會、教廷家庭委員會、教廷文化委員會、教廷紀律委員會、教廷檔案委員會，教廷宗教藝術委員會等等機構和部、委、局、辦等等下發的，那些文件、報刊雜誌有什麼《教廷年鑒》、《教廷公報》等等，還有梵蒂岡的「信德國際新聞通訊社」的各種簡報等等。還有倫敦天主教華僑中心辦的雜誌《堂區通訊》和台灣天主教報紙的《教友生活週刊》。秦田看那上面的文章，比較醒目的標題是些什麼「聖座一心委員會召開第ＸＸ屆大會」、「基督教普世君王節暨第ＸＸ屆國際聖召節」、「聖座第Ｘ屆世界移民難民牧靈會議在梵蒂岡圓滿落幕」、「死亡教育即生命教育」、「聖母軍台灣分團常年大會」、「聖教與盛之道」、「聖地風貌：從大馬士革城門到加法城門」、「洗者若翰」、「耶穌的人像」等等等等。

過廳的正中立在地面的一尊一人多高兩米見方的黑漆雕花木牌上，用白漆的中英字工整地寫著如下的本堂神職人員的姓名和彌撒時間表：

Paster: 主任司鐸：
Rev. John Me 米約翰神父
Assistants: 牧職人員：
Sister Veronica Lee, S.I.H.M. 李韻秋修女
Sister Lucy Tang S.I.H.M. 鄧瑞蘭修女
Secretary: 堂區秘書：
Miss Cathleen Wu 吳芳小姐
Mass Schedules: 彌撒時間表：
Saturday: 星期六提前感恩禮：

5:30 p.m. in Mandarin 下午五點半（國語）

Sunday: 主日感恩禮：

8:00 a.m. in Cantonese 上午八點正（粵語）

9:30 a.m. in Cantonese 上午九點半（粵語）

11:00 a.m. in Bilingual 上午十一點（雙語）

Weekdays: 平日感恩禮（星期五例外）：

8:00 a.m. at Happy Manor (Monday to Thursdays) 上午八點正（在頤園）

星期五：

9:00 a.m. at Church (Fridays) 上午九點正（在本堂）

8:00 a.m. at Church (July and August) 平日感恩禮：（七、八月份）

上午八點正（在本堂）

Reconciliation: 修和聖事：

Sturdays (4:00p.m.-5:00p.m.) 逢星期六下午四點至五點

CCD Classes: 兒童道理班：

Sundays at 9:30 a.m.(from October to May) 逢星期日上午九點半（十月至五月）

從過廳左右兩邊高大的彩色玻璃窗邊的兩道門進去之後，則是一個很大的活動廳。活動廳的左右兩邊是幾排高大的彩色玻璃窗，那些直抵天頂的塔尖型的彩色玻璃窗上，都是些《聖經》故事裡的人物和事件場景的畫面，那些畫面讓秦田想起他前些年在中國甘肅敦煌莫高窟千佛洞裡看見的那些古老佛經故事裡的畫面，不論是《佛經》、《聖經》還是《可蘭經》，不論是《佛教大藏經》、《金剛經》、《佛說觀無量壽經》、《佛說阿彌陀經》、《圓覺經》還是什麼《地藏菩薩本願經》、《藥師經》、《蓮華經》、《六祖壇經》等等，那些五花八門的《佛經》裡的什麼「九色鹿」的故事，「薩波達國王捨身救鴿」、「齐喬鬼伊利沙」、「忍辱太子」、「六牙像王」、「波耶王的故事」；《聖經》裡的「亞當和夏娃」、「該隱和亞伯」、「過紅海」、「示巴女王」、「在獅子坑中的一夜」；伊斯蘭教《可蘭經》裡的先知故事如什麼：阿丹人祖、伊布拉欣、安尤布、優素福、穆哈默德的故事等等等等。秦田感覺那些故事的文字和畫面都讓人看上去有些過於莊重肅穆，讓人看了過後心情頓時感覺到憂鬱沈悶，感覺到人生的無奈和宿命……

活動廳正面的一道巨大的幾乎要直抵天穹的深色的牆壁上，是十四耶穌受難畫像，看著那十四幅形態各異的巨大的耶穌受難畫像，特別是「彼拉多宣判耶穌死刑」、「耶穌遇見他的母親」、「耶穌第一次跌倒」、「耶穌第二次跌倒」、「耶穌第三次跌倒」、「耶穌死在十字架上」、「耶穌的身體被放進墳墓」那幾幅畫面的場景異常震撼人心靈的畫像，秦田感到心裡非常的壓抑。他甚至立刻就想起來了在中國文化大革命期間的一些往事……他感到人類的血腥和可怕，他感到人生在有些地方和時期就像是進到了一個人類屠殺的屠宰場……

活動廳兩側的兩道樓梯可以上到樓上，樓上有很多房間則是一些讀經室、唱詩班、圖書室和天主教堂裡的什麼聖母軍、長青會、祈禱會、姐妹會和中文學校的辦公室和教室等等。

活動廳兩側又有兩道莊嚴的大門，由那兩道大門進去，裡面就是教堂的彌撒大堂。

英國倫敦英華天主教堂的彌撒大堂裡面是高大寬闊的弧形穹頂，正北是耶穌主祭壇，主祭壇正中是一張寬大的長方形講經台，講經台上面鋪了花飾圖案的白色台布，講經台上擺著兩尊金光閃閃的漂亮的蠟台，蠟台上燃著兩支腕口粗的白色蠟燭。講經台左右兩側是兩張長長的靠背椅，供神父講經時其他在台子上的神職人員用，講經台背後是一幅上方呈桃尖形直抵弧形穹頂的巨大紫紅色絲絨帷幕，帷幕的樣子就像戲院裡開幕閉幕時拉開閉上的帷幕。紫紅色絲絨帷幕正中懸掛著一副巨大的金色十字架，真人般大小的耶穌被張開雙臂地釘在十字架上。帷幕上方的弧形穹頂呈傘狀由頂至下輻射，傘脊之間的三角狀或者是雙刃劍狀的面積上是幾幅巨大的經典壁畫，幾幅經典壁畫都是當年米開朗基羅和拉菲爾為梵蒂岡聖彼得教堂作的壁畫的仿製品，秦田抬頭一看便知道那是拉菲爾的《基督下十字架》、《西庭斯聖母》和《基督顯聖容》，還有一幅是米開朗基羅的《創始紀》，雖然是仿製品，但是，還是臨摹的很有氣勢。直抵弧形穹頂的紫紅色絲絨帷幕兩側是幾扇狹長的直抵穹頂的格子彩色花窗，每扇花窗的頂端又都是一個外顯正方形內呈十字架形的彩色花窗。

正北的耶穌主祭壇要比前面的彌撒大堂高出三級臺階，也就是說，當神父和其他神職人員走上主祭壇時，他們要登三級臺階，三級臺階和整個主祭壇上都鋪著深藍色的地毯，主祭壇前面三級臺階下面七八米的範圍也是鋪著深藍色的地毯，再往前的整個彌撒大堂內則鋪著紅色的地毯。

講經台前的三級臺階下面是十來個高腳花台，花台上是兩排一盆盆鮮豔的各色花卉。彌撒大堂前面右邊是一個六十平方米的側廳，側廳內東面靠近牆壁的地方是三尊真人般的彩雕像，中間一尊彩雕像是美麗慈愛的納匝勒（Nazareth）的聖母瑪利亞（Mary），左邊一尊是穿著麻衣袍子左手抱著馬槽聖嬰耶穌的耶穌之父納匝勒的木匠約瑟（Joseph），右邊一尊則是穿著白色教袍的諾貝爾和平獎獲得者德蕾莎修女（Mother Theresa）。三尊彩色雕塑前面是三個前面有扶手的跪墊，祈禱者就跪在跪墊上向幾尊彩色雕塑默默地祈禱，在祈禱的過程中，他們還用自己的手去撫摩或用嘴唇去親吻幾尊雕塑的腳掌和腳指頭。側廳南北兩邊靠牆壁的地方還有幾尊不太大的神態莊嚴的雕塑。側廳中間是一塊三乘五平方米的高出地面三十公分的平台，平台上是幾十上百支搖曳著燭光的白色的蠟燭，那些蠟燭都立在一個個縱橫排列整齊的小小的蠟碟裡，遠看那一片搖曳閃爍的燭光，就會讓人想起人間那邊遠端盡頭之外或者說是夢的深處裡冥界裡的靈魂們在向人間述說著什麼或表現著什麼……

那些一支支的蠟燭都是到教堂裡來做彌撒的信徒們點燃後放在那個祭壇上的，他們點燃蠟燭後就會跪在地毯上一臉莊重地閉眼靜默嘴裡默默詠念心中的祈禱……那樣的祈禱就和中國人到廟子裡去燒香拜佛跪在大雄寶殿的佛壇前面祈禱是差不多的意思了。只不過這裡是一片蠟光在莊嚴肅穆安靜的彌撒大堂裡靜靜地搖曳閃爍，跪在地上在胸前劃著十字的信徒們也是默默地在心裡祈禱而已罷了……

秦田看見那些面對燃燒的蠟燭跪在地上默默祈禱的天主教信徒們虔誠的樣子時，心裡就想到：「要是在中國，香客們的樣子可就是大不相同了，他們往往無論是不是佛教徒都可以到廟子裡去燒香拜佛，而且廟子裡也無論是大雄寶殿內還是外，到處都在當地上就杵著幾槽或銅或鐵或石頭或泥巴糊的香爐，點起香來也是到處煙霧繚繞劈里啪啦地火光衝天，常常旁邊就還有眾多濃裝豔抹之普世俗人懷抱吉他、二胡、京胡、手風琴或嗩吶、口琴之類的樂器在演奏，手裡又還挽著亮麗女人載歌載舞吹拉彈唱或嘭嘭啪啪放鞭炮亮嗓門吼京戲段子秦腔粵劇川劇高腔之類……

「就是說，在中國，無論是無神論者也好，有神論者也好，或者是半信半不信鬼神的人也好，他們大多相信的是一種現世報應的東西：好報也好，壞報也好，反正現世報最好。所以他們表現出來的往往就是一種世俗的熱鬧：反正是生也要熱鬧、死也要熱鬧、信什麼不信什麼也要熱鬧。所以才有紅白喜事，才有韓信受得了胯下之辱的寬容大度深謀遠慮的智慧和阿Q的精神勝利法，才有南京大屠殺表現出來的中國人的宿命，才有蒙古人和清人來輪番地把個中國統治個幾百年不在話下，但是又得乖乖地滾蛋等等等等。所以，才有自己前不久在《東亞之光》上發表的一篇題目就叫做『牡丹與水：讀美國人類學家本尼迪克特研究日本之專著《菊與刀》後的談中國人秉性』的文章，在那篇文章裡自己打的比方說，日本的武士道精神是當年方士徐福奉秦始皇之命，攜三千童男童女，東渡日本的時候從山西五台山和河南嵩山少林寺裡還沒有修行完畢就『逃學』的『花和尚』東渡到了日本後建立的，所以武士道精神只講殺伐，還只能夠是中國寺廟裡『段位』很低的和尚的行為。而中國人的精神則是水，水是永遠無法戰勝的，『抽刀斷水』是永遠斷不了的，『水』的不反抗就是一種最大的反抗，因為，『水』不反抗地順從本身就隱含了『吞噬』和『淹沒』的更廣大的『殺』的含義，而日本人與『刀』對應的『菊花』本身就是一種中國朝廷裡『秋後問斬』的季節裡的花，它是一種淒美的東西，一種面對寒冬的肅殺的花朵，因為，它生活在一個喜歡殺伐、征討的海島上，所以，它註定是一種面對一年中最為惡劣的季節的命運的花朵……而牡丹則代表了中國人雍容華貴豁達大度的性格，代表了中國人『水』的流動的狀態和命運，即：小溪流向大河，大江流向大海，然後昇華到天空變成雨雪又掉落到地上。從而往復循環周而復始，生生不息萬歲萬歲萬萬歲直到永遠！而『牡丹』就是和『水』的性格相應的東西云云云云。秦田想到，他的那篇文章在《東亞之光》上發表之後，竟然引來倫敦的好幾個人類學者專家和教授的電話信件和約見，又引起報刊雜誌的一系列文章，竟然還有好幾個日本報刊的記者的越洋電話的採訪。還說什麼其實韓信的胯下之辱和阿Q的精神勝利法和《馬太福音》裡耶穌的『有人打你的左臉，連右臉也轉過來由他打，有人要告你，要拿你的裡衣，連外衣也由他拿去……要愛你們的仇敵』一類的話有什麼比較文化上的意義等等等等。」

秦田又自嘲地想到：

「一句話，我們中國人從來就沒有什麼耶穌、釋迦牟尼，或者說，從來就沒有什麼穆罕默德一類的教主來管束我們的靈魂，更沒有什麼《聖經》、《可蘭經》或者說是什麼這這那那的《佛經》裡的《佛教十三經》、《佛教大藏經》、《金剛經》、《佛說觀無量壽經》、《佛說阿彌陀經》、《圓覺經》等等等等來梳理和規範我們的信仰，我們有的卻是腦子裡已經裝得滿滿了的什麼中國的孔孟哲學、老莊哲學，或者說是什麼東周列國、春秋戰國說客們搖唇鼓舌的智慧和狡辯……神是什麼？神在我們看來就是皇帝，而皇帝又是什麼東西呢？皇帝在我們看來就是家長的家長，就是說，皇帝在我們看來就是所有家長、族長、村長、屯長、這長那長的萬長之長！我們幾千年就是這樣過來的，我們的大家族就屹立在東方，什麼這神那神的這耶穌那菩薩的，在我們的土地上，皇帝說了算，至於那些什麼法什麼的玩意兒莫？狗屁！驢屁！馬屁！拳頭就是法，棍棒就是法，就是他媽的老毛說的話：『槍桿子裡面出政權！』或者說是老鄧說的話：『發展才是硬道理！』」

秦田想到『馬屁！』兩個字眼時，心裡禁不住笑了，又心裡想到：

「他媽的！不是嗎？等你把原子彈氫彈搞出來了，等李小龍把洋人一個個打翻在地了，洋鬼子們不就一個個地來和你握手來拍你的『馬屁』來了嗎？所以，什麼他媽的道理不道理，自古『弱國無外交』，還是他媽的老毛說的話：『槍桿子裡面出政權！』有道理，還是他媽的老鄧說的話：『發展才是硬道理！』就是道理！」

想起了老鄧，秦田禁不住想起了自己影集裡念小學時的一張黑白的相片，那張相片是前不久自己的小學同學們在參加「慶祝巴京市人民小學成立XX周年」紀念活動時翻拍的從學校檔案室裡展示出來的照片，巴京市人民小學的前身是一九四五年創辦於河北邯鄲的晉冀魯豫軍區幹部子弟學校，一九四九年隨軍遷到巴京市，更名為中國西南軍區直屬人民小學，由賀龍元帥任學校董事會的董事長，鄧小平的夫人卓琳任校長。一九五五年與巴京市小學合併改名為巴京市市人民小學。作為新中國中國西南軍區直屬人民小學第一任校長的鄧小平的夫人卓琳和自己念小學時的一些保育老師們，都一個個穿著軍裝在那張照片上面。另外的幾張照片上還有一九五〇年代中央的一些領導人，例如像賀龍、劉伯承、張愛平、陳毅、楊尚昆等等。秦田還想起了同學們寄來的照片上自己最要好的幾個同學在幾張照片上的樣子，像什麼魯曉曦、黃新路、辛麗君、林麗莎啦！還有什麼胡曉棣、宋小江、王小若、熊渝川啦！再有就是李爾茂、楊小揚、郭文進、楊西南啦！秦田想著那些照片上的同學們時，心裡就感覺到暖暖的……

講經台左邊靠近牆壁的地方有一個可供一人使用的講台，講台上有麥克風，是供神父講經時輔祭協助神父工作時用。講經台右邊靠近牆壁的地方是一架為唱詩班伴奏時用的黑色閃光的台式鋼琴。講經台前是十來盆鮮豔的花卉，兩邊有兩尊直抵弧形穹頂的方柱，兩尊方柱朝向彌撒大堂信眾方向的一面柱面上各掛了一幅黑色紅邊的巨大的絲絨條幅，兩個條幅正中各是四個明黃色的魏體中文字，右邊條幅上的四個字是「惟一天主」，左邊條幅上的四個字為「萬有真原」。

正北的耶穌主祭台前面是大堂的教徒聚會之地，那裡有由前至後排列著的三排長椅子，三排長椅子中間的兩條通道再加上兩側的通道共四條通道，東西兩邊是聖母瑪麗亞和聖父約瑟，大堂內有很多的柱子，四周都是些彩色的花窗。除了教堂耶穌主祭台前面右側的地方擺著一架供唱經時用的黑色閃光的台式鋼琴外，在大堂的最後面還擺著幾台有些老舊的管風琴，其中一台大的管風琴的低音管竟有十來米那麼長……

這座褐色石頭老教堂的彌撒大堂內，左右兩邊都是些側廳、耳堂、告解室（Confessional）⑤和四周的回廊……暗淡的祭壇前的幾十上百支搖曳著人的生命的靈光似的燭光、那些鍍金的法器、頭頂垂下的巨大花枝形燭台……那些到處都是的《聖經》故事裡人物的石雕像、浮雕像和牆壁上、弧形穹頂的巨幅彩色壁畫，在在都讓秦田想到了人對人的尊嚴，更讓他想起了中國文革期間那些草菅人命的往事……

他想起了兩個星期前，他和伍芳在法國的巴黎聖母院參加彌撒時聽教堂裡的管風琴演奏時的情形……

他記得，當他和伍芳以及那些參加彌撒的幾百人佇立在巴黎聖母院裡的時候，當那巨大的有六百根音管的管風琴開始奏響的時候，他們就忘卻了這世界上的一切的一切……那時，在他們的身邊，就只有宏大的、持續的、沒有休止的嗚嗚……嗚嗚……的管風琴聲，那琴聲充盈了教堂，無休無止無邊無際地充盈著、振蕩著教堂，那琴聲仿佛要把人們身上的世俗的污濁滌蕩得乾乾淨淨，在教堂裡——像微波爐裡消毒的器皿一樣——人們在那裡把自己的靈魂完完整整地擺到那聖母瑪麗婭的祭壇前，接受那聲音的洗滌，那聲音的低音部混合著唱詩班的雄渾的男低音，高音部飄浮著唱詩班的小鳥飛翔的女高音，那些聲音被叮噹叮噹的教堂鐘樓的鐘聲敲打著，攪拌著，拍打著……

---

①巴黎聖母大教堂（Notre Damede Paris），即巴黎聖母院。巴黎聖母院是法國作家雨果的同名小說《巴黎聖母院》面世後逐漸在民間形成的叫法。

②雨果曾經稱讚巴黎聖母院西邊宏偉的牆面如同「一篇由石頭交織成的交響樂」。

③教皇保羅二世（John Paul II, 1920-），第二百六十六任也是現任的羅馬天主教皇。

④梵蒂岡（Vatican），是「梵蒂岡城國」（Stato della citta del Vaticano）的簡稱，位於義大利羅馬城西北梵蒂岡高地東坡台伯河西岸，面積零點四四平方公里。

⑤告解室（Confessional），天主教堂裡神父聽取教徒懺悔的地方，設在教堂裡的一側，常為可以移動的木頭結構小房子。告解室一般分為兩間：一間設有神父座位，有門或簾幕進出；一間為懺悔者室，內有跪階，與神父室之間有一間壁，壁上有洞口。

第11章　本堂神父米約翰先生

布拉克弗萊爾路三六八號的英國倫敦英華天主教堂是大倫敦城幾個區華人教徒聚集得最多和最熱鬧的天主教教堂。每週主日彌撒的時候，一般都有七八百甚至上千的教徒。

六十八歲的本堂神父米約翰先生本身就是一個中英混血兒，他的金髮碧眼生在白皮膚然而又是亞洲人獅子鼻厚嘴唇面孔的腦袋上，那顆一目了然的 Half ①的腦袋又如此生動有趣地支在他的瘦長條兒身板的細長細長的脖子上，且還不說他為人的隨和和風趣以及平易近人，就憑他的那副長頸鹿般的樣份兒，對於倫敦城裡的華人來說，天生就有著一種無以言狀的聚合力，只要他一走到街上，特別是每當霓虹燈閃爍的黃昏宵夜時分，他的寬大灰袍子的衣架子一晃盪在熙熙攘攘的索合廣場附近的唐人街一帶，老遠老遠地，就有許多華人親親熱熱地約翰約翰地一聲聲地叫喚起來。至於說在唐人街的幾家最熱鬧的茶樓酒肆和地處整個倫敦城裡最中心的皮嘉德利圓環的探花酒樓裡，他都是那些地方的常客。

當然，總是混跡於中國人中間，那其間也有他自己難以言說的苦衷。Half 嘛，畢竟就是 Half！那就是在兩邊都不討好的一種人物，更何況是在血統那麼純正的盎格魯撒克遜人中間呢！好在，中國人大都善良友好，還沒有什麼人拿白眼去看他。所以，秦田就聽伍芳說過，她仔細地觀察米約翰先生時，就發現無論是面對眾多的白人還是面對眾多的黃種人，他都常常有一種自覺不自覺的呆然自失的狀態。因為，他面對哪一種人都不好說『我們』、『你們』、『他們』一類的字眼，如果他在黃種人堆裡說白種人是『他們』，那麼，黃種人就會問他，你是『哪一們？』如果說『我們』，黃種人們當然高興啦！但是，高興之餘，有些人又會懷疑他究竟是不是跟定了黃種人？反之，他在白種人中間的處境亦然。

伍芳說，有一次，主日彌撒完了之後，當教堂的一間講經室裡只有他們兩人的時候，神父就和她談到他們教會內部一些人之間的矛盾，不知怎麼地就失態地罵了起來，從罵英國人一直罵到歐洲歷史上幾個國家的皇室，他憤憤地說：

「什麼他媽的紳士淑女？什麼他媽的血統純正？歷史上歐洲有幾個國家皇室的血統是純正的，還不跟你們中國的《紅樓夢》裡那個焦大罵賈府時說的，就是：『……爬灰的爬灰，養小叔子的養小叔子！』翁媳亂倫，亂戴綠帽子，什麼叫做『扒灰』？前不久我到大英圖書館裡去翻了本清代王有光的《吳下諺聯》，那本書裡就談了『扒灰』的來由，就是說，在過去，神廟遍地，香火旺盛的時候，為了敬鬼神，人們往往大量焚燒塗有錫箔的紙錢。後來日久天長，焚燒出的錫灰漸多，廟主就把錫灰出售去賣些銀倆。消息傳了開來之後，一些貪利之徒就悄悄地潛入寺廟中去偷扒錫灰。『扒灰』的目的就是偷錫。而在中文字裡，『錫』又和『媳婦』的『媳』字同音，作為一個隱語，就把『偷錫』轉意為『偷媳』了，這就是『扒灰』的來源。你看看最近報紙上報導的關於這個查爾斯王子、戴安娜王妃和那個老女人卡蜜拉之間的事情，你看看戴安娜王妃在外面的那些事情……就是你們中國人，哦，我們中國人，哦，中國人，哦……學中國人說的那句話，他媽的，他媽的，他媽的……」

伍芳說，那時，我注意到了神父那時連說了三次他媽的，作為教堂裡的教徒，我們又是很好的朋友，我提醒他不要那樣罵的時候，你猜他說了句什麼，恩，他猜說了句什麼，他說：

「神父也是個人！人就有憋不住的時候，連柴契爾夫人都Fuck！Fuck！呢！你沒有看見報紙上最近披露出來的消息嗎？」

他又繼續罵到：「他媽的！什麼他媽的血統純正？就是中國人說的那句話：馬屎皮面光！瓤子裡都是雜種，還談什麼血統純正不血統純正?! 皮面越是光鮮，裡面就越是馬屎！馬屎、馬屎、馬屎！」

我知道神父是受了另外幾個英國人的氣，後來，我就在有一天把美國的蘭斯頓·休斯（J. M. Langston Hughes）②的短篇小說給他帶去了，我特意翻給他看了其中的我曾經給你談到過的那個《非洲的早晨》③的很短的故事，他看了後就當我的面哭了。他知道我理解他。唉……神父是個好人，他對我們中國人特別友好，當然，主要是因為他的母親就是中國人……

伍芳還說，因為時間長了，神父見她人很善良，又有教養，就常常給她講些內心的話語，神父對她說，雖然他是一個英國人，但是，他很希望中國強大，他很看不慣英國人的傲慢，看不慣英國在全世界的殖民，更因為自己的母親是中國人，自己又是在中國出生的，所以，很希望中國強大。電影裡面的香港李小龍把洋人打得滿地亂滾，六十年代中國的毛澤東把原子彈氫彈搞了出來，中國軍隊在朝鮮和越南把美國人攆了回去，那些事情都成了神父在教堂裡誇獎中國人的話題和談資，他還當著我這個台灣人的面時常誇獎毛澤東，說毛澤東比蔣介石更加在這個世界上為中國人爭了光，說毛澤東就是中國的第二個蒙古王成吉思汗，如果毛澤東再活在世界上三十年，這個世界就真的有東風壓倒西風的希望。

伍芳又說，當然，我覺得神父那樣的說法，是因為他在英國人面前總是受氣的原因，但是也不得不說明的是，他對中國人還是有感情的。就是作為一個台灣人，雖然我也對你們大陸很有看法，但是，毛澤東把原子彈氫彈搞出來，把中國搞得美國人也無可奈何，這讓我作為一個台灣人心裡也覺得高興和驕傲，對洋人是這樣，尤其是對小日本人就更是這樣，我在學校裡就老是不喜歡日本人，當然，日本對中國，對台灣，他們以前做過的那些壞事情你都知道……

伍芳在談到神父對毛澤東的看法的時候，秦田就拿起進門時在過廳的書桌上的一本巴掌大的介紹教堂的小冊子來，那上面介紹米約翰神父的一段文字寫著：

米約翰神父，福建福州人，一九三〇年生於世代教友之家庭，少年時歷經中日戰爭及中國內戰。其父爲一九二五年由英國南安普敦前往中國傳教之天主教傳教士，死於一九四〇年日本侵華時期日本軍人刀下，其母爲中國福建漳州教友家庭。神父十九歲時初抵台灣。神父在小修院期間時間稍長，數倍於普通年限，年近三十始去香港華南總修院。華南總修院關閉後，乃返道台南碧岳修道院成爲首屆大修生。神父原屬嘉義教區，曾在台灣高雄、台北多處服務。神父在海外服務多年，十數年間曾牧養天主子民於美國之舊金山、華盛頓、英國蘇格蘭之格拉斯哥、英格蘭之南安普敦、倫敦等地。除中、英文外，神父尚能熟練使用廣東、福州等多種語言。

看著那段文字，不知道為了什麼，秦田就突然就想起了自己的父親……他感到，他對父親的感情有些時候就像對毛澤東的感情是一樣……例如，父親對母親的不專一和不忠、父親對自己的愛和父親的作為一個十足的男子漢大丈夫以及一個戰功卓著的大人物那兩者之間的矛盾；同樣，毛澤東的豐功偉績和他在新中國成立以後，特別是文化大革命中間造成的對於中國的危害，使秦田感到對他的又是愛又是恨的感情……

秦田繼而又進一步想到，就像男女之間的愛一樣，愛恨總是交織推進的。如果愛消失了，恨也無從談起了。有愛又有恨，說明了你和他或者是她之間有一種彈性的引力和排斥力，按照物理學，就像原子核一樣，越是到了內層，引力和排斥力就越大，但是，卻都是處在一個個體內。不在一個體內，就不存在什麼引力和排斥力了，不相關嘛！換一個數學的說法，就是處在一個場域裡，幾個變數相互之間有一種函數關係。就像自己和父親、和毛澤東、和眼前的伍芳一樣，他們是共同處在一個存在著某種函數關係的場內。可是，可是這個天主教堂裡的釘在十字架上的什麼耶穌、這個西方人，這個西方的天主教徒們的心目中的神和自己好像怎麼也扯不到一塊兒啊？體系不同、函數關係不同、語言不同，風馬牛不相及！按照當知青的時候當地老農民的說法，就是牛胯扯到馬胯，雜交莫？拉朗配呀！最後不就是成了一個倫敦動物園裡的那隻幾不像的東西？可是，可是這個同樣是中國人的伍芳，這個和自己那麼談得來的，自己也非常愛的女人為什麼就相信這個看不見也摸不著的、遠古不知道什麼時候的、金頭髮藍眼睛的、釘死在十字架上的、什麼耶穌先生呢？哎……頭疼……頭疼……頭疼哦……晨詠經、晚詠經、飯前飯後詠經、節假日詠經、每個禮拜天主日彌撒都要去詠經，這不就跟他媽的文革期間背誦老毛的語錄早請示晚彙報是一回事情了嗎？老毛的東西也就時興了文革那麼一兩年而已，這耶穌可好，讓那麼多人上千年地去信他的東西，他究竟是個什麼神呢？哎……頭疼……頭疼……頭疼哦……

伍芳和秦田進入天主教堂的活動廳的時候，那裡正有一些教徒們在排隊領發在每人手裡的一本黑皮燙金封面的《聖經》和灰皮燙金封面的《耶穌聖詩》，他們兩人也站在隊伍後面跟著別人慢慢地向前移動。秦田想起來前不久他問過伍芳的關於天主教和基督教的問題，就又有些悻悻地去問排在他前面的伍芳道：

「嘿，芳，上次好像你還沒有給我講完天主教是怎麼回事兒呢！好像你給我說，天主教和東正教是基督教到了中世紀後期才產生出來的兩個主要的分支，那麼，天主教是怎麼回事兒呢？」

伍芳掉頭白了他一眼，然後努努嘴兒又咧了咧嘴兒，臉上立時就浮出了兩個漂亮的酒窩兒來，她一笑諞道：

「嘻嘻……大劇作家，你這下子甘當學生了吧？嘻嘻嘻……」

秦田無奈地悄悄拿手在她的胳臂窩兒旁的手臂上用勁兒地捏了一把，又壓底嗓門兒歪了兩下嘴巴做著怪像用氣音拖著京劇裡的京腔的調門兒說道：

「娘——子——大庭廣眾之下，你難道要你的先生撒野麼？你的主耶穌在叫你快給你的未來的丈夫傳教哩——！快快地道來吧，我的嬌妻——！」

伍芳被秦田老虎鉗般的虎口掐得哎喲哎喲地嗞嗞叫喚了起來，只好收起她剛才的笑聲正色道：

「好好好……把你的手兒拿開，聽你的娘子慢慢地給你廝道來：上次好像是給你說到了基督教到了中世紀後期的分裂，對了，是談到了那裡。現在，我又給你從那裡開始簡單地講天主教的情況吧。天主教和東正教是基督教發展到了中世紀後期由於很多的原因分離出去的兩個分支。當然，後來就成了兩個非常重要的派別。東正教的英文叫 Easten Orthodox，就是東方正教啦。從歷史上看，東正教和天主教從基督教裡分離出自己的派別也是事所必然，因為基督教發展到一定的時候，從地域上就漸漸地分化出以希臘語地區為中心的東部派教會和以拉丁語地區為核心的西部派教會，後來就東西兩派就正式地分開了。東正教以君士坦丁堡為中心認為自己是『正教』，就是說認為自己保留了正統的教義是正宗的教會，而且，又地點在東方，因此就叫『東方正教』，又因為他們的宗教儀式都使用希臘語，所以也叫『希臘正教』，他們主要在東歐和近東一帶傳教。因為天主教是當時的以拉丁語地區為核心的西部派教會，所以，天主教主要以拉丁語傳教，天主教又叫『公教』，在希臘文裡面叫 Catholic，就是『普世的』、『大公的』的意思，因此叫『公教』。根據 Catholic 的譯音，又叫『加特力教』，還因為天主教以羅馬為中心，還叫『羅馬公教』。而為了區別於後來產生的基督教新教，『舊教』的稱謂也是指天主教。天主教的叫法實際上是中國人的叫法，因為《史記・封禪書》裡將神謂之曰天主，所以，當 Catholic 傳入中國後，人們就將其稱為了『天主教』。」

「嗨——我的美人兒的教授哦！」

秦田禁不住開始讚嘆起伍芳來。伍芳又繼續說道：

「到今天來看，天主教應該是基督教最完備和正統而經典的主脈的一枝，她有一套最嚴格的教階體系，中國的文武官制度是倒十品官階，十品最小，一品最大，而天主教的神品是正七品神階加主教四品，就是一共十一品。」

「呵……如此複雜？」

「是啊！」

「難怪早期的基督教是政教合一呢？這本身已經是有些皇室裡的大官兒小官兒的味道兒了，不就是那些頂子帽兒和賞穿黄馬褂兒的意思了，是嗎？不就是我在這兒的報刊雜誌上發的那個短篇小說《山人》裡談到的中國京戲裡面文武百官衣服的顏色和圖案裡的那些講究嗎？就是明清文官一品官服上的繡紋是仙鶴，二品繡綿雞，三品繡孔雀，四品繡雲雁，五品繡白鷴，六品繡鷺鷥；武官一、二品繡獅子，三、四品繡虎豹，五品繡熊，六品繡彪等等。那麼皇帝繡什麼呢?!我們庶民老百姓繡什麼呢?!皇帝衣服上一定繡全部動物了，那就是中國人造出的龍，四海翻江的龍，皇袍就是那樣子，四海之上是龍，龍上面是金球樣的太陽，龍統領全體動物，難怪中國人崇拜龍，又稱自己是龍的傳人了，龍是想統領全體動物啊。老百姓衣服上繡什麼？鬼知道！什麼也不好繡，要繡只能繡螞蟻、繡蝦子、繡孑孓，那還不如不繡，你想想，當你穿件衣服走到大街上，別人一看，一瞧你衣服上的圖案，你的身份是蝦子，是螞蟻，是孑孓……中國人又愛面子……」

「哈哈哈哈哈……哎呀！哎呀！哎呀呀——你啊，你啊，哎喲，你怎麼這麼逗哦？哈哈哈哈哈……你快要笑死我了！哈哈哈哈哈哈……」

伍芳立時就捂住自己的嘴巴笑得蹲在了地上。好半天，秦田才彎腰俯身把雙手穿進她的胳臂窩裡摟住她，又把她給抱了起來。伍芳拿出衣兜裡的一張上面繡了些花邊的粉白色的香手絹在臉上去擦笑得滿臉都是的眼淚，還用雙手去捶打秦田的胸膛，嘴裡又喃喃地念道：

「哎喲，哎喲，哎喲，你這個傢伙，我怎麼就不知道你這個傢伙這麼逗，你的怪話這麼的多，哈哈哈……哈哈哈……」

伍芳又止不住地笑了起來，引得旁邊的人們都樂了，就問道，什麼事兒那麼的高興啊？也不說給我們聽聽，讓大家也都分享分享，我們不都是兄弟姊妹嗎？

聽到了旁邊那些人開玩笑的話，伍芳才停止了大笑，就給那些人指指秦田，說是那人在中國是個在舞台上講相聲的著名演員，人們就又去拿秦田來開玩笑，好在秦田和那些人也不熟悉，那玩笑就沒有再怎麼繼續開下去。秦田才又正色地問道：

「像你那麼一說，天主教的神品是正七品神階加主教四品，就是一共十一品。那應該是在天主教的政教合一時期遺留下來的類似等級制的東西吧？」

「恩，是有點兒你說的那個意思。」

「那你還信它幹嗎？」

「哎……那又是另外的一回事兒了，你別打岔兒，還聽不聽愛妻說下去？」

「那是當然，親愛的，快說，快說。」

「天主教的神品分為七品，是一套相當嚴格的教階制度，從下往上具體可以分為：一品的司門員；二品的誦經員；三品的驅魔員；四品的襄禮員；五品的副助祭；六品的助祭；七品的司祭。在這七品裡，前四品是低級的神品，我們稱為是小品，後面的三品是大品，就是較高級的品位了，然後是主教品位的四級，那就是主教、大主教、宗主教、樞機主教，而樞機主教就是紅衣主教啦！」

「整個一個兒封建的等級制度嘛！」

「那又怎樣？」

「總得讓人品評嘛？」

「那倒是，天主教主要是信奉天主、耶穌和聖靈，也信奉聖母瑪利亞。基本的教義就是：天主創造了天地和人類，聖子降世為人，為拯救人類而被釘在了十字架上受難、復活、升天，將來再次降臨，審判世界；聖靈聖化人類；教會為耶穌基督建立，並有權利赦免世人的罪孽等等等等。」

「那麼，梵蒂岡的羅馬教皇就是你們天主教的最高首領了？」

「是啊。」

「還有一個問題，當然，還有太多的不懂的問題，就是眼前的，馬上要進行的彌撒是什麼意思？什麼是彌撒？你別讓我在這裡看了半天，當了半天的觀察員，是看的什麼都還唏哩糊塗，回去以後還是滿腦子裡都是些醬糊。」

「哎呀！彌撒彌撒，彌撒就是英文裡的 Missa 或者 mass，彌撒就是天主教對聖體聖事禮儀的稱呼。」

「什麼又是聖體聖事？」

「唉！你連基本概念都沒有，你應該到神學院去掃掃盲哦……你先聽我往下講，不要老打斷我，彌撒就是天主教對聖體聖事禮儀的稱呼，就是天主教會的主要祈禱儀式。天主教會認為，這是一種用不流血的方式重複耶穌為拯救人類而在十字架上對天主進行祭獻的儀式。那麼，具體的儀式是，天主教會認為，經過神父或主教祝聖的無酵餅和葡萄酒代表耶穌的肉體和血液。在舉行分餅聖餐儀式時，主禮人先領『聖體』和『聖血』，然後，讓信徒們輪流領『聖體』，一般信眾不參加領『聖血』，天主教徒就用這樣的方式來紀念耶穌為人類的犧牲。這又叫『望彌撒』。」

「什麼『望彌撒』？」

「就是看，Look Over, Hope, Reputation, Visit」

「Ok！就是現在你的眼睛望著我的眼睛的那個望字！對吧？」

「Ok！完了嗎？」

「Ok！」

「唉……你又打斷了我，等會兒你就會看見，彌撒儀式是在莊嚴、隆重和肅穆的氣氛裡進行。在樂器的伴奏裡祈禱和唱讚美歌。彌撒活動裡面的教堂音樂就是彌撒曲，主要是巴赫的《小調彌撒曲》、貝多芬的《莊嚴彌撒曲》等等。後來的天主教第二屆梵蒂岡大會對彌撒禮儀進行了改革，允許用民族語言進行彌撒活動，也就是說，在那之前，天主教本來只能夠是用拉丁語進行彌撒，至那之後，才可以用其他的語言進行彌撒，等會兒你就可以看到，我們的本堂神父米約翰先生就會用中國話做彌撒。現在，還可以把民族音樂的東西拿到教堂裡來當彌撒曲，但是，我至今還沒有聽見有什麼民族音樂能夠比巴赫的《小調彌撒曲》、貝多芬的《莊嚴彌撒曲》更適合做彌撒曲。」

正在講著的時候，他們已經排到了隊伍的前面。他們也就停止了講話。

①這裡指英美人俗語裡說的兩種血統的混血兒。
②蘭斯頓・休斯（Langston Hughes, 1902-1967），美國著名的第一個黑人專業作家，一九三九年出版的《美國黑人文學集》稱其為：「黑人文藝復興運動出現的最多才多藝而又多產的最傑出的代表。」他的詩歌、散文和戲劇對哈萊姆文藝復興做出了重要貢獻。他最著名的作品包括《消沈的藍色》（*Weary Blues*，1926）和《白人的方式》（*The Ways of White Folks*，1936）。他曾於一九三二年訪問中國上海，並在一九三七年發表了長詩《怒吼吧，中國》（*Roar, China*），關於其中國之行，載於其自傳第二卷《我漂泊，我疑惑》（*Wonder as I Wander*，1956）。
③《非洲的早晨》講述的是一個父親為英國人、母親為非洲黑人的名叫莫雷的混血兒的小男孩在母親死去後的故事。小說悲哀地描述了皮膚長得既不像自己的英國父親那樣「雪一樣白」，又不像母親的皮膚美得像「紫色的檀香木」，而是長得像「金子的顏色」一樣，而恰恰就是那長得像「金子的顏色」的皮膚，讓這個生活在尼日爾河三角洲的「獨一無二的混血兒」的小男孩飽受了兩邊都不是人的棄兒的痛苦滋味。

第12章　聖母的幻象

當伍芳和秦田進到了彌撒大堂坐在前排的椅子上參加開始了的主日彌撒時，秦田就開始回憶和觀察起頭天晚上伍芳拿給他看過的，她寫給他的天主教彌撒程式的幾個主要結構的實際情況來……

秦田看到，首先是一個全身白袍、上身著金色花邊坎肩的個頭高高的少年，雙手舉著一根頂端是十字架的木棍走了進來，在他的後面是一個和他同樣裝束的少女，再後面是兩個一排兩個一排共四個同樣白袍金坎肩的少男少女跟進，再後面是一白袍白帽胸前掛金色十字架的輔祭，雙手高過頭頂地舉著一本十六開本的特大的《聖經》，他的後面再依次是頭戴四角瓜子帽、身穿金黃色教袍的本堂神父米約翰先生和再後面的兩個穿白袍白帽胸前掛金色十字架的輔祭。

身著金黃色寬大教袍神色莊嚴而又慈祥的米約翰神父就在這樣的一隊白衣神職人員的簇擁下，從彌撒大堂的一道側門進來向祭壇步態穩重地緩緩走去，那時，彌撒大堂裡響起了進堂曲的音樂，從而開始了主日彌撒的第一個叫做「進台式」的程式……

於是，身披金黃色寬大教袍的本堂神父米約翰先生就開始面對在他前面齊齊整整黑壓壓的幾百上千個教徒們做起他的主日彌撒來。那時，下面的教徒們一個個都肅然靜默地坐在自己的椅子上眼望著他。

站在祭台前的神父米約翰先生後面是抵高大寬闊的弧形穹頂的巨大紫紅色帷幕，帷幕上懸掛的金色的耶穌大十字架，開始做主日彌撒的天主教神父米約翰先生不同於倫敦城裡其他神父的本事之處，就是他可以用好幾種語言主持他的彌撒，那就是古拉丁語、英語、中國的普通話，廣東話甚至於是福建和一些台灣人都能夠聽懂的閩南話。一般的情況下，他讀經和講道都以英語為主，教徒們則緊跟其後附和著一連串的「阿門」即可。

現在這個時候，本堂神父米約翰先生就是天主、耶穌基督和聖靈與信徒們之間的傳人了。

秦田聽見米約翰神父清朗如銀鈴般的聲音在上面用中國的普通話念道：

「因父、及子、及聖神之名。」

立時，下面的眾信徒就應道：「阿——門。」

神父又念道：「願天父的慈愛，基督的聖寵，聖神的恩賜與你們同在。」

下面的眾信徒就應道：「也與你的心靈同在。」

然後，接下來就是神父念道：

「各位教友，現在我們大家認罪，虔誠地舉行聖祭。」

信徒們靜默片刻後就一個個齊聲說道：

「我向全能的天主和各位教友，承認我思、言、行為上的過失。」

說到這句的時候，秦田發現整個彌撒大堂內幾百上千個信徒竟然一個個噗噗噗地當庭搥打起自己的胸口來，那場面當時就令到秦田大驚失色，又竟不住撲哧一聲捂嘴笑了起來，再將自己端坐著正一本正經地繃著臉上正視前方的莊嚴之目光拿來乜斜地瞟了幾眼正在旁邊用雙手捶打胸口的伍芳，就立馬怪聲怪調門兒地悄聲說道：

「娘子，你今天要是在這裡把一對如此美麗性感而又雪白的酥胸打癟了的話，你先生可是不得會依了你和你的神父的喲……到時候，到時候，到了今天晚黑的那個時候，我可是不得要一個三圍裡少了一圍的女人喲……你們這個什麼天主教？你們這個什麼天主教？你們這個什麼天主教怎麼就是這樣地教人自己捶打和虐待自己！這樣不是公然在大英帝國法制社會的版土上進行變相的體罰嗎？要是你們再這樣一老拳又是一老拳地朝自己的胸口上打下去，不是要打得一個個口吐鮮血，打倒一片了麼？這個這個這個……你看看你看看你看看……你看看我是不是要到外面去打個電話報警哦？嘿嘿嘿……嘿嘿嘿……」

立時，秦田就感到自己的一隻腳背被伍芳狠狠地跺了一腳，直痛得秦田抬起腳來咧嘴嗞嗞嗞地怪叫。那時，他又看見身邊的信徒們在一個個腦袋在前俯後仰急促地齊聲念到：

「我罪，我罪，我的重罪。為此，懇請終身童貞聖母瑪利亞、天使、聖人、和你們各位教友，為我祈求上主、我們的天主。」

秦田看著滿堂的信徒們個個正朗朗有聲地「我罪，我罪，我的重罪……」那樣地腦袋前後一叩又一叩和尚敲木魚似地搖頭晃腦念著時，就竟不住捂嘴一陣哈哈哈地將腰笑得彎了下去，只聽見背上是伍芳擂鼓般的拳頭在砸得咚咚咚地響，又聽上面的神父銀鈴般的嗓音還在唱道：

「願全能的天主垂憐我們，赦免我們的罪，使我們得到永生。」

眾信徒們則拖聲啞氣地答道：「阿——門！」

跟著又是：

神父：「上主，求你垂憐。」

全體：「上主，求你垂憐。」

神父：「基督，求你垂憐。」

全體：「基督，求你垂憐。」

神父：「上主，求你垂憐。」

全體：「上主，求你垂憐。」

後來過了片刻的沈默，秦田聽見所有的信徒都又朗朗有聲地開始長篇地念詠：

「天主在天受光榮，主愛的人在世享平安。主、天主、天上的君王、全能的天主聖父，我們為了你無上的光榮，讚美你、稱頌你、朝拜你、顯揚你、感謝你。

主、耶穌基督、獨生子；主、天主、天主的羔羊，聖父之子；除免世罪者，求你垂憐我們。

除免世罪者，求你俯聽我們的祈禱。坐在聖父之右者，求你垂憐我們；因為只有你是聖的，只有你是主，只有你是至高無上的。耶穌基督，和聖神，同享天主聖父的光榮，阿門。」

那時，秦田聽見伍芳在一邊吃吃地笑著說：

「嗨——親愛的，踩痛了嗎？嗯——？痛不痛？如果不嫌痛的話，還要不要本小姐再給先生您補上兩腳？」

「你說呢？嗯——只有你這樣的女人才下得了這樣的狠手！等會兒要是我走不動了，就只能夠讓你把本先生，這個這個這個……這個您未來的，您未來的老公我背著回去了……剛才，剛才你們那麼長背誦的是什麼經文呢？」

「光榮經唄——我昨兒晚上給你寫的那些彌撒程式，你看現在是進行到了哪一步了呢？」

「嗯……第一段進台式大概是完了，五段差不多二十四節還有四段，那就是接下來的第二段『聖道禮儀』、第三段『聖祭禮儀』、第四段『領聖體經』、第五段『禮成式』。嗯，真的還有點意思，算是開了眼界，居然一個個南無阿彌陀佛阿門阿門阿門地捶打起來自己的胸口來了，嘿嘿……嘿嘿嘿……」

主日彌撒第二段聖道禮儀進行到了第八節是答唱詠，由當天協助米約翰神父的一個穿白色教袍的男輔祭到台上去主持。穿白色教袍的男輔祭是一個氣度不凡的中年男子，他叫大家拿起人手一本的《聖經》，然後，他在上面用台灣的國語念一句，下面的教徒們就跟著讀一句。秦田也就跟著拿起了一本黑色封面、上面有燙金凹字的厚厚的沈甸甸的《聖經》來，那本《聖經》就是進門時他和伍芳排隊到一個笑容可掬的老太太那兒去領的，除了一本《聖經》外，還有一本同樣沈甸甸的灰色的、封面上也是凹字燙了金的《耶穌聖詩》。現在，秦田就拿著手裡的《聖經》在伍芳的指點下，根據台子上那個男輔祭的要求，翻到了《舊約全書》中的《詩篇》第九十五篇「讚頌之詩」的第六和第七節，在一遍悉悉嗦嗦的細碎的翻書聲中，人們開始了默禱：

來啊，我們要曲身敬拜，在造我們的耶和華面前跪下。

因爲他是我們的神，我們是他草場的羊，是他手下的民。

唯願你們今天聽他的話。

……

……

接下來的一個儀式叫「齊來崇拜」。

穿白色教袍的男輔祭在上面叫大家翻到《耶穌聖詩》裡的「求君王垂臨」（Come, Thou Almighty Kmg）。

秦田又在伍芳的指點下，從《耶穌聖詩》第三頁上看到了「求君王垂臨」的聖詩，他看著打拍子人的手勢、聽著鋼琴彈奏的曲子，跟著別人一齊唱了起來。

他看著站在台子上穿白色教袍的男輔祭臉色莊重地略一沈吟，便昂頭高喊了一聲「Come, Thou Almighty King」，然後轉頭向側面坐在琴凳上拿眼睛看著他的抬起雙手正準備彈鋼琴的一個穿黑色西服的漂亮女人稍一點頭，那漂亮女人便將頭髮一甩動，雙手便向琴鍵上按了下去，立時，隨著琴聲，領唱者的雙手便在上面打起拍子舞將起來，下面的眾教徒也較為齊整地跟著唱出了聲來：

Come, Thou almighty King,	求君王垂臨
Help us Thy name to sing,	允我們讚美汝名
Help us to praise!	齊聲頌揚
Father all glorious,	惟您至尊至聖
O'er all victorious,	惟您全勝
Come, and reign over us,	祈求萬亙之神
Ancient of Days!	統禦眾生
Come, Thou Incarnate Word,	祈求化身之道
Gird on Thy mighty sword,	身佩神力寶劍
Our prayer attend;	垂聽祈告
……	……
……	……

秦田因為是第一次見識這樣的場面，就只有跟著別人的歌聲胡亂哼哼一陣。因為是站著身子

朝前，那時，他的眼睛不經意地看在台子上打拍子的人身上，他的眼光流連在了那個穿白色教袍的年輕的男輔祭身上好一陣，他看著那年輕人在那裡用有些過大過重的動作打著拍子。他感覺出來打拍子的人樣子和動作有些什麼不協調和滑稽的、自己又說不清楚的地方，就開始在腦子裡浮現出超市櫃枱上的一些蔬菜瓜果……那些蔬菜瓜果都用透明的塑膠紙包裹著……在他的家鄉又白又大又嫩又脆的捲心白菜，怎麼到了這兒變成了綠色或是紫色的皮又厚又小、煮熟了嚼在嘴裡像餃子皮兒似的怪怪的東西？花白菜呢，也變成了綠色的。葡萄呢，更是變得個五花八門的樣子了。還有更多更多的變了樣子的東西……

他想著一家伍芳常領他去的超市的櫃枱，又看著前面打拍子的人，特別是他的眼裡閃爍著的他這幾年才漸漸地有了一些熟悉的當地華僑青年眼光，他的心裡開始發出了一些笑聲……

後來又是「禱告」、唱「我今永遠屬他」的聖詩，又是穿黑色教袍的年輕的男輔祭開始大弧度地揮動他打拍子的手臂，秦田看著他的從白色教袍的袖口都可以看得出來的肌肉發達的手腕，就在想，那身黑色的莊嚴肅穆而又超塵脱俗要人清心寡欲的的教袍，怎麼就會穿在了他那樣的一個還是年紀輕輕的熱血青年身上，他看著隨著揮拍子的人身子和頭顱的晃動，掛在他的脖子上的金色的十字架也在他的胸前來回地擺動著，他注意到了他的脖子上幾股正在微微地扭動的肌肉，心裡就想起了運動場上的舉重運動員的寬寬的脖子，心裡就又想到，那樣的一枚神聖的十字架，怎麼就會掛在了他那樣的一顆完全是靠重量去思維的頭顱的脖頸上？

再後來，秦田的目光就停留在了打拍子的人身後不遠處、祭壇前一尊半裸的聖母懷抱聖嬰的乳白色雕塑上……那時，一些久遠的、似是而非的、仿佛是前世的封存了的思緒，從遠處聖母的慈愛的眼中向他不期而至地陣陣飄然襲來……

恍恍惚惚地，在他的腦海裡影影綽綽地出現了一個女人的身影……漸漸地，那個女人的身影似乎是從遠處聖壇前的半裸著的聖母的身體裡浮現了出來，也是那麼半裸地、慈愛地、有些悲鬱地、仍舊還笑吟吟地在淡雲微月之下逸雲清風般地向他飄來……

於是，他似乎是憶起了那個女人風韻的身段、她的臉龐，她鵝蛋型臉上柳葉下的一對漂亮的杏眼、她的雪白的脖子……

……中國南方。巴京市，霧山城。一片漂浮在水面上的桑葉似的半島。她夾在長江和嘉陵江兩江之中，終年雲遮霧罩……

城中心的東北面。三清①寺大街一條兩邊栽滿了法國梧桐樹的柏油馬路盡頭處，再穿過一條曲曲彎彎窄小的石板路胡同，嘉陵江南面半山絕壁之上的一座天主教堂。記憶中永遠是一幅斷垣殘壁、塵埃滿顏、年久失修、搖搖欲墜、恍若隔世的畫面：

黑森森的門洞裡鬼火似的幾根蠟燭點亮著幾個蓬頭垢面、蝙蝠俠般在冥界晃來晃去的黑衣老太太，時不時地躥進去一些鬼鬼祟祟的「舊社會過來的」的人，孤零零的幾個人幽靈一般地坐在空蕩蕩的大排大排的長條凳上。陽光透過牆壁上幾扇垂直向上的寬大的窗户上的彩色玻璃，斜斜地投射進來一排排淡藍、淡褐黃、淡玫瑰紅等顏色交織的光線，一些彌漫的、迴旋著飛揚上升的塵埃在空中晶瑩地閃光，那一排排泛著粼光、齊齊地遞伸到教堂深處的長條凳，讓他想起了學校體育器材儲藏室裡的一排排皮面發光的木馬，上體育課時開了門鎖抬出來，總要拍打半天那上面滿佈的灰塵，用濕布揩搽上面綠色的點點黴斑。

禮拜天的時候，梅姨就常常領著他到附近的一家天主教堂去。回到了家裡，她就對他的父母親說只是出去買菜了，還叫秦田為她保密。

早先的時候，她把他放在教堂的外面，叫他不許亂跑。他就老老實實地站在外面，和一群小孩站在那兒，像看死了人出殯似地、遠遠地、怕怕地看著那些人在裡面隨著台子上領唱的人，在一陣陣叮叮的悅耳的鈴聲中、嚶嚶嗡嗡哼哼嘟嘟咪咪嚕嚕地吟唱，念念有詞地吟唱著的聲浪的音調的高低以及節拍的快慢、跟台子上的一個乾巴巴瘦精精的黑袍神父的動作和音調相關。黑袍神父手舞足蹈指天指地死了人做道場時畫符念咒拿鬼捉妖的江湖術士般的精彩動作，是孩子們看那台戲的高潮。最後都是在一陣陣的阿門阿門聲音中結束儀式。

而每次去看了之後，他都以為是死掉了一個什麼樣的人。

因為機關的小禮堂裡在六十年代初的時候為一個大官開過一次追悼會，老頭子還在台子上面去雙手展著一張紙念了一陣什麼，台子下面的人還跟著老頭子念的聲音一陣又一陣地彎腰，那場面的莊嚴肅穆以及人們說話的音調，就和教堂裡的情形差不多。

很多年以後，他才知道那種儀式不是在為死人開什麼追悼會。

後來文化大革命剛開始不久，那個在天主教堂台子上乾巴巴瘦精精穿了黑袍手舞足蹈，嗓子像銀鈴似的黑袍神父就一繩子上吊死掉了，因為黑袍神父和梅姨的不一般的關係，又因為黑袍神父對自己非常的喜愛，就引出來秦田很多的故事和回想，那且是後話。

①三清，道家術語。三清被奉為道家的鼻祖，塑像三尊，中間為元始天尊，左右為靈寶天尊和道德天尊。道德天尊以老子的形象為藍本。另兩尊都是虛擬的。道家認為人天兩界之外，別有三清，兩種說法：*1.*「玉清、太清、上清，是神仙居住的仙境」；*2.*「大赤、禹餘、清微也。」其實佛教傳入中國，佛祖如來以真身外，本性為法身，德業為極身，世稱三身，而道家為抗衡便仿以三清。中國有的地區建廟稱三觀殿，像稱玉清元始天尊，上清天上道君，太清太上老君。《靈寶本元經》說：「四人天外曰三清境，玉清、太清及上清，亦名三天。」《太真經》也說：「三清之間，各有正位，聖登玉清，真登上清，仙登太清。」

第13章　他是什麼人？

接下來的儀式叫著「奉獻身心」。其中包括：神父祈告、歡迎、奉獻。

奉獻就是教徒們自願捐錢給教會。

幾個西服革履神色莊嚴的教會義工的年輕人手裡提著金紅色的布袋子在下面一排排坐在椅子上的教徒之中遊弋，他們挨個地將袋子遞到人們的面前。只聽見袋子裡面傳出沈悶的叮叮噹噹的金屬錢幣的撞擊聲。也有的人是拿出幾張紙幣放進那口袋裡。

口袋遞到了他們的面前時，伍芳掏出了一疊紙幣放了進去。秦田偷眼一看，不禁倒吸了一口冷氣，從那暗綠色的紙幣上伊莉莎白頭像一眼知道，那都是些幾十英鎊一張的票子！一向把錢看得很輕，除了博士獎學金以外，假期從來不像其他的同學那樣，還去打工掙錢的秦田，那時也心痛了起來。

他把手搭在了她的圓潤的肩膀上使勁地捏了一把，痛得她莫名其妙地調過頭來看著他，眼裡透著詢問的目光。他只得給她做了一個怪像，聳聳肩、左右晃幾晃頭，又用一副十二分的不屑的眼光直愣愣地盯了她好一陣。伍芳被他盯得從一臉的莫名其妙，頃刻，則變成了心裡的惱怒：

我捐我的錢，你管著了嗎？

然而她立時就感到，秦田並不是她理解的那一層意思。

她看著那時的秦田，臉色一陣陣的變得死白，變得有一些發青，背也佝了下去，眼睛散了光似地盯著地面，一時間竟突發地變得萎頓不堪了……

這，那裡是那個和她同床共枕的活潑而又親愛的人？在自己眼前的這個人，完全是另外的一個自己完全陌生的人。他在想什麼？怎麼眼前這個人竟像是……

秦田已經只是一副皮囊一般地擱在了那裡。

那時，她凝神地盯住他的臉看，看他的眼睛，眼裡的瞳仁……

她感到，他的魂魄，似乎是早已是離開了他的軀殼，離開了教堂……

第14章　黑袍神父的咒語

那座天主教堂就坐落在他家住的市委大院臨江邊東南面的半山腰上，整個建築樣式完全就像倫敦城現在任何一座歐式的、塔尖高聳如雲的老石頭建築的天主教堂。但奇怪的是，教堂在十九世紀末修建時，並沒有建在離它只有一華里之遥的、在同時期是清廷的官府衙門和官宅的區域內，而是建在了四周居住著滿是些漁夫、縴夫、船工、挑擔人、打石匠……販夫走卒三教九流七行八作的下里巴人的區域。那裡依山傍水都是些河裡夏天一漲水就會淹掉一大片，刮起大風也會吹掉屋頂上的魚鱗似的灰瓦片、油毛氈、破木板什麼的、用一些什麼朽樹枝、鏽鐵條、奇形怪狀的石板石塊堆砌壘架起來的捆綁房子、吊角樓。那一片地區都是由一些縱橫交錯亂七八糟的半邊街交叉而成，到處都是污穢橫流、臭氣熏天，居住在那兒的自然而然少不了成群結夥的偷雞摸狗、流氓阿飛、殺人掠貨、黑社會團夥之徒。

一座神聖而又莊嚴的天主教堂，就那麼鶴立雞群般地聳立在那些灰仆仆一片的、遍佈在嘉陵江邊半山腰上窮人住宅區裡。

離開教堂一箭之遥，就是燈紅酒綠富人雅士達官顯貴出入之地。

孫中山把慈禧太后的滿清王朝葬送了之後，那一帶先先後後是軍閥混戰時期南方幾個大軍閥的行營和別墅區，後來是國民黨抗日戰爭時期的陪都的國府所在地，再後來又是共產黨執掌政權後的長江上游最大城市政府機關所在地。

從小，他們的父母們都不准許他們到他們居住的機關大院以外的地方去玩耍。

秦田還清清楚楚地記得文革的一天上午他看見的那個情景。

他跟著一群氣喘噓噓的小孩從機關小門翻牆爬了出去，在江邊的一段段凸凸凹凹曲曲彎彎上上下下交錯在那一片貧民區的亂石板路上奔跑一陣，終於來到了天主教堂前面那一長排幾乎有四十五度斜坡的石階前。那時，目光掠過些鬧鬧嚷嚷壅塞在石階上的滿滿的鄉村裡辦白喜事一般的人們的頭頂，他一眼就看見在黑洞洞的巨大的橢圓頂的大門裡正中間的地方、懸空垂吊著那個穿黑袍的神父。他的死白的臉歪歪扭扭地在脖子上斜扯著。遠遠地看過去，那張臉像一個假面具，一個這兒鄉村裡春節或者是端午節戲班子在台子上唱戲時、戴在臉上的鬼臉殼。他的雙臂像交叉著似的反扭在前胸、隱沒在了那件巨大的黑袍裡，那根繩子從黑袍下面垂懸了出來，就像小人書裡，大灰狼屁股後邊的尾巴。

後來他們擠到了近前去仰起頭來看時，秦田看見吊著的黑袍神父，還在那兒以沿著垂直於地面的繩索為軸心，緩緩地左右晃動。他的頭顱在折斷了的纖細的雞頸子似的脖子上耷拉著，一大把已經灰白了的金色頭髮散亂地懸垂在前額，一張粗硬的瘦骨嶙嶙的脫水的皺巴巴的憔悴的刻板板苦行僧的臉上滿是疙瘩和皺紋，兩隻覆蓋著死魚肚色白內障的混濁的凸起的眼球在角質的鼓鼓的眼袋之上，直楞楞地茫然地垂照著地面，咬著一塊肉塊似的嘴裡伸出來的長長的舌頭上還懸掛著一些亮晶晶粘乎乎的仍舊在流動似的唾液，那些呈流動狀的唾液仿佛正在把他的生命從他的脫水的軀體裡一滴一滴地流淌出去……

那張面孔的輪廓一忽兒看上去是癡癡呆呆的樣子，一忽兒又歪扭著固定成塑像似的帶幾分莊嚴，又時不時地扮幾下鬼臉的樣子，從眼球裡漫射出睥睨著我們這些活著的芸芸眾生的眼光來……

還有就是教堂大門進去一側的牆壁上寫的可怕的血字。

仰著頭的秦田看見，血字寫在比一個大人的頭頂還要高得多的地方。剛上初中的秦田認得，那是一排他不認識的英文單詞樣的拉丁文字。四個英文單詞樣的拉丁文字在白色的粉牆上用逗號分開，單詞的字母個個都有拳頭般大小。那些字母上的血跡已經被炎夏的高温烤幹成紫褐色，一筆筆彎曲的拉丁文的筆劃上，都順著白色的粉牆垂直於地面流淌著血痕。滿牆壁的鮮血形成的蝌蚪尾巴和樹根狀的血痕一綑綑從寫字的地方掛了下來。流淌在地上的鮮血淤積處有些還沒有完全乾枯，上面爬滿了綠頭蒼蠅。幾個孩子過去時，那些綠頭蒼蠅就嗡地一聲飛了開來，還嚶嚶嚶嚶地一群群在他們身邊飛來飛去。空氣中滿是讓人窒息的腐臭的血腥味……

秦田看見，白色的粉牆上用血寫的拉丁文字是：

MENE, MENE, TEKEL, UPHARSIN.①

秦田和一幫小孩子還在近處觀看那個吊死在教堂門前的神父的時候，另外一邊的遠處就有一群大人在那裡說：他為什麼會吊得那麼樣的高？有人就答道：你上去看一看那架倒在了門口摔成了幾截的人字梯，你就會知道他是怎樣地爬上去的了。還有一些老頭老太太在噓聲噓氣地小聲說，哎呀哎呀哎呀呀什麼樣的世道喲，那麼善良和氣的好人都拿來鬥爭得上吊了，人活在這世上還有什麼樣味道哦，龜兒子斷子絕孫塞砲眼生個娃兒都沒得屁眼兒的紅衛兵崽崽兒，造孽造孽造孽喲……

又有人在說吊死的神父是個混血兒，人才四十歲的年紀，他的名字叫著沙聖煥，沙神父的父親是滿清末期不知道哪一年從美國到上海來的傳教士，母親是上海的一個天主教信徒。昨天晚上已經有人到三清寺電信局去拍電報通知沙神父在上海的親戚趕快坐火車來處理後事了，又說今天早晨的船票已經賣完了，教堂裡面的人只買到明天早晨頭班船下武漢的三等艙船票，到了武漢還要下船去轉船或者是轉火車，明天早晨一大早就有人乘船下去到上海親自到沙神父的母親那裡去，還說沙神父的父親也是北洋軍閥混戰時期死在長沙的，是被暴亂的農民用火焚燒天主教堂的時候用鋤頭活活砸死的，還說這個沙神父也是他媽的一個橫豎四季豆不進油鹽②的犟拐拐③認死理的書呆子哈兒④，文革剛開始就好多人都勸他把教堂的門關了，或者至少是暫時關一段時間，自己也趕快找個地方躲起來避個風，可是他格老子呢就是完全不聽勸告。造反派前幾個月就已經把他抓到街上去戴高帽子鬥爭了好多回了，他格老子呢就是也不認錯，人也不躲，最後是紅衛兵前幾天把他五花大綁的綁出去連續地鬥爭了三天，說是把他關在一個中學的體育教研室裡面天天拳打腳踢，又是老虎凳又是鴨兒浮水，你看你看，最後還是熬不過了，他格老子呢這才走了這樣的一條絕路，一繩子把自己拿來吊死球了算數！這他媽的是個什麼樣的球雞巴世界喲？

一個精瘦的一臉油嘴滑舌樣戴眼鏡的矮個子男人在人叢裡就大聲說：

「哎呀——你們這些人也是，替作古之人擔憂哦！依我看啦，吊在上面的沙神父還是死得合算，他龜兒子呢死了都算是他媽呢個風流鬼花神父花和尚！本來依說莫，天主教神父是不能夠結婚、也不能夠碰女人的，但是，市委機關裡的大字報上面檢舉揭發，他和市委秦書記的保姆就不乾不淨，大字報上還有人揭發說，有人就好幾回親眼看見沙神父在教堂後面的平房裡面和那個書記的漂亮保姆脱光了衣服在裡面勾子麻糖的辦燈兒⑤，沙神父不離開教堂就是因為那個漂亮的女人，那個女人本來就是一個到處惹是生非的騷貨。市委裡面的大字報上面還說，那個女人是市委秦書記的情婦，秦書記的老婆是延安時期的老幹部，是烈士林語臻、金黛夫婦的女兒，又是中央XXX領導的幹女兒，那是市婦聯人人皆知的事情。大字報上說她原先是在北京一個中學念書的學生，後來好像是一九四二年才十六歲就跟父母去了延安，她的父母都是黨內很有名望的高級知識份子，原來都是北京的大學教師，後來，她的父母被派到四川去搞地下工作時被叛徒出賣，最後是一九四九年解放前夕死在監獄裡。大字報上面還問，秦書記的那個兒子究竟是怎麼回事情，大字報上面又說，可以推測，他們家裡的那個男孩子肯定是秦書記和那個小保姆生的，或者，就是秦書記和不曉得在外面和哪個野女人的私生子，大字報上還提到剛解放的時候……」

正在那人搖頭晃腦地講得得意的時候，就有人在後面用手指頭捅了他一下，然後對他說道：

「小點兒聲音！你龜兒子沒有看見嗎？站在教堂門口那幾個娃兒中間長得最高的那個白白淨淨高高大大的男孩子，他就是那個漂亮女人去年每個禮拜都帶到教堂裡面來的秦書記的兒子！你龜兒子呢現在還是高清寺街道居委會的地段幹部，小心亂講話被那個娃兒聽見了，他要是聽見了跑回去告訴了他家裡的父母，以後你龜兒子呢恐怕就吃不了兜著走！」

立刻，講話的那個精瘦的戴眼鏡的矮個子男人就噤了聲，又轉過頭去拿一對馬臉上的深度近視眼透過厚厚的鏡片奇怪地看著站在遠處的秦田，立時就所有的人都轉過頭來盯著秦田看。精瘦的戴眼鏡的矮個子男人一拍大腿就驚咋咋地壓底了嗓門兒呼道：

「咦——這娃兒啷格（怎麼）長得這麼快喲？狗日還不到一年的時間，簡直就長高了一個腦殼，去年還是個小娃兒樣子，現在跟大人一樣高了，還長的那麼白淨？狗日啷格他的樣子越長越有點像個女娃兒了呢？」

另外一個光腳丫上趿拉著一對木板拖鞋的小夥子就說：

「哎喲……我左看右看呢，我看這娃兒啷格有點兒像他媽個洋人呢？」

又一個背上還背著石匠工具箱的下野力的工人就說：

「狗日呢——他是不是秦書記的兒喲？我看……」

再一個瘦長條頭髮像雞窩胸脯扁平的女人就說：

「哎喲……那龜兒娃兒長得好乖喲！像個電影《馬路天使》裡面的……」

還有一個懷裡還抱了一個奶娃兒的矮胖女人說：

「昨天中午才發現沙神父上吊了，昨天下午秦書記的保姆就來了，我昨天就在這裡，她一看見吊死在上面的人就跟瘋了一樣，號啕大哭了幾口喘不過氣來立馬就昏死在了地上。嚇得旁邊的人又是給她掐人中又是潑涼水的，真的，就像眼鏡剛才說的，狗日不曉得她和神父究竟是什麼關係，今天一大早就又來了，現在不是，她現在人還在裡面的平房裡面收拾神父的東西，還有教堂裡面的張媽和李老頭、彭木匠、田水管工、馬剃頭匠幾個，說是要等到警察局的人來看了現場拍了照片取了指紋把人放下來了之後，才給死人換衣服，這樣的大熱天死人能夠擺幾天呢？說是教堂裡的信徒們還在湊錢到冰糕廠去買冰磚，要碼在河邊的防空洞裡面給他弄個停屍房……我看啦，我們那邊的街坊鄰舍都已經在開始給他湊錢了，我看啦，我們中間哪個人也來起個頭，給這個吊死鬼湊幾文，這個混血兒的洋人神父真的還是個好人，平時真的對我們這些人是太好了，看到我們這些街坊鄰舍的有些人家裡窮得揭不開鍋的時候，他還常常從教堂裡面的捐款裡面拿些錢來周濟……哎呀，我們還是不要忘恩負義喲……哎……我這兒出一角錢，奶娃兒的牛奶錢格嘛，你們看哪個人來記個帳，大家有一分湊一分，有兩分湊兩分呢嘛！積個陰德，這個神父我們是天天看到起的人，真的是個好人，平時對人真的是好和善哦……」

立刻就有人議論紛紛地哄鬧了起來，精瘦的戴眼鏡的矮個子男人又驚咋咋地揮舞著雙手壓底了嗓門輕呼了起來：

「張麼妹兒說湊錢的事情我贊成，我舉雙手贊成，沙神父肯定是個好人，我們在地段上很清楚，大家不要吼了！大家不要吼了！現在大家聽我把大字報上面說的事情給你們說完，聽我把大字報上面說的事情給你們說完。大字報上還說，秦書記的保姆梅雙環解放前是南京金陵女子學院的學生，因為人太漂亮了，才十六歲就被朝天門國民黨長江航運公司美孚號輪船船長盧天北看上了，後來，盧天北讓當時的警備司令部的一個團長帶了三千大洋到梅雙環父母那裡去強行逼婚，梅雙環才十六歲就去當了那個船長的五姨太。結果結婚還不到半年，解放軍就接管了山城，沒有來個及逃到台灣的盧天北立馬就上了第一批警察局要槍斃的反革命份子名單，而且還是屬於首惡必辦份子。盧天北被槍斃了之後，全部家產被警察局沒收。幾個姨太太就交當地派出所監管了起來。但是莫忙，到此，故事才算說了一半，更精彩的還在後頭，後頭的精彩故事是什麼呢？後頭的精彩故事就是大字報上面說的，後來當時任西南軍區某某部的秦部長的某下級正好在市警察局任某某科的科長，唉——龜兒的我這個記性也是太差勁了！大字報上說的當時秦部長是任西南軍區哪個部我也記不得了，反正他當時就是西南軍區某某部的一個部長，他的某下級呢，他的某下級正好就在市警察局任某某科的科長，那個警察局的科長突然就發現在某某地區的國民黨遺留監管人員裡面竟然有如此如花似玉般漂亮的一個女人，於是，那個會拍馬屁的科長就準備把她介紹到秦部長到家裡去當保姆。

「當時的情況是，很多解放軍從北方過來的南下幹部都在搞離婚『運動』，拿現在的話來說，就是那些北方的没有什麼文化的老土兵大爺進了城之後，就開始嫌棄起自己北方農村的糟糠之妻來了，你想想嘛，北方的那些婆娘，一個個都是些高頭大馬的、一張盤子臉大得像南瓜，皮膚又粗糙又黑麻麻呢，有些幾十年不洗黑光光的老棉褲下頭還纏他媽的一雙三寸金蓮花的尖尖小腳，到了大城市走在柏油馬路上都搖搖晃晃蹣蹣倒倒的，哪裡像我們這些南方大城市大碼頭上的千金小姐妹崽兒些那樣，一個個長得都是細皮嫩肉白裡透紅水淋淋呢，臉嘴兒又還漂亮清秀，文化程度又還高，所以，北方的那些南下幹部一進了城見到女人就像他媽的餓狗搶屎一樣，你去看看那些南下幹部，有幾個在北方農村没有一個前妻？什麼前妻不前妻？就是他媽的休妻！當然，到了秦書記那個級別的高級幹部還不完全是這樣的一類問題，因為，漂亮女人們，特別是國民黨時期遺留下來的那些漂亮的婆娘們，那些漂亮的婆娘們都會主動去尋找自己的靠山的，另外，就是他們的下級們也會看臉色去給他們尋找，秦書記和那個梅玉環之間就屬於後者的情況。

「大字報上面說，中間還鬧出了個大亂子，就是說還差點鬧出了人命！事情是怎麼回事呢？就在那個警察局的科長準備把梅玉環介紹到秦部長家裡去的時候，才發現那個女人早已經是明花有主了。原來，就在那麼短的兩三個月內，當地的一個區長就也打上了那個女人的主意，一時間那個警察局的科長竟然還把那個女人帶不走了，因為當地派出所的所長說是區長派人來打了招呼，說是區長家裡面要一個保姆，那個女人已經被區長下了話，過幾天就要來帶人。事情傳到了秦部長那裡，秦部長就說是算了，不要了，人家才是個十七歲都不到的女孩子，家裡不要那麼年輕的什麼保姆。可是，後來那個警察局的科長覺的是掃了他的面子，老子們警察局的監管對像，你憑什麼插手？就派人開車去硬把人抓起來藏到了一個地方，還對派出所的人說是那個女人還有牽扯到槍斃了的盧天北案子的重要問題。那個區長看樣子是迷上了梅雙環，就死活不依地到警察局去要人，區長也是剛從軍隊裡下來的，還不明就裡地對警察局罵開了，說是到派出所去的時候還帶了警衛，又把手槍都拍在了派出所所長的辦公桌上，說是警察局派出所搞腐敗，作風不正下流等等，搞得那個派出所的所長兩邊都不是個人，其實，就連那個派出所的所長也不知道後面究竟是怎麼回事情，但是，都是軍人，誰又怕誰呢，那個區長關鍵是不知道後面還有軍區裡的部長，後來說是秦部長內部發火了，說是：『操他娘那個B！究竟是誰他娘在搞腐敗？誰他娘那個B的在作風不正下流？老子們過去抓了那麼多的地主老財的漂亮婆娘們，要搞腐敗搞作風不正老子早就搞翻山了，那裡還需要等到今天到這個雞巴地方來搞？你說老子們搞，老子們今天就偏要搞，還偏偏就要搞給你這個小子看看，那麼今天老子就是把這個女人要定了，老子還沒有要你小舅子的老婆呢！奶奶個熊！老子還想見識見識你是個什麼玩意兒的兔崽子！』結果是梅玉環當天晚上就被送到了秦部長的大院裡，後來不到半年，那個區長竟然莫名其妙地被在腦殼上扣了一頂特務份子的帽子，緊跟著又被警察局秘密地押送到新疆一家勞改農場去了，那個科長也同時當上了處長。現在，市委的大字報上還有那個還關在新疆勞改農場的區長寫來的檢舉信，檢舉信上說，那個當年拍馬屁的科長現在居然就是爬到了湖南省副省長位置上的走資派ＸＸＸ，關在新疆的那個區長直到現在都還在年年往北京寫檢舉信，唉！狗日的，女人是『紅顏命薄』哦！我看，男人也是『人為色死！』……為了一個女人，狗日的就被稀哩糊塗地整到新疆去一關幾十年就關到了現在……」

精瘦的戴眼鏡的矮個子男人正說得唾沫子橫飛的時候，一個袒裼著衣衫典著肚皮的肥胖男人就從他後面擠到他跟前來，又伸出一隻根根手指頭都長得像胡蘿蔔頭似的手掌在他的頭皮上噗地拍了一掌，然後就大聲地嚷嚷道：

「咦——馬臉殼兒！你這條溜來溜去的溜屎蛆現在又溜到這裡來了嗦！昨晚黑你娃還在龍家灣嘴嘴河灘巷汪麻婆屋頭和葉扁嘴妹兒辦燈兒，還跟李叫花子他們幾個吹牛說你□她□□□□，等會兒到哪個地方去把你龜兒的雞巴扯出來讓老子們看兩眼，看你的那根雞巴的B頭子上是不是沒有沾屎，要不莫，哪個錘子大爺才相信你娃的話！你在這幾條街上跟這些爛女人日過去又日過來的，滿條街估吃霸賒呢到處強姦民女，謹防把你娃的鴨兒日彎了喲？我看啦，哪天你龜兒呢這個吃皇糧的地段幹部也要戴頂高帽子到街上去遊幾圈囉？安——馬臉殼兒！是不是？哈哈哈哈……哈哈哈哈……老子就只看見你娃娃兩片嘴皮子兒上嘴皮兒撻下嘴皮兒呢直趄⑥在翻，你龜兒呢說莫倒是哦呵連天呢說得個精板板⑦呢，但是，老子們很懷疑你龜兒呢是不是在這裡充殼子⑧？你娃娃究竟看見過那個女人沒有哦？安——你娃娃究竟看見過那個女人沒有哦？安——哈哈哈哈……」

本來正講得得意的矮個子男人被稱呼他叫「馬臉殼兒」的胖子在腦袋上拍了一掌後，立時引來旁邊人的幾聲哄笑，他的臉上頓時就一忽兒白了幾塊，一忽兒紅了幾塊，愣怔了片刻，就低頭眨巴眨巴眼睛，又歪過頭來紅眉毛綠眼睛的作出一副十二分不屑的樣子拿眼睛乜了胖子一眼，然後就大謬不然地裝腔作勢說道：

「冉羅漢，我日你個先人板板羅！你笑個錘子啊……那個女人！哪——個女人？梅——雙——環格嘛——！你龜兒冉羅漢也太是個井底之蛙了！哪個不曉得她呢？那個女人在市委機關裡面哪個又不曉得呢？我看是，是個男人都不敢說不曉得，狗日的，說莫是說，那個女人確實是長得個漂亮到了迷死個人的地步，市委機關四大交際花美人之一呀！三清寺這一帶人人都曉得的美女人，夏天總是愛穿一身薄薄的黑紗旗袍，一條腿上開條縫一直開到大腿勾子⑨邊邊，到個幾步路遠的菜市場去買個菜都還要司機拿轎車送，狗日那雙白嫩白嫩的腿子哦，還有那對圓鼓鼓的翹起老高老高的籮篼⑩。哦！天，老子們！哪個男人看了不瘋哦……」

嘭地一聲，馬臉殼兒的腦袋上又被他稱呼為「冉羅漢」的胖子拍了一掌，還跟著冒出了一句：

「狗——日的爛賊！你這個龜兒的街道居委會的跑腿兒的編制外頭的蝦趴⑪！老子還沒有看得出來，原來你娃娃呢還是你媽呢一個色鬼嗦——哈哈哈哈……你哪格沒有上去在哪個女人的籮篼上抱到起啃他媽呢兩口哦？哈哈哈哈……哈哈哈哈……你龜兒到處在地段上亂搞女人，謹防哪天遭街道上把你娃開銷了又滾回河沙壩去叮叮噹噹的錘鵝石殼兒！我看啦，你娃娃還是你媽的一個下野力⑫掌夯⑬的角色喲！哈哈哈哈……哈哈哈哈……」

冉羅漢邊笑就邊上去又用手掌在馬臉殼兒的腦袋上嘭嘭嘭地拍了起來。馬臉殼兒敵不過冉羅漢，就只有又討好地說：

「算啦，算啦，算啦不要瘋啦！你沒有看見那門上還吊起個死人嗦？對死人我們還是放尊重點兒，要不當心晚上遭鬼攆……唉！我看啦，我看秦書記那個男孩子的背景身世不是一般囉……

你們看，你們看，老子是左看右看他那個樣子就跟梅雙環的臉貌兒長得相像……他……」

精瘦的戴眼鏡的矮個子男人又驚咋咋地拿手指著遠處站在門口幾個小孩中間的秦田壓底了嗓門輕呼了起來……於是，眾人便又都轉過頭去拿臉拿眼睛齊齊地盯了秦田望著，還豎了耳朵又開始聽馬臉殼兒在那裡跟個博物館裡的解說員指著一件什麼展覽品在講解似的說了下去……

秦田看見那些人都一下子齊刷刷地拿臉拿眼睛看著自己，就立時一張臉通紅地拉了院子裡來的幾個小孩飛也似地逃離了那個地方。

教堂正門前面懸吊著黑衣神父的那根繩子，就是以前教堂門裡正中間懸掛著的打鍾繩。

有一次，梅姨領他進到教堂裡去時，他趁梅姨不注意，就去拉了一下那根繩子。繩子長長的、從教堂的黑森森的天穹垂懸了下來。在他的孩子的眼裡，繩子似乎是穿過了教堂黑森森的蒼穹、一直連到了天上，連到梅姨那些故事裡天使和聖母居住的地方。他記得他的兩隻手滿滿地攥住了那根亞麻色的有他平時啃嚼的甘蔗那麼粗的繩子。他把繩子抱在了胸前、似乎是用肩膀扛住了它，又看著那根由數不清的細如頭髮絲似的亮晶晶的麻絲編織而成的繩子穿過他的兩腿之間、在地上一條長蛇一樣拖了老長老長的一大截。然後，他用了很大的力氣，像剛上小學時第一次跳遠一樣、跑出了好長一段，使勁雙手奮力一拉，黑洞洞的天穹之處就發出了洪亮的一聲巨大而又悠長的銅鐘的響聲，他在一陣不知所措之中，耳邊聽著巨大的在教堂的四壁之間振蕩著的共鳴聲、看著梅姨和幾個女人慌慌張張地跑來把他領到一邊，一張張驚慌失措的臉盯著他的時候，在那樣的一個時候，有一隻溫暖的手，輕柔地在他的頭皮上摩挲起來，他看見梅姨和那幾個女人繃緊的臉，漸漸地鬆弛了下來，漸漸地一個個都露出了笑容，他卻號啕大哭了起來……

後來，他看到，那個用手摩挲著他的頭皮的人，就是那個在台子上穿黑袍的，在他還非常幼小的時候，就常常被他緊緊地摟抱在懷裡親吻逗弄的人。他記得，每次當梅姨悄悄地領著自己到了教堂裡的時候，他們三人都是在教堂後面的一間平房裡見面，那個時候，梅姨就顯得非常地高興和興奮，而且，在那個時候，秦田就感覺到梅姨和那個金頭髮高鼻子藍眼睛的男人看著自己的眼光裡都充滿了無限的歡欣和愛意……秦田還清楚地記得，在自己記事以來的很多次他們三人見面的場合裡，梅姨都帶去很多吃的穿的東西給那個教堂裡穿黑袍的男人……

那時，他才知道，世界上還有比梅姨更強大的人。

梅姨對於他來說，從小到大，就是集父母親於一身的人。

她陪他睡、和他在一塊吃，教他識字、給他講故事，父母親無論那一個，拿他都沒有辦法，梅姨卻可以叫他乖乖地聽話。

可是，隨著那一聲他自己弄響的鐘聲，他竟發現有一個人是梅姨的內心也真正地敬愛著的人了。有一些人，包括他的父母親、雖然他們有時也訓斥她，但是他知道，梅姨的內心是並不敬愛他們的……

現在，那個穿黑袍的人，那個小時侯那麼親密地摟抱和親吻自己的男人，那個金頭髮高鼻子藍眼睛的一眼就可以看得出來是個外國人的男人卻吊死在了那黑洞洞的門洞裡了。

那個地方，就是他拉響了鐘聲的地方。就是穿黑袍的人的温暖的手，摩挲過了他的頭皮的地方，就是……就是……

*　　*　　*

主日彌撒程式第二段聖道禮儀的第十二節是神父講道，那時，本堂神父米約翰先生就在講經台上張開雙手示意大家坐下，於是，彌撒大堂裡所有的信徒都坐了下來，安靜地舉目望著台子上的神父。於是，本堂神父米約翰先生的聲音在台子上抑揚鈍挫地朗朗地誦唱了起來。神父講道主要由「讀經」（讀「約翰福音」第十五章之第一至第八節）、「歌頌」（向天主歌唱）、「講道」（歸屬）等構成。秦田從伍芳頭天晚上給他寫的紙上知道，這一儀式是整個主日彌撒程式儀式的壓軸儀式，通常都必須由本堂神父米約翰先生親自主持。

他乾巴巴瘦削的高高的身軀頂了一件金色的巨大斗篷式的教袍，扁鼻子的上邊架著一副搖搖欲墜、兩尊迫擊砲口對準著你似的重磅近視加閃光眼鏡，看著了你，就像是他的腦袋瞄準著了你，在閱讀你、研判你，你就是那個中間隔著了那架巨大的黃銅加玳瑁鉚成了的玻璃儀器後面的、臉上戴著了由兩張不同血統的面孔揉成了一張臉皮的混合人在觀察著的細菌！然而，你很快就會發現，那兩尊迫擊砲裡打出的都是些糖彈，就像兒童的玩具槍一樣，打出來了一粒粒花花綠綠的糖豆，都是些善意的讓你開心的糖豆，從兒童的心裡手裡向著你射來，從那裡面好像還隨著砰的一聲爆響、在一陣彩色的煙霧彌漫之中射出來了一個在空中鯉魚打著挺兒似的小丑，掉落在地上滾了幾個圈之後，又摸一摸摔痛了的屁股，趔趄著來不及從地上拾起來滾了老遠的尖頭帽、就老鼠般地躥進了後台。

本堂神父米約翰先生就是那樣的一個有著老人的身、兒童的心的讓你總是快快樂樂的人。

他出生於一個清末民初時期，在中國福建傳道的英國傳教士的家庭，他的米姓的母親是個福建福州人。現在，他就在那台子上面，旁若無人般搖頭晃腦地、雙手像是被人反綁了在身後似地倒背著雙手，烈士就義一般仰頭向天挺著胸襟摇晃著他那一身巨大的金色的斗篷。他左一便步、又右一鴨步地、一隻躊躇滿志鬥勝了的大公雞一般，在他的背誦經文已經猶如是在唱他小時候的童謠一般的舞台子上，他嚶嚶嗚嗚哼哼哈哈地一會兒英文、一會兒中文，又一忽兒冒幾串古拉丁語、再咕嚕咕嚕地給你倒出一大籮筐他背誦給台下那一群台南來的人聽的福建閩南話。

他把個講經台簡直變成了個他個人的獨家舞台。

---

①「MENE, MENE, TEKEL, UPHARSIN.」（中譯文：「數算，數算，稱一稱，分裂。」）按照《舊約全書》之《但以理書》中之第五章「粉牆上的怪字」解釋：「數算」就是，神已經數算你國的年日到此完畢。「稱一稱」就是你被稱在天平裡，顯出你的虧欠。「分裂」，就是你的國分裂，歸與瑪代人和波絲人。

②四季豆不進油鹽，四川方言，指不聽人勸告的人。

③強拐拐，四川土話，指脾氣倔強的人。

④哈兒，四川土話，指傻瓜。

⑤辦燈兒，四川東部一帶民間隱語，指男女做愛。

⑥直趕，四川土話，一直不停地，一個勁地。

⑦精板板，四川土話，挺較真地，煞有介事地。

⑧充殼子，四川土話，吹牛皮。

⑨勾子，四川土話，屁股。

⑩籮篼，四川土話，屁股。

⑪蝦趴，四川土話，小人物。

⑫下野力，四川土話，指在城裡沒有正式工作的幹粗重活的人。

⑬掌夯，四川土話，幹笨重活的人。

第15章　八十四級臺階

除了梅姨，還有父親的警衛員段勇叔叔、秘書范漢章叔叔、雷老頭雷傑貴伯伯，沒有其他的人可以帶秦田走出那個市委大院子的任何一道門。每天上學放學，都是梅姨去接送。還有就是有時候晚上雷老頭送他們一家去市裡幾家劇院看戲。時常，他都和父母親一塊坐在前排。有些時候，父親還要到台上去講話，然後是台下的人鼓掌、才開始演出。每次晚上出去的時候，他都要哭鬧一場，最後是梅姨把他抱在懷裡哄上一陣子，他才會跟了雷老頭爬進那台黑亮黑亮的蘇聯進口的伏爾加轎車，或是一台淡綠色的華沙，再或是一台大大的、看上去有些笨頭笨腦有點舊的黑色的美國福特車。據說那輛車，是共產黨接管這座城市時之前，戴笠專門從美國弄來，安排給宋美齡用的。

文革前秦田上初中三年級的一段時間，每個禮拜天，他都要跟著梅姨到教堂去。

在那之前，他並不願意去。

早上八點多鍾，他就唏哩呼嚕和梅姨趴在飯廳的桌子上吃一些豆漿油條之類的東西，然後跟著她出去了。從院子裡花徑的石板路，穿過一叢叢竹林掩映的假山，再經過一座噴水的魚池，來到一排比他家別墅的一棟還要高的、上面爬滿了葉子綠油油的爬山虎和開著一些粉紅色、紫色的牽牛花的石牆邊的一道小門處，和門口傳達室裡看報的、高高的說上海話的趙阿姨問一聲好，再和那兒的幾棵枝繁葉茂鬚根在地上牆上纏了一大片的巨大的黃桷樹下，每天二十四小時都換崗的、腰帶上掛著小手槍的警衛連的士兵叔叔打個招呼，經過幾棟機關裡的辦公大樓，穿過一大片亭台樓閣水池假山中間的小徑，從那座氣勢莊嚴的米黃色的辦公廳大樓後門穿出去，就來到了機關大門。梅姨再和大門值班室裡的人打個招呼，有時也和大門傳達室對面的士兵點個頭打個招呼開個玩笑什麼的，秦田那時總是覺得那些站在那個用綠色的油漆塗抹了的木頭崗亭裡的士兵很神氣，他特別地羨慕他們的肩膀上背著的上了刺刀的半自動步槍。

出了大門以後，他就感覺得自由自在得多了。他們向東順著一段柏油大馬路走上十來分鐘，再朝著東南的方向東拐西拐地走著上坡的路穿幾條小巷子，到了一個菜市。在那裡把菜籃子裝得滿滿的以後，就再朝著東北的方向走下坡的路，拐過幾條石板縫裡長滿了野草的石板路的羊腸小道，經過一大片破破爛爛、他看著都有些害怕的房屋和衣衫破爛的人群，最後來到那座教堂的前面。

教堂就建在一大片的貧民窟的正中的山腰上。

教堂前面一百多公尺的斜坡下是一條環山腰修的有兩公尺寬的石板路，路的南面是山坡朝上的方向，路的北面是一些十來丈深的懸崖絕壁，再向下是奔騰的嘉陵江。從那條石板路向上走到教堂，要爬八十四級石梯。八十四級石梯分佈在幾乎是四十五度角的遞次增高的七層臺階上，每一層臺階上都有十二級石梯。也就是說，你每走上十二級石梯，就可以在一個邊長為兩公尺的正正方方的大青石板鋪成的平台上休息一下。然後，再朝上爬。四十五度的斜坡，不叫爬難道叫走。所以在那座中國聞名的山城，走路就叫做爬坡。站在那條背後是懸崖絕壁的石板路上去看那座教堂，只能叫著仰望，甚至於叫仰望都是不準確的，實在應該說是看天上才對。你想想看，四十五度的角度，你仰臉向上看那教堂的橢圓頂的大門，再抬高一點看門上方的十字架上那受難的耶和華，再向上去看那教堂的塔尖，你真正地是在看天了。

秦田至今都還能夠記得教堂門前一塊黑色的門匾上的幾排鐫刻著的燙金的英文字，那就是：

One Faith, Many Culture　一個信仰，許多陶冶
One God, One Lord, One Spirit　一個神、一個上帝、一個靈魂
ST. WILFRID'S　聖威爾福德
Catholic Church　天主教堂
180 San Gao-Qing-Shi St. Ba Jing City　巴京市三清寺街一八〇號

另外，就是教堂門前的鐫刻著的一排碗口大的中文字，那是一句他很久都弄不懂的話語，那就是：

「我是善牧，我認識我的羊，我的羊也認識我。」（若十：十四）

秦田記得，他曾經和同學討論過那句話的意思，什麼是「善牧」？「羊」又是什麼？下面的那個括弧裡的「若十：十四」再又是什麼？文革的時候，有些人就說是英國傳教士到

中國來和特務聯絡的密碼什麼什麼的。秦田去問梅姨時，梅姨就告訴他，那是耶穌的《聖經》裡的一句話，就是說，善牧就是耶穌他自己，而羊就是說的天主教的信徒們。秦田又問，為什麼善牧就是耶穌他自己，羊就是天主教的信徒們呢？梅姨就回答不出來了。秦田記得，無論是吊死在教堂門口的黑袍神父還是那句話，都是他和同學們很多年來感到很神秘的弄不懂的事情……

然而，後來秦田願意跟了梅姨去教堂，卻實在是有了他自己才明白的原因。

第16章 《耶誕節的早晨》

有一陣子，秦田從一陣思緒飄渺之中感到一對眼睛在遠處盯住了他……是蒼鷹，一尊黑色的突兀的山石上的蒼鷹眼裡發出的光……

他當年在農村當知青時，在陸陽縣白馬區金龍公社水田大隊麻柳灣生產隊，大山上面的懸崖絕壁之上那隻蹲著的禿鷹眼裡發出來的就是那種光。時常，他都會想起那隻大鳥、那隻頸子上沒有羽毛，角質的尖利的眼瞼、鷹嘴和爪子都發出槍體般深藍色的錚錚的鐵光的禿鷹。牠，從懸崖絕壁的岩石上聳聳身騰空一躍，撲簌簌地拍打著翅膀、擦過那些松柏鬱鬱蔥蔥高大的樹冠，在藍色的天空飛翔、盤旋、在遠遠的天邊消失……時而，又從天頂不知道什麼地方，利箭般地刹那間殺下來，在山頭的天空上盤繞幾圈，張開的翅膀迎風一動不動。有時，它逆著山風飛行，飛到近處，還能看得見風把它的翅膀上的一些薄薄的覆羽吹得翻了起來。它撲簌簌地飛到峭壁的一塊凸起的岩石上，左右地聳聳翅膀，然後高高地佇立在那兒。然後，它靜寂地、莊肅地目視著遠方沈思著什麼。那雕像似的一動不動的樣子，讓人想起埃及沙漠上那些亙古的斯芬克思獅身人面像……它出現在晨曦的淡藍色的微光中，消失在玫瑰色的暮靄裡……它永遠都是一個獨行者、一個僧侶、一個喇嘛、一個……特別是在冬天的早晨，或是早春的黃昏，他在那荒無人跡的大山上打柴時，看著那傲然地蹲在高高的山崖上的禿鷹的眼裡，發出的就是那種光。既孤傲、又荒寒、還高貴而冷漠。

那種時刻留在他心裡的感覺，只是在多年以後的有一天，當他一眼看見了美國畫家安德魯・懷斯①畫的那幅《耶誕節的早晨》的時候，才第二次找到了相同的感覺。他看見畫面上的仰面朝天地躺睡在一片沙漠之上的、頭顱枕得高高的木乃伊似的老人，他雙手合抱胸前，從後側面的視角看過去，他的高傲的頭顱，正目空一切地傲視著畫面上一片無邊無際的黃沙，再一想畫的題名，他禁不住一陣陣從頭到腳的寒澈……

那時，他開始理解他曾經記在筆記本裡的一句話了，話是說：

「要是世界有什麼意義的話，那就是它毫無意義可言——除了世界本身的存在。」

話是莎士比亞說的。

他喜歡印度詩人泰戈爾。當知青的時候，從那兒的縣文化館裡的一個人手裡借來了泰戈爾的《飛鳥集》和《園丁集》。讀完之後，竟愛得用鋼筆全部抄寫在筆記本上。還在那些哲理深重的小詩旁畫了一幅幅他所理解的意境的鋼筆畫。他認為，那句話，如果出自於泰戈爾之口，他可以理解。他在以後讀過的書裡，知道泰戈爾的家庭生活很慘，一家人到後來幾乎全死了，就剩下他一人。他無法理解，寫了那麼多部戲劇的莎士比亞，緣何要說出那樣的一句話來。是倫敦的霧太大？還是莎翁走在了《哈姆雷特》靈魂深處太深的地方迷失了道路？秦田在英國時常會想到這個問題。後來，又有一個法國新小說流派的作家克勞德·西蒙在他的那本《弗蘭德公路》獲得諾貝爾獎的發言裡，說了幾乎完全類似的一句話。

看到了懷斯的畫，他才有了醒悟。醒悟是理性上的事，是關於莎翁的話。直接的聯想，卻是他當年當知青時的那座大山上的那隻禿鷹。那是直覺上的事。

他知道，在那幅畫上，是懷斯在傲視著沙漠一般荒寒的我們這個人類世界……

一片滿佈在了畫幅上的沙漠的褐黃色，一片耶誕節的早晨投射給了人類的寒冷的光輝，那讓人寒徹至靈魂深處的感受，是和他當年看見的禿鷹眼裡發出來的光，是相同的。

對於懷斯的畫，他的感情是複雜的。既愛，又恨。

愛懷斯的深刻，恨懷斯撕開了人類的畫皮。當然，畫皮就是中國清代作家蒲松齡《聊齋》裡的畫皮了。那是他所認為的，懷斯對外部世界的看法的主旋律。也是懷斯藝術靈魂的主旋律。當然，也是他自己對事物看法的主旋律。只是，懷斯的畫，使他一下子豁然開朗了……

後來，無論是在畫布上、在江邊、海邊還是在沙漠，特別是在中國西部新疆那些荒無人跡的沙漠，看著那種冷寒的褐黃色、他就會想起來懷斯的畫、想起那種感覺、想起冬天的早晨、早春的黃昏、那大山、大山的高高的懸崖絕壁上蹲著的僧侶、喇嘛、獨行者似的禿鷹。

自己雖然在那個地方只幹了三個月不到，但是，印象還是很深，特別是那條六七十度斜坡的下山的小路，背上背著一大捆柴禾顫顫地向下蹭著的緩緩的腳步，時不時地還要伸手去抓住旁邊山林上的蒿草尖子、或是灌木叢的樹冠和枝幹，才能保持平衡、免於滑倒。有幾段崎嶇蜿蜒仿佛只有野獸才能行走的懸崖上的小路，一不留神就會跌下萬丈深淵。上山行走是路平著頭，兩手時不時地拄著膝蓋和胯骨，一身的露水，一身的汗水。下山是雙手拄在背後的山坡上，通身的汗水，他要行走兩三里才能到達山腳他們幾個知青居住的一座木頭房子。上坡下坎，趔趔趄趄、踉踉嗆嗆，時常是一不小心就會摔得鼻青臉腫、皮開肉綻。草棵子的苦澀味、山土的鹹堿味、跳蚤、蚊子、臭蟲的噬血味……

多年以後，他的腦海裡時常都會浮現出那樣的一幅畫面：

在那野鳥遺矢、長草橫長、萬山壑嶺、古村頹舊的與世隔絕的蠻荒之地的大山上，一個十九歲不到從未幹過體力活的的男孩子、背上背了一大捆柴禾，蒼蒼莽莽地在晨曦微露、白霧漫漫的大山上一條宛延小路上，踽踽地前行著……

他記得，那時唯一能在精神上支持住他的，倒是小學時，老師貼在牆壁上的一段馬克思的名言，那就是：

「在科學的道路上，是沒有平坦的大道可走的。只有那在蜿蜒嶇的山嶺小道上不畏艱辛勇敢攀登的人，有希望到達光輝的頂點。」

父親在世時常常提到：

「我們多少的好同志，淮海戰役、渡江戰役，面對蔣介石正規軍的飛機、坦克、機關槍、大砲都打過來了，從長沙一路行軍過來、十萬大山剿匪，卻死在了陸陽縣一帶那些土匪的長矛、大刀、弓箭、火藥槍、土地雷上面！十八歲的大姑娘啊！一個個光著身子蹲在門口，傻呆呆地用眼盯住我們，軍裝是一套又一套地脫給他們！窮啊——窮啊——那些地方真的是窮啊——南征北戰、走南闖北，再也沒有見過那麼那麼窮的地方啊！」

他們一群十六歲到十九歲孩子在陸陽縣白馬區金龍公社水田大隊麻柳灣生產隊那走起路來，木地板吱吱嘎嘎亂響的生產隊的糧倉裡，時常就會想起家來。他會想起回家的情形，既傷感、又高興。那個興奮的時刻來到了的時候，他們天不亮就得起來，支起電筒，打起火把（農民因為窮，都是打火把）走出那座木頭房子。經過一些田邊地頭，翻過兩座非常大的山頭，再經過一個處在平地的公社裡最富的一個生產隊，整整要步行三個小時才到達公社所在地。在那兒上了早晨七點鐘的長途公共汽車，開四個小時才能到達陸陽縣城，又匆匆忙忙地轉車，再開七個小時到達烏江上游的龔灘，在那兒吃了晚飯之後，在碼頭上的一處小旅店、或是直接在輪船上住上一宿。第二天天不亮就得開船，直到天黑才能順流而下到達烏江和長江的匯合處涪陵。然後，再在那兒住一宿。天不亮，又得上船。再在大輪船上逆水上行幾乎一天，等到天黑淨了之後，才能到達山城巴京市。

那些辛酸的回憶，就那樣一直留在了他的記憶裡了。

①安德魯・懷斯（Andrew Wyeth, 1917-1996）美國著名畫家，生於美國賓州，父親是畫家，從小就教他畫圖，所以他才能在十多歲就出名。他喜歡畫美國的鄉村風景，而且帶有一點超現實主義的味道。代表作有《克莉絲汀的世界》、《下雨了》、《創作室》、《聖誕節的早晨》。安德魯・懷斯的名言是：「畫家表現的東西越少，觀衆接受的東西就越多」。

第17章　梅姨

簡單地說，秦田跟梅姨去教堂，是為了跟在她的後面，看她爬石階的身體。

他跟在了她的身後，看著她的穿了薄薄的、大腿邊開了叉口的各種顏色的旗袍，他看著她在爬那石階的時候，她的豐滿的後腰、後腰和臀部之間可人的線條、高高隆起的臀部、連結著臀部的大腿……那些開使讓他感到有些心跳和神醉了的梅姨的衣服裡身體的曲線……那些她在爬那八十四級臺階的時候運動著、流動著、誘惑著的用薄薄的綢布包裹著的女人的肉體、肉體上凹凸有至的緊繃繃的彈性十足的曲線——那些他在那一段時間已經偷窺了好多次的、那麼雪白地、赤裸裸地刺激著了他的神經的她的身體上的曲線……

第一次讓他看見了那個場景的是前不久初中二年級放暑假的一天深夜。

平時一到了晚上，都是梅姨先到他的大床上來、陪他哄他睡著了之後，才到他的大床旁邊的一張小床上面去睡。再早一年，梅姨天天晚上都和他在一張床上睡覺。後來，母親說他長大了，要和大人分床了，才給梅姨弄來了一張單人床。一開始，他還又哭又鬧了好幾回，後來在母親的堅持下，才把他隔開了。

有兩周，母親到北京開會去了。

七月初的一天晚上，窗外氤氳的夜色顯得有些虛靈空妙，一群黑色的蝙蝠正在三號樓門口站崗的士兵崗亭旁的路燈光裡吱吱地翻飛著。秦田在自己的床上睡著了之後没有多久，就聽見門口范叔叔送父親回來説話的聲音。好長一段之後，才聽見父親上樓的嗵嗵嗵皮鞋走在鋪了地毯的樓梯上的聲音，還有范叔叔在傳達室外面汽車發動的聲音。好一陣，他才模模糊糊似乎是睡著了。後來又被一陣聲音給弄醒了。伸手開了枱燈抬頭一看，不見了梅姨，以為她到廁所去了。正在想著一會兒她會回來時，卻聽見外面的客廳旁的小會議室裡面有更響的聲音，窸窸窣窣像是有人在沙發和地毯上滾動，唏唏嘘嘘又像是人在喘氣，還斷斷續續像是有人壓低了聲音在悄聲説話……

這座別墅是二十年代北洋政府軍閥割據時期四川陸軍第一軍軍長但懋辛建的德國式的別墅。樓上樓下共有十來間屋子，別墅外面的東北面靠院子進門的地方還有一排雷伯伯一家住家和廚房的平房，別墅内的一間間屋子之間都有一些中西各式造型的彩色花窗。秦田睡覺的房間三面牆上都有一些小窗户，其中有一扇中間横著一根軸條，可以上下轉動的窗户就連接著那間小會議室。小會議室是有時父親叫人來開會的地方，裡面的地板上鋪著帶圖案的金紅色的地毯，靠牆的四壁是對稱的一些長短沙發，沙發上面都包裹著上面繡有古典繪畫圖案的閃閃發光的綢緞，沙發之間和會議室中間有一些茶几。

那時，秦田循著那聲音爬上了梅姨的小床。他站在床上輕輕地伸出一隻手來抬起了花窗。他看見有些昏暗的、滿佈著橙黃色光線的小會議室的一面牆上、天花板上、有一些巨大的影子在猛烈地晃動，隨著一陣陣越來越急促的女人的壓抑著的尖利的呻吟聲，交織著男人沈悶的喘息聲，他看見那古裡古怪的影子在更劇烈地躍動，有些像有的時候機關的球場上放映露天電影，一些人站起來穿過電影放映機投射到銀幕上面的那一道在黑夜裡銀亮的光束時，將自己的黑色的、巨大的影子投射到了電影銀幕上面的樣子。他看見眼前的搖搖晃晃的影子像一個巨大的連體的怪獸，四隻手在揮舞著、拍打著、摟抱著自己的身體、又抓扯著兩顆長在一起的頭顱。

一會兒，怪獸肩上的兩顆頭顱披頭散髮地相互在碰撞著、噬咬著、後來又是一陣亂七八糟的晃動，牆上、天花板上連頭的身子一忽兒分開，一忽兒又合攏，絞扭在一塊劇烈地晃動……

後來，他推高了窗户，踮起了腳尖，他看見小會議室裡的一張沙發上，有一個正對著他的方向的奶油般乳白色的裸露的女人的背在晃動，茶几上的一盞帶燈罩的枱燈漫射出的橙黃色的亮光的中心，正好籠罩在那乳白色的背上、腰際向下是一對隆起的、中間一道黑縫的豐肥的臀部、漸次是橙黃色的張開的大腿、深赭色的小腿肚、消失在光線中的影影綽綽的腳踝以及腳掌；背的上部，是一顆散亂的黑髮披肩的女人晃動的頭，乳白的渾圓的雙肩和連著的豐肥的兩臂，正摟抱著她騎坐在下面的男人。女人在男人的身上起伏，她的披散在肩背上的散射著有些帶墨綠色的晶瑩的光點的黑髮之間，是一些遊移著的男人的手指。好一陣之後，他看到，地毯上，是兩個全身一絲不掛的身體在那兒翻滾和顫動。牆上、天花板上偏來倒去的巨大的影子移到了牆角那邊的沙發和地毯上……

他感到全身熱辣辣的，血似乎是直往腦門上湧，他竟像是腳下生了根似的，被緊緊地釘牢了在那兒……

那是他第一次看見交媾。

他看著一會兒是梅姨，一會兒是他的父親，在那兒光著身子翻過來扭過去地摟抱著，伸展開四肢時，他們的腋窩處、大腿根部的黑色的地方讓他感到特別地興奮和刺激……

第18章　懸崖上的蒼鷹

……模糊之中，他感到蹲著禿鷹的懸崖絕壁在一片晨曦般的金光裡躍動，才定睛看在了米約翰神父巨大的金色的教袍上。他看見那時的米約翰神父是一個有些古怪的造型。

米約翰神父的兩手仍舊是好像被人反綁了在身後一樣，他頭向前傾，卻是一種不同於常人樣的前傾：他的脖子不是從雙肩的正中向上伸，而是在後頸部和垂直於地平面的脊樑骨來個朝前面的、完完全全九十度的水平線方向上的轉彎、伸出一截之後，他的腦袋才又恐怕是為了要方便與別人交談，才又不得不地又向上方再轉一個九十度。頭才立了起來，臉才可以和你面面相覷！

那時，他就那樣地側著頭，山巔上蹲在懸崖絕壁上的蒼鷹似的，一對眼睛正楞楞地傲視著下面的一大群荒坡上的迷途了的羔羊……

沈思默想半天，他又舉手投足的演講開了《聖經》故事。唐吉訶德的戰袍似他的巨大的金色的教袍在他身邊飛舞著。他迅走、疾停、悄步款款、佇立，哈姆雷特似的深奧的頭顱仰向天空，踮起腳尖來，左手曲臂抓住胸前吊在脖子上的金十字架，右手伸直食指指向蒼穹，嘴裡輕聲地吶喊幾句什麼。又忽兒弓背曲腰將那食指從天上劃一道一百八十度的大大的弧線戳向地面，嘴裡喃喃地念叨一陣，然後他直起腰來，那食指又是一道九十度的弧線劃了上來，在他平伸向前的手上，手心朝上、和拇指撚在一塊、曲了中指無名指小拇指，手裡像握了一把種子般、朝向台子下面可憐的迷途羔羊們乾渴的心田、春天田地裡播種的農夫一樣，平伸的手臂朝向著田地裡扇形掃描地一陣又是一陣地輕點著主的種子。

噗哧一聲輕笑。秦田才掉頭看見伍芳笑著湊過頭來悄聲問到：

「怎麼樣，夠專業水平吧？」

「天生的！另一種——另外——」

「另外什麼？」

「白——白——」

「白什麼？」

「白菜！」

「白什麼?!」

「白——白——牧師，，哦——和尚，哦——神——神」

「噫——噫——噫——你剛才說的什麼？」

「沒有——」

「唉——你那個腦袋不知又拋錨在哪裡去了。」

當本堂神父米約翰先生在台子上面把這第二段第十二節的講道儀式精彩地進行完畢之後，先前那個穿白袍領唱的輔祭就出來張開雙手向上揮動説：

「大家請起立！」

彌撒大堂內傳來一片信徒們起立時傳來的轟響，當大家都站定之後，那陣轟響也就歸於安靜，於是，台子上的輔祭就説：

「現在……大家念信經。」

頓時，大堂內此起彼伏地響起信徒們的朗朗的聲音：

「我信唯一的天主，全能的聖父，天地萬物，無論有形無形，都是祂所創造的。我信唯一的主，耶穌基督，天主的獨生子。祂在萬世之前，由聖父所生。祂是出自天主的天主，出自光明的光明，出自真天主的真天主。祂是聖父所生，而非聖父所造，與聖父同性同體，萬物是藉祂而造成的。祂為了我們人類，並為了我們的得救，從天降下。」

念到此處時，秦田看見所有大堂內的信徒都將腰彎了下去開始鞠躬，自己也就被伍芳伸過來拉住衣角的手拉下去開始鞠起躬來。信徒們又都念道：

「祂因聖神由童貞瑪利亞取得肉軀，而成為人。祂在般雀比拉多執政時，為我們被釘在十字架上，受難而被埋葬。祂正如《聖經》所載，第三日復活了，祂升了天，坐在聖父的右邊。祂還要光榮地降來，審判生者死者，祂的神國萬世無疆。我信聖神，祂是主及賦予生命者，由聖父聖子所共發。祂和聖父聖子，同受欽崇，同享光榮，祂曾藉先知們發言。我信唯一、至聖、至公、從宗徒傳下來的教會。我承認赦罪的聖洗，只有一個。我期待死人的復活，及來世的生命，阿—

們。」

接下來的第三段聖祭禮儀和第四段領聖體經從第十五節到第二十三節主要是聖餐禮（Eucharist）在主日彌撒裡的全過程。伍芳就在一旁給秦田說，根據《福音書》記載，耶穌在被釘十字架前一天即星期四被出賣，當天晚上，他與十二門徒共進晚餐，席間，他拿起吃的餅和酒向諸門徒祝福，分給他們，說，這餅是我的身體，這酒是我的血，我的身體和血是為眾人赦罪而捨棄和流出的。而現在我們舉行聖餐禮時，等會兒米約翰神父把祝聖後的餅和酒分給我們下面的正式信徒信徒們吃了之後，就表示吸收了耶穌的肉和血，和耶穌在一起，永得耶穌的恩寵了。那時，秦田就聽見米約翰神父在上面念了起來，他的清朗的銀鈴般的聲音在上面說道：

「上主，萬有的天主，你賜給我們食糧，我們讚美你；我們將大地和人類勞苦的果實——麵餅，呈獻給你，使成為我們的生命之糧。」

大堂內的信友則齊聲答道：「願天主永受讚美。」

神父又說道：「酒水的攙合，像徵天主取了我們的人性，願我們也分享基督的天主性。」

神父再說：「上主，萬有的天主，你賜給我們飲料，我們讚美你；我們將葡萄樹和人類痛苦的果實——葡萄酒，呈獻給你，使成為我們的精神飲料。」

眾信友則答：「願天主永受讚美。」

神父：「上主，我們懷著謙遜和痛悔的心情，今天在你面前，舉行祭祀，求你悅納。」

神父：「上主，求你洗淨我的罪污，滌除我的愆尤。」

神父：「各位教友，請你們祈禱，望全能的天主聖父，收納我和你們共同奉獻的聖祭。」

信友：「望上主從你的手中，收納這個聖祭，為讚美並光榮祂的聖名，也為我們和祂整個聖教會的益處。」

然後，神父又示意大家起立念第三段十四節的「獻禮經」，之後，是神父讓信徒們坐下又領信徒進行第十五節的「頌謝詞」，於是說道：

神父：「願主與你們同在。」

信友：「也與你的心靈同在。」

神父：「請舉心向上。」

信友：「我們全心歸向上主。」

神父：「請大家感謝主、我們的天主。」

信友：「這是理所當然的。」

神父：「主、聖父，全能永生的天主……………」

信友：「聖、聖、聖，上主，萬有的天主，你的光榮充滿天地。歡呼之聲，響徹雲霄。奉上主名而來的，當受讚美。歡呼之聲，響徹雲霄。」

看著伍芳和身邊整個彌撒大堂內成百上千的天主教徒們那樣的發自內心的歡呼雀躍的樣子，秦田感到先前自己那樣的老是有些嘲笑他們的態度有些自形尷尬、內疚和自責，無論怎樣，自從出國這些時間裡，由於見識的增長，對宗教的看法也就有了些改變，剛開始的時候，在學校裡只要看見那些頭上戴小圓毛帽的猶太教徒、身上穿袍子的伊斯蘭教徒、胸前掛十字架的基督教徒，自己就會本能地聯想到文革期間每人胸前戴的毛主席像章和手臂上的紅袖章，心裡就會產生一種潛意識裡的反感和排斥，但是，時間長了之後，也就從接觸他們和書籍裡看出問題的不同，但是，內心裡還是無法接受那些東西，因為長期以來在中國時，他的印象中的基督教是和文化大革命時期的「地、富、反、壞、右」黑五類，還有破除封建迷信的佛教、道教、舊社會的青幫、洪幫、哥老會、袍哥會等等會道門殘渣餘孽之類相等同的。在他的意識中，那些教徒大多都是一些老態龍鍾的、常常被地段居民委員會和派出所傳訓、並受到群眾監督的人。那些人一般都穿著補疤連補疤的破舊衣服，隔三差五地被叫到居民委員會去辦「學習班」，走到街上個個都是灰頭土臉、猶如過街老鼠似的。在他的意識中那是一種和社會上不入流的三教九流之類聯繫在一塊的東西。

來到英國後，他在幾次假期和同學去了義大利、法國、德國等西歐國家，在那些地方見過了很多高聳挺拔、氣勢巍峨、佈局和諧、結構完美嚴整的各式教堂，諸如建於西元四世紀的羅馬梵蒂岡的聖彼得大教堂，米開朗基羅在裡面用豪放的筆觸出神入化地畫出了縱橫交錯、千姿百態的幾百個人物，其中包括著那幅著名的《最後的審判》的西斯汀大教堂，還有巴黎市中心塞那河中小島上的雨果筆下的巴黎聖母院、科隆市中心萊茵河畔的科隆大教堂，當然更有倫敦西邊盧得門山上的聖保羅聖公會大教堂和幾乎天天都可以看見的倫敦城中心裡面還埋葬著牛頓、達爾文、狄更斯、喬叟、邱吉爾等英國歷史人物的西敏寺大教堂，那座大教堂的尖頂和像徵著倫敦城標誌的大笨鐘在天空上遙相呼應，一邊像徵著倫敦城悠久的歷史紀錄，另一邊則表現著英國王室的莊嚴和神聖。

有了這些見識，秦田才開始漸漸地改變了一些對宗教的看法。

第19章 血……血……血……

現在，主日彌撒進行到了第三段第十八節的「感恩經」儀式，神父就站在台子上開始詠念感恩經第二式①，他念道：

「上主，你實在是神聖的，你是一切聖德的根源。因此，我們懇求你派遣聖神，聖化這些禮品，使成為我們的主耶穌基督的聖體加聖血。」

然後，神父又進行第十九節「成聖體聖血經」儀式，他曲了曲雙膝，又張開兩臂揮動他寬大的袖袍向下彈壓示意信徒們跪下，於是，大堂內所有的信徒都就地跪了下來，然後，神父在上面朗聲念道：

「祂甘願捨身受難時，拿起麵餅，感謝了，分開，交給祂的門徒說：『你們大家拿去吃：這就是我的身體，將為你們而犧牲。』晚餐後，祂同樣拿起杯來，又感謝了，交給祂的門徒說：『你們大家拿去喝：這一杯就是我的血，新而永久的盟約之血，將為你們和眾人傾流，以赦免罪惡。你們要這樣做，來紀念我。』」

那時，秦田看見一男一女兩個穿白色袍子的年輕輔祭將一杯紅葡萄酒，和四個裡面裝了一些薄餅的金色的碟子放在鋪著白色台布的講經台上，神父便上前伸出左手用拇指和食指從碟子裡撚起一小片白色透明的薄餅，又伸出右手拿拇指和食指去掰開那片捏在左手兩個指頭上的薄餅，他兩手四個指頭並用地將那片薄餅一掰為二之後，半片薄餅還捏在右手的拇指和中指之間時，就將那手的食指伸向前方輕輕在空中讓人不太注意地微微劃了一個十字，嘴裡又喃喃地念了幾句什麼之後，就將捏在拇指和中指裡的薄餅放進了講經台上的一個金色的碟子裡，稍一停頓，就將還捏在左手兩個指頭上的半片薄餅塞在嘴裡咀嚼起來，又用右手端起葡萄酒來輕輕地啜了一小口，之後，將酒杯放回講經台上。他抬頭看了一眼面前的一男一女兩個年輕的輔祭，就伸手又從碟子裡拿起兩片薄餅遞給他們一人一片，看他們放進嘴裡慢慢地在咀嚼的時候，再將酒杯端起來遞給了兩人，看他們一人一小口地啜了葡萄酒，又在胸前劃了十字後，便轉身面對下面的眾信徒揮了揮手示意大家開始進行這道程式的儀式，於是，就有三個白袍的輔祭到神父的講經台前來，他們端走了幾個裝滿了薄餅的金碟子，去到下面前排後，就站在三排椅子中間的兩個過道口開始向信徒們開始發放薄餅。於是，下面的信眾們都從椅子上起來到前面去排好隊領取那些薄餅……

秦田看見一個個信徒走到穿白袍的輔祭那裡，接過輔祭從金碟子拿出來遞在他們手上的薄餅後塞在嘴裡後，一邊咀嚼，一邊就拿手在胸前認真的劃著十字匆匆離去，又見台子上神父金色的寬大的教袍在台子上緩緩地轉動，他張開的雙臂的左右手上一隻手上拿著的是一塊麵餅，另外的一隻手上卻端著一杯閃爍著玫瑰色紅光的葡萄酒酒杯，他那張開雙臂的樣子本身就像他身後掛在紫紅色的巨大幕布上的那尊金色的十字架一樣，只不過，他那樣子看上去像是一尊更粗大的金色的十字架……秦田看見那尊粗大的金色的十字架在台子上緩緩地轉動，他看見神父手上的葡萄酒酒杯在閃爍著紅色的光澤，他看見身邊原先跪在地上的信徒們都一個個在一片歡呼雀躍聲中站立了起來，他的耳邊是神父朗朗的銀鈴般的聲音在重複耶穌的話，那聲音在一遍又一遍地說道：

「『你們大家拿去喝：這一杯就是我的血，新而永久的盟約之血，將為你們和眾人傾流……

『你們大家拿去喝：這一杯就是我的血，新而永久的盟約之血，將為你們和眾人傾流……

『你們大家拿去喝：這一杯就是我的血，新而永久的盟約之血，將為你們和眾人傾流……

『你們大家拿去喝：這一杯就是我的血……

『你們大家拿去喝：這一杯就是我的血……

『你們大家拿去喝：這一杯就是我的血……

…………

……………』」

那時，秦田感到自己幾乎要窒息了，腦子轟然地炸開了似的，他感到眼前一片血紅，他看見自己滿臉是血地立在那片歡呼雀躍的人中間……他聽見自己的頭頂上是嘭嘭嘭嘭的鈍重的敲擊聲……

他看見，他看見眼前是一個黑色的碩大的電話聽筒，那電話聽筒是那種五六十年代在中國電影裡面常常出現在軍事指揮所裡的黑色的老式電話的聽筒，只不過，只不過，他眼前的電話聽筒卻是在他少年時代的家裡的父親在二樓的他的辦公室裡，那電話聽筒出現在當年那個來他們家抄家的全副武裝的工人糾察隊員的手上，出現在那個工人糾察隊員手裡拿著那個電話聽筒一下一下又一下地、不輕不重又不重不輕地、不急不緩地、穩穩地砸在自己的腦袋上……他看見身邊那些信徒都還在歡呼雀躍，他聽見台子上神父朗朗的銀鈴般的聲音還在重複耶穌的話，那聲音仍舊在一遍又一遍地說道：

「『你們大家拿去喝：這一杯就是我的血……

『你們大家拿去喝：這一杯就是我的血……

……………………』」

他看見了當年的那個少年的自己可怕的血淋淋的樣子，他已經被那電話砸得滿頭滿臉滿胸膛都是血，可是，那個頭戴綠色鋼盔，身穿一身藍色的勞保服，手臂上戴著紅袖章，又腰帶上掛著一支手槍的工人糾察隊員，就那樣手裡舉著那個電話聽筒朝那個男孩子的腦袋上一下又一下地砸了過來……他記得，那是好幾次抄家的其中一次，當他們住家的「三號樓」院子樓上樓下都站滿了全副武裝的工人糾察隊員的時候，那些人就把他拖到底樓的門口用電線綁了起來，又把他倒吊在了門框的橫樑上開始用掃帚抽打他，後來，那人就來了……秦田看見那個工人的時候，他感到他是一個好人，是那種滿臉憨厚血統的工人的樣子……後來……那人就把他又拖到了二樓的他的父親的辦公室裡……

秦田想了起來有幾天晚上連續地每天十個小時以上趕寫論文，又加上那幾天總是陰雨綿綿地下個不停時，頭疼的老毛病就發作了，有天晚上，當自己頭疼得完全不能夠自持地躺倒在床上時，就讓伍芳看出什麼地方有些不對了。而且，之前的兩三天也發生過類似的情形，那情形已經引起伍芳不停地追問，而自己也知道，這一次是再也躲不過去了時，兩人就發生了下面的談話：

那時，伍芳趴在仰躺在床上的秦田身上。她用嘴吻著他的臉頰，又用一隻手去摩挲著他的前額問道：

「親愛的，感冒感冒，你這哪裡是什麼感冒？又不發燒，就是頭疼，冒冷汗，還想嘔吐，而且，痛成你那幅樣子，今天你總是該坦白了，很多事情你都不說，有些時候，我看見你就像是個很陌生的人，你究竟是怎麼回事情，是什麼毛病？說出來我好給你治好，其他的事情你不要去擔心，你只是如實地告訴我……你都是我的人了，如果你也把我當是你的人，是你應該關心、愛護和相信的人，你就告訴我，親愛的，究竟，究竟是怎麼回事情，你疼成那樣子，疼得齜牙咧嘴的直呻喚，你快告訴我呀！快說，究竟是什麼毛病？究竟……你說呀……你急死我了……」

「腦……腦……」秦田囁嚅著。

「老什麼？舊事情？陳年老帳？老什麼？」伍芳不知所云地著急問道。

「哎……不是……」秦田仍舊吞吞吐吐。

「不是？是什麼？」伍芳如墮五里雲，心裡更急，她的兩眼急迫地盯死在秦田的眼睛上，容不得他有絲毫躲閃。

「腦……腦……腦震盪。」秦田知道躲不過伍芳的眼光，他只好說了。更主要的是，他覺得，他應該給她說，他不給她說，又給什麼人說呢？

「腦震盪？腦震盪……腦震盪後遺症？是什麼時候？是什麼事情？有多少年了？」

聰明的伍芳立刻就刨根問底地聯想開了……

「不……不……不……」秦田想說又不想說，竟然痛苦地孩子般眼裡汪出了淚水。

「不什麼？不……不什麼？」伍芳罕有地看見他流淚的樣子，一時竟有些慌了神，便忙不疊地說道：

「不什麼？唉……唉……哎呀……對不起……對不起……我不該問，不該問，不該問！你不說就不說，唉……我不放心，我擔心……唉……心愛的，你痛我也痛啊……我不該問，不該問，不該問！」

「你應該問。親愛的……」秦田用手去撫摩伍芳的頭髮。

「那……那……那是？」伍芳有些怯怯地問。

「唉……我不能想這件事情，不能提，一提這件事情我就傷心。有些時候，想起這些事情就會覺得活在這個世界上是沒有什麼意思，甚至想自殺！殺人！」

「想自殺?!想殺人?!」伍芳見秦田陰鬱地那樣說的時候，原先汪在眼裡的淚水就泉湧般地順了兩邊的臉頰掛得滿臉都是，又聽他說道了『自殺』和『殺人』的字眼上，就驚訝地用手捂了嘴巴，又抓過枕頭上的枕巾去給秦田搽臉上的淚水。

「是啊！這個世界有些時候就是那樣平白地把人逼迫到那種地步！有些時候，我想獨自個兒跑到海邊去號啕大哭，讓淚水流個夠，流個夠……可是……可是……可是我是個男人。可是，可是我又向誰去述說？向誰？你聽了又能夠怎樣？你承受得了嗎？你一個台灣的女子聽了這些事情，聽了這些發生在中國大陸那麼多年前的事情又能做些什麼呢？這個世界的事情，那些過去了的罪行，那些事情誰去負責呢？那些傷天害理的事情，那些冤冤相報的事情，什麼時候才有個完呢？」

秦田從床上推開伍芳坐起來大聲地說了開來。

「什麼事情？什麼時候？」她不解其意地問道。

「他們用電話的聽筒敲打我的頭？電話，你知道嗎？就是那種老式的，四十年代直到六十年代在中國的辦公室裡的那種黑色的老式的很笨重的電話。」

秦田用雙手比畫著說。

「什麼時候？是為了什麼事情？他們為什麼要那樣？他們是些什麼人？」

伍芳著急地一連串問道。

「文革。」

「你們中國的文化大革命時期？」

「是啊。」

「為了什麼？」

「抄家唄。」

「為什麼要抄家？」

「那次是我的父母都被關起來了，他們就來了。」

「他們是些什麼人？你的父母被關在什麼地方，監獄？他們怎麼了？」

「唉……你對中國太不瞭解了，和你談這些事情有些時候就讓我覺得沒有必要，因為，因為你也聽不懂，文革期間，中國的共產黨幹部差不多都被軟禁起來，不是關在監獄裡，而是關在學校、機關、牛棚裡，關在勞改的農場裡服苦役，寫檢查。」

「你剛才說，你剛才說到你家裡來抄家的人，他們，他們又是些什麼人呢？」

「軍工廠的工人。」

「工人，工人可以抄家？沒有員警，沒有警察局的搜查令？那不是就像巴黎公社的第三等級那些百姓造反了嗎？」

「對了，就是差不多的意思啦。那麼，軍工廠的工人又為什麼要到你的家裡去抄家呢？」

「中國文革的時候就是那樣，沒有什麼警察局的什麼搜查令照樣可以抄你的家，一切都亂了套。文革前很多年，我父親曾經當過巴京市的工交政治部部長，那個職位的官兒就是主管工廠，特別是軍工廠，那些軍工廠很大很大，很多就是你們國民黨撤到台灣後遺留下來的，有幾家軍工廠一個廠裡就有四五萬甚至更多的工人，所以，文革的時候，父親就被輪番地用大卡車押到那些工廠裡去鬥爭，最大的場面是下面有十多萬工人，高音喇叭對著他的耳朵吼，耳膜都震破了……高帽子是用鐵皮做的……」

「抄家的時候，抄家的時候他們把你怎麼啦？」

「那次來了四十多個工人，都頭戴鋼盔全副武裝，胸前和手臂上都戴了造反派的紅色胸章和袖章，他們抄家時就用衝鋒槍比著人的腦袋，把樓下的炊事員雷伯伯一家人、檔案局局長鄒知遠叔叔一家人，還有家裡的保姆梅姨都關到樓下飯廳裡，他們說我是走資派的獨生子，要讓我吃點苦頭，就用他們帶來的電線把我五花大綁地反綁起來，先是押著我在樓上樓下地到處搜查，後來，就有一個腰帶上掛著把五·四式手槍的工人指揮幾個人把我倒吊在底樓進門的門框的橫樑上，一會兒正吊，一會兒倒吊——」

「啊——啊——我的可憐的……」

伍芳看著秦田講話時比劃著的手，又聽他講到把他吊起來時，就張大嘴尖叫了一聲，撲在秦田身上，她用手去摩挲他的臉頰，她看見他的臉頰上都是漣漣的淚光……

「後來，後來就來了一個其中看上去最老實的人……最老實的……最最老實的人……我從那個時候，從那個時候直到今天，直到了今天我也弄不懂，弄不懂究竟是為了什麼他要那樣幹？」

「他幹什麼啦？」

「那個人，那個人，那個人他……他……那時……那時……那時我才只是個十七歲的男孩子啊！我才十七歲，我那時是剛好在抽條在長高，又瘦又長……現在想來，那麼多年都過去了，他怎麼下得了那樣的狠手？他的樣子是直到了今天我都還清清楚楚地記得，他……他……他就像現在就站在我的面前……」

「他怎麼啦？他把你怎麼啦？他——」

「那個人我就是到死的時候也記得他的摸樣，可是，就那以後，我就永遠地沒有見過那個人了……我倒是很想見到他，問他當時究竟是為了什麼要那樣地對待我？」

「他……他把你——」

「他……」

「他究竟把你——」

「他長得高大健壯，方臉盤，圓眼睛，一眼看上去是個很老實憨厚善良的人，當時我正被倒吊在門框的橫樑上，下面幾個人拿家裡的掃帚在抽打我，很多人在拿我取笑，那時，他就朝我走了過來，一開始，我還以為他是來給我鬆綁的，因為，他的腰帶上也撇著一個牛皮的手槍套，槍套裡插著一支白朗寧小手槍，他走過來的時候，那些人就不敢拿我取笑了，我知道他是個頭目，但是，又不是那種大頭目，一個小頭目的樣子，因為，因為他的樣子一看就是那種幹體力活的人的樣子。他走到了我的面前，叫那些人把我從門框的橫樑上放了下來，我還以為他要放了我，沒想到，他竟親自動手用那電線把我綁得更緊，你想想，一個又瘦又長的十七歲的孩子，他綁住我的雙手後，又使勁地從我的背後向上倒提，我聽見身體裡發出嘎啦的撕裂開什麼的響聲，我當時就在肩臂的地方劇烈拉扯的巨痛中全身冷汗地昏死過去……那樣，我的雙肩就受到了永久性的致殘……」

「天啦……」

伍芳那時已經是聽得全身不停地顫抖著又兩腮掛滿了淚水……她淚眼模糊地看見秦田站在床邊抬起雙手向上向後揮舞著手臂說：

「這樣，這樣，你看我的雙手不能夠反向地使勁向上向後抬和揮臂拉伸……我知道，我現在的身體看上去很棒、很虎背猿腰、很偉岸地招女人的喜歡，那是我上大學後的發奮，我立志要把身體搞好，我立志……但是，殘了就是殘了……這肩臂的地方就是殘了。可能老了更難受……」

「頭……頭……你的……」

伍芳又哆嗦著眼淚漣漣地用目光示意著秦田講他的頭上的剛才提到的腦震盪的事情。

「是的，殘了就是殘了，很多事情是無可奈何的，我打排球籃球時彈跳很好，因為我高，而且，又不太胖，不胖不瘦吧，但是，在三大步上籃扭身，特別是向側向後扭上身抬胳臂到一個角度揚手投球時，還有打排球在網邊彈跳起來向後挺身再向後揮大臂揚手大力扣殺的時候，在那兩種時候問題就來了，胳臂伸不直，就是說，伸不到位，關鍵部位失去彈性和作用了，一伸直就劇痛，球隊裡的人不理解，我又不能夠說那些事情。弄得大家都不高興，我心裡更難受……在學校裡單雙槓很多的動作也不能夠做。但是，我還是堅持做，我十分痛苦……唉……這還不是關鍵，關鍵是，關鍵是他拿電話聽筒來敲打我的腦袋……他把我單獨關在二樓我父親的書房裡，他就用我父親書桌上的那部黑色電話的聽筒來敲打我的腦袋。那個聽筒很重，是六十年代的那種老式電話，我在這兒倫敦的跳蚤市場和很多賣古董的二手商店裡都見過類似的老式電話，那電話就是國民黨時期美國人送給他們的軍用品遺留下來的東西……我每次一看見那樣的電話就會想起那些往事，那個人的面孔就會出現在我的面前，噩夢裡他的樣子也時常會出現在我的面前……他是那種圓頭圓腦但臉又是方臉盤的那種樣子，他的脖子很粗，就像舉重運動員或者是車站碼頭扛麻袋大木箱那種幹體力活的工人的脖子，他整個人的樣子就是個血統工人的樣子。其實，我心裡還是很同情和可憐他和他那個階層的人的……他一望而知地是個受過很大的冤屈和苦難的人的樣子。他那個樣子就像中國電影《白毛女》裡的楊白佬或者是楊白佬的兄弟和兒子的樣子。他是屬於那種工人，那種受壓迫的工人的典型的樣子，一眼看上去就是那副樣子，憨厚老實苦大仇深沒有什麼文化，全世界的勞工的標準形像，面部輪廓有點像德國女版畫家凱特・蔻維茲（Käthe Kollwitz）②的作品《農民戰爭》中的那一類人物的面部的版畫形像，就是那種在版畫刀筆下的又粗又硬反差強烈的線條，那種人一般都不太修理邊幅，總是一副蓬頭垢面，眼裡閃射著執拗的近乎有點歇斯底里的光芒的樣子……」

「唉……談到痛苦的事情，你都是個藝術家，唉……親愛的……唉……我怎麼現在才知道你竟然受過那麼多的痛苦，這在我們生活在台灣的像我這樣大的人是難以想像的，唉……親愛的

……親愛的……」

伍芳邊嗚咽著說話就邊用嘴去親吻秦田的額頭，秦田又繼續說道：

「他一邊用電話聽筒敲打我的頭，一邊還口裡在念叨著什麼，他的眼睛裡一看就是在回想著什麼往事，他就那樣地想一陣子就又在我的頭上敲打一陣，他是在念叨什麼人的名字，是在反復地念叨著幾個人的名字，念一個，就在我的頭上敲打七八下，一會兒輕，一會兒重，但是，都不太重。但是，你想想，你想想那樣的電話聽筒，那樣的電話聽筒即便是現在拿來敲打在像你我這樣的大人的頭上，你也可以想像到有多痛。那樣，剛開始的時候，我還能夠感覺到疼痛，感覺到他敲打在我的腦袋上時的嘭嘭嘭嘭的聲音，那聲音每響一下，我就疼痛一下，就那樣直到我的感覺消失，就是說，那電話敲打在頭上已經不是疼痛而是麻木了……有一陣，我疼痛得倒在地板上打滾兒，我就亂喊亂叫，他不准我喊叫，就拿毛巾來塞住了我的嘴，我吐出來，他就從他的槍套裡掏出手槍來對準我的嘴巴，我嚇壞了，我以為他要開槍打死我，我就不敢再往外吐那毛巾，其實，他不是用手槍來打我，他是用手槍的槍筒來頂在我的嘴裡的毛巾上面往我的嘴裡捅，那樣子很是嚇人，因為我看見他的握手槍的手的食指就扣在扳機上，他的眼睛完全就像是個瘋子一樣地閃閃發光……其實，他倒是一槍把我幹掉就算了，因為當時的情形真的是生不如死……」

「唉……唉……我的天啦……嗚……嗚……」

伍芳嗚咽著哭出了聲音。她用嘴去拼命地滿頭滿臉地親吻秦田……秦田繼續說道：

「要命的是，他用那電話聽筒敲打我的時候，他不是那種掄起胳臂來的那種暴打，他是慢條斯理地不急不緩地一下一下地打，簡直就不是打，是敲，是在敲東西而不是敲人的腦袋……他就那樣嘴裡念念有詞地輕喊著什麼人的名字，他看見我腦袋上的血水從皮開肉綻的地方順著額頭眼睛和臉頰流到脖子又流到胸膛上，我隔著眼睛上面自己的血水看見他整個人和所有的東西都是紅色的……他看著我身上的那些血水，再把電話聽筒上的血水拿到他自己的眼前一眼又一眼的看著，他的眼睛裡就露出了一陣陣瘋狂和報復的喜悅的讓人看上去很恐怖的目光……即便是現在去回想，他那個時候真的該打死我，打死了就算刁球了，我還要感謝他，這個世界太骯髒……又到了後來，他看見我昏死過去倒在地上時，他還不停手，他把我抱了起來，讓我站立在他的兩腿之間，他坐在沙發上，我就那樣被他的雙腿緊緊地夾住立在他的面前，我的雙手被倒背在背後反綁著，嘴裡仍舊塞著上面滿是我的鮮血的毛巾，我看著他手裡握著那個電話聽筒，就像手裡握著一把菜刀在菜板上面切菜那樣地不急不緩地嘭嘭嘭嘭地很有節奏地敲打著我的腦袋，我流汗、流淚、流血……到後來是流尿，最後昏死過去後是連大便都流了出來……

「最奇怪的和直到了今天我也不理解的事情就是，我哭時，他一開始還是笑，我越是哭得厲害，他就越是笑得厲害，那都還好理解，他報復嘛……可是到了後來，我哭他也哭，一開始，我還以為我是看錯了和聽錯了，後來，我看見和聽見他真的是在哭，我嗚嗚嗚嗚地哭得出了聲時，他竟然也嗚嗚嗚嗚地哭得出了聲，後來，他竟然淚如雨下地號啕大哭起來……我真的是嚇壞了……他那時把手槍插進了他的槍套裡，他流著眼淚就用手來揩搽我臉上脖子上的血水，又說：『細娃兒，莫怪你叔叔我打整你喲……莫怪……莫怪……哪個讓你生在了這個走資派的家庭裡喲……你看，你長的細皮嫩肉哦……我……我那娃兒，我那娃兒也像你一樣哦，我那娃兒要是活到了今天……還有……還有……狗日呢！不說啦不說啦……算啦算啦算啦……狗日的，你還是個娃兒哦，你看、你看、你們屋子的牆壁上鏡框裡的這幾幅照片，這幾幅照片上我看你老漢在延安窯洞門口還穿的是補了疤的軍服和褲子，站在你老漢旁邊的是朱德和鄧小平嘛，是不是？對啦嘛。你也在點頭，對啦……旁邊這三個是誰呢？恩？這三個是誰？張愛萍、陳毅、楊超？哦，都是些四川人嗦！狗日呢，現在還不是都是些走資派！還有這張照片，上面那麼多人，上面還有周總理，哦……還有周恩來總理，下面還寫得有名字，民國二十九年十二月七日，中華全國文藝界抗敵協會茶話會，從左至右：曹禺、田漢、艾青、巴金、周恩來、郭沫若、茅盾、林語臻、老舍，這張照片還馬馬虎虎，周恩來嘛還算是好幹部，這張照片上面哪個是你們家裡面的人呢？哦林語臻，哦，是你的外公，啥子？死在國民黨的監獄裡的烈士，哦……哦……慢點慢點，恐怕是搞錯了，搞錯了，我喊個人上來幫我認一認照片上面的這些人。』他就到窗口去喊了一個叫林秀才的人上來，後來就來了個戴眼鏡的很斯文的男的，他來把照片一看，就連忙說，『李司令，搞錯了，這家人整不得，我都還不曉得秦清還有烈士的背景，你看看這張照片，你說這個站在矛盾和老舍中間戴眼鏡的是這個男娃娃的外公，你曉不曉得他是哪個？大名鼎鼎的共產黨烈士林語臻，林語臻、金黛烈士夫婦，那麼金黛就是你的外婆了哦？』那個林秀才看見我在不停地點頭，就對那個打我的人說：『你看嘛，天啦，他媽的，這家人是著名的烈士家屬哦！這巴京市全城的人有幾個不曉得烈士林語臻、金黛夫婦的喲？還有，上面還有周恩來，還有作家巴金，你曉不曉得巴金，曉得，你曉得個屁！巴金寫的《寒夜》、《家》、《春》那些小說都是為我們窮苦人說話呢，我是最喜歡巴金的書了，這家人是烈士家屬，又是老革命，我看就算了，以後關於秦清的事情，我建議我們造反兵團就不要去整，這家人真的是好人！』那個叫林秀才的人說完了之後，打我的那個人才又指著牆壁上的另外一張照片對我說：『這張照片，這個小娃兒就是你莫？對啦，是你嘛，我看也像是你，狗日也還是穿的是補疤褲子達嘛？你這條褲子上面我看……我看……一個……兩個……這下面褲腳上還有兩個，一共是四個，褲子上是補了四個疤，對啦，我看是四個疤……衣服……衣服袖子上也補了疤？市委書記的兒子穿補疤衣服③？看來……看來你們一家人還不算壞……還真的是烈士家屬，狗日的……狗日的我想不通哦……為什麼我們那麼窮？我們餓死那麼多的人？原來，原來你們也不富？狗日的，我想不通哦？……叔叔我今天就饒了你，林秀才是我們軍工廠裡面讀書最多的，他又說巴金是個為我們窮苦老百姓說話呢好作家，周總理也在照片上，你外公也在那張照片上，看來你們這一家人還有點兒我們下層老百姓的味道兒，但是……但是……但是狗日的……狗日的……你看你看你看，你們狗日的這房子還是住的是金鑾殿，我們，我們，我們住什麼哦，我們在農村的親戚都住的是茅草棚、豬圈、牛圈哦，狗日呢在農村裡頭的人都狗日呢餓死完球了哦……狗日呢餓死完球了哦……餓死完球了哦……嗚嗚嗚嗚……嗚嗚嗚嗚……』他的哭聲到了後來比我的哭聲還大，那樣的情景更是把我嚇壞了，嚇得我不敢再哭，嚇得我莫名其妙不知還會發生什麼更可怕的事情……」

「後來呢？後來……」伍芳哭著問道。秦田又說：

「後來他就把我放了，還命令他的部下以後再也不要到這棟樓來搜查，也不要再管關於秦清的事情了，他叫人上來把我身上的電線解開，我當時就倒在地上昏死過去了……後來就永遠地留下了這該死的腦震盪後遺症，再後來學校的造反派又把我抓去打過一次，還把我也戴了高帽子拖到大卡車上去陪父親遊過一次街……我記得那個恐怖的場面，在市中心的街道兩邊都是黑壓壓的人頭和滿街的紅旗紅袖章紅色的毛主席像章，還有人們向我們被鬥爭的人扔過來的石子兒果皮和亂七八糟的什麼東西……

「天啦……他們怎麼把你那樣的一個小孩子也抓去鬥爭呢？」

「是呀，那個時候已經完全混亂失控了，問題是，後來我和同我一樣的一些市裡的幹部子女都瘋狂了，形勢一變，我們也開始報復，開始亂整，開始歇斯底里地向社會發洩，一開始是偷雞摸狗，到了後來抄家抄到了另外的人的家的時候，我們也去亂來，一些人就去參加武鬥，殺人放火起來比一般的人更厲害，我記得，有一段時間我不在家的時候，我家的我養的一隻名字叫『小杜魯門』的狗就被市委警衛連在市委大門站崗的幾個士兵用半自動步槍上的刺刀刺死了，我回家知道後大哭了一場，就約了院子裡裡外外的三十多個最搗蛋的男孩子在夜裡躲在市委大門外的好幾個地方，等到那幾個士兵上崗時，就幾十把彈弓一起開火打過去，那一網網飛過去的鵝卵石和從市人民交通公司汽車修理廠偷來的軸承裡的抖出來的鋼珠把那幾個站崗的士兵打得鼻青臉腫，他們又在黑夜裡三五成群地手裡提著棍棒和皮帶（他們的槍已經被紅衛兵們繳了械）來抓我們，我們有些人被抓住後拖到警衛連去被他們暴打，我們又再報復，機關裡家屬院的雞鴨貓狗兔子什麼的都被我們偷光了……後來又跑到動物園裡去用彈弓打狐狸，打得狐狸在籠子裡臭屁亂放，我們就哈哈大笑取樂子，動物園裡的幾個矮子飼養員就手裡舉著長把的大掃帚來追攆我們，我們又用彈弓去打矮子飼養員，最後發展到了用大鞭炮去炸狗熊，狗熊在凹進地面幾公尺的一個旱池子裡爬來爬去，我們就扔糖果給牠吃，牠吃得高興了就坐在地上張開大口拿眼睛望著我們扔糖果給牠，那樣地把狗熊引得失去了警惕後，我們就將點燃了的大鞭炮照牠的嘴裡扔了過去，牠一口就含在嘴裡，結果一聲巨響，那狗熊像瘋了似地狂嚎著滿池子裡亂躥，一掌又一掌地把旱池子裡假石山上的石塊打得粉碎，公園裡的人都嚇傻了，猴子們更被我們的彈弓打得躲在洞子裡消失得無影無蹤。再後來就是用彈弓去打玻璃窗、打路燈、打鳥，最後打得無聊了就拿彈弓打人，一到天黑我們就躲在機關的院牆上或者是夾竹桃林子裡用彈弓嗖嗖嗖嗖地射出鵝卵石和鋼珠去打人，打得別人抱頭鼠躥的時候，我們就樂開了花……

「再後來，當我下農村去當知青的那一段時間裡，賴在城市裡不下去的幾個小子竟然膽大妄為地發展到了弄來了十幾支高壓氣槍拿去夜裡打人。他們學著電影裡遊擊隊的樣子，夜裡就在院子裡的高牆上伸出來十幾支氣槍，槍筒都瞄準了路上行走的路人，直打得那段繁華的道路上沒有了人煙。最後搞得引起警察局出動的事情是幾個傢伙竟然打到了法國人的頭上去了。因為，他們伏擊的地點正好是一家市裡最高級的賓館大門口停車的地方，當時是一九七二年，法國是歐洲最早和中國建立外交關係的國家，那些法國人是到巴京市來建維尼料工廠的。一幫小子的氣槍子彈就啪啪啪地打在法國人的小轎車玻璃上，因為距離只有十來米，玻璃就打裂了。法國人嚇壞了，市裡的警察局長更是嚇壞了！因為，事情驚動了中國第一夫人江青，便衣員警就立刻滿佈在了那一片。一幫小子還在那裡毫不覺察地『繼續革命打遊擊』哦。其中一個我們稱之為『鴨舌帽』的傢伙喜歡用氣槍去打女孩子，因為是夏天，他那天晚上看見一個乳房挺起老高老高的女孩，就用槍口瞄準了人家的乳房開了一槍，哪裡知道那女孩突然彎腰蹲身不知想去拴鞋帶還是趕什麼的，那粒氣槍子彈就不偏不倚地打在了眼睛上，當場就把那女孩子打得暈倒了在地……後來是一幫小子全被警察局抓起來過堂，竟然還個個表現的威武不能屈的樣子，當庭之上又是放響屁又是做怪像說怪話的，弄得那些審問他們的員警也沒有什麼辦法，說到了底都是些巴京市裡的高幹子弟，員警們也知道弄得不好哪天一他們的父母那些老傢伙翻過了身來，還要拿他們怎麼辦？但是，畢竟是把人家老百姓的女孩子眼睛打瞎了，又是毛老頭的夫人，當時在中國的所謂『紅都女皇江青』親自下的手諭要查辦，所以就弄了幾個進去交差，那時，一幫小子又都還只是些十七歲或十七歲以下的青少年，有些判刑還不夠年齡，就攆到少年管教所去了……我要是當時沒有下農村去，可能我也就進去了，因為『鴨舌帽』和我是最鐵的哥兒們。現在，現在小子在美國還混出了個人樣子，你不是看見他三天兩頭地給我來電話嗎，『鴨舌帽』在舊金山當上了員警隊長，小子的手下還管了十幾個金髮碧眼的洋鬼子員警呢……」

「天啦……你怎麼還這麼地淘哦……」伍芳破啼為笑地說。

---

①參見：美國達拉斯天主教耶穌聖心堂（Dallas Chinese Catholic Church）《天主教彌撒結構與程式》。

②凱特·蔻維茲（Käthe Kollwitz, 1867-1945），德國女版畫家，她的作品中帶有反映現實鬥爭、表現對社會反抗的傾向。她的作品採用強烈的表現主義形式，為社會的不公正、戰爭和暴力下犧牲的人們大聲疾呼、伸張正義。代表作品：銅版組畫《織布工人暴動》（1894-1898）和《農民戰爭》（1903-1908）、木刻《紀念李卜克內西》（1918）、《窮苦》（Not）、《死亡》（Tod）、《斷頭台邊的舞蹈》（Tanz Um Die Guillotine）、《凌辱》（Vergewaltigt）。

③在毛澤東主政時代的中共幹部無論是高級幹部還是一般幹部，都是相對清正廉潔且身體力行地勤儉而又樸素的。

第20章　一顆永久的手榴彈

秦田又說：

「後來，下農村的時候更是是亂來了，送我們下去的解放軍、工人、什麼軍宣隊和工宣隊的隊員和老師也被我們打了，統統關在一個屋子裡軟禁起來。因為，他們把我們這一群才十六歲到二十的孩子送到了上千里外的大山裡，到了那裡之後，我們才發現那裡完全就是一個窮山惡水的不毛之地，立刻就一個個號啕大哭起來……我們感到被欺騙了……把我們送到生產隊的一個士兵的軍帽被我們抓掉，他光著頭在一塊紅苕地裡撲來撲去地要他的軍帽，我們把他圍了一個圓圈圍在中間，就那樣把他的軍帽拋來拋去地逗弄他，他後來哭著跑到公社辦公室去了，到了半夜三更的時候，我們聽見外面的響動一覺醒來時，看見外面燈火通明地幾百個農民的火把把夜空點了個通明，說是不立刻把解放軍的帽子交出來就把我們全部燒死在那個生產隊的糧倉裡……後來，我們內部又打架，我們中間的一些人手裡有槍和手榴彈……我到今天還記得的最可怕的一件事情，就是一個關於一顆手榴彈的記憶。當時，我在班上是屬於個頭中等很瘦弱的那種，班裡有個叫靳俊的大個子打架王的傢伙，他身上有一顆自製的手榴彈，自製雖然是自製的，但那畢竟是軍工廠裡自製的東西，那是一顆圓筒形的漆了綠皮的鐵傢伙，它有手電筒般粗大半根筷子那麼長，提在手上沈甸甸的，它三分之二的前面大半截的圓筒形外殼上面像電影裡的地瓜手榴彈那樣滿是縱橫凹槽，後面三分之一的小半截有點呈正方形，正方形的一面有個摁一個按鈕可以彈開的蓋子，打開那個薄薄的蓋子，裡面就是一個滴答著響的機械記時表，那個機械記時表和正常的機械手錶一樣，上面有時針、分針和秒針，就是說，它完整地旋轉一個週期就是十二個小時，也就是說，那顆手榴彈是定時炸彈，它的最大預設引爆時間為十二小時，當然，也可以在十二小時內隨意地預設引爆時間，哪怕是幾分幾秒；那個機械記時表的反面也是一個蓋子，上面也有一個按鈕，彈開反面的蓋子後，裡面就是機械記時表的時針、分針和秒針的撥動旋鈕，實際上就像普通鬧鐘的反面。手榴彈的末端頂部是一個像墨水瓶蓋子般的可以順時針旋開的金屬圓帽兒，把那金屬圓冒兒旋開後裡面就是一個凸起的按鈕，如果將那按鈕按下去後，在五秒鐘就會引爆那顆手榴彈！就是說，那顆手榴彈是個半自動的兩用的傢伙，既可以當定時炸彈用，也可以當手榴彈用。要命的問題是，因為是文革時軍工廠的造反派自製的，那傢伙在兩用上都是不牢靠的，首先是，那個金屬圓帽兒裡外螺紋配合得不緊實，就是說，那個金屬圓帽兒活搖活甩地隨時都要掉下來的樣子，而且，更加可怕的是，搖動那個綠皮的東西時，裡面那個凸起的按鈕也在裡面喀嚓喀嚓地晃動作響……那響聲……那響聲……」

「天啦……天……」

伍芳撲在秦田的懷裡兩手緊緊地抱住了他的脖子……秦田又說道：

「更可怕的就是，那個機械記時表有些時候就會無緣無故地自動地嗒嗒嗒地走起來！」

「天啦……天……」

伍芳兩手緊緊地抱住了他的脖子，那樣子好像那顆手榴彈就要爆炸了，她要和他死在一塊兒一樣……秦田用手撫摩著她的頭髮又說道：

「靳俊說，有一次，大家正在屋子裡打撲克的時候，他無意中發現手榴彈的指針正在嗒嗒嗒地轉動，仔細一看，還差十五分鐘就要爆炸，嚇得他尖叫著趕緊叫屋子裡的人四散奔逃，又打開後蓋，才把那些指針撥到停止狀態。那樣的事情後來又發生過幾次，所以，他也對那個綠皮的傢伙是又怕又愛，下農村之前根本不敢放在家裡，只有悄悄藏在機關花園的一個水溝的洞子裡。上了船揣在我的背包裡也是叫我兩三個小時要到廁所裡去關死門把它拿出來看看，如果看見那指針在轉動，又教我怎樣打開後蓋讓指針停止轉動，還特別提醒，如果時間實在來不及了時，就把它扔到河水裡算刁球啦！於是，我就神經高度緊張地一趟又一趟地往廁所裡面跑……

「打架王靳俊個子大，我打不過他，他就命令我將那顆手榴彈揣在了我的背包裡，當然，我如果堅絕不從他，他也拿我没有什麼辦法，最多我和別人打架時他不幫手，但是，對於那顆手榴彈我也很矛盾，因為，無論當時從心理上還是客觀環境，手裡拿著那顆手榴彈對外對自己內心都是一個極大的壯膽的事情。例如，我們在陸陽縣一帶每次打架到了亮匕首都還不能夠嚇退對方的時候，就在最後的一步將那顆綠色的寶貝玩意兒亮了出來。一般情況下，對方就都會驚恐地雪亮了眼睛張大嘴一個個迅速地老鼠般逃得遠遠的，就是極少數手裡有槍的傢伙，看見了我們手裡的那個綠皮的寶貝玩意兒之後，最後也只好和我們握手言和，說些什麼『橋歸橋，路歸路』、『井水不犯河水』、『梁山泊好兄弟不打不相識』、『山不轉路轉，路不轉水相連』之類的話，最後成為了朋友或是各自走路了事。但是，反轉過來，那東西揣在自己的背包裡又感到它是一顆隨時都會爆炸的不定時的炸彈，何況，那玩意兒的活搖活甩，搖起來裡面那個凸起的按鈕還他媽的喀嚓喀嚓地作響，那響聲就讓我隨時想起電影裡定時炸彈慢慢移動的秒錶上的指針和嗒嗒嗒嗒發響的聲音，那樣的想法讓我在揣著那個綠皮的寶貝玩意兒的整個時間裡都處於高度緊張的狀態，那個狀態緊張到讓我嘔吐了好幾次……你記得上次我們從法國回來經過多佛爾海峽的時候我嘔吐的事情嗎？在那艘叫做『海狗』的氣墊船上，當我聽到那種船在水上行駛的突突突突的聲音，再看見藍色的海水翻著白色的波浪的時候，我就想了起來我的那一段經歷……

「我記得，那整整兩天兩夜我都提心吊膽得……我記得，那是兩段水路，第一段是天色黎明時分乘登陸艇從巴京市的朝天門大碼頭上船順長江而下到涪陵，上千的中學生像裝牲口一般地被裝進了那艘黑乎乎的大統艙的登陸艇，我們是在一片哭喊聲裡告別家鄉和送行的父母兄弟姊妹們的，第一段的水路是整整一個白天，當晚住在涪陵縣城裡；第二段又是一個白天的時間，清早從涪陵順烏江逆流而上下午到達龔灘。小火輪在一月的寒風裡顛簸著突突突地吼叫著逆流上行。我記得，冬天的江水清澈見底，小火輪順烏江逆流而上向上到達那個看上去萬分險惡的叫做龔灘的碼頭後，再乘汽車到陸陽縣城裡住了一夜；第二天再乘半天的汽車才到達白馬區金龍公社。那段路就是一九四九年我父親他們的解放軍劉伯承鄧小平領導的第二野戰軍進軍西南入川的行軍路線，一路之上包括我們到達的陸陽縣裡的各級領導，很多都是他們當年行軍時留在了當地接管政權的軍人，我的身上就有好多張父母親給他們的戰友們寫的叫他們關照我的字條，當然，其中幾張字條確實也還幫了我很大的忙。例如，有幾段時間裡，我在縣城裡跟幾個民辦中學的壞孩子學著到處偷東西取樂，後來才發現，那裡面竟然有幾個孩子本身在城裡就是慣偷和扒手，他們給我些錢用。當時，我就住在一個姓馬叫馬山福的副縣長的家裡，我什麼都給他講，他就把我管了起來，叫我把他們給我的錢還給了那幾個傢伙。自然，現在想起來，他是把我從邪路上扭了過來。他的家裡有兩個漂亮的女孩子，他沒有男孩，他們一家很喜歡我……也許是毛澤東無意之間開了一個玩笑，他讓他的軍隊的後代們又去反向行軍來了……

「在那樣長的幾乎整整兩天兩夜時間裡，那顆手榴彈就一直背在我的背包裡……我都已經嚇緊張得麻木了……一路上，我們還打了好幾次群架，是和一路上的另外一些中學的野孩子們……都亮了匕首，只差亮槍了……因為，那些秘密武器是不能夠讓一路護送我們下去的老師、軍宣隊和工宣隊的人員看見的，我們都把那些寶貝東西藏在最隱秘的地方，甚至埋藏在一路之上的什麼做了記號的土裡……槍倒是放了幾響，那是在涪陵和陸陽打路上別人養的狗，狗們還在搖尾巴歡迎我們時，鋸掉了槍托的半自動步槍的槍管就伸到了狗嘴裡，扳機一扣，嘭地一聲巨響，那狗腦袋就炸開了花，背後那些老街的店鋪的黑糊糊的門板上就濺滿了紅紅白白的狗腦花和狗血，那腦袋炸開了花的狗還在地上四腿亂蹬亂顫，旁邊的老百姓嚇的尖叫亂竄，我們卻在一片哈哈大笑裡一轟而散……

「那顆手榴彈後來怎麼處理的呢？」伍芳插嘴問秦田。

「後來，後來靳俊把它藏在了金龍公社小學院牆後面的一個涵洞裡，是他自己一個人去藏的，我後來離開那個地方回巴京市以後，在他和一幫人跟當地的農民的械鬥中，他受了重傷，他躺在當地的醫院臨死前在一張紙上給我畫了一張藏那顆手榴彈的路線圖，又把那張紙裝在信封裡給我寄了回來。但是，後來我叫朋友再回鄉時按照路線圖到那個公社小學院牆後面的一個涵洞裡去找那顆手榴彈時，卻怎麼也找不到了。多年以後，就是我出國的那一年，我又和朋友開車到那個地方去了，一是到水田大隊麻柳灣生產隊給靳俊上墳，另外就是找那顆手榴彈，可是仍舊沒有找到……那個涵洞的上面是小學，那所小學就在陸陽縣白馬區金龍公社的金龍河邊，一些調皮的學生有些時候就在那個涵洞裡鑽來鑽去地藏貓，我不能去想像那樣的後果，要是那個東西落到了那些小孩子的手裡的話……那樣的幻覺直到今天都在不停地折磨著我……

「我們都瘋狂了，先是造反派們抄我們的家，打我們，後來就是我們向社會反彈……都失去了理性，只有瘋狂的發洩……後來的很多小說都談到毛澤東搞知識青年上山下鄉運動，談他們在農村受苦，談他們倒楣的命運，他們還不知道知識青年還發生了反抗和暴動，我們當時就是暴動了。我們當時到達了公社和生產隊時，看見那一片荒野和不毛之地，就全都號啕大哭起來了……有人就喊：把户口搶回來，回到城裡去！我們就把送我們下去的老師和工宣隊、軍宣隊的人員全都打了，把長途汽車公司的大巴公共汽車也搶了，學生們自己開那汽車，說是要開回巴京市去（根本不可能，因為回去的路大部分是水路），我們強迫他們交出了我們的户口。」

「什麼是户口？」

「户口就是身份證，就是類似護照之類的東西。他們當時是被把我們的城市户口強行地變成了農村户口。」

「城市户口強行地變成了農村户口？兩則有什麼不同？」

「是啊！中國的農民是不能到城市裡來工作的。」

「是嗎？」

「是啊，就像這蘇格蘭高地農場裡的農民，如果是按照中國的政策，他是不能夠到什麼像愛丁堡，什麼格拉斯哥，什麼伯明罕和倫敦城裡來工作的，他要來也只能夠打零工，而且必須有特別的許可，他們進城工作就是打黑工，就像現在那些黑下來的人和非法偷渡的人那樣偷偷摸摸地工作……」

「是嗎？」

「那當然，所以，當時我們就暴動了，問題是我們又都還是些孩子，根本就不懂什麼鬥爭的策略和方式方法，我們後來還把自己寫給家裡的信又都交給了當時被我們綁架和軟禁了的送我們下去的老師和工宣隊、軍宣隊的人員，他們回去後就徑直地將那些信件交到了市委辦公廳的辦公桌上，辦公廳又將那些信件轉到了正在牛棚裡關著寫檢查的父母們的看管人員的手裡，那些信件裡我們還在洋洋自得地吹噓我們是如何如何地已經將户口搶回了手裡云云云云，殊不知，那些信件正好就成了讓我們的父母更加罪加幾等的罪證和黑材料……在挨打的老師裡，有一個很漂亮又很文靜的女老師，後來我才發現，她就是我們院子裡一個幹部的親戚，她確實很漂亮，但是，她又確實被我打了。我記得，在我的同學們開始拳打腳踢那幾個還在對我們笑臉相迎的工宣隊的中年工人的時候，我們班上一個和我很好的叫杜林的女生最先站起來在那個女老師的臉上就啪啪地扇了兩個耳光。老師就問她為什麼要打她，杜林就又左右開弓地連續扇她的耳光，還大聲地說騙子騙子騙子，老師本身就很年輕，其實也是學校畢業不久的學生，就開始還手，我看見杜林臉上也挨了兩下。頓時，所有的女生都尖叫著拿眼睛看著杜林，杜林就掉頭拿眼睛看著我，所有的女生又都轉過眼睛看著我，我被那些眼睛死死盯住的時候，就上去照老師的臉上打了一拳。但是，男孩子畢竟勁大，那一拳就將她打翻了，而且，正好打在她的鼻樑上，等她從地上仰頭看我時，我看見她的眼裡滿是淚水，一副很委屈的樣子，我那時心裡也很吃驚，我沒有想到那樣的一拳會那樣地厲害，她滿臉是血的仰躺在公路的地上拿眼睛直直地盯住我，旁邊所有的人都圍了一圈看著她，她的眼淚順了眼角在漂亮的慘白的臉蛋上直淌，我其實那個時候心裡直想哭，我不想打她，但是，旁邊所有的人都喊叫，說她那個女騙子竟然還敢還手，竟然還敢用那眼睛恨著大家，再打她！再打她！我知道，當時要是杜林和班裡的其他女孩不在那裡，我不會打她，我是在女生們面前出風頭！女老師很漂亮，一路下來對大家都很關照，工宣隊、軍宣隊的七八個男的都很聽她的，所以，旁邊喊打的人其實誰都不好意思對她下手，而杜林是市裡警察局長杜文斌的千金小姐，是個我們一幫女孩子裡面的到處打架惹是生非，又踹又橫又本身就不太講道理的女孩子，況且，她也長得很漂亮，所以，那樣的場面就是可想而知的了。當旁邊的人喊再打老師的時候，杜林就又撲上去劈胸一把抓住她的衣領，又開始扇她的耳光，直打得她嘴角都是血……很多年以後，我每次見到了那個老師都感到很內疚，我看見她遠遠地走來，我就鑽到旁邊地商店裡，隔著商店裡的玻璃櫥窗看著她走過了才敢出來，那樣的行注目禮直到了女老師成了少婦、婦人、成了兩鬢班白的老年女人……文革把我們變成了瘋子，夜夢裡，我常常看見我跪在那個女老師的面前向她懺悔，她的纖纖細手在摩挲著我的頭皮……

「後來，我們估吃霸賒地還和當地縣裡的武裝部都發生了衝突，我們和當地的農民在白馬區和陸陽縣縣城裡趕場的時候都經常會大打出手，最厲害的時候，雙方都出動了上百人馬，對方是當年的鋤頭、扁擔、木棒、弓箭、飛鏢、大刀、長矛、火藥槍，我們卻是前幾年武鬥以後藏起來沒有上繳的一些武器，實際上，雙方動火器的事情還是沒有真正的發生，但是，動用冷兵器的事情倒是實在地發生過了好幾次。一開始，當地的農民還把陸陽縣城川劇團的一個演戲的時候唱花臉舞大關刀的外號叫『佤哥』的大漢叫出來代表當地的『農民軍』和我們『練』了幾個『單手』，結果『佤哥』被我們『學生軍』裡的一個叫『少劍波』①的傢伙三下五除二的比劃了兩下子，就一躬身穿了他的襠，再一聳身就把那大漢『佤哥』齊胯下一肩扛地扛在了肩上，還就那樣地肩上扛著了那『佤哥』，穿個火稍短褲趿拉了一雙人字型的塑膠拖鞋就閃閃悠悠地圍了那陸陽縣城裡的一個籃球場繞場一周地輕跑了一圈，旁邊觀看的當地的農民就驚叫喚起來說：『咦——快些看囉，那狗日呢！那狗日呢少劍波好大的氣力喲——狗日佤哥遭他摞在肩頭上，就像河口街上肉鋪子裡的張屠夫肩頭上摞了半扇豬肉一樣呢松活②喲！』最後是那滿臉通紅又變得煞白再又變得鐵青的『佤哥』在『少劍波』的肩上連連地討饒之後，『少劍波』才把他輕放了下來。誰都知道，當時那大漢『佤哥』已經被『少劍波』是既穿了襠又拿了大頂，只要『少劍波』再一甩肩一躬腰來個他在市體工隊業餘摔交班裡摔了幾百下的大背動作，他那肩膀上的『農民軍』領袖就要被結結實實地摔出去至少是個丈二八尺遠！那個場面也實在是很有點歷史的諷刺味道兒，一邊是當年的解放軍的後代的『學生軍』，另外的一邊就是當年的十萬大山老土匪的後代的『農民軍』，當然，我的意思並不是說，那裡農民們都是些老土匪的後代，他們中間大部分還是些好人，但是，又不得不承認的歷史事實就是，當年那一帶也確實是土匪出沒的地方。這邊廂當年的解放軍的後代的『學生軍』原本是來接受教育的，而那一邊的『農民軍』本身又是毛主席他老人家叫他們是去教育那些『學生軍』的，卻不曾想到教育者在那個操場上反到被活生生地教育了，所以當時我們就說，還是毛主席他老人家說得對，『嚴重的問題是教育農民』嘛！如果你不相信，就去翻翻《毛澤東選集》！云云……

「再後來，當我們實在是鬧得不像話了的時候，縣武裝部就開車來想抓我們。但是，他們沒有想到的是我們的手裡也有槍。其實，他們本來也主要是想嚇唬我們一下。我記得，最操蛋的是我們戲弄當地武裝部長的事情。那兒的山都是大山，汽車上山時都是很陡的山路，而且是走『之』字形路線，我們就在山路最陡的地方站了一排，武裝部長的吉普車開上來的時候，我們就在吉普車前面站成一排，好幾個傢伙手裡都提了日本鬼子當年的東洋大馬刀在前面揮舞著，我們故意慢條斯理地背對吉普車走路，吉普車又不敢加大馬力衝，就只有不停地被熄火停下來，又不停地乒乒嘭嘭地發動，又有人下去在車頭拿汽車搖把不停地吭吭吭吭地搖動，吉普車就不停地劈嘭嘭地放著屁又冒著煙衝幾步又停幾步地在那兒進也不是退也不是地擺了下來，武裝部長只有氣得臉色鐵青地在吉普車裡厲聲地咒罵著什麼：『奶奶個熊，奶奶個熊，奶奶個熊，你們這幫狗崽子，看老子什麼時候怎樣收拾你們，看老子什麼時候把你們一個個逮到你們的父母那裡去脫了你們的褲子打爛你們的屁股！』武裝部長也知道，他的官銜兒和我們那幫傢伙的父母根本無法相比，武裝部長又恨我們，又拿我們沒有辦法。我們就在前面站成一排慢慢地走，幾個小子還轉身從褲襠裡掏出胯下那杆槍來對著吉普車撒尿，吉普車就氣得叭叭叭地幹摁喇叭拿我們沒有辦法。有年輕的司機和後面的兩個軍人氣極了就拿槍出來威脅我們，我們則根本不吃他們的那一套，竟然有人上去脫了上衣亮出胸膛頂在他們的槍口上說，你小子有種就開槍啊，『老子都是死過幾回的人了』。當然，我也是其中的一個了，因為，我說『老子都是死過幾回的人了』更是現身說法了……現在想來那個時候也很奇怪，為什麼不是警察局來管我們，而是派武裝部的軍人來管這些事情？總之，文革是一片混亂，搞武鬥就是毛澤東和他的夫人江青讓紅衛兵搞起來的，後來叫不搞也是他們。發動紅衛兵造反也是我們的國家領袖，後來把全國的紅衛兵都攆到農村去也是我們的國家領袖，一會兒說『嚴重的問題是教育農民』，過幾年說『紅衛兵造反有理』，再過幾年又說『知識青年到農村去接受貧下中農的再教育，很有必要』。我們這些年輕學生就是被老傢伙們愚弄的工具……

「杜林是在社會上第一個和我脫光了衣服幹那種事情的女孩子。我們分在一個生產隊，另外還有兩個老實的男孩，別人去上工了，我們就在屋子裡幹那事兒。其實，也就幾回。都才十八九歲的孩子，特別是又是在當時的中國，懂個什麼呢，脫光了好看刺激而已，相互摟抱著在床上親來親去……有幾次是太陽快落山的時候在山上的一個水庫的淺水灘上……她用兩手把我胯下的那個玩意兒都搓揉得硬梆梆的，但就不敢讓我進去，我往上戳了幾下，她就嚇得尖聲地亂叫，還打我的耳光，說是戳出小孩子了怎麼辦？我就問她小孩子是怎麼戳出來的，從哪裡出來？她就哭叫著說她也不知道。其實，我知道是從她的肚子下面兩腿之間往裡戳，因為……因為……因為，小的時候……小的時候我見過我的父親和梅姨幹那種事情，我還不止一次地爬在窗户上偷看。但是，杜林一尖叫和哭喊，我想那樣去做的時候就害怕了。其實，杜林是長得很美和很性感的，特別是後來她結婚成了少婦之後。她結了婚以後又來找過我幾次，當然，誠實地說，我後來也和她有那種關係，畢竟兩小無猜，還是有感情……但是，當時確實不敢……因為害怕那個後果……

「她是個十分野性和淘氣的女孩子，不用說，每次都是她主動了。她還告訴我，她更早的時候就和他們警察局大院裡的另外的男孩幹過同樣的事情。她說，她有喜歡男孩子的嗜好。可是，就是她的那個喜歡男孩子的嗜好，卻要了一個男孩子的性命……我在那個地方只待了半年，後來，家裡的老頭子聽到風聲説是當地縣武裝部和警察局要撒大網抓我們，就讓人把我弄回了城。他準備把我弄到部隊去當兵。我走了後不到三個月，杜林就天天不上班去和另外一個公社裡，我們學校高年級的她們警察局的一個外號叫『大春』③的男孩子住在一起，還經常和『大春』搞她喜歡男孩子的嗜好。後來就被農民發現了，那個男孩子本身就和當地生產隊的農民有過節，農民就藉機收拾他。幾十上百的農民把他們兩人的房子包圍了，最後是把那個叫『大春』男孩子活活地用鋤頭扁擔砸死的。『大春』還像個男子漢，關鍵的時候他讓杜林先逃掉了。如果他們兩人一齊逃，就是兩人都死掉。因為農民是安了心要他們死掉的。男孩子故意在屋子里弄出響聲，農民們誤以為『男盜女娼』的兩人都還在屋子裡，因為，他們想『捉姦拿雙』。那個男孩犯的錯誤是他以為農民不會把他怎麼樣，更沒有想到那些農民敢要他的命。可是，他錯了，那些農民根本就不懂什麼法律。在那個地方，私法打死人的事情是時有發生的，因為，那是土家族的地區，解放前很多山民本身就是土匪。我後來聽老頭子講，他們行軍經過那裡的時候，被當地土匪用弓箭射死很多，土匪們像猴子樣的躲藏在樹林裡放暗箭，他們那些正規軍簡直就拿他們沒有辦法，所以，後來抓住後就全部槍斃，目的是殺一儆百地恐嚇他們……」

①少劍波，中國電影《林海雪原》裡的男演員。
②松活，四川土話，輕鬆的意思。
③大春，中國電影《白毛女》裡的男主角。

第21章　彌撒完成式

秦田還在想那些往事的時候，就被伍芳拉了一下衣角，他聽見她在說：

「嘿——嘿——你又在想什麼，總是一副神不守舍的樣子，你……」

又聽見上面的祭壇旁神父在朗聲念到：

「信德的奧跡。」

信友們答道：

「基督，我們傳報你的聖死，我們歌頌你的復活，我們期待你光榮的來臨。」

神父又朗聲道：「上主，因此我們紀念基督的聖死與復活，向你奉獻生命之糧、救恩之杯，感謝你使我們得在你台前侍奉你。我們懇求你，使我們分享基督的聖體聖血，並因聖神合而為一。上主，求你垂念普世的教會，使你的子民偕同我們的教宗、我們的主教與所有的主教，以及全體聖職人員、都在愛德中日趨完善。求你也垂念懷著復活的希望而安息的兄弟姊妹；並求你垂念我們的祖先和所有去世的人，使他們享見你光輝的聖容。求你垂念我們眾人，使我們得與天主之母童貞榮福瑪利亞、諸聖宗徒，以及你所喜愛的歷代聖人聖女，共用永生；並使我們藉你的聖子耶穌基督，讚美你、顯揚你。全能的天主聖父，一切崇敬和榮耀，借著基督，偕同基督，在基督內，並聯合聖神，都歸於你，直到永遠。」

信友們則答：「阿——門。」

伍芳那時説道：

「現在是彌撒儀式的第四段，『領聖體經』，神父要領念『天主經』了。」

秦田就問，什麼是天主經？伍芳就説，你聽吧。話音剛落，秦田就聽見神父在上面清了清嗓子唱了一聲：

「我們既遵從救主的訓示，又承受祂的教導，才敢説：」

信徒們則念：

「我們的天父，願你的名受顯揚；願你的國來臨；願你的旨意奉行在人間，如同在天上。求你今天賞給我們日用的食糧；求你寬恕我們的罪過，如同我們寬恕別人一樣；不要讓我們陷於誘惑，但救我們免於兇惡。」

神父領念：

「上主，求你從一切災禍中拯救我們，恩賜我們的時代得享平安；更求你大發慈悲，保佑我們脱免罪惡，並在一切困擾中，獲得安全，使我們虔誠期待永生的幸福，和救主耶穌的來臨。」

信徒們：「天下萬國，普世權威，一切榮耀，永歸於你。」

神父：「主耶穌基督，你曾對宗徒們説：『我將平安留給你們，將我的平安賞給你們。』求你不要看我們的罪過，但看你教會的信德，並按照你的聖意，使教會安定團結，你是天主，永生永王。」

信徒們：「阿——門。」

神父：「願主的平安常與你們同在。」

信徒：「也與你的心靈同在。」

神父：「請大家互祝平安。」

那時，秦田看見上面的神父、輔祭和所有下面的信徒們都開始互相鞠躬和握起手來，還互祝都祝對方平安，秦田也就被伍芳拉著去和那些他不認識的教友們握起手來。一會兒，就又聽見大家都在念：

「除免世罪的天主羔羊，求你垂憐我們……

除免世罪的天主羔羊，求你垂憐我們……

除免世罪的天主羔羊，求你賜給我們平安。」

神父則在上面低聲念道：「願我們的主耶穌基督聖體聖血的攙合，使我們領受的人，獲得永生……主耶穌基督，永生天主之子，你遵照聖父的旨意，在聖神合作下，藉你的死亡，使世界獲得生命；因你的聖體聖血，求你救我脫免一切罪惡和災禍，使我常遵守你的誡命，永不離開你……請看，天主的羔羊；請看，除免世罪者。蒙召來赴聖宴的人，是有福的。」

信徒們則答：「主，我當不起你到我的心裡來，只要你說一句話，我的靈魂就會痊癒。」

話音剛落，信徒們就又開始一個個噗噗噗地捶打起來自己的胸口……

秦田還在不知所云地看著聽著上面的神父和下面的眾信徒在彌撒大堂裡那樣的配合默契地一唱一和的時候，就又聽見伍芳在向他介紹說是下面就是彌撒儀式的最後一道程式，就是第五段的「禮成式」了，他就聽見神父有點提高了嗓門地拖聲念道：

「願主——與你們同在——」

信徒則答：「也與你的心靈同在。」

神父又高聲念道：「願全能的天主，聖父、聖子、聖神，降——福——你——們。」

信眾則答：「阿——門。」

神父再高聲說道：「彌——撒——禮——成。」

信眾又答：「感——謝——天——主！」

立時，秦田就聽見上面禮樂聲大作，三下五除二地，祭壇上就光焰照人地排出一隊人來。那隊人就和先前彌撒典禮開始時從彌撒大堂前面的側門走進來的那一隊人相同，只不過彌撒開始的時候，那一隊人是走進來，現在他們是在彌撒結束的時候又走出去。他看見那一對除了金衣金袍的米約翰神父外都是白衣白袍的神職人員，他們在彌撒大堂三排椅子中間的一條眾人都閃開讓道的通道上，穩重緩慢地向彌撒大堂的正門走去，那個神聖的隊伍仍舊和先前進堂時的隊列相同，就是：

首先是一個全身白袍、上身著金色花邊坎肩的個頭高高的少年，雙手舉著一根頂端是十字架的木棍走了出來，在他的後面是一個和他同樣裝束的少女，再後面是兩個一排兩個一排共四個同樣白袍金坎肩的少男少女跟進，再後面是一白袍白帽胸前掛金色十字架的輔祭，雙手高過頭頂地舉著一本十六開本的特大的金碧輝煌的《聖經》，他的後面再依次是穿金色教袍的本堂神父米約翰先生和再後面的兩個穿白袍白帽胸前掛金色十字架的輔祭。

身著金色寬大教袍神色莊嚴而又慈祥的米約翰神父就在這樣的一隊白衣神職人員的簇擁下，

從彌撒大堂的祭壇上面走了下來，又順著那三排椅子中間的一條通道向教堂的正門方向步態穩重地緩緩走去，那時，彌撒大堂裡響起了出堂曲的音樂，從而結束了主日彌撒的最後一個叫做「出堂式」的程式……

那一次去讓伍芳記得的有兩件事。

第一件事就是，她的教會的兄弟姐妹們，都對秦田無論從儀態、氣質到言談留下了良好的印象。一個單戀著她的相當不錯的教友，那天他一看她領著秦田來了，就顯得很是有些不太自在了。問起他話來，也是吶吶吶地糊裡糊塗地應承著，讓她感到既好笑又難堪進而厭煩。連秦田似乎都看出了點什麼，問伍芳：是不是那人有些喜歡她？還調侃說：滿不錯的嘛！結果被伍芳在他的手背上狠狠地掐了一爪，直痛得他嗞嗞嗞地齜牙咧嘴了好一陣子。那人姓蔡，在倫敦城市大學圖書管理系當教授。

臉上掛著深度近視眼鏡又戴著紅寶石主教權戒的米約翰神父更是一見面就喜歡上了秦田，他不停地對著秦田說：

「哦……哦……真的是一表人才！一表人才哦！當年，當年，你去看看教堂的禮拜簽字薄，當年的禮拜簽字簿上還有你們中國的徐志摩、蕭乾、老舍、還有孫中山（孫文）、楊昌濟……，楊昌濟就是你們的毛澤東主席的岳父，還有好多好多，還有韓素英、陳香梅……快來簽字！快來簽字！伍芳，你快去叫他們把來客簽名薄拿過來讓秦田先生簽個大名，你可是個稀客貴客喲……」

後來，米約翰神父又不停地對伍芳稱讚秦田，總之就是說：

一是他舉止的優雅；二是他談吐的廣博和謙遜沈穩；三是米約翰神父認為的秦田善良的容貌是：

「少有的一副好人的容顏！」

第二件事當然就是前面談到的關於秦田聽見了別人彈奏莫札特的D小調《慕尼黑慈悲經》流淚的事情了。

秦田呢，卻是第一次見識了天主教做主日彌撒的完整過程。

走出教堂的時候，秦田看見活動廳裡的一張台子上有一塊黑板，黑板上用白色的粉筆寫著：

本周金句——約翰福音十五：五

我是葡萄樹，你們是枝子。常在我裡面的，我也常在他裡面，這人就多結果子；因爲離了我，你們就不能做什麼。

第22章 陽光

自從那天夜晚之後，秦田就開始以一種新的眼光來看他的梅姨了。

他變得更聽她的話了。

幾年前，秦田還小的時候，梅姨摟抱著他、讓他坐在她的大腿上時，他都是又鬧又跳，跑得遠遠的。在學校課餘活動時，梅姨站在很遠的地方守著他、他還唯恐避之而不及，對著梅姨不停地又是扮鬼臉又是做怪像的，大聲地喊叫著叫梅姨離他遠點兒。而梅姨呢，就只得躲在遠處的教室裡、或是大樹背後，靜靜地、偷偷地看著他。她看著他在那裡和一些孩子們爬攀登架、爬繩梯、坐蹺蹺板、滑滑梯、盪秋千、跳繩，然後一直等到他玩夠了要回家時，她才能夠走到她的小皇帝面前去，那時，她就上去劈劈啪啪地拍打一陣他身上的灰塵，用手絹揩一陣子他的臉上的汗水、鼻涕和污泥，捉起他的手臂來，在上面搓下一條條細長細長黑黑的泥垢，再提了他的書包，牽了他的手往家裡走，途中，還要陪他在機關的院子裡玩上一陣子，什麼抽陀螺、滾鐵環、放風箏，到花叢裡去摘花、捉蝴蝶，草地上去抓蚱蜢，到雨後的積水潭裡去劃梅姨給他做的小紙船、小木船，有些時候，晚上還去逮螢火蟲。然後，晚飯後在燈下陪他做作業，給他洗臉、洗腳、洗澡，然後陪他上床哄他睡覺，睡不著時就講故事、唱兒歌……

這一兩年，秦田開始長個頭了。剛從小學升到初一的時候還不太明顯，同班的同學在早操的時候齊溜溜站著的幾排裡，同齡的女生個個都比男生要高半個頭。可是，一年不到，還沒有到初二，全班男生的個頭就衝了上來。再到了初二，特別是初二的下半期，一出早操，全班的女生就都變得和男生差不多一般高了。再看看初三年級出早操的隊伍，男生都比女生要高半個頭，甚至於有些還要高出很多。秦田的個頭也就幾躥幾不躥的躥到了要和梅姨的個頭一般高了，特別是近兩個月，梅姨都說：

「你們看，你們看，這秦田長得好快，個頭都快要和我一般高了，他說話的時候聲音都變得粗聲啞氣的了，哎——吃長飯的娃兒喲！」

秦田卻反而變得更加依戀梅姨了。他叫梅姨的時候總是喊：梅姨你來呀——梅姨你來呀——梅姨你快來呀——他的聲音也變得有些女孩子般地嗲聲嗲氣的了。

梅姨在做事時，他愛在她的身後抱住她，梅姨坐著時，他愛去坐在她的大腿上，還用手指頭去弄她的頭髮，去抓她的耳朵，用指頭尖去戳她的牙齒上的幾顆金牙，有時會撲在了她的懷裡撒嬌……

後來，秦田又有幾次在晚上偷覷了小會議室的場面……

那種時刻，他就感到整個夜都光亮鏗鏘了起來。眼目所到之處，到處都像是鍍了金銀似的，一遍彩光。他雙腳立在那兒，小手兒顫顫地推著那扇彩色的花窗，渾身打著哆嗦，心旌飄蕩、心馳神往，雙目炯炯若星地將他的目光投射在了那團扭動著的、變換著光彩的、他既熟悉又陌生的、竟然是如磁鐵般地死死地吸住了他的乳白色的、起伏有致的、美麗的肉體上面……

父親帶他去看的京戲也好，母親帶他去看的雜技表演、馬戲也好，都比不過他在眼前看見的鏡頭。那些天裡，他一看見了梅姨，他都處於一種昏懵懵的、玄想的狀態……

他開始不喜歡起他的父親來。

後來，竟變成了一種似是而非的對父親的仇恨似的。他知道，那並不是為了他的母親。

直到父親去世，他從來沒有為了他流過一滴眼淚。

父親是他的驕傲。然而，秦田並不愛他。秦田和母親一樣，對於他，主要的感情，是尊敬。而愛，卻是淡淡的，也許，在那個時候，秦田還太小吧。

在他的心裡，父親是一尊神。受大家尊敬、也受大家害怕。

家裡有一張一直保存到了現在的黑白相片，那是一張在在中國的一些報刊雜誌上都刊登過的，在北京的中國軍事博物館也陳列著的相片。相片上，父親站在一輛敞篷的美軍吉普車上面，他的頭上戴著上面有五角星的人民解放軍綠色的軍帽，胸前掛著一架望遠鏡，在緩緩行駛的車上，他揚起一隻手來高舉在空中，正在檢閱著夾道歡迎的山城人民。

從相片上看，父親的臉上是一種按捺住喜悅的莊重和嚴肅，照片的背景上，是後面尾隨的上面站得滿滿的、都是一些荷槍實彈的軍人的另外一長串吉普車、大卡車和伸著長長的砲杆的砲車。還有市中心標誌顯著的幾棟大廈，很多從窗户裡冒出來的、站在房頂上的、爬在電線杆子上的人們，在大街上擠得水洩不通的人們。那些舉著横幅、手裡揮舞著彩旗、鑼鼓喧天的人們，他們個個都顯得異常的興奮和興高采烈。

他們是剛剛獲得了解放的一九四九年那個年代的人民。

無論是那時還是直到現在，秦田都明白，父親沒有時間去愛他、愛他的母親。甚至，也沒有時間去愛梅姨。

父親是開國的戰將，有太多的大事壓在他那種人的身上，讓他們那一種人，直到死而後已，永遠不可能去真正專注地愛一個人。愛，對於他那種人來説，從古代的中國，到今天的中國，都只是一種需要。或者説是滿足於一種外部社會輿論和社會關係對他的要求。愛，從根本上來説，是很難產生於他那種人的內心的。

以秦田在美國和英國的學習和生活經歷，以他的除了對文學藝術廣泛的涉獵之外，還閱讀過很多的社會科學及其他門類的書籍，特別是近一段時間以來，伍芳時常給他灌輸和講解的東西，他知道，西方世界的宗教，特別是基督教，之所以經歷過近兩千年到了今天都還能夠深入人心一脈相承地流傳下來，是因為基督教主張的根本要點在於一切都源於愛，愛人，愛人性。所以，建立在基督教精神之上的西方文化就特別地強調將中世紀時期同黨伐異的宗教狂熱回歸到人性上來。所以，尊重人，尊重人的人權，就是今天西方基督教的核心。

而整場中國的文化大革命結束後，所有那些當時狂熱信仰著的人們，都感受到了徹底的愚弄。特別是當年的紅衛兵一代，他們全都被拋棄了。他們被拋棄到了和文明遠離的農村的不毛之地。就是說，在文明世界的城市裡，已經抹去了他們的存在！按照今天後現代主義的說法，就是「你活著，但是，你不存在。」文明世界沒有你存在的記錄：

等於你死了！

中國的文化大革命造神運動形成的狂熱，最後是導致了人與人之間的踐踏、懷疑、仇恨。最根本的要害在於，人們從此失去了信仰。失去了精神世界的支柱。

以秦田的博學，他還算是比較客觀。他認為，如果說，一個偉大的人物就是一顆人類精神世界天空的太陽的話，那麼，在他的精神世界的天空，就有很多顆太陽，他們都有自己獨立的看世界的眼光。例如：

摩西認為：一切源於頭腦。

耶穌認為：一切源於愛。

馬克思認為：一切源於饑餓。

佛洛德認為：一切源於性。

薩特認為：一切源於存在。

毛澤東認為：一切源於造反。

甘地認為：一切源於不抵抗。

在秦田看來，上面的七顆「太陽」都發出自己獨特光譜的光芒。而按照秦田自己的專業鐳射光譜的原理，對於自然界的生長而言，一切單色光譜的光線都不是健康的光線。只有真正的陽光，就是波長從五〇〇〇nm ①到七六〇〇nm 之間光譜上的白光，才是健康的光線。而陽光就是赤、橙、黃、綠、青、藍、紫七種彩色光的合色光。再精確一點說，陽光的光譜就是七種顏色光的中心波長相加、然後除以七之後，得到的一個平均數。嚴格地說，用任何一種單色的光去長時間照射一種植物，或者是一種動物，都是可怕的，結果就是長出一種怪物。除非是由於生物實驗，或者是農作物的種子需要改造良種，或者是故意讓種子產生變異等等。一些單色光是具有很強大的破壞性的能量的，鐳射運用到軍事工業上的運用諸如核裂變和鐳射制盲武器之類的，就是如此。因此也可以說，某些單色光是一些「有毒的光」。那麼，把上面的七個偉大的人物用七色光譜的模型來進行比擬的話，可以理解為：本質上來說，他們都是些人，一些偉人或巨人，但是，他們畢竟是人。也可以說，他們都是些偏執狂的人、單色光的人、人性扭曲的人。就是說，他們越是偏執狂，越是單色，越是人性扭曲，他們的理論就越是出類拔萃地高人一等甚至是幾十幾百幾億等！相應，他們的缺陷也就罕見地比人低一等到幾十幾百幾億等。同理，他們的原罪就比人要深幾倍幾十幾百幾億倍。他們要麼是天使，要麼是撒旦。他們是能量和質量都極大的星球，他們甚至是比太陽的能量可能還要大無數倍的人類精神世界銀河系裡的不知道是什麼東西的東西！人類有些時候就會徹底改變和毀在他們的手上。例如歷史上的成吉思汗、拿破倫、希特勒等等。今天是核武器時代，要是人類的思想被操控在他們的手上，那就後果不堪設想了。

秦田相信伍芳給他講的基督教的「原罪」的概念。伍芳研究了一些中國的文化大革命的資料後就提出：文化大革命的罪過，是不是都應該歸罪於毛澤東一個人呢？她認為，她對這件事情很困惑，例如劉少奇和林彪那些當年給毛澤東抬轎子的吹鼓手們，他們的身上有沒有原罪呢？中國的盲目迷信的老百姓們是不是都有原罪呢？這個問題讓秦田也感到困惑。

只是，現在的秦田，他在接受一些所謂的偉大人物的思想光芒時，都注意到了要平均地批判性地接受。就是說，要健康地接受，而再也不敢單色地接受。特別是像中國文化大革命那樣，被動地被固定在一個地方不接受也得接受地接受一種單色光線的照射。

所以，按照秦田自己的理論，他認為自己已經是被長成了一個怪物。他常常對伍芳說，他是一個廢料。他覺得在自己像小麥揚花的那個花季的年華，不是正常地接受些陽光裡健康的紫外線，而是被強迫地接受了一些不健康的另外的單色光。所以，秦田說，他的《先鋒男孩》，就是在發出他內心的呼喊。

秦田知道，對於中國的官僚和政客，「修身、齊家、治國平天下」的觀念早已深入到了他們的靈魂、血液和骨髓裡。在那個信條裡，「修身」和「齊家」只不過是「治國平天下」的臺階和墊腳石。到了毛澤東那裡，就都是為了「槍桿子裡面出政權」了。他不理解，為什麼一部中國的歷史，就是一部你死我活的奪權的歷史。

一九四九年以前的一場又一場槍口對槍口的戰爭，一九四九年以後的一場又一場心口對心口的政治運動；使他們的那一種人的內心，已經生了鏽、長了繭、烏龜殼似的套上了一層厚厚的鎧甲，變得完全地麻木不仁了。他們永遠地像蒙著了眼在拉著石磨的驢一般，被一隻無形的手揮舞著的鞭子抽打著、一張無形的嘴大聲地吆喝著，在一條永遠也沒有盡頭的、永遠也說不清起點和終點的來來複複的所謂的充滿了陽光的康莊大道的封閉的曲線上耗磨著他們的生命。

他們似乎永遠都沒有機會知道，如果他們揭開了蒙在眼睛上面的布條，走出那間黑暗的磨房，再走出那片荒涼的不毛之地，原來，外面還有大片大片綠茵茵的茂盛的草原。

---

①nm為波長單位。1＝nm＝10^{-10}m。

第23章「這個木人是誰？」

秦田更相信孔德①的實證論。

因此，秦田常常無動於衷地嘲笑伍芳的信仰。當他看著她胸前金項鏈上掛著耶穌受難的十字架時，他的腦海裡時常湧現出的就是康明斯②那本《巨室》裡的愛嘲弄人的英雄，那個英雄時常將耶穌受難的十字架稱之為是：「一個小木人孤獨地吊在那兒」並且還問：「這個木人是誰？」極盡嘲弄和褻瀆基督教之能事。

秦田在倫敦的時候，他感到許多英國年青人就是這樣在反叛和褻瀆著他們自己老一輩的宗教信仰。然而，他畢竟還是為伍芳對信仰的虔誠態度所感動。時常捫心自問是不是自己太愚昧、頑固、太野蠻和無知了。

他時常要去看看她在一張紙條上面寫的一段話，那張紙條就壓在她的書桌的玻璃板下面，那上面寫著：

「信天主就是換靈，以一杯水的比喻，若不信靠主，如何得到平安和豐盛的生命？爲何有許多天主教徒反而還跌倒？爲何我們聽了道，信了，卻不背起十字架跟隨主的作爲？那都是心中沒有眞信靠，讓主做你的主宰。聽道就如同經上撒種的比喻；有落在路旁的；有落在土淺石頭地上的；有落在荆棘裡的，這些都不是眞信靠，結出不成熟的子粒來。唯有那落在好土裡的；就是聽了道，持守在誠實、善良的心裡，並且忍耐著結實，才是眞信靠。信仰不是靠神蹟異事讓你信服，也不是靠人，因爲人會改變。唯有眞信心建立在神的身上，拿掉心中的自我意識，由神來做我們的主，看重聖靈，重新被主塑造，更新心中的靈。所以當我面對生活的苦難及悲痛時，我永遠不問神『爲什麼』，因爲那是出於人本意識，只有全然的信靠，交托，生命才有盼望，生活中才有喜樂，言語才有智慧，這些都是來自神的，得此福音蒙受神恩，全然的信靠，才能得著豐盛的生命。」

他時常去想她的話，現在好像開始有點弄明白她為什麼每次都在他的關於她的夢中出現的他不理解的怪現像了。於是他開始有些歎服耶穌基督的偉大和感召的力量了。想到這裡，他心裡不免有些恍然大悟。他開始明白伍芳為什麼時常在自己的面前哭泣，嘴裡默默地說她自己是個罪人，是個罪孽深重的人。她向耶穌祈禱，祈望神赦免她的罪過，讓主耶穌的神力勝過一切撒旦的作為，他開始恍恍惚惚地明白原來撒旦就是他自己，然而他不明白的是，為甚麼每次她哭泣之後她仍是要來找他，他們那樣做了之後，她又要去流淚，去懺悔，去求主赦免。

她吻他、咬他時，就説他是撒旦。

他又想，如果撒旦在他身上附體，是不是撒旦的力量有些時候是大過了神。

而且，撒旦附體的時候，他是那麼快樂，他感到她因了他也快樂，而且是瘋狂的快樂。是不是快樂的事情就是撒旦的事情，而神的事情就是嚴肅和痛苦的事情？

進一步，如果説一個人的一生都是為了神的痛苦和嚴肅的事情，還要神來幹什麼？

秦田在伍芳面前總愛去嘲諷耶穌和她的信仰自有他自己的道理。歸結到底，秦田還是在按照他自己的「巨人思想的光譜學原理」在理解世界，理解耶穌，理解毛澤東等人。因為，文革的教訓使他認為，一切宗教的狂熱都是對人性的扭曲，中國的文化大革命運動中所謂砸掉一切封資修的東西的運動，那些跑到寺廟裡去砸毀佛像、在城市裡毀掉那些珍貴的文物古籍的事情，其實，同樣的事情，在基督教的中世紀時期也發生過。例如：中世紀前期西元七世紀的兩個異端派一志論派和保羅派，西元八世紀發生在拜占庭的社會、政治、宗教運動導致的「聖像破壞運動」，西元九世紀東西方基督教會發生的佛提烏（Photius, ?-891）分裂，以及同一時期發生在葉加洛林王朝的偽造天主教會法彙編的「偽教令集」（False Decretals）事件，還有從西元三世紀到十五世紀中葉反復出現的兩個、甚至是三個「敵對教皇」並存的現像，等等……

在秦田眼裡，西方的基督教的歷史和中國文革時期發生的歷史事件幾乎就相雷同……所以，那麼，毛澤東和耶穌有什麼本質上的區別呢？都是發單色光的偏執狂的巨人而已，只不過，他們發出的不是相同顏色的光而已罷了！

秦田想起剛到倫敦大學國王學院物理系時，他去聽一堂「鐳射在生物醫學上的應用」的課的情形，他想起來那個叫馬斯的教授，他看見穿一件白底腥紅色橫條紋海魂衫的馬斯在講台上，他看見他在那裡比劃著手腳晃來晃去，他看見瘦長得像根涼衣杆似的馬斯在黑板上用粉筆畫了一隻奇怪的黑猩猩。他看見馬斯骨節粗大的手指捏起一根根白色的粉筆把黑猩猩的頭畫得小得像個橘子，那只黑板上的巨大身軀的黑猩猩就變成了一個頭小身子大的漫畫似的怪物。馬斯又在黑板上畫了一條長了三個腦袋的肥豬，肥豬旁邊還畫了一棵蘋果樹，樹上的蘋果都長得像大西瓜。然後，馬斯說，無論是理論上還是實驗上，有一天，利用鐳射的單色光原理，我們都可以讓這個世界發生像黑板上那些現像。也就是說，讓大腦發達的黑猩猩的腦袋蛻化到任何我們人類可以控制的狀態，讓懶惰的不動腦筋的蠢豬可以像我在黑板上畫的那樣長出三個聰明的腦袋，我們還可以讓樹上的蘋果長得像西瓜那麼大。馬斯還說道：所以，當年的希特勒在他的日爾曼帝國夢想搞他的雅利安人的優生學是有他的科學依據的。但是，值得慶倖的是，上帝將他毀滅了！

秦田記得，當他一眼看見馬斯教授在黑板上畫的那只黑猩猩的樣子時，他就直接聯想到了他自己。他感到，他就是那只腦袋小得像橘子的黑猩猩……甚至，後來，很多次，當秦田經過那棟教學樓的時候，他都會想起樓上八樓東側向西數過去的第四間教室裡的那個靠東的黑板、黑板上的那只頭小身子大的漫畫似的黑猩猩……

現在看來，黑猩猩似乎是變成撒旦了……

由撒旦，秦田禁不住想起了一九九一年夏天他在倫敦時那個英國藉的印度人魯西迪的那本弄得全世界輿論譁然的《魔鬼詩篇》。

他記得那個印度人好像曾經在八十年代初出版過一本名叫《午夜之子》的小說，並因那本小說而獲得了英國文壇最高獎的「布克獎」。但是他的《魔鬼詩篇》在一九八八年出版了之後，卻引起了世界出版史上的軒然大波：全世界穆斯林到處集會抗議，伊朗電台播出了宗教領袖何梅尼的號召：

「我懇求全體穆斯林無論在什麼地方發現他就立刻執行死刑……無論誰因此而犧牲，都會被視為烈士並會直升天空。」並懸賞魯西迪的人頭價格為二百六十萬美元。

一九九一年冬天，又有一個倫敦城裡的印度穆斯林富豪將何梅尼的懸賞價格追加到了遠遠地超過那個數目的六百萬英鎊，再度在全世界掀起波瀾。

那件事情讓他想起了文化大革命期間有幾個星期，他躲在他所生活的那座大城市三百公里處的一座小城裡——梅姨的一個遠親的家裡，對於他那樣的一個十來歲的小男孩，懵懵然然地疑惑著的一些事來：

一件事情是，小城裡一座鐵路橋的兩個巨大的橋墩上的兩行大字：

「毛主席指山山長樹，毛主席指河河水清。」

兩行字用巨大的隸體漢字自上而下自左至右分別鐫刻在兩個石頭的橋墩上。兩個橋墩之間呢，正好是一條下了火車進城的人唯一必經之路，那年頭呢，人都窮，誰都絕不會去花幾分錢坐幾站公共汽車進城。因此上，一年四季，每月每天，每個進城的人，都看著、念著、記著橋墩上的那兩句話。據傳說，有那兒的一座大廟山出土的家譜為證，發明那兩句話的人，是前清雍正還是康熙年間一個姓左的、用左腦思維、左手寫字、左傳世家的探花的嫡傳重孫子。在當時的地方上面，也是一個字字千斤的讓人敬仰的神人。那兩句話發明出來了之後，地方上各級文化宣傳口的頭頭腦腦的官兒們，也被跟著提拔了幾級，神人呢，自然而然地免不了披紅掛綠的到處去宣講左傳世家的左字經了。

還有一件事情就是他到北京去親眼見到了毛主席的事情。他記得，當時自己已經是參加了紅衛兵，那個紅衛兵組織名字就叫著「巴京市毛澤東思想紅衛兵」。在去北京見毛主席之前的前好幾個星期的一天晚上，他們市中心好幾所中學的紅衛兵組織都被召集到一個中學的操場上集合，而且，還來了一些市警察局的便衣員警，結果聽召集開會的人一講，才知道當天夜裡是要全市統一去抄家，而且抄家的對像就是市裡的各個地區地段街道上的一些國民黨的殘渣餘孽和牛鬼蛇神黑五類份子。然後在大會結束後通知大家都不能夠回家，因為怕有人不慎走漏風聲讓抄家對像逃跑和轉移東西。當晚，他們就分兵幾路撲向了那些抄家對像的家裡。當然，去了之後，少不了就是像電影裡那樣拳打腳踢摔盆搭碗挖地三尺了……那樣地晝夜不停地連續搞了幾天之後，才是坐火車三天三夜的吃著餅乾去了北京。

秦田記得，他們是在報紙上刊登的「毛主席第八次接見紅衛兵」的儀式上見到的毛主席。到了北京的頭天晚上，他們是在北京郊區的一個工廠的一間大廳裡睡地鋪過的夜。第二天一大早，也就是一九六六年十一月二十六日的一大早，他們就去到一條馬路邊排好隊等待毛主席的車隊。後來，大概是在上午十點鐘左右，在夾道歡迎的人山人海的歡呼聲中，他才看見了他們日夜思念的毛主席來了。穿著綠軍裝的毛主席在一輛敞篷吉普車上向夾道歡迎的紅衛兵小將們頻頻揮手，在秦田的印象中，他看見的毛主席長得高大、敦實而又偉岸，後面一輛敞篷吉普車上是江青，江青頭戴軍帽，穿一身黑色的斗篷，樣子也甚是好看和威風凜凜，並不像後來報刊雜誌上醜化她的那副樣子，在秦田的印象中，不說她的樣子很美，但是，至少是很有風度的一個女人。後面才是什麼林彪、周恩來等等七八輛車上的各式人物。有一個印象就是，劉少奇是在最後的一輛車上。而且，劉少奇和所有其他的中央領導人物不一樣，他沒有穿草綠色的軍服，他穿的是一身灰色的中山裝。在秦田的印象裡，他當時見到的所有的中央領導人物和那段時間在報刊雜誌以及新聞記錄片上見到的他們的樣子幾乎是一模一樣，但是，他那一次見到的確是真人，也就是說，雖然整個過程就是吉普車以比較緩慢的速度行駛而過，但是，那卻是一個真實的場面。

那一段經歷使得秦田感到自己和後來很多每當談到文革時，沒有親眼見到過毛主席和當時中央所有領導人的人相比較起來，在感覺上就完全有很大的不同。所以說，後來，當毛主席的形像開始在他的心目中開始崩潰的時候，他在內心的感覺是和很多人不相同的。就是說，在秦田的心目中，毛主席是個很具像的、有鼻子有眼睛的人。

還在文革結束時期，也就是林彪九・一三事件爆發之後的一段時間裡，秦田就親耳聽過學校裡同學的父親談到毛主席時，不是說毛主席，而是說：「他娃毛澤東！」當然，他知道，他的同學的父親說那句話的時候不是在罵毛主席，而是表示他和毛主席的親近，因為，他的同學的父親就是在紅軍二萬五千里長征的時候和毛主席走在一塊兒的湖南的老紅軍，而且，在本地人說話的時候，親兄弟和好朋友之間往往才是『他娃……』、『你娃……』那樣地說話，但是，在那個遊覽勝地的別墅山莊老紅軍院裡聽到那個同學的父親那樣地稱呼毛主席，在秦田來說還是第一次。但是，就那一次以後，他也更加深了毛主席是個人而不是個虛無縹緲的神的印象。

當然，談到鄧小平和四川到中央的一些領導幹部例如像朱德、楊尚昆、劉伯承、張愛萍、陳毅等等，在秦田來說就更是比較瞭解了，在同班同學和鄰居裡面，例如像最要好的同學胡曉棣的父親胡倫，除了是鄧小平的同鄉及堂姐夫外，還與鄧小平一同赴法國勤工儉學，在法國時和李富春同一個黨支部，回國後先後和李大釗、陳獨秀共事，四進國民黨和日寇死牢，最後任東北抗日聯軍第四軍參謀長③。其他的紅軍和延安時期的老幹部和烈士家屬就更多了。這些關係和這樣的環境使秦田在長大成人了之後，就更加注意觀察和直接間接地感受到了作為領袖人物的人的一面……

另外一件事就是，他躲在那個小城裡梅姨的一個遠親的家裡時，時常到那家人的鄰居、一家楊姓的女兒國的家裡去翻書，除了每天看許多書外，天天還和三個如花似玉的和他年歲差不了多少的女孩兒在一塊兒玩，在他的後來的回憶裡，那是一件十分愜意的事情。當時秦田印象很深的一本書，是一個名叫約翰·根舍的美國記者寫的名叫《非洲內幕》的書，其中講述了在非洲的一個城市裡發生的一個真實的故事：

一次，某城裡一個巨大的菜園子裡一大片成熟了的蘿蔔，天亮時被人發現全部不翼而飛了！於是乎，全城的人士在報刊電台上展開了討論，一致通過譴責這種強盜行為。然而卻遲遲抓不到元兇。後來有偵探終於發現了菜園子裡的大象的腳印，於是，罪名落到了菜園子的河對面的樹林裡時常出沒的大象的頭上。然而，又有人在報上提出反駁，說是那河太寬，水也太洶湧澎湃，吃飽了蘿蔔的大象根本不可能在河裡游泳，而且，那麼大的一片地的蘿蔔，大像也不可能用任何方法運過河去。於是乎，驚動了全城的盜竊案又成為了一樁懸案！最後，在輿論的壓力之下，國家警察部派出的專案組提審了夜間的守園人，在使用了上至歐美進口的測謊器，下至非洲原始部落裡古老的催眠術之後，守園人終於供出了真相：

「夜裡，一群大象從河對面遊過來進入了菜園子，在菜園子裡橫衝直撞地個個吃得肚子大大地睡在地上，它們在菜地裡滾來滾去，用鼻子將吃剩下的蘿蔔葉捲了起來，一把又一把地塞在了自己的肛門裡。然後，快到天亮時分，一隻大象頭朝河對面爬著，突然響起了一連串的爆炸聲，大象的屁股後面都噴射出了那些蘿蔔葉子，一隻隻大象全都騰空而起，劈劈啪啪地撲扇著耳朵，集體地飛越過河面。」④

還在那個時後，他就已經不單是對故事本身發生著興趣，而是極其地吃驚和迷惑於上面的守園人的供詞。

關鍵而又關鍵的是，供詞是約翰・根舍真實地引自於當時非洲的那個國家的首都的日報上。

①孔德（Auguste Comte, 1798-1857），法國數學家、哲學家、實證論及社會學的奠基人。

②康明斯（E.E. Cummings, 1894-1962），美國「迷惘的一代」詩人，《巨室》是他一九九二年發表的一部反戰小說。

③參見二〇〇三年七月一日《重慶晚報》記者劉濤文「重慶筆記說出中國最早共產黨員」（http：//www.cqwb.com.cn/web-news/htm/2003/7/1/19806.htm）。

④參見約翰・根舍（John Genscher）著《非洲內幕》。

第24章「早晨八九點鐘的太陽」

秦田親身經歷的文化大革命，使他完全變成了一個無神論者。

除了文革期間造反派們到他的家裡去抄家以及由抄家所引發的那些痛苦和悲慘的事情之外，還有後來他自己也當了紅衛兵之後所親自參與和發生的一些事情。

文革初期，他和幾個同學響應著他們心目中的紅太陽毛主席的號召，打起背包從一座城市步行串聯到另外的一座城市去鬧革命，去散播革命的種子。那時候，他們都還是一些初中三年級的小娃娃，一個個頭上戴著草綠色的軍帽，腰上繫著軍用皮帶，胳膊上戴著鮮紅的紅衛兵袖章，一路之上，穿州過府，無論早已是嚇得魂飛魄散、誠惶誠恐的縣、區、公社、大隊、小隊的這長那書記們兒怎麼樣地對他們哄、呵、獻媚和奉承，他們還是把那些明顯看上去是他們心痛的奉若神明的供奉在家中的神龕裡、或是村頭的石廟中的這觀世音那菩薩的全都砸了個稀巴爛。村子裡頭的「造反派」（多半都是一些好逸惡勞的二流子、痞子、懶漢）來帶領著他們去把當年的地主老財祖墳上的石碑砸毀。

常常就會出現一些讓人尷尬的場面：

墳地裡並排著幾座大大的墳墓，一些是過去的地主老財的，另一些是今天的走資派的什麼生產隊長大隊長們的列祖列宗的。按毛主席的教導，紅衛兵就得通通地砸掉。

往往在那種時候，就只見這邊墳頭上、地邊上舊社會的地主老財的家屬在哭，而那邊廂卻是新社會的生產隊長的老婆舅子老表也在嚎，咿咿嗚嗚唏唏呼呼悲天搶地地哭得斷腸一地、昏厥了好幾個、眼淚流了好幾面；而那些村子裡的二流子、痞子、懶漢的「造反派」在一旁嘩啦嘩啦嘩啦啦嘎吱嘎吱嘎嘎吱吱笑得個碾穀場上驢打滾兒似的，前仰後翻翻了一翻兩翻又幾番，笑到一大片笑得嘴都合不攏來，捂了肚子疼眼淚流爛了好幾張臉。

還有就是毛主席號召的，讓他真正痛入骨髓地感到自己被文明社會所拋棄了的知識青年上山下鄉運動。以及文革最後所曝光了的一系列問題。件件樁樁使得毛澤東在秦田的心目中徹底從神壇上走了下來。

——神是什麼?!

——神就是騙！

——神越大，騙越大。

這，就是秦田的中國經歷得出的對於神的看法。

說是「看法」，那只是便於讓人去理解的符號而已。在秦田的心中，都實實在在地是一樁樁血和淚，生離或者說是死別的真名實姓的故事構築起來的經歷啊！

轟轟烈烈浩浩蕩蕩紅遍全中國、波及全世間的文化大革命，最後在他的心目中，只是等同於他後來讀過的一本書裡的故事，就是十四世紀的義大利人薄伽丘在《十日談》裡描寫的歐洲中世紀的那些偽善的鬧劇，而肆虐於佛羅倫斯的黑死病，就相似於紅遍中國的文化大革命。

紅衣大主教的形像，也就自然而然地連到了毛主席的頭上了。

後來在一些文章裡，秦田看見了一些關於對中國紅衛兵和老三界的批判，一些觀點就把中國的紅衛兵和老三界一代人不問青紅皂白地統統一律地拿來和第二次世界大戰時期德國希特勒時代的青年類比，對於此，秦田在倫敦的《長城》文學雜誌上發表的一首名叫「早晨八九點鐘的太陽」的詩歌表達了他自己的觀點，下面，就是他發表的詩歌：

(24)「早晨八九點鐘的太陽」

早晨八九點鐘的太陽

太陽
早晨八九點鐘的太陽
「你們是早晨八九點鐘的太陽！」

可是

在春天就來了嚴冬
剛生下來就鎖在紅匣子裡
見天光就長出他爹的一對對紅眼睛一大把紅鬍子
他們
就是「早晨八九點鐘的太陽」？

在白晝
他們背負著雙重的黑夜
在冬天
他們拖欠著失去了的春天夏天和秋天
他們
失去了春天的綠葉夏天的鮮花秋天的果實
他們
是先天不足營養不良的一代
他們
是殘廢的一代
垮塌了房屋不去追究設計師卻去聲討殘了的住户

在死者的遍地墳場上充正義當大英雄
在權勢面前尾巴搖出風光亮出黃口小兒明明堂！

希特勒時代的青年希特勒上台前還呼吸著歐羅巴自由的空氣
天上到處是主義的太陽月亮星星光燦爛
他們跟隨希特勒是知之者而爲之
革命革命只有革命是他們的乳汁他們的血液他們的水
他們的食鹽他們的五穀雜糧
他們的紅薯皮樹根根野菜小球藻白膳泥是要他們消失的
知識青年廣闊天地
革命是他們的天他們的地他們的空氣
革命就是他們媽的子宮娘的胎盤
他們成長在裡面釘死了的紅匣子
他們的一切都是無知者而爲之
他們那時只曉得紅光只曉得天頂在左上方
只曉得那兒只掛著一顆紅太陽

很遠很遠的道路上

他們是一塊塊鋪墊凹凸泥濘的碎石塊
很險很險的人心裡
他們是老一輩的替罪羔羊新一代城市獵人胸前閃閃發光的勳章
和褲腰上的死耗子
很黑暗很黑暗的噩夢裡
他們眞是
「早晨八九點鐘的太陽！」

第25章　老樹都哭了

巴京市，市委機關牌坊式大門前，一九八八年秋天的一天下午。涼風中落葉飄飄，四根莊嚴肅穆深灰色的大理石方柱隔開的主通道和左右兩邊的側通道上，一輛輛進進出出的閃光的各式各樣的轎車……灰色的大理石柱上方是一溜溜深綠色閃光的筒板琉璃瓦和朱紅色的飛簷，飛簷下方的橫匾正中是一個巨大的、金光閃爍的中華人民共和國國徽。左邊門內三米的地方，綠色的鐵皮崗亭裡，一個神色嚴峻穿著綠色軍服的士兵，他的胸前掛著一支五六式帶彎把彈夾的衝鋒槍，右邊門內五米的地方是傳達室鐵灰色的平房，一個穿灰色中山裝的中年女人坐在裡面的一把椅子上，她正在和一個站在窗口前穿黑色中山裝的男人揮著手說著什麽，穿黑色中山裝的男人手裡拿著一件公文。

大門前的丁字路口正中，一個兩米見方正方形的交通指揮台，交通指揮台上面插著一把紅白條紋的大遮陽傘，指揮台四周也漆著紅白條紋。一個穿綠色尼料警服的交通警察正手裡揮動著一面紅色的小旗幟在指揮著川流不息的車輛……

交通指揮台旁邊，一個全身上下身著草綠色蘇式尼料軍官服的老人在那兒踽踽晃盪，他的實際年齡只有五十多歲，看上去卻像六、七十歲那樣老態畢現。他一會兒彳亍徘徊，一會兒又踟躕躊躇地踉蹌一陣，又一會兒乾脆用一隻腳跳著蹉跎跌倒在地，再爬起來趑趄在那兒呆呆地像一尊泥雕塑似地佇立一陣……

上點年紀的人，一眼就能夠看出，老人身上的軍官服是出自六十年代初期，中國人民解放軍著名的羅瑞卿元帥大比武時期的蘇聯西服式尼料授銜軍官服。他身上的軍服已是污垢斑斑，軍服的前胸後背披掛著大大小小的幾十枚金光閃爍的毛主席像章。他蓬頭垢面，眼光一會兒深邃、一會兒嚴肅、一會兒虔誠、再一會兒是發出凜然不可侵犯之光、再過一會兒又變成萎萎縮縮躲躲閃閃過街老鼠似的目光。

他在秦田從小生活的那個市委機關有解放軍站崗的大門口逛來逛去，手舞足蹈地狂呼亂叫著一些錯亂的話語……

那樣的情況已經有一兩個月了。每天下午，他都要來鬧上一陣，機關大門站崗的年輕士兵和丁字路口指揮交通的年輕員警並不認識他，一開始總把他粗暴地拖在一邊，後來才聽門口年齡大點的值班人員說他原來就是機關裡檔案局的局長，人們才對他好一些，但他時常在那兒鬧著阻礙著交通，人們才開始動腦筋想把他弄到哪裡去徹底地關起來，神經病醫院？養老院？他的家裡？人們七嘴八舌地說著，但是，看來一時半會兒是沒有人去真正處理的……

同樣是在巴京市，幾乎同樣就在那段時間裡，在離市委機關牌坊式大門不到兩個路段，步行十分鐘就可以到達的的兩路口寬螢幕電影院門口，黃昏時分閃爍的霓虹燈下，一個三十出頭、看上去卻像五十多歲的女人在人群裡遊魂般地躥來躥去。從遠處看上去，她的身子讓人看上去有些不太協調地晃悠著，她揮舞著的一隻手裡捏著一把白色的電影票，她的嘴裡還在向人們喋喋不休地述說著什麼……

幾大串電影散場後，從幾道洞開的門裡湧出的人流，漸漸地滿佈在電影院門口前面的一片空地上，四周立刻是人們的陣陣此起彼伏的喧鬧聲……

稍微走得近些時，可以看見，那個在人群裡遊魂般地躥來躥去的女人的樣子相當地引人注目，她瘦削的、尖尖下巴的臉上，一隻深陷的、遠看著像骷髏的眼眶的深處，是一隻一望即知安著假眼的眼眶。而從她的另外的一隻好眼裡，卻向人們發出一些哀求的目光來。她像永遠也直不起來了腰似地，佝僂著單薄的脊背，她艱難地穿梭在一些電影院門口購票的熙熙攘攘的人群中。他的一隻手上的拇指和食指倒捏著一支香煙，時不時地湊到嘴邊貪婪地吸上一口，另外的三根指頭：中指、無名指、小指，卻在指縫中夾著一些電影票。她的另外的一隻手臂，卻是一隻掛在了肩頭上，在空中隨著晚風飄來飄去的空衣袖……

老人名叫鄒知遠，女人名叫鄒雪妮，他們是親生父女，連同另一個早已上吊自殺了的女人，還有一個不滿一歲就失蹤了小女兒，他們原本是一家人……

許多的人，或許是把文化大革命給忘記了。也有一些人，恐怕還記得。秦田是屬於想忘也沒有辦法忘得了的一類人。

上了大學以後，他就遠離他所居住的那座城市。大學畢業之後，他也要求分到更遠的地方。到了英國，他的心似乎……才得到了安寧……

然而，有幾個活著的化石，卻永遠地牽動著他的心。

那怕他走到天涯海角……

七十年代末，文革的巨廈已經崩塌。然而，卻從那些廢墟裡走出來一些殘廢了的人。準確地說，是一些精神上殘廢了的人。也許，他們比起那些在文革中被害死的人，或者說在文革中身體致殘的人，還要悲慘得多。

文革剛開始不久，鄒知遠所在的檔案局宿舍院子就被造反派佔用。市委的造反派出面，強行將鄒知遠一家人搬到了秦清家「三號樓」的獨院子，就安在了那棟別墅的底樓靠魚池邊的大會議室裡。鄒知遠當時才從部隊轉業到地方一年多一點，轉業到了地方，就在市委的檔案局當局長。

轉業之前，鄒知遠是當地駐軍軍部一個主要負責軍隊宣傳口的師級軍部參謀長，而秦清當時正好是負責宣傳口的市委副書記，因此，在他轉業之前，兩人就有工作上的往來。而更巧的是，鄒知遠所在的駐軍軍長藍斌，曾經是秦清在抗日戰爭時期，在淮海戰役、渡江戰役時的搭檔。朝鮮戰爭的時候，由於身體的原因，上級照顧秦清下到了地方。由於這樣的一層關係，鄒知遠轉業到檔案局，實際上也是秦清按藍斌的意思，和鄒知遠本人商量好了之後調去的。

本來，文革一開始，就有人貼大字報說高級幹部多吃多佔多住。住在了獨家大院的七八家市級領導都有些提心吊膽的。鄒知遠搬進了「三號樓」，就歪打正著地合了秦清的意。

至此，兩家人和睦相處了差不多半年。

秦清和鄒知遠喜歡下像棋，兩個當年的軍人就常常在院子裡的葡萄架下的石桌子上，或者是在臨江的望江亭裡吆喝著大戰開來！什麼楚河漢界、項羽劉邦、流氓無賴、下流胚子、鴻溝之約、活埋八萬帥士象卒車馬砲兵，什麼這戰役那戰場、先頭部隊後續部隊、迫擊砲榴彈砲喀丘莎加儂砲、彈道彈著點、殺傷力、爆炸半徑、白崇禧、顧祝同、湯恩伯、黃維、林彪、粟裕、朱德、劉伯承、李琦威、麥克阿瑟、金日成、羅瑞卿、彭德懷、金剛山、仁川、板門店、三八線、俘虜屍體處理問題……

夏日的一天下午，林伊和沈麗娟各自帶著自己的孩子一塊兒在葡萄架下面坐在瓷凳上聊天。戴著金邊眼鏡看著《參考消息》還吸著煙的林伊就用手指頭去逗弄著沈麗娟懷裡的小女兒，她哈了一口煙在剛剛可以睜開眼的嬰孩粉紅粉紅的臉蛋上，她說，啊呀啊呀多麼乖乖的寶寶、多麼乖乖的寶寶，長大了一定像你的媽媽那麼漂亮，一定像你的姐姐那麼漂亮，鄒知遠你是活在了美人窩了。我們老秦總是說我長得難看，這不是，你看你看我將來不是有了一個漂亮的媳婦了。田田、田田快來抱你的媳婦。梅姨，你快來看啊，田田有了媳婦了，就看沈麗娟的樣子，我就給我們的田田選了這個媳婦。梅姨，你說是不是，你也是個漂亮的女人……

一群人正在喜眉笑眼地鬧著。突然，天邊就飄過來幾片帶著銀邊的烏雲，三伏夏天湛藍的天空，頓時響起了一陣又一陣的炸雷和閃電，瞬間狂風大作。黃豆大的雨點夾帶著鴿子蛋般大的冰雹從天而降，劈里啪啦地砸了下來。他們躲進了屋子裡。一會兒，眩目的銀白色的弧光把屋裡屋外亮地照了好一陣，人和物體被亮光投射在了溶化了的鋼水般閃光的牆上，奇形怪狀的人影在迅速地顫動、畸變，那些人影一瞬間出現，一瞬間溶化掉，又一剎那間在穿衣鏡的鏡面上、像曝光不足的底片上的幾重影像般，隨著一連串的閃電的弧光閃爍著變化著位置，消失在視網膜虛幻殘留的光點上。後來，又聽見就在耳邊連連地響著了一串串的爆炸聲，外面接著又是一陣嘩嘩啦啦伴著雷鳴閃電有什麼巨大的東西倒了下來似的聲音……

雨停了出去看時，才見魚池邊的那棵老黃桷樹的一支巨大的丫枝被炸斷了。那棵少說也有幾百年的老黃桷樹在魚池西邊，它夾在西牆中間，它粗壯得三人都合抱不攏。倒下來的那一段巨大的枝幹連同那些茂密的樹葉，蓋住了大半個魚池。還把魚池中間假山上的幾節高高聳立的石鐘乳砸毀到魚池裡去了。樹幹的斷裂處，流出了一些乳白色汁液。那些汁液在那黑褐色的巨大的樹樁上，白白的一大片……

白色的汁液流了四五天，那一片白色還越流越寬，越流越大，白得螫眼，白得讓人怵心……

秦田記得很清楚。那時，父親癡著眼睛把老樹上還在流淌著的一大灘白汁死盯了好半天，他的臉僵在了那兒，然後，牙咬得腮肉直顫地喃喃念叨道：

「唉——老樹都哭了，小蛇出大蟒，要出大事！」

秦田之所以記得很清楚，是因為，他從來沒有看見父親膽怯過什麼。但是那一次，他看見父親的眼裡好像是在害怕著什麼樣的東西了。

他記得母親努努嘴，訕笑道：

「咦——老秦，你今天是怎麼啦？老黨員，怎麼還信迷信？打了那麼多年的仗，槍下的死鬼七仰八叉一堆又一堆的都可以堆成了山，端了幾十年的銅架子鐵肩膀，那些殺人放火的事兒你都不怕，怎麼……」

父親蹭地站起來，漠然頷首默了好半天，兀自喑啞歎到：

「唉——還說什麼殺人放火的事情，女人啦——女人，頭髮長，見識短哦！頭髮長，見識短哦……興許就是俺殺人殺得太多了的因緣報應吧！你不看俺常常要到些寺廟去點幾柱香，年年春節都要到小什子的羅漢寺去逛逛嗎？你都知道，俺哪裡是想去玩耍呢？俺是心裡感覺到當年那些死鬼在作祟啊，有些人是不該死的，但是，那是打仗啊！就是毛主席說的，是你死我活的鬥爭的事情啊！俺的一家人，俺的兄弟姊妹，俺的三親六戚，不也給那些傢伙整死的差不多了嗎？俺要不是命大，俺也不知道是死了多少回了，你都知道俺的大哥是怎麼死的……唉……戰爭……政治……真他娘的就像魔鬼，那些事情，不殺人不行啦，但是，但是俺也不是天生的一個屠夫啊……唉……你知道打雷那天晚上俺看見了什麼，那天晚上我在書房裡看文件看得太晚，就仰躺在書房的沙發上打了個盹兒，那個時候，你說俺看見什麼了，他娘的，天上開始扯火閃的時候，俺看見那把指揮刀的刀尖，就是那把國民黨第十九軍軍長史澤波的指揮刀的刀尖，刀尖上面立著顆血淋淋的蔡平原的腦袋，他的眼睛鼻孔和嘴巴裡都在淌血哩，還在對著俺咯咯咯地發笑哩，後來，後來每次一扯火閃，那把刀尖上就冒出來了一串串的人頭，白得發亮閃電光，一顆顆的人頭都他娘的齜牙咧嘴地在刀鋒上亂跳亂蹦！還吱吱呀呀怪叫！他娘的……五〇年珊瑚霸河灘邊上成批槍斃人的時候，也有那麼一兩回，大白天就看見那把指揮刀掛在牆上亂跳，還聽見刀鋒上有鬼叫，晚上他娘的睡著了報紙的照片上公佈的那些一排排穿長衫馬褂旗袍的男男女女，都披頭散髮地從窗户外頭飛進來了，還一個個跪在我面前又哭又鬧……」

「唉……老秦啊！沒有什麼了不起！那是你的心理作用，人死了哪裡會變什麼鬼呢？要是變鬼，他們殺了你們家裡那麼十好幾口子人，那些人不是都會變鬼來保護你嗎？你是為他們報仇才去殺人的呀！你說的那個蔡平原是什麼人啦？有一天晚上你在夢裡還叫他的名字哩？」

「唉……其實殺他很簡單，就是一槍就斃了，因為抓住了他後，他當場大罵俺們是什麼共匪，當時，在表面上看來，好像是俺氣極了就當場上去拔出手槍來親自要了他的命，還把小子的屍體懸在大樹上吊了好多天，烏鴉把他的屍體都啄得個稀爛……」

「哦……我想起來了……哦……」

「就是那個閻錫山史澤波的第十九軍的四十五師師長。唉……那是上黨戰役的事情了。當時的背景你可能還是記得一些。但是對於我來說，雖然幾十年過去了，當時發生的一切現在想起來就像是在眼前，因為，因為那次我是雖勝尤敗，我們死的人太多了，而且，又都死掉的是些我最貼近的兄弟，就是說，死掉的兩個連都是我最早帶出來的人，鄉里鄉親的，為什麼好多年我不願意回家鄉，我不敢啦，不是怕老鄉們，我心裡難過啊……所以，所以那次我完全失控了，我當時完全無法控制自己的情緒，所以，當抓住了蔡平原的時候，本來我就在火頭上，他小子竟然還開口就大罵不已，他不知道，和他同時捆來的他的好幾個下級軍官，還在路上就給我的幾個兄弟給收拾了，只是怕殺了他到我的上司那裡要出大亂子，因為在他的身上可能涉及到好些軍事秘密，才把他留了個活口，可是他完全不知道，還以為我們真的是到處都優待俘虜，優待俘虜那是紀律，但是，違反紀律的事情卻是隨時隨地都在發生，輪到他落到了俺的手上，俺那次也就違反紀律了，俺也是個人，人都有那樣的時候，所以，他就倒楣了！實際上俺當時不那樣做也確實行不通，俺不得不要他死，因為他殺了俺手下太多的人，他不死的話，俺的兄弟們也非要他死不可，殺兄之仇、殺弟之仇、殺三親六戚殺老鄉之仇啊！許多死掉的人就是部隊裡還活著的人的親人啦！不殺他會大傷俺的部隊士氣，另外的一方面，殺了他的目的也還是為了要嚇住其他的閻錫山進攻部隊……

「唉……當時的事情可是現在就像是在眼前啦……我現在就像是在當時的指揮所裡的地圖面前……一九四五年八月十一日日本天皇向日本國民宣布投降後，閻錫山就派了楚溪村率騎兵到太原，彭毓斌率第二十三軍、第八十三軍跟進，趙承綬赴太原與蘇體仁、梁蜒武同日酋澄田聯繫。派史澤波搶佔上黨，王靖國赴臨汾。高倬之與日軍聯絡進入運城。梁培璜帶六十一軍直駐臨汾。同時，八月底，閻錫山在日軍保護下進入太原。閻錫山到太原時，史澤波的第十九軍，加上第六十九師周建祉，挺進二縱隊白映蟾、挺進六縱隊徐其昌及五專署保安團隊差不多近兩萬人，已接收了上黨地區大部分地方。主要就是什麼潞城、壺關、襄垣、長治、屯留、長子。當然，他們是在日本人的協助下進入的。他們的主要兵力部署是張德宏、武漢臣分率保安第五、九兩團駐長治北區。周建祉第六十九師駐長治城東區；郭天辛第六十八師駐西區；楊文彩暫第三十七師駐南區；騎四師師長韓步洲侵佔大同。閻錫山上黨作戰方案裡還讓許鴻林第二十三軍、孫福麟第八十三軍共四個師組成，向祁太地區集結進行佯攻。但是，九月份，史澤波的襄垣、屯留、潞城、長子、壺關，一個接一個被我們野戰軍攻克。我們主要是在磨盤瑙、老爺山反復衝殺時傷亡慘重。到了十月八日，史澤波左路周建祉六十九師，右路郭天辛六十八師，中路楊文彩暫第三十七師向臨汾逃竄，然後他們全部潰敗。閻錫山的上黨總指揮彭毓斌陣亡，將級軍官裡面被俘虜的有第十九軍軍長史澤波，四十九師師長張宏，砲兵司令胡三余，副司令李春元，三十七師師長楊文彩、第六十六師長李佩膺，第六十八師師長郭天辛，四十六師師長郭溶差不多二十多個……①

「狗日的還算是娘的一個漢子，捆到指揮部來小子怎麼也不下跪，幾個兄弟用槍托把小子的腿都砸斷了，他就乾脆裝死睡在地上，還他娘的哈哈哈地大笑，你不知道，攻那個雞巴老爺山的山頭俺們死刁球了多少人，整整兩個連，他娘的一個都沒有活著回來，都被小子包了餡兒了，他的部下也很亡命，不亡命也不行啦，屁股有『建委』②的機關槍督陣，往後退縮就用重機關槍掃射③，他那個傢伙就是『建委』的一個頭子，什麼是建委呢，就是閻錫山統治的特務組織『三三鐵血團』對外的公開名字，俺牆上的那把指揮刀是他們軍長送給他的，意思就是，他要是守不住陣地就用那把指揮刀自殺，你没看見那把指揮刀的刀把上還有蔣介石的題詞嗎？

「唉……要是換了平時，俺就把他放了……整個戰役是劉伯承、鄧小平以及聶榮臻和賀龍指揮的④。但是，在山西的其他戰役，還不主要是山西人和山西人在搞。像四八年六月，徐向前的八縱和閻錫山的王牌「親訓師」、「親訓砲兵團」在汾河灘的戰役，閻錫山的王牌兩個小時就全部被我們搞掉了，只逃掉少將師長陳震東。後來聽説閻錫山説：「我閻百川白活了六十五，讓個鄰村的鄉親後輩徐向前整得好苦。」⑤徐向前在上黃浦軍校前還是閻錫山的學生，兩個都生在滹沱河岸邊上，一個生在河邊村，一個生在永安村，兩個村就隔河相望。三七年的時候，周恩來還領著徐向前和閻錫山談過一次聯合抗日，當時還可以，那時，徐向前名義上還算是閻錫山二戰區八路軍一二九師副師長，可是，後來這個狗日的閻錫山當起土皇帝來了，再後來公然和日本人搞在一起。但是，徐向前還是在一段時間對閻錫山的人手下留情的，因為，還是有統戰的意思吧。我們這邊，包括周恩來，以前也和國民黨有些關係，當然，那是歷史的原因……

「唉……真的……要是換了平時，俺就把他放了……小子畢竟是條漢子，真個是視死如歸，可是，不嘣了小子在兄弟們面前說不過去啊，死掉的兩個連的人都是俺最早的老鄉，他娘的，當時抓住他就有人想在路上就把他幹掉，他手下的幾個軍官就已經被斃了好幾個，把他拖到俺面前的時候，已經就被打得不行了……唉……你也知道俺的習慣，他那樣的人俺一般是不殺的，可是，唉……還是殺了，俺就為他後悔過，要是收編過來，真還是個人物，就像現在的雷傑貴一樣，雷頭兒當時也是很烈性哦，狗日的五台山的和尚，當時也是又罵又頂嘴，其他幾個討饒命的俺都殺掉了，狗日壞事乾淨了還想討饒命，只有他不討饒命，俺把他放掉了，還給了他路上的盤餐錢，幾個兄弟說什麼也不幹，要追出去在路上把他幹掉，我說誰出去把他怎麼了就永遠不要回來見俺，這樣才把兄弟們止住了，可不是，還是俺有眼力，雷頭兒不僅僅是回來了，還把殺俺大哥的仇人的腦袋給俺取回來了，那樣，兄弟們才算是服了他……

「唉……可是，蔡平原不殺是不行啊！真的，當時的情況確實是不殺不行啦，他們的軍隊還在黑壓壓的整團整師的過來，大砲的砲彈就在你腳根兒前爆炸，下面的人早就殺紅了眼，俺前腳才一槍把他嘣了離開，後面的人就把他開膛破肚的掛上了樹，唉，俺那些老兵你都知道是些什麼人，早前他們是幹什麼的，還不跟張作霖在林子裡作奸犯科綁票的出身，要是沒有紀律，還不知道，唉，再加上他們一聽說他是『三三鐵血團』的頭子，那，他的下場還消說嗎？仗打完了之後，俺還是把他的屍體取下來埋了，就剩副骨架子，肉都給餓慌了的烏鴉啄了個精光，那是俺最貼身的幾個兄弟去幹的，還得他娘的悄悄地去埋，半夜去埋，俺去在他的墳頭上淋了半瓶兒汾酒，小子是山西洪洞人……唉……俺到今天都還記得，俺開槍的時候，他看著俺的那對眼睛，鄙棄俺羅！唉……驢日的，没有半點兒的害怕！唉……何等樣的軍人啦！惺惺惜惺惺啦……他娘的戰爭……他娘的……殺了小子俺好像是矮了半截子人，他娘的戰爭……他娘的……俺一生後悔了什麼呢？唉……」

「唉……你別成天瞎想了，少抽些煙，少喝點酒，處之泰然……」

「唉——老樹都哭了，小蛇出大蟒，要出大事！要出大事哦！」

然而，秦清卻是説準了。

没有幾天，秦清和在市婦聯當主任的妻子林伊就被造反派請進了省黨校的學習班。

「唉——老樹都哭了，小蛇出大蟒，要出大事！要出大事哦！」

那麼多年過去了，父親那如鍾如磬的輕輕的一句話，一直在秦田的耳鼓裡響到了今天……

---

①參見二〇〇一年，中國軍事科學院軍史部，唐義路撰〈上黨戰役〉；參見中國山西之窗網站—文化頻道—閻錫山故事集—閻錫山在上黨戰役：http://www.shanxiwindow.net/culture/sxpeople/e/。

②建委，即建軍委員會的簡稱。建軍委員會，是閻錫山統治其軍隊的特務組織「三三鐵血團」對外的公開名稱。建軍委員都是閻軍骨幹，窮兇極惡的反動份子。

③參見《劉伯承軍事文選》之「上黨戰役經驗的初步總結（一九四五年十月十四日）」：「……反動的軍官，尤其是『建委』對士兵的控制極嚴，發現有倡議投降者或動搖分子則槍殺之。並有督戰隊的組織，曾用機槍射殺其不願衝鋒的部

隊達數十人。」

④部分參見《毛澤東文集》第四卷「集中太行與冀魯豫全力爭取平漢戰役的勝利」（一九四五年十月十七日、二十七日、二十九日）「在山東華中打幾個好的殲滅戰（一九四五年十月二十二日）」其中後文中部分內容為：

「張饒賴，並告羅李，陳黎：

㈠接陳黎賀電，我山東第八師佔領鄒縣，控制鐵路四十餘里…………

㈣山西上黨戰役我以三萬一千主力，五萬助戰民兵，四十天時間，連續舉行幾個戰鬥，結果閻頑三萬八千人，除逃去四千餘外，被殲三萬三千餘人，繳獲山積，可為範例。現劉鄧集中六萬野戰軍，準備殲滅新鄉北進八萬頑軍至少四萬左右，聶賀集中五萬野戰軍正在殲滅綏東頑軍五萬之大部或全部。如你們能在山東、華中打幾個好的殲滅戰，則對整個局勢將起大影響。」

⑤此語參見：《環球軍事》雜誌二〇〇三年七月上半月版（總第五十七期）「軍事人物」欄目「徐向前與閻錫山的『不解之緣』」。

第26章　軍人的耿直

問題，是出在了軍人的耿直上面。說到了底就是人的良心的問題。

簡單地講，秦清在黨校的學習班寫檢查的時候，整理他的黑材料的造反派就到巴京市檔案局去做文章。意思是要檔案局配合他們篡改秦清在抗日戰爭中的一段經歷。

鄒知遠對機關辦公廳的造反派只說了兩條：

一、自古以來，夏商周秦漢隋唐宋元明清撰寫檔案的事情，是司馬遷修史的事情。就是皇帝的話，都是不能聽的。更不用說與此無關的什麼旁邊人來修改！

二、秦清是市委常務副書記，國家副省部級幹部，共產黨七級高幹，他的檔案根本就不在我們檔案局。

「就是皇帝的話，都是不能聽的。」」

他媽的，那不是公開地反黨、反社會主義、反毛澤東思想反到了毛主席的頭上了嗎?!

鄒知遠的話是上午在辦公大樓第五樓他的辦公室說的，當時他的秘書小孫和辦公廳四個造反派在場，全都成了目擊證人。當天晚上，一百多個造反派就燈籠火把地扯了橫幅，把個「現行反革命分子鄒知遠」戴了高帽子，胸前掛了大牌子，拳打腳踢地架上了一輛大卡車。浩浩蕩蕩地在城裡遊了好幾圈。遊回了機關大院還不解氣，又點了幾支五百瓦的大電燈，呼了一陣陣的口號鬥到了半夜才罷休。

第二天下午，就來了巴京市警察局的人，開了兩輛吉普車，下來幾個白衣白帽腰上紮了武裝帶的人，用手槍指著鄒知遠的腦袋，戴了腳鐐手銬跟個要槍斃的死囚一般似的，踉踉蹌蹌地把他啷噹入了大獄。

幾個月過後，他的妻子都已經自殺好久了，他還關在監獄裡什麼都不知道。

又過了幾個月，在「三號樓」底樓的那間前一段時間被整修成鄒知遠夫婦卧房的客廳裡，壁爐煙道通氣口上方牆上凸出來的一道石坎的壁爐架上面，原先總是擺放著一個其大無比的長方形棕色柚木像棋盒的旁邊，就新添了一個上面覆蓋著一塊銀白色絲綢的、幾乎相同大小的棕黑色的大理石盒子，和旁邊的那個其大無比的長方形的棕色的柚木像棋盒不同的是，裡面裝的不是平時秦清和鄒知遠在魚池邊的石頭桌子上的棋盤裡，在楚河漢界兩邊推來推去又在石頭桌子上扣得啪啪著響的那些像柿子般大小沈沈的楠木樹墩兒的棋子兒，棕黑色的大理石盒子裡面，卻是裝著兩個月前在林伊的眼裡還是那麼漂亮的、朝氣勃勃的、鄒知遠的妻子沈麗娟的骨灰！

在棕黑色的大理石骨灰盒的正面有一塊可以上下抽動的玻璃，裡面放著一張沈麗娟生前的相片，相片上的沈麗娟還穿著部隊的軍服，她的軍服上的帽徽和領章讓她看上去有幾分軍人的莊重和嚴肅，但是，卻還是掩蓋不住從她的臉上透出來的漂亮和美麗、青春的活力、她的燦爛的笑容裡的浪漫和無邪的天真。

覆蓋著棕黑色的大理石骨灰盒的銀白色絲綢上面擺著一個毀壞了的肉色的洋娃娃，洋娃娃是林伊在北京開會時專門買來送給沈麗娟生下來才一歲多的小女兒的。洋娃娃本來穿著金紅色的連衣裙，洋娃娃有金色的頭髮、藍色的眼睛和銀色的腰帶，按一按洋娃娃的肚子，從她的身上還可以發出「祝你生日快樂！」的悅耳音樂聲。

可是現在，洋娃娃的裙子被撕成了幾根破布條，一隻胳膊也被扯掉了，肚子裡面的蜂鳴器被扣了出來，露出一個黑黑的大洞。洋娃娃橫七豎八地躺在覆蓋著棕黑色的大理石骨灰盒的銀白色絲綢上面，她掉了一隻眼球的腦袋上拖著的長長的金髮倒掛在盒子的邊緣上。

鄒知遠的兩個女兒都失蹤了。

大女兒鄒雪妮流落街頭不知去向。

不滿一歲的小女兒穆瑛子在關在黨校的林伊的授意之下，讓司機鄭毅的老婆景桂花送出去寄養在一個名字叫穆金明的工人家裡，林伊曾經下工廠蹲點時，就住在北郊桃花嶺玉帶寺那家北江機床廠穆金明的家裡，還和穆金明的老婆蘇大美成了朋友，年年春節穆家都要被林伊派去的專車接到市委大院林伊的獨院去玩一天。同去的還有市立中醫院的針灸神醫陳浩鶴老先生一家、市委機關大院東頭小巷子挑著理髮擔子走街串巷的余剃頭匠一家、九星岩京劇團的當紅青衣虞金環一家、當紅花旦關玉梅小兩口等等等三教九流秦清兩口子的好朋友。每次走的時候，都是一家送一大包早已叫人準備好了的過年禮品，什麽香煙、茶葉、茅台或是山西竹葉青、四川五糧液、紅糖、大紅棗、葡萄乾、牛肉乾、豬肉鬆、還有小孩玩的鞭炮等等。住得遠的還叫司機鄭毅把他們一家一家地送到家門口。

有一天，關在省黨校「學習」的林伊趁梅姨和秦田來送東西的時候，就把給雷伯伯的紙條子和另一張紙條塞在了梅姨的手上。

兩張紙條，梅姨只拿了一張給秦田看。

只有巴掌大的一張揉得皺巴巴的紙條上面，是他母親娟秀的、有些已被汗水浸漬有些模糊了的字跡：

老雷：您好！

沈麗娟自盡的事情我們這裡都已經知道了。你從在山西就跟著老秦。在徐州銅山，飛機俯衝掃射時，你撲在他的身上，保了他的命，車上另外兩人都中彈身亡，你身上至今還留著本來應該穿透過他的身體的子彈。對於你們的友情，我的這些話，你可能要說是囉唆，我就不再說了。鄒、沈夫婦，他們一家人，是為老秦和我遇的難。老秦和我，當以死相報。然而現在我倆都身陷囹圄，無可奈何。段勇前幾天託大廚房的一人瞭解現在的情況。知道鄒的大女兒失蹤，小女兒在你的家裡。爲不連累你，請火速將小女孩叫鄭毅的妻子景桂花送往北郊桃花嶺玉帶寺北江機床廠第六車間工人穆金明家。穆倆口子爲人誠摯厚道。你這幾年春節也跟我去過。

同時，將我放在你那兒的錢送去八百元，交在穆的手上。用完了又送。

另，如果老秦和我有什麼事發生。鄭、沈的女兒，還有秦田。就全權地拜託給您了。

我丈夫和兒子的命，都是您給的。如果我走了，無論老秦的情況怎麼樣，請您一定讓我和他在一塊。

謝謝！

林伊

一九六七年九月二十日

差不多過了半年以後，才聽說鄭知遠就關在城西遠郊夜鬼山山腳下的省模範監獄，還說監獄長都是他的不知哪一年轉業的下級的下級，在那裡對他好得不得了。結果，當他知道了沈麗娟自殺的消息之後，還是瘋了……

造反派想要篡改的秦清的那一段經歷，就是一九四二年，正值日本對華侵略軍實行滅絕人性的「燒光、殺光、搶光」的三光政策時的一段經歷。當時的共產黨八路軍，曾經把秦清由敵後紅色根據地的延安派往山東省濟南市的齊魯銀莊，讓他在那兒以銀莊的職員身份為掩護，周旋於日偽上層，暗中為八路軍酬款購買藥品和武器彈藥。

那段經歷為期不到八個月，後來由於叛徒的出賣，開始照單抓人的時候，秦清和另外的三人卻安全地撤回了延安。被抓住的十二人後來在不到三天的時間裡，分兩批被日本憲兵殺害，一律梟首示眾，時值臘月飄雪，十二顆人頭就懸掛在城裡教場壩的旗杆旁，十二根新豎的木樁上，還在報紙上刊出了照片。

事後不到三個月，秦清帶了三人，分兩路從延安回到了濟南。目的是執行鋤奸。一周不到，預定三個目標中的兩個在一夜之內一死一殘。但他帶去的人中間也有一個受了重傷，兩天後丟了性命。

襲擊的一個目標是在經二路北面一條小巷子，那個目標的姘頭的家門口。

半夜的路燈下，「目標」乘坐的黃包車叮叮噹噹剛到門口停下，一隻腳才伸出車來踩在地上，就聽見有人叫了一聲：「詹五爺！」剛一偏頭，就瞥見從門口兩邊巷子的路燈下，金剛似地站著兩個頭戴紳士帽，身著長馬褂的男人，路燈下帽沿裡的臉面黑黑的，人影像鬼影似的拖得老長老長。還沒來得及喊出聲，兩邊三支大號駁殼和一支帕拉貝隆手槍由遠至近一陣爆響打了過來，黃包車裡的一對狗男女被打得像蜂窩，車夫被嚇得暈死了過去，屎尿撒了一褲襠。

由於事前彈道設計的失誤，雖然執行任務的兩人小組儘量避免兩人讓目標在中間成直線互射擊中我方射手，而採用等腰三角型殲擊法，即讓目標處於三角型的上頂角的位置，兩個射手位於兩個下邊角處，彈道沿三角型的兩腰線在上頂角處使子彈在目標上交叉貫穿。但由於白天不敢去實地勘測，只有夜裡臨時佈陣，一來巷子太窄，二來有一邊的牆壁是條石所壘，三來是鋤奸心切，竟選用了幾支殺傷力極其大的德國造的九毫米毛瑟自動手槍，那種手槍的射程幾乎相等於有些步槍，被老百姓稱為盒子砲或者大號駁殼槍，另外還有兩支九毫米口徑的 1908 型帕拉貝隆自動手槍，一支十一點四三毫米超大型口徑白朗寧 1911A1 型美式自動手槍。四人八支手槍，也就是說每人都持雙槍，實際上是一支敢死隊。後來臨時情況的需要，又讓濟南站增加了三人。

第一排槍響之際，其中兩顆子彈竟然貫穿目標的身體，撞在石壁上，像光波在介質均勻的鏡面依入射角等於反射角按相同角度反射一般，將那兩顆子彈彈射到了我方去執行任務的另一射手身上，並且又再次貫穿腹部一顆，另一顆從右胸肋間進去，穿過右肺葉，彈頭嵌在了胸椎上。射手在身中兩彈的情形之下，居然還是衝過去，直到把目標在他認為是被徹底擊斃了為止。

後來是沒有受傷的一人用那一輛黃包車把傷員拖走的。回到他們的掩蔽處，他只活了兩天，秘密請來的外科醫生也沒用。貫穿腹部的子彈穿透了肝臟，從第五腰錐和骶骨相連處的後背射了出去。嵌在胸椎的子彈讓他胸部以下全部癱瘓，關鍵是肝臟那一顆子彈要了他的命！

然而，那個被子彈全身打得像蜂窩樣的叫詹五爺的傢伙，竟然沒有死！半年以後居然可以拄著拐杖在大街上行走，只是掉了一隻胳膊和一條腿，頭永遠是朝一邊的肩膀上斜歪扭著。只是他的姘頭卻替他去抵了命。

秦田小時候時常聽父親和另外幾個打過仗的老頭子談到那個死在自己人手裡的戰友。又說，現在電影裡演的很多鏡頭都是扯他娘的蛋！還說，這個世界太不公平，總是他娘的好人命不長，烏龜王八活千年！

從秦田當時在家裡用藍色的複寫紙掂了四五層幫父親抄寫的檢查裡，他知道老頭子是怎麼樣親自用那支十一點四三毫米超大口徑美式白朗寧自動手槍斃了那個叫馬振山馬三砲的叛徒的。

第27章 「三號樓」

秦田家的巴京市市委市級領導居住的別墅號稱「三號樓」。市委書記任重和和市長呂長超住的別墅就分別被稱做「一號樓」和「二號樓」。在最早的時候，那樣的叫法本來只是限於市委電話總機房裡的接線員在呼叫時為了保密和簡捷方便時用，就有點類似那些頭上戴著耳機嘴上掛著對講機話筒的女接線員在接呼電話時，將電話號碼和電報密碼的阿拉伯數字的0、1、2、3、4、5等等不是讀為漢語的零、壹、貳、參、肆、伍等等，而是為了不至於混淆則讀為洞、么、兩、參、肆、伍等等等等。那樣的稱呼本來只是在接線員之間和辦公廳內部秘書科的幾個市領導的秘書之間為了電傳、文傳和口傳的保密及簡捷方便，後來就在所有機關的部委及工作人員之間默契使用了。另外的就是諸如一直沿襲軍隊裡的首長制稱呼將市委書記稱為「一號首長」，市長稱為「二號首長」等等等等，或者乾脆就叫「一號」、「二號」、「三號」之類。所以文革時期才有「一號勤務員」、「二號勤務員」等等之類的相似的叫法。

「三號樓」別墅在一九二〇年代北洋政府軍閥割據時期，由四川陸軍第一軍軍長但懋辛在山城修建。別墅為中西合璧式石頭建築，主體結構完全依德國古典科隆樣式建造，地基、牆體、立柱等一律用條青石壘成，堅固結實、極具優雅的古典美，和秦田後來在德國西部科隆、杜塞道夫、埃森、威斯巴登一帶見到的那些石頭房子幾乎一模一樣，只是在二樓南北兩面的外走廊和別墅內部門窗的用材、佈局和雕刻花飾方面，採用了很多中國明清院宅的傳統古典樣式，例如很多壽字花窗和龍鳳呈祥對稱的窗櫺門楣均採用印度的沈香烏木、中國檀香、降香、花梨紫檀香等等。據機關裡很有學問的蔣花工講，那些木頭都是些價格昂貴的木材，例如印度的沈香烏木就有水沈香和石沈香兩種，沈香木還有醒脾開胃，調理內臟的功效，清朝末年的慈禧太后就用沈香來熏房間，在印度和東南亞一些國家包括中國民間則是把它加工成珠串佩戴在身上，沈香木的幽香則圍繞於身永不消失。檀香木也是主產於印度，它在中醫藥方面的價值在於擴腦、醒腦、降濁，所以在明清時期很多文人雅士、達官貴人的書房或睡房就採用檀香木做傢俱。俗稱為黃花梨木的降香木在植物學上被命名為香枝木，香枝木在藥用上又稱為降壓木，因為降香木的舒經活血、促進血液循環及降壓功效，中醫藥便將其同其他藥配伍用來治療高血壓等等。而花梨紫檀香木則更具有殺菌、止癢防蚊咬的作用，那就是為什麼很多南方的大地主、資本家的住宅裡很少蚊子蒼蠅飛進去的原因，因為那些房子的門窗，甚至桌椅板凳床櫃都採用了那種木頭，還有就是可以把花梨紫檀香木的鋸末煎水塗抹蟲咬的患處來快速地止癢和去腫。

「三號樓」別墅除開底樓下的地下室共分三層。底樓九間，二樓六間，三樓兩間。

「三號樓」別墅底樓下面的的地下室是些桌椅板凳破沙發和廚房裡的用具和乾貨等。

進入「三號樓」別墅先是由院子裡最東北角靠近臨江的石欄杆邊的門口進來，門口是車道和警衛站崗處，進門後向南先穿過花園裡的石板路來到葡萄架下面，再向南走過葡萄架下面就來到別墅底樓門口，底樓進門打開雙開門是一個寬敞的過道間，過道間地板上是紅色的地毯，過道間東西兩側是上到二樓去的「之」字形樓梯，樓梯上也是紅色的地毯，「之」字形樓梯兩側中間轉彎處都各是一面一人高的穿衣鏡，過道間雙開門正對面中間是向裡的走道，由北向南方向的走道東邊是五間房，西邊是四間房。走道東邊的五間分別由北向南是第一間小會客室，第二間是秘書有些時候的臨時卧房，第三間是飯廳，第四間空著，最後靠東南角的一間是浴室及廁所。走道西邊的四間分別由北向南是第一間（實際上面積相當於走道對面的兩間房，後來文革時，檔案局長鄒知遠一家四口搬進來了之後，就將這間至少有六十平方米的大會客室中間夾了一道牆，變成了兩間屋子後讓他們住在了裡面）是大會客室，第二間是秦田的卧房（實際上一直都是秦田和梅姨合住），第三間是梅姨的卧房，第四間也是西南角的一間是秦田的書房和玩具室。

由底樓過道間東西兩側的「之」字形樓梯上到二樓。二樓幾乎全部由秦清兩口子獨佔。二樓中間走道東邊的三間房由北向南分別是秦清的辦公室、書房和卧房（卧房內有廁所和浴室），相對的，走道西面由北向南的三間房屋則是林伊的辦公室、書房及卧房（卧房內有廁所和浴室），但是，通常情況下，秦清和林伊都住在林伊的卧房裡。

三樓實際上是塔樓或者說是閣樓。三樓是從二樓東北角的一道很窄小的樓梯上去，那兒平時有一道上了鎖的小門，就是說，平時一般是不讓人上到三樓的，那把鎖的鑰匙由雷伯伯和梅姨兩人一人一把掌管著，後來還是秦田好說歹說才把梅姨手上的鑰匙騙到了手。三樓上面有兩間小屋子，裡面堆了一些雜物和舊書報，屋子裡的天花板斜著由窗頂一直伸到屋脊。三樓外的屋頂呈三角屋脊。推開三樓的窗户，可以爬到二樓房頂的瓦片上。青灰色的洋瓦片又大又厚，一片片相互鉸鏈著連成一片，秦田小時候就時常在那上面爬來爬去地和梅姨養的一白一黑兩隻貓玩耍，有些時候甚至把他的一條叫「杜魯門」的大狗也弄到屋頂上去。

二樓朝北和朝南兩面都是寬兩米長八米以上左右的寬大的外走廊，走廊上有木欄杆和粗大的立柱，向內弧形彎曲的排排木欄杆中間橫著一排長條凳，欄杆有多長，條凳就有多長，欄杆就是條凳的靠背。走廊上每年都要上漆的木地板和立柱漆成朱紅色，而木欄杆和條凳則漆成綠色。從二樓東西兩邊的窗户可以爬到底樓的屋頂的洋瓦片上。也就是說，別墅有三層樓，也有三層瓦。別墅座南朝北，背靠南面的後面三米不到是一道高兩米的，幾乎有一樓樓頂那麼高的石牆。終年四季，牆上總是滿滿地爬著一大片一大片綠油油的爬山虎和牽牛花，那裡面總是藏匿著無數的小動物，什麼蜈蚣、蜘蛛、壁虎、金龜子、螳螂、天牛之類。

院子裡東北面靠牆是一溜五間寬大的平房，從北向南第一間和第二間兩間屋子中間有門是雷伯伯三口子的住家，第三間是司機和警衛員臨時休息室，第四間是飯廳和廚房（稍大），第五間是廁所。

「三號樓」大院在嘉陵江南岸山腰處依山傍水而建，別墅由近兩米高的磚頭圍牆圍在一個差不多四畝地的範圍內，院子進門處有站崗的衛兵。別墅正北面的樓下是一個巨大的葡萄架，葡萄架上面巨大的綠色的冠蓋由一股股黑褐色的纏繞攀緣著八根人腰般粗的松紅色大理石柱爬到葡萄架頂上的葡萄藤上的綠葉構成。每當黃昏時分，在嘉陵江上游西面夕陽的映照下，八根人腰般粗的松紅色大理石柱就像是八根燃燒著的聳立的圖騰柱，那樣子甚是好看。遮陰蔽日的葡萄葉冠蓋下面，是四張雲白色的大理石桌，和繞著大理石桌的十來個鼓型中空的江西景德鎮金襪青花陶瓷坐磴，那些坐磴上的金襪青花陶瓷圖案都是些明清志怪小說裡的才子佳人插圖、《紅樓夢》裡大觀園圖和宮廷圖畫等等。

葡萄架下面的四個角上還各擺了一個幾乎有一點五米高、兩人合抱般粗的江西景德鎮金襴青花陶瓷瓶。瓶裡則蓄著水養著水草、金魚和假山，青苔滿佈的假山上還長著人工盤繞成各式奇形怪狀的黃桷樹。四個造型各異圖案不同的青花色釉陶瓷瓶，按機關裡蔣花工的說法分別為青龍、白虎、朱雀、玄武瓶。它們依次按東、西、南、北擺在四個方向上被奉為鎮守四方驅魔辟邪降惡的鎮宅神物。東面瓶口微外撇，圓鼓唇，粗頸，長八邊形腹，陶瓷胎體潔白細密，釉色瑩潤，白中微泛青，畫面採用寫意畫法的是玄武垂頭圖瓷瓶；西面大口微微外撇，筒式圓鼓腹，圈足寬矮，瓷質細膩潔白，釉面光滑瑩潤，釉色白中微泛青，圖案又以青花為主，同時鋪墊各式花卉與幾何形圖案邊飾，花枝樹葉疏密有致，幾何紋飾簡繁構架多樣，層次豐富的是朱雀翔舞瓶；南面大口努力外撇，圓唇厚厚，粗長頸，斜肩，短圓腹，通體青白色釉微放光，釉色白裡泛青，腹壁中部採用凸凹弦線，造型莊重敦實的是青龍蜿蜒瓶；北面齒鋸形圓弧大口，口壁薄且呈六角形，大腹便便向下漸斜收，以蒼翠的青黛色筆力遒勁描繪之嶺上蒼松，淡雲飄緲在近松與遠山之間的是白虎馴俯瓶。

別墅正前方東北面是一玲瓏精巧的花園。花園東西約三十米，南北約二十米。花園四周由修剪得整整齊齊的齊腰高的冬青和夾竹桃綠色帶狀邊圍成一個長方形的中間姹紫嫣紅圖案。姹紫嫣紅的花園內又由兩邊是萬年青和美人蕉的石板路分割成六個小塊，那些小塊裡面種滿了各式各樣的花草樹木。除了梅姨和林伊讓蔣花工從園林局弄來的什麼臘梅、玉蘭、牡丹、玫瑰、雞冠花、三色槿、香石竹、康乃馨、仙人掌、仙人球，甚至曇花等等外，更有雷傑貴伯伯老兩口兒和後來搬到院子裡來的鄒知遠和沈麗娟兩口子種的向日葵、番茄、香瓜、甜瓜，甚至南瓜、冬瓜、白菜、菠菜、韭菜和大蔥蒜苗等等食用的蔬菜。

花園外朝北臨江的石頭欄杆邊則有兩排樹木。臨江邊的是一排七八棵法國梧桐，裡面是幾棵桃樹、李樹和櫻桃樹。

院子南面圍牆邊則有兩棵楠木和兩棵銀杏樹。一棵銀杏樹前還有一口青石板砌成的水井，夏天裡從水井打出的水竟然涼悠悠地喝起來在嗓子眼裡還帶點兒回甜。從水井邊的一塊石板上鐫刻的文字「四川布政使司上東道巴京府天啟五年制」記載可知，水井開鑿於明天啟五年，也就是西元一六二五年。

據學問淵博的機關裡國民黨時期留用人員蔣花工蔣老頭兒說，只有明朝明太祖朱元璋時代才是將中國分為十三布政使司。而當時的四川布政使司領巴京府等十三個府。又立按察司付使劍事，分司諸道，四川上東道當時就駐重慶。所以，水井邊那塊石板上鐫刻的文字「四川布政使司上東道巴京府天啟五年制」，正好和歷史書上的記載相吻合。「天下未亂蜀先亂，天下已治蜀後治」，清太祖天命年初期，清兵、明兵、民軍在巴京府爭戰數十餘年。幾乎是直到了十七世紀中葉的康熙初年，清廷才穩固了四川的統治。清代沿襲明代布政使司制，但仍用元代行省舊名。四川省仍領十三府，巴京府仍為府治所，又設川東道駐巴京府。

所以，蔣花工蔣老頭兒就說，實際上，這座別墅在一九二〇年代北洋政府軍閥割據時期，四川陸軍第一軍軍長但懋辛修建之前至少三百年，就早已是一個巴京府達官貴人的大院宅了，因為三清寺一帶地區在明清甚至更早的歷史上都是官方衙門的辦公重地和官僚們的住宅地段。

蔣老頭兒指著那口古井和幾棵楠木和銀杏樹說，它們的歲數少說也有二百歲以上。又頻頻點頭地指著魚池邊的那棵半邊樹冠就完全覆蓋了整個魚池的遮天蔽日老黃桷樹說：這老傢伙是顆樹精，它的歲數起碼是在五百歲以上！搞不好它就是種在明太祖朱元璋當上皇帝前的哪一年，老傢伙肯定是親眼目睹了那個小時侯褲子都沒得穿的光腚溝子的放豬娃兒，後來怎樣從和尚廟裡跑出去搞紅巾軍當上了明太祖皇帝的，老傢伙肯定是通觀了明朝十七個皇帝差不多三百年，直到崇禎皇帝在北京石景山上上吊，後來又是滿清入關後，愛新覺羅努爾哈赤太祖皇帝又經過十三代皇帝三百年，直到末代宣統皇帝垮台的全過程云云云云。這個老傢伙啊，這個滿臉皺皮拉巴的老傢伙搞不好就是個六百歲以上的老妖精了！

蔣老頭兒還若有所思地說：大家要隨時注意觀察這棵老黃桷樹的動靜，它是可以替人預知吉凶先兆的老樹精云云云云。還說不信可以看它的三五個人都合抱不攏的樹幹上那副樣子，那分明就是一張有鼻子有眼睛有耳朵有嘴巴的、老得皺疤裂皮的人樣兒的老臉，那還不是他蔣翰雲蔣老頭兒的發現，而是國民黨時期孔祥熙一家借住在原來的範紹增的範莊公館裡時，孔二小姐孔令儀從峨眉山上請來的一個名字叫做花元甄花大仙師的風水先生，到院子裡來看風水的時候看出來的，還說那個躬背蛇腰猴子臉的風水先生花大仙師圍住那棵老黃桷樹轉了好幾圈後，就跪在地上嘭嘭嘭地朝老樹叩了幾個響頭，嘴裡還喃喃地默念了半天，最後站起身來對旁邊的人說，那棵老黃桷樹是個一年四季都會變臉的會說話的活樹精，水池裡的水不能乾，大人小孩子不要爬到上面去干擾和打攪它，逢年過節要給它燒幾柱高香，最好是殺雞燉膀擺些蔬菜瓜果之類的敬拜它老神仙一下，什麼小孩子拉屎撒尿、婦女的內衣褥褲月經紙、廁所垃圾堆一類的事情，一定一定要遠離它老神仙，千萬千萬不可對它老神仙有什麼不敬，否則，就要大難將至……

別墅北面的西北隅是一自然幾何形狀之魚池，魚池裡有假石山一座，高約三米，山勢陡峻蜿蜒，形若大山之餘脈。假石山上到處是根根乳白色的石鐘乳，又栽著幾棵彎彎曲曲的小黃桷樹、鐵樹和棕櫚樹。假石山下面的石頭基座裡有幾個門洞，一些金魚和鯉魚就在裡面游來游去。假石山東南頭緊靠別墅西北面的大會議室外的石牆，西北頭緊抵魚池邊的一叢斑竹。魚池背後西面就是那棵巨大的黃桷樹。黃桷樹長在三號樓大院西牆邊上，它巨大樹冠的東面幾乎完全覆蓋了整個魚池，而樹冠的西面一半甚至伸出三號樓大院西牆在牆外形成了一大片的樹陰。站在花園裡看魚池邊的景色，真是山水相臨，有若高山之下深潭，使得整個院子樹木蓊郁成蔭，生趣盎然。

推開「三號樓」別墅底樓西北角大會議室西面幾扇窗户後，窗台外面就是魚池，從那幾扇窗户裡一眼就能看見魚池裡的假山，假山上的石鐘乳和幾棵人工繞得彎彎扭扭奇形怪狀的小黃桷樹和鐵樹，還有就是西牆邊那棵巨大的老黃桷樹，老黃桷樹遮天蔽日的樹枝和樹葉讓那幾扇窗户終年四季都見不著陽光，再加上大會議室西牆緊靠魚池，雖是巨大的條青石壘的牆壁，但還是感覺室内的陰冷和潮濕，然而，在酷熱難當的南京和武漢並列為長江三大火爐的巴京市，那兒又成了夏天避暑最好的地方。西牆邊的老黃桷樹盤根錯節的黑褐色根鬚爬滿和穿透了幾乎整壁西牆、魚池和西牆之間的空地、魚池西面的池壁和池底，又順著魚池西面的池壁和池底延伸到了魚池中央的假山上，延伸到了魚池東面和四面八方，最後那些海裡章魚般的觸鬚竟順著魚池的四壁爬出魚池一直延伸到了花園的石板路上，延伸到了別墅西牆的石頭縫裡，西牆外底樓甚至是二樓的窗台、窗欞和外面的瓦片上。魚池就像是那棵老黃桷樹的一個永不消失的注水泵或輸血泵，它讓那棵老而彌堅、越老越興旺發達、生機勃勃的老樹精幾乎霸佔和窒息了那一個角落……每當冬天西牆上的牽牛花凋零，巴壁虎也變得黃黃蔫蔫稀稀疏疏，原先夏天裡總是藏匿在綠葉間蹦蹦跳跳的那些什麼蜈蚣、蜘蛛、壁虎、金龜子、螳螂、天牛之類都消失或變成了屍體和泥土的時候，整個西牆就凸現出一壁密密麻麻纏繞糾葛不清的巨大而猙獰的根雕圖，夜半刮起北風的時候，在院子東北角門處崗處昏黃搖晃的燈光下，你就能夠常常恍恍惚惚地看見那幅巨大的根雕圖上好像有些什麼山鬼之類的妖魅，在時而輕盈地飄浮時而又閃爍變幻地相互追逐，萬籟俱寂時分，呼號的北風在黃桷樹巨大的樹冠上就變成了陣陣冷笑和號哭……

於是乎，蔣花工蔣老頭兒所說的當年陪都時期孔二小姐孔令儀從峨眉山上請來的那個躬背蛇腰猴子臉的叫花元甄花大仙師的風水先生，當年所說的話，就在院子裡不脛而走了……當然，秦田自己心裡最明白蔣花工的話是真還是假了，因為那些事情，那些事情怎麼解釋呢？那就是：他在那間大會議室裡看見的父親和梅姨之間的事情，後來又是他在樓上被人用電話聽筒打成腦震盪；再後來是沈麗娟在那間屋子裡的自殺；又再後來是他自己和梅姨之間發生的他自己後來都覺得不可思議的怪事！又還有父親給母親說的，他在二樓上看見那把掛在牆壁上的國民黨第十九軍軍長史澤波的指揮刀，在打雷的時候刀刃上跳出顆人頭的怪事情；當然，最怪和最明顯的徵兆就是那棵老黃桷樹流眼淚的事情了！那一切的一切在在都讓他心驚肉跳地永遠地記住了蔣花工蔣老頭兒的話……

不管你信還是不信，後來文革時在「三號樓」院子裡發生的一系列事情真的就是應了蔣老頭兒的話。但是，秦田卻無法去應證和查考出來那棵老黃桷樹究竟是不是真的有人的靈性和它的生辰八字，那且是後話……

「三號樓」大院圍牆內北朝嘉陵江一邊齊腰高的石頭欄杆邊正中間，還有一座懸在山腰上的望江亭，三米見方小巧玲瓏的望江亭天壇形的頂蓋上是墨綠色的琉璃瓦，六邊形的亭子由六根粗大的朱紅漆木柱支撐，亭子進去的一邊和齊腰高的石頭欄杆平齊，亭子另外的五邊全部懸在石頭欄杆外的山崖邊，幾乎九十度垂直而下的山崖有二十多米高，山崖下再向北是一片機關裡用竹籬笆圍起來的、直抵嘉陵江邊沙灘佔地好幾十畝的六十度斜坡，斜坡上是大片大片的齊腰深野花野草野樹、芭蕉林和甘蔗林。那些地方正是秦田和機關裡的孩子們夢想的樂園……

望江亭上的木欄杆都漆成綠色，欄杆裡邊是圍成一圈的長條凳。望江亭的基座是支撐在山崖上突起的一塊巨石上的幾根用條青石壘成的粗大石柱。站在望江亭上，整個嘉陵江南北兩岸和上游下游均悉數盡收眼底。站在嘉陵江南岸沙灘邊和江北岸觀看這望江亭的景致，看著它紅紅綠綠別有一番景致地掩映在山腰上一排玉帶般的城牆上，牆垛似的條青石欄杆和淡綠色的法國梧桐之間，真真乃是一派人間的仙山瓊閣景像。

這座在半山腰的懸崖上突起的六角攢尖式古亭，給人們觀察這座半島式的古城嘉陵江一隅提供了最佳視角。每到重陽，城裡的達官顯貴們都會到這亭子裡來小坐品茗觀景，極目俯視江流和遠處的無限江山。

文革前，望江亭的六根粗大的木柱上和亭子旁邊的幾尊石碑上還保留著一些國民黨陪都時期要人題字的鐫文，例如像宋美齡的題字：「『一江春水向東流。』民國二十八年宋美齡」；時任國民政府主席林森①的題字：「『江碧鳥逾白，山青花欲燃。』引杜甫《絶句》民國三十年春」；時任總統府國策顧問，代理國民黨中央政治委員會秘書長陳布雷②的「『兩岸青山相對出，孤帆一片日邊來。』」錄李白《望天門山》民國三十六年陳畏壘」；時任國民政府副主席孫科③的題字：「『千里煙波』民國三十七年春孫科」；曾任四川大學校長、國民黨中央宣傳部長、中國駐德國大使等職的程天放④的題字：「『青山橫四郭，兩江繞中城』民國三十五年秋程天放」。亭子正中上方橫匾上陰丹藍底金字鐫題的「望江亭」三個一尺見方的狂草，字下方還有「于右任⑤民國三十五年三清寺」。其他的還有國民黨政府要員馮玉祥、許壽裳、邵力子⑥等；當時在陪都的社會名流如郭沫若⑦、黃培炎、高欣木等等人士的題字。

秦清家「三號樓」大院東牆外是機關的一片不大的桑樹林和花園，再過去是「一號樓」和「二號樓」。幾個大院的北面都緊靠嘉陵江山崖邊的那排石欄杆，「三號樓」大院西牆和南牆外也是機關的很多棟別墅式的辦公樓，那些別墅式的辦公樓和「一號樓」、「二號樓」在一九二〇年代時期都是當時的一些軍閥們在長江上游這個川東重鎮的住宅，例如「一號樓」就是當時的四川陸軍第三軍軍長劉成勳的獨院，「二號樓」則屬於當時的第二師師長唐式遵，另外幾棟別墅分屬當時的第三師師長鄧錫侯、第四師師長潘文華、第九師師長楊森、第一混成旅旅長劉文輝等等大大小小軍閥的別墅獨院。

後來在抗日戰爭時期國民黨由南京遷都山城時，那幾個獨院又分別住著國民黨二十軍軍長楊森、二十四軍軍長劉文輝、二十八軍軍長鄧錫侯、二十九軍軍長孫震、四川邊防軍軍長李家珏等等。那一片軍閥的別墅大院落群再往西南面，就是四川袍哥總頭子範紹增的範莊大院，範莊大院落佔地幾十畝、裡面有二十多棟西洋式辦公樓群，那就是當時國民黨的外交部所在地。蔣介石為了打擊和剷除地方勢力，曾經打算讓何應欽和張群替換掉當時主政四川的劉湘。時常，蔣介石就和何應欽張群等人在範莊召開秘密會議，策劃搞掉時任國民黨第七戰區司令長官兼川康綏靖主任和四川省主席的劉湘……

一九四九年國民黨軍隊撤出大陸之前，秦清家的大院一直都是國民黨政府中央要員的駐地。

而在共產黨接管了這座國民黨時期的陪都之後的五十年代早期，幾座大院先後主要是當時的西南局機關、西南軍區，以及幾大機構主要領導人鄧小平、賀龍、陳錫聯、曹荻秋、胡子昂、羅士高、王任重、任白戈、魯大東、辛易之、段大明、岳林、孫先餘⑧等人的住宅。

---

①林森（一八六八—一九四三）福建閩侯人。字子超，號長仁。早年參加中國同盟會，辛亥革命後曾任南京臨時參議院議長和國會非常會議副議長，並一度任福建省省長。一九二四年任中國國民中央執行委員。後任南京國民黨政府立法院副院長，一九三二年起任國民政府主席。一九四三年八月逝世於四川重慶。

②陳布雷（一八九〇—一九四八），名訓恩，字彥及，筆名布雷、畏壘。浙江省慈溪縣人，一九二七年與潘公展同至南昌見蔣介石。出任浙江省政府秘書長，五月赴南京任國民黨中央黨部秘書處書記長。一九二八年，赴上海任《時事周報》總主筆。一九三六至一九四五年，任國民黨中央政治會議副秘書長、蔣介石侍從室第二處主任、中央宣部副部長、國民黨中央委員。一九四六年任國府委員。一九四七年任總統府國策顧問，代理國民黨中央政治委員會秘書長。一九四八年十一月十三日自殺亡故。

③孫科（一八九一—一九七三）廣東香山人。字哲生。孫中山之子。曾任國民政府建設部部長、財政部部長、行政院院長、國民政府副主席、國民黨中央常委。

④程天放（一八九九—一九六七）江西新建人。原名學愉。曾任四川大學校長、國民黨中央宣傳部長、中國駐德國大使等職。

⑤于右任（一八七九—一九六四）陝西三原人。原名伯循，字右任。學者、政治家。曾任國民政府常委、軍事委員會常委、審計院院長、監察院院長。

⑥邵力子（一八八二—一九六七）浙江紹興人。字仲輝，後改名聞泰。學者、政治家。曾任國民黨中央政治會議委員、中宣部部長、駐蘇聯大使。建國後曾任全國人大常委、全國政協常委。
⑦郭沫若（一八九二—一九七八）四川樂山人。原名開貞，號尚武。著名文學家，建國後曾任中央人民政府委員、中科院院長、全國人大常委會副委員長、全國政協副主席、中共中央委員。
⑧陳錫聯、曹荻秋、胡子昂、羅士高、王任重、任白戈、魯大東、辛易之、段大明、岳林、孫先餘，這些人士均為一九四九年中共建政之後重慶市（小說裡的『巴京市』）歷任市長及副市長要職。

第28章　一九四二年濟南鋤奸事件

秦清和後來當了軍長的藍斌，是當年負責執行馬三砲的死刑，今天的唯一兩個目擊見證人，其他幾人均死亡和失去聯繫。秦田從母親留下來的父親遺物裡，翻出了當年他和梅姨幫父親抄寫的那疊厚厚的檢查材料中關於「一九四二年濟南鋤奸事件」的附件材料：

「一九四二年濟南鋤奸事件」——檢查材料附件（29）

……一九四二年（民國三十一年）六月，當我撤回延安正在休整時，一天，湯振武（現國家警察部XX局局長）把我叫到了他的窯洞裡。在那裡，他叫我看炕上一張小桌上擺著的報紙。那是一份三個月以前的《齊魯經緯日報》，在報紙的頭版刊登了幾張大照片，照片上是濟南市教場壩旗杆旁十來根木樁上面懸掛著的我們的同志們的十二顆人頭，照片下面還列出了梟首示眾者的名單，並懸賞金叫濟南市民揭發指認其他的八路軍地下工作者。後來湯振武和另外兩人郭維英（現中央辦公廳XX處處長）、惟步高（渡江戰役受重傷，死在南京）向我佈置了鋤奸計劃：由我帶領藍斌、李滌平（執行任務時中彈身亡）、葉山泰（淮海戰役中犧牲）三個山東人潛回濟南執行任務。而由我從濟南帶回延安的另外三人，劉祖耀（淮海戰役中犧牲）、瞿入鄂（現國家檢察院XX局局長）、林自雄（入朝戰爭中犧牲）留在延安繼續休整等待另外的任務。因爲我是濟南上等人家庭出身，抗戰前父母又在濟南開銀莊，只是由於抗戰時全家遷回爺爺老家山西靈石縣，才離開了山東濟南，但是，父母在濟南的人脈關係還在，我又講得一口地道的濟南腔，隱蔽性高，故由我當鋤奸隊隊長……我們分兩隊入魯，一隊由延安向東經山西霍州轉北，經太原轉東經河北石家莊，再南下一路乘汽車和馬車入魯，另一隊南下陝西西安向東經河南山門峽、洛陽、鄭州一路之上乘汽車馬車入魯。一路上到處盤查，我們的公開身分都是商人。武器藏在濟南一個隱蔽點家的廚房地下石板下面的木箱裡，一共八支手槍，四百發子彈，二十顆手榴彈……

……那天夜裡，葉山泰和李滌平負責處死經二路北面一條胡同院宅裡的叛徒詹開鑫（外號詹五爺）。我和藍斌負責處死緯五路西南角窯子巷荷花茶樓（妓館）裡，每個禮拜三必在那兒過夜的馬振三（外號馬三砲）。馬三砲平時都帶著兩個保鏢，因此，又在濟南站的配合下給我這個組添加了三個人（他們的名字記不住了）。那三個人都持雙槍，就是說，我們五人十支槍對付馬三砲三人。天剛黑下來，我們五人摸進了荷花茶樓對面院子……

……剛到鴇母的門口，馬三砲就從裡屋的床底下一排子彈打了出來，我推在前面門口的漢奸應聲倒地，我的右胸和脖子上被穿了兩顆子彈，都是從前面漢奸身上穿透出來的子彈，我蹲在了地上，沿射擊方向兩隻手槍一陣扇型暴射，看著污血從床底下流了出來一地，進去拖了出來，滿頭滿身都是污血，小子還沒有斷氣。拖到了客廳正中，用毛巾揩了他的臉面，叫眾人指正驗明了正身，我對著他的面門，用那支十一點四三毫米超大口徑的美式白朗寧手槍將他的腦袋轟爆完成任務。死前他供出了我們的第三個、也是他叛變前的單線聯絡的上級顧範亭的住址，但十二條人命的事情太重大，事件對我們在山東省的地下工作破壞太嚴重，他不得不死。

證明我不是漢奸叛徒的理由——檢查材料附件（30）

一、「一九四二年濟南十二人被害事件」之時間，正如專案組提供的北京中央檔案一館的抄件材料，《齊魯經緯日報》之抄件上面的「民國三十一年二月」屬實。我需要說明的是，「民國三十一年」正是一九四二年日軍實行「三光」政策最嚴酷的時期。

二、報紙上面拍下來的照片上被日本憲兵梟首示眾的我方同志一個我也不認識，下面名單上的名字我也不認識。

三、一九四一年六月至一九四二年二月，我被從延安派到濟南市銀莊（銀行）工作期間，我的單線領導人是濟南市立醫院副院長錢夢憲（反右時在雲南昆明市省衛生廳自殺）。我是四人小組組長。組員瞿入鄂（現國家檢察院XX局長）、林自雄（入朝戰爭中犧牲）、劉祖耀（淮海戰役中犧牲）和我均是單線聯繫，互不知曉。直到撤回延安，他們三人才知道相互關係，但仍舊是不知道我歸錢夢憲領導。而我也是回到了延安以後，才知道錢夢憲歸湯振武領導。而被害的兩個組十二人正是分別由馬振三和詹開鑫兩個叛徒領導。馬振三和詹開鑫的單線領導人是顧範亭。顧範亭本來是湯振武指定我一九四二年六月第二次入魯執行鋤奸計劃中的第一號目標。而馬振三和詹開鑫分別是第二和第三號目標。顧是北洋軍閥公子，濟南知名的花花公子，趕時髦跟了共產主義運動，也向共產黨透露一些有用的情報。但他後來嫖妓嫖到了日本妓女身上（實際上是日本女間諜）出了事，因此導致了十二人被害事件。我第二次入魯時，整整花了一個半月的時間搜索他的蹤跡，甚至於東至青島、煙台、威海，西至聊城、河南的開封、鄭州，南至濟甯、棗莊、徐州，北抵河北石家莊、天津等地。那時的情況很複雜，甚至於有可能中間走漏了風聲，總而言之這傢伙竟消失得無影無蹤了。我擔心時間長了節外生枝，通過了電台請示延安。（因爲湯振武一再指示：在非常情況之下，第二、三號目標可以放過，但是，第一號目標無論付出多大的代價，也必須堅決執行！）結果只有按第二套方案執行計劃。結果這小子多活了九年，直到了一九五一年才從上海閘北弄回濟南市。問題還是出在女人身上，是幾個妓女內訌把他給訌了出來。

四、如果我是漢奸，一九四二年六月，延安的上級不會派我帶領鋤奸組入魯執行鋤奸行動。

五、有關的證明人和證明材料：

湯振武：現爲國家警察部XX局局長；

瞿入鄂：現爲國家檢察院XX局局長；

藍斌：現爲中國人民解放軍XX軍軍長；

郭維英：現爲中央辦公廳XX處處長；

濟南市警察局一九五一年鎮壓反革命槍決人員名單中關於顧範亭的罪案材料。

秦田記得，在那一段時間有兩件事情，把他的手指頭都弄得腫了起來。

一件事情就是天天都替父母親抄寫一些檢查材料。

另一件事情，就是用一個捲煙機替老頭子捲煙。那段時間兵荒馬亂，食品供應匱乏，老百姓連吃飯都有些成問題了，更談不上什麼煙酒茶之類的奢侈品。那捲煙機是雷司機雷傑貴伯伯不知道從哪裡弄來的一個鞋盒子大小的木頭盒子，還有一大包黃燦燦的土煙絲，用一根圓圓的竹筷子在木頭盒子上面滾來滾去，像用擀麵杖擀餃子皮兒似的，將那些煙絲裹在一張張約兩釐米寬，五釐米長的白紙條兒上邊，封口處用米粥粘貼上。立時就製造出一根又一根白白的煙捲兒來。父母親回來「放風」，或者說是秦田和梅姨去「探監」時，那些手工製造出來的香煙就送給了他的父母（秦田的母親林伊也吸煙）。

剛開始的時候，還有梅姨和他一道做這些事情。後來，連梅姨也被辦公廳的造反派剃了光頭，扔了她的高根鞋，臉上塗了墨水去批鬥。還在她的胸前掛了大牌子，上面寫上「資本家的小老婆！」「走資派秦清的姘頭！」「國民黨特務！」等等。後來就有造反派來將她趕出了市委大院。

第29章　烈士女兒的獨白

一九八五年冬天，在中國科學院物理研究所工作的秦田接到家裡來的電報說是父親病危，就立刻回家探望正在住院的父親。

那時，他看見了當年是那麼美麗的他的從小到大的奶姆梅姨。她已經嫁了一個粗手大腳，樣子有些憨頭憨腦的老頭兒。幾乎二十年過去了。他見到的梅姨，那時已經全然地變成了一個徐娘半老的女人。頭髮白了半個頭，人也發了胖，整個身體木桶似的鼓鼓的，額頭和眼尾都是皺紋。

梅姨見秦田長得高高大大的，完全變成了個相貌英俊身材偉岸而又魁梧的男子漢，一時間百感交集，竟不知道怎麼說話才好，她只是被秦田巨大的手臂擁在懷裡，兩人緊緊地相擁著，眼裡都流出了淚水……然而，卻早已經是沒有了當年的那種在特殊環境下的意思和感覺了……

當梅姨見了病床上的父親，淚水就流了出來，秦田知道，他們才是真有感情的……那時，秦田就想到，人世間其實很多的東西都只是一種形式，那些形式有血緣的、社會的等等，什麼兄弟姊妹父母子女之類，什麼夫妻、鄉黨、派別之類等等，其實，真正的感情、親情、愛情、只要上升到了是一種真情，就完全和那些形式上的東西沒有什麼關係了……

有一會兒，趁林伊不在時，秦田見老頭子拿著梅姨顫抖著手遞給他的裝在一個牛皮紙信封裡的什麼兩頁信紙來，戴著一副老花眼鏡看了半天，竟看得老頭子淚流滿面地唏噓不已了好久，梅姨竟當著秦田的面，抱著秦清號啕痛哭不已。還一把摟了秦清的脖子，用手愛撫地摩挲秦清的臉頰、額頭，用手指頭去一把又一把地梳理著秦清的頭髮……

老頭子又伸出右手來勾了兩個指頭示意秦田過去彎了腰，俯身下去將頭擱在自己的臉旁，忽地一把將兒子的臉摟過去緊貼在自己的右臉上，再伸出左手將梅姨的頭也挽了下去讓她的臉也貼在自己的左臉上，於是，三顆頭就緊緊地貼在了一塊兒。秦田只聽見老頭子和梅姨又是好一陣的放聲悲號啜泣不已……

待老頭子鬆開了手後，秦田看見老頭子嘴唇顫抖著喉嚨蠕動了好一陣，再一會兒就又點頭又搖頭地好像是想說什麼又不想說什麼地把他和梅姨看來看去地看了好久，最後把眼睛死死地盯在梅姨的臉上看了半天，就看見梅姨眼裡一串串的眼淚像斷了線的珠子似地落了下來。之後，秦田就看見老頭子對自己張了張口正要說什麼的時候，就見梅姨一下子就撲在了老頭子的身上，還伸出了手來一把捂在了老頭子的嘴，然後就傳來梅姨撕心裂肺地尖聲的號哭……

秦田有些詫異和尷尬，就只好離開病房。

過了半天回來，秦田見他們兩人眼圈都紅紅的，腫得像桃子。

後來，老頭子就鬼鬼祟祟地把牛皮紙信封從雪白的被單底下拿了出來，哆嗦著手指頭，老眼昏聵地打算塞在梅姨的褲兜裡。正好梅姨起身到床頭櫃去拿蘋果到外面去洗，牛皮紙信封就掉在了地上，老頭子卻側身昏睡了過去。秦田看在了眼裡，心裡想知道個究竟，就彎腰拾起了那張紙條塞在了自己的褲兜裡。

出了病房，在外面的陽臺上，他從信封裡抽出來那兩頁信紙來，小心翼翼地展開了那張折疊得整整齊齊，但仍舊是揉得皺巴巴的、看上去也是有了一些年月的、上面滿是些鋼筆字的白色信紙來。原來，那是文革時期母親寫給梅姨和父親的兩封信。

立時，一排排他所熟悉的，被一些水跡浸漬得模模糊糊的他母親的娟秀的字跡便展現在他的眼前：

雙環，我的妹妹：您好！

也許，這是我們最後的一次見面了。你不要難過。我親愛的妹妹。

也許，我的一生，就和我的父母親一樣，是要終了在牢房裡的。這，或許就是人們常說「命運」二字。

雖然說，我是一個共產黨員，但冥冥之中，我總感覺到有一隻神秘的手，在領著我跟著我父母親的腳跡走。否則，爲什麼會是這樣地相似？關在這裡，時常，我就感覺到，我的父母親就在那我看得見的山之巔的山腳下，在那白晝和夜晚，都在日月的輝映之下，今天還用滿佈的鐵絲網來圍著、來展示著人類的罪行的地方，我感到，那些當年囚殺了我的父母親的牢獄在呼喚著我……

我害怕。我的妹妹，眞到了這一步，我還是害怕。

但一想到是跟了父母走，心裡又坦然自若了。從在延安抗日軍政大學參加革命隊伍的那一天起，或許從我父母親產生了我這一顆胚芽那一刻開始，或許，我就註定了要爲共產主義獻出自己的生命。但是，我卻萬萬沒有想到，將會是死於共產黨内部產生的這些變節份子的手裡。

你所喜愛的沈姐自殺了，死前受盡了淩辱和糟蹋。大廚房來的人都悄悄告訴了我，那些造反派在機關外面那座你以前常去的教堂裡幹的獸行。鄒知遠命運未卜、凶多吉少，他的罪名可是比什麼都大，是要掉腦袋的罪名。到底是爲了什麼？你要有獨立思考，或許你心裡比我還要清楚。鄒、沈一家搬進我們院子還不到兩年。

我和你的秦哥，你的沒有名份的丈夫——我今天可以這樣坦率地說了。我知道你們兩人彼此之間相愛至深……我們兩人都深深地愛著他。你就是我的妹妹。我再不說，這些心裡的話，就將隨著我的肉身埋葬。我的來日，秦清的來日，或許都是屈指可數的了。

如果我走了，他還活著，我衷心希望你們好好地過日子。叫他解甲歸田，辭官當個老百姓，終其天年。我今天才明白莊子的話：木以不材得終了其天年。

組織部長唐拓上個星期六淩晨在樓下用電燈頭含在嘴裡去了。從延安直到今天，他都和你秦哥在一起。他和唐拓就住在一間房，我不知道他心裡怎麼想？白天還要隔三差五地用大卡車拖到工廠、大學、體育場去遊街示眾，萬人大會、十萬人大會地批鬥。高音喇叭對著耳朵吼，被人拳打腳踢，吐得一頭一臉都是唾沫。他倒是好，笑著對我說，跟當年一樣，檢閱山城人民唄！淚往心裡流。男人的心難捉摸，不定那天就折斷了。西河區區委書記曾實前幾天聽說在三號橋跳了下去。工交部長汪楫元在辦公室抹了脖子現在外科醫院搶救。勞動局的宋耀鄉上個月上吊自盡。都市大學老紅軍校長跳了樓。和我父母親關在一座牢裡，從重機槍掃射下面都逃了出來的顧風，卻被造反派從樓上推了下去摔了個腦漿崩裂，還滿城散發印著那張摔死的照片的傳單，說他是「畏罪自殺，自絕於黨、自絕於人民！」等等等等都在這半年裡發生了。共產黨內部高層出現了佛面蛇心、披了羊皮的狼一樣的人物。

我和你秦哥的身份，還有你，你以前的。你應該是深知的。因此，你應該清楚地明白你目前的處境。要有充分的思想準備。

如果我走了，田田，我就完完整整地託付給你了。

還有些話，我想我就不多說了……
他是一個多麼好的孩子啊！我愛他甚至超過了一切，他也是十分地依戀我。現在，他的個頭都已經超過了你了。
事到了如今，我只有照實地告訴你了……
…………
…………
信寫得有些長，可能，這是我最後的話。
千千萬萬珍重！

你的姐姐：林伊
一九六七年九月二十日於宋山省黨校

清：吻……
不知道你能否還看得見這封信，這或許是我最後對你談的話。
你也知道，我的父母林語臻和金黛都是北京大學的教授和講師，而且，父親又是李大釗的朋友，他們應該是黨內的高級知識份子了。
我在延安的時候，就私下裡聽父母說過，共產黨的有些做法是有問題的，共產黨怎麼在延安搞起法西斯的嚴刑逼供來了，那個康生眞的就像是個國民黨裡混進來的特務，共產黨內還有很多北洋軍閥隊伍裡的土匪，（關於這點，你自己最清楚，你自己的父母是很有文化的，你自己也在省立中學裡面也念了好幾年的書。）那個時候，我的父母就說，共產黨要是哪天掌握了政權之後，最要緊的就是缺少有文化知識的幹部，文化素質差了是掌握不好政權的。

現在看來，我父母當年說的話是應驗了。還在一九四八年十一月十日那幾天，也就是淮海戰役剛開始，正在爲了殲滅黃百韜兵團，包圍、分割劉峙集團攻佔宿縣、孤立徐州的時候，我們抗日軍政大學在一塊的幾個老師就悄悄給我談過類似的問題，他們都注意到了，從繳獲的國民黨軍隊的文件裡翻出來的報紙上看到，國民黨政府報紙上公佈的他們的政府部長一級的都是留洋的博士，像他們的中央銀行總裁劉政芸就是倫敦經濟學院博士，行政院長翁文灝是比利時魯汶大學博士，外交部長王世杰是倫敦大學經濟博士和巴黎大學法學博士的雙料博士，駐美大使胡適就更是眾所周知的哥倫比亞大學博士，教育部長朱家驊是柏林大學博士，法務部長謝冠生是巴黎大學法學博士，交通部長俞大維是美國哈佛大學博士，社會部長谷正綱是德國柏林大學博士，衛生部長周詒春是耶魯大學碩士，糧食部長關吉玉是柏林大學博士，考試院長張伯苓是芝加哥大學博士，司法院院長王寵惠是耶魯大學博士，立法院長孫科是哥倫比亞大學碩士，最高法院院長謝瀛洲是巴黎大學法學博士，上海市長吳國楨是普林斯頓大學博士。那個時候，幾個抗大的教員說了兩點，第一就是，這些洋博士對中國的事情究竟知道多少呢？他們只是些空談誤國和給國民黨裝點門面的料；第二點就是，他們不無得意地說，老蔣是「秀才遇上了兵」，淨用些書呆子，怎麼搞得過毛主席的「槍桿子裡面出政權」呢？當然，他們的話還是有些道理的，但是，他們也私下裡談話擔心我們共產黨這些「小米加步槍」的泥腿子以後怎麼去接管和執掌政權？俗話說，馬上奪江山易，馬下治天下難。

說這些話並不是看不起我們黨內文化程度低的幹部，但是，並不能夠因爲自己的文化低就打擊排斥有文化的幹部。

延安整風、反右運動，現在又是文化大革命，我想，這個問題是個老問題了。一個要走向文明的社會和國家又不斷地打擊和剷除文明和文化、打擊知識份子，這簡直就是令人匪夷所思悖謬不堪的一件事情。你自己都承認，我們北方南下的幹部確實是比當地幹部的文化水準要低得多了，很多就可以說是完全還談不上什麼文化不文化。

就像你開玩笑說的話：博士肯定都是右派，一般幹部是大學生，股長是高中生，科長是初中生，處長是小學生和私塾，局長是土改掃盲班生，部長以上是文盲和放牛娃，明太祖朱元璋當年不就是個放豬娃嗎？不說是封建時期的三綱五常，一些起碼的規矩都沒有了，亂抄家亂抓人亂殺人，我看俄國大作家列夫．托爾斯泰的《復活》裡，一百年前的沙皇俄國時代就有法院和陪審團，我們現在算是哪門子事情呢？我們的共產黨內究竟出了什麼問題？爲什麼幾乎是一夜之間，毛主席所有的高級幹部都變成了壞人和敵人？豆萁相煎，自相殘殺，眾人只有默詆奸邪，萬馬齊諳，違背人間常理嘛！我看歷史上的君王到了後期都成了昏君……

你自己的頭腦要清醒。

我現在知道，一切都悔之晚亦……

每次，當我到北京出差的時候，我都要到北長安街六十二號我的母校去看看，她現在叫北京一六一中學，一九一三年創立的時候叫京師公立第一女子中學，一九二八年改爲北京第一女子中學，她是一棟三層仿古建築，西面一牆之隔就是中南海，南面是中山公園，北面是北海公園，東面又和故宮古建築群融為一體。一九三八年，我的父母從北京大學到延安抗日軍政大學政治系任教後，十二歲的我剛好才進入女子中學，直到一九四〇年父母叫人把我送到延安之前，我都一直住在姥姥的家裡。雖說是只在第一女子中學初中念了三年，但是，我的同班和同年級的很多同學最後都上了北京大學、清華大學和中國其他的名校，更有很多出國留學都拿了博士。所以，我在延安的時候，父母好幾次後悔讓我停止了北京的學業，當然，客觀原因是日本人來了，在那裡也讀不好書了。鄧小平夫人卓琳、陳雲夫人于若木、郭明秋、電影演員張瑞芳都先後是我們學校的學員，當然還有更多的現在很有成績的人士也是我們學校畢業的。

自忖一生，劫難重重，眞眞乃古人所云：一失足成千古恨……唯今，禍在蕭牆，旦夕轉危，已是自不待言……

我現在很後悔當年停止了自己的學業。當然，最主要是後悔介入了政治。我的父母是為了政治送了命，現在，我不知道，我是不是要和他們走上同樣的道路……

我冥冥之中感覺到命運是要輪迴的，如果是因為父母，我是認命了。如果是因為你，我心甘情願，我是你的人，就是中國人說的話「嫁雞隨雞，嫁狗隨狗」了。看著那些平時那麼堅強樂觀的人都一個個地去了，我還能說什麼呢？

這麼多年了，回想當初在延安愛上你這個白馬王子時，還是因為你的威武，不到二十歲的女孩子能夠懂個什麼呢？其實，當時我就知道，你是個花心將軍，但是，我還是鬼使神差地愛上了你，也許戰爭年代女人的審美觀念就是那樣的吧，什麼丁玲、江青他們那一幫人不都是那樣的嗎？那才是叫做「秀才遇上了兵，有理說不清」呢？其實，在我的心目中，你並不是一個城府很深、算無遺策的人物，就像林彪、粟裕，還有中央黨校的李維漢、康生，我們抗大的那些大城市來的教官。你是屬於類似賀龍、朱德、彭德懷、王震他們那樣很有些桀驁不馴的草莽豪強一類型的，但是，你又還家庭出身不貴但富，還念了中學，肚子裡還很有些墨水，講義氣又以德服眾，加上勇猛好勝相貌英俊，自然是當年山大王的絕好人物。現在想來眞眞是就像毛主席所說的「不愛紅裝愛武裝」。要是在和平年代，我可能就會愛上當時在抗大那兩個秀才了。你也知道，曹鐵千爲我一次次寫血書被處分的事情，當時我都心軟了，要不是當時你的人爲了你使手段把他調出了延安，今天，就不是我和你了。你們這幫當兵的其實在很多事情上是很有些胡作非爲的。可是，在當年，他們那些秀才又有什麼用呢？到了今天，他們還是個「百無一用是書生」！在中國，我看就是永遠都是武人的天下，中國的歷史不就是這樣書寫的嗎？

如果還有來生，就像你說的，學個什麼手藝都比當官好。就是你說的，當個剃頭匠啊或者是泥匠、瓦匠、木匠、工程師什麼的，可千萬千萬不要去搞什麼政治！

作爲進軍西南時的一個劉伯承、鄧小平手下第二野戰軍的主力師長，你應該算是開國戰將了，一個指南打北橫掃大半個中國戰場殺人如麻的大英雄，你都尚且說出這樣的話來，我一個嬌小女子還能說什麼呢？我想，我的這些話，哪些對哪些錯，你是睿知的。

我的理想，就是二輩子（如果有的話，當然，我還要來找你，在陰間也和你在一塊兒！）當個博士，而且是醫學博士……

若蒼天有眼，還能脫囹圄之厄，必將澹泊改志，素頤天年。

樂觀，好好地生活，少抽煙，最好戒掉！

伊

一九六七年九月二十日於宋山省黨校

秦田看完了那兩封信後，立刻明白了很多以往的事情，心裡也禁不住一陣陣的有些傷感，就又回到了病房，趁父親和梅姨不注意的時候，將那個牛皮紙信封放回到父親的病床上不太顯眼的地方，並又抽身離開了那裡，他想讓父親和梅姨單獨多呆一會兒。

秦田想，如果是在解放前，他倒是真的希望梅姨當父親的二姨太。

不是嗎？每逢清明節都要到家裡來給父母親紮針灸的市立中醫院的陳浩鶴老先生家裡不就是有兩個老婆嗎？父親中風的那段時間裡，每天跟機關裡的司機鄭毅叔叔開著那輛淺綠色的華沙車，從大溪溝和黃花園那邊繞過去，再爬坡經過一號橋到市中心的臨江門的一個獨立的小院裡，就到了陳浩鶴老先生的家，陳老先生高大的身軀就出現在了那裡。秦田知道，陳老先生解放前是國民黨的高級軍醫，反右時就有人就想整他，老頭子說，衛生局報上來的材料說來說去就是一些關於女人的問題，老頭子硬是把他保了下來，所以，陳老先生對父親很是感激。陳老先生的祖籍是廣西，他的的醫術極其高明，求他治病的人每天在醫院排成長隊，經他手裡的一根銀針治理好的一些疑難病症的病人不計其數。陳老先生的家裡就有兩個老婆，每年的清明節到家裡來時，陳老先生總愛帶著他的第二個老婆生的最小的一個兒子來，小夥子長得眉清目秀的，和他的幾個哥哥一樣，都跟陳老先生學得一手紮針灸的好醫術，後來，秦田竟和陳老先生的小兒子成了朋友。

那天晚上，秦田做了一個夢：

他感覺自己來到了一個黑古麻咚的空曠大廳裡，在那裡，他感覺到自己在一道陡峭的樓梯上向上攀登，恍惚中，他看見那道樓梯發出些藍綠相間的瑩瑩亮光，他聽見自己咚咚咚地踩在樓板上沈重的腳步聲、呼呼呼的喘氣聲和嘭嘭嘭的心跳聲，那些聲音都在空曠的大廳內漸漸地一聲比一聲更高地發出巨大的回響……後來，那回響聲竟然變得來到了自己聽起來心驚肉跳難以忍受的地步，那些聲音已經響到了有如洪濤般聲震屋宇的地步。然而，四周卻是一片漆黑，他仍舊是一步又一步地在順了那樓梯往上攀行。後來，他感到自己已經走得很累很累幾乎是走不動了，他回頭向下看時，那道陡峭的樓梯竟然像一條藍綠相間發出瑩光的巨蟒似的光帶，那光帶一直延伸到了下邊很遠很遠的一座大山的山腳下，他再環顧左右，竟讓自己大吃了一驚，原來，在樓梯的兩邊都是漆黑的，深不見底的深淵……

他開始雙腿發軟，全身也戰慄起來，上下牙齒咔咔咔地發出打戰的聲音……

他怕一不留神，就會滾下去摔得個粉身碎骨。再抬頭向上看時，怎麼通體發出藍綠相間瑩瑩亮光的樓梯，現在竟是由一塊塊上面長滿了青苔的堅硬條青石壘成？而且，那先前黑古麻咚的眼前，竟然變得有了些光亮，石階一級一級地展現在自己的眼前，也開始變得寬大方正鏗鏘有型有色了起來，那上面的青苔看上去綠綠蔥蔥的還很有了幾分世間的生氣，上面竟有許多鮮亮得有些耀眼的紅螞蟻、藍螞蟻、黑螞蟻在裡面忙忙碌碌地爬來爬去……

再抬頭向上看去時，那陡峭的石階一級一級地以近乎六十度的角度莊嚴地向夜晚的天幕上伸去，就像來到了京戲《哪吒鬧海》裡王母娘娘的天上的南天門前似的。夜幕的天穹竟是繁星萬點，一片金光燦爛。在石階的盡頭處，竟是一輪圓圓的、大大的、好像還上上下下輕輕蒸騰躍動的銀盤樣的月亮，在月亮的正中間，是他小時候見過的那座梅姨經常領著他去的天主教堂的大門，大門的門楣上方，竟是懸吊著那個在文革初期在那兒上吊自盡了的黑衣神父，再定睛一看時，原來，自己腳下寬大的石階竟向上延伸到了天上的月亮裡去了……

半天，他的腦子裡才回過神來，那個懸吊在月亮裡的天主教教堂門前的黑衣人，不就正是那個在自己還很幼小的時候曾經那麼温柔地用手來撫摩過自己頭皮的黑衣神父嗎？

有一會兒，他看見在那個懸吊在天主教堂門前的人的頭頂上就有一隻禿鷹飛了過來，它停留在他的頭頂的地方噗噗地扇動著巨大翅膀，一會兒，它竟然用它的尖利的爪子穩穩地抓住了他的衣領，然後，再更加快速而又響亮地扇動它的翅膀，於是，那隻巨大的禿鷹和黑衣神父就順著月亮裡天主教堂的尖頂飄升向了夜空，那一瞬間，他看見在鷹爪下的黑衣神父身上的黑色的衣服突然都變得金光閃閃了起來，一下子就變成了一件閃光艷麗的教袍，就像英國倫敦布拉克弗萊爾路三六八號的倫敦英華天主教堂每週主日彌撒的時候，在七八百甚至上千教徒的莊嚴華麗而盛大的場面裡，本堂神父米約翰先生經常穿著的那件閃光艷麗八面威風的教袍。後來又是一下子，就像是他的身體的下邊突然吹來了一股強大的氣流或狂風似的，那金光閃閃的教袍居然從他的身上一件件地被吹掉了，裡面現身出來的竟然是一個耶穌在十字架上受難的真身的樣子！那隻巨大的禿鷹原來也竟是當年自己當知青時的那座山上的懸崖峭壁上時常看見的老朋友！他還記得，那座金龍河繞過的五峰山裡最高的一座山叫油茶山，而油茶山就正好坐落在自己插隊落户的陸陽縣白馬區金龍公社水田大隊麻柳灣生產隊。

那時，他好像聽見四周還傳來了一陣似有似無的一個男人和一個女人歎息聲，聲音裡後來分明聽出來是男的在歎息，女的在嚶嚶嗡嗡地啜泣，聲音聽起來又有些不真切，像是演話劇時從台子上麥克風裡傳出來的振幅很高的聲音，聲音讓他更加感覺到大廳的空曠，他分明地聽見那些聲音在大廳的四壁回盪……

後來，男的歎息聲和女的嚶嚶嗡嗡的啜泣聲裡又摻進來一個男孩兒的抽搭聲，嗯嗯嗯的，男孩兒的抽抽搭搭的哭叫聲越來越高亢，越來越傷心，越來越無休無止……最後，在男孩兒的哭叫聲裡，已經變成了背景聲音的先前的男的歎息聲和女的嚶嚶嗡嗡的啜泣聲就漸漸地越來越弱，整個黑暗空曠的大廳裡就只剩下了男孩兒的聲若洪鐘般的巨大的哭叫聲……

他再掉頭去看時，他已經是來到了天上。

他腳下陡峭的樓梯一直向下延伸到了很深很深看不見的漆黑夜空，那道猶如巨蟒似的陡峭樓梯竟像一條藍綠相間發出瑩光的風箏的尾巴似的，在淡藍色的夜空中飄來飄去，一些銀光閃閃的星星在它的旁邊閃爍……

他聽見，男孩兒的哭叫聲已經是在自己的頭頂上方，而那男的歎息聲和女的嚶嚶嗡嗡的啜泣聲卻只能夠依稀聽得見在腳下很遠很遠的地方了……

梅姨住在遠離這座城市的一個縣裡的工廠的職工宿舍。

後來，秦田去看了她好多次，每次都帶去很多的東西。他問她，為什麼要躲到那麼遠的地方？為什麼要嫁給那個人？她說，那個縣是她出身的地方，她孤身一人，窮鄉親們可以相互有個照顧。鄉下人，也沒有城裡人那麼多的心眼，不會整她，不會看不起她……那個男人沒什麼文化，但心好，不會欺負她。況且，在那個時候，她要保命，那人成份好，三代都是工人出身……

每次去，梅姨都淚眼漣漣地迎來送去，依依不捨。

特別是他赴英國留學之前去看她的那次，分手時，梅姨抱著他的頭，用手在他的臉上撫摸著，哭了很久很久。那時，秦田感覺到，她的哭聲，不是從她的嘴裡發出來的，而是從她整整的一個人的一生的靈魂的最深處的地方發出來的。

她說，她害怕他再也不會回來看她了。還說，她害怕聽「出國」這兩個字。一九四九年她早前的那個男人，那個死鬼，她才十六歲就嫁給了他，到南京去兩年書還沒有念完，就說到法國，正在準備出國，共產黨就解放了中國。跟著是抄家，然後是那個死鬼被槍斃。五個女人，一大群孩子，她那時的年齡懂個什麼，亂轟轟的就被從那個家裡轟了出去……現在又說出國，她說，她害怕聽人說出國……

第30章　中國孤女寄往英國的信

一九九二年十月底的一天，上午十點左右，倫敦城格林公園和聖詹姆斯公園之間的公路的一個小十字路口。綿綿的秋雨中，片片落葉在秋風中飄飛。

十字路口的西北角，一根路邊的水泥杆上，兩塊呈九十度角正交著的長方形藍底白字的路標，南北方向上的路標上顯示著：Lansdown Rd. S.，東西方向上的路標為：St. James Park Rd. E.。西北方向的公路靠格林公園一邊，一溜黑色古典樣式的鐵欄杆，在路邊一排高大的法國梧桐樹的掩映下向遠處曲曲彎彎地延伸而去，幾乎完全被兩邊人行道上高大的法國梧桐樹的樹冠封了頂的馬路上、人行道上，積滿了金黃色的落葉。遠處傳來嗚嗚嗚的響聲，一輛像甲殼蟲一般大小的清掃車正在那裡轉來轉去地打著旋兒收拾地上的落葉。

馬路靠東邊是一排排臨街的豪華別墅的各式各樣花園的欄杆，幾個舉著長把黑色雨傘的人正在人行道上行走。一個身披草綠色雨衣的郵差騎著一輛自行車匆匆駛來，他將他的自行車停在Lansdown 南街一〇二六號別墅花園的鐵欄杆的門前，一甩肩膀，就從肩上的挎包裡抽出幾封信和幾份報紙和雜誌來，放進鐵門上的一個漆成綠色的鐵皮信箱裡，又啪地一聲合上鐵皮信箱的門，返身抬腿蹬上了他的自行車，然後，他吹著口哨優雅地身子一躬一翹地蹬著自行車向前滑行了一段，又一家一家地去重複他剛才的動作……

晚上，Lansdown 南街一〇二六號別墅花園二樓的一間書房裡，橙黃色的燈光下，坐在書桌前的一把椅子上的秦田拉開抽屜取出一封信來，他看著信封上的字，在發信人的地方，上面用鋼筆字寫著：

穆瑛子
江北區桃花山玉帶寺一八九號八〇六室
巴京市，四川省
P. R. China

回信地址則是貼在信封中間的一小條長方形的、他自己列印的、自己的地址和姓名的複印紙，上面的字跡是：

To:
Dr. Tian Qin
1026 Lansdown Rd. N.
St. Jimes Park Rd
London, N12 5PX
U. K.

秦田伸手端起桌上的一杯咖啡來呷了一口，又抬頭看了一眼牆上的鐘，時針正指著十一點五十分。他又把那封信放回了抽屜，然後，起身去推開書房的門，立時，書房裡便湧進來一陣時而高亢、時而又低沈洪大悠揚的鋼琴曲的音樂聲，有些音符就像晶瑩的珍珠在水晶石的盤子裡蹦跳一般，悅耳地陣陣在耳鼓裡輕敲著……

秦田知道，那是她最近總愛聽的 Ernesto Cortazar 的「Letme kiss you」的鋼琴曲。

客廳對面的一間卧房裡，有些淡淡的香水襲來，裡面傳來伍芳嬌滴滴的聲音：

「田田，田——田——，快來啊，不要老看書，去沖個澡吧，我在床上等你呢！快啊——」

「嗯——你先睡吧，我一會兒就來。」

「嗯——不嘛！快來啊——你不摟著我，我怎麼睡得著呢？」

「哎——芳子，像個小孩兒呢。」

「是啊，我就是小孩兒嘛，快來，快來抱著我，嗯？過來的時候，把盥洗間梳粧枱上的那瓶前天在高街買的香水帶過來一下，嗯，不要又忘記了。」

「好啊——我儘快，我儘快！但是，你說的香水究竟是那一瓶呢？在那兒擺著一二十種，藍色的、紫色的、橙黃色的、淡綠色的，是你最喜歡的 Co-Co Chanel ①的香奈兒5號（Chanel, NO. 5）、蘭蔻璀璨（TRESOR）②？還是雅詩蘭黛歡沁（PLEASURE）③？夜來香的雅頓白鑽（WHITE-DIAMONDS）④？或者是檀香木那樣的聖羅蘭鴉片（OPIUM）⑤？」

「你說呢？」

「我怎麼知道？」

「哎喲——我的書呆子的心肝寶貝兒喲——你全部都說錯了喲——我們摟在一起快活得像神仙的時候，你喊叫的是什麼啊？我的天啦——田——田——？」

「呃——呃——？？？」

「呃什麼？呃什——麼——？」

「哦——我知道了，知道了，就是那種……就是那種……就是那種像是在森林裡或者是大草原？」

「哎——」

「哦——哦！我知道了，麝——麝——麝香！」

「對啦——嗯——田——田——人家，人家想嘛——」

「那瓶香水叫什麼來著？」

「莎樂美（SHALIMRA）⑥。」

「嗨——我想起來了，我的高貴的皇后哦，我知道，就是你老是喜歡噴在我的睡衣上面的聖羅蘭鴉片（OPIUM）差不多味兒的那種香水，那種香水聞起來可讓人來勁兒啊，是不是有些像什麼興奮劑之類的東西摻合在了裡頭，那玩意兒讓我們連在一起那麼長的時間都還興奮不已，是不是有些什麼春藥之類的東西在裡頭？那種香水可是很昂貴呀！」

「哎喲——我的田田呢，你胡說八道些什麼啊，哦——算了吧，還是不要拿了，這些零零碎碎婆婆媽媽的小女人事情，看樣子永遠是和你說不清楚的了，今晚就用這兒的床頭櫃上的這瓶狄娃（Diva）⑦吧，還有這瓶『一千零一夜』（Shalimar）⑧。我要讓你睡到阿拉伯皇后的寢宮裡去，哈哈哈哈……親愛的，親愛的，我的親愛的寶貝哦，哈哈哈哈……」

秦田邊說就邊把書房的門躡手躡腳地輕輕地帶上，又幾步走回到書桌旁的椅子前坐下，門雖然關上了，但是，「Let me kiss you」的鋼琴曲聲還是一浪又一浪地傳了進來，那是伍芳催他上床休息的信號，當然，伍芳本來的習慣也是喜歡在睡覺前聽聽一陣音樂。最近是 Ernesto Cortazar 的「Let me kiss you」，前一段時間卻是 Ernesto Cortazar III 的 The Language of Love，後來，秦田說調子有點偏冷，就由秦田自己選擇了 Beethoven 的 Moonlight 和 For Elise，但是，聽了一段時間後，伍芳又換成了 Ernesto Cortazar 的 Beethoven's Silence。但是，秦田仍然是認為 Ernesto Cortazar 的 Beethoven's Silence 顯得太冷，於是，伍芳就換成了有些夢幻情調而又熱烈的 Paul Spoeth 的 The Hope With in Us，秦田自己倒是有些覺得可以了，伍芳又覺得太鬧了一些，所以，最近又換成了Ernesto Cortazar的「Let me kiss you」。

秦田坐在書桌前想了一會兒什麼之後，就小心翼翼地伸手到抽屜裡拿出剛才那封信，他從信封裡抽出信紙展開看了起來。

今天，他已經是第三次看這封信了。

信上的文字如下：

親愛的田田哥哥：

你好！

收到了你的信，讓我好高興，想死你拉（了）！想死你拉！想死你！你快點回來！快點！回來吻我，我好想你回來吻我！

我現在又力（離）開拉（了）迎天門賓館。主要是我不東（懂）時（事），和黃豔把客房裡客人的夫夫爽（護膚霜）拉（拿）來摸（抹）得一臉都是，一桌子都是。劉姐冒夥（火）拉（了），大罵了我兩個。黃豔被吊（調）到娛樂城去當帶位，我被李經理叫到辦公室去，他說：瑛子，你聽話吧！不要胡亂鬧了！賓館也是乘（承）包了的，很多的事我不好交帶（待），上次文市長、唐局長、你的秦大哥都在，我臉上有光，一起看戲，吃飯。文市長都買（賣）秦大哥的丈（帳），唐局長當然也一樣。我看秦大哥是個大好人。你給我流（留）個面子。劉姐說客房部關（管）不了你，不是你走，就是她走。秦大哥在英國，他托我來關（管）你，但是你要聽我話。

後來我也到娛樂城去了。黃豔先去，我先在中餐廳當招待，每天騎（旗）袍穿得筆亭（挺），但是客人狠（很）討厭，生（伸）腳動手得（的），有兩次，客人活（喝）朵（多）拉（了），石石（死死）抱住我不送（鬆）手，狗日得（的），大把大把得（的）錢那（拿）給我，就說是只想讓我和他在一起著一著（坐一坐），狗日得，我氣產（慘）拉（了），有好多人要和我照像，一個日本的老頭，狠（很）有風肚（度），樣子狠（很）次相（慈祥），很像你得（的）爸爸秦伯伯，他要和我照像，我就衣拉（依了）他，照拉（了）好幾張，他給我錢，我不要，我當他是秦伯伯，太像拉（了），他反而拿更多的錢給我，我不敢要，後來馬經理來，讓我受（收）下拉。回去一數，二十八張一百塊的人民幣。後來，日本老頭還給我寄來幾風（封）信，賓管（館）裡得日語翻義（譯）給我說，日本老頭說我像他的女兒，還有一張相片，眞得（的）像。我在想，用那些錢，給你買個什麼？

後來，我只有力（離）開拉（了）那兒，我把一個人得勞克（腦殼）打出拉（了）學（血），一臉都是，他摸我皮鼓（屁股），我拉（拿）盤子砍了他得（的）臉，當時他就到（倒）在拉（了）地下，還反（翻）百（白）眼，是個日本人！狗日得（的）我氣產（慘）拉（了）。李總和中餐廳馬大個馬經理臉都黑（嚇）白拉（了），還以爲他死拉（了），信（幸）好餐廳裡還有幾個人看見那個日本人動著（作），他先拉我的手，我車（扯）都車（扯）不拖（脫）。香港台彎（灣）的也狠（很）討厭，狗日的，只不過有幾個臭錢八（罷）拉（了）。

後來在娛樂城又是這種事，還有市裡的領倒（導），也是生（伸）腳動手得（的），我和黃豔太打眼，賓館是市裡最高檔的五星級，娛樂城裡二十多個女孩子中間，我和黃豔是最好看，她比我小一歲，她比我高兩公分，一米七。帶位就是在門口等客人進門以後，把客人帶到座位去的人，我們都穿高腰近（緊）身得牛崽服，腰上雜（紮）一根牛皮子蛋（彈）帶，上面還掛一隻（支）小手槍，勞克（腦殼）上帶（戴）一頂巴拿馬草帽。

有幾個老闆約我和黃豔還有另外幾個女孩出去玩，有時他們開本次（德國賓士）和加長林肯大交（轎）車，還去溫泉一帶，有幾個還和他們在外面過夜，我心裡有你，我不去，瑛子心裡只有你，裝不下別人拉！！！！！！！後來有一回，山城電視台新文（新聞）節目播出新文（聞）節目裡面現出來那幾個老闆，結果老闆是大官，什麼書記、長之類得（的），還在給狠（很）多得（的）中官、小官住（做）抱到（報告），手一灰（揮）一灰得（的），狗日得（的）假正經、味（僞）君子。

……太可怕拉，我不想在那兒幹。我去交赤只（辭職）抱到（報告）時，李總像要給我下跪一樣，他說：瑛子、瑛子，你不要走，什麼都好說，你走了我怎麼樣給秦大哥交待，我去給唐局長說，你實在要走也可以，但是，你隨時也可以回來……

田田哥哥，你的瑛子想死你拉（了），想死你拉（了）！！！！

你快回來，你快回來，我好想你回來吻我。不要去吻洋柳（妞）兒！！！！！

田田哥哥：吻！！！！！

你得（的）瑛子

一九九二年，中秋桃花嶺玉帶寺

按你得（的）要求，每個錯别字我抄拉（了）八片（遍）：

錯：受到老　正：收到了，收到了，收到了，收到了，收到了，收到了，收到了。

錯：高心　正：高興，高興，高興，高興，高興，高興，高興。

錯：想石老　正：想死了，想死了，想死了，想死了，想死了，想死了，想死了。

錯：賓觀　正：賓館，賓館，賓館，賓館，賓館，賓館，賓館。

錯：文你　正：吻你，吻你，吻你，吻你，吻你，吻你，吻你。

秦田看著眼前的信，信裡邊字裡行間多如牛毛的錯别字，再看著窗外雨後那一輪彎彎的發出柔柔的藍光的月亮，想著那月亮昨天、前天、大前天、一天天地倒退回去，退到月亮變得圓溜溜、亮晶晶的時候……

他感到潸潸而下的淚水順著臉頰順著嘴角流到口裡鹹鹹的味兒，他的喉嚨一陣陣地哽咽，他陷入了一陣陣的恍惚之中，眼前一片溟濛……

「噹——噹——噹——噹——噹——」

窗外，萬籟俱寂的夜空，從東邊傳來泰唔士河畔倫敦城大笨鍾的嫋嫋的噌弘的鐘聲……那聲音仿佛是他的命運之神的手指，在彈撥著他的心靈深處時常自然而然地靜止下來、鬆弛下來，現在卻又繃緊了起來的靈魂之弦發出的聲音……

他開始聽到了那根弦被幾根手指彈撥的聲音，在他的心腔的深處鳴響著震盪起來。

一陣細細的、沈沈的、那麼遙遠、那麼辛酸、沈重、柔柔媚媚、親親昵昵、血脈溶溶的和絃的共鳴聲，由遠而近地，來了……

---

①香奈兒（Co-Co Chanel），國際香水界傳奇人物，於一九二一年創制香奈兒5號（Chanel, NO. 5），「5」是夏奈爾女士的幸運數字元，在其精品系列中，不論珍珠錶鏈、首飾，均以5為單位，其開瓶香味為花香乙醛調，持續香味為木香調，No. 5 的花香，精緻地注釋了女性獨特的嫵媚與婉約，每盎司價格為一百七十美元。該香水適合於二十至四十歲成熟的女性，白天、夜晚都給人以靚麗自信的風格。它是香水中著名的品牌之一，迄今久盛不衰。在二、三十年代，幾乎每個女人都渴望擁有它，認為是成功女性必須擁有的東西。直至一九九〇年代，在國際女性香水排行榜中，一直獨占鰲頭。

②蘭蔻璀璨（TRESOR），水果（花）香調型香水，在頭香中突出了甜甜的水果香韻。表現出女性獨立自主，清新奔放的感覺，尤為年輕女性所喜愛。在東南亞、日本暢銷不衰。

③雅詩蘭黛歡沁（PLEASURE），屬於清新花香調的香水。

④雅頓白鑽（WHITEDIAMONDS），以花香為主調，香味濃鬱，是一種相當女性化的香水，尤為偏愛甜花香如玫瑰、夜來香等花香的成熟女性所喜愛。

⑤聖羅蘭鴉片（OPIUM），屬於濃香型，多以後勁無窮的木香、檀香為主，配以辛辣的頭香和持久的動物香。香氣渾厚濃鬱，定位為誘惑和禁忌，呈辛辣的東方調，更適合於二十五至四十歲成熟、自信和妖媚的女性。

⑥莎樂美（SHALIMRA），屬於神秘—東方之香系列（Oriental）香氣濃烈、刺激而長久，具有典型的東方神韻色彩。所含的麝香、龍涎香、香草香、檀香的成份比較高，因此適合晚上使用，給人一種朦朧、高貴、典雅、神秘的氣質。這一類型的香水是一直流行不衰的香味，如一八八九年出品的世界級香水 Jicky 現在還可以買到。目前最著名的神秘—東方香口味的香水有YSL一九七七年出品的鴉片（OPIUM）、嬌蘭、以及 Amouage、Bala Versailles、Chantilly、Coco、Dioressence、Nahema、Poison、Samsara 等。莎樂美（SHALIMRA）是其中較為典型的一種。

⑦狄娃（Diva），屬於有「液體鑽石」之稱的當今世界上排列前十位的最昂貴的香水之一。屬繁複香味型，適合最時髦和最浪漫的女人，由恩加羅（Ungaro）公司出品，每盎司一百九十美元。

⑧一千零一夜（Shalimar），屬於有「液體鑽石」之稱的當今世界上排列前十位的最昂貴的香水之一。嬌蘭（Guerlain）的香水，有東方松脂味道，每盎司一百七十美元。

第31章　上刀山下火海

一九九二年六月初夏的一天，巴京市市中區三清寺東山四路一二〇號宿舍樓二樓的一個三居室的套間裡，回國探親的秦田有些張皇失措地站在客廳裡的一個角落，他看著有些歇斯底里的穆瑛子在客廳裡走來走去手舞足蹈地喊叫著，她喊道：

「不要你來管我！不要你來管我！不要你——」

穆瑛子站在客廳的門口，尖聲地吼叫著，嗚嗚咽咽、淚流滿面。

她疑惑地、悽惶地、有些不敢相信地抬起頭來，看著秦田的眼睛，半推半就地鬆動了本來正在掙脫著的、秦田把她拉近自己的身邊的手。她的目光有些呆呆地，她看著秦田把她拉到他的胸前，又用一雙手掌攏了她的面頰，俯身顫抖著、柔聲柔氣地對她說道：

「瑛子，聽話，聽話，你聽話……你……」

秦田邊說又邊將攏在了她的面頰上的一雙手滑了下來，摟在了她的肩膀上、背上、腰上。

她就勢地將她的一雙手緊緊地摟在了他的脖子上，面頰也緊緊貼在了他的強壯的胸脯上面，又使勁地用腦袋撞著他的胸膛。

「不要你來管我！不要你來管——不要你來管——嗯……嗯……嗯……不要……嗯……」

她仍是嗚嗚咽咽、淒淒惶惶地抽搭著……

秦田噤聲了，由先前的暴怒漸漸地減弱下來。此時，他已是呆立在了那套三室一廳他出國期間一直是她在使用的房子的客廳裡。那時，他柔聲地說著：

「我偏要管！我偏要管！我偏要——我……」

「你原來在幹什麼？你原來在幹什麼？你——你原來——嗯……嗯……」

瑛子的哭聲又大了起來，越來越大，竟變為傷傷心心的號啕大哭……

「哎——哎——哎——哎……」

秦田開始粗聲大氣地喘息、歎氣……

秦田張開了那雙大手，並高高地舉了起來，有些像戰場上投降的士兵那副樣子，他遲疑不決了好一陣。後來，他用那雙手一把把她摟抱在了懷裡，緊緊地摟抱著，那樣子，好像是誰要從他的懷裡搶走了她似的。又用一雙手掌去捧了她的頭顱，手背上還淌著血，就在她的披肩的黑髮裡遊弋著，又俯首去吻她的面頰，吻她的面頰一側雪白的臉皮上面印著的五個手指印，那是他剛才一記重重的耳光後青青紫紫地凸現了出來的的五個手指印，她的嘴角還掛著幾絲血痕。

「嗯……嗯……嗯……」

瑛子還是用腦袋去撞擊著他的胸膛，哭聲越來越傷心，越來越悽惶，嗚嗚咽咽、聲調忽高忽低、聲音時大時小……他知道，那哭聲，是那一個女人，用了她的整個的生命，在哀泣……

秦田知道，她並不知道。

秦田卻知道一切。因此，他才感到更加悲哀。

秦田感到那哭聲讓他傷感、麻木、害怕、恐懼、最後由恐懼變為他的極度的擔憂。他擔憂著她是那麼的弱小、那麼的孤獨、那麼的可憐、那麼地完完全全、實實在在地應該由他秦田來關愛她，守護她，不是一時一事，而是她的終身！

秦田知道，他的一顆心，是一顆人的良心。那顆心所背負的事情，是沒有幾個人知道的。知道的人，也是對他無能為力。就連他的面前的她，也是永遠無法知道的。他是一生註定了，要像她的影子一樣地伴隨著她。

因為，秦田知道，有那麼多雙眼睛，無論從另一個世界，還是眼前的世界，都在殷殷地看著他……

而且，更重要的是，他的一雙最近的、也是最大最亮的眼睛，從心的最深處，在看著他自己的一舉一動。甚至於，一絲一毫的念頭。

在倫敦時，忙於學習還感覺不到，現在，身處此境，他才感到她是多麼地需要他啊！

秦田沈思良久，四顧茫然……

秦田長歎一聲之後，俯下身來，一隻手穿過她的肋下，另一隻手穿過她的大腿，像手裡捧著一件十分易碎的珍貴的器皿似地、淩空把她抱了起來。踉踉蹌蹌地穿過客廳，穿過那些剛才和她扭扯時撞翻在地的茶具，地上摔得白花花的碎瓷器、深褐色的濕漉漉的茶葉渣滓……他抱著她衝進了卧房。

他將她輕輕地放在了床上。

她閉上了眼睛，臉偏向了一側。另一側臉頰上面剛才還是青紫色的五根手指印，現在已經變得紫黑紫黑腫得亮亮的一片了。一串串的淚痕在臉龐上面浸漬開了她的眼瞼上、睫毛上、面頰上、嘴唇上的什麼睫毛膏、粉底、胭脂、口紅等等化妝品，使那張臉孔看上去有些怪模怪樣、像京劇演員在後台化妝時那副亂七八糟的樣子。

他怔怔地，一言不發地看了她一會。她仍舊在那兒嗚嗚咽咽地哭泣……他突然撲了上去，粗暴地用手去翻她的衣兜，上衣兜、下衣兜，什麼進口的「摩爾」牌加長型女式香煙、「紅箭」牌口香糖、一些人民幣紙幣、過了期的電影票、幾張男女香港電影明星的照片。他又去翻她的褲兜，卻見她用手死死地捏住了褲兜不放。秦田用手去想掰開她的手指，她竟然用上面長了長長的指甲的手指去抓他的手背，還伸了頭去用嘴要咬秦田的手。秦田本來就已經在流血的手背，現在又添了幾道血痕，鮮血順著他的手背流了下來。但是，秦田還是把在床上滾來滾去的她強制地背朝天、臉朝地地壓在了床上。他一屁股騎坐在了她的大腿上，一隻手把她的雙手拎扭在了背後，另一隻手強行地在她的牛仔褲的屁股後面的兩個口袋裡搜出了幾個薄薄的玻璃紙袋。秦田拿在手裡仔細地看時，他看清楚了那是幾個透明的避孕套！

秦田在那裡怔怔地把手裡的避孕套看著，他呆了好半天……

秦田突然像瘋了似的啊——啊——啊——地狂吼起來，又把手裡的幾個避孕套扔向空中，就勢跪在了那裡用雙手在自己的頭頂上拚命地嘭嘭嘭地捶打起來。

過了一會兒，秦田又咣咣咣地在她的屁股上用手掌一陣猛打……淚水竟然嘀滴答嗒地從他的眼裡一陣陣地流了出來……

後來，他就著那姿勢，仍舊是騎坐在了她的大腿上。他用了一隻手伸到了她的腹部下面。他解開了她的褲腰上的鈕扣、拉鏈……她一動也不動地躺在了那兒，任他的手在她的身上一件一件地脫去了她的衣服，直到一絲不掛地、赤裸裸地側身躺在了那兒。他來不及脫掉自己的衣服便撲了上去，緊緊地抱住了她的軀體。那一瞬，她突然號啕大哭了起來，哭得太猛，她竟然嗆得上氣不接下氣地喘了好幾口，她竟然像孩子一般地撲在了他的懷裡，死死地摟了他的頭，用她的嘴在他的臉上一口又一口地狂吻，眼淚更是雨點似地灑在了他的臉上。她一件又一件地像他先前脫她的衣服一樣地，脫著他的衣服……

他快速地，沒有任何中間過程地、直接地進入了她的身體……

他的心裡發出了巨大的歎息。

他曉得，他已經挪開了那塊巨石。那是一塊那麼多年來，一直壓在他的心裡，也壓在了他的母親的心裡，甚至，也壓在了他的，到另外一個世界去了的父親心裡的巨石。無論是什麼樣的果子，他現在都把它吞下去了。

就是上刀山下火海，他也鐵了心。

那時，兩個流著了淚、流著了血的赤身裸體的男女，竟好像是天作之合般地，在那張床上哭喊著瘋狂地交媾起來……

第32章　私設公堂

秦田想著那幾個成天纏著穆瑛子的城裡的小痞子。

一個是販煙起家的。一個是買舊衣服起家的。一個是話劇團的美工、督院街一帶的黑社會舵爺。還有一個是市委一個新貴的做房地產生意的公子。還有幾個可能老實一點但也不太可能是安了好心的，什麼美術學院的講師，一家工廠廠長的兒子，市委機關一個部長的年輕秘書。

那些人把個桃花嶺玉帶寺瑛子養父母（瑛子自己並不知道那是她的養父母）家的工廠的宿舍區鬧得個烏煙瘴氣。常常死皮賴臉地痞在瑛子的家不走。工廠保衛科、地段居民委員會、甚至於派出所拿他們都無法。有兩次鄰居的小夥子去多說了兩句，就被打得鼻青臉腫……

幾邊還開著車明火執仗為了她打了好幾次群架。

人們都有些吃驚，怎麼那樣的一個污穢橫流、蓬頭垢面的產業工人聚集的地面上，竟然有像穆瑛子那樣的美女子。左看右瞧，怎麼樣也看不出穆瑛子身上有那一丁點兒像一尊鐵塔般五大三粗的穆金明，或者說有半點兒像穆金明的皮球一般圓頭圓腦的老婆蘇大美，更不要說像她的一臉粗粗糙糙平平常常貌不起眼的姐姐穆小麗和弟弟穆小剛。

秦田記得，當他去年暑假從英國回去的第二天，和他的母親林伊去玉帶寺穆金明家看瑛子時，瑛子不在家，穆金明兩口子把一兒一女叫到了外面，關起門來，就一把鼻涕一把淚地數落起穆瑛子來了。最後蘇大美竟是拉著了秦田的手，要叫秦田把她帶走。說是把她帶到英國去算了，他們家養不起她那樣的貴人。她說，她害怕瑛子那樣的情形，遲早有一天會鬧出不知道什麼樣可怕的事來……

秦田又見母親流著淚對他們兩口子說：

「這麼多年都過來了，一定要堅持下去……一定……秦田遠赴英國，我又長期住院，荒疏了來看望你們，我們有責任，以後我會常來。秦田在北京的時候，不是每次回來都要去看你們嗎？上大學以前一天到晚他們兩人不是都在一塊兒嗎？瑛子出落成了個大姑娘，是你們的養育之恩，積了大德！我們全家，瑛子全家，無論在世的還是不在世的，都感激你們。又說，當年把瑛子送出去，也是無可奈何的事，長大了，你們又捨不得還給我了，叫我怎麼辦才好……」

秦田又想起來了前幾天的事情。

秦田前幾天暗中叫市警察局刑警大隊的一幫人，在他的市裡一個分管司法的負責人的朋友的授意之下，在兩天之內，把那幾個打群架的傢伙一個個「請」進去「瞭解情況」的情景。進去了四個，卻只出來了一個。因為全都有前科。

出來的一個卻是市委裡文革中靠造反起家的新貴副市長薛家倫的小兒子薛李。

薛李出是出來了，也許比不出來還要好。

薛李出來的第三天，當他正在臨江門的一家夜總會的包房裡和兩個脫得光光的妓女幹事兒時，門就被幾個莫明其妙的便衣人踹開了。他們只讓他穿了一件褲頭，拿了車鑰匙，就被拖了出去。不管薛李問：兄弟、兄弟這都是為了什麼？究竟是為了什麼？要錢要女人要什麼都好說！後來他見那幾個人腰上都藍光閃爍的有鐵傢伙，就再也不敢吭聲了。那五六個人就是悶聲不響、一言不發地一陣又一陣地暴打他的光身子。屎尿都打了出來，白色的三角褲頭上面黃黃綠綠濕漉漉的一大片，臭氣熏天。還有人吭吭哧哧地發動了他的黑得錚亮的賓士六〇〇型德國轎車，開到一旁去先將油箱裡的汽油用一根塑膠管子排到一個花園的土裡。排光了以後，再開到一堵石牆前面，對著那堵石牆一倒一進轉來轉去地乒乒乓乓地猛烈地碰撞著，青條石都撞裂了幾塊，直到那轎車被撞得前前後後都凹凸不平地變了原型。秦田就在旁邊兩腳叉開、雙手合抱胸前、紋絲不動地立在那兒，臉上毫無表情地一言不發作壁上觀。無論那場面是如何如何地鬼哭狼嚎、怎樣怎樣地慘不忍睹。那幫動手的人就跟機器人在處理工件似的，不急、不緩，既專業又一絲不苟地毫不含糊……

後來就見秦田從褲兜裡掏出一隻黑色的手機，按了一陣號碼後就舉在耳邊說了一陣什麼。不到二十分種，就見花園旁邊的停車場上魚貫而入地一溜無聲無息滑進來了七八輛轎車，除了一輛日本的凌志是白色的外，其餘的都青一色的是黑色。只聽見一陣劈劈嘭嘭關車門的聲音，就見從那些車上下來了十來個穿黑西裝戴墨鏡的男人，其中一個從那輛白色的凌志車上下來的人就徑直走到了秦田的身邊。那人是個大腹便便的胖子，他剃了一頭板刷似的平頭，取了墨鏡的臉上兩道橫臥的蠶眉，一臉的橫肉上是兩腮和下巴連到脖子的剃得發藍的連絡鬍子。只見他對著秦田微笑了一下就說道：

「秦哥，怎麼整？」

秦田看了他一眼，冷笑一聲問道：

「拜哥來了嗎？」

平頭舉手在空中向站在遠處花園裡的那十來個穿黑色西裝的人輕揮了一下，就見那邊過來了五六個人。其中一個走路時身子左右地搖晃著的瘦小的矮個子，一眼就可以看出是個瘸子。及待走到近前時，明顯可見他的那條不能夠正常彎曲的腿是條木棍似的假腿。瘸子身邊的幾個人都是人高馬大的大漢，其中一個手裡還提了只黑色的大提包。那時，就聽平頭說道：

「拜哥，還不上來感謝秦大哥，你們也是十來年沒有見過面了吧？」

只見那瘸子三步並了兩步地撲向秦田，又一下子將那條好腿碰地一聲就當了眾人的面跪在了地上，又雙手握拳向秦田連連地點頭打躬作揖沙啞著聲音泣道：

「秦田，好多年沒見面了，你今天還能夠見到我張展，全憑了你的關照，要不，老子早就死在岫山那個水銀廠裡頭了，你打了招呼才把我轉到了二監獄，那邊伙食好，又有你老頭子的部下關照，哎……狗日的文化大革命，狗日的！別的不說了，出來這幾年，我還可以。當然，多虧了幾個老同學和兄弟夥多方關照……只是可惜了靳俊，現在還埋在陸陽那個荒山野嶺上。還有唐少華、林乾、馬老五馬鼻樑和胡小川胡駝背兒幾個。胡駝背後來從岫山放出來又去打架，後來死在奉節，怎麼死的簡直是七說不一。我的事情就不說了，你都曉得，狗日沒有想到的事情是那些傢伙居然有手榴彈，連摔了三顆過來，把老子們的腿也炸飛了，腿接好了又日他媽的進牢房，他媽的，還是狗日的文革，唉——不說了！幸好你娃當時離開了陸陽，依你那個脾氣，要是在陸陽，你娃肯定是早就完蛋了，不死也得關，不關也得殘！你說呢？聽說你還到陸陽去給靳俊上過墳，還到處去找他藏的那顆手榴彈，你到哪裡去找喲，我們都還藏了好多顆手榴彈，後來全部找不到了，唉……不說那些了，老大說今天要怎麼整？狗日的造反派，當年操老子們的家，今天還要耀武揚威的，你說，怎麼整？老子們今天非要把那個雜種整到位！魯哈，傢伙都帶齊了莫？」

「齊了。要整就快點！」

那個手裡提包的叫魯哈的大塊頭就伸手到黑色的提包裡去扯出一把沈重而又鋒利的切菜刀來，又在秦田的面前晃了一下，然後，又將那把菜刀放進了黑色的提包，再問道：

「那個雜皮在哪裡？」

秦田就朝花園那邊的那棟小洋樓努了努嘴巴說道：

「在一樓的屋子裡，局子裡的幾個夥計正在打整。」

拜哥就問秦田道：

「下哪些零件，怎麼個下法？」

秦田冷冷地說：

「三個手指頭，兩隻耳朵。」

那時，只見拜哥的嘴角泛起一絲笑紋說道：

「乾脆把雞巴給他整脱算了，或必搞得那樣三三兩兩血骨淋蕩的囉嗦？」

一頭板刷似的平頭就上來說道：

「好了，聽秦大哥的，不說了，血骨淋蕩就血骨淋蕩，今天就是來見血的。這個雞巴人帶的一幫子新貴衙內去年夏天在江北野馬溪強姦了好幾個民女，才他媽的十五六歲的女娃兒，後來有一個跳河自殺了才把事情鬧大，扯了個狗日的半年，一直鬧到了省政府，最後還是在上頭不了了之了。他媽的，這些事情就只有民辦了！民不究官不追的也太他媽的便宜了這個雞巴小舅子的雜皮！老的也壞少的也壞，日他媽的新仇舊恨一齊算總帳！拜哥你掌刀，也是給你當年被操家那些事情扯個回銷，但是，不要把那個雜皮搞斷了氣，魯哈和李疤眼還有宋長腳蚊你們幾個把那個雜皮拿繩子捆結實再動手，免得他娃像條鯽殼魚那樣亂扳，動作要快。其他就不說了。上。」

一群人就直奔花園那邊的小洋樓去了。

後來，只聽見裡面先是傳來幾聲打耳光的脆響聲和男人低沈的命令聲，後來，就傳來幾聲毛骨悚然的慘叫……

那個時候，秦田都和頭上理著板刷似的平頭的胖子在花園裡說話。

原來，和秦田說話的那個胖子，正是秦田小時侯經常逢年過節到他家來玩的曾家岩的餘剃頭匠的三兒子，他現在已經是巴京市一家千萬資產的地產公司的董事長。兩家人的友誼從秦田的父親秦清一直傳到了今天的兒子輩。當然，那個當年的剃頭匠的兒子餘嘉西，今天也是一個在地方上黑白兩道通吃的傢伙。但是，對於秦田的事情，他還是有求必應的。

現在，隨著小洋樓那邊傳來的幾聲毛骨悚然的慘叫，就有人出來來到秦田他們面前，又從手裡提著的黑色提包裡取出一個透明的塑膠袋來，只見那個血糊糊的塑膠袋裡正是一個人的三個手指頭和兩隻耳朵。見到了那個血糊糊的塑膠袋，秦田就彎腰蹲在了地上一陣陣地幹嘔，卻又見他眼淚長流地低聲地嘶聲痛哭一陣。

平頭好像是知道什麼，又不好多問，就上前輕聲問道：

「秦哥，為什麼要三個手指頭和兩隻耳朵？

只見秦田站起來朝平頭揮揮手輕聲説道：

「唉……三娃子，你不懂哦，説了你也不懂，三個手指頭和兩隻耳朵，三個手指頭和兩隻耳朵，老子今天還算是便宜了他，三個手指頭和兩隻耳朵，哈哈哈……哈哈哈……一條大腿、肚子上兩刀！一個上吊的，一個發瘋了的！哈哈哈……哈哈哈……你打我的左臉，我就將右臉拿給你打！哈哈哈……哈哈哈……你打我的左臉，老子就把你的右臉打爛！哈哈哈……你來拿我的裡衣，老子就把你的皮都扒下來！哈哈哈……哈哈哈……」

那時，就見小洋樓那邊的一干人馬全都出來了，又在平頭的示意下一個個跟秦田點頭告別後向花園那邊的一幫黑衣人走去，再又都去發動一輛輛黑色的轎車開了出去。最後是平頭和瘸著假腿的張拜過來和秦田又寒暄了一陣。之後，也上了那輛白色的淩志車開走了。

整個私設公堂的行動都是秦田和刑警大隊的朋友策劃的，其中，更有秦田早年的女朋友，老警察局長杜文斌的那個天不怕地不怕的三女兒杜林在中間插了一手，那個時候，杜林早已經是警察局的副局長兼緝毒處的處長，又是雲貴川幾省都赫赫有名的警察系統的大姐大和著名的警花皇后了，他的老公更是前不久才從XX野戰軍的一個師長調任到省裡的武裝員警總隊隊長鄧虎。

秦田聽刑警大隊長熊淮海和大隊副兼兇殺組組長邵堅兩個老紅軍的後代説，那個分管市裡財政的新貴副市長薛家倫，正是令他們恨得咬牙切齒的當年的機關裡的造反派頭目。

其實秦田心裡最清楚，他還牢牢記得當年在「三號樓」的花園裡那個頭戴鋼盔用帶血的匕首在向日葵上揩搽血跡的下巴和腮幫子寬寬的人。只不過，當時鄭毅叔叔是被打得昏死了過去而不知道是誰用匕首捅了他幾刀。而文革後調查時，當時肇事的十來個人大都在後來的一次大型武鬥中陣亡，那件事情就成了一個無頭案，但是，一直就有人暗中檢舉那次事件和現任副市長薛家倫有關，還有人寫信呼籲當時的受害者，現在只有一條腿的警衛員段勇和挨了兩刀的司機鄭毅叔叔，還有被弄到教堂裡遭強姦爾後自殺身亡的沈麗娟的家屬共同站出來去揭露副市長薛家倫，但是，人們卻無法去找到死者沈麗娟的家屬。

最後，秦田看那幫刑警隊化裝成便衣的人和後來平頭帶來的一夥人把那傢伙也收拾得差不多了，才慢吞吞地走了過去，用白色的手絹捂了鼻子，拿皮鞋的尖頭在他血糊糊的已經被割掉了兩隻耳朵的面頰上輕輕地蹭了幾下。看他翻了翻死魚似的白眼，就十分鄙夷地蹲下身去，面面相覷地睥睨著他，一言不發地看了好一會兒。最後，輕聲地說了兩句：

「告訴你的老爹薛家倫，想想他有多少本錢胡作非為？管好你的雞巴，下一次要是再讓老子們逮住了你，就保管有人給你狗日把零件下了！」

看他點頭如貨郎鼓，秦田才起身離去。

有人又上去嘭嘭嘭地像踢皮球一樣把薛李狠踢了一陣。一幫人才發動了一亮灰色的麵包車，屁股後面冒著青煙絕塵而去。

第33章　折斷了的向日葵

一九六七年夏天，巴京市市委機關大院「三號樓」門前，時值鄒知遠被警察局抓走後一周不到，一輛急駛而來帶頂棚的解放牌軍用大卡車嘎然而止地停下來，後門開處，從車上嘭嘭嘭地跳下來一大幫全副武裝殺氣騰騰的造反派。他們不由分說地衝進了院子裡，手裡揮舞著各式各樣的武器，說是要找反革命資料。他們在那裡把幾間屋子翻了個底朝天，連地板都撬開了。

中間，有三個女的押了沈麗娟抱著她的嬰孩哭哭啼啼地出去了有一陣子。他們讓她將她不到一歲的嬰孩交給了鄭毅叔叔的老婆景桂花照看之後，又將沈麗娟押了回來。

秦田看見，那十來個造反派中間，除了四五個穿藍色中山服的人是機關裡的幹部和勤雜人員以外，其餘的全是一些陌生人。其中還有幾個臉上戴著眼鏡的大學生樣子的女孩。他們頭戴布軍帽、軍用鋼盔，身穿藍色的勞保服，或者草綠色的軍服。他們胸前掛著紅底金像的毛主席像章，胳膊上戴著紅布黄字的袖章，袖章上方標著一排小字是「誓死捍衛毛澤東思想」，中間幾個大字是「長征造反兵團」。每人身上都是全副武裝，什麼肩上斜背的子彈帶，市委警衛連解放軍站崗用的帶刺刀的半自動步槍、五一式、五四式手槍，還有幾支掛著圓盤型和長條型彈夾的什麼美式湯姆森衝鋒槍，金屬槍托可以收縮的義大利的貝雷塔式衝鋒槍，彈夾在槍身左側、槍托上面還有手槍把的樣子古怪的英國史特靈式衝鋒槍。他們胸前掛著牛皮彈夾，腰上的皮帶上，前後左右都掛著手榴彈、手槍、匕首等等武器。

秦田之所以認得那些武器，是因為他早就熟悉那些武器。

秦田很小的時候就常常跟著父親到市裡的幾個射擊場去看他們打靶。父親和段勇叔叔、軍長藍斌伯伯以及幾個軍官，幾個軍官裡面有時就有騶知遠叔叔。他們用各種武器射擊。雷伯伯還打重機槍。

他最喜歡看、但也最害怕看雷伯伯在虎洞山射擊場打重機槍。老頭子和藍斌伯伯有時也去擺弄幾下。什麼帶了兩個輪子打起來還要冒青煙、還要不停地向裡面灌水的的馬克辛重機槍，還有除了帶著兩個輪子外，槍管和後槍身都特長，就像一挺高射機關槍一樣的蘇式郭留諾夫重機槍。秦田和梅姨、有些時候也有母親就站得遠遠的躲在一間小屋子裡，隔著玻璃窗看著他們戴了烏亮烏亮的綠鋼盔，穿了綠色的防彈背心，手上還戴了白色的手套，兩人一組輪換著當主射手和副射手。多半的時候都是雷伯伯當主射手。一兩分鐘的爆響之後，當副射手或者說叫填彈手的老頭子就要給雷伯伯換一個裝子彈的鐵盒子。遠處看過去，雷伯伯打著重機槍的時候，那些跳出槍身的彈殼，就像是一些金色的小魚在水面上蹦跳一樣。十來分鐘下來，那地上就扔著七八個空鐵盒子，遍地都是青煙四冒硫磺味刺鼻橫七豎八擺得黃燦燦一地的子彈殼。起先，秦田還要去撿一些來送給同學玩，有兩次手上都燙起了泡。後來，他自己屋子裡書桌下面的抽屜都裝得滿滿的是那些子彈殼，他也就不再撿了。只是又撿了一些各式各樣的子彈殼，問了段勇叔叔那些各式各樣槍械的名稱，像他集郵票和香煙盒紙一樣將那些子彈殼也集存了起來。有些槍械段叔叔也不知道，只有去問虎洞山射擊場的教練毛森伯伯。聽老頭子講，毛森伯伯是原來蘇聯紅軍大學槍械系畢業的高材生，回國後蔣經國叫他負責國民黨一家大型軍工廠，擔當總工程師的職務，全國解放後作為國民黨高級知識份子留了下來。

有時候，父親還帶了他和梅姨，扛了他的兩支他五十年代初到蘇聯參觀時，蘇聯人送給他的樣子十分華貴的雙筒獵槍，叫鄭毅叔叔開了吉普車，和藍斌伯伯帶來的幾個軍官開的吉普車或者黑色的伏爾加轎車，到很遠的山裡去打獵。晚上，他們就住在那些地方農村人的家裡。

那種時候，秦田就很高興和興奮。就像籠子裡放出的鳥一樣。不單是回到家有野雞野鴨野兔野鹿子和其他的野味可以吃，最主要的是，他還可以和藍箭、藍芸、鄒雪妮、荆西北、荆西南、甯大強、甯卓婭等等一幫小孩在一塊玩耍……

秦田站在葡萄架下面，看著造反派身上的武器正在冥想的時候，聽見裡面先是摔盆打碗唏哩嘩啦的聲音。女人爭辯的哭叫聲。後來就傳出來劈劈啪啪地有人在摔耳光，女人的慘叫聲、女人的怒罵聲。好一陣子，秦田才聽出來那女人爭辯的哭叫聲和後來的慘叫聲都是鄒雪妮的媽媽的聲音。

聽人講，那幾個月，鄒雪妮跟同學到外地去串聯搞革命去了。

鄒雪妮一去幾個月就不見了人影，是真的串聯去了，還是出了什麼樣的事情？那年月，砲火連天、兵荒馬亂，誰也顧不了自己，就更談不上別人的事了。

後來，來了一些看熱鬧的人。他們越圍越攏，而且還人還越來越多，過了一會兒，又被裡邊的人趕開。再後來不知有誰出去了一會，帶來了司機鄭毅叔叔領來的幾個機關裡的司機，還有段勇叔叔和辦公廳另外幾個警衛員。他們試圖阻止造反派將人帶走。段勇叔叔和鄭毅叔叔上去找他們論理，結果鄭毅叔叔被五六個大漢用槍押到了假石山下面。有一個傢伙舉起一支手槍對著他的頭頂上方連開了幾槍，槍聲把圍觀的人都嚇跑了，幾截被子彈打斷了的樹枝從樹上嘩啦啦地掉了下來。

秦田躡手躡腳地躥到了三樓小閣樓的房間裡。他全身戰慄著、大口大口地喘著粗氣。他腳顫手抖地關了窗户。好一會兒，他才屏聲息氣地側身在暗處從百葉窗的縫隙裡向下面看去。

他看見五六個傢伙對著鄭毅叔叔用槍托、手槍把一陣亂揮。後來，有一個傢伙又用匕首在他的腹部捅了幾下，直到他倒在了地上不能動彈了為止。那幾個人才又轉過身來，對著他的方向走了過來。他害怕著向後一縮身，見下面的人沒有抬頭看，才又伸頭從百葉窗的縫隙裡看下去。由於視角是從上向下幾乎呈四十五度到六十度之間的角度，那幾個人走得近了以後，他只能看見他們頭上陽光下閃閃發光的鋼盔和手裡倒提著的步槍。他看見有一個傢伙閃身走出那一群人進到了門前的小花園裡。那人蹲在花園的土裡，用一隻手倒握著閃光的匕首，一下一下地，上上下下地揮手將手裡的匕首刺進土裡。後來他又站了起來，叉開雙腿，勾著頭慢吞吞地用手裡的匕首在一顆向日葵的枝葉上揩搽。那一瞬間，秦田的視線落在了他陽光下閃光的綠色的鋼盔上，又順著鋼盔上的扣帶向下滑在了他的臉頰側面剃得光光的、如同步槍上面的拷藍一般有些森森怕人的腮幫子和下巴上，秦田突然感到那人臉上寬寬的鼓鼓的腮幫子和下巴好像在哪裡見到過。又一瞬間，秦田的視線被扯到了鏡片反射著銀光似的匕首上，亮閃閃的光點四面閃射的光線針樣地亂螫一陣，他的眼睛一陣迷茫……再眨眨眼看時，那人已經消失。

秦田又努力地去回想剛才見過的那頂綠色的鋼盔下面臉頰側面剃得光光的、如同步槍上面的拷藍一般有些森森怕人的、寬寬鼓鼓的腮幫子和下巴，忽悠地，眼前就冒出一張兇狠的人臉來，那不是每次揪鬥機關裡的領導幹部時，都衝在最前面的那個市委機關延安造反團的團長，那個原來是辦公廳後勤處的一個管機關裡的花工的副科長薛家倫嗎？

怎麼會是他呢？他怎麼又會使用匕首去刺鄭毅叔叔呢？

秦田突然又想起前兩年，薛家倫在機關的籃球場上給他們講在中印自衛反擊戰時，趴在灌木叢裡一趴就是幾天幾夜地用步槍射殺頭上纏著包頭布的印度兵的事情，他對市委警衛連的那些新兵說，印度的那些頭上纏著包頭布的錫克教大鬍子士兵，個個都是百步穿楊的神槍手，因此，雙方就只有比耐力了，幾天幾夜不睡覺地趴在草地和灌木叢裡，日曬雨淋都還是其次，關鍵是那些可怕的蟲子咬，簡直就是要咬死你，幾天幾夜趴下來，印度兵受不了了，就暴露了他們的目標，結果就嘭嘭嘭地幾發點射送了他們的性命。又說，開玩笑，我們這邊上去的都是些什麼人，就像咱們這號人物，那是打了多少萬發子彈才堆出來的一個個的神槍手……

秦田回過神來再仔細地透過百葉窗的縫隙看下去，他只看見那棵向日葵被折斷了的幾片葉子耷拉著掛在那兒。幾片撕裂開的，揉爛了的綠色的葉面上，有一些褐色的泥土，和烏紅色的鮮血……

由於距離遠，關了窗户又聽不見聲音，他感到似乎一切的畫面好像都似是而非影影綽綽地如同電影裡的無聲畫面一般。

後來又過了一陣，一些閃光的鋼盔和軍帽亂哄哄地踴了出來。

他們在一樓的屋簷下面踴動一陣之後折向東面，秦田在樓上的百葉窗的縫隙裡就再也看不見什麼了。

鬧哄哄的有人在高聲的喊著説了些什麼，又聽見砰砰砰一陣窗户上的玻璃都要震落下來的槍聲，跟著是一陣沈寂。又是一陣讓人毛骨悚然的把什麼東西投到了水裡的嘩啦聲，接著是一片哈哈大笑聲、劈劈啪啪的鼓掌聲。好像還有人在遠處高聲地説話，像他以前在游泳池裡那種亂哄哄的水聲人聲嘈雜的混聲之中説話，那聲音模模糊糊説：

照像、照像、照像，照這邊、照這邊，照那邊、照那邊，照他的臉、照他的臉，把鏡頭拉近點、把鏡頭拉近點……

亂哄哄一陣，秦田在樓上百葉窗的縫隙裡又看見一樓的屋簷下面晃出來一些鋼盔和軍帽，就聽見一陣刺耳的、讓人瑟然驚悸、讓人心都揪緊了起來的女人的尖利的哭喊聲。跟著就看見那幫傢伙全都擁了出來，先是推搡著，緊接著是兩人強架著，再後來是四人抬手抬腳地把鄒知遠的妻子沈麗娟擁出了院子的小門。

他們直接地從花園裡踩踏了過去，在花園裡留下了一片殘花敗絮……

後來，裝著造反派的大卡車開走後，秦田和梅姨才走了出去，院子裡已經來了好多的人。有幾個人衣服都沒有來得及脱掉，就跳到了齊胸的水裡，用手把段勇叔叔托著弄出魚池。他濕漉漉的頭髮上沾滿了點點綠色的水浮萍和一些小小的褐色的水螺獅、一些閃著水光的黑色的頭髮貼在死白的臉上。他全身濕透，殷紅的鮮血順著貼在身上不停地淌著的水的衣褲濃一股淡一股地滲了出來，流在那幾雙白白的，把他托出魚池的人的手上……

魚池的水面上，有些像水彩畫畫面綠色的大塊面上，抹了幾抹深紅色的顏料。

一會兒，小車班有人開來了兩輛藍色的轎車，把段叔叔和鄭毅叔叔運走了。

第二天下午，來了兩個大廚房的人。説鄭毅叔叔幸好人胖，腹部有一刀只差半公分刺到肝臟。另外兩刀都由於他的脂肪層厚而沒有傷及要害。只是面部被砍了一刀，從前額至面頰，縫了十來針。而段叔叔卻要鋸掉一條大腿。因為有一顆子彈射穿了大腿的股動脈。送到醫院後，由於醫院也在鬧革命，醫生都跑光了。後來是用車拖了兩三家大醫院，還是在軍醫大學找了熟人，從人家家裡好說歹說拖出來做了手術，才算是保住了性命。否則，真的連性命都丟了。但是，由於那條大腿裡死血積得太久，變成了一條連在活人身上的死腿。因此，只有截肢了。而且還要越快越好，否則命都難保……兩個大廚房的人又說，幸好雷傑貴是在前幾個禮拜惹了禍被林伊強行勸到附近郊區一個朋友家裡去暫時避風了，否則還不知道要鬧出什麼大事情來……

第34章　五台山和尚

秦田當時知道，造反派之所以要血洗「三號樓」，是因為前幾個月在院子裡發生的那些事情……但是，在那個時候，他還不知道，再過一段時間，災難還要落到他自己的頭上，那就是前面他已經給伍芳講過了的，他被造反派用電話聽筒砸成腦震盪的傷心事情。

那天下午，當秦田正在二樓的走廊上用雷伯伯從菜籃子裡拿來的一些豬肉骨頭餵他的小黃狗杜魯門時，突然從樓上的木欄杆中間的空隙處，看到樓下的葡萄架下走出幾個穿草綠色軍裝的紅衛兵。他的心裡一驚，趕緊把狗抱了起來。看著一個個一共五個紅衛兵魚貫而入地從一樓的門口進去以後，秦田立馬將小杜魯門兩隻後爪倒提著，然後踮起自己的腳尖來讓身子從欄杆上伸出去儘量地向外向下探，看著倒提在自己手上懸在空中嚶嚶地唁著的杜魯門不停地舞動著兩隻前爪離樓下葡萄架前面的青石台階儘量地靠近時，秦田輕輕地將它前後盪秋千那樣擺了幾下，就用勁向前一拋，杜魯門便在空中拉出一道弧線撲哧一聲前爪著了地，又就著身子的慣性在地上一個就地打滾滾了幾圈爬起來，啪嗒啪嗒地晃腦袋甩著它的耳朵，搖晃著屁股上的尾巴，像懂人事情似地底底地嘤嘤唁了幾聲，便撒開爪子躥到遠處去了。

秦田心裡嘭嘭地跳著，他聽見底樓門口處從飯廳裡出來的雷伯伯被紅衛兵厲聲地詢問時嘈雜的聲音。那幾天，雷伯伯老兩口兒的卧房就從院子東北角大門邊的平房，搬到了在底樓進門的入口處會客室過道對面的兩間屋子。去年，鄒知遠一家搬到會客室住下以後，兩家人就門對門。一般情況，外人從底樓門口進去時，總是先要敲門，雷伯伯就在門旁的一扇永遠關死了的玻璃窗的一個小窗口看清門外站著的人，然後才去開門。那扇窗户由許多磚塊大小的、上面嵌著暗花玻璃的小窗格組成，為了觀察門外的人，其中的一塊暗花玻璃就被雷伯伯換成了白玻璃片。秦田家裡的人，包括警衛員段勇叔叔和秘書范漢章叔叔，他們手裡都有開門的鑰匙。因為，前幾次紅衛兵抄家時，早把那兩扇漆了白漆的厚實的木門活生生撞得脱了扣，現在，那兩扇内外都包了銅皮，門楣上下都鑲著歐洲古典樹葉型的青銅花飾的雙扇對開大門，就一横一豎地被扔在了葡萄架下面任隨風吹雨淋了。那樣子，就像一個對著天空的巨大的白色十字架，被扣在一個巨大的綠色冠蓋下面，那個綠色的冠蓋就是由那些一股股黑褐色的、纏繞攀緣著八根人腰般粗的松紅色大理石柱爬到葡萄架頂上葡萄藤上的葡萄葉構成，黄昏時分，在夕陽的映照下，八根人腰般粗的松紅色大理石柱就像是八根聳立的、燃燒著的圖騰柱，它們就有些像中間巨大的白色十字架的八個守護神。遮陰蔽日的葡萄葉冠蓋下面，是四張雲白色的大理石桌子和繞著大理石桌子的十來個鼓型的中空江西景德鎮青花陶瓷坐磴，那些坐磴上的青花陶瓷都是些清代的宫廷圖畫，現在，那些十來個漂亮的坐磴有一半都被紅衛兵砸碎成了滿地白花花的一些碎片，葡萄架上的幾盞乳白色的球形路燈有兩盞也被小孩用彈弓打得粉碎。

幾個月後，當造反派手裡有了槍枝彈藥，院子裡的兩派展開「巷戰」的時候，一個「工人糾察隊」的彪型大漢，就腦漿迸裂地被不知道哪裡來的「飛子兒」擊斃在葡萄架下面的綠色十字架旁邊！那且是後話……

當幾個紅衛兵拋開雷伯伯到院子裡花園和平房那邊去查看的時候，雷伯伯就跑過來說，紅衛兵不知道怎麼曉得秦清正被省黨校的一輛吉普車押送回來取「黑材料」，他們要來搶人！又給梅姨和沈麗娟夫婦還有他的老伴幾個人悄悄地說院子裡可能要出大事了，叫大家各自把自己家裡的人和東西看好和藏好，又叮囑他們家的丁丁和娘躲在屋子裡，不論發生什麼事情也不要出來。

果然，不到十來分鐘的時間，先是來了兩輛吉普車，從上面下來了秦清和幾個省黨校的幹部，原來，秦清是被省黨校的吉普車押送回來取「黑材料」。幾個省黨校穿中山服戴紅袖章的男女機關幹部剛剛和父親進到客廳不到半小時，就聽見一號樓東面辦公廳大樓前面的球場上傳來一陣幾輛大卡車停車的嘈雜聲，又聽見大卡車後門放下時的很響的啪嗒聲和很多人從車裡跳出來的喧鬧聲，就見黑壓壓的一大群，幾十上百個紅衛兵向一號樓和三號樓的方向走了過來。他們個個都穿著綠色的軍裝，胸前戴著金光閃閃的毛主席像章，胳臂上戴著紅布黃字的袖章，因為那個時候武鬥還處於較為低級的階段，他們就只是腰上紮著一根寬寬的軍用皮帶，身上還沒有任何武器，他們領頭的還打著一杆大紅旗，迎風飄揚的大紅旗上面是「巴京市大學井岡山造反兵團」幾個黃色的鮮亮刺眼的大字，他們舉著那杆紅旗的整個樣子和姿勢，就跟當時的電影和畫報上，當年毛主席和朱德總司令在井岡山會師的那副樣子幾乎一模一樣。他們不知是得到了誰的通報似的直接就奔三號樓而來，而且，來了就大喊：走資派秦清趕快滾出來！

他們來到院子裡的葡萄架下時，一些人就坐在了七八個還沒有被紅衛兵砸爛的青花石磴上休息，中間就有人看見石磴上面的那些明清時期的類似《紅樓夢》大觀園裡亭台樓榭花草樹木才子佳人的繪畫圖案，他們就說那是封資修的東西，立刻就有人開始又乒乒嘭嘭地砸了起來，頃刻之間，殘剩的七八個漂漂亮亮的江西景德鎮鼓型坐磴就白花花地碎成了一地的破爛陶瓷片，又有人開始用木棍去劈里啪啦地戳一樓的窗户上的玻璃片，才有機關裡的一些看不下去了的、同樣也是戴著紅袖章的造反派幹部和工人上前去制止，嘴裡還說：我們都是同一個派別的，你們要抓人我們都支援，但是，請你們還是不要砸毀公共財物！剛開始，紅衛兵中間還有人頂嘴說幾句什麼：封資修的東西就是要砸，砸砸砸，砸出個毛澤東思想的新天地來，砸出個毛澤東思想紅彤彤的放光芒，一片白茫茫的大地真乾淨！有人就頂了幾句說是：都砸光了，你們這些我們看著長大的娃兒吃屁喝西北風啊！又有人吼了起來：老東西，窮骨頭是不是欠鬆脆？要不要我們用皮帶來給你個龜兒子的敲打敲打?!於是乎，兩邊的人就開始推搡抓扯地要打起架來，立時三刻，年輕火旺手腳早就在發癢的站在前面的十來個大學生紅衛兵就開始嘩啦啦地解紮在腰上的三指寬的牛皮軍用皮帶，剎那間，就見十來根倒提在手上的、上面都是銅光閃閃地晃著嚇人的黄銅扣的皮帶，都砍刀似地舉在了頭上——秦田記得，後來當他當知青在農村和人打群架時，就曾經用那樣的美國人在中國内戰時送來的軍用皮帶掄在了一個和他們打群架的對手的額頭上，當場就把那傢伙血流滿面地砍暈倒在地上不省人事，那是後話——揮舞著要撲上去抽打對方機關造反派的幾個工人和幹部，已經有兩個紅衛兵將一個站在最前面和他們激烈辯論的戴白邊眼鏡的幹部掀翻了在地，正舉起手裡的皮帶要掄上去！那樣的後果是顯而易見的！

正在馬上就要發生血案的時候，就聽人叢中有人青天霹靂般地大喝了一聲什麼，立時就猛虎出山似地從斜刺裡閃出一條漢子來，但見那漢子身高八尺左右，真若《三國演義》裡的猛張飛顯身也似的，好一幅兩道蒼眉斜插入鬢、豹頭環眼、獅鼻闊口、燕頷虎須、聲若巨雷、勢若奔馬的模樣，還在眾人傻楞在那一瞬刻的時分，只見他已經連蹦帶跳地揮舞著手裡的一把明晃晃的菜刀，甚是嚇刹人地幾步就分開眾人躥到了人叢的中心，待眾人還沒有反應過來的時候，那人已經在那裡震天裂地也似地又大吼了一聲，瞬間就將最前面的兩個掄起皮帶正要砍到戴白邊眼鏡的幹部頭上的傢伙的腦袋，夾在了他的兩邊腋下的胳臂窩裡，誰也沒有鬧明白是怎麼回事情，那兩個傢伙手裡的兩根皮帶都像變魔術般地跑到了那人的兩隻手裡，他的嘴裡還燕子銜泥似地刀刃朝外地銜著那把明晃晃的大菜刀，那一干穿著軍裝的紅衛兵娃子哪裡見過那樣的陣仗，也不知道是怎麼回事兒，就見原先圍在最前面的人立刻就劈里啪啦咿哩哇啦哎哎喲喲齜牙咧嘴屁滾尿流地倒在了地上七八個，他們爭先恐後地向後逃躥，一個近視眼鏡就趴在了地上滿地亂爬地慘叫著到處找他的早已不知飛到何處去了的眼鏡，另外一個先前使皮帶的傢伙竟被那漢子左手提住肩胛、右手捽住褲襠腳沖天頭朝地像個雞毛毽子般地斜摜出去丈二八尺遠，當刻就跌落在石板地上跌了個發昏章第十一①，當時的場面是既好笑又狼狽恐怖的一片混亂……

一忽兒，待那幫退到一邊的紅衛兵回過神來的時候，他們就三百六十度地又向站在中間的那人圍了上去，因為，那站在中間鐵塔樣的人的腋下胳臂窩裡還牢牢地夾著兩顆人頭呢！

一來是前面所說的，那個時候還處於武鬥較為低級的階段，他們就只是背上背著紅纓大刀和肩上扛著一支支的長矛，腰上掛著一兩柄帶鞘的匕首。當時，全城打得最大的一場戰鬥就是在嘉陵江大橋上發生的，那個場面就類似古代《三國演義》或者是什麼《說樂全傳》之類的古典小說裡的冷兵器的戰鬥，當然囉，結尾還是一支中學生不知道從哪裡弄去的小口徑步槍把一個人的肚子打穿了收的場。雖然說是只是像放悶煙屁似的嘭地響了一槍，那個陣仗就簡直談不上什麼電影裡戰火紛飛硝煙彌漫那種戰爭風雲的味道，倒是有些像鬧劇和醜劇似的一個結局，但是，那開場倒是讓秦田直到今天都還記憶尤心地感到精彩，也可以說是比什麼小說和電影裡的鏡頭都還要精彩和震撼人心。

在秦田的記憶裡，一開始，是兩邊造反派的兩路大軍分別在南北兩邊的橋頭各自旌旗鑼鼓高音喇叭雲集：

橋南邊是幾所市立大學、中學的一派。這一派是青一色的著軍服的大、中學生，他們的手裡主要是長矛、鋼棍及匕首，人人的頭上都戴著建築工人的藤帽，手上也一律戴白色手套；而橋北頭的是幾家軍工廠的年輕工人，他們則全部都穿藍色的勞保服，人人也頭戴藤帽，手上是白色的手套，他們則每人手持大砍刀腰插鋒利匕首。然後，在一個雙方大概是約定的時間，在軍號聲中雙方由南北橋頭向橋中心開步。在中學生出操似的瞿瞿瞿的口哨聲和「一！一！一、二、一！一！一！一、二、一！……」的口令聲中，雙方的隊列排成十二乘十二的一個個方陣向橋中心逼近，因為，嘉陵江大橋很長，以那樣的下操的口令勻速地前進，雙方行進到橋中心至少要五分種以上，秦田還記得，和他一起去觀戰的幾個院字裡的調皮孩子還在學著那口令聲喊著他們自己的口令，那就是：

「左！左！左、右、左！左！左！左、右、左！西藥瓶子、牙膏皮子、佐洋火！西藥瓶子、牙膏皮子、佐洋火！……」

其時，嘉陵江南北橋頭兩邊都是成千上萬的市民群眾在山巒、樓房的窗口、陽臺、房頂，在大樹上、電線杆上，在兩岸的沙灘，在江邊停靠的船上，在四面八方都是人們在緊張地觀戰……

真正精彩的並不是後來兩軍在橋中心對陣時，橋北的工人吶喊著衝將過來把畢竟是學生娃娃的半截子麽爸兒的楞頭青學生嚇得四散逃躥的狼狽潰敗的鏡頭，精彩的主要還是兩軍向中心進發的那個場面。秦田多年後向人談到當時的感覺，就說，那種感覺是一種既有點滑稽和不真實，又有點恐怖和真實的感覺。因為，有點滑稽和不真實的原因是，本來大家還在只是貼貼大字報或者站在台子上辯論辯論，現在卻變成真的兵戎相向了，而且，那口哨的聲音讓人感覺不像是在要去殺人，到像是在學生要到操場上去出操，因為，雙方也都幾乎都還是在學生的年齡，即便是橋北的工人大幾歲，實際上也都是些剛進工廠的不到二十歲的青工；而恐怖和真實的感覺是，因為那又確確實實是要去殺人啦！

話又說回來，一來是那個時候的形勢基本上還沒有什麼人手裡有真正意義上的槍，二來是秦田本身也是院子裡小有名氣的「威虎山」排老五的打架大王，意思就是說秦田並不是個膽小鬼，因此，在那個葡萄架下搞得個雷翻陣仗的時候，他也就顧不得自己是不是什麼走資派的狗崽子，是不是什麼秦清的兒子了，他也和一些亂轟轟地吵鬧著的紅衛兵擠到前面打算看個精彩，卻不料擠到了前面一瞧，那漢子的模樣卻讓他倒抽了一口涼氣：

原來，那個站在人叢中間、腋下胳臂窩裡還牢牢地夾著兩顆人頭的鐵塔樣的漢子正是雷傑貴伯伯！但是，就在秦田擠到前面那一會兒，他先前在遠處看見的那個鐵塔鎮雙魔的造型現在已經變成為鐵塔鎮三魔了，就是說，現在除了他的腋下胳臂窩裡又牢牢地夾著了兩顆人頭外，不知怎麼他的胯下又夾了一顆人頭，他的屁股還牢牢地坐在胯下那人的背上。雷伯伯在裡三層外三層的紅衛兵的包圍中被三百六十度一圈地圍在正中，葡萄架上的兩盞五百瓦的大燈泡就明晃晃地照在他的身上，那個時候的雷伯伯看上去就跟《三國演義》裡的猛張飛似地敞胸露懷圓瞪著一對銅鈴般的怒目在那兒亮著相，他的右手掌十分奇怪地用拇指、無名指和小手指夾著那把菜刀的刀刃，食指和中指卻並攏伸直了緊貼在刀背上，他的手肘彎曲在胸前，於是，他手裡的菜刀便被平端著形成一個刀刃朝外的可怕的姿勢，那銳利的刀鋒上明晃晃的寒光，可怕地刺在那些圍觀者的眼裡……雷伯伯的身子成馬步地立在那裡，他啪啪啪啪地甩胳臂甩胯地左右移動著身子，他的胳臂下和胯下夾著的三個人就跟著鬼哭狼嚎地轉動，於是，他側彎著手肘平端在胸前的菜刀刀刃上，就可怕地以他的身體為軸心向外閃射著隨時都可能見血的一道寒光閃閃的弧線！

「他娘那個B！要不要讓俺立時三刻抹了他三?!誰他娘那個B的敢給老子近前一步？過來呀！娃娃！過來呀……」

雷伯伯炸雷般的聲音在中間山吼著，旁邊的紅衛兵們頓時連連地向後開始倒退，那三個被夾在他胳臂和胯下的紅衛兵，隨著他鐵塔般身子的轉動和騰挪在地上被拖曳得一個個鬼哭狼嚎，秦田則在一旁被雷傑貴伯伯那雷公般的威武形像給震呆在了，他做夢也沒有想到雷伯伯那麼和藹可親的、有些時候就像他的奶奶的樣子的一個老人，現在怎麼會就搖身一變成了一個《三國演義》裡的猛張飛或者說是《水滸》裡的魯智深似魔煞金剛樣的人物？

實際上，當秦田剛聽見裡邊那人在喊：他娘那個B！的時候，就已經從那熟悉聲音聽出是雷伯伯在裡邊喊叫了。現在，秦田又看見，圍著一圈又一圈的、特別是外面幾圈的幾十上百的紅衛兵，就像端午節河面上划龍船時站在兩岸、旌旗搖晃人頭攢動齊聲吶喊助威那樣地、排山倒海地陣陣高喊著：

「打死他！打死他！用石頭砸……用板凳砸……」

而圍在裡面一兩圈的、特別是最前面的幾個大學生紅衛兵一看見雷伯伯手裡明晃晃的菜刀，都一個個嚇得瞪大了眼睛張開雙手叉開兩腳把身子排成個「大」字形，向後挺著自己的身體想離開那個似乎是立馬就要變成個宰豬的屠宰場樣的地方。於是乎，那些紅衛兵的陣營立時就形成了外面幾圈向中間用勁地圍，而裡面幾圈的卻拼命地向外挺的混亂局面……

裡面的雷伯伯倒是一副完全不驚不詐的樣子，他在一片混亂的人叢中心一臉半凶半笑的樣子扯著喉嚨對那些紅衛兵喊道：

「他娘的，你們是土匪不是？『要文鬥不要武鬥。』毛主席說的不是？你們今天到這裡來砸東西幹嗎？還要打人殺人的？你們這副刁雞巴熊樣子是他娘那個B的殺人的料麼?!」

他邊說就邊哈哈哈哈地仰天大笑了一陣，再把那夾在他胳臂窩和胯下的三個紅衛兵腦袋上的軍帽一頂頂地扯了下來，又用兩個手指頭拎著一頂頂地擦著那些紅衛兵的頭皮飛了出去，又把三個傢伙一個個腰上紮著的軍用皮帶給解了下來，一根根死蛇般地在空中甩動著飛了出去，又啪啪啪啪地用手掌在自己的滿是槍傷的胸膛上拍打著說：

「娃娃崽子們，你們有種的就上來吧！……」

他那樣的動作立時就像捅了馬蜂窩似的把那些大學生紅衛兵全都激怒得沸騰了起來，於是，「打死他！打死他！用石頭砸……用板凳砸……」的聲音就變得更加是此起彼伏地不絕於耳了。又不料當他扔三個傢伙的帽子和皮帶把皮帶扔到了第三根的時候，外面紅衛兵的吼叫聲和沸騰的程度已經達到了最高潮，那時，他抬手扔皮帶那隻手的胳臂窩下面的那顆腦袋就拼命也似地擺動了起來，第三根皮帶還飛舞在空中没有落地時，雷伯伯嘴裡燕子銜泥似地刀刃朝外銜著那把明晃晃的大菜刀就不小心地噹啷一聲掉落在了地上。胳臂窩下面的那傢伙也就乘機掙脱了出去，還順勢一個驢打滾兒滾出兩步開外還又就地伸手撿起地上的那把菜刀，瘋子般嘴裡哇哇哇地狂吼著、左右上下地亂舞著向雷伯伯揮砍上去，畢竟是二十出頭的大學生小夥子，那呼呼風聲的菜刀倒是揮砍得讓人一陣陣心都狂跳到了嗓子眼！更加上外面的一幫子女紅衛兵竟然啦啦隊般地尖起嗓門大聲地此起彼伏喊著那小子的名字來，那樣子就像是他小子正在籃球場三大步正要起跳上籃投球似的，只不過那幫女學生喊的不是「投！」而是喊的「砍！」和「殺！」，於是乎，那一陣子就是陣陣的砍殺聲狂潮疊起、排天巨浪般地一波又一波地襲來……

只見站在中間的雷伯伯先是把另外一邊胳臂窩下面的那個小子也一併夾在了他的胯下——秦田看在眼裡就像是連環畫小人書裡武松打虎似地胯下騎著兩個傢伙——然後收雙手叉開十指穿胸過頭直舉頭頂伸直、再伸直，又再將手側身環繞下來齊肩平伸張開使身體成十字，在動作的同時突地呀——呀——地兩聲長長的猿嘯，他那呀——呀——地兩聲長長的猿嘯頓時把那些學生和在他面前揮刀狂舞的傢伙震得有些呆呆地愣怔在那裡了一小會兒，待他收聲的時候，只見他雙手十指並攏，合掌於胸前作和尚詠經狀，口裡緩急有致抑揚頓挫如風似歌地兀自默念低咒了一句：佛祖慈悲！然後，突地眼裡滾油噴火電光爍爍地朝向那些幾十上百雙黑麻麻地張望著他的眼睛流出陣陣十二分的鄙薄，然後，就是一陣鋒利的如刀似劍般的目光向那些人橫砍過去，又將先前默詠佛經合掌於胸的兩手捏成拳頭，再成馬步狀收肘於身體兩側，把那一對拳頭攥緊得嘎嘎作響，牙咬得腮肉直跳時，眼裡就一道白光一閃，同時嘴裡就叱道：忤逆！立時三刻就張開了雙手再合掌啪地一聲拍在胯下夾著的一顆人頭上，只輕輕使雙掌拇指卡住他胯下人頭兩眉稍後的太陽穴，又其餘指頭扣住人頭的兩下頜骨，再將那顆人頭向裡向上發力一提又一扭，只聽得喀嚓一聲毛骨悚然的脆響，那人便全身失去知覺般地癱軟在了地上！如法砲製地，另外一個傢伙也隨著另外的一聲毛骨悚然的脆響倒在了地上……

秦田看在眼裡，立刻就想起前些年雷伯伯被XX軍軍部特務團請去教練擒拿格鬥術的事情，後來，XX軍軍部參謀部還把他的「一招致死術」製成了連環動作圖，秦田看過那本折疊起來只有巴掌大小，拉開就有近兩米長的上面都是一個個沒有戴軍帽的解放軍的「一招致死術」的分解動作圖，那上面總共有十八個「單手」套路，都是在最多三到五個動作內徒手將對方致死。秦田聽母親悄悄對他説過，雷伯伯曾經是山西五台山的武和尚的事情。他還想起文革的前一年的夏天，院子靠近河岸邊的竹籬笆在一天夜裡下暴雨刮大風時破了，住在河岸邊居民院一帶的十來個地痞牛氓就鑽到院子裡來偷雞摸狗，院子裡的門衛人員拿他們沒有什麼辦法，那幫人還站在那裡圍住門衛人員又是罵又是抓扯，還舉著棍棒和菜刀要挾上去勸阻的人，後來還是雷伯伯上去了，一開始那幫人看他是個不過就是顯的有些壯實而已的老頭兒，就揮棒弄棍地上去攆他，誰知他竟三招兩式地就將他們的棍棒都打飛了一地，還將一個舞菜刀的阿飛樣的潑皮無賴傢伙撩翻在地，又拎隻小雞似地單手反扭了那傢伙手腕，讓他不知道什麼原因地疼得齜牙咧嘴哇哇直叫倒地亂顫，雷伯伯又笑呵呵地讓人從廚房裡拿來一根拴簸箕的棕繩，將那油頭粉面的傢伙來了個端午節的粽子似的五花大綁，直捆的那傢伙一陣陣哎呀咯吱鬼哭狼嚎般地哀哭討饒，最後還是被幾個門衛人員和警衛連的解放軍把他押送到了街上的警察局派出所了事……

就在秦田還在浮想聯翩的時候，早年的五台山和尚雷傑貴卻正兩腳叉開雙手合抱在胸前，頭歪著拿眼睛眯著乜斜著那個先前還在他的面前揮舞著菜刀的傢伙，那傢伙此刻眼見躺倒在了地上的兩人那副死人的樣子，早就開始怯怯地向後退縮了好幾步，現在，他看見眼前的雷傑貴兩腳叉開雙手合抱在胸前，頭歪著拿眼睛眯著乜斜著自己的那副紋絲不動的樣子，早已是嚇得面如土色，只是把手上捏著的菜刀藏在身後，又連連地抖著兩腿晃著身子向後躲藏著，那時的秦田思路還在拋錨，就聽得雷傑貴照那傢伙吼了一聲：

「奶奶個熊，娃娃們，還跟不跟俺玩兒真的？看招式！」

說時已遲，那時更快，待秦田抬眼去看時，只見雷伯伯已是一個就地打滾向那傢伙翻了過去，外面的人還在驚魂未定的時分，只見那人早已被滾到他前面一步距離的雷伯伯一個單手托地刮起的旋風腿齊腳根被掃翻在地，那把菜刀則掉在地上啼哩噹啷地滑出老遠老遠……

人群頓時大亂，只見那中間天上地下都是雷伯伯的手腳在飛舞，他的一雙五指並攏的鐵掌和一對紮了腳脖子的黑青色燈籠褲，褲腿下的一雙藏青色的千層布納著鞋底的圓口步鞋，在那些人中間揮砍和踢蹬著，立時就有七八個大學生紅衛兵咿哩哇啦地倒成了一片……

讓秦田印象最深的是第二個揮菜刀的紅衛兵被雷伯伯踢翻在地的場面：

當那把菜刀掉在地上啼哩噹啷地滑出老遠老遠時，就有幾個紅衛兵爭相地喊著一個人的名字，又將那把菜刀相傳著遞到了一個傢伙的手裡，原來，那傢伙果然看上去有些身手不凡，他中等的個頭，虎背猿腰、滿臉橫肉，從他脫開軍衣裡面穿著的紅色運動裝的樣子和那些人遞刀給他的那種期待的眼神，可以知道他肯定是個會幾下子的不一般的角色。當一幫紅衛兵看見菜刀已經遞到了那傢伙的手裡時，在雷伯伯身後就有七八個紅衛兵揮舞著大頭軍用皮帶向他齊齊地揮砍了過來，幾乎是同時，那個接刀在手的身穿紅色運動裝的傢伙便趁勢幾個箭步夾擊了過來，而且，那小子並不輕易使刀揮砍，但是，他卻是虛掌虛腿在前，實打實地一刀又一刀地向雷伯伯貼身揮砍上去，大有三刀兩刀就要見血結果了他眼前的老人的陣勢，那樣子也著實讓在場的所有看客都摒息而視，只見雷伯伯黑色的燈籠衣褲和那小夥子綠色的軍褲和紅色的運動衣幾乎是貼身相纏共同起舞，那把刀刃劃著令人膽戰心驚的鐵光閃閃的弧線，那些似乎是立刻就要見血的弧線在雷伯伯的面門、頭頂，他的胸背上前貼著肉皮劃來劃去，而且是刀刀緊逼，刀刀兇狠，刀刀不虛！

果然不負紅衛兵的兩面夾擊，雷伯伯在應付前面小子那把步步緊逼的菜刀時，後面肩膀上就被挨了一皮帶扣，頓時就是皮開肉綻鮮血直冒，緊跟著就是五六根軍用皮帶扣向他的頭頂砸了過去……

這兒還得交代一句的是，那種牛皮的軍用皮帶有至少四公分寬，而皮帶扣則是由四根筷子般粗的紫銅棍鑄成一個足足五公分見方的「口」字形，單是那皮帶扣的重量就幾乎等於一個家用鐵榔頭的錘頭重量，那種軍用皮帶是四十年代美國人給國民黨軍隊的裝備，紅衛兵最早的一批全身著綠軍裝，腦袋剃成閃藍光光頭的叫著「聯動」的高幹子女紅衛兵身上，就是統統一律紮著那種寬寬的軍用牛皮帶，將那種軍用皮帶齊齊地對折著握在手上，不啻就等於是手上握著了一把鐵砍刀或銅榔頭，那一傢伙掄到人的頭上，其力量足足可以跟塊板兒磚拍下去相等同，足足可以把個壯實的大男人掄得鮮血四濺暈死過去。

現在好了，肩膀上挨了一傢伙的雷伯伯頓時被疼得全身顫了一下，又一個趔趄朝前穿了半步，眼見前面的菜刀又朝自己的脖子上一道閃電般地橫飛了過來，秦田頓時嚇得眼睛一閉，他心裡想，雷伯伯這下子是一定完蛋了。等他再睜開眼睛向前看時，只見背後七八個揮皮帶的傢伙不知怎地，已經有兩個倒在地上哇哇亂叫，其他幾個已經退到了好幾步開外，此時的雷伯伯正弓著弓步緩緩地轉著圈兒，又兩手一前一後五指並攏地平伸在胸前，照著他眼前那個手舞菜刀的傢伙，立時，後面的幾個傢伙又山呼海嘯般地撲將了上來，正待秦田一顆心又提到了嗓子眼兒跟前，開始擔心首尾難顧的雷伯伯的時候，只見蹲著弓步正在轉著圈兒的雷伯伯突然並攏了雙腳同時來了一個蹲身向下，將他那身子收縮到了幾乎是趴在了地上，又突然呀——地一個長聲的山吼連著就是一個鷂子騰空將那身子來了個空中倒踢，那從空中反踢下去的兩腳立時就踢在後面撲上來的兩個傢伙的頭頂和面門上，那醍醐灌頂的兩腳頓時就將兩個傢伙踢得慘叫幾聲昏死了過去，落地的雷伯伯這次便撿起了一根先前掉在了地上的皮帶，又突地撲向了另外幾個手持皮帶的傢伙，就地十八滾兒地來上一陣旋風腿兒，只見他那黑色燈籠褲前端的一雙青布圓口布鞋在人叢中一陣劈里啪啦地翻飛，再加上他手裡的那根皮帶又縱一陣橫一陣地揮砍，立時三刻就血肉橫飛地倒下去了一片……最讓秦田吃驚的是，那個穿紅色運動衣揮砍菜刀的傢伙似乎並沒有被嚇倒，他竟然還連連地又揮砍著那把菜刀繼續步步緊逼地向雷伯伯掄了過去，他大概認為他的手裡握著的是一把無比優越的武器，那知當他再次揮砍到了雷伯伯的面前的時候，雷伯伯突然掉頭看了他一眼，然後將自己手裡的皮帶嘩啦一聲地扔在了地上，又揮手示意那傢伙近前來，還戲謔地壓底著嗓門叫了幾聲：

「小——子！上啊？上！上！」

邊說就邊伸手摸摸自己肩膀上剛才挨了一皮帶扣的傷口，又將那手指頭上的鮮血拿在自己的眼前看了兩眼，還伸出那帶血的手指頭在嘴裡用舌頭舔了幾下，又哈哈哈哈地啷聲笑道：

「哈哈哈哈……見血了，和平的世道還是要見血，要筆桿子的娃娃們今兒個要來和俺這個武和尚掄拳腳耍刀棍？哈哈哈哈……俺這和尚算是開了眼了，俺這和尚算是開了眼了，哈哈哈哈……哈哈哈哈……哈哈哈哈……」

他的啷聲大笑一開始是把那些紅衛兵給嚇住了，待他們感到被老人羞辱了時，就一片片山呼海嘯的喊打喊殺之聲又開始聲浪疊起而來，在那揮刀人的身後又撲出來十幾個手裡高舉著皮帶的傢伙，還有人開始用手裡的石塊和砸爛在地上的瓷磴子的碎片向雷伯伯砸去，因為在雷伯伯的身後也是些紅衛兵，那些石塊瓷磴子的碎片就飛過去砸在了一些人的身上，一時就又亂做一團，就有人喊：不要扔東西！不要扔東西！用皮帶抽他！用菜刀砍他！快去找大木棒來！

當雷伯伯戲謔地壓底著嗓門叫了幾聲：「小——子！上啊？上！上！」時，那個揮菜刀的傢伙還是被雷伯伯那副鎮定自若的樣子有些給震住了，然而，當他聽見外面的人齊聲地喊著他的名字的時候，他就又瘋了也似地掄起那把菜刀揮砍了上去，因為，那時大家都看見人叢外面有人正在嘎啦嘎啦地拆卸兩根碗口般粗的葡萄架旁邊的大木棒，秦田也看見了，雷伯伯在裡面也抬眼看見了，一幫傢伙還在喊：快點兒拆下來！快點兒拆下來！

還在喊話的時候，那傢伙似乎聽見那嘎啦嘎啦拆卸木棒的聲音就來了底氣，頓時瘋子似地揮刀向雷伯伯更加大力地撲砍了上去，只見雷伯伯反而不慌不忙地正面迎向了那個揮刀人，只見那把菜刀的鐵光閃爍的弧線在雷伯伯四周從左上向右下、又從右上向左下地交叉著一刀一刀又一刀地呼呼劈過去，旁邊的人一個個都像是呆了似地，拿眼睛左右掃來掃去地盯著那個瘋子般的傢伙手裡的菜刀，在雷伯伯的臉膛前面不到一寸的地方上下左右地劃來劃去，而雷伯伯卻像是在和那傢伙耍雜技似的，他端端地立著馬步拿他一眨也不眨的眼睛緊緊盯著對方的刀鋒只前後上下地避讓著，他像個拳擊場上正在競技的拳手那樣雙手曲肘向上，微微地握拳輕舉著，他的腳步小步地蹦來跳去讓來避去地在地面上劃著S形的弧線，那傢伙向左前揮一刀，他就輕輕地側身向右後退半步，那傢伙又向右前揮一刀，他就又側身向左後閃半步，半步不多，半步不少，那呼呼削來的刀鋒也就幾幾乎乎是貼了他的臉膛劃來劃去，這樣有了五六下之後，只見雷伯伯眼裡閃出一道陰冷的寒光，又從牙縫裡低聲地吡出一聲來：

「奶奶的熊！看你小子還有幾分武功，俺放你回爹娘那裡去伺候吧！」

話音剛落，只見那傢伙向右一刀正劈下來時，雷伯伯腳下的馬步立時向後一閃變成了個弓步，幾乎在那傢伙右手持刀正劈向他的面門時，他已經身子向左微微一個側閃，右腿就已穿到了那傢伙站立的同一位置的襠下，只見他身子微蹲，雙臂夾向肋下，又童子拜觀音地合掌於胸前略一收勢，便嗷——地一個山獸似的長嘯……

正當那傢伙和圍觀的人群被他那非人似的怪叫聲赫得一個個汗毛倒豎時，只見他突地隨著那一聲長嘯就從從先前的合掌於胸前的童子拜觀音的姿勢，以雷霆萬鈞之爆發力張開雙臂又單腿立地，呼啦一聲地彈射成了一個大鵬展翅的姿勢，那嗷——地一個山獸似的長嘯的聲音還沒有在人們的耳鼓裡接近收音的時分，又傳來噹啷的一聲菜刀落地的聲音，原來，那傢伙手裡的菜刀隨著那一聲長嘯已被雷伯伯從先前的合掌於胸前的童子拜觀音的姿勢，以爆發力張開雙手彈射成大鵬展翅時排開的手掌彈飛在了一丈開外的地上！正當人們驚叫聲疊起的時候，雷伯伯已經一個鷂子翻身離開了那個先前瘋狂揮砍的傢伙……

然而，正待雷傑貴欲循身離去之時，才發現自己被圍在了中間出不去了，圈內圈外的人還萬眾一心地排聲狂喊：

「不要放走他！不要放走他！打死他！往死裡打！……」

已經三步兩步躥到一旁的雷傑貴，被一排手挽手成人牆狀、挺胸闊脯的女大學生紅衛兵擋在了中間，還有幾根皮帶嘩啦嘩啦地又從兩邊的側面向他揮舞而來，看著那幫丫頭片子打也不是罵也不是的雷傑貴在左衝右突了幾下之後，反而被紅衛兵越圍越小的圈子擠向了中心，那把掉落在了地上的菜刀也在一片混亂中被人在腳下踩來踩去始終沒有被人撿起來，又見有人又將那把菜刀踢在了先前的持刀人的腳下，有人還大聲喊：

「撿刀！撿刀！撿刀！快把菜刀撿起來！」

又看見外圈有兩根長長的、先前從葡萄架上取下來的一兩丈長、碗口般粗的大木棒，在黑壓壓的人頭上晃晃攸攸地舞了進來，人叢中立刻開始閃開出一條道，那時，雷傑貴就看見先前他放過的揮刀人正彎腰蹲身伸手到地上去撿那把菜刀，他便立時合掌於胸默咒道：

「南無阿彌託福，菩薩保佑，菩薩息怒，弟子開戒了！」

話畢，他已一個箭步躍到撿刀人面前，然而，那時已經有七八個紅衛兵揮舞著軍用皮帶和外面的大木棒近了前來，正待那兩根大木棒因為太長太大太重而揮舞不開，一幫紅衛兵正亂轟轟地在散開場子以便大打出手的時候，雷傑貴已經再是一聲嗷——地一個山獸似的長嘯，待人們抬頭看時，他已經在人叢中高高地躍起，又在空中身子幾乎是與地面平行一個側橫身，他在空中成弓步的雙腿啪地一個閃彈，右腳背便重重地踢在了正被他嗷地一聲山獸似的長嘯驚呆在那裡稍一愣怔的撿刀人的面門上，只聽得嘭地一聲悶響，那個本來半弓身正準備伸手到地上去撿刀的傢伙，便滿臉鮮血仰面朝天地張開雙手倒在了地上。一幫子人還沒有反應過來是怎麼回事情的時候，雷傑貴已經又揮胳臂掄腿砍掌地撩翻了好幾個紅衛兵，又從他們手裡奪來的兩根軍用皮帶提在手上左右開弓地一路鬼哭狼嚎地舞了出去，三下五除二地消失在了山呼海嘯的人群中……

只見得那個先前還是瘋子般也似、活蹦亂跳的揮刀人，現在早已是倒在了地上七竅流血口吐白沫翻了白眼還四肢抽搐著……

於是，就有幾個尖錐錐的女人的驚叫疊起：

「死啦——死啦——他死啦——啊呀——不得了啦——打死人啦喲……」

又亂嚷嚷地傳來：

「打死人啦……死人……死人啦喲……」

「捉拿兇手……快……快……捉拿……」

這邊三號樓下面的葡萄架下還在亂作一團，那邊樓上秦田的父親已經被紅衛兵們五花大綁著捆綁了出來，正噔噔地推搡著下樓來，只見省黨校的幾個押送父親回來的中年幹部還在和紅衛兵辯解著什麼，卻被那些紅衛兵掄起軍用皮帶揮了幾下，頓時，那幾個中年幹部便額頭上，臉頰上，手臂上都是鮮血直冒，還想去理論幾句時，又被一陣皮帶掄得滾翻在了地上……

秦田見了那個場面心裡不免暗自覺得有些好笑：都是來抓父親的造反派，竟然為了哪邊先把人抓走自己內部打了起來，那時，他的心裡巴不得紅衛兵用手裡的軍用皮帶把那幾個省黨校來的打死在那裡，其中有一個戴深度近視眼鏡的傢伙，就是父親以前在工交政治部時的辦公室秘書，那是一個弓背蛇腰、寡骨臉上鷹鈎鼻子三角眼倒吊眉毛一臉的奸人相的傢伙……

秦田還想起幾個月前母親有一次告訴他關於雷伯伯臨汾黑石口阻擊戰的事情，母親說，雷伯伯那個機槍連在一個山口守了兩天一夜，抵擋著國民黨軍隊兩個營的進攻，直打到了最後只剩下兩個半人，他雷伯伯就是那半個人，後來部隊上去找到他們時，他的腸子都血糊糊地流了一地，昏死過去了的人還在陣地上雙手死死地抓著一挺馬克辛重機關槍……母親又說：

雷伯伯最早還是父親手下的一個俘虜，是父親在山西時的死對頭之一韓立臣韓獨眼龍自任隊長的十三人「車軸」暗殺隊的主要成員之一，「車軸」是什麼意思呢？按照你雷伯伯告訴我的話，「車軸」就是山西舊時的理髮匠指人的脖子的意思，而「車軸」暗殺隊是什麼意思就不言自明地讓人毛骨悚然了。又因為韓立臣韓獨眼龍在拉隊伍上山為匪之前就是太原城裡走街竄巷的一個潑皮無賴兼老撖②，老撖就是山西人說的理髮匠的意思啦，在袁世凱的北洋政府時期，韓立臣就是個年紀輕輕的「四進士」③，後來三搞兩不搞的就成了個行業裡頭的總份兒④老闆，亮天子⑤大白天的時候就理髮，滿口裡只吆喝些什麼盞兒⑥、趕門兒⑦、趕合子⑧、趕碟子⑨、趕圪針兒⑩

的行業話，夜裡就幹些殺人掠貨的勾當，除了扭洋車鈴子⑪外，還幹些架飛子⑫的營生，什麼扭洋車鈴子架飛子那些話都是些山西土匪殺人販毒的黑話，最後在韓立臣韓獨眼龍投閻錫山之前，他已經是八百多人的一股中等勢力的土匪頭子了，後來在接到了密報之後，「車軸」暗殺隊的全部人馬在一個夜裡全部被你爹他們堵死在一家院子裡，那幫傢伙幾乎是在睡夢裡被一個個生擒了出來，當全部十三人包括韓立臣韓獨眼龍被五花大綁地拖到林子裡處死的時候，除了你雷伯伯以外的所有人都在屠刀面前叩頭如搗蒜，他卻視死如歸地立在一邊又罵又喊地絕不投降，那些叩頭如搗蒜的傢伙們一個個在劊子手們的威逼下把自己的祖宗八代的先人都罵全了，他們的腦袋也叩得咚咚直響、叩得滿面是血的時候，他們的腦袋還是被掄起來的大刀嘁哩喀嚓砍瓜切菜般地砍落了血淋淋的一地，那雷傑貴還是在那裡罵聲不絕……

母親說，老爺子當時就哈哈大笑了起來，他哈哈哈哈地大笑了好一陣，把旁邊的人都一個個笑得你看我我看他他再看天地鬧糊塗了，後來，老爺子就笑呵呵地上去親自給你雷伯伯鬆了綁，說是他的福氣來了！說是《三國演義》裡的猛張飛在他的營帳裡現了世，他雷傑貴是個英雄好漢命不該死，他秦清在江湖上從來就不殺真英雄！如果要是他雷傑貴不嫌棄他的話，他願意當場在那裡和他雷傑貴喝血酒、三拜九叩頭拜個把兄弟兒，據說是那雷傑貴說他不相信，他還是要走，老爺子就當場捲了一包白花花的大洋和兩支裝滿了彈夾的手槍讓他上路走人，還說要是哪天想得起兄弟的時候就請隨時回來，反正是江湖兄弟有福同享，有難同當！那雷傑貴竟然真的提了包裹起身走了人。待他奪路而去之後，立馬就有老爺子手下的幾個快槍手大聲嚷嚷著要提槍騎馬出去在半道上結果了他，當即就被老爺子呵斥住了不敢動彈。誰知道三天後的一個半夜過後即將天明時分，那雷傑貴竟提了一個花布包袱回來了，進得老爺子的屋子裡便將那包袱噗地扔在地上，說那是給老爺子不殺之恩的一個見面禮。待老爺子手下的警衛莫名驚詫地解開那花布包袱時，裡面竟赫然現出血糊糊一男一女的兩顆人頭，近前看時，那竟是三年前和老爺子結下殺長兄之仇的太原城裡城隍廟一帶的龍頭老大趙崇利趙駝背和他的姘頭高桂花一對狗男女的腦袋！老爺子當即雙淚長流嘭地一聲跪在了雷傑貴的面前仰天長籲道：

「嗨呀呀——恩人啦——恩人！你是俺的恩人啦！長兄啊———三弟的拜把兄可算是給你報了血海深仇啦……嗨呀呀……」

又旋即嗚嗚嗚嗚地號啕大哭不已。哭畢，即叫人拿了酒菜來當下就三拜九叩地和雷傑貴拿刀割腕放血喝了血酒結拜成兄弟。打從那個時候開始，他兩人就九死一生地一直走到了今天。丁丁妹妹她娘卞素珍是你爹一個戰死的連長的妹妹，是你爹作主讓他倆結的婚，你雷伯伯還左右不肯地說是和尚不能結婚，你爹則說是參加了人民解放軍就已經不是什麼和尚了。因為在臨汾黑石口阻擊戰中你雷伯伯的腸子被打出來受了重傷，他已經失去了生育能力，你爹又將丁丁妹妹找來當你雷伯伯的女兒，丁丁妹妹是你爹從山西農村找來的一個窮鄉親的女兒，你雷伯伯那兒都好，就是沒有什麼文化，他原先是五台山上和尚廟裡的一個武和尚，不信，你可以看他頭頂上那幾個豌豆般大小的戒疤……

---

①「跌了個發昏章第十一」，語出金聖歎評點本《水滸傳》第二十五回：「只見頭在下腳在上倒撞落在當街心裡去了，

跌得個發昏章第十一。」
②老撇，舊時山西人隱語裡指理髮匠。
③「四進士」本為京戲名字《四進士》，此處指的是四進監獄。
④總份兒，舊時山西隱語裡指店鋪老闆。
⑤亮天子，舊時山西隱語裡指白天。
⑥盞兒，舊時山西理髮業隱語裡指臉盆、碗、杯等容器。
⑦趕門兒，舊時山西理髮業隱語裡指刮耳朵。門兒，指耳朵。
⑧趕合子，舊時山西理髮業隱語裡指刮嘴唇。合子，指嘴唇。
⑨趕碟子，舊時山西理髮業隱語裡指修面。碟子，指臉。
⑩趕圪針兒，舊時山西理髮業隱語裡指刮鬍鬚。圪針兒，指鬍鬚。
⑪洋車鈴子，山西黑話隱語裡指人頭。
⑫架飛子，山西黑話隱語裡指毒品海洛因。

第35章　老刺客看新刺客行刺

一九六七年夏天，武鬥的砲火正隆隆有聲的時候，梅姨的鄉下來人捎信說，她的老母親得了重病，叫她無論如何要回去看看。這邊，家裡又三天兩頭有車來把秦田的父母接到省黨校去向組織上「彙報思想」和寫「心得體會」。梅姨向林伊講了她母親病重的是之後，林伊就叫她快去快回。

梅姨一走，秦田就感到好像失去了什麼重要的守護神似的，甚至晚上不敢一個人在房間裡睡覺。他只有把自己的床鋪搬到樓上母親的房間裡去。

由於長期和梅姨在一間屋子裡睡慣了，一下子來到母親的房間裡睡覺，反而覺得不習慣和很生疏似的。躺在床上輾轉反側地半天睡不著。後來，他聽見樓下上來的雷伯伯敲門進來，和母親在一道屏風那邊昏暗的枱燈前的沙發上坐下來。雷伯伯自從上次和紅衛兵發生了那次大戰之後，就被母親安排到遠郊的一個朋友家裡去躲了好幾個月，好在現在住進機關來的紅衛兵早已經不是大學生，而是一些軍工廠的工人了，這些人也不認識他，母親才讓他悄悄地回來了，而且，還給他約法三章，住一個月他還得回老家山西去避避，至少要躲避半年到一年，因為母親擔心那些紅衛兵吃了虧不會放過他，而且，就是呆在家裡，也不許上街。

秦田聽雷伯伯壓低著嗓門和母親在談什麼事情。當他側過身去卷縮著身子迷迷糊糊睡的半睡半醒的時候，就聽雷伯伯突然高聲地說著：

「嘣！嘣！嘣！嘣！嘣！他──娘的！兩個單發後跟著一串連發！他娘的，不像是駁殼槍的聲音！連響幾槍時就應著一個男人啊啊啊的鬼哭狼嚎的聲音，丁丁他娘嚇得縮在小飯廳裡不敢動彈，我正尋思院子外面的水池那邊大樓上的槍戰怎麼就會打到俺們這邊來了?!不會呀，俺們這邊不是淨都住著他們一派的司令和什麼勤務員①們啦？不可能自家人打自家人啦？難道，難道，難道是有什麼人來摸哨？」

「說起摸哨，林主任你都知道，我和老爺子當年的那些事情，俺們可都是老手了，老手了。哎……」

「上黨戰役、圍剿徐州、南京巷戰，他娘的！俺都跟著老爺子過來了……打從老爺子在靈石縣叫人到五台山把俺從和尚廟裡弄出來在什麼武當山、太行山、呂梁山還有就是中條山和雁門關一帶打遊擊、和閻錫山部隊揮大刀，在大同、晉城、臨汾城裡摸哨、綁架、暗殺、行刺，啥樣的陣仗俺跟著老爺子沒有見過，但是，他娘的，那麼近的距離開槍，而且是連續地開槍，俺還很少見識過，只有，只有那次跟老爺子在芮城雪花山……」

「哎——老雷頭，不提你們的那些血咕隆咚的事兒也……」

秦田聽見母親愛憐地輕聲打斷了雷伯伯的話語，但是，雷伯伯好像反而是受到了母親的鼓勵似的又更激動地講了起來：

「『八一五戰鬥團』在大樓那邊的火力主要是對著南邊的院子外面，和北面的嘉陵江對面二千公尺以外的火力點上的目標射擊，所以，朝北面的火力不用說都是些在越南打飛機用的雙管和四管高射機關槍啦，用在南面的不過是些八百公尺內有殺傷力的機關槍和步槍罷了，隨便是啥樣的機關槍的槍聲，俺都能夠聽得出來。可是這槍聲，分明就是『五一』式和『五四』式的聲音，俺敢斷定，響槍的射擊位置離俺不超過十公尺，倒下的傢伙離樓下的門口不到二十公尺，他娘的，那是背後開的黑槍啊，是他娘的自家人幹的，要不就是熟悉地形的摸哨的人幹的！」

「噓——噓——老雷頭，可不敢亂說啊——那可是人命關天的大事情啊——你曉得那些傢伙可是什麼樣的事情都幹得出來的哦……」

秦田聽見母親壓低著嗓門用氣音對雷伯伯那樣地說著，然而，雷伯伯又說了開來：

「俺還有下文呢！只有，只有那次跟老爺子在芮城雪花山拾掇毛八爺一家五十幾口子人時，才有這麼近距離的槍聲大作！」

雷伯伯似乎時激動了起來，聲音也就越來越高。母親又用手指頭壓在嘴唇上噓噓地用氣音叫他小聲一點，還說：

「老雷頭，究竟是怎麼回事兒？究竟……慢慢說，慢慢說，」

「哎——木仁（没人），木仁，木仁，俺把樓下的門用飯桌堵上了。那個時候呢，不再是老爺子躲在錫林格勒和大興安嶺那個時候，到處的城門口都貼著五千個大洋懸賞老爺子的腦袋的告示牌，槍響了要驚動閻錫山的大部隊，所以，每次都是摸進城去當場就幹掉，有些時候，也綁了活捉回去在山溝裡用大刀抹掉。那時候，閻錫山遇著西盟會的人也有些無可奈何，所以，那一回，你想想，毛八爺一家五十幾口子人，敢死隊那些兄弟一開始還讓他們按先前的老辦法，跪在樹林子裡的草地上一排排的，每個傢伙的腦袋前面蹬個大尿罐，一個個地把他們那些地主老財的腦殼往那些尿罐裡抹進去，再讓村子裡的人自己到樹林裡來提回去，算是俺西盟會的人道主義了。後來那些人太他娘的鬼哭狼嚎了，幾下子就把老爺子搞煩了，你想想，怎麼會不鬼哭狼嚎，爺爺奶奶的看著兒子孫子的腦袋被刀抹，兒子孫子的看著爹啊娘的被砍得腦殼搬了家，兄弟姊妹看著堂兄表親的被刀口掄在脖子上，你想想，是人不是個人都是肉長的心啊，還何況他們是一個大家族，滅九族滿門抄斬啊！他娘的，可是，俺們不得不那樣啊！階級鬥爭你死我活啊！狗日的，你不想想他毛八爺殺俺們的兄弟，那才叫狠囉，狗日的！驢日的！後來老爺子看著血淋淋的太慢了，那些老太太女人一哭喊，有些兄弟就手軟了，都是殺男人，哪有他娘的去砍女人的腦殼，可是，没有辦法，上面的命令，就是必須滿門抄斬，否則剎不住敵人的威風，後來，老爺子就下令全部拖到了村口小學的操場上全部用機關槍剿了，但是，老爺子其實還是個仁慈人，他叫最貼身的幾個兄弟把女人和小孩都放了，但還是殺了二十多個，不殺他也交不了差。為他放人的事情，說是後來有人還密報了上去差點關了他的禁閉。當然，那次是村子附近的百十裡地兒都控制在了俺們的手裡，所以事情就可以慢慢地幹得利索。他娘的，只有毛八爺沒有饒過他，還是被老爺子手下的幾個弟兄旋屁眼兒用柏樹杆兒掏空了肚子裡面的腸子，施了明太祖朱元璋的抽腸刑②，還把心肝都割下來下了竹葉青和汾酒。那也是他小舅子的罪有應得，狗日的，一想著他把俺們的幾個兄弟抓去五馬分了屍，還把人頭懸掛在了城門上，最可恨的把老爺子和兄弟們都氣得吐血的事情，就是把老爺子的拜把兄軍師爺藍棣之抓住了後拿去剝皮揎草③當了坐墊④的那件事情，老子們都後悔沒有吃上他的心肝！老爺子說我的心太軟了，下不得狠手咧！所以，每次都讓我用槍殺人。哎——也是，特別是綁來的那些傢伙，我還是有些下不了手，他都降了啊……」

「哎哎哎！老雷頭，小聲點兒，別再提那些陳穀子爛糠殼的事情哩，快說說你剛才說的那件事兒吧，那近距離的槍聲是怎麼回事兒呢？」

秦田聽得一點睡意也沒有了，他背朝天撲在床上用雙手支著下巴頦兒，眼睛透過屏風之間的縫隙看著燈光下坐在沙發上的雷伯伯和母親尖起耳朵開始認真地聽他們講話。

「哎喲，那槍聲可是響著呢！嘣！嘣！嘣！嘣！嘣！他——娘的！兩個單發後跟著一串連發！我現在耳朵裡都還像是響著當時的聲音，嘣！嘣！嘣！他——娘的！兩個單發後一串連發！嘣！嘣！嘣！嘣！他——娘的！兩個單發後跟著一串連發！連發就是手指頭扣住扳機不放的自動的反復擊發，彈夾肯定是放空了，只有他娘的仇人才會那樣使槍，要麼就是不會用槍的生手，但是，月黑風高的到造反司令部來開槍的人會是生手嗎？是一般的刺客又會打那麼多槍嗎？因為彈夾放空了自己保護不了自己啊，何況，殺一個人哪裡需要那樣去把彈夾都打完呢？老爺子就是只放一槍，一槍斃命！我估摸不是四五顆子彈就是六七顆子彈，是非把人殺死不可的射擊才會是那樣的罕見的打法！是爆響不是脆響，那就是短槍的響聲，槍管越短，槍聲就越是爆響聲，步槍和長槍管的大號駁殼槍的聲音是有些脆響的聲音，他娘的，不像是駁殼槍的聲音！連響幾槍時就應著一個男人啊啊啊的鬼哭狼嚎的聲音，丁丁他娘正坐在小板凳上洗腳準備上床睡覺呢，一聽槍聲，嚇得扔了抹腳布哐哐啷啷踩翻了腳盆撲到牆角縮在地上打抖。秦田的杜魯門也汪汪汪地吼起來了，俺一做手勢，它還算聽話，立馬就停止了叫聲，老老實實地縮在一邊不吭聲了，他娘的，到底是軍犬的崽子兒，要是一般的老百姓的菜狗兒，不知道還要吼叫成個什麼樣子。俺是見過那個陣仗太多了，幾步躥到門邊上熄了燈。」

「俺半蹲在小飯廳朝北那邊，就是朝花園那邊的靠進門口的第一扇窗户的邊上，俺一聲不吭地拿眼睛瞅著窗外，那晚窗外的能見度很高，月光星光都很亮，視線很好，如果摸哨，是好天色，太黑了也不好，腳下怕踩著東西發出響聲。俺站在那裡半晌沒有任何動靜，至少那樣靜靜地有好幾秒鐘，那可是靜到了極點，因為，那樣的情況下，稍有響動，就可能是一連串致命的子彈會朝你掃射過來，俺還尋思是什麼怪事兒呢，就聽見牆外邊一號樓樓上造反派佔據的幾間屋子裡有人在喊叫，說『誰放槍？誰放槍？……』又聽見一號樓的樓上樓下都是咚咚咚的腳步聲，正在那個時候，就在我窗前三步遠的地方，一個黑影一晃就過來了，俺當是看花了眼呢，再定睛仔細看時，可不是莫！他娘的，那傢伙黑衣黑褲的渾身上下整個兒的一個黑人，連臉上也套著黑布罩子，為什麼俺看得那麼清楚呢，因為他貓著腰輕手輕腳地躥到我站著的窗前的時候，是一號樓的人喊得最凶的時候，我的窗户那兒對於一號樓那邊是個死角，只能看見一號樓部分正在熄燈的窗户，他大概是想在那裡停頓一下觀察那邊叫喊的人是不是能夠看見他，就杵在我的窗前停止了跑動，俺當時還尋思：你杵在當地作什？怎麼還不快跑？我看見他在月光下猛地蹲在了地上，他轉身去看側面一號樓二樓上的時候，他的身子站了起來，那個時候，我看見了那傢伙的樣子，整個兒的一個黑衣人，個頭不高，典型的四川人小個兒，手上明顯提著一支短槍，他的停頓可能就那麼兩三秒鐘，然後就迅速地選擇了他逃遁的路線，他立刻回身躲進月光下的陰影裡，順著我窗前的牆根躥到廚房小門那兒，又順著魚池靠西牆那邊幾下子躥到了望江亭那排石欄杆西頭的廁所那顆老黃桷樹那兒，然後呢，然後他一個翻身就從石欄杆那兒下去了。」

「好傢伙，真他娘的棒哦！標準的殺手！經過訓練的刺客！當時我是喊呢還是不喊呢？我要是開門操傢伙衝上去，肯定是挨他的槍子兒，如果是俺老爺子的事兒，那我肯定是開了門上去了，興許能把他逮住，門後的洋鏟掄過去也能把他砍翻，還有廚房裡的那麼多的鐵傢伙，當然可能挨兩槍，你看俺身上那麼多的槍眼，再添兩個洞又咋地！當然，那要是俺家的事兒囉！是俺老爺子的事兒囉！可這明擺著的是一號樓上那些司令部的司令和勤務員們的事兒莫！老子當時就巴不得那個黑衣人跑快點兒，不是他們內訌就是那些司令和勤務員們幹了什麼壞事兒讓仇人找上門來了。呵——真他娘的棒哦！後來第二天我去看了，後腦勺上至少中了兩槍，前面的人臉都炸開了，就是前頭的兩響單發打中的，左胸上也打得稀爛，那是後面的連發。從槍響到人從廁所那顆老黃桷樹那兒一個翻身消失掉，總共不到他娘的一分鐘，滴嗒滴嗒不到六十個秒，真他娘的棒哦！絕對標準的殺手和刺客！」

「我想，只有羅瑞卿大比武出來的傢伙，要莫就是幾個軍工廠裡的那些國民黨時期留下來的射擊場校槍靶眼兒老兵油子的傢伙，才有那樣的本事兒，不是莫，我看一號樓上有幾個教那些傢伙射擊的人，就是以前俺帶國防工辦的年輕人到射擊場去打靶的時候，俺見過的那些國民黨時期留下來的射擊場校槍靶眼兒的老兵油子，還跟俺說遼瀋戰役、淮海戰役那些我們繳的中正式步槍，就是他們在武漢生產的漢陽造步槍，他們是哪年哪年搬到四川來的，又是哪年哪年被軍管會接管的，解放後又生產了什麼美國的四六型越野吉普車、馬克辛重機槍、七六二重機槍，還跟俺說什麼七六二型重機槍比原先的馬克辛重機槍先進多了，抗美援朝的時候，打美國鬼子就是用的他們的七六二重機槍。志願軍用的馬克辛機槍先前靠水制冷，後來又改進靠風制冷，而他們後來生產的七六二重機槍就不需水冷，射擊速度也比馬克辛重機槍快得多什麼什麼地。狗日的，那些紅衛兵娃娃拿去給那些傢伙訓練出來還得了啊！那不要讓他們拿起槍去打死多少人？」

「喊——喊——喊——」

雷伯伯從牙齒縫裡此出幾聲不屑來，又繼續說道：

「可是，可是，可是要是老爺子的話，老爺子就只給他一顆子彈，一顆子彈就行了，哪裡有那麼多的囉嗦，就是夜裡也是那樣，一顆子彈，一顆子彈就行球了！」

「那次在晉城，也是在夜裡，老爺子在曾達茂的牆頭上就只放了一槍，他娘的，隔著院子裡的天井和花園，曾大頭還在二樓上的嵌花玻璃窗裡面和他的小姨太對飲呢！真他娘的神啦，爬在屋頂的瓦片上的從太原城裡那邊請來的馬五娃還沒來得及從亮瓦那裡開槍，聽見槍響後立馬就從屋簷上梭下去衝進屋內去準備再補兩槍，二線的阮富貴也從一樓順房柱子攀了上去，兩支槍衝進去之後，卻見目標仰面朝天地倒在了地板上，光著一對奶子的小姨太嚇得昏死在了椅子上，兩人進前去驗看時，卻見曾大頭被左耳進右耳出的一顆子彈掀了天靈蓋，嗨——老爺子真的是神啦！」

「哎哎哎！老雷頭，小聲點兒，別老說那些你們的光榮歷史的舊事情哩，快說說你剛才說的那件事兒吧，後來呢？後來是怎麼一回事兒？你趕緊往下說哩。」

「哎喲，可不是，一號樓那邊只聽得見『誰放槍?!』、『誰開槍?!』的一連串的叫喊聲，可是，那樣的叫喊聲越是叫的厲害，卻見一號樓朝我們這面的樓上樓下的幾間屋子的窗戶上的燈光都齊刷刷地一盞盞地滅掉了，那棟樓上頓時一片漆黑，後來，竟然半晌沒有了一點聲音，連『誰放槍?!』、『誰開槍?!』也沒有人敢出來喊了。俺心裡面明白：有刺客！可是人家早就溜了，而且，看那動靜，人家是早就探好了路子的，一分鐘不到就消失掉，而且，是從望江亭那排石欄杆西頭的廁所那顆老黃桷樹那兒，他一個翻身就從石欄杆那兒下去了。我們都曉得，那下面就是一大片茅草坡和芭蕉林，再向西就是一片幾百戶河邊老百姓的捆綁房子，下去就是河水，就是嘉陵江邊停滿了的木船，他隨便往哪條船上一躲，你去找鬼呀？他娘的退路選得好極了。俺心裡面明白，可是，俺才不想去多事兒呢，都讓那個刺客嘣了才好呢，驢日的兔崽子們，一些小毛孩兒，倒把老爺子來了個五花大綁地押來押去，真他娘的這個世道是翻天了！他們真不知道當年的老爺子是個啥樣的人型？哼，要是在那個年月，這些毛孩兒的祖宗八代人都讓俺們旋了屁眼兒拉出來在柏樹尖兒上打個結把他的五臟六腑都掏了個乾淨！他娘的！」

「哎！熄點火，熄點火，老雷頭，別老顯你們當年的威風了，現在是什麼年月呀，好漢不吃眼前虧呀，快忘掉以前的那些事兒吧，你要是憋不住發起火來，保不住哪一天要惹出大禍來！」

「怕什麼的——不過就是俺這條老命嗎，老子也要弄他兩三個來墊背兒的！」

「哎——我的老雷頭呢！你怎麼活到了這把歲數了，說起話來還跟個孩子似的，還是那個老脾氣，哎——還有，你真的說話要小點兒聲呢，特別是你有些時候在樓下和丁丁他娘，還有鄒知遠兩口子，特別是沈麗娟的那個大女兒雪妮子，聽說她好多天沒有回家了，半夜回來身上還帶著支小手槍，站在院子外邊等他的幾個紅衛兵小夥子身上都帶著手槍，才上高中的學生，這個世界怎麼得了哦，我的天，你和他們講話可是要小心哦，特別是你剛才講的打死人的事兒，那可是不能夠隨便亂講的喲，稍微一不注意講漏了嘴，不得了啊！那邊樓上樓下的還住著好幾個司令和勤務員呢，隔牆有耳啦——還有剛才你還沒有講完呢，那幾天我和你老秦都在省黨校寫檢查，這院子裡究竟是發生了些什麼事兒呢？」

「哎！不是嘛！那半晌沒有了聲音，噢……噢……沒有了聲音……」

老雷頭伸開雙手打著長長的哈欠，又拿兩手在褲兜裡悉悉嗦嗦半天地摸著什麼。林伊見狀，就忙不疊地說道：

「癮頭上來啦？癮頭上來啦？慢著慢著慢著，我給你找好東西來，你等著啊，不要老抽你那個葉子煙，把你的肺都要熏爛囉……給你說了多少次，你老秦也是，什麼牡丹、中華、大前門、雲煙⑤，他都覺得過不了他的癮頭，到了黨校沒有煙抽了，幾個傢伙連廚房工人抽的經濟煙⑥都要去問人家要來整上幾口，經濟煙沒有了就把人家用酒果青農場的土煙葉捲的自製煙拿來抽，哎……可憐的煙鬼們哦！」

①勤務員，中國文革的時候，造反派的頭目謙稱自己是「為人民服務」的「勤務員」，則有單位、機關、工廠和造反司令部的一把手、二把手等按照序列被稱為「一號勤務員」、「二號勤務員」等等。

②明太祖朱元璋是通過農民起義上台的，所以在他的統治時期的刑法就特別殘酷和野蠻，他的「抽腸刑」還有木架製作的專門的官式刑具，到了明末的張獻忠就更加簡單，具體的做法就是用刀把人的肛門的大腸頭挖出後綁在馬腿上，當騎馬人在馬背上猛抽一鞭讓馬跑動時，綁在馬腿上的人腸就越拉越長，最後直至扯斷使受刑者一命嗚呼。實際上在中國的春秋時期就有類似的刑法，《莊子・胠篋》篇云：「昔者龍逢斬，比干剖，……」裡早有記載。而蒲松齡的《聊齋志異》裡的一個故事就更直截了當的就叫〈抽腸〉。

③剝皮揎草，趙翼《二十二史箚記》卷三十三載：官員貪污六十兩白銀以上者梟首示衆，且剝皮揎草，在把這「人皮草袋」置於衙門內官座之側，對其他官員起警示作用。

④《萬曆野獲編》載：「武宗朝剝流賊皮以飾馬鐙，出入必乘踏之……」另外，俞樾《茶香室四鈔》裡談到，明永樂年間韓觀任兩廣提督時，曾剝人皮當坐褥，人臉正好在椅背上，頭髮披散在椅後面，韓觀升帳時則端坐其上，已示其威風。

⑤牡丹、中華、大前門、雲煙，均為中國文革前的名牌優質香煙。

⑥經濟煙是文革時期的一種劣質香煙。

第36章　馬克辛重機關槍手

秦田聽見母親關愛地悄聲那樣説著，又趿拉著腳上的布拖鞋噗噗地踩著樓板上的毛毯，吱地開了裡間的小臥房的門進去嘁哩喀嚓地翻找什麼東西……

那時，秦田透過擋在自己床前的屏風中間的一道縫隙，他看見雷伯伯毛聳聳的一隻大手正端著茶几上的白瓷茶杯在一口口地啜著茶水，袒裼著白色的短袖上衣的胸前是狗熊樣的黑黑的一片胸毛，凸起的羅漢肚上橫著一道刀口的長長的傷疤在暗淡的橙黃色的燈光下，就像一條紅色的油亮亮的巨大的蜈蚣蟲。

秦田想起小時候，雷伯伯時常就讓他趴在自己的肚子上，還讓他用他的小手指頭去摸那條長長的傷疤，又去摸他背上的幾個肉疙瘩似的槍眼，雷伯伯又嘴裡喊喊喊地叫著用手去逗弄他的開襠褲下面的小雞雞，大聲地叫著說：大家快來看囉，田田的腸子掉出來囉！大家快來看囉，田田的腸子掉出來囉！最開始他那樣叫的時候，竟然把自己嚇得哭了起來，可是，等到叔叔阿姨都來逗笑的時候，自己又破涕為笑了……

秦田又想起第一次跟父母還有雷伯伯段叔叔到虎洞山射擊場去打靶時的情景，他看著雷伯伯在一輛美式吉普車上被父親拽下來後又被父親推搡著往前走，父親嘴裡說：

「去吧，去吧，去幹幾下，隔三差五的不去幹幾下心裡憋悶得慌，到底是打仗出身的，手他娘的就是發癢，我們差不多有一年沒有打槍了吧，幹幾下吧，幹幾下吧，過過癮頭，過過癮頭，喜歡啥樣的傢伙？歪把子呢？還是馬克辛？你要是嫌都還過不足癮頭，敢哪天跟我到天安靶場去，打飛機軍艦的大傢伙都有……」

雷伯伯卻說：

「哎呀哎呀哎呀，可惜啦，瞎啦哪些子彈啦……」

父親又說：

「瞎啦就瞎啦，不瞎也瞎呀，瞎啦也瞎呀！吃啦不痛瞎啦痛，別人瞎啦不如俺們瞎，俺們瞎啦就是俺們吃啦！你老雷頭哪回聽俺說錯啦？來來來，給雷頭兒弄個大傢伙來！大傢伙，大傢伙，聽見沒有？給雷頭兒弄個大傢伙，越大越好……」

雷伯伯興奮地聳聳繫在胖得有些吊肚了的腰上的腰帶，呸地往手掌心啐了一口，三兩下子把手一搓，又一揮手說：

「唉嗨嗨，行啦——老爺子，俺啥時候不聽你的啦，瞎啦就瞎啦！瞎瞎瞎……」

那時，警衛員段勇叔叔就和五六個穿綠色軍裝的軍人進到射擊場的一排平房裡，一會兒，一幫子人雜聲吶喊著就抬出一挺前面有一個碗口般粗，電影裡面日本鬼子的鋼砲似的重機關槍來，後面還跟了兩條又蹦又跳搖頭擺尾的大狗來，那一花一黃的兩條大狗一出現就讓秦田心裡害怕得發毛，他知道，那條又高又大的白底花斑狼狗的名字叫「彩色」，是從保加利亞弄來的特種狼犬，段叔叔曾經告訴過他，射擊場裡的守衛士兵兩根手指頭塞在嘴裡一聲呼哨還沒有響完，「彩色」就可以躍起身來從射擊位置躥到百米遠的靶位上，所以，虎洞山射擊場山凹的鐵絲網周圍的幾座山頭上，沒有任何人敢在那兒停留和窺望，不要說人啦，就連貓狗黃鼠狼什麼的，都嚇得躲得遠遠的……那條黃毛的肥胖得肚子圓鼓鼓的矮腳犬不知為什麼名字叫著杜魯門（秦田自己的狗就是跟了它的名字叫小杜魯門）。杜魯門是條腳短身長的藏獒犬，段叔叔說，杜魯門的爪子可以把地上的石板都刨出道道的白縫來，埋在地裡不管什麼樣子的特務的電台、子彈、手槍、匕首、屍體還是《紅燈記》裡鳩山要李玉和交出的密電碼之類，杜魯門的爪子都可以把它刨出來。杜魯門沒有千里眼，可是，它卻有一隻千里鼻，杜魯門的鼻子是經過西南警衛團警犬連特種訓練出來的，藏得再遠、再深、味兒再弱的東西，就是埋地三尺，它也能夠用它的鼻子把那東西嗅出來……秦田記得，他那時特別地驚奇那隻嚇人而又古怪的矮腳犬，因此，就成天地和母親鬧著要叫她去讓段叔叔從射擊場去弄條同樣的狗回來，後來過了一段時間，段叔叔果然弄了一條狗回來，還對自己說，那狗就是杜魯門的兒子，又給它取名叫做小杜魯門。然而，「小杜魯門！小杜魯門！」的叫起來也是太拗口了，就把小杜魯門也叫著了大杜魯門。所以，後來秦田的狗也就叫做了杜魯門，竟然還惹得一號樓的任大願和任小願兩兄弟也去弄來兩隻一灰一黑的小狗，灰黑兩隻狗竟然一隻叫做赫魯，一隻叫做雪夫，意思就是一灰一黑兩隻合起來就叫做赫魯雪夫啦。然後，杜魯門和赫魯及雪夫三隻狗就在一號樓和三號樓一帶經常追攆和嬉戲打鬧，搞得個四鄰八舍的雞飛貓蹦。

然而，當小杜魯門那狗崽子一天天見風地長大了起來之後，秦田卻左看右看都不太像射擊場的那條真正的杜魯門，射擊場的杜魯門全身的毛油亮發光呈棕紅色，圓鼓鼓的腦袋上兩隻不大的圓耳朵向後翻飛著，短杵杵的鼻子下面是又寬又大的嘴巴。它的一條蚯蚓似的打著圈兒的小尾巴在它的圓滾滾的木桶樣的身子的屁股上不停地旋來旋去，它小跑起來的時候，沈重的身子就壓得他的四條腿螃蟹的爪子似的盤扭著，向前面一聳一聳地作S型的弧線前進，它的大腦袋永遠是沈重得抬不起來似地，平杵杵的鼻頭幾乎是蹭著地面四面八方地嗅來嗅去。任隨路邊的什麼人扔些任隨是什麼好吃的東西給它，它都連聞都懶得去聞一下的掉頭就走開了。而秦田的杜魯門卻是嘴巴又尖又長，見了生人迫近時就低聲地皺著鼻頭兇狠吠著，輕吠幾聲之後，齜牙咧嘴時，一條長長的粉紅色的舌頭就在兩排白森森的刀牙裡卷來卷去，一對大大的尖耳朵朝前豎起，細眯著的一對狼眼虎視眈眈地盯住來人，灰色的體毛下面是四隻長長的腿，它跑動時躍起來幾乎足足有一丈遠，這傢伙哪裡是什麼射擊場的杜魯門的兒子呢？半點都不像啊！

秦田尋思，這小杜魯門的爸爸媽媽或者爺爺奶奶是不是射擊場的的彩色和大杜魯門呢？可是，當他每次去問段叔叔的時候，段叔叔都笑笑説，段叔叔沒有騙他，他小孩子懂個什麼？還説，杜魯門隔一段時間就要弄到軍犬訓練基地去訓練一下，那裡的軍犬各種各樣的都有，什麼反應靈敏的西德牧羊偵察犬啦，還有什麼德國的杜伯文犬、比利時牧羊犬、泰國浪安犬、中國的藏獒、愛爾蘭的哥頓長毛犬、英國的金毛狩獵犬、丹麥的大丹犬等等等等。又説，射擊場的杜魯門本身就是條中國的藏獒和不知道哪國的軍犬雜交出來的東西，因為，真正的藏獒都是些小個頭，可是，杜魯門卻長得又肥又壯，只有從它盤在地上的八字腳看上去像是藏獒的後代，還不知道它的哪一輩兒爺爺或是奶奶是條藏獒呢？秦田就又問段叔叔什麼是「雜交」？秦田那樣問的時候，段叔叔和雷伯伯就捂著嘴巴哈哈地大笑起來，旁邊站著一個大食堂來的伙夫就説：小娃兒，你吃過雞蛋沒有，吃過了雞蛋就曉得什麼叫雜交，公雞騎在母雞身上踩蛋的時候，那樣子就叫雜交，雞蛋就是雜交出來的。秦田又問那伙夫，那麼，「踩蛋」又是什麼意思？又引得一幫人嘻嘻哈哈笑彎了腰……

秦田和母親還有梅姨站得遠遠的躲在一間小屋子裡，他們隔著玻璃窗看著那幾個解放軍士兵脫了上衣挽起白色的襯衣袖子，他們蹲在地上喊哩喀嚓一會兒就將那挺重機關槍裝好了推到中間的一個射擊位置上，那挺重機關槍下面有兩個鐵輪子可以推動，重機關槍的槍身中間還有一塊綠色的盾牌樣的鋼板護身，射手是從那塊豎起的鋼板護身中間的一個瞄準孔裡瞄準前方的目標，秦田知道那就是馬克辛重機關槍，每次見到那樣的重機關槍的時候，秦田都會想起蘇聯電影《夏伯陽》裡絞殺得哥薩克騎兵一片片地倒在地上的就是那種馬克辛重機關槍。那次是秦田第一次看見雷伯伯穿軍裝的樣子，他從那間平房裡出來時，上身已套了一件厚咔嘰布的綠色軍裝，軍裝外面又是件綠色的防彈背心，腰間繫了一條寬寬的棕色牛皮帶，手上戴了副白色的線手套，頭上戴了頂烏亮烏亮的綠鋼盔，父親過了一會兒也從那平房裡出來了，他和雷伯伯是一樣的裝束。

看到父親和雷伯伯的樣子，秦田又想了起來以前家裡父親書房的牆壁上的幾個鏡框裡的一些黑白的照片，有幾張是在延安的窯洞前和朱德總司令，還有林彪、陳毅、劉伯承、鄧小平、卓琳、張茜等人一塊兒照的。還有幾張是和楊超、張愛萍、任白戈、魯大東、柯慶施、李井泉等人一塊兒照的。其中，有一張特別神氣的是父親和雷伯伯五、六個軍人在南温泉的飛泉下面的照片，在那張照片上，父親披了一件軍大衣，雷伯伯和另外的一個不認識的軍人都騎在一白一花的兩匹東洋大馬上。兩匹馬中間豎著一塊長方形的石板，石板上面龍飛鳳舞地鐫著「飛泉」兩個草書大字，背景是白花花飛瀉而下的一串串瀑布。照片上面，除了父親以外，其餘的幾人都是全身披掛著武器，他們的頭上都戴著軍帽，軍帽下面是一張張威武而又嚴肅的軍人的面孔，除了肩上腰上的長短槍枝外，還有一串串掛在胸前的子彈帶，小腿上都打著綁腿，那張照片極大地滿足了作為一個男孩子的秦田的心。

可是後來文革剛開始的時候，那張照片就不翼而飛了。秦田去問父親的時候，父親就說小孩子不要過問這些大人的事情。後來，母親告訴他說，因為那上面有一個人在前幾個月自殺了，父親怕一些事情牽扯起來說不清楚，就將那張照片給燒掉了。

秦田、母親和梅姨在小屋子裡隔著玻璃窗看著雷伯伯和父親跪蹲在那挺綠色的閃著鐵光的馬克辛重機關槍前面，雷伯伯單腿跪地，另外的一條腿半蹲時，兩手就提起槍托後面的兩個把，又推平了槍身將自己的頭俯在豎起的綠色盾牌後面，開始著瞄準的準備，父親也用相同的姿勢跪蹲在了雷伯伯的身旁，只是用他的兩隻戴著白手套的手去掀開了旁邊的一個綠色的上面印著白字的木箱的蓋子，又從裡面提出來一串串連在一塊兒的金光燦燦的子彈來遞給身旁的雷伯伯，雷伯伯則熟練地喊哩喀嚓幾下就把子彈帶連在了重機關槍的填彈槽上面，又用手喀喀喀幾下合上又打開槍機上的一些槍栓保險鈕之類的鍵鈕，雷伯伯又向旁邊的幾個軍人揮了揮手喊了一聲：準備完畢！兩人就雕塑般蹲在那裡紋絲不動了。立刻，前方百米遠的靶標處就升起一排七、八個半身胸靶來。又有遠處的一個士兵大聲地喊道：秦書記，準備完畢！又將嘴裡的哨子瞿瞿瞿瞿長聲吹著，兩手裡各執一把的小紅旗在胸前和頭頂交叉地揮舞了幾下，人就消失在了靶標處側面的掩體裡。一刹那，只見重機關槍處有幾道火光閃爍起來，嘣——，嘣——嘣——，嘣——嘣——嘣——，一個單發，兩個單發，三個單發，跟著就是嘣、嘣、嘣、嘣、嘣、嘣……震天動地的一連串爆響，那個陣仗，頓時把秦田嚇得雙手捂住了自己的耳朵……

前幾年，秦田在家裡時常看見父親書房抽屜裡的幾支手槍、牆壁上斜掛著的三支獵槍、一把日本大馬刀和一把蔣介石的中正劍。那把日本大馬刀的刀鞘就像一條烏梢蛇似的烏黑發亮，裡面抽出來的刀身銀光閃亮寒氣森森。父親說，那把馬刀是日軍在山西的第十四旅旅長山本一夫的，他用那把馬刀砍過很多中國人的人頭，但是，最後還是父親手下的一個叫劉長晉的連長用那把馬刀把山本一夫的腦袋給砍了下來。父親說，那個叫劉長晉的連長告訴他，他們把山本一夫活捉後綁在一棵大樹上，人人都要衝上去第一個用刀劈死他，那傢伙還在那裡哇哇地亂罵，後來劉長晉就用那把山本一夫自己的馬刀上去只橫著一刀，腦袋就橫飛了出去兩丈遠，身首異地之處，身子還綁在大樹上，滾出去在地上的腦袋竟還翻滾著齜牙咧嘴地怪叫了好幾聲，老百姓衝上去真的是叫食肉寢皮，人人上去都爭搶著用嘴咬掉了他身上的幾塊肉，那場面就是打仗的人看見了都很恐怖，三下五除二，就把那個當年的殺人魔王連五臟六腑都掏了個精光，一顆人頭也在地上被老百姓用腳踩了個稀爛；那把蔣介石的中正劍是國民黨第十九軍軍長史澤波的指揮劍，指揮劍劍身約三十釐米長，兩釐米寬，劍身上鐫著蔣介石題的「中正」二字，劍柄是黑沈沈的檀香木製成，看上去嚴肅、樸實而又蕭殺。父親說是在日本人投降那年的上黨戰役的時候，史澤波將那把指揮劍交給他的一個心腹第四十五師師長蔡平原，意思是戰敗了就用那把指揮劍殺身成仁，結果蔡平原真的被父親的部隊活捉了，父親在他指揮的部隊傷亡過重的憤怒中親手槍斃了蔡平原。牆壁上斜掛著的三支獵槍都是父親在五十年代到蘇聯訪問的時候別人送的，獵槍的槍身和槍托上都有很多俄羅斯古典圖案的漂亮飾紋和嵌在上面的一些金銀寶石；還有就是一些從日本人和國民黨軍官手裡繳獲的什麼德國蔡斯照相機、望遠鏡、懷錶、牛皮公事包、羅斯福尼軍服及美式軍毯等等戰利品，警衛員段叔叔很喜歡去擺弄那些東西，因為父親和他經常會用槍油和布去拭那些槍械，那種時候，也是秦田最高興的時候，他會用很新奇的眼光去看待那些東西，男孩子嘛！天生的就喜歡武器。很小的時候，秦田就認識段叔叔的腰帶上斜掛著的手槍，什麼德國的二號駁殼手槍、三號駁殼手槍、白朗寧手槍、左輪手槍、還有就是解放軍的五一式和五四式手槍……

當馬克辛重機關槍的響聲停了下來的時候，秦田就將捂在雙耳上的手拿了下來，他看見那一排百米外的胸靶全都被那些颳風一般爆響的子彈穿得個千瘡百孔，只見父親和雷伯伯站起來了之後，父親就在雷伯伯的胸膛上重重地打了一拳後大聲說道：雷頭兒，好哇，還是不減當年哦！只見雷伯伯兩手在自己的胸前搓來搓去地度著大步也大喊了一聲：老爺子，你也來一把喲！話還沒有完，段叔叔和幾個軍人早已又抬上來一箱子彈，段叔叔也說道：秦書記，現在看你的啦，露上兩手給我們瞧瞧啊！大家就啪啪啪地鼓起掌聲來。後來，大家散開後，雷伯伯就和父親又蹲了下去，只是交換了先前的位置，父親換到了射擊手的位置而雷伯伯換成了填彈手的位置。又是一陣爆響，又是秦田、母親和梅姨把耳朵捂起來……後來還提了一挺歪把子機關槍來又打了一陣，父親和雷伯伯才餘興未盡似的起身離開了射擊場。

那次以後，秦田才真正的感到父親和雷伯伯的形像開始高大了起來……

後來的那幾天，每當秦田看見在廚房裡穿著個白圍裙忙來忙去，又將一蒸籠一蒸籠蒸得白白胖胖熱氣騰騰的包子饅頭端到他們吃飯的飯桌上的雷伯伯的時候，他都有些不敢相信，眼前的這個雷伯伯就是射擊場裡打重機關槍的那個雷伯伯。秦田想著母親說過幾次的，雷伯伯槍口下死掉的鬼魂少說也有幾十上百個的說法，現在看來不是在說故事吹牛擺龍門陣了！那幾天，秦田看著雷伯伯都有些站得遠遠的、怕怕的了……

第37章　沈麗娟之死

後來，又發生了前面秦田給伍芳談到過的一九六七年夏天，軍工廠的工人造反團來抄家時，把他用電線捆綁起來倒吊在樓下進門的大門門框的橫樑上用掃帚打著取樂，又拖到樓上去被一個工人用電話聽筒毒打的事情。

再後來的一個星期，一個院子裡就只有秦田和梅姨。整天兩人都是木木地發著呆，惶惶然而不可終日……

整個院子裡除了有些時候貓狗的叫聲外，就只有大風小風從樹梢上吹過的呼呼聲。院子裡，甚至連整個機關裡都蕭殺得像座墳場。

一天深夜，秦田和梅姨被一陣急促的敲門聲驚醒。他們都不敢去開門。

後來，他們聽見外面有一個嘶啞的可怕的怪怪的聲音卻在叫著：田田！田田！田田！田田！快給沈阿姨開門！快來給沈阿姨開門！

那時，秦田才回過神來，有些似曾相識地聽出那聲音像是沈阿姨的聲音，忙亂地揿亮了電燈戰戰兢兢地去開了門。那一眼看了去，把秦田簡直嚇得呆在了那兒。他看見外面懈懈的清冷的月光下，那哪裡是什麼他意識中的沈阿姨，完完全全是一個陌生人，一個披頭散髮、蓬頭垢面、衣服被撕扯得稀巴爛、狀如遊魂飄魄般的女鬼！那人還伸出一雙手來拉秦田，直嚇得他到退了一步。然而就在那一瞬那，他從那一雙暗淡無光的、有些悽惶、有些躊躇、恍恍惚惚還閃現出一絲一瞬即逝的笑意的眼裡，浮現出了一個昔日——不到一個月前——的沈阿姨的形像來。他看見她散亂的頭髮有幾縷倒掛在了臉前、鼻青臉腫的臉上有一隻眼睛眼圈四周都腫得烏烏亮亮的、那隻眼睛幾乎是看不見了，一邊的額頭凸得大大的一個青紫色的包塊，鼻樑上、嘴角邊、脖子上、撕扯得稀巴爛的白襯衣上、赤裸的腳掌上、地上、到處都是紅色的血跡……她的胸前一對白白的、大大的奶子幾乎全都裸露在撕成了條的襯衣外面。

看見了燈光，她似乎才從恍惚中醒了過來似的。她連忙彎腰佝僂了身子用一雙手去捂住胸口……

他不記得梅姨是怎樣出來把她扶了進去的。他只記得她們兩人在裡屋裡雙雙地傷傷心心地哭泣了一夜。

秦田在模模糊糊中好像覺得天快亮時，梅姨把沈阿姨送下了樓。在樓道上，秦田還模糊地聽見好像梅姨在問她，要不要明天天亮了之後，叫人到鄭毅家裡去把她的才一歲的小女兒抱回家來，好像聽她說暫時不忙等等。梅姨什麼時候回來的他已然是完全不知道了。

結果是第二天上午十點鐘造反派來抓她的時候，才發現她已經吊死在了她的房間裡。

那間房間就是以前的大會議室隔成的兩大間屋子。原來還一家四口人過得好好的，現在卻全家都拆散了。

後來就是連續兩三天機關裡的人一個個神色嚴肅地進進出出。白天晚上那間屋裡都亮著燈，機關後勤部門的幾個老頭老太太守在那裡。第三天的上午，人們把她的用白布裹著了的屍體抬了出去，用一輛大卡車拖去了火葬場。

秦田只記得那輛大卡車要開走的時候，外面人山人海地圍滿了很多的人。他有些吃驚的是，在他的印象中，好像沒有那麼多的人認識沈阿姨他們一家人啊？

秦田還記得，車要開走的時候，一些老頭老太太在噓聲噓氣地小聲說，哎呀哎呀哎呀什麼樣的世道喲，那麼善良和氣的好人都拿來整得上吊了。說是上吊前幾天，遭拖到教堂去脫了衣服糟蹋，狗日的造反派，強姦婦女，連國民黨都不如！連豬狗都不如的東西！人活在這世上還有什麼樣味道哦，龜兒子斷子絕孫塞砲眼生個娃兒都沒得屁眼兒的造反派紅衛兵崽崽兒，造孽造孽造孽喲……

秦田記得，他當時想了好久，也想不起來那句罵人的話是在哪裡聽到過。但是，他記得，他確確實實是在哪裡聽到過。

後來是一九六七年夏天鄒雪妮在幾家軍工廠的造反派之間發動的那場雙方都動用了坦克、軍艦的董家岩河灘大戰中撿了半條命回來。同去的他們延安中學的四十八個軍隊幹部子弟只有七個半回來了。那些人都留在了那片河灘上。

她就是那半個。她的一隻眼和一條胳膊也留在了那一片河灘上。

她的一個高她兩個年級的男朋友據說是被另一派的造反派抓住後，裝在了麻袋裡，吊在樹上用亂棒打死的。據說那裝著屍體的麻袋在樹上吊了好多天沒有人敢去取，上面爬滿了數不清的綠頭蒼蠅。之所以要讓那麻袋在那兒吊上那麼久，據說是因為對方造反派的頭目是麻袋裡死人生前的情敵。她參加那次戰鬥，據說是為了去報仇雪恨，據說……

第38章　戰場黃花

好不容易才在機關裡的一些好心人的幫助下將沈麗娟火葬了，又把她的骨灰盒捧回來就放在樓下原來的大會議室的壁爐上面的台子上。又將她的小女兒按照林伊的意思悄悄送到了北郊桃花嶺玉帶寺北江機床廠第六車間工人穆金明家裡安頓了下來，好在小女孩還完全不曉事，很快就在那裡習慣了。

那幾天，秦清和林伊都被關押到省黨校裡去了，整個院子裡就只剩下梅姨和秦田兩人，每天無論是白天還是黑夜都是槍砲聲不斷，院子裡也是住滿了造反派，時常，他們就將槍砲直接拖到三號樓院子裡甚至是拖到秦田家的樓上架在窗户上就向嘉陵江對面開火，而江對面打回來的子彈就直接穿透在三號樓別墅的樓房上……

那幾天，秦田頭上被電話聽筒砸破的傷口受到感染後一直沒有痊癒，三天兩頭還要到機關外面經過一條馬路的市委機關直屬門診部去換藥，但是，那幾天又是武鬥最吃緊的時候，幾乎每天在城裡的大街上都有人被流彈擊斃，梅姨就天天守在秦田身邊給他用鹽水衝洗和換紗布，好在前幾次在市委門診部拿的藥較多，吃下去的消炎片竟然將感染得化了濃的傷口給止住了。否則，在那樣炎熱的夏天，又是那樣的砲火連天的狀態，秦田的命運就難以想像了。因為當他發炎很厲害的時候，整個面部腫得透亮發青，兩隻眼睛都只見一條縫，而且還發高燒，晚上做噩夢説胡話，他自己都以為自己是必死無疑了。而林伊和梅姨就只有天天守著他流眼淚和不停地叫人喊醫生來，而醫生都躲光了，幸好還有幾個朋友和熟人家裡有醫生，但是，槍林彈雨的，醫院都關了門，藥，特別是好藥、針藥、關鍵的戰傷藥品都被造反派搶到他們武鬥的前線去了。

三號樓大院北面臨江懸崖上，平時掩映在一溜法國梧桐淺綠色的綠葉叢中，甚是好看的紅柱綠欄明黃琉璃瓦的六角望江亭，現在似乎成了嘉陵江北岸東北方向和西北方向幾公里以外幾家大型軍工廠的交叉火力襲擊目標的彩色標誌。對方的若干火力點好像知道這一帶漂亮的別墅群四周一排排的鋼筋水泥建築上住的是些什麼人似的，各式各樣的槍彈組成的交叉火力就從望江亭的四周飛曳而過，當然，少不了在三號樓和附近的建築物上留下狼跡斑斑的無數蜂窩般的彈孔，甚至有一天下午，當市中心的造反派在三號樓東南面不到二百米的機關裡的籃球場上開著大型軍用牽引車，用在朝鮮戰場上使用過的蘇聯製的喀秋莎火箭砲向江對面襲擊了一陣排砲後，不到半小時，在嘉陵江對岸西北方向十幾公里處幾家軍工廠的所在地就傳來了一陣陣哄隆隆的巨大的響聲，跟著就是一連串的呼嘯，大白天在空中竟也是劃出道道銀光的加農砲彈頭飛了過來，隨著一連串的爆炸聲，頓時就是好幾棟建築被炸開了花，還立時就一片片的火海燃燒起來。在那一連串飛來的加農砲砲彈中，其中的一顆就剛好掉落在三號樓院牆外和一號樓中間的一片桑樹林裡，只聽一聲巨響，那枚砲彈頭竟把桑樹林中間夯出一個直徑兩米的大洞，它竟然沒有爆炸！原來，那是一顆啞彈。後來又另外還發現有幾顆啞彈也都分別落在了附近的中學操場和外邊馬路的人行道上。雖然說，後來人們才知道，那幾枚掉落在地上當時沒有爆炸的巨大的加農砲彈頭都是些啞彈，但是，在當時，還是嚇得人們只能在那些彈坑周圍三五十米範圍外面繞著圈子睜大了驚恐的眼睛！當過了兩三天才請來了軍工廠的專家把幾枚「定時炸彈」給卸走了後，驚魂未定的人們才算是做夢般地鬆了口氣！

秦田以前聽雷伯伯說過，加農砲的砲筒有兩三丈長，一門加農砲現在要一個砲兵班八九個人甚至十二三個人才能夠操作，那些人有些是開砲車的，有些負責瞄準，有些負責轉動砲筒，有些負責填彈等等。加農砲的彈頭直徑有十三公分，那些彈頭有些是爆炸彈，有些是反坦克穿甲彈，有些是榴霰彈、有些甚至是煙霧彈、照明彈和燃燒彈，加農砲的射程可以達到將近三十多公里。加農砲一般是大部隊作戰時才使用。

另外就是飛蝗般在夜裡像節日的禮花般劃過夜空的曳光彈。當然，那些主要都是幾家軍工廠裡的高射機關槍發射的子彈。

還在文革前兩年，秦田還是個小孩子的時候，就跟父親和雷伯伯他們到江對岸東北方向的一個射擊場去過，在那裡，主要是打飛機的高射機關槍的靶場，就是文革時期城裡的老百姓所說的打飛機用的「雙管」和「四管」高射機關槍，實際上就是各種型號的改裝的牽引式蘇式「雙聯」和「四聯」十四點四五毫米高射機關槍。秦田在靶場的制高點上還用高倍率的望遠鏡看過江對岸，在能見度良好的情況下，可以清晰地看見他們院子的彩色漂亮的望江亭，但是，由於兩邊的位置或高度相當，在江北面，即便是在射擊場的制高點上觀察，也只能看見望江亭，而和望江亭處於同一個平面的後面的建築物，則只能看見些輪廓。當然，山城的建築都是依山而建，在高出望江亭那個平面上的建築，則在江對面可以在望遠鏡裡一目了然地盡收眼底，更何況，當時的紅外線夜視鏡已經能夠在晚上觀察目標了，所以，江對面的高射機關槍常常在夜間襲擊一、兩千公尺以外的江對岸的目標，而且居然還可以準確地跟蹤運動的靶標就是不奇怪的事情了。

一九六七年夏天，山城的三清寺一帶和市裡的好幾個造反派交戰區域一樣，一到了入夜時分，就進如了燈火管制的時候，你不管制也不行，因為亮燈的地方就是必遭火力襲擊的地方。三號樓和附近的幾棟別墅，猶如野山上的幾尊古寺廟一般，倒是時不時傳來的槍砲聲和劃過夜空的曳光彈，還給那死寂的黑夜增添了點人間的煙火味，讓人在恍惚之間感覺好像是處在一片節日的煙火裡，那樣的狀態，本身就是既滑稽而又殘酷和恐怖。死亡的陰影一直就籠罩著那一帶地區……

現在，無論是白天還是晚上，他們都能夠時不時地聽到呼嘯而過的子彈從離他們很近的地方飛過。

最可怕的就是，有些時候，佔領了機關幾棟大樓的造反派，就將機關槍直接架在三號樓和附近幾棟別墅朝北的窗口和外走廊上，以及窗外的洋瓦上向江對面的火力點進行射擊，他們也知道，當他們射擊完畢後，對方會在很短暫的時間內做出反應，於是，他們就快速地射擊完畢之後立刻就撤走了武器和人。往往就是那樣，當他們的機關槍聲在樓上震天地爆響一陣之後，就傳來他們從樓上衝下來的咚咚的腳步聲，當他們跑光了之後，立刻就傳來對岸噠噠噠噠的機關槍聲，再緊跟著就是對岸的高射機關槍子彈穿透和撞擊在建築物上的噗噗嘭嘭的聲音，那一段時間，在三號樓別墅和附近幾棟別墅朝北的牆壁、門窗、屋頂的瓦片上，還有附近幾棟大樓上就到處都佈滿了槍眼，火力最密集的一周，三號樓別墅的人全都跑光了，秦清和林伊在省黨校，雷傑貴老兩口和他們的女兒丁丁更是早就被林伊打發回山西老家避風去了。梅姨按照林伊的授意，最後也把秦田帶到附近一座小城的親戚家裡去了。那中間還發生了三號樓別墅人去樓空之後，秦田的狼狗杜魯門被市委警衛連的士兵用刺刀槍上的刺刀刺死的事情。當然，那又是後話。

在三號樓別墅人去樓空的前兩周，整個院子裡就只有秦田和梅姨兩人。那個時候，要麼是白天，要麼是黑夜，只是時斷時續的有些槍彈呼嘯著從三號樓飛曳而過，但是院子裡已經發生了兩三起兩岸交火時人被擊斃的事情。本來那幾天梅姨就想帶秦田離開，但是，一來是因為秦田的傷口正在發炎化膿，二來是火車站到處都是持槍的造反派在到處搜查證件和抓人，而梅姨自己就在被造反派抓去遊街鬥爭的時候剃了個陰陽頭，讓人一看就是文革中間的牛鬼蛇神的樣子，所以，他們是想走也不敢走，就只有拼死待在三號樓了。

有一天晚上大約十二點左右，一輛密閉著草綠色篷布的軍用大卡車就悄無聲息地開到了三號樓門口停了下來，上面跳下來了十來個頭戴鋼盔全副武裝的造反派人員，他們抬著一挺高射機關槍進到院子裡，又爬到了三樓的小閣樓房子裡，將那挺機關槍架在了朝北的窗口，又從窗口用紅外線高倍率望遠鏡觀察了好一陣，那個時候，秦田和梅姨知道要出事情，就到機關大院外面要好的同學黃新路家住的臨街的桂園①裡躲了起來。

大約在淩晨兩點時分，當三清寺一帶幾處火力點：三號樓東面約三百公尺處的市團委五層樓的鋼筋水泥大樓、三號樓東面約八百公尺處的曾家岩五十號周公館處②、三號樓西面約五百公尺處市立第六中學四層樓的青磚教學大樓等幾處，同時向嘉陵江對岸東北方向山頂處治水中學的火力點發起進攻，隨著震耳欲聾的巨大響聲，三條密集的銀白色的火蛇就時斷時續地一串串撕裂著夜空朝向那個不停地閃爍著亮光的火力點奔襲而去，即便是遠隔兩、三千公尺，人們還是看得見一會兒，那個火力點就燃起了衝天的火柱，然而，隨著治水中學的火力點被擊中燃起大火的時候，江北岸又有另外的四五個火力點很快地就向江南岸剛才提到的三個火力點發起了進攻，一時間雙方的火力組成幾道在嘉陵江南北兩岸相互來回穿梭的火力網，子彈飛行的弧線軌跡清晰可見，特別是四聯高射機關槍射出的四顆一串銀色子彈的彈道鏈就更是明顯可辨，離地面較近距離的子彈劃過時就發出哧哧哧的可怕的嘯叫聲……

而就是在那個時候，仿佛是早就摸清了對方火力點分佈情況的等候在三號樓上的那挺高射機關槍就打響了，三樓上小閣樓窗户發出巨大的爆響聲：

「嘭——嘭！嘭——嘭！嘭、嘭、嘭、嘭、嘭、嘭、嘭……嘭、嘭、嘭、嘭、嘭、嘭……」

「嘭——嘭！嘭——嘭！嘭、嘭、嘭、嘭、嘭、嘭、嘭……嘭、嘭、嘭、嘭、嘭、嘭……」

「嘭——嘭！嘭——嘭！嘭、嘭、嘭、嘭、嘭、嘭、嘭……嘭、嘭、嘭、嘭、嘭、嘭……」

…………

…………

先是兩個點射，然後就是十來發連續射擊，如此不停地十來個回合。而且，三樓上小閣樓窗户的所有火力全部朝向嘉陵江對岸四五處火力點中最靠近西面，也就是離三樓上小閣樓窗户那挺機關槍的射擊位置最近的一個火力點上射擊而去，這顯然是經過仔細觀察和設計好了對方的火力點分佈之後才設計出的彈著點！

隨著機關槍響聲的節奏，眩目的亮光時閃時滅，三樓上小閣樓窗户就像電影裡碉堡的槍眼，在稍遠處看上去，窗口閃爍的火光和響起的槍聲之間有一段時間差，人們先是看見閃爍的亮光，然後才是嘭、嘭、嘭的槍聲，（如果子彈是朝自己的方向襲來，則第三才是從自己身邊飛過的子彈的嘯叫聲，或者是射擊在自己身旁建築物上的撞擊或碎裂聲，就是説，光速大過聲速，聲速又大過子彈的飛行速度。）。在小閣樓窗户閃光的時候，可以清晰地看見眩目的電弧般的閃光裡兩個戴鋼盔的造反派雕塑般地出現在黑洞洞的窗口裡……

當他們射擊完畢，對方那個火力點也被打得頓時就啞了火，而且，這幫傢伙好像知道對方立刻就會報復似的，立刻就從樓上飛也似地奔跑下來，又連忙衝上停在院子門口的軍用大卡車，閃電似地就開跑了。緊跟著就是對岸三個火力點的幾道火舌奔襲而來，像冰雹般襲來的一陣彈雨立時就打得三號樓別墅陣陣銀光四射，好在三號樓別墅的主結構全是由些一尺見方三尺長的石質細密堅實的條青石壘成，即便是能夠穿透幾乎兩層一尺厚紅磚牆壁的高射機關槍的超級合金穿甲彈，打在那條青石上也只能夠在上面打出一個核桃般的彈洞後就將變形了的穿甲彈頭彈射到了另外的地方去了，只是在二樓的外走廊朱紅色的廊柱、綠色的欄杆、幾層樓朝北的幾乎所有的窗口、屋子裡的牆壁和相應位置上的傢俱、窗外的部分青灰色的瓦片，水池裡的假山、那顆巨大的黃桷樹和其他的樹木等等，那些東西幾乎是無一例外地上面都是彈痕累累……

對方的撲了空的火力回擊幾乎持續了一刻鐘才停止。

又過了半個小時，那輛密閉著草綠色篷布的軍用大卡車又鬼魂般地悄無聲息地開到了三號樓門口停了下來，上面又跳下來了先前那十來個頭戴鋼盔全副武裝的造反派人員，他們又抬著那挺高射機關槍進到院子裡，再又爬到了三樓的小閣樓房子裡，將那挺機關槍架在了朝北的窗口、從窗口用紅外線高倍率望遠鏡觀察起來……

跟著又開始重複上次的情況，先是前面提到的幾個火力點開始朝江對岸射擊，只不過上次是好幾個火力點，就是三號樓東面約三百公尺處的一棟五層樓的鋼筋水泥大樓、三號樓東面約八百公尺處的曾家岩五十號周公館處、三號樓西面約五百公尺處市立第六中學四層樓的青磚教學大樓等幾處，同時向嘉陵江對岸東北方向山頂處治水中學的火力點發起進攻。但是，這次卻是先僅由三號樓東面約八百公尺處的曾家岩五十號周公館處和三號樓西面約五百公尺處市立第六中學四層樓的青磚教學大樓兩處先發起向對岸目標不定的佯攻射擊，當對方開始還擊的時候，暴露了射擊位置的對方就遭到這邊好幾個火力點的惡狠狠的狂風暴雨般的射擊，而三樓的小閣樓房子裡那挺機關槍這次就故伎重演地又打開了花，打完了之後又和上次一樣爬上那輛停候在院子門口的大卡車溜之大吉了。

然而，這次他們卻完蛋了！

當他們的風馳電掣的密閉著草綠色篷布的軍用大卡車快速穿過機關裡的球場正欲駛向另外的一個掩體附近時，一排咆哮著的喀秋莎火箭彈飛蝗般地以很低弧度的、近乎於直線狀般的彈道軌跡，由江北岸一個一直沒有暴露的目標襲來，其中兩枚火箭彈正好齊齊地攔腰擊中軍用卡車的中部，立時，卡車上響起巨大的爆炸聲，在一片鬼哭狼嚎的喊叫聲裡，一團巨大的火球騰空而起，火球炸開處，遍地都是在地上亂滾的燃燒的人體和卡車的殘骸……

據文革結束後，因為造成大規模死亡而被捕關在監獄裡的某軍工廠造反派頭目XX在談到那次戰鬥中的情況時自供狀裡的坦白：軍工廠的造反派作戰指揮是一個曾經參加過朝鮮戰爭，後來在解放軍XXX軍當過師參謀的XX，他們通過高倍率的紅外線夜視望遠鏡多次觀察到了這個奇怪的「會移動的草綠色碉堡」的運動軌跡後，才一舉將其殲滅的。然而他們並不知道那輛軍用卡車上面都是些什麼人……

第二天早晨，人們才從蟄伏的一棟棟房子裡爬出來，老鼠般探頭探腦地睜大了驚恐的眼睛看見了那一片慘烈的景像：

那輛大卡車已經被燃燒成了一個龍骨般的散鐵架，幾個燒焦了的輪子飛出去二三十米遠，以卡車為中心擺在近處的一圈屍體都被燒成了一些還在冒油的駿黑的鬼怪般的形狀，他們顯然是在火箭彈爆炸時沒有被彈射出去而被後來卡車上的汽油爆炸後引燃的屍體。

最可怕的是被火箭彈爆炸時炸飛出去的幾具屍體：

其中一個人體的上半部只有一顆人頭和肩膀上連著的兩隻手，它被掛在一根水泥電杆連接電線的兩排白瓷瓶之間，一雙掛下來的手臂和幾片綠色的軍衣袖上還是斑斑的血跡，然而那顆人頭卻是端端正正地擱在水泥電杆兩排白瓷瓶的下面一排白瓷瓶上，下面觀看的人們就說，那絕對是鬼做的事情，就是喊個人搭把梯子爬上去也把他的腦殼擺不到那麼端正，他的一張滿臉稚氣的孩童般的臉上，仿佛還在對著地面上觀看他的人裂開嘴大笑，只是他的七竅都有些血痕，下面觀看的人又說，那大概是因為火箭彈的強烈爆炸震波弄出的血痕，一個大概是到朝鮮去打過仗的人就說：朝鮮戰場上蘇聯的喀秋莎火箭砲就是那樣，從你身邊一公尺範圍內擦身飛過時的喀秋莎火箭彈的引起的空氣爆炸的震蕩波，就可以當場把人和動物的腦花和心臟震碎，所以，當打掃戰場的時候，他們發現一些美軍士兵的屍體上完全沒有彈痕，卻七竅流血地倒斃在戰場上，後來才知道是喀秋莎火箭彈的原因云云。

另外一具屍體被爆炸的衝擊波拋到了旁邊西北面七八米遠的一棟大樓的三樓窗户上倒掛著，然而，它的腦袋卻不知了去向，在樓下往上看的時候，只見那是一堆血淋淋的裹著綠色的軍衣破布條的血肉倒掛在碎裂了的玻璃窗框上……

還有就是一個漂亮的女孩，她橫七豎八地叉開她的四肢被炸飛到了南面球場邊靠牆的花台上，她仰面朝天地躺在兩顆筆柏之間姹紫嫣紅的花台上，她的腦袋顯然是被什麼好心人從遠處揀過來給她的屍身連上的，因為，在她的屍身和腦袋連接處已經沒有了脖子，有調皮膽大的男孩用樹枝去撥弄時，那顆還在微笑的美麗的人頭就歪向了一邊。有些奇怪的是，女孩的草綠軍衣下面是一件鮮紅的長裙，她緊束在腰上的寬寬的牛皮軍用皮帶上還佩帶著一枚紅底閃金光的毛主席像章，從她隆起的發育得很豐滿的胸部看上去，她應該是一個高中學生或者是個大學生。（但是，文革結束的材料證實，他們全部都是XX中學的高中學生。）她的胳臂上的紅布黃字的紅衛兵袖章上的字跡已經被鮮血浸透。她的側身仰面朝天躺在花台上的姿勢有些像是在舞蹈。她的鮮紅的長裙從一條大腿被翻扭著拉扯到了腰部，紅裙的裙邊被奇怪地燒成了鋸齒狀，紅裙和綠色軍衣上也到處都是大小不一邊緣不規則的破洞，她的一雙白皙修長的腿從小腿直到大腿又到一側的臀部就赤裸在圍觀者的眼前，要不是鮮血淋淋的屍體上的恐怖和她的分離開的人頭，她的那幅樣子倒像是一副淫穢畫上的某個姿勢……然而，當你站在稍遠處看時，她的倒卷在身上的紅色的長裙、染得遍體的血污、她的整個形體就像是一朵鮮紅色的大花朵，她的還在咧嘴微笑的臉龐，就像是花朵的嫩黃的花芯……你再一眨眼看時，女孩的仰面朝天半側身張開四肢的樣子，她的半弓步微微叉開的彎曲的雙腿、她的舉起在頭頂上的雙手，那一切，那瞬間的幻覺，讓你感覺到像是電影記錄片裡在天安門廣場上手持鮮花排成方陣迎向城樓上正在檢閱的毛澤東主席的舞蹈著、跑動著的女學生，她的那顆頭顱雖然是掉下來了，可是，可是掛在她的臉上的微笑仍然是那麽義無返顧的虔誠和甜美……

---

①上清寺桂園，參見金衝著《毛澤東傳》第三十節「重慶談判」：「毛澤東在重慶的四十三天，除剛到和臨行時有三天住在林園外，其他時間都住在紅岩村八路軍辦事處的二樓，同周恩來、王若飛住在一起。紅岩村地處郊區，對來客很

不方便。因此，張治中把自己的寓所上清寺桂園讓出來，給毛澤東作為在城裡會客、工作、休息的地方。毛澤東每天上午從紅岩來，下午在桂園會客和工作，晚上仍回紅岩。」

②曾家岩五十號，又稱「周公館」。一九三八年末，中共代表團由武漢遷移重慶後，為便於工作，周恩來以個人名義租賃這幢房子，作為中共南方局在市內的一個主要辦公地點。小樓地處街巷盡頭，右側為國民黨軍統局局長戴笠的公館，左側是國民黨警察局派出所；樓房內，中共代表團僅租賃了一、三兩層，二樓的大部分和底層門廳旁的廚房，均為國民黨人居住，有左右內外夾擊之勢。在二樓和三樓，分別有董必武、葉劍英的辦公室。一九四五年八月，毛澤東在重慶與蔣介石談判期間，曾在底層會議室接見中外各界人士，周恩來更是經常在此會見各界人士和中外記者。

第39章 畸戀

第二天傍晚，機關的小禮堂裡就觸目驚心地擺了好幾具屍體，和一排十來個淺綠色的嶄新的竹籮筐，近前去看了的人回來說，那些嶄新的竹籮筐裡全是裝得滿滿的燒得焦黑的死人的肢體和碎肉塊，一個籮筐裡面裝一個人的屍體，當天晚上就叫戰友和家屬來把屍體一具又一具地確認了，之後又叫火葬場的化裝師來將竹籮筐裡死人的肢體和碎肉塊一具具連成一個整人，用針線縫好，再洗澡、化裝、整容，穿衣，最後用嶄新的白布裹好。

第三天早晨，就變成了十七具用白布裹著，一字排開地擺在小禮堂水磨石地上的一領領新草席上的屍體。每具屍體上都有一個標籤，標籤上都註明了死者的姓名年齡和單位。老遠，人們就聞到非常強烈的消毒藥水都壓不住的屍體腐爛了的味道。攝氏三十七度以上的溽暑高溫，哪裡還有不腐爛的說法！

緊接著，就是當天上午十點在機關的球場上舉行的一場可怕的葬禮儀式，其所以可怕，主要是讓秦田記憶裡印象很深的葬禮儀式上的造反派們的鳴槍的場面：

上百支各式發著槍身上烤藍的槍枝舉向空中，在一聲號令後，便發出陣陣震耳欲聾火光閃爍的爆響，一剎那間便是空氣中彌漫著的刺鼻的硫磺味兒和遍地橫飛四濺蹦跳著的金黃色的彈殼……

那一排排整齊的舉向空中發出一陣震耳欲聾的爆響各式藍光閃爍的槍枝，讓秦田想起了也是在那個操場上發生的往事……

龐大的交響樂隊排排整齊地舉向空中的金光閃爍的各式西洋樂器，那些樂器發出的陣陣振耳欲聾的美妙的交響樂……在那些個昔日的好時光裡，那個龐大的機關交際處和海員俱樂部共同組成的交響樂隊的那些頭上戴著閃光金邊大蓋帽穿著雪白的、上面相嵌著帶金色穗子肩章的西洋禮服裝的樂師們、那個站在中間威武瀟灑的、手裡揮著根閃光的金屬小棍的、手舞足蹈的指揮，那些金光閃爍的西洋樂器裡奏出的美妙而又振奮人心的禮儀進行曲、歡迎進行曲和解放軍的義勇軍進行曲一類的曲子……在華麗的禮堂裡跳舞的時候的華爾玆、探戈舞曲……衣冠楚楚的男人、女人……

秦田的印象裡，最隆重豪華的還是六十年代初的一次：

當時還風光無限的劉姓國家主席出訪東南亞幾國回國路經這座城市的時候，他就前呼後擁地被這座城市的達官顯貴們簇擁著來到了這座禮堂，當時的場面又莊重又熱鬧，那是他第一次看見機關裡的幾位最漂亮的阿姨都去跳舞的場面，她們都穿上了最莊重華麗而又漂亮的衣裙去和那位要人及隨員們在樂隊的伴奏下翩翩起舞，當然，在那裡面，他認為最美麗的還是要算是他們家的梅姨了……

那幾天，整個三號樓院子外面機關裡白天看上去就像戰場，因為到處都是上面架滿了機關槍以及壘成小山的沙包和鐵絲網的路障，在機關的禮堂和禮堂外面，到處都是持槍戴鋼盔的武裝人員在走來走去，到處都是些堆放著武器彈藥，什麼各式輕、重機關槍、四〇火箭筒、六〇迫擊砲、牽引式蘇式改制的四聯裝十四點五毫米高射機關槍，甚至大型裝甲牽引車拖著上面裝有巨大發射架的喀秋莎多管火箭砲等等等等；而入夜之後，整個機關大院裡又像是一片墳場，到處都熄了燈，只有持槍的人打著時閃時滅的手電鬼魂似地在院子裡晃來晃去……

人們隨時隨地都是提心吊膽的，不知道過了今天還過不過得了明天……

後來，隨著那輛大卡車出事之後，院子裡造反派的主要火力轉移到了另外的地方，整個院子裡就稍微安全了一點，嘉陵江對岸的集群似的火力網也逐漸轉移到了東南面十來公里處市中心、長江和嘉陵江兩江交匯處的幾個地點。

但是，還是時不時有些冷槍和點射打在院子裡的幾棟鋼筋水泥大樓的窗户裡去，或者常常會隨著遠處嘭的一聲炒豆般的輕響、或者是噔噔噔噔的一陣猶如女人踩縫紉機發出的聲音，近處的什麼地方就有人中彈倒地斃命和致殘！

對於秦田來說，當時當地當場就血濺自己身上，看見那樣的場面就有一次。

那天，他是和梅姨經過三清寺轉盤到一個菜市去買菜，出事的地點就在那個五條路交叉匯合的轉盤處的正南面的一條馬路上。秦田正和梅姨還有身邊幾個人不認識的人在人行橫道線上過馬路，他記得，當時在自己的身邊，前後左右都有人在走路，而自己是和梅姨並排著正低頭走路。梅姨在秦田的左面，也就是和嘉陵江大橋的相反方向，而秦田的右邊也有一個和梅姨一般高的中年女人。他們三人幾乎是並肩在行走，已經十七歲的秦田那時都差不多高出梅姨半個頭了，快走到馬路的對面、還只差兩三步就走到對面的人行道上了！那時，就聽見北邊的嘉陵江大橋橋頭約八百米處傳來幾聲炒豆般的輕響，幾乎是聽到那幾聲輕響的稍後一秒鐘的同時，秦田就聽見耳邊「日——日——日——」地貼耳擦過子彈的尖嘯聲，又看見對面郵局的磚牆上頓時噗噗噗地就磚屑橫飛地現出一排等間距的碗口大的彈洞！秦田還來不及下意識地蹲下去或者趴在地上，就感到自己的穿著短袖的右手臂上立時就有些熱騰騰的鐵銹味的液體濺在了上面，因為秦田是低頭在走路，他感到了右邊手臂上的異樣的感覺時，眼睛就看見自己的白色的短袖圓領口的T恤的下面和灰色的短褲、短褲下面的光腿上滿是鮮血和白色的還在冒熱氣的漿液，立時三刻，秦田幾乎是立刻就要暈倒在地上，（那個瞬間，他鬧不明白是自己中彈了？還是什麼可怕的事情發生在了自己的身上?!）而就在他馬上就要暈倒在地的時候，他看見自己右邊本來還在並肩行走的那個中年女人雙手朝前一伸就慣性地朝自己這邊撲到了下去，恍惚之中，秦田看見女人在他的面前撲向地面的過程中，她的腦袋可怕地被炸開了花，那顆腦袋朝向秦田的那個側面是個巨大的血糊糊的空洞，那個空洞裡的血水和腦漿正好就飛濺到了秦田的身上，（後來，秦田分析出：子彈從女人腦袋的左面——嘉陵江大橋的方向——進去，又從她的腦袋的右面出來，就是說，子彈進去的時候是小洞，出來的時候是大洞！）那女人和梅姨幾乎是一左一右的和秦田並排地在過馬路（後來梅姨說，要是她和那個女人調換個位置，那顆平射的高射機關槍子彈就正好是打在她自己的頭上，因為，那個女人幾乎和她一般高矮，又說，幸好那女人和他們並排走時稍微靠前了一個腦袋的距離，否則，那顆高射機關槍的打飛機的子彈就會把她和秦田都穿透了在那兒！）。當那女人撲倒在地的時候，秦田立時就意識到中彈的不是自己，又看見身邊的被那突如其來的事件驚呆了的梅姨，還莫名其妙地像是中了什麼邪似的兩眼發直盯著倒在地上的血泊中四肢抽搐的女人的屍體、又雙手突然捂臉地發出高聲尖叫！那一剎那，幾乎是滿街上的人就向決了堤的潮水裡的鴨子般地四散奪命奔逃，有些人就當場爬在了街兩邊的污水溝裡和在街邊的牆角亂爬亂鑽，當大口地幹嘔著又滿身血跡的秦田拽著幾乎是嚇得暈死了的梅姨的手貓著腰幾步躥進郵局後，郵局的門立刻就被裡面的工作人員關上了，在心臟嘭嘭嘭嘭劇烈的跳動中，人們聽見外面遠處又傳來噔噔噔噔的好幾陣時斷時續的機關槍的掃射聲，很快就一切都歸於死一般的沈寂……

好半天，才有膽子大點的人老鼠般地探身出去窺望和探視，後來才是人聲開始漸漸地鼎沸，再後來才是四面八方的人們圍向轉盤中心躺著的中彈身亡幾具屍體……

再又過了幾天，三清寺轉盤中心那個半徑五米左右的花台上就增加了好幾座凸起的新墳……

秦田和梅姨在一片狼籍的院子裡收拾了好幾天。三號樓別墅的樓上樓下的門窗幾乎都被子彈過問了好幾遍，房間裡到處的牆上、門窗上、桌子椅子櫃櫥上到處都是累累的彈痕，三樓的秦田的小閣樓上更是被子彈貫穿得像是蜂窩。到處的地板上，牆壁上都是高射機關槍彈頭。那些彈頭在穿過木頭障礙物時，就將彈頭的黃銅色外層銅皮翻卷著鑲嵌在了木頭上面，而彈頭鐵灰色的內裡的合金鋼彈芯卻穿過木頭障礙物（在有些磚木建築上穿過一層甚至兩層一尺來厚的磚牆把牆壁另面的物體或者生命擊中！）在石牆的外層粉壁或木壁上鑽進去進入堅硬的石頭上又被反彈出來，再在房間裡反射N次後掉落在地上。

秦田記得很清楚，他當時在幾個房間裡就揀到了一百四十七顆高射機關槍彈頭鐵灰色的合金鋼彈芯！

一切似乎是歸於平靜了。

然而，另外的事情就又來了。

有幾天，就有幾個相貌粗野下流的中年男子造反派，在三號樓別墅裡來樓上樓下探頭探腦地逛來逛去，除了順手牽羊地偷拿一些東西外，又說是要找梅姨去「談話」。有兩三個頭戴鋼盔的傢伙就拿眼睛色瞇瞇地盯了被剃了陰陽頭的梅姨上下左右地看一陣，又把槍尖上的刺刀卸下來捏在手上嘭嘭嘭地一刀刀砍得在二樓外走廊綠色的欄杆上木屑橫飛，再用刺刀的刀尖在梅姨的頭上脖子上乳房上甚至是下腹上比比劃劃地說：如果她不聽話的話，要不要讓他們來再給她剃一次頭？還問她想不想從望江亭上飛下去到嘉陵江裡去吃水和餵魚？又時不時地說幾句不堪入耳的下流話。有兩個傢伙甚至好幾次上去對她動手動腳地想把她帶走。甚至有一次，兩個傢伙都已經把梅姨強行拖到了院子的大門口，結果正好碰上了另外一幫造反派路過，又見梅姨又哭又鬧大喊大叫，就有造反派裡的頭目掏出手槍來指了指兩個傢伙，還厲聲地呵斥他們，叫他們兩人小心點！要是在這兒亂整的話，當心被關禁閉甚至吃槍子兒！話說回來，這造反派裡畢竟還是有他們的組織紀錄，就是舊社會裡的袍哥大爺青幫洪幫那些江湖組織裡也是不准在外面亂搞女人的，一經發現，砍手砍腳割耳朵剜眼睛活埋砍腦殼的下場就是按幫規法辦的事情了，遠的地方和時間不說，至少在當地的四川東部山地的袍哥組織不到二十年前就是那樣行事的，甚至那樣的習氣在國民黨抗日戰爭時收編後的四川軍閥內部，也是按幫規而不是國民黨軍隊的軍法處置，例如當時的楊森、劉湘、劉文輝、羅廣文和膽敢刺殺蔣介石的特務總頭子戴笠的號稱川東袍哥總舵爺和山城教父范哈兒的範紹增，他們被國民黨收編後，在自己軍隊高層的內部，都是用黑道上的幫規來約束核心成員的。這造反派組織畢竟還不是舊社會的什麼江湖會道門一類的幫會組織，它畢竟還是新社會按毛主席給解放軍制定的「三大紀錄，八項注意」行事的，所以，那兩人當場就臉上紅一塊白一塊尷尬地鬆手放了人，又灰頭鼠臉地遁身而去。

但是，禍事也就從此埋了下來……

一天夜裡大約是十一點半過了快到十二點時分，秦田正躺在床上就著昏暗的、上面還蒙著厚厚幾層黑布的、只露出了一絲燈光的枱燈下看書，（窗户上露出了燈光就可能會引來一串子彈！）那是一本高爾基的《在人間》。一個小時以前，梅姨才在他的頭上換了浸了淡黃色消炎藥水的紗布，又吃了消炎藥片。看得有些疲倦之後，他就有些昏昏欲睡的感覺。那時，他聽見窗户外邊院子外面遠處傳來一陣陣急促的口哨聲，他知道那是機關大樓裡造反派夜間行動集合時的哨音，那陣哨音吹得一陣緊似一陣，後來，又有人將哨音吹到了院子裡的樓下，還有人在大聲地罵罵咧咧地粗聲惡氣喊叫著兩三個人的名字，喊了好幾聲後，又聽見樓下西南角的浴室方向外面花台上傳來有人踩翻了什麼後砸在地上的沈悶的響聲、摔破了瓦缽、瓷缽的碎片聲音、浴室裡茶几和壁櫃被掀翻後的嘩嘩啦啦的響聲、一些玻璃器皿被摔碎在水磨石地上的聲音、門窗被猛烈撞擊的聲音、急促的跑步聲……

秦田心想，一定是幾個造反派又在下面偷什麼東西了。因此，沒有更多地想什麼，就又掉頭昏昏地睡了過去……

後來，又傳來幾下子似有似無的劈劈噗噗的響聲……模模糊糊地，他感覺那響聲有些像是什麼貓狗什麼的動物在樓梯上躥動和撞在樓道的牆上和欄杆上，就像平時他的小杜魯門和梅姨的兩隻貓在樓梯上跑動和嬉戲打鬧一樣。正在他開始有些警覺又心慌怕是什麼事情要發生時，他感覺到身後開了一條縫的門就被什麼東西嘭地一聲撞開了。他心裡一陣發緊驚慌地掉頭看時，昏暗的幾乎是黑暗的燈光下面，他看見的房間的門口，一個好像是光著身子的、水淋淋的、有些水光閃射的人像一隻大狗般地向他撲了過來，而且，那人像個瞎子辨不清方向般地一條腿撞在了進門處沙發前的茶几上失去了身體的平衡，就一頭栽倒在了床前的地毯上，還將床前的床頭櫃連同上面的枱燈都撞翻在了地毯上，頓時，原先用厚厚的黑布遮著燈罩只露出一線微弱的橙黃色燈光的枱燈就燈光大亮了起來……

秦田驚恐地一看，原來那是個頭上罩著個淺色布套的全身水濕的赤裸的女人，她的肩上、胸口一對凸挺的乳房上、她的腹部、小腿上還有著道道鮮紅刺眼的血痕，一些血、血珠和血水還在從白皙的皮膚上的血痕處向外滲流著，她的雙手的手腕被反綁在身後，整個頭部被一件襯衣反套著，又在脖子上纏著襯衣的衣袖和一條白色的毛巾，從那件纏在她頭上的淺綠色帶白色暗花的襯衣，秦田一眼就看出那是梅姨的襯衣。他當下就什麼都明白了。只是，看到眼前的她的這副赤身裸體的樣子，再加之她的頭上套著一件襯衣，雙手被反綁在身後，又還全身都是血痕，使他頓時就產生了一種極端恐怖的感覺……

秦田的腦海裡立刻浮現出前不久那天晚上，他給已經死去的沈阿姨開門時的那個恐怖的場面，又還想起了現在就擺在樓下大會議室的壁爐台上的她的骨灰盒……

秦田明明白白地知道，眼前的這個女人誰。但是，他還是被眼前的她的樣子嚇壞了，他感到現在出現在眼前的這個全身水濕的赤裸的女人體是那麼的陌生、荒誕和不真實，他感到自己像是處在一種恐怖而又淒美的夢境裡……

是夢幻還是真實？是地獄還是天堂？這是在現實的人間嗎？那一瞬間他處在一種幻覺中……

但是，他立刻明白過來：那不是她還能是誰呢？

他面對著眼前的那尊恐怖得驚人但又雕塑般美得驚人的女人體，他顫抖著怯怯懦懦地急促問道：

「梅姨？梅姨？梅姨？你是梅姨？你是……」

他看見被反綁著雙手癱倒在地上的女人體套著襯衣的頭顱在不停地前後擺動，她的一雙修長的大腿在地毯上噗噗地亂蹬，她的嘴裡還發出幾絲細微的急促的氣音，那身體又立刻翻身起來跪在了他的面前不停地前後點頭……

秦田立刻撲上去解開了纏繞在她的脖子上的毛巾和襯衣袖子，當他掀開了套在她的頭上的襯衣時，他看見，那女人正是梅姨！他看見，她的嘴上還貼了一大塊白色的醫用膠布，撕開那塊口罩般大小的膠布後，她的嘴裡又被死死地塞滿了撕碎的布條，將那些碎布條都從她的嘴裡掏出來了之後，梅姨就一頭撞在了秦田的懷裡號啕大哭了起來，又還不敢哭得太大聲，就撕心裂肺地半閉了嘴嘶號著，秦田又連忙去解捆在她的手腕上的布條，那時，他看見，捆在她的手腕上的布條竟是一根十分結實的草綠色的軍用背包帶，秦田費了很大的勁也沒法解開，最後只有找來剪刀才把軍用背包帶剪斷。

當秦田把梅姨捆在手腕上的背包帶剪斷了之後，梅姨就撲在了他的懷裡，又用雙手死死地抱著他，全身緊緊地不由自主地往他的身上貼，那樣的狀態讓秦田感覺到梅姨仿佛像是想鑽進他的身體裡或者是鑽進一個什麼安全的地方躲藏起來（秦田也知道，在那個時候、那樣的狀態下面，不要說她那樣的一個女人，就是任何一個人都沒有任何安全感，任何一個人都是無路可逃……往哪裡逃呢？連堂堂國家主席都逃不掉！），他感覺她水淋淋的赤裸的全身在不停地大幅度劇烈地顫抖著，就像是發高燒打擺子的病人般地全身亂顫，她的眼光因為極度的恐怖而變得病態的失神和散亂，她的青腫的面部靠近下頜的肌肉有些歪扭和抽搐，她全身癱軟地撲在秦田的懷裡，又裂著腫得很厚的嘴唇，從牙縫裡囁嚅著反覆弱聲地發出夢囈般的嘶啞的話語，她反覆地說：

「田、田、田、田……人、人、人、人……」

「關門、關門……關燈……」

「他們要殺、殺、殺……殺我……殺我……」

說那些話的時候，秦田就將梅姨摟抱起來放在了床上，又將自己的床單蓋在了她的身上，再俯身把摔倒在地上的床頭櫃立了起來，又將枱燈擺了上去，然後他關上了枱燈，頓時，房間裡就是一片漆黑，只有窗簾處射進一線淡藍色的月光，他又躡手躡腳地赤腳走到窗前，輕輕地將窗簾慢慢地拉得更開，然後探頭向窗外的花園裡聽了好一陣，那時，除了淡藍色的夜空滿佈的繁星和那一彎鐮刀般的銀月之外，就是花園裡正在那些夜蟲的鳴叫聲，遠處還傳來幾輛大卡車發動引擎上路時造反派們的喧鬧聲，他知道，那是那些造反派又接到什麼任務要到什麼地方去襲擊他們目標了……

「田、田、田、田……人、人、人、人……」

「關門、關門……關燈……」

「他們要殺、殺、殺……殺我……殺我……」

秦田聽見躺在床上的梅姨還在黑暗中反覆地夢囈著那幾句話語，掉頭看時，他看見身後窗外投進來的如銀的一簾月光將自己高大的身影投在了地毯上，他好像是第一次在那個黑暗的恐怖的夜晚裡感覺到了他是那個巨大的院宅裡的主人了……

……他那樣地想了好一陣，就聽見梅姨在床上掉過頭來對他嘶聲地哭喊說：

「田田、田田、田田，過來，過來……我怕、我怕……我要死了……我活……我不……我……」

秦田明顯地感覺到，她好像是精神已經有些失常了……

他聽見她還是那樣不停地夢囈，又看見她轉身爬起來跪在床上，還將頭嘭地一聲猛然地撞在了牆壁上，又嘭嘭嘭嘭地連撞了好幾下後淒聲哭道：

「沈姐、沈姐，你不要走，我跟著就來，你等著，你走慢點，你慢……田田我捨不得，我捨不得，我奶大的孩子，我……」

秦田聽到那樣的話，就禁不住眼淚奪眶噴湧而出，他立時就感到嘴裡鹹鹹的滿嘴裡都是順了嘴角流進去的淚水，他感到喉頭一陣緊似一陣……

他慣性地想到了要去叫母親，然而，他知道母親此刻不在！他想叫父親，他更明白，此刻父親也不在，甚至他自己都有些懷疑父親是不是還活在人間！他想喊雷伯伯，他清楚，此刻雷伯伯一家早已到山西老家去避風去了。他開始不得不無可奈何地清醒過來，他眼前的處境就只剩下：

無論發生什麼樣的事情，都只有依賴他自己一個人來處理了。

他看到眼前的梅姨，他怕她已經是瘋了！

他聽見她還在對著牆壁更弱聲地夢囈著：

「沈姐……沈姐……你慢點，你慢……田田我捨不得，我捨不得，我奶大的孩子，我……」

秦田嗚咽著撲過去將梅姨一把就摟在了懷裡，他看到，他自己已經長成了一個大人了，她看見仍是弱聲地夢囈著的梅姨在自己的懷裡，就像是個溺水後剛剛被救上岸的弱小的女孩兒，他看見她蓬頭垢面滿頭濕淋淋的亂髮繞面的樣子，就用手在她的臉龐上、額頭上、脖子上用手指頭給她梳理那些被造反派剪了陰陽頭還留有些齊脖子的長頭髮的地方，那時，他的眼淚就滴滴答答地掉落在了她的臉上……他從來沒有處理過眼前的事情，他也不知道應該怎樣去處理，他就那樣粗手笨腳地按照他一個十七歲的男孩子的思維去那樣地處理了……

那時，他感到她用雙手將自己緊緊地摟住，又像先前那樣全身緊緊地、不由自主地往自己的身上死勁地貼，四肢又不停地往自己的身上纏繞，他再次感覺到梅姨仿佛像是想鑽進他的身體裡或者是鑽進一個什麼安全的地方躲藏起來，他仍然感覺她水淋淋的赤裸的全身的肌膚在不停地大幅度劇烈地痙攣和顫抖，就像是發高燒打擺子的病人般地在抽風和全身亂顫，他在她的身體面前跪了起來，用雙手的手掌柔柔地捧起了她的頭顱，就像手裡捧著一個十分容易碎裂的珍寶玉器，然後，又輕輕地搬過來她的頭，讓她的臉龐朝向月光投射進來的一面，他看見，她的眼光仍是極度病態的失神和散亂，她的青腫的面部靠近下頷的肌肉仍在歪扭著抽搐，她咧著腫得很厚的嘴唇的牙縫裡，仍在囁嚅著反覆弱聲地發出夢囈般的先前的話語：

「田、田、田、田……人、人、人、人……」

「關門、關門……關燈……」

「他們要殺、殺、殺……殺我……殺我……人、人、人都死完了……死光了……我……我……我也該死了……該去死了……活到頭了……活……死……」

窗外，萬籟俱寂的淡藍色的夜空下，長江和嘉陵江像兩條渾身閃射著夜的水光的巨蟒正由西向東穿梭而去，夾在兩條巨蟒中間的山城就像童話世界裡的一個沈睡的古老的山伯伯，他還在天空中月亮婆婆柔情蜜意的目光下沈睡……

月亮婆婆在天上想：

幾千上萬年了，人間那些殺人放火的事情是年年有、月月有、天天都有，死個幾十百把人算個什麼？不說是什麼古代和什麼遠古，就說是明末清初的張獻忠返四川①，那還不是你們今天的人都還知曉的，是殺得個雞犬都沒留下，那就更不要說是殺人了？還有抗日戰爭的時候的日本飛機那五年多的大轟炸②，什麼「大隧道慘案」③，什麼「九・二大火災」④，所以，這文革的幾杆槍槍砲砲的死些人算個什麼呢？我月亮還是月亮，他太陽還是太陽，下面的長江嘉陵江還是長江嘉陵江，誰個叫你們這些該死的自相殘殺的人類，是那樣的一種邪惡的靈長目類的最高級的哺乳動物呢？

時不時地，嘉陵江的上空就有串串的銀色的曳光彈嘯叫著在穿梭飛舞，隨著曳光彈的出現就傳來一陣陣嘭嘭嘭的高射機關槍聲，當那些聲音都消失了之後，就只傳來院子裡的夜蟲的鳴叫，間或發出一陣魚池裡的劈啪的水響聲，那是遊到水面換氣的幾尾大魚躍出水面時甩動尾巴發出的聲音……

秦田半躺半坐地靠在床欄上，他仍被梅姨死死地摟抱著，又聽著他越來越弱的夢囈聲……他看見投射進房間裡的、如瀑的淡銀色月光下，她的甚是美麗誘人的潔白裸身，他想起來兩年前自己在樓下偷窺時，她的那讓他激動不已的她的赤裸的身體……他想到了父親，他想用手去推開她……然而，毫無用處，她的雙手反而把他摟抱得更緊。她好像是有些清醒了一點，就拿眼睛有些定定地盯在了秦田的臉上說：

「田田，田田，我們兩個是不是活不了幾天了？」

「不是，不是，梅姨，你不要亂想，不是。」

「你爸爸媽媽已經有三個星期沒有消息了……他們……他們……他們兩個是分開關起來的……他們是不是出了什麼問題了？他們……他們……我怕……」

「梅姨……梅姨，你不要亂想……不」

「你雷伯伯也走了，段叔叔、鄭毅叔叔都殘廢了，沈阿姨變成了樓下壁爐台上面擺著的一盒骨灰，鄒叔叔現在還關在監獄裡面，他還不曉得沈阿姨死了的事情，這幾天，機關大廚房那邊有人來過沒有？」

「沒有。」

「一個人都？」

「嗯。」

「你完全一點都沒有出去?」

「嗯。」

「見到過什麼人遞紙條?」

「沒有。」

「唉……你還可以活下去,我說不定,說不定明天就得死了……他們,他們說要我死……我曉得……」

「別……別……我怕……怕……」

「怕什麼?其實,死很簡單,就像樓下大會議室的壁爐上你沈阿姨的骨灰盒……田田,到時候把我……」

秦田伸手一把就把她的嘴堵上了,他聽見黑暗裡自己抑制不住的哭喊聲,那聲音在說:

「你死我就死……你死我就死……你……你……你敢死……我不准你死……」

他聽見自己的哭聲更大,那聲音裡面有夾雜了她的撕裂了嗓子般的哭聲……他們兩人抱頭痛哭起來……

他感到她的身子把自己的身子摟抱得更緊,他感到她赤裸的凸挺彈性的胸壓在了自己的胸膛上,他感到她的水濕的雙腿纏繞著自己的雙腿,他更感覺到她的臉龐貼在了自己的臉上,她的帶著浴室裡香皂味兒的長長的頭髮覆蓋得自己滿頭滿臉,他感到惶惑、驚詫、刺激、嚮往、害怕、真實、夢幻……他感到她的嘴唇親吻在了自己的嘴唇上,他感到了她的柔軟的舌頭在往自己的嘴裡一次一次地探送……

他感到了甜蜜，又有些陌生和害怕，他聽見她的嘴唇壓在自己的嘴唇上時，那嘴裡發出的夢囈是在說：

「我們是要去死了，我們都要去死了，我們是要去西天上了……那個該死的神父也走了，你、你的爸爸，他、他、唉……我的男人都走了……唉……我，我，我不知道怎樣來愛你，我的孩子，我不知道？我只知道這樣，他們……他們強……他們脫了我的衣服，他們拿繩子來捆我，他們拿刀子要殺我……他們強……」

秦田聽到那句話時，就想起了前幾天晚上他在樓下的浴室的事情。

那天晚上，當他正在浴室裡洗澡時，就突然發現窗玻璃的幾個邊沿整齊的槍眼處，有幾隻亮亮的閃動的眼睛在向裡偷窺，當他在驚慌中起身來準備關燈的時候，竟然聽見外面傳來幾個女學生的嘻嘻嘻的笑聲和跑步聲……後來的一天晚上，秦田從樓上下去的時候，竟發現樓下有個不知道是怎麼進來的穿軍服的男人，他竟手裡提了自己的一雙膠鞋，正躡手躡腳探頭探腦地順了底樓中間的過道走到浴室門口，當時梅姨正在裡面洗澡，由於樓梯和樓上樓下的地上都鋪了地毯，雙方的腳步聲都幾乎聽不見，當秦田猛然地看見那人的時候，秦田正好出現在那人身後最多只有三步的距離上，當那人猛回頭看見秦田正在自己身後看著自己的時候，就下意識地拔出了腰間的手槍，又惱羞成怒一聲不吭地疾步走到秦田面前來，又將手槍的槍筒在他的臉上狠狠地戳了一下就走到底樓門口處，當他一把扭開暗鎖的門揚長而去時，嘴裡還狠聲地低吼道：

「狗日的小雜種，掃了老子們的興！下回當心老子哪天收拾你個走資派的龜兒子！」

秦田還在想的時候，就聽見梅姨仍在說：

「他們……他們……強姦……給他們不如給你……我怕是你也活不到……活不到走出去……你還什麼人間的好事情都不曉得……不曉得……我讓你曉得……讓你……這樣，這樣地來愛你，愛撫你，愛護你，我想帶你走，我們離開這個可怕的人世間，孩子，你就是我的孩子，你的母親……你的媽媽她哪裡管過你？是我在管你，從你出生那天起，你就是我一把屎一把尿、一口一口奶又一口一口的稀飯乾飯餵大的，我……我……我才是你的母親，我不想你在這個世界上受苦，我……」

他不懂得那是在幹什麼，他不曉得那樣子是要做什麼，他看見淡銀色如瀑的月光中，《聊齋》裡山鬼似的她的水濕光滑的身子在扭動，她的豐腴的一隻胳臂就摟在了自己的脖子上，她的雙腿夾住自己的下身，一隻手就突然伸進了自己的短褲，那隻手還一把就堅決地、輕柔地握住了自己下面的那個小雀兒，他不懂得那樣是什麼，他本能地感到有些害怕，但是，又嚮往……他聽見她的堅決的聲音在說：

「反正都是要去死了，你還是個童子，你還是個孩子，你應該，應該得到，你應該得到的我都要讓你得到，我能夠給你什麼呢？我都給你了……你是我的孩子……你現在是個男人……你長得這麼高大了……」

他感到下面那只手在柔柔地搓揉著，後來，那只手就在退去自己的短褲，退到小腿處時，她的一隻腳就抬上來用腳掌將自己的短褲蹬掉了。現在，他們兩人就都全身赤裸地躺在一塊兒了。

懈懈月光下，他看見她的美麗的起伏有致身子俯在自己仰躺的身體上，她的兩隻手都在揉捏著自己的下體……他開始心旌飄蕩了起來，感到眼前的一切都突地變得鏗鏘地有了顏色，全身熱辣辣地、下面的那個東西一下子就硬挺了起來……他感到她讓那個東西進到了她的身體裡……他感到自己在興奮中進入到了一片温柔的海洋裡，他立時雙目炯炯若星，看見騎坐在自己身體上的披頭散髮的她美麗的身體，像一個通體透明的、發著淡藍色光輝的仙女的雕像在上下的擺動，他感到身體裡有一股興奮的熱流，從大腿根的地方順了下腹向四肢向全身向頭腦裡快速地蔓延、擴散和燃燒……後來，那痙攣般地興奮又興奮的燃燒就讓自己昇華到了一種無極的快樂般的狀態裡去了，他感到自己欣快的那種感覺就像是處在一種無以言其狀的仙境裡……

……那樣地持續了好一會兒……後來又是酥軟下來……又興奮……

一陣之後，他看見她開始用嘴唇在自己的臉龐上，脖子上、胸膛上四處親吻……她的乳房在自己的胸前滾動……他的眼前是暗淡的月光陰影裡，她悽惶的臉龐上是流著淚水的、有些目搖神移的錐錐光亮的目光，他看見那目光裡時不時地就起了一些漣漪，隨著那陣漣漪而來的就是滴滴噠噠的一些熱熱的淚水掉落在了自己的臉龐上，還有她的喉嚨裡發出的聽不清的夢囈般的話語和時斷時續的諳啞的哭聲，哭聲裡有時還夾雜著陣陣瘋狂的絕命的謔笑……

後來的幾乎是一個星期的每天晚上，他們將樓上樓下的所有的門窗都拿桌椅板凳沙發堵死，然後兩人就睡在了一塊兒……

每天夜裡，他們就看著窗户外面夜空中尖嘯著在嘉陵江上空飛曳的串串銀亮的曳光彈，時不時地又半夜三更的還有些造反派到樓下來巡邏敲門，他們幾乎就是每時每刻都不知道下一個時刻會發生什麼可怕的事情……

那樣的夜晚裡，他們每天夜裡就都睡在了一塊兒、摟抱在了一塊兒……

有天晚上，梅姨就叫秦田用黑布將窗户封死了。半夜的時候，她將電燈打開了，讓秦田看她的身子，她問秦田：

「田田、田田，你說梅姨是不是長得很漂亮？」

那時，秦田看見半躺在一張深棕色的牛皮長沙發上的她正拿眼睛目光熱辣辣地盤著自己，他看見她的豐腴而又白皙的裸體反襯在深棕色的長沙發上顯得更加搶眼和刺目，而她的身後帶著古典花紋圖飾的牆紙更把眼前的景像拼湊相嵌成了一幅渾然天成的美麗的古典圖畫……

那時，秦田又想了起來兩年前他躲在樓下自己的睡房裡爬在窗户上偷窺她和父親做愛的場面……後來，他老跟在她的身後到教堂去，他在她的身後看她的窈窕風韻的身體一步步一共八十四步踩在那座天主教堂門前的八十四級臺階之上……

她是那麼的美麗，那麼的美麗得讓人感到驚訝，驚訝這人間竟然還有如此完美的、楚楚動人風姿秀逸，宛若驚鴻一瞥的美女人！竟然讓當時才十五歲的男孩子的秦田，在那個時候就癡迷上了她，癡迷上了她穿著開了岔口的旗袍的豐腴而又白皙的身體……

秦田想起了他才小學四年級的時候，一個和他同桌的女孩子在「三八線」下面塞在他的褲兜裡的紙條，紙條上赫然地用鉛筆歪歪扭扭地寫著的三行字，那三行恐怕是到了老死的時候都會記得的字，那三行字就是：

我愛你

麗麗
晚自習下課後跟著我走

後來，他就在晚自習後跟著那個總是愛穿著紅裙子，在教室後面的牆壁上打倒立的班裡最淘氣搗蛋的女孩子走了幾回。還到她的家裡去翻書看。女孩子的母親當年是延安派到蘇聯較早的一批知識份子，家裡還有她早年翻譯的蘇聯紅軍關於軍事思想和實戰手册方面的書籍，也有幾本她翻譯的蘇聯文學的書籍。其中幾本精裝的俄文書裡的插圖引起了秦田的注意和濃厚的興趣，有幾本是開本像畫報那麼大的、關於芭蕾舞劇《天鵝湖》、《胡桃夾子》及《睡美人》的劇照的精裝書，還有就是幾本關於繪畫方面的書籍，另外就是幾本普希金、歌德、海涅和席勒等詩人的精美插圖的詩集，顯然，不是因為文字（俄文！），而是因為上面的插圖，直截了當地說，就是因為上面的那些身體很暴露甚至就是女人裸體的照片和插圖！秦田看見那些書了後，就往麗麗家裡去了好幾趟，其中他最喜歡的就是一本《海涅詩選集》裡的插圖，在其中的一幅插圖上，一勾彎月的夜空下是海邊的沙灘，沙灘和掀起波濤的海水交接處的礁石上，是半摟著的裸體的亞當和夏娃似的一男一女，豐腴美麗的仙女般的裸女頭上還戴著美麗的花環，秦田的腦海裡就時時地會想起那本《海涅詩選集》裡插圖上的美麗的裸體女郎。當他第一次看見了梅姨的裸身時，他就在幻想中時時地把她想像成了那本《海涅詩選集》裡的插圖上的夜空下美麗的裸體女郎，又把自己就想像成那裸體女郎身邊的長了一對白色翅膀的裸體的男孩子……

秦田記得，當他每次和梅姨到教堂去的時候，他都要跟在她的身後，他就是要在她的身後看她在石階上一步步向上邁步時穿著開了岔口的旗袍的後腰、臀部和大腿的美麗（主要是性感！）的身體上，流動變化著的、讓他癡迷了又癡迷的女人體上的曲線，他怎麼也不明白，那些梅姨身上的曲線為什麼會是那樣的美麗、迷人而又死死地把他的目光甚至所有的注意力都吸引在了那上面……

他記得，那段時間，他常常就在晚上臨睡前的美麗的想像中，把自己和梅姨變成了那本《海涅詩選集》裡的插圖中，夜空下半摟著的裸體的亞當和夏娃似的一男一女，只不過在自己的幻想中，那個地點已經由一勾彎月的夜空下海邊的沙灘、沙灘和掀起波濤的海水交接處的礁石上轉移到了院子裡臨江那排法國梧桐樹中間，望江亭下面機關的圍牆內那一大片野草野花野樹叢生的樹林裡去了……他早就在自己想像裡，在那身邊沒有任何一人的樹林裡和梅姨就像那本《海涅詩選集》裡的插圖中，夜空下半摟著的裸體的亞當和夏娃似的一男一女那樣了！（秦田在那個時候就生活在那樣的環境裡，除了那片樹林，除了梅姨，他又能夠接觸什麼呢？）他夢想著這個世界上就只有他和梅姨，在那片嘉陵江邊大山的半山上的鬱鬱蔥蔥的樹林深處，他們在那淡藍色的月光下裸身相擁，那樣的幻景在那次他看見她和他的父親的事情之後，就久久揮之不去地蘊繞在他白日的幻想和夜晚的睡夢中了……

現在，現在他卻在這魔幻般悲慘的別墅裡，在這夢境般的時刻，在這生死未卜的死亡的深淵上實現了他的夢幻！究竟是他在自己的頭腦裡把自己的夢幻變成了現實呢，還是魔幻的現實把他的夢幻變成現實？眼前的一切究竟是在夢境裡呢還是確實是真實的現實？在那個每天都生活在死亡的邊緣上的他來說，已經是無所謂的了……

她是現實中的弱者，一個女人，一個漂亮的命運由人的女人而已。當這個世界把女人比喻成花朵的時候，女人就變成了一個在她的身外由隨別人來標價的物品了。漂亮的女人是無價的，她的價格之間的差距就像蘇富比拍賣行的那些稀世珍寶和古董名畫一般，有些是價值連城甚至是傾國傾城的，然而，她的歸屬卻大都是在於一個男人。越是漂亮的女人，她的歸屬就越是屬於一個更強有力的男人。那個男人要麼是有錢，要麼是有權力，要麼是都有，那就要看是在什麼社會體制和狀態下的男人。如果那個男人倒下去了，她就麻煩了，如果她還年輕有姿色，她還可以改換人身依附，如果她已經是紅顏褪去，那，那她就真正的麻煩了。現在，梅姨就是處在這樣的狀態，而且，比這狀態還要更加糟糕……

而他呢，他還是一個比普通老百姓的孩子都更無能的十七歲的孩子，一個對這個世界無知和幼稚到了一般人難以相信的地步的機關大院裡的溫室裡的花朵……

然而，現在的他們卻不是在活一天算一天，他們還想要笑，還想要舞蹈，就是說，要在死亡的夜海上舞蹈……

秦田就像一個吸食著麻醉劑的人一樣，他完全失去了對周圍事物的反應，他只知道每天晚上去摟抱著她的美麗的奶母，摟抱著她的美麗豐腴的熟透了的裸體，他就像一個不懂事的孩子正在貪婪地啃噬一個熟透了的、核裡已經腐爛了的紫色的蘋果一樣，任隨別的人怎樣喊叫，他也絕不會鬆口……

「田田！」

「嗯。」

「你看我的樣子好看嗎？」
「好看。」
「哪兒好看？」
「嗯……這兒，這兒……還有這兒，還有……」
秦田被裸身的梅姨騎在地毯上，隨著她的問話，他用手指頭在她的凸起的乳房的紫紅色的乳頭上、下腹處，腰際間一下又一下地指指戳戳。
「你說，你說你早就開始喜歡我了，那，那為什麼小時候那麼不聽我的話呢？還動不動就拿手來打我，你媽媽叫我打你的時候，你還拿手兒和我對打，嗯？」
「小時候嘛……不懂事嘛……」
「什麼時候開始懂事情了呢？」
「說不清楚。」
「其實，我知道你喜歡我。」
「怎麼知道的？」
「前兩年到教堂的時候，你每次都跟我去，以前你是不去的。」
「那又能說明什麼？」
「你看我的眼光不對，以前小時候你不喜歡我碰你，但是，那個時候，你喜歡來碰我了，我覺得好奇怪，你的個頭越長越高，反而更加愛來摟阿姨了，有幾次在教堂前面的石頭梯坎上坐下來休息的時候，你都抱到我的肩頭，那麼大個男孩子了，還成天在阿姨身上摟摟抱抱的，阿姨都不好意思了，是不是，其實，那個時候，我就開始知道你在開始長大了。你記不記得你媽媽叫你和我分床？」

「嗯。」

「你媽媽有幾次看見你抱著我，和我糾纏打鬧的時候，就對我說，『田田已經長大了，你要跟他分床睡了』，你媽媽都看出來了……」

「長大了是什麼意思？」

「就是成熟了。」

「哦……」

「你爸爸說我的身子比京劇團的XXX和XX還要好看，你見過她們兩個，你覺得呢？」

「嗯，好像是……爸爸他……他……？」

「你爸爸他的女人多著呢！還有辦公廳的那個打字員、話劇團的XXX，軍醫大那個經常來的小X，新華書店的……」

「你亂說。」

「田田，你還小，你……」

「爸爸他那麼喜歡你？」

「唉……我是感激他，但是，我……我……我只是他的一個玩物，真的，一個玩物，就像你的狗和你一樣，它不過就是你的玩物……我曉得，我老了，我老了，他就把我給忘記了……」

「爸爸真的很喜歡你，他對你那麼好？」

「唉，男人嘛……都喜歡女人……他確實是個好人，一個讓女人喜歡的男人，他心好……」

「你現在想他嗎？」

「想，很想，我每天都擔心他，我不知道他現在是死還是活。唉……我還不曉得我還能夠活到哪一天囉？唉……」

在那種惶惶惑惑、愁愁緒緒、鬱鬱悒悒、過了今天就很可能過不了明天、不知道明天會怎麼樣的日子裡，在那座古老而又神秘的院子裡發生的那一段似夢非夢的、只有秦田和梅姨兩個人才心知肚明又絕不可能外傳的真實，就生生地銘刻和珍藏在了秦田還幾乎是一張白紙的心裡……苦盡甘來，老天爺似乎是終於睜開了眼睛。

兩周後，院子裡的造反派接到中央要求上繳武器的通知，緊跟著就是他們撤出機關大院。再跟著就是林伊被放了回來。又是秦清住院，梅姨到軍醫大住院部去陪伴秦清住院，而且，一住就住了兩三年……

接著又是一兩年混過去了之後，秦田上山下鄉到了幾千里路以外的荒無人煙的地方去待了半年。那地方是巴京市東南方向，四川湖北湖南貴州四省交界土家族十萬大山，國民黨時期土匪出沒之地。母親通過秦清當年部隊行軍留在了那兒充實地方幹部，現在當了地區專員的秦清的老部下，搞了幾張假的病假條，把秦田當著「病殘知青」給弄了回來。

那一段時間，母親也時常回家來待幾天。就領著秦田到北岸遠郊北川縣銀屏山精神病醫院去看鄒知遠叔叔。又給住在南郊警備司令部家屬院的、她的那個死去的男朋友家裡的鄒雪妮送去母親給她買的衣服、食品和錢。

①張獻忠（一六〇六—一六四六），字秉忠，號敬軒，明末農民起義領袖。明神宗萬曆三十四年出生於陝西省定邊縣郝灘鄉劉渠村，明思宗崇禎三年張獻忠在米脂起義，自號八大王。一六三九年，轉戰四川境。一六四三年，據武昌，稱大西王。一六四四年八月九日攻破成都，張獻忠先號稱秦王，接著宣告建立大西國，改元大順。後稱帝，以成都為西京，八月十六日登基王位。順治三年張獻忠在鹽亭縣交界處鳳凰山中箭身亡。

②從一九三八年二月到一九四三年八月，日本對戰時中國首都重慶進行了長達五年半的戰略轟炸，日軍憑藉其空中優勢，先後採用「高密度轟炸」、「疲勞轟炸」、「月光轟炸」、「無限制轟炸」等戰術，製造了震驚中外的「五・三」、「五・四」血腥大屠殺、「八・一九」大轟炸和「較場口大隧道慘案」。據不完全統計，日軍共實施轟炸二百一十八次，出動飛機九千五百一十三架次，投彈兩萬一千五百九十三枚，炸毀房屋一萬七千六百零八幢，城區二十七條主要街道，有十九條被炸為廢墟，一千二百多棟房屋被炸毀，三千九百九十一人被炸死、二千二百八十七人被炸傷，駐重慶的英、法、德大使館也遭到轟炸。史稱「重慶大轟炸」。

③「較場口大隧道慘案」，一九四一年六月五日，日軍出動二十餘架次飛機，從傍晚開始分數批夜襲重慶，空襲長達三小時之久。由於較場口隧道避難人數超過容量，加之隧道通風不暢，二千五百人窒息死亡，釀成震驚中外的「六・五隧道大慘案」。

④一九四九年的「九・二」火災，因一個老太婆失手，引燃了竈前的柴火，結果燃了幾天幾夜，把朝天門、東水門、千廝門一帶化為灰燼，

第40章　玉帶寺孤女

秦清逢年過節都要叫林伊和秦田到桃花山玉帶寺去。他們母子到那裡去看望穆金明家已經改名換姓叫穆瑛子的鄒雪梅，那個當年一歲多點就送出去了的可憐的女嬰。

多年過去了，穆瑛子卻不知道他們和她是什麼關係。

三歲多的小女孩，只能跟著穆家的大人小孩叫林伊是乾媽，叫秦田是田田大哥。穿了開檔褲的女孩兒在屋裡屋外跑來跑去，床上床下爬來爬去，樣子甚是讓人愛不能自禁。她一點都不會去疑惑為什麼乾媽和田田大哥要常常給她送來那麼多的衣服、玩具、大包大包的食品、糖果、水果、還有她不懂得是什麼的一疊疊的花花綠綠上面印著些人的頭像的紙幣。只是她有些大了一點的時候，她從鄰居家的大人和小孩的眼裡看出了一些對她的羨慕和另外一種有些怪怪的她看不懂的眼神。

林伊後來就常常要把她接回家來玩。一玩就是三五天，有時穆金明的老婆把她的那兩個一男一女的小孩也帶來玩。

有好幾次，三四歲的小不點女孩兒，抱著一個洋娃娃，不論是上樓還是下樓，到了一樓上二樓的樓梯口，她就一溜煙悄悄一言不發地跑了。她跑到了外面的花園、假山、魚池、望江亭的法國梧桐樹那邊轉了一大圈，最後，好像是認得路似的，直端端地衝到他們一家人原來住過的屋門口，倒提著手裡的洋娃娃，手腳並用地踢打著那扇門。劈劈啪啪的響聲陣陣地、時斷時續地在那間屋子裡回盪著……那間屋裡自從吊死了人以後，什麼人也沒去住過，裡面只是灰塵撲撲地擺了一些破家具。關得死死的窗户裡成天黑咕隆咚森森地讓人害怕。

那時，任隨是哪個人，死活都弄她不走，哄也不是、嚇也不是、勸也不是、抱也不是、拖都拖不走，又哭又鬧、睡在了地上直打滾……

看見了那個情形，林伊就直掉眼淚。她悄聲地對秦田說：那是她的媽媽在叫她！那是她的媽媽在叫她！那是你沈阿姨在喚她的小女兒喲！那是你沈阿姨在喚她的小女兒喲！親生母親啦——親生女兒啦——變了鬼也要認女兒啊——邊說就邊泣不成了聲音，唏唏唆唆拿了手絹去一大把一大把地抹鼻涕眼淚。秦田聽了也傷心，就跟了他的母親流淚。穆金明的老婆不明就裡，見了他們在流淚，也就跟著抹了眼睛，那淚水也淌了一臉一脖頸。

睡在地上打著滾兒的小不點的女孩兒見大人們都在抹眼淚，就木木地怔怔忪忪好一陣，然後也跟著哇哇地大哭，把那洋娃娃扔了老遠，死活地不要了……

奇怪的事情是，什麼人也把她從那門口弄不走，然而，秦田一去卻可以讓她馬上聽話。她老遠地看著秦田過去時，她就開始收斂了。秦田走到了她那兒，俯首彎腰蹲在了她的面前。他伸出雙手來把她攏了過來，輕聲地說：

「好妹妹，好妹妹，別哭了，別哭了，田田哥哥來了，田田哥哥來了！」

她聽到了秦田的聲音，才怔忪一陣懵懵地忽閃忽閃亮了眼睛，好像從夢中醒了過來似的，真的就不哭了。他把她拳拳地摟在了懷裡，用他母親遞過去的手絹給她搽臉蛋上的眼淚鼻涕和灰塵。用手指去攏攏她的頭髮，撫摸她的頭皮，又用嘴唇去親吻她的臉蛋，拾起地上扔得老遠的洋娃娃，把她抱起來向樓上走去。那些時候，她就一聲不響乖乖地用一隻手摟了秦田的脖子，另外的一隻手抱住她的洋娃娃，一側臉緊緊地貼了在秦田的胸膛上，天造地設般一組雕像似地，安靜了下來。

每每那種時刻，林伊瞧著那個景像，就拿眼光爬坡似地，慢吞吞地爬過小女孩兒的一側的臉頰、再爬過她的兒子的臉龐，越過他的頭頂，向遠處望去，駐留半天……

這種事發生了好幾次，大同小異。每次都讓大家要傷心好多天。後來，林伊就對秦田說要搬家。還真的到了機關的房管所理去說了幾次。人家問她是為了什麼原因，她又講不明白，就只好把事情擺了下來。

後來，林伊還是常常把穆瑛子接回來玩。有些時候一玩就是幾個星期個把月，只是再也不會讓她一個人單獨跑到樓下的院子去玩耍，上樓下樓都小心翼翼地盯住了她，儘量不讓她靠近那間他們一家人曾經住過了的屋子。久而久之，每次那小女孩回來都要勾起林伊痛苦的回憶，搞得她失眠、神經衰弱、浮想聯翩、甚至於幾天臥床不起。讓秦田也往事連連，不堪回首、正視。

因此，他們也就漸漸地淡了下來。以致半年、年把才接她回來禮節性地玩個半天。只是時不時地，最多不超過兩個月地，林伊都要單獨、或者是秦田單獨、再或者是他們母子一道去玉帶寺穆金明那兒看那小女孩兒。就像是佛教徒還願一般似的，他們會定期地匆匆地奔向梅花嶺、奔向玉帶寺、風雨無阻、雷打不動……

後來，秦田到外地去念大學去了，只有每年放寒暑假的時候才回來看她，後來又是去北京工作、父親去世、出國、一晃好多年過去了。但是，他每次回來都要去看她。本來老頭子早就叫林伊把她接回來，講明她的身世。穆家又不幹、捨不得。後來老頭子去了。林伊長期住院，事情就又擱了下來。

第41章 「哥哥這輩子都不會離開你！」

秦田要出國時去看她的那次，他看見那時的她，已是出落得漂漂亮亮的美人兒一個了。就像她的姐姐當年一樣，身邊圍滿了採花的蜜蜂。而且，還跟她的父親一樣，嘴巴利害。但是，讓秦田和他的母親甚至於穆家一家人都有些擔驚受怕的是，這女孩變野了。難道要跟她的姐姐一樣，野出什麼事來？

秦田看她長得那麼落落大方的一個美人兒，又看她叫他田田時的那種羞澀，他感到了自己有時就會產生出砰然一動的心來。然而，當他從她的眼裡看見很多他不熟悉的東西來的時候，他那顆動了幾下子的心又常常被她眼裡的那些他不熟悉的、十分陌生又十分野性的東西壓抑了下去。而且，他認為他的歲數比起她來是太大了，他不應該去把那種事和她聯想在一起。

有一次，他叫了一輛轎車和她開車去看望梅姨回來的路上，他們按她的意思停車到途中一個溫泉公園去划船，當只有她們兩人在那兒靜悄悄地划船時，他想起來她小的時候，他就常常帶她來這兒划船……

划了差不多一個小時，上得岸來時，兩人除了一些寒喧的話語外，似乎話更少了。他最後說了：瑛子，怎麼長大了反而不愛說話了？她沈默寡言了好一陣之後，說道：你是研究生，又要出國念博士，我是一個小學四年級都沒有讀完的野女孩，我跟你說什麼呢？

那時，他看見她的眼裡是一種十分怪異的目光，那瞳仁裡面的深處好像在燃著兩團熾烈又冷冰冰仿佛是有毒的火焰。後來，她又是一陣陣歇斯底里的大笑，喉嚨深處的什麼地方還哼哼出怪怪的一句話：

「健忘、健忘、海誓山盟喲——喲——喲——白——開——水——半——杯！」

那時，秦田好像是想起來了什麼……

在急駛的轎車裡，他看見的車窗外天空漸漸地暗了下來，一輪彎彎的月兒慢慢地爬上了淡藍淡藍的天空……那時，他放鬆了的先前在努力思索而不得其要領的腦子，突然之間想了起來那麼遙遠、那麼似是而非、那麼如煙似幻的一段往事……

秦田已經記不清是哪一年了。

他只記得，那時，現在就坐在他的身旁的這個大美人一個的她，那時還是個小不點兒的丫頭片子。她只不過有他的肚臍那麼點兒高。

那次，秦田是一個人中午到的玉帶寺。

吃了午飯，蘇大美拿了幾張電影票，說是工廠裡演電影，下午五點半開演，好歹留他一塊兒去看。下午，他和幾個小孩到後山的農村水庫去釣了半天的魚，之後就到工廠裡的電影院去看電影。進電影院的時候，他看見好幾個人把穆家兩口子叫到了一邊，遠遠地指了他，捂了嘴在說一些什麼。裡邊的觀眾都是些衣著粗陋、穿著胸前印著工廠字號的藍色工作服的那家工廠的工人，嗑瓜子兒的嗑瓜子兒、抽煙的抽煙、吵嘴的吵嘴、打哈欠的打哈欠、吐唾沫星子的吐唾沫星子、砰砰砰砰放屁的砰砰砰砰放屁、還有幾個打架的追得一個電影院鋪開了鴨子似的人流亂躥。有工廠的保安提了棍子抓住幾個相持不下在地上打得滿地亂滾死幾個人都不肯鬆手的男男女女，劈頭蓋臉的將棍子掄了上去，中間的花芯頓開茅塞、血光四濺，圍了幾圈的黑黑白白的花瓣就一忽兒白白白地開放、一忽兒黑黑黑地關閉，又一忽兒地白白白地開放、又一忽兒地黑黑黑黑的關閉，再又一忽兒地白白白白白地開放、直至黑黑白白的花瓣跟著鮮豔奪目的紅得發紫的花芯朝向著一扇洞開的大門魚貫而出地吸了出去。一個電影院就像是農村大集上的趕場天一樣，鬧哄哄的。電影開映前，銀幕上還紅紅綠綠的打出一些幻燈字幕，還有人用半通不通的四川焦鹽普通話照著一幅幅的字幕在高音喇叭裡讀著什麼，那不大連慣的語句像不太識字的兒童在課堂上背誦課文一樣，在時快時慢歪歪斜斜的幻燈字幕上面還疊映著許多晃來晃去的黑黑的下邊觀眾的頭和手，那怪聲怪調的普通話念著的不外乎是什麼工廠廠部、車間、後勤科、計劃生育部門、防火防盜防疫等等部門的通知。還有何月何日何時再演什麼的電影預告。

電影演的是一部名叫《鄉村女教師》的蘇聯早期黑白片，當演到男女主角擁抱接吻的時候，坐在秦田旁邊的八九歲的小不點的穆瑛子就用手去抓了秦田的衣領，說是要給他講悄悄話。秦田側身問她講什麼悄悄話，她說看完電影再給他說。秦田嗯了一聲也沒有在意。只是覺得小傢伙頭靠在了他的身上，兩隻小手兒緊緊地抓住了他的一隻大手掌，直到電影演完。

吃了晚飯後，天已黑了下來。秦田告別了穆家一家人，下了五層樓去不遠的公共汽車站上車進城。他離開了那棟青磚房子，又穿過了好幾棟相同的青磚房子來到了公路上。他看著前面暗暗的路燈下的汽車站已經有好幾個人站在那兒在那裡等車。正在黑暗中加快步伐行走時，他聽見身後有一陣細細的、急促的、呼哧呼哧的跑步聲。還沒來得急掉頭去看，有一個小孩撲在了他的背後，猛地撞在了他的身上，又攔腰抱住了他。聽見了田田田田的尖尖錐錐的女孩兒的叫聲，他才反應過來是穆瑛子。當他回過頭來扭轉身時，小女孩已經從前面又緊緊地攔腰抱住了他。黑暗中，低頭看時，他看見胸前她的仰望著他的兩隻羊羔般的眼睛：眸子深處遠遠的地方，有兩面圓圓的，鑽石般寒光閃閃的黑亮黑亮的鏡子，鏡子裡面，還有兩個上面有些黑影在移動的圓圓的月亮在照耀著他。瘦小的臉龐上，她的小嘴裡，上下兩排細碎的牙齒，像兩排飛開又合攏、合攏又飛開的淡藍淡藍的螢火蟲似的，吟吟吟地在叫喚著：

「田田哥哥，田田哥哥，你走了要回來，你走了要回來，我長大了要嫁給你，我長大了要嫁給你，我——不——嫁——別——人！不——不——不——嫁——別——人！不——」

那時，他感到全身一陣陣徹骨穿心的戰慄、一陣陣毛骨悚然的感覺頓時就從頭到腳幾乎還聽得見嘎嘎嘎嘎的聲響般地襲遍了全身……

他頓時僵硬在了那裡……

他看見馬路邊路燈下遠處的黑暗中，竟然瞬那間就陰光燦燦地聳立出來了市委大院裡三號樓院子，他家樓下那間佈滿了灰塵裡面黑森森的屋子，小女孩的母親披頭散髮地迎著了他從那吱吱嘎嘎洞開的門裡走了過來，後面一隻手上還牽著她的那個只有一隻手臂的大女兒。而她的丈夫，那個軍官，卻用一隻手在最後面，拽著他們大女兒的如同是另一隻手的空空的衣袖。那獨臂的女孩突然一扭頭，蝙蝠的黑翅膀似的頭髮在淡藍色的海水般的夜空中撲簌簌地扇動著，那一隻獨眼裡頓時射出一道亮亮晶晶的光束來，擊在她的父親拽住她的衣袖的手上，閃起一朵晶瑩的花朵。他的父親隨即向旁邊浮開，在公路邊的田野裡跑馬般地躥來躥去……田野像操場一樣……他在那兒立正、稍息、向右轉、向後轉、匍匐前進、站起來、一二一、一二一、向前走、我們的隊伍像太陽……他前胸後背掛滿了的毛主席像章全都叮叮噹噹閃爍著銀光，古代武士滿身披掛的鎧甲一般隨著他甩手前進的步伐閃閃滅滅、滅滅閃閃地晃過來又盪過去，他還一忽兒作雙手持步槍向前揮手衝鋒陷陣之狀：拼刺刀、扔手榴彈、端機關槍掃射、單手舉炸藥包，又背雙手昂首挺胸作烈士戴鐐長街行之狀，再一忽兒奔奔躍躍蹦蹦跳跳手舞足蹈跳起來文革時的忠字舞……

他感覺到自己喉嚨發梗、滿口裡都是順了嘴角流進去的鹹鹹的淚水，他萬般溫柔地俯下身去，他跪在地上用雙手擁起了那弱小的生靈，然後，他用自己嘴唇壓在了她的嘴唇上……他不忍看她……就閉了眼說：

「妹妹，好妹妹，你還太小，你不懂，不——懂，哥—哥—這——輩——子——都——不——會——離——開——你！記——住！不——會！死——也——不——會！」

他聽見她的哽咽著的、細細的、長長的、讓他撕心裂肺肝腸寸斷的啜泣聲……

好久……好久……

他睜開眼去看她。

他看見先前的她眸子深處遠遠的地方的兩面圓圓的、鑽石般寒光閃閃的、黑亮黑亮的鏡子裡面的兩個上面有些黑影在移動的圓圓月亮上，現在卻是濕漉漉的、晶晶瑩瑩的有了好些漣漪……他再昂首朝向夜空，那大大的銀盤樣的月兒，竟是猶如在水中似的，瀲灩疊起、水花翻湧不息……

那時，他想了起來他離開家的時候，母親告述他今天是什麼日子要去的玉帶寺，眼前也跟著浮現出下午電影院那歪歪斜斜的幻燈片的綠色畫面上的那幾個紅色的大字：

祝全廠職工同志們中秋節快快樂樂！！！

廠部辦公室

第42章　補天

一九九三年中秋節的晚上，當秦田陪伍芳去做彌撒和參加教堂裡舉辦的中秋節的聯歡活動後已經很晚時，伍芳和米約翰神父還有些事情要談，他就一個人坐在教堂外的停車場裡那輛伍芳的白色的賓士六〇〇轎車裡半打瞌睡半看夜空地腦子裡瞎想，嘴裡還一邊嚼著一塊月餅，就一邊默默地看著那夜空。他看著那座上百年的石頭老教堂的尖頂，黑洞洞的大海上的船桅似的獨立一根支在萬點繁星的夜空中。銀盤似的一輪明月就頂在那船桅之上，好像那月亮是被教堂的尖頂支撐著一樣。

秦田看著那個又圓又大的月亮，月亮上的陰影的山川輪廓，他想著白天和伍芳的幾個學院裡的天主教朋友一起來教堂參加這個中秋節的團圓活動時，米約翰神父就遞給了他一本封面印製得十分精美的書，書名叫著《停滯的帝國》，作者是法國的阿蘭·佩雷斐特。他在教堂的讀經室裡瀏覽了不到一個小時書的內容，裡面講了一七九三年九月的一天，英國的使臣馬伽爾尼拒絕在乾隆皇帝面前按照中國宮廷的規矩下拜叩頭九次等等故事。之後，他又怔怔地看著那本書封面正中用多種顏色標示著的一幅古老的桑葉形的中國地圖，地圖的形狀從他念小學的時候，就已經是深深地刻印在了腦海裡。

那時，他感覺嚼在嘴裡的教堂從香港空運來的月餅已經失去了味道，在嘴裡嚼來嚼去竟然嚼出滿嘴的苦味，他感到心口一陣陣地發梗，眼前那彩色的地圖從正中炸開了，一些花花綠綠的碎片在他的眼前飛舞……脖頸後面、面部一隻眼角的下方，都有一些什麼東西在痙攣著，一種他完全陌生的、鋪天蓋地的、仿佛要徹頭徹尾地摧毀他的巨大的東西，使他感覺到他處在一種完完全全無依無靠，沒有任何一個支點的恐懼感的廣大的迷霧中，他感到那迷霧中一些大廈和巨大的石柱在坍塌著、崩潰著……

現在，他在一片萬籟俱寂黑夜裡，又想起了那個彩色的圖形，那些在他的眼前飛舞著的花花綠綠的碎片……他盲盲然地覺得從他的靈魂深處升起一陣陣巨大而又恒廣的空寂和恐慌，他想抓住什麼、靠在什麼上面、或者躺在什麼上面、或者說奔向一個什麼樣的地方，說得確切一點是逃遁到一個什麼樣的地方，那是一塊鋼鐵樣堅硬和不可摧毀的牢牢實實、實實在在的地方，一塊上面浸漬著祖先的血液的地方……

月亮像發出螢光的氣球一樣在教堂的尖頂上輕輕緩緩地蹦跳著，像要升上去，又像要落下來……

秦田覺得他在一條由南向北的筆直的法國梧桐的林蔭道上向前淩空飛行……

腳下是行車的石子路，兩邊是法國梧桐和樹木後面的一排排各式各樣的居家別墅、街邊的樹木和別墅之間的花園裡是長滿的青草和開滿的鮮花。他看到各式各樣的別墅有些亮著昏黃的燈光，還有路邊的一盞盞閃著暗藍色的螢光的路燈，都像行駛著的車窗外的燈光一樣向他身後的方向閃過……他的心裡有一個念頭，那月亮上有山有水又有亭台樓榭的地方，是嫦娥奔月去了的地方，是吳剛捧著桂花酒的地方，是他的父親去了的地方，也是在那兒能夠看得見他的國家、他的故園，看得見母親、梅姨和穆瑛子的地方……

他，感到他已經飛奔了好一陣了。然而，他似乎總是到達不了那個像大海上的船桅一樣的教堂尖頂上的月亮。他的雙眼仍舊是定定地看著似乎是越來越近越來越清楚，然而一忽兒又似乎是越來越遠越來越模糊的、讓他捉摸不定的、那個他的心中的聖地的月亮。有一陣，他看到那個月亮上有陰影的地方似乎閃射著他白天在教堂裡的讀經室那本書的封面上那塊桑葉形的彩色圖案。圖案在月亮上竟然炸開了……色彩斑斕地天女散花般地將無數銀光燦爛殞石般的碎片滿滿地噴射在了螢藍色的夜空中……

……他已經升到了高空……天啦！這是怎麼一回事呢？天上的星星和月亮都掉在了他的腳下，人好像是懸在了空中。周圍的東西：一棟棟房子、巨大的山石、如注的江河湖海裡的水、更多的是人和各種各樣的牲畜、野獸、大大小小銀箔似的滿天飛舞著的魚類，都在天空中飛快地向著無邊無際的遠處墜落。他覺得他已經魂魄飛散靈魂出了竅。他看見頭頂上的大地正無比龐大地向他墜落的方向、向所有物體墜落的方向壓了下去，排山倒海、無可逆轉地壓了下去……

銀亮的月亮——十五的月亮——先前還是在倫敦英華天主教堂那座上百年的石頭老教堂的尖頂上輕緩地、螢亮的汽球似地蹦跳著。現在，卻在了他的下方。它，先是像一枚銀幣，漸漸地越來越大象是一面銀盤，更大起來像一把越撐越開越撐越大的銀色的巨傘，後來，那大得無邊無際的巨傘竟變成了一片浩如煙海的銀色的沸沸騰騰的海洋。

在天宇的他的左右兩邊的極遠處，他看見伍芳和穆瑛子都在各自一邊的天邊遠遠地伸出手來招喚著他。他的身體被穆瑛子吸引著，要向穆瑛子迎過去。然而，他的靈魂卻是朝向著伍芳。他被她們兩人各自都吸引著，又各自都拒絕著……後來，他分裂開了。他看到他的脫體後的靈魂變成了一個影子般的虛像，在天幕上躥動著巨人似的身形朝向伍芳的遠天奔去，肉身卻在相反的遠遠的地方小得像蟻螻般地跟著穆瑛子去了……

……後來，他看見一個黃色皮膚的可能是一個亞洲人的中年男子，赤裸裸地來來回回地在位於倫敦泰晤士河南岸的正東南正西北方向的滑鐵盧路（Waterloo Road）、正南正北走向的布拉克弗萊爾路和東西偏東十五度斜向的韋柏路（Webber Street）三條路圍在中間的珀柏德廣場（Peabady Square）的廣場上狂奔，嘴裡還大聲地喊叫著什麼。後來，從駛來的一輛白色的警車上下來了幾個員警，用毛毯裹在了那個赤裸裸的中年男子身上。他們把他帶上車的時候，他的嘴裡還在大聲地喊叫著那幾個英國員警聽不懂的不知道是什麼國家的語言，那聲音就是：「補——天——補——天——補——天——」

……砰地一聲，車門被人關上了之後，白色的警車迅速地消失在了布拉克弗萊爾路三六八號的英國倫敦英華天主教堂街北面的盡頭處。

空蕩蕩的馬路上，警車尾部排出的淡藍色的尾氣還在清晨的空汽中飄散著，教堂前面廣場的上空，仿佛還在回響著那人嘴裡剛才喊叫著的聲音：

「補——天——補——天——補——天——」

第43章　倫敦來信㈠——一盞未點燃的燈

一九九三年十月底，秋雨中的C市，烏雲滿佈的天空中，不斷線的雨水灑向這座城市。人行道兩邊迎向天空的樹木陰鬱地閃著濕漉漉的暗淡的光澤，一些黃葉在雨水中凋落，熙熙攘攘的人行道上，打著雨傘的人們在匆匆行走，馬路中間是來來往往急駛的汽車，汽車的輪胎和正淌著雨水的柏油馬路之間發出嗞嗞嗞的水聲，開得快點的汽車一閃即逝地壓過馬路上一些凹處裡的積水時，撲哧哧向馬路兩邊濺起高高的水花。遠處一輛深藍色的桑塔拉轎車大概是拋錨熄了火，它停在路中間動彈不得了，後面跟上去的各式各樣的車輛瞬間就停下來一長串，排成長龍的車隊裡立時傳來高一聲低一聲長一聲短一聲的喇叭聲。

三清寺東山四路一二〇號那棟灰色的大樓前，一個騎自行車的郵差將他的自行車停在底樓傳達室門口，他從肩上的挎包裡取出一摞信件來遞進傳達室裡，一個穿灰白中山裝的老人坐在傳達室內一張書桌前的一把靠背椅上，他把一份正在看著的報紙擱在了一邊，又在老花眼鏡下面開始一封封地翻看那些信件。他從那些白色的、馬糞紙色的信件裡注意到了一封淡藍色雅致的信封，他抽出那個信封來拿在眼前仔細地瞧著，又將自己臉上戴著的老花眼鏡取了下來，像拿著一柄放大鏡那樣，將眼鏡的鏡片對著信封右上角的一張桃紅色帶金飾紋的郵票，透過他的晃悠悠地閃著旋光的老花鏡片，英國女皇伊麗莎白二世美麗的正側面像就在眼鏡片裡不規則地畸變起來。

「嗯，又是哪國來的信？這郵票上的女人倒是好漂亮，鼻子那麼高，像舊社會老子年輕時在上海大世界和百樂門舞廳搞過的白俄妓女，哎——狗日呢！那些好事情只有等二輩子囉——是哪國的字哦，格老子呢儘是些彎彎拐拐呢豆芽符號……」

老人嘴裡念叨著，又將老花眼鏡戴在了臉上，再將淡藍色的信封拿在眼前看了幾眼，又將自己的頭失望地搖了一陣，嘴裡喃喃有聲地說著：

「哎——白俄妓女，白俄妓女，白俄妓女，把老子呢骨頭都整酥囉……」

他隨手將淡藍色的信封擺在了書桌顯眼的地方。

淡藍色雅致的信封上呈現出的發信人的地址是：

From:
Fang Wu
1026 Lansdowne Rd. N.
St. Jimes Park Rd.
London, N125PX
U. K.

收信人的地址為：

To:
Dr. Tian Qin
120 Dong Shan Si Rd., Suit 208
San Qing Shi St.
Ba Jing City
P. R. CHINA

在收信人一欄英文字的旁邊，有郵局的人潦草的鋼筆字用中文批寫著：

「巴京市三清寺東山四路一二〇號二〇八室」

當晚，三清寺東山四路一二〇號二〇八室的一間書房內，書桌前橙黃色的燈光下，從倫敦飛回巴京市才三周的秦田正在翻閱幾本有關雷射物理學的書籍，他顯得有些煩躁不安的樣子，桌面上是一些字跡潦草的關於雷射器件設計圖的草樣，書桌旁邊的一個紙簍裡已經堆滿了揉成一團又一團被他撕碎的草稿紙，現在，那個紙簍裡正在一團又一團地被他投進去揉皺的和撕碎的白色的草稿紙。

窗外正下著雨的夜空中閃出幾道炫光，跟著就傳來幾聲響雷，秦田抬頭看了一眼桌上的一個電子座鐘，裡面的液晶顯示幕上正好跳出「11:50」的字樣。他又將視線抬高一些停留在黑色背景的窗户玻璃上，上面滿是些晶瑩閃光的雨點，時緩時急的雨點還在噗噗地打著窗户的玻璃，一道道的雨水正從上向下地流動著，窗外的夜空中不時地閃現著從天頂一直連到大地的樹根狀的電斑和響在耳邊隆隆的斷斷續續的雷聲……

秦田起身躡手躡腳穿過客廳，他來到一間卧房的門口，他輕輕推開門，看見側身背對著門口方向的瑛子正蓋著羊毛毯睡得香甜，就輕輕地掩了那道門，又躡手躡腳地回到自己的書房，他掩上門後回到書桌前的椅子上，他拉開抽屜後取出一封信來，那封信正是上午郵差送到門房的有著淡藍色雅致信封的信件，不用說就知道，正是在倫敦苦苦等候著秦田的伍芳給他寫來的信。

秦田抽出信來，一陣陣淡淡的然而又是帶著辛辣刺激的香水味兒就撲鼻穿胸而來。

他立刻就被籠罩在了一片由麝香、龍涎香、香草香、檀香混合而成的高級香水的味兒造成的西方大都市的黃昏與夜裡極具朦朧、高貴、典雅、神秘的氛圍而又帶著東方的氣質和情調之中，秦田知道，那是伍芳晚間時常使用的價格昂貴的莎樂美（SHALIMRA）牌香水，莎樂美香水是一種後勁無窮的以木香、檀香為主，配以辛辣的頭香和持久的動物香的香氣渾厚濃鬱，以誘惑和禁忌、呈辛辣的東方調為主的、適合於二十五至四十歲成熟、自信和妖媚的女性的香水。

秦田立時就在自己的五官甚至是六官裡湧起伍芳的一連串的回憶來……

伍芳和秦田駕著她的那輛白色的賓士六〇〇型轎車在倫敦城裡慢駛的鏡頭。她喜歡在車裡放Edgen Animations 的 Reoccarring Dream 那種有些夢幻感的音樂，音樂的開始是一陣陣幻覺般的人類心臟跳動的緩緩而來的輕響，跟著就是原始森林裡遠古的部落民穿著獸皮圍在一堆篝火邊，用木棒的重錘敲打著皮鼓的更加響亮、節奏更加快速的鼓點，然後是太空行走般的深重、亙古、悠長的音樂進入主旋律……

在音樂聲裡，秦田想起了倫敦的一些街景和景物。記憶裡，無外乎就是那些什麼格林威治天文台、海洋館、倫敦塔橋、塔橋古堡、聖保羅大教堂什麼的。還有就是什麼議會大廈、大笨鐘、西敏市大教堂、首相府、白金漢宮、大英博物館、玫瑰園等等。要麼就是他們開車到更遠的康橋和牛津大學城、到邱吉爾莊園和温莎堡之類的那些地方。

本來，英國的城市建築就都顯得莊重而古典，按照英國的法律，一九〇〇年以前的城市建築都是不能拆毀的，所以，不僅僅是倫敦、英格蘭，包括蘇格蘭和北愛爾蘭全境的幾乎所有城市裡的建築，都是一派維多利亞時期的老石頭古典建築樣式的房屋，就有些像上海的外灘和天津二十年代北洋政府的租界區一帶的些許的輪廓，完全就是類似老式的由菲爾德斯·里昂那·白瑞摩主演的黑白電影裡狄耿斯的《大衛·科波菲爾》裡那些景物，看見那些景物，會讓他想起電影裡保持了原著寫實主義文學風格的那些貧民，如像什麼小特拉德爾斯、保姆佩格蒂、貝特西姨婆、漁民丹舅舅、米考伯等等。要麼就是著名導演茂文·勒魯瓦導演的《魂斷藍橋》裡面的一些經典鏡頭。因為拍電影的時候和直到現在，那些街景基本上都還是原封不動，所以，看見那些街景就完全和電影裡相同。如果說《大衛·科波菲爾》裡的人物服飾和今天的倫敦人相比較顯得更破舊，則《魂斷藍橋》裡的人物的服飾在不細看的時候，就幾乎和今天的人沒有太大的區別，因為即便是在今天的倫敦街頭，還是滿大街都可以看見出太陽的時候手提文明棍戴紳士帽穿燕尾服的人物，而且比比皆是，下雨不下雨，也可以看見撐長杆彎把黑雨傘的人。

剛到倫敦的時候，每次到了滑鐵盧橋和滑鐵盧車站，秦田都會情不自禁地回憶起電影《魂斷藍橋》裡的幾段經典鏡頭，他會想起由費雯・麗飾演的芭蕾舞女郎麥娜和勞勃・泰勒飾演的陸軍上尉羅伊・克羅寧的那些經典的畫面和對白。

大學二年級暑假期間，他住在省城裡的到部隊文工團當演員的甯麗莎家裡時，他們就時常練習電影《魂斷藍橋》裡的一些對白。甯麗莎一家以前和秦田一家都住在機關大院裡，兩家關係甚好。後來，當秦田下鄉當知青的時候，她就到昆明的部隊文工團去了。再過了兩年，寧麗莎的父親調任省委任副省長，她們的家也就搬到了省裡。高考開始了之後，秦田上大學也在省立大學，因此，他們就常常見面。有幾個假期，秦田就住在他們的家裡。兩人都愛好文學藝術，他們就常常騎自行車到不遠的電影製片廠去看一些當時的「內部」電影。《魂斷藍橋》他們看了三遍。秦田知道，如果不是她身後的那個後來當了軍長的龍青在死死地纏住她，他們之間就有一場好戲要演出來。當然，秦田還是覺得，兩人是太熟悉了，就是說，熟得來完全没有什麼新鮮的感覺了，而且，年齡也太接近了。所以後來當寧麗莎和龍青結婚的時候，秦田也就感到不是太有些什麼不舒服。

在倫敦的滑鐵盧橋和滑鐵盧車站時，常常會不由自主地浮現在秦田腦海裡的電影《魂斷藍橋》裡的經典鏡頭是：

……一輛軍車嘎然而止停在滑鐵盧橋上，嘭地一聲，車門開處，英軍上校羅伊・克羅寧從車上走下。他孑然憑欄凝目眺望著泰晤士河下游流向遠方的河水，他沈思一陣，又將目光轉向從口袋裡掏出的一個像牙雕的吉祥符上，二十年前的一段戀情立現眼前……

一九一七年第一次世界大戰期間的倫敦，撕心裂肺的空襲警報響起，四散奔逃的人們正衝向防空洞。一群在滑鐵盧橋上飛跑的年輕姑娘。忽然，一個姑娘的提包被碰掉了，東西灑了一地。她正在停下來撿東西的時候，一輛馬車飛奔而至，眼看就要撞上正在撿東西的姑娘。正在橋上奔跑年輕的上尉軍官羅伊·克羅寧兩步跨上，他及時拉開姑娘……

……羅依在觀看麥娜演出的《天鵝湖》……

……燭光俱樂部。大廳內，羅依向麥娜傾吐愛意，《一路平安》的華爾滋舞曲中兩人翩翩起舞。隨著一隻蠟燭熄滅，一個接一個的聲部演奏完畢，曲終，大廳沈浸在夢幻的黑暗中。羅依與麥娜含情相望，擁抱長吻……

……滑鐵盧車站。以為羅依已戰死沙場，傷心之餘淪落風塵為妓的麥娜。她濃妝豔抹，閃動著媚眼，她正在招徠路過身邊匆忙趕路的官兵，那些從戰場上歸來的官兵都在尋找著來迎接自己的親人。突然，她看見了羅伊，他是人還是鬼？兩人都激動得不能自持，百感交集，相擁嚎啕大哭……

滑鐵盧橋上。一隊隆隆駛來的軍用卡車，強烈的車燈燈光，麥娜蒼白清冷的臉顯得美麗聖潔。一瞬間，她撲向一輛正在經過的卡車。在一片驚叫聲中、人們向卡車揮手。卡車吱地刹車。麥娜命殞。她的手提包裡的東西散落一地，特寫鏡頭裡，那只像牙吉祥符變得更大，更清晰……

在 Edgen Animations 的 Reoccarring Dream 那種有些夢幻感的音樂裡，秦田感到那些緩緩地從身後流過的街景和景物，都像是什麼神話故事裡的遠古世紀、或者說是未來世界裡的異國情調極濃的景色。那種感覺讓人有一種探險的、冒險的、漂流的味兒。在那樣的感覺裡，坐著的白色的賓士六○○型轎車不像是一輛轎車，到像是一匹什麼神馬、飛龍或者是電影《一千零一夜》裡的那床飛毯。而坐在自己身邊的女人就像是一個仙女。那時，他就會情不自禁地伸手去撫摩身邊的她。他摸她的脖子和後頸、後背，還伸手去揉摸她的胸前和私處，他有些在幻覺中感到她究竟是人還是仙？他陶醉了。很多那樣的時刻之後，他發覺，自己的那種回憶總是和車裡的莎樂美（SHALIMRA）香水的味兒連接在一起……

他們在一起時喜歡聽的音樂還有約翰·藍儂和大野洋子一九八○年出品的《雙重幻想》。《雙重幻想》的感覺更是讓人有幻覺和神采飛揚的感覺。（秦田知道伍芳喜歡聽大野洋子的《approximately infinite universe》、《season of glass》和《It's alright》，其中，《approximately infinite universe》是大野洋子一九七三年出品的最佳之作，那是一張冷酷、痛苦、為爭取女權大聲納喊的搖滾唱片。它被認為是七十年代最具堅強意志和清醒意識的音樂作品之一。由此可見，伍芳的骨子裡是有些女權主義的思想的。）

伍芳和秦田在尼丁根森林湖邊的沙灘上穿著泳衣戴著遮陽帽曬太陽……

伍芳和秦田在尼丁根森林湖邊的沙灘上支起的帳篷裡依偎在一塊兒造愛……

伍芳和秦田在蘇格蘭首府愛丁堡王子大道一家古典樣式的老石頭房子的旅館裡依偎在沙發上。伍芳伸出一隻手來，她想從面前的茶几上的一個水晶果盤裡拿什麼水果，果盤裡晶瑩鮮亮地呈示著一些蘋果、梨、香蕉和櫻桃等。她的那隻手駐留在了空中猶豫起來，那隻手上的拇指和食指在搓揉著……

伍芳的細皮嫩肉的白皙的手，修長的手指，手指上的塗成淡銅色閃光的指甲。那隻手駐留在空中，猶豫的手伸向果盤裡的櫻桃，它揀起一顆鮮紅的櫻桃來，它的拇指和食指捏著那顆鮮紅的櫻桃在兩個指頭上輕輕揉捏一陣，就放在了自己的嘴上銜在兩片唇間。

伍芳的塗著鮮紅的口紅的嘴唇和嘴唇之間那顆凸起的櫻桃。

伍芳漂亮的、性感的、豔麗的嘴一下子頑皮地杵在秦田的臉上。

伍芳的一對漂亮的大眼睛在示意秦田用嘴去銜住自己嘴裡的櫻桃的另外一半。秦田照她的意思那樣做了，兩人的臉漸漸地靠近，伍芳卻緩緩地向後退，當兩張嘴咬在那顆櫻桃上時，兩人就撲在沙發上摟在了一塊兒。

那時，白色的帶古典飾紋的門上的黃銅把手在輕輕轉動。門開處，一個頭上戴著玫瑰紅蘇格蘭尼帽身穿制服的伺者。他的手裡舉著一個裡面裝著一瓶白蘭地酒和兩個高腳酒杯的托盤，他剛好一腳踏了進來，他看見沙發上的男子壓在女子的身上正在熱烈的時候，禁不住趕緊後退，露出笑容的臉上揚起眉毛來又咧一咧嘴角對自己做了個怪像。

白色的帶古典飾紋的門悄無聲息地合上，門上的黃銅把手在輕輕轉動，停止。

伍芳和秦田在法國巴黎……在義大利的羅馬、威尼斯……在瑞典和丹麥……

伍芳和秦田在Lansdowne Rd. N. 一〇二六號二樓的臥房裡赤身裸體地造愛……後來，躺在床上的秦田的目光停留在牆上鏡框裡的一張彩色照片上，照片上是尼丁根森林湖邊的沙灘，遠景是落日；中景是落日餘輝中，沙灘上赤裸身體曲線優美和豐腴的伍芳的面目不清的剪影，剪影在畫面上占了主要的比例；近景是坐著又曲起一條腿的靠在一棵大樹邊的，也是赤裸身體的秦田的側身、他身邊的灌木叢的一些密密匝匝的草葉……

秦田將嘴在信紙上一遍又一遍地親吻著……

橙黃色的柔和的燈光下，秦田的臉頰上淚如雨下……

桌上電子座鐘的液晶顯示屏上跳出「2:50」的字樣。黑色背景的窗户玻璃上，晶瑩閃光的雨點，時緩時急的雨點還在噗噗地打著窗户的玻璃，一道道的雨水正從上向下地流動著，窗外的夜空中還在不時地閃現著從天頂一直連到大地的樹根狀的電斑和響在耳邊隆隆的斷斷續續的雷聲……

秦田將一遍又一遍地親吻著的信紙展開在燈光下，淚眼模糊中，字跡展示出：

Dear T，

收信平安。

吻，吻住你的根——我的上帝！

此次，和去年夏天你遠赴中國山城一樣，我獨自留倫敦，生活與感情誠如你所言，如被挖空了似的，煩時無所依託，那孤獨與愁悵佈滿心頭，夜裏時常失眠，回盪著我們相處的點滴，那麼刻骨銘心，難以割捨，此次一別，又不知何月何日才能聚首？

這一年多，研究著 Radclyffe Hall，我大約也基本上變成了一個她了。從《亞當的族類》到《熔爐》，我們在《熔爐》裏熔煉了一年多，結果好像我始終是面對著一盞《未點燃的燈》。現在，我整天地待在這兒，白晝面對著窗外的格林公園那一大片鬱鬱葱葱的樹林，夜晚遙望長空，思索《在地球與星辰之間》，完完全全地變成了一個《房子的主人》。整天整天地、每夜每夜地思念著你，沈沒在《寂寞的深淵》(The Well of Loneliness)，我不知道，我能不能夠再聆聽到《第六福音》？

Radclyffe Hall is a lesibian. I met a gay or a bisesual before I met you. I meet her in now. I am afraid I will become the likes of her.

（譯註：Radclyffe Hall 是一個女同性戀者，在你之前，我遇到的是一個男同性戀者，或者說是一個雙性戀著，現在，我又碰上了 Radclyffe hall，我眞害怕我也變成了一個同性戀者）

聽了這種話，你回來肯定又要脫了褲子打我的屁股了。或者，讓我吻你一百下。你說吻哪兒呢？我多麼地想……

我現在有些後悔前些年不該看 George Orwell's *Nighteen Eighty-Four*（喬治・奧威爾的《一九八四》）了，再加上台灣的宣傳。我承認，在剛開始認識你時，我是有些想入飛飛地想對共產主義運動教育出來的人做一番研究。當然，是一番完整的研究。就是說，靈魂和肉體兩個方面。沒想到現在拜倒在了你的斗篷下面，而我的石榴裙卻變成了我跪到在你的聖殿前面墊腳的地毯。也許你看見了我的這一段自言自語的文字要發笑和得意，但我還是要承認你是徹底地征服了我。

你是我的太陽。

長時間收不到你的回信，也不來電話，我的心裡漸漸地開始有些不安起來……

I am not sure if I can get "The Memorirs of a Woman of Pleasure".

（譯註：我不知道，我是否能夠得到《一個快樂女人的回憶》）

問你母親好！吻！

你的芳子

September 29, 1993 London

第44章 倫敦來信(二)——小花

三個月後的十二月底，冬天的巴京市。乍寒，馬路兩邊人行道上的樹木上，光禿禿的樹枝直指鐵灰色的天空。

仍然是三清寺東山四路一二〇號那棟灰色的大樓前，秦田經過樓下的傳達室的時候，穿著藍色棉布大衣的老頭在裡面喊到：

「秦田，你的信，英國來的，哎喲——不是你媽媽到這裡來看你，我還不曉得你就是她的兒子哦，長這麼高大了，還在英國念什麼博士後，你還記得我莫？小時侯我還抱過你呢。哎——狗日呢，反右把老子們一關就是二十多年，一九八三年才把老子放出來，我還到醫院去看過你屋老漢①，哎——五八年反右的時候，他還想保我，哪裡保得住哦，你屋媽啦老漢②兩個都是好人，哎——可惜就是你這麼個獨苗苗，你往英國一去，你們家裡頭就不只有你媽一個孤老婆子了莫？哎——革命，革命，莫得想頭哦——這信封上的女人是個什麼人囉？長得那麼漂亮？」

秦田接過看門老頭遞過來的淡藍色的信封，眼睛停留在信封的字跡上，他心不在焉地嘴裡喃喃地對饒舌的看門老頭敷衍道：

「是英國女皇，哦，王伯伯，是英國女皇。」

「哦，她長得那麼年輕漂亮，怎麼那麼年輕的女人會是女皇，英國現在還有皇帝莫？」

「那是英國伊麗莎白女皇年輕時候的相片。王伯伯，聽媽媽說你原來是在交際處工作，媽媽說，你原來還在上海搞過地下黨，媽媽說你是太冤枉了。」

「是啊，是啊，是啊，你媽媽還記得我的事情哦，唉——唉——唉——」

「王伯伯，你保重，你保重，我回家去了。」

「唉——秦田，好孩子，經常下來和你王伯伯說說話啊！你是留洋的見過大世面的大博士哦，也給王伯伯講些外頭的事情哦！」

「好，王伯伯，再見！再見！」

「好，秦田，見到你媽媽代我問好，她住在機關裡頭，我也爬不動那個坡，你看，你看，在勞改農場把老子們的腳杆都整斷了一隻哦！」

秦田才注意到看門老頭站起來時，順手抓在手上舉給他看的一副抵肩的、上面還纏著一些灰色舊布條的拐杖。他連忙給老人揮揮手，臉上流露出一副十分同情的表情來。

秦田禁不住聯想到了瑛子家的那些往事，心裡頓時便湧起一陣陣的悲哀來。他緩慢地轉身，離開看門的老人上樓去了。

秦田回到書房裡，他在書桌前用一把剪刀剪開了信封的邊緣，他抽出裡面的信來展開，信裡寫到：

Dear T，

收信平安。

吻，吻你的根，我的上帝哦，我好想念……

等了快三個月，才收到你的第二封信。

就三行字。

你離開倫敦前的幾個月，整天喪魂失魄。心裡有事就是不告訴我。長期以來，我感到你心裡有事，然而，你卻永遠是沈默寡言，猶如倫敦夜深人靜的星空，或是多佛爾海峽藍得發黑的海面。我知道，你心裡的事和我有關。但我並不相信你不愛我。

否則，你不會哭。

上飛機的那一夜，你那麼緊緊地摟抱著我，淚流滿面，枕頭都哭濕了一大片。哭都是無聲的，還是我在黑暗中從你的臉龐上面摸到的。我看，奥威爾是寫對了，或許，共產黨教育出來的人，眞的是冷血的動物！我現在開始有些漸漸地恨起你來。

難道我已鑄成大錯？

你知道，愛和恨是永遠連在一起的。血、淚、肉體是和靈魂連在一起的。

你拿走了我的靈魂，還留下我這個徒有的軀殼幹什麼？

你或許會認爲，我中學以後的教育，都是西方的，又研究西方文化，開放到不太在乎感情。但是我對你說過，台灣的中國傳統文化的教育比大陸保護得更完整。台灣沒有搞過文化大革命。

一個男子漢，我知道你有事。對於你，我知道，不是用金錢和甚麼物質可以替換的。你是一個眞正的精神貴族，一個承傳了早期共產黨時代遺風的經典精神貴族。因爲你，我作了很多的研究，翻看了大量的中國內戰時期的資料，我知道，那些早期的共產黨人，他們往往都是些胸懷天下的利他主義者，但是，他們又是些空想家和理想主義者。像陳布雷的女兒、你談到的羅廣文的兄弟羅廣斌、還有你的同學的父親王仆烈士，和你的同學的父親、《紅岩》的作者楊益言，他們當年參加共產黨都不是為了滿足自己物質上的欲望，因為一個簡單的現實就是，他們的物質條件在當時已經是中國最富貴的階級了，當然，還有你的烈士的外公和外婆。所以，共產黨在早期的力量是無比強大的，徹底的利他主義者（實際上是不存在）最強大的一點就是得人心……就是康有為對光緒皇帝所說的「得人心者得天下，失人心者失天下」。我們的蔣委員長就是這樣敗在你們的毛委員長手下的，因為，前者當時維護的是當時在中國少數的待在大城市裡的富有階級的利益，而後者成功地贏得了當時中國最廣大民眾：底層人士尤其是農民、工人和城市貧民的支持。

早期的共產黨最富有的就是他們的精神和靈魂，即便他們是唐吉訶德？唐吉訶德極其善良，但是，一個社會，小而言之，一個需要一個正常家庭的女人，怎可以以身相許？

而我，也許就恰恰成了一個女唐吉訶德，或者是一個今天的『陳布雷的女兒』？戀愛中的女人你說她是什麼都不為過，女人就是女人……只不過陳布雷的女兒是生在了那個理想主義時髦的時代，而我卻生活在了如今女性主義的時代，背景相同的是，我們都是沒有物質生活困擾的女人。兩個不現實的人從兩個不同的、當年敵對的社會和體制走到了一塊，他們在倫敦居然還摩擦得起了火、開了花，但是，他們會結果嗎？

這，這讓我常常戰慄於〈羅密歐和茱麗葉〉的下場……一對仇家的後代能結出一個什麼果實呢？當然，我想，今日的世界，早已不是憑著意識形態的不同就可以阻斷一對深愛著的戀人的時代了。

我猜想，你的事情，一定是有關於人情方面的事情。你欠了誰我不知道，不能想像，但是能感覺到，那一份情的重量在天平上面秤量起來，一定是大大地重過於我對你的感情。

我現在常常後悔和痛苦，爲甚麼沒有給你留下一個孩子？

你也知道，我從來都沒有使用過避孕藥物，從我們第一次開始。從來都沒有……

你的心眞的有時候就像石頭、鐵塊，你的腦袋有些時候就像木頭。你知道嗎？我的心肝，我的上帝，潛意識裡，我早就把你預想成了我的孩子的父親了。私底下，我找過幾次醫生，查不出甚麼問題來，又不敢問你，你那麼強壯，一周要打好幾次籃球的人，五十米的游泳池你可以一次不換氣從這頭潛到那頭，顯然你不該有甚麼問題。

我常常地向主祈禱，但無濟於事，只有聽天由命。因爲米約翰神父說了，你是一個有著孩子一樣善良的心的人，叫我跟定了你。現在看來，米約翰神父的話，要打上一個問號了！

康乃馨、水仙、玫瑰、玉蘭、菊花、鬱金香……甚麼花你都不喜歡，只要是我從花店裡買回來的。三五天我都要換，但我看你總是把那些花移到別的地方，不願意擺在你的書桌上，甚至於擱在門廳裡。

你好像不太憐香惜玉。

然而我又錯了。

有一次我們開車到康橋去時，我看見你在小河邊採摘了好大一把野花，黄的、紫的、紅的、白的，都不是大朵的，而是些小朵小朵的，並不豔麗，但卻清麗、生機勃勃、五彩繽紛的，那地方就是當年徐志摩寫《告別康橋》的地方，小橋流水，垂柳飄蕩，當時我好感動。在車上我還問你那些野花的名字，你說開車時少說話，把我推掉了。回去上了床，我赤條條地爬在了你的懷裡撒著嬌問你時，我才知道你還眞是個業餘的植物學家。

後來我才開始注意到，你有時開車出去時會常常採些野花回來，珍貴地擱在你的書桌上。甚麼白車軸、車前、紫雲英、蛇莓、酢漿草、卜公英、矢車菊。還有一些我根本叫不出來名字的小花小草，你都用水在最好的水晶花瓶裡養了起來，讓我好感動！好感動！特別是一種小小的、樣子像向日葵，只有指甲蓋那麼大小的黃金燦燦長在田野裡的小野花。中秋那天，我看見你把一大把那種花（實際上是野草上面長的小花。）浸在了一個漂亮的水晶花瓶裡。我上街回來，悄悄的看見你坐在那兒凝神穆思地的對著那些花發呆。

後來，我看見，你的眼圈還是紅腫的，你流了淚。其眞摯慟心，形於詞色，聞之讓我莫不動容，此中眞情肯綮。然而，是爲了誰呢？

嗣後，我開始不安起來……

你是如此心底美善之人，但是，請記住，倫敦還有一個來自台北的女人在等待著你，她和你同床共枕朝夕相接已經兩載，你已經成爲她精神上之奥援，她在爲你廝守苦等，她準備爲你生兒育女，她雖然是一個三民主義信徒加上虔誠的天主教徒，還又自幼浸受西方教育，但她的骨子裡仍是一個傳統的中國女人。也是一個自認爲美麗的女人。

當然，不敢在你的面前說她是一個富有的女人。因爲她知道，在精神的財富上，她只是你的大山下面的一支餘脈。

我近來愈加有些茫然自失，自己也不知道將我們兩人之間的關係作何交代耶？

城市大學物理系的 D. N. Oawald 教授來信，城北的 SMSN 研究所的 M. T. Parson 所長也來函，都給你留了位置，薪金也還可以。

父親也來信，準備在得到了你的答復之後，訂機票從台北來倫敦專程來看你。他倒是希望你到台北大學物理系任教。他想我們守在他的身邊。但是，你若願意待在倫敦，他就把現在我住的我乾媽程麗蘊的房子買下來，這地方雖然在倫敦城的中心，但也還鬧中有靜，周圍都是公園。只要你同意，他會爲我們準備好一切。

他在信裡還說，他還想你陪他故地重遊。去當年的陪都山城走一趟。一九四九年以前，他就在你們家的那個大院子裡鄧小平和賀龍住過的樓裡辦過公，當然，那個時候是爲蔣介石。

回來之前早點來個電話。我好到希思羅機場接你。

吻！吻遍你的全身！

問你的母親好！

你的芳子

December 18, 1993 London

---

① 「你屋老漢」，四川東部土話，即：「你（家的）的父親」。

② 「你屋媽啦老漢」，四川東部土話，即：「你（家的）的父母」。

第45章 「14、13、12?!」

那幾天夜裡臨睡之前和清晨起床之時，秦田總要儘量地努力讓自己的意識沈浸在似睡非睡的狀態，從而去捕捉那幾次在夢裡伍芳一次次出現那種逆他的主觀願望而動，出現那種「羊眼」向上翻，斜著眼睛向前看的特別奇怪的現像中的第一次的情景。

秦田這樣連續地試了幾天。他努力讓他的意識向下潛——潛——潛——潛……

秦田總想知道冥冥中他的或是伍芳的或是他們倆人的命運的指向。

秦田想起在大學物理系念書時他背公式、記英文單詞的時候也是這樣，天天晚上入睡前，早上醒來時，他都讓那些東西下潛到自己的意識的深處，什麼複雜的物理公式，什麼量子物理學的、熱力學的、統計物理學的……有時竟能一天記下上百個英文單詞……

秦田現在就是這樣地，想讓她在他那夜的夢裡第一次出現的情景在他的意識深處的黑暗中光亮出來，在他意識的不可告人的霧海的平面中凸現出來，在他意識的渾沌中初開出來……模模糊糊地，他在迷迷離離中感到她在那夜的他的第一次夢境的舞台上開始地一點一點地浮現了……

那是一把鑰匙。一把像劍一樣閃光的巨大的鑰匙。是從她那闊女人的金紅色滿佈中國古典花紋圖案的絲綢旗袍的側腰處什麼衣袋裡掏出來的一個黑色的、上面像有金鈕扣的匣子裡掏出的一把鑰匙。他感到夢裡的她在一個打著燈光的舞台上是一個小小的人兒。而她的手裡卻雙手像持著長槍一樣持著那把巨大的鑰匙。他恍恍惚惚地覺得夢裡的她舉著那把巨大的鑰匙在舞台上來來回回地走著步子，嘴裡正在喋喋不休地念著什麼台詞。她一會兒手舞足蹈地慷慨陳詞，一會兒又聲淚俱下地悲歌一曲地述說著什麼。後來，他看到舞台頂上的燈光照射到那鑰匙的把上。借著燈光，他看清楚了鑰匙的把上有一幅浮雕，是她初戀的一個南韓情人在漢城訂做在鑰匙把上的。那浮雕式的圖案是一個男子平伸出一隻手來，用一支手槍對著一個豐腴而又性感的女人的腦袋，女人卻是全身赤裸裸地跪在地上高舉著雙手作投降狀。

秦田的腦海裡黑色的螢幕上出現了一組銀白色的不停地閃爍著的阿拉伯數字，他仔細地在腦海裡的黑色的螢幕上去「看」時，他「看」見，那組阿拉伯數字是：

「14、13、12」

「14、13、12」

「14、13、12」

「14、13、12」

「……」

「……」

秦田想，這些阿拉伯數字是什麼意思呢？他的腦海裡為什麼會出現這些數字？

「14」在中國語言的發音裡暗示「死」的意思；「13」在歐洲耶穌基督教文化裡是個不吉的數字，就是那幅義大利著名的油畫家達文西的「最後的晚餐」裡的「第13個是猶大」的意思啦；只有「12」是個幸運的數字，在「14」、「13」之後，剛好躲過，有驚無險！

哦，腦海裡又開始不停地呈現出另外的一組阿拉伯數字，那組數字是：

「8.14、8.13、8.12」

「8.14、8.13、8.12」

「8.14、8.13、8.12」

「8.14、8.13、8.12」

「…………」

「…………」

秦田納悶了好久，他終於想起來了，是「8.14」，「8.13」，「8.12」，而最後的一組數字「8.12」不就是自己的生日的八月十二日嗎？

秦田想起那個拿手槍指著她的男人，是她給他講過的她的第一個情人，那人的生日是八月十四日。

她的第二個情人是三年前從她們大學美術系東方藝術專業畢業的一個西班牙的博士。他們閃電式地搞了不到兩個月。她感覺有了一些什麼不對勁兒的時候，就通過她的乾媽，花錢找了一個私家偵探。後來她竟發現那傢伙時常偷偷地溜到索霍廣場一帶泡在同性戀的酒吧裡。原來是個雙性戀的東西。她立刻和他分了手。那傢伙現在還每月一封地，不管你回信不回信都準時地把信從日本東京一所美術學院寄信來。秦田說手沾了那信封都噁心，她就拆都不拆開就扔到黑色的塑料垃圾袋裡去了。還忙不疊地將手在水龍頭上洗了一遍又一遍。那人的生日正好是八月十三日。

第三個是誰還用得著去猜嗎?!

他媽的！倒著數才數到我的頭上！

他媽的！又是神靈！

秦田彷彿聽得見伍芳的溫柔的歎息聲，他好像感到她歎息聲中有無限的遺憾、愁悵、痛苦和哀泣。他想起她的那種眼神來，他想起一家夜總會的燈紅酒綠的燈光在她的金邊眼鏡的玻璃鏡片中的花花綠綠的反光裡，她的那種側著向上看他的，一雙羊羔似的眼睛。

他知道她的那雙眼睛既美麗，又厲害。

第46章　女人、女人

一把斑斑駁駁生著點點暗綠色鏽跡的青銅鑰匙在開始漸漸地變大，他從他身後一把巨大的石鎖裡把它抽了出來。那把石鎖是太大了，竟有他一人那麼高，四人吃飯的方桌那麼大。那時，他才想起他被鐵鏈捆住在那根紅色的大理石的柱子上……

是為了什麼呢？

他想不起來，他怎麼也想不起來了。他總感到好像有些曖昧的男女手足之情的味兒……他想起那個彷彿是一家夜總會的、像陝北大山上一眼一眼的窯洞或像甘肅敦煌莫高窟千沸洞一個個洞窟似的、娛樂城夜總會中一間金碧輝煌的套房裡那些紙醉金迷的放浪形骸的事情，他想起那些套房裡暗紅色蠟燭的燈光，燈光裡那些他彷彿十分熟悉又完全陌生的半裸的女人們，彷彿還有些什麼人在合著什麼音樂節拍扭動著腰肢，好像特別要側身對著洞外的人扭動她們的屁股。

秦田在半睡眠的狀態下在意識裡的深處向下沈，就像是一個落水的人披頭散髮衣衫飛揚地在深不見底的黑沈沈的大海裡繼續向下沈、沈、沈……

在倫敦的索霍廣場和唐人街旁紅燈區夜總會的門口，一些妖豔的妓女隨著音樂節拍站在門口扭動著半裸和幾乎全裸的身軀……

巴黎，笙歌達旦的蒙馬特區紅磨坊，揚名世界的鑲著紅燈的童話般的風車，它的葉片以緩緩不變的庸懶的速度日復一日，年復一年地在夜空中浮華靈動流光異彩地旋轉，它是巴黎的一百多年前流存至今供人憑弔往日的絢爛浮華、俗麗頹墮和聲名狼籍的紅色標記……

紅磨坊劇場內的豪華的舞台上，台上美女如雲，她們坦胸露背踢蹬著她們漂亮的光鮮的長腿，她們口裡唱著：

「in Paris, I survived.」

傳統的上空女郎歌舞秀、舞女掀起裙子的下身的比上身還精緻打扮的內衣、怪異的魔術表演與華麗的燈光音效、大蟒蛇與人共舞、熱鬧的康康舞……

一排排揚起的有些像沙丁魚罐頭裡的那些排列得整整齊齊的、鱗光閃閃的、沙丁魚般的、跳著康康舞的美麗修長的舞女們裸露的大腿，那些大腿在隨著音樂的節拍上下翻飛，她們的轉換力量的舞步一次次往復地踏在鼓點上，讓人有一種旋暈的如癡如醉的快感……

台下，全世界來到紅磨坊劇場的縱欲狂歡的各色人等……

光彩炫目，浮豔喧囂、飛揚橫流的人欲在殘喘……

紅磨坊劇場外，下層社會自成一格的炫麗與斑斕，豔俗誇張經久不衰的羅德烈特海報，永垂不墜的票房……

劇場外左右兩邊十里長街上，兩邊人行道旁一連串櫥窗玻璃裡的紅紅綠綠的、真人一般大小的、各式各樣姿勢極其誘惑的女人裸體和半裸體像在眼前流連往返，一些棕色皮膚高鼻樑大眼睛拉皮條的印巴人在一些玻璃櫥窗前躥來躥去……

絡繹不絕的觀光客、娼妓與嫖客、皮條客與毒品煙酒販子、藝術家與偽君子、便裝的政客和真流氓、癡人挾醉客，一片一個世紀以前，徘徊流連紅磨坊的華麗、頹廢、墮落糜爛的魅惑色彩氛圍的再現。

巴黎協和廣場，一路往西的一片森林：布羅尼森林。森林間的一條條車道，馬路邊立著的各色各樣的許多妓女和不少的人妖。一輛輛轎車漁船靠港般悄無聲息地嘎然停在路邊，下來的人很快就一對對地步入了森林……

他想起了一個叫袁萍萍的在北京一家出版社當過編輯的漂亮女孩，她是一個在倫敦街頭上總愛惹事的女孩子。在認識伍芳前，她時常來找他。一些英國小夥子總愛纏著給她遞條子，打電話，在大街上把她攆上好幾條街……

大英博物館的二樓，一些希臘羅馬雕像前，背著畫架的一臉雀斑的美術學院油畫系的 Margie 也在眼前晃來晃去，她的高佻的幾乎有一點七五米那麼高的個頭……她在水底赤裸的身子，她翹起翻滾的屁股、結實修長的擺來擺去的雙腿……

他們以前也到過巴黎的布羅尼森林。

他們是在學校的游泳池裡認識的。因為，Margie 也喜歡游潛泳，而且游得不比自己差勁兒。有一次在深水區的水底，她就游過來在水底下和自己打手勢，還伸起大拇指說自己游得好。當然，好得來後來在那個深水區的水底下，她就把手伸進了老子的三角褲襠裡，還抓住就不放手……

他媽的！後來還真的在水底下就和她搞了起來。只不過不是在學校的游泳池，是在法國的地中海的海水裡罷了。那個奇怪的倫敦女人，她非要那樣來幾次不可！還說要是我會跳傘的話，她就從飛機上和我跳下來的時候，在天空中和我來上幾次！他媽的，什麼東西？

但是，Margie ①，哦，Margaret，哦，Margie，她還是太開放了，她抽煙，哦，抽煙喝酒都是小事！她吸毒，哦，吸一點點毒也是小事情！

問題是，問題是她還和其他的男人交往，而且還毫不迴避我！

那，那，那怎麼成呢?!

幸好，幸好我們之間只是很短的兩個月。

兩個月。

就和在美國麻省念書時的那幾個女孩一樣，都是只有很短時間的交往。

幸好，幸好！

一個中國男人，一個中國男人是絕對地容不得一個和自己相好的女人在和自己相好的同時，還去和別的男人相好的！他媽的！他媽的！老子也很討厭和仇恨自己身上的這個怪怪的包袱，就像後腦勺上還長著滿清時代的長辮子一樣，扯也扯不脫，那辮子哪裡是長在什麼後腦勺上呢？他媽的，明明白白地是長在咱中國男人的心裡和靈魂裡，咱們中國男人為什麼就他媽的看不開呢？

前幾個月聽說在蘇格蘭那邊的一個大學裡，一個中國大陸來的博士生和一個同系裡搞研究的英國女教師搞上幾個月後，就死活地要和人家結婚，看見人家和另外的男人在街上手挽手排街就去跟蹤人家，後來被告到了警察局，他反倒還在自己的手上拿刀來砍了好幾刀，他媽的，何苦來著呢?!

一些晃晃悠悠的倫敦的街景……夜總會裡的裸體，亂七八糟的裸體、口紅、滿臉口紅，在一個鏡框是對稱的常春藤枝葉形邊飾的鏡子裡的一個有些像他自己的古裡古怪的樣子的東西……好像是那幾次和 Margaret，哦，和 Margie 在一家夜總會裡的情景，好像是喝了好多瓶啤酒，好像，好像是她在什麼飲料裡給我放了些什麼類似海洛因啊，搖頭丸②，ＬＳＤ迷幻藥③啊，可卡因啊之類的東西……

Margie 詭異的嫵媚的笑臉，她的鯉魚嘴似的紅紅的嘴唇，她的在自己的背上蹭來蹭去的柔軟彈挺的乳房，她的抓住自己下面的那隻無法抗拒的手……

幾個金髮碧眼的女人在笑眯眯地脫她們自己的衣褲，直脫到只剩下三角褲和黑色的連褲襪，她們把乳罩套在手指頭上旋轉……後來，她們把三角褲和黑色的連褲襪也脫了，她們把我抬腿拽胳臂地抱起來放在一個長沙發上……

我，我，我怎麼是睡在地上的？為什麼？她們都爬到我的身上來了，她們開始脫我的衣服，一會兒，她們就把我脫光了……一個矮胖的傢伙掰開我的雙腿，開始用她的嘴去……我感到很愉快，不單是愉快，是欣快，我像神仙一樣……

我看見，我看見我騎在三匹光身的沒有毛的白白的母馬身上，我有些天旋地轉地在那屋子裡飛翔……

原來，她們都是些ＳＭ④俱樂部的成員。她們給了我一根黑色的帶馬鬃的鞭子，她們讓我用那鞭子狠狠地抽打她們的屁股……她們輪流地一個個翹起屁股爬在一張海水那樣飄蕩的斯羅克枱球桌上……看著她們的翻滾的身體，我感到我的下面的那杆槍就是真的上了刺刀的步槍……它上面還在滴血……

後來，好半天之後，鏡子裡自己怎麼完全變成了莫名其妙的另外的一副稀奇古怪樣子的畫面：

……我怎麼會一會兒就長得那麼的高大？就像電影裡的穿了黑色披風的蒙面法國騎士佐羅那副樣子，而且，高大得到了我在大街上走的時候都有街兩邊的房子那麼高大。後來，我竟然長在一棟大樓上了，怎麼我的下身就是那棟大樓，天上的直升飛機就像花園裡飛來飛去的蜻蜓和蝴蝶們，我一伸手就把它抓住了……

最怪的是，清醒過來的時候，我感覺到我並沒有到那家夜總會裡的洗手間裡去過啊？而且，我後來進了洗手間以後，那裡面也並沒有什麼鏡子啊？那是怎麼會事情呢？

後來，我問 Margie 是怎麼回事兒，她卻是一陣哈哈哈的狂笑，說是什麼：

「煙壺⑤……煙壺……煙壺！」

「『煙壺』是他媽的什麼東西？」

我狂怒地問她。

她還是給我一陣哈哈大笑……

我上去啪啪啪地甩了她幾個耳光！

他媽的，她是個太放蕩的女人。那次以後，我們就徹底地分手了。

好在，好在我們之間的交往都很秘密，她從來就沒有到我的宿舍來過，所以才會有白雁給伍芳說的，我就像個苦行僧那樣的不食人間煙火的說法，其實，我比她們想像的要放蕩得多。人實際上本身就是動物性很強的一種東西。世界上並沒有什麼真正的苦行僧，就是有，那也是別有用心的。什麼面壁十年的達摩，什麼坐懷不亂的關雲長，什麼後來很多都是些因為戀童而鬧出醜聞的教堂裡的牧師和神父，其實都是別有用心的，他們不可能不是血肉之軀。

她從小就在倫敦西區一帶長大。她在外面有的是房子。後來我對伍芳說過我和 Margie 的事情，還有以前在美國麻省念書時的其他幾個女孩的事情，她並不介意。她反倒說，要是我沒有那些事情，她倒是會害怕我了。

很多時候，我就感到在她們那樣的女人面前，自己就像他媽的一個鄉下來的鄉巴佬一樣。就像老子們小時候到上海的親戚家去的時候一樣，明明全身都穿得一身新，還在當時的上海市長家裡進進出出，狗日的，一到家裡的那個上海小市民的窮親戚的鴿子樓的家裡，那個獐頭鼠腦的表哥周鳴就是要一遍又一遍地說老子是個「阿鄉」。

「『阿鄉』是個什麼東西？」

我去問舅舅的時候，舅舅順手就給了表哥臉上甩了幾個耳刮子，又把表哥周鳴拖到隔壁屋子裡關起門來打了一頓，邊打還邊說：

「唉——你這個，你這個！你秦爺在上海是和市長柯慶施⑥、曹荻秋⑦打交道的人，人家是看得起我們才讓他們的小孩子到我們家裡來玩一兩天，田田的媽媽是我的表妹，白天，田田的媽媽和你秦爺都在市委和警備區和曹市長談公事，昨天下午送田田來的那輛黑色的大轎車開到我們這里弄裡來，這滿里弄裡看著我們一家人臉上都有光啦！你老爹和你媽只能騎自行車上班，這上海也沒有幾個人出門可以坐轎車的，你說田田是『阿鄉』，你不想想，究竟誰才是『阿鄉』？唉——你這個不懂事的傢伙！曹市長原來調到上海來的時候，和你秦爺就是住在一個院子裡的鄰居，我們攀都攀不上的隔房親戚，田田是市委書記的兒子，是大官的兒子，你這個小赤佬怎麼張嘴就放屁！唉——你氣死我了！唉——」

在倫敦的女人們面前的感覺就是那樣，在 Margie 的面前，甚至在伍芳的面前，很多的時候，我都感覺到自己是個「阿鄉」。特別是在 Margie 的面前，這個在倫敦城長大的「西洋母狗」，老子和她做愛時就那樣反復地叫她，她還很高興，她媽的，水性揚花的「西洋母狗」Margie，老子和她分手後還傷心了好長一段時間，但是，好幾次見了她的時候，她好像都完全是無動於衷了，真他媽的是條「西洋母狗」！……

幸好，幸好，幸好和她分了手！

可是，可是現在是面對著伍芳啊！她可是我真正心愛的女人啊！

而且，而且，她也是那樣地愛著我呢！

我該怎麼辦？我該怎麼辦呢？

天啦！我的天……

①Margie是Margaret的暱稱，這裡因為小說描述的是夢裡的情景，所以，敘述人就顯得有些顛三倒四。

②搖頭丸，其主要成份是MDA（3，4—二甲基雙氧安非他命）。主要作用於神經系統，食用後引起頸部運動神經興奮，使頭頸搖擺不停，對中樞神經的破壞相當嚴重。

③LSD（lysergic acid diethylamide），五十年代的迷幻劑麥角酸二乙胺，曾被西方國家作為軍方和警方用來作為測慌等實驗的用途。它在六十年代的替換藥物為二甲雙氧基苯丙胺（MDA），後來又演變為MDMA。到七十年代，美國食品與藥品管理局（FDA）把MDA列禁用物品。迷幻物質的代表是麥角酸二乙胺（LSD），它屬於吲哚類衍生物，可以人工合成，口服三十毫克可出現明顯症狀。濫用者的藉口是，LSD能提高對審美的敏感性，增進創造能力，增進直觀的經驗，增進內省力，以及促進性欲等。口服LSD後大約半小時出現效應，一至四小時效應最強烈，八至十六小時後作用逐漸消除。服用LSD後會出現感知覺紊亂、錯覺與幻覺主要累及視覺，但也可累及所有的感知覺。視力顯得模糊或有明顯的增進和鮮明感。聽力變得遲鈍或者過敏。可能會覺得衣服像紗或紙做的，或覺得身體輕巧如燕子，或覺得特別沈重。協同感覺（感官功能「錯位」）有時頗為明顯，常常染上一些神秘的色彩，感覺可由一種形式轉換為另一種形式，如看到了聲音，嗅到了光線。幻覺最常見的是視幻覺，可為有形的如複雜的動物或人，亦可為無形的如色彩瑰麗多變的光環。觸覺障礙，以及味覺障礙如口中有金屬味，嗅覺障礙如奇異的臭味，幻聽甚為少見。人格解體與現實解體：體像障礙較常見，由於自我體像障礙，患者出現離奇的感覺：如認為自己是椅子的一部分；或認為自己已融合為其他人軀體的一部分；或變成一個死人的肢體。患者有時有強烈的軀體不適感，如覺得被絞榨、被碾碎、被牽拉等。還可發展到對自己的外形辨認不清，對自己在鏡中的形像視若路人。此時，如遇到出現美好的情景，則患者對於哲學、文學、音樂、藝術，似乎都有了全新的理解，大徹大悟。感到自己既融合在瑰麗的仙境或樂園之中，同時又是一個清醒的旁觀者。一個人毫不困難地分解成兩個人、三個人。患者常感到時間變慢了，停滯了。周圍既現實，又虛幻，像一個神奇的天國，全新的樂園，給自己帶來了靈感與狂喜。

④SM，英文「虐戀」的縮寫，SM的英文全稱是「sadomasochism」，有時又簡寫為S-M、S/M或S&M，這一概念最早是十九世紀由艾賓（RichardvonKrafft-Ebing, 1840-1903）創造的，他首次將施虐傾向（sadism）與受虐傾向（masochism）這兩個概念引進學術界，使之成為被廣泛接受和使用的概念。其中施虐傾向一詞是由法國文學詞典中有關性暴力一類著作而引申來的，而受虐傾向一詞是他用奧地利作家馬索克的名字演化而成的。在二十一世紀的虐戀文化中，參與者使用的器具包括手銬、皮鞭、石蠟油、鞭笞椅等，類似的性用品已經從性商店進入了千家萬戶。明尼蘇達大學

人類性行為研究小組的科爾曼主任指出：「其實，任何性行為中都有疼痛以及支配和被支配的元素，SM 只是將這些情欲元素放大而推向極端。」

⑤煙壺，一種迷幻劑。

⑥柯慶施，一九五八至一九六四年期間任上海市市長。

⑦曹荻秋，一九五五—一九六四期間任上海市副市長；一九六五至一九六七年期間續任上海市市長。

第47章　神的鑰匙

秦田回國後在他母親那兒住了幾夜。

一天夜晚，他回到三清寺東山四路一二〇號那棟灰色的大樓二樓自己的屋子。

秦田從門口最近的一張書桌的抽屜裡順手嘩啦啦地擰出一大把鑰匙來，那些鑰匙共有三大串。他將三大串鑰匙啪地一聲扔在眼前的一張滿佈灰塵的桌子上，桌子上頓時就在燈光裡騰起一些灰塵來。那些鑰匙每串都至少有十好幾把，它們都串在鑰匙環上。他看著那些散亂地攤在灰塵仆仆的桌子上的鑰匙時，他的腦海裡立刻就浮現出一些博弈的數目字來，他的眼光有些怔怔地恍恍惚惚看著眼前的空間……

浮現在秦田面前的是倫敦索霍廣場旁夜裡的賭場，賭場裡晃來晃去的穿著漂亮的西裝馬甲的金髮碧眼的男男女女，醉生夢死豪華墮落的浮豔的燈光，到處都是的唏哩嘩啦的 BLACK JACK（欲稱「21點」）的合牌聲，一顆顆嘩嘩嘩嘩在輪盤的傾斜的壁上減速旋轉賭徒們望眼欲穿巴不得它停留在自己押柱的數字上的奶白色圓溜溜的珠子……

秦田想起有一段時間他和幾個倫敦的有錢又愛賭的華人朋友經常到幾家賭場去賭博的場面……

後來，幾個華人發現他還有些「手氣」，就把錢大把大把地拿給他去幫他們賭。當然，還是有輸有贏。但是，他的方法讓幾個華人感覺到他的一些賭法是經過了科學計算出來的，至少不像他們那樣地純屬是「瞎貓撞上了死老鼠」。

在那幾個華人賭徒的熱心鼓勵下，秦田確實還真正地研究了一段時間關於博弈方面的書籍。他畢竟是一個物理學博士，什麼與博弈相關的概率論與統計數學，什麼非線形分佈與模糊數學以及拓撲論，幾本關於博弈的流行書籍如什麼台灣賭神戴子郎寫的《繞著地球賭》，美國教授索普通過電腦摸擬減牌的方法研究21點贏錢規則的《打敗莊家》等等。

秦田從來就不叫自己的朋友去玩輪盤賭，因為他知道：理論上比較簡單，不存在複雜的概率計算的輪盤賭，分析演算到底的結果就是莊家淨贏的一個結局。

因為：

輪盤有0至36共三十七個數，其中十八個單數，十八個雙數，再加0。在上述三種押法中，賭客每押三十七次，平均中十八次，0一次。因此，賭客贏的概率為18 ÷ 37≒48.65%，淨贏率為2×48.65-100=-2.7%，也就是說，無論你怎麼賭，最終的結果肯定是輸，電腦摸擬的結果也是如此。

21點的賭規則較公平。

按照21點的賭戲規則：

莊家在16點以下（含16點）補牌，17點以上（含17點）停牌，因此，算出17至21點、BLACK JACK和爆牌這七個點的概率分佈就可贏錢。當然，那也只是一個概率分佈。就是說，那不是一個數字，而是一群數字，是幾個數字組成的一個數字群。在沒有電腦出現的時候，要計算出那個數字群幾乎是不可能的。但是現在，在電腦的每秒上億次的計算速度下，這件事情就變得簡單了。

在電腦的超大資料摸擬中顯示：在21點的十三種牌中，部分數字牌明顯對賭場有利，而另外的牌則明顯對賭客有利。知道了這樣的一個結果，就可以在自己拿在手裡的牌點落入有利的牌點數字群時下大注，反之則下小注或不下注。

結論是，21點的賭戲規則裡有空子可以鑽。莊家的待宰的羔羊有贏錢的機會。電腦類比計算的結論是：

賭客的淨贏率可以大於0。

這個結論是電腦進入百姓家裡後產生的，因此，這個賭場裡的古老的21點的賭戲規則有一天會從賭場裡消失！

當然，也不是那麼簡單的，還有一個問題就是算牌，那就是一個經驗的積累的事情了。秦田他沒有時間去積累那些經驗。然而，就是在他那樣的紙上談兵的指導下，那幾個華人就已經在幾家賭場搞出一些小有名堂的勝利來了！因為，那幾個人雖然不會計算，但是，他們有算牌的經驗，再加上秦田的電腦類比的數字群，兩相一契合，一些怪怪的名堂就冒了出來，並由此引起幾家賭場的注意，還很快就有人盯上了秦田，好幾次找茬兒把他堵在賭場的門口，明白地暗示他是個不受歡迎的人了……

秦田知道，對於賭博，策略還不是最重要的，贏錢的關鍵在於算牌。算牌加上策略才是制勝的法寶。而策略就是計算或電腦類比，這件事情他是沒有問題的。但是，他又哪有時間去研究算牌呢，算牌說到底就根本不是研究，而是時間的積累，就像是神槍手不是靠研究出來的，而是靠嘭嘭嘭嘭地扣扳機，子彈打在靶上堆積出來的一個道理。因此，他就只好放棄了這件看來是可以賺錢發財的事情。因為，他秦田畢竟是到英國來念書的！

倒不是說他不愛錢，他從小的教育和信仰都讓他把錢看得相對的淡一些而已。

看著書房裡靠牆四周的一圈八個書櫥，那些他離開中國時鎖上而且還加上了封條的書櫥，其中幾個書櫥的透過玻璃門看得見的書脊，書脊上的大大小小各式字體字型大小的書名、作者名和出版社名，那些，那些他最最心愛的書籍上面的符號，他的眼光迷茫在了那裡……

在他的模糊一片的眼前的空間，是一些輪盤賭的輪盤上從0到36的阿拉伯數字，就是說，是其中的十八個單數，十八個雙數，再加0的三十七個阿拉伯數字。

還有撲克牌裡的梅花的黑色的梅花圖形、紅桃的紅色心臟圖形、黑桃的黑色心臟圖形，方塊的紅色斜方塊形圖形，那些英文的 Club、Hearts、Spade、Diamonds，它們的從2到10到J、Q、K、A的阿拉伯數字和英文字母……

他在分析研究21點古老的紙牌的博弈淵源的時候，一開始，他是好奇那些J、Q、K上面的手持寶劍、利斧、戈、矛和花朵及神符之類的各種頭戴王冠的類似國王和王后的神秘圖形，後來，他在學校裡的各國同學裡才發現，同樣是一副撲克牌裡的梅花的黑色的梅花圖形、紅桃的紅色心臟圖形、黑桃的黑色心臟圖形，方塊的紅色斜方塊形圖形，它們在英文裡同樣叫做 Club、Hearts、Spade、Diamonds，但是，在不同的國家和民族，對於它們的理解是完全不相同的。

撲克牌的梅花、紅桃、黑桃和方塊四種花色，在歐洲幾個國家的學生裡的解釋都顯然不同：英國學生將撲克牌的梅花、紅桃、黑桃和方塊四種花色依次理解為：三葉草、紅心、鏟子和鑽石；德國學生理解為橡樹果、紅心、樹葉和鈴鐺；法國學生說成是丁香葉、紅心、矛和方塊；瑞士學生理解為花朵、盾牌、橡樹果和鈴鐺；義大利學生則解釋為拐杖、酒杯、寶劍和硬幣等等。

秦田相信倫敦一個吉普賽老年女人的星像巫師的說法是最有價值的：

五十四張撲克牌就是一套最完美的天文曆法，那就是：

大鬼是日，小鬼是月，五十二張牌為一年十二個月的五十二個禮拜；梅花、黑桃、紅桃、方塊、分別是春、夏、秋、冬四季節；每種花色的十三張牌是每個季節的十三個星期。如果把J、Q、K當作11、12、13點，大鬼、小鬼為半點，一副撲克牌的總點數恰好是三百六十五點。而閏年把大、小鬼各理解為一點，則共三百六十六點。秦田認為，在很多的解釋中間，倫敦的吉普賽老年女人的星像巫師的說法是最有道理，而且這個解釋絕非巧合，因為可以認定，撲克牌的設計和發明，其與天文、曆法和星相、占卜是有著千絲萬縷聯繫的。

其他的關於以黑桃、方塊、梅花和紅桃四種圖案作為撲克牌的花色的解釋為兩種：

一：四種花色代表古代歐羅巴社會四種主要行業：黑桃代表刀劍，表示軍人；梅花代表三葉花，農業；方塊代表工匠使用的磚瓦；紅桃代表紅心，像徵牧師。

二：四種花色來源於歐洲古代占卜所用器物的圖樣，其中黑桃代表橄欖葉，表示和平；梅花為三葉草，表示幸運；方塊呈鑽石形狀，表示財富；而紅桃為紅心型，表示智慧和愛情。

就像很多的遊戲和球類都是有它們的歷史演進和完善過程一樣，秦田後來發現，撲克牌較早也並不是就是五十四張，例如，義大利曾經就為二十二張，德國為三十二張，西班牙為四十張，法國為五十二張，五十二張撲克牌的模式是直到一三九二年才由法國人加上大、小鬼演變而創始出現的，後來才逐漸統一為現在的五十四張模式。

現在，在秦田眼前的模糊一片的空間裡，是輪盤賭的圓形輪盤上從0到36的三十七個阿拉伯數字，標示著那些數字的一個個繞著輪盤的、等待著那顆旋轉的珠子停留下來的、有些像停車場裡標了符號的停車位的槽形的長方格子，一顆顆嘩嘩嘩在輪盤的傾斜的壁上減速旋轉的、賭徒們望眼欲穿巴不得它停留在自己押注的數字上的奶白色圓溜溜的珠子，它的速度越來越慢的嗒嗒嗒扣動人心的鏗鏘的聲音……

21點賭局上草綠色的扇形賭桌，中間站著金髮碧眼漂亮優雅的莊家，他（她）耀眼的白色的襯衣，黑色的（或玫瑰紅的）蝴蝶領結、黑色閃光的西裝馬甲，他（她）正在快速發牌細皮嫩肉白皙的手，時而停駐、時而速動的手，人格化了的極其陰險、算計、靈巧的手指，手指間搓出的、彈出的、射向圍著扇形賭桌站了個半圓的一個個腦滿肥腸的賭客面前的一張張各種花色和點數的雪白撲克。那些撲克牌在綠色的絲絨桌面上閃著一道道白光，它們的花色、阿拉伯數字、和J、Q、K的英文大寫字母……

那些輪盤賭上的從0到36的三十七個阿拉伯數字，那些21點賭局上撲克牌裡的梅花、黑桃、紅桃、方塊四種花色上面的從2到10的阿拉伯數字和J、Q、K的英文大寫字母，它們，它們都變成了書櫥上掛著的一把把的鎖……那一顆顆嘩嘩嘩嘩在輪盤的傾斜的壁上減速旋轉的奶白色圓溜溜的珠子……21點賭局草綠色的扇形賭桌中間站著的金髮碧眼的漂亮優雅的莊家，正在快速發牌細皮嫩肉白皙的一隻手……它們，它們都變成了那三大串鑰匙中的一把把鑰匙……

秦田在心裡默默地對那幾大串他自己也絕對、絕對、絕對搞不清楚是哪把鑰匙對哪把鎖的鎖眼的問題發出茫然不知所措的陣陣玄想……

秦田想占卜他未來的命運（或者是去向）。

他從三大串鑰匙裡嘩啦一聲隨便地擰了一串出來，又任意地抽了第一把銅質的有點閃光的鑰匙，去開貼了封條的書櫥——他看了幾眼離自己最近的那個深棕色的書櫥，就一隻手抓住了掛在上面的那把同樣是銅質的有火柴盒那般大小、樣子也像火柴盒的雙箭牌鎖，他將另一隻手裡的鑰匙輕輕向鎖孔裡插去，竟然順順當當地就插了進去。他的心裡有些喜悅，但，又有些苦澀，那些感覺在開始好像要騰起。他不假思索地茫然將手裡拇指和食指捏住的鑰匙無意識順勢向順時針的方向一扭，那把掛在書櫥上的鎖「嗒——」地一聲金屬的輕響便彈開了！

他感到心臟在跳動，他嚥了嚥唾沫，木木地發了半晌呆，剛才在心裡要騰起的喜悅和苦澀開始有些輕煙般地彌漫了起來……

他又隨便抽了第二把鑰匙去開另一個也是貼了封條的書櫥。

在滿佈灰塵的房間裡，他心裡彷佛已有了一種莫名其妙的、悵悵惘惘、瑟然驚悸身不由已的宿命的預感……

他有些怯怯地、恍惚地動手了。

他竟然喀嚓一聲又一下子就把那把鎖給打開了！

他滿眉稜頂都是汗水……

這是一把表面已是坑坑窪窪斑斑綠鏽，正反兩面分別鑄著有如印章的陽文樣的、一面是「巴山」、另一面是「BASHAN」字樣的長方形、橫截面呈橫軸和縱軸間比例至少大於五比一的橢圓形的、只有三分之二火柴盒大小的一把「將軍不下馬」樣式的老式紅銅舊鎖。

他感到心臟的跳動加速了起來，剛才在心裡已經騰起的喜悅和苦澀的輕煙現在完全在心裡，在眼前不僅是股股地騰起，竟然還絲絲地燃燒起來，冒出些紅紅綠綠、紫紫藍藍的縷縷火苗……

遠遠地，他看見伯丁根森林的湖邊殘陽如血的黃昏裡，升起一片嫋嫋的白煙……白煙裡，伍芳赤身裸體地披一襲黑色的修女的袍子，她雙手叉腰，她黑色的袍子就被湖邊的風吹得高高地揚起。他看見她的裸身顫悠悠地挺起的雙乳，她張開雙腿的下體處黑色的扎眼的地方。他抬起頭來看她的臉時，他看見，她的漂亮的臉蛋怎麼竟然腮幫子深深地陷了進去，眼圈也變得烏青烏青的發亮！

他悠忽頓生疑竇。心裡稍一嘀咕，眼前已變得黑暗。那伯丁根森林的湖邊殘陽如血、嫋嫋白煙的黃昏已是夜氣氤氳，她迎風嗶嗶飄飛的黑色的袍子漸漸地和夜色融為一色，她仍然是白白地裸身如妖媚的山鬼一般地立在那兒。他突然發現，她那樣子竟是那樣地性感和妖豔迷人。他開始有些後悔了！他想撲過去擁抱她，他感到自己的喉嚨在發緊，他聽見自己暗啞的輕輕的哭聲，他想喊她，他已喊不出聲音來……

他看見，她兀自已是滿面的惱悻，雙眼竟白光閃閃地兩把利刃似地恨恨地朝他的心直剜過來……又一忽兒，她竟飄然消失在一片蒼茫的黑夜大海裡……

他感到，他的有著肌膚之親的、在英國攻讀西方文學博士學位的、美麗性感的台灣女人，此時此刻就站在自己的面前，她身上每夜睡覺前噴在她的赤裸身體上和自己赤裸身體上的、淡淡的然而又是帶著辛辣刺激的莎樂美（SHALIMRA）牌香水的香水味兒就撲鼻穿胸而來。

他似乎就又立刻就被籠罩在了一片由麝香、龍涎香、香草香、檀香混合而成的高級香水的味兒，造成的西方大都市的黃昏、夜裡極具朦朧、高貴、典雅、神秘的氣圍而又帶著東方的氣質和情調之中，那種後勁無窮的以木香、檀香為主，配以辛辣的頭香和持久的動物香的渾厚濃鬱，以誘惑和禁忌、呈辛辣的東方調為主的適合於二十五至四十歲成熟、自信和妖媚的女性的香水，立時就讓他和她進入到如癡如醉的狀態裡去了。

秦田立時就在自己的五官甚至是六官裡又湧起伍芳的一連串的回憶來……

一輛在倫敦城裡緩緩而駛的白色的賓士六〇〇型的轎車……

轎車裡坐在前排的秦田和駕車的伍芳，他們的親昵的鏡頭……

秦田的一隻手，那隻手伸向他的座位前的一個小抽屜，打開小抽屜，從裡面的一摞CD光碟裡抽出幾張來，那隻手停留在了一張紅色封面的光碟上，封面上是幾個穿著武士鎧甲的男女，他們騎著幾匹怪獸在太空樣的天空裡的賓士的一瞬間凝固定格的畫面，畫面的英文字顯示：

曲目：Reoccarring Dream

作曲家：Edgen Animations

秦田將手裡的光碟插入一個槽內。手指頭揌動一個鍵鈕。

轎車裡播放出的作曲家 Edgen Animations 的 Reoccarring Dream 的音樂。一種有些夢幻感的音樂。音樂開始：

一陣心臟跳動般的緩緩而來的輕響，輕響的節奏加快、加重，跟著就是原始森林裡遠古的部落民穿著獸皮圍在一堆篝火邊，用木棒的重錘敲打著皮鼓的更加響亮、節奏更加快速的鼓點，然後是太空行走般的深重、亙古、攸長的音樂進入主旋律……

車窗外的倫敦城裡的慢慢劃過的一段段古老建築的街景……

音樂完。

秦田的手重複剛才拿取 CD 光碟到播放的鏡頭。

畫面的英文字幕顯示出：

曲目：Double Illusion

作曲家：JohnLennon, Yoko Ono

約翰・藍儂和大野洋子一九八〇年出品的《雙重幻想》的讓人有幻覺和神采飛揚的感覺的音

樂響起……

音樂聲裡，伍芳的電影裡林青霞似的台灣國語帶著十分女性溫柔的聲音，那聲音一遍又一遍地叫著：

「田田，田田，田田……」

幻覺的畫面，伍芳和秦田在 St. Jimes 公園路 Lansdowne 南街一二六號別墅親熱的鏡頭，伍芳搔首弄姿地在秦田面前撒嬌和親昵。兩人的打鬧聲、笑聲……

兩人在房間裡用枕頭和沙發墊扔來扔去，秦田扔出去的一個沙發墊向牆上飛去，正好砸在牆上的那幅秦田給伍芳照的、在伯丁根森林的湖邊黃昏的剪影照的玻璃鏡框上，鏡框從牆上跌落，鏡框嘩啦啦地摔碎在地板上。

地板上摔碎了的鏡框的特寫鏡頭。

照片的近景：

秦田曲起一條腿坐在一棵大樹的根部，朦朧的人像的頭部被鋒利的碎玻璃齊齊整整地削掉，在照片上他的人像的地方，是一個無頭的身軀……

照片的中景：

伍芳黃昏裡站在湖邊沙灘上若隱若現的美麗裸體，被鋒利的破碎玻璃齊腰處劃開成了兩段……

照片的遠景：

殘陽如血，波光粼粼地燃燒著般的湖水……

秦田的吃驚轉為感到不祥的眼睛的特寫……

伍芳的驚訝轉為痛苦的眼睛的特寫……

後來一瞬間，伍芳就從秦田的眼前緩緩地，向電影裡推鏡頭般地退向了雲遮霧障的天邊，退向了遙遠的倫敦城，離他愈來愈遠……還有城市大學工程物理系滿臉大鬍子高個頭的 H. T. Elton 教授，在實驗室和他一起搞課題的、從 Newcastal 大學工程學院來的、深度近視胖胖的 Y. B. Bader 教授，都從他面前漸漸地遠遠地退去，在天上、在高空、在月亮下，越過黃河、蒙古草原、沙特阿拉伯，在大西洋的北海上飛翔，最後消失在黑沈沈的英國本土那些滿佈教堂的老石頭洋房裡……

他感到自己孤零零孤零零的，完全像個沒有骨肉的影子……

那時，他心臟像小鹿亂撞般怦怦亂跳。顫顫驚驚惶惶不安猶猶豫豫地在手裡把一串鑰匙用幾個手指頭撮來撮去又用拇指和食指在這一把上面搓兩下，又移到那一把鑰匙上面去搓兩下，搓來搓去又兩隻眼空蕩蕩地盯在站在他面前的女孩的腦門上好一陣。

他想退卻了，他想停止他的這場決定自己未來命運的占卜。他想到了在倫敦溫柔美麗熱愛著自己的女人，和連帶著那個女人的榮華富貴的西方生活……她嬌滴滴的聲音、她的體香和香水味的混合味兒，她喜歡的那些音樂，那些優雅高貴的環境，那些……

然而，然而，此時此刻，卻在他的身後站著好幾個他的親人。

他看見，他看見他們都站在自己的身後殷殷切切地看著自己……

他看見那個抱著一個洋娃娃的三四歲的小不點女孩兒，她在「三號樓」裡玩耍，她在那棟別墅的一樓上到二樓的樓梯口，一溜煙悄悄一言不發地跑了。他看見他跟在她的後面追，她跑到了外面的花園、假山、魚池、望江亭旁邊的那排法國梧桐樹一帶轉了一大圈，最後，好像是她認得路似的，直端端地衝到他們一家人原來住過的屋門口。她的手裡倒提著洋娃娃，手腳並用地踢打著那扇門。劈劈啪啪的響聲陣陣地、時斷時續地在那間屋子裡回盪著……那間屋裡自從吊死了人以後，什麼人也沒去住過，裡面只是灰塵撲撲地擺了一些破家具。關得死死的窗户裡成天黑咕隆咚森森地讓人害怕。

那時，任隨是哪個人，死活都弄她不走，哄也不是、嚇也不是、勸也不是、抱也不是、拖都拖她不走，她又哭又鬧、睡在了地上直打滾……

他看見他的母親林伊在直掉眼淚。她悄聲地對自己說：

「那是她的媽媽在叫她！那是她的媽媽在叫她！那是你沈阿姨在喚她的小女兒喲！那是你沈阿姨在喚她的小女兒喲！親生母親啦——親生女兒啦——變了鬼也要認女兒啊——」

他看見母親邊說就邊泣不成了聲音，唏唏唆唆拿了手絹去一大把一大把地抹鼻涕眼淚。他聽了也傷心，就跟了母親流淚。穆金明的老婆不明就裡，見了他們在流淚，也就跟著抹了眼睛，那淚水也淌了一臉一脖頸。

睡在了地上打著滾兒的小不點的女孩兒見大人們都在抹眼淚，就木木地怔怔忪忪好一陣，然後也跟著哇哇地大哭，把那洋娃娃扔了老遠，死活地不要了……

他看見自己走到了她那兒，俯首彎腰蹲在了她的面前，伸出雙手來把她攏了過來，輕聲地說：

「好妹妹，好妹妹，別哭了，別哭了，田田哥哥來了，田田哥哥來了！」

他看見她怔忪一陣懵懵地忽閃忽閃亮了眼睛，好像從夢中醒了過來似的，真的就不哭了。他把她拳拳地摟在了懷裡，用他母親遞過去的手絹給她搽臉蛋上的眼淚鼻涕和灰塵。用手指去攏攏她的頭髮，撫摸她的頭皮，又用嘴唇去親吻她的臉蛋……

……

他看見自己正在黑暗中加快步伐行走時，就聽見身後有一陣細細的、急促的、呼哧呼哧的跑步聲。還沒來得急掉頭去看，有一個小孩撲在了他的背後，猛地撞在了他的身上，又攔腰抱住了他。聽見了田田、田田的尖尖錐錐的女孩兒的叫聲，他才反應過來是穆瑛子。當他回過頭來扭轉身時，小女孩已經從前面又緊緊地攔腰抱住了他。黑暗中，低頭看時，他看見胸前她仰望著他的兩隻羊羔般的眼睛：眸子深處遠遠的地方，有兩面圓圓的，鑽石般寒光閃閃的黑亮黑亮的鏡子，鏡子裡面，還有兩個上面有些黑影在移動的圓圓的月亮在照耀著他。瘦小的臉龐上，她的小嘴裡，上下兩排細碎的牙齒，像兩排飛開又合攏、合攏又飛開的淡藍淡藍的螢火蟲似的，吟吟吟地在叫喚著：

「田田哥哥，田田哥哥，你走了要回來，你走了要回來，我長大了要嫁給你，我長大了要嫁給你，我——不——嫁——別——人！不——不——嫁——別——人！不——」

那時，他感到全身一陣陣徹骨穿心的戰慄、一陣陣毛骨悚然的感覺頓時就從頭到腳幾乎還聽得見嘎嘎嘎嘎的聲響般地襲遍了全身……

他頓時僵硬在了那裡……

他看見馬路邊路燈下遠處的黑暗中，竟然瞬那間就陰光燦燦地聳立出來了市委大院裡三號樓院子、他家樓下那間佈滿了灰塵的裡面黑森森的屋子，小女孩的母親披頭散髮地迎著他，從那吱吱嘎嘎洞開的門裡走了過來，後面一隻手上還牽著她的那個只有一隻手臂的大女兒。而她的丈夫，那個軍官，卻用一隻手在最後面，拽著他們的大女兒的如同是另一隻手的空空的衣袖。那獨臂的女孩突然一扭頭，蝙蝠的黑翅膀似的頭髮在淡藍色的海水般的夜空中撲簌簌地扇動著，那一隻獨眼裡頓時射出一道亮亮晶晶的光束來，擊在她的父親拽住她的衣袖的手上，閃起一朵晶瑩的花朵。他的父親隨即向旁邊浮開，在公路邊的田野裡跑馬般地躥來躥去……田野像操場一樣……他在那兒立正、稍息、向右轉、向後轉、匍匐前進、站起來、一二一、一二一、向前走、我們的隊伍像太陽……他前胸後背掛滿了的毛主席像章全都叮叮噹噹閃爍著銀光，古代武士滿身披掛的鎧甲一般隨著他甩手前進的步伐閃閃滅滅、滅滅閃閃地晃過來又盪過去，他還一忽兒作雙手持步槍向前揮手衝鋒陷陣之狀：拼刺刀、扔手榴彈、端機關槍掃射、單手舉炸藥包，又背雙手昂首挺胸作烈士戴鐐長街行之狀，再一忽兒奔奔躍躍蹦蹦跳跳手舞足蹈跳起來文革時的忠字舞……

他感覺到自己喉嚨發梗、滿口裡都是順了嘴角流進去的鹹鹹的淚水，他萬般溫柔地俯下身去，他跪在地上用雙手擁起了那弱小的生靈，然後，他用自己嘴唇壓在了她的嘴唇上……他不忍看她……就閉了眼說：

「妹妹，好妹妹，你還太小，你不懂，不——懂，哥—哥—這——輩——子——都——不——會——離——開——你！記——住！不——會！死——也——不——會！」

他聽見她的哽咽著的、細細的、長長的、讓他撕心裂肺肝腸寸斷的啜泣聲……

好久……好久……

他睜開眼去看她。

他看見先前的她眸子深處遠遠的地方的兩面圓圓的、鑽石般寒光閃閃的、黑亮黑亮的鏡子裡面的兩個上面有些黑影在移動的圓圓月亮上，現在卻是濕漉漉的、晶晶瑩瑩的有了好些漣漪……

他再昂首朝向夜空，那大大的銀盤樣的月兒，竟是猶如在水中似的，瀲灩疊起、水花翻湧不息……

…………

他看見，在「三號樓」底樓的那間被整修成鄒知遠夫婦臥房的客廳裡的壁爐通氣口上方牆上，凸出來的一道石坎的壁爐架上面擺放著一個其大無比的長方形棕色柚木像棋盒的旁邊，那年新添的那個上面覆蓋著一塊銀白色絲綢的、幾乎相同大小的棕黑色的、裝著鄒知遠的妻子沈麗娟的骨灰大理石盒子。他看見在棕黑色的大理石骨灰盒的正面，那塊可以上下抽動的玻璃裡面放著的那張沈麗娟生前的相片。他看見照片上的沈麗娟穿著部隊的軍服，她的軍服上的帽徽和領章讓她看上去有幾分軍人的莊重和嚴肅，但是，卻還是掩蓋不住從她的臉上透出來的漂亮和美麗、青春的活力、她的燦爛的笑容裡的浪漫和無邪的天真，他看見那張相片上的女人在那麼期待地看著他……

他還看見自己的父親和母親也站在自己的身後滿懷期望地看著自己……

秦田像個賭徒那樣圓睜了雙眼，他突然銅聲鐵氣地在心裡罵了一句什麼，他揚起了臉，又咕咚嚥下一口流進了嘴裡的鹹鹹的淚，便把兩個指頭隨便捏住一把鑰匙。

那時，他心裡升起一個有些像他過去的自己的、怪怪且十分不敬的笑聲，那笑聲說：
「你是無神論者呀——幹嘛呢？自己和自己在這裡過不去！」
而另外的一個他感到是他現在的自己的聲音馬上就還嘴說道：
「去你的吧！你這個孤魂野鬼，沒有靈魂、沒有信仰、沒有精神支柱的、沒良心的東西！你看看神的意旨吧！」
秦田猛地抽出了幾大串鑰匙中的第三把鑰匙。
那是一把平頭鋸子樣的銀白色的鋁合金鑰匙。他看著面前牆壁上的一個鏡框裡他和瑛子的相片，那是他出國的那年給她照的，拍照的地點就在「三號樓」老院子的花園裡。
那時，他們一家人早就從那裡搬走了。那個院子裡原來的三層樓的別墅已變成了機關裡工交政治部下面幾個處室的辦公室。
他們一家人搬走的原因，就是前面已經提到過的，是因為他母親看著那些景物，尤其是樓下那間沈麗娟上吊的屋子，她就會傷心不已。而秦田出國前之所以要帶她到「三號樓」的花園去拍照，潛意識裡，就是要自己不要忘記了瑛子。說到了底，還是不願忘記瑛子一家人對自己一家人的恩德。現在，秦田就看著鏡框裡站在自己身邊的瑛子，他感到，他們那樣子就像是兄妹兩人，也像是一對恩愛的小夫妻。
真的，從照片上看，他們兩人倒是天生的一對兒呢！照片上的和他齊肩高一點兒的瑛子，圓領口的花襯衣的肩頭上，還叉著兩根尾巴發岔的小辮兒，她的臉上笑吟吟的，有些情不自禁地靠在秦田的肩頭上，兩隻手伸在空中凝固在了那兒的動勢，卻像是要去抱住秦田的腰。秦田想了起來，那時，是三腳架上的照相機已經咔嚓地啟動了快門，他記得，她當時確實是樓抱了一下子自己的腰的！

他也清清楚楚記得，她當時的臉都紅了。

因為，自從她開始長成了個大姑娘後，他們之間的小時候的親昵就疏遠了。至少，兩人之間，在男女大礙方面，是有了自覺的距離的。然而，那次，因為兩人都明白，當時正值分手離別之際，而且，是萬里之遠的跨國遠行。在瑛子的心裡，就是可想而知的一番心思了。

秦田看著照片上陽光下的他們，他們身後的夏日的花園，花園裡的那些正長得茂盛的花草樹木，被照相機鏡頭捕捉在畫面上定格了的，還有他們身邊在空中飛來飛去的幾隻彩色的蝴蝶，它們的撲閃著的翅膀看上去有些模糊……

看著照片上的畫面，他又禁不住想起了就在他們兩站立的左邊的照片畫面之外，幾步遠的他們居住的別墅，別墅底樓的那間陰暗的房間，那間原來是客廳，後來改造成她的父母的臥房，再後來，她的母親又在那兒上了吊，又再後來，客廳裡的壁爐通氣口上方牆上凸出來的一道石坎的壁爐架上面，就擺放著了那個上面覆蓋著銀白色絲綢、她母親棕黑色的大理石骨灰盒了。

然而，最讓人痛徹心肺，痛徹骨髓的，卻是那一切的一切，在那時，在直到了今天，她都竟然還全然不知道！

他再看著照片上的她，她是那樣青春煥發，那樣的美麗，那樣的天生麗質，然而又是那樣的孤苦伶仃，那樣的就像一片荒野叢生的雜草裡的一朵弱不禁風的鮮花。

她是多麼的弱小無助，多麼的需要一個男人的關愛。要是，要是她沒有自己去關愛，那麼，那麼她就會被這個險惡的社會吞噬！他又進一步地想起了她周圍的環境，那些野蜂採花般地死死地纏繞著她的社會上亂七八糟的男人。

他想，如果是她要有個什麼好歹，他，他的父母。她的活在世上的和死去的親人，他們會原諒他嗎？他自己會原諒自己嗎？！

那時，他的心裡一個聲音在急急地呼喚道：

「趕快吧，趕快！趕快把她抱在自己的懷裡，趕快，就像她還幼小的時候，你常常把她抱在懷裡一樣！趕快呀！趕快呀！」

他又再看看照片上的她，那個站在自己身邊的、情不自禁地要靠著自己的女孩子。她有些像她的姐姐，像她姐姐當年没有去參加董家岩河灘大戰，没有被炸彈炸掉一條胳膊、炸瞎一隻眼之前那麼漂亮、美麗，那麼引得那座全是些軍隊裡的幹部子弟在那兒讀書的延安中學兩派頭目之間爭風吃醋，發動一次又一次的戰鬥的那副樣子……

他感到她手裡捏著一根繩子——用來捆綁他的，牢牢捆綁他的繩子——那根繩子似乎是上帝扔給她的。並且，並且和他手裡的第三把銀色的鑰匙有著某種上帝才知道的默契……

「唉——唉——唉——」

他連連地歎起氣來。他感到，他直覺地感到：

上帝是站在她的那一邊的。

然後，他心裡想到：

「那麼，那麼，那麼伍芳怎麼辦呢？伍芳她怎麼辦？」

「伍芳有錢，她有學問，有教養，有高貴優雅的環境，她足足可以照顧自己！而瑛子卻什麼也沒有，她沒有那些！你想想，你想想，她是因為什麼而沒有了那些？！你是個人還不是？！」

他聽見心裡剛才的那個聲音有些生氣地又在說。

「那麼，我就聽上帝的了。唉——我心愛的伍芳啊！我只有委屈你了，伍芳啊！伍芳！」

他心裡那樣地悲哀道。

「唉——現在，我就聽憑上帝的發落了。」

他又有些無可奈何地追加了一句。

他抽出那把似乎要決定他未來命運的鑰匙的時候，有一瞬那，他想起了念大學時學習概率論中的「小概率事件」、「置信區間」、「置信度」「一萬年總會發生」等等有著數學定義的概念詞和句式……

秦田跪倒在窗前的地上，他昂頭仰望著天空，他抬起了左手，他伸出左手的手掌來在胸前不停地劃了一陣十字，同時又喃喃有聲地念了一陣什麼，又閉上了眼睛默默地沈靜了好一陣。之後，他站起身來。

他把鑰匙插進了第三把鎖裡。

那把鑰匙依然是順順當當地就插進了那把鎖的鎖眼！

他突然鬆了手，他看著那把鑰匙就那麼亮閃閃地插在那把掛在書櫥上的鎖的鎖眼裡，他看著那把鎖掛在書櫥的鎖扣上晃盪著……

秦田又在胸前神色莊嚴地劃了一次十字，便將那把還插在掛在書櫥上的有些晃盪的鎖一把抓在了右手裡，他伸出左手去捏住鑰匙，他將捏在拇指和食指間的鑰匙輕輕地一扭，隨著「喀嚓」一聲響，第三把鎖絕對準確地再次又打開了！

第三把鎖是五分之四火柴盒大小，表面呈正方形、截面呈矩形、銀光閃閃正反兩面中國印鑒的陰文樣的鑄著「唐光」和「TANGGUANG」字樣，它是一把不銹鋼材質極其精緻的鎖。

他感到眼前牆上鏡框裡照片上的女孩，正用她手裡的一根繩子把他牢牢地捆了起來。繩子的另一頭就牢牢地攢在她的手上。在她身後的遙遠深邃的天界之上，是一個踩在雲端的白袍飄曳的老者，他的手裡舉著一把閃光的十字架，他正是上帝耶和華，他的炯炯目光正看著他腳下的這個世界上，他的眼前正在發生的這件事情。

他看到了她吟吟的掛著淚水的笑臉。

他深深地知道，她就是上帝要眷顧的小草。他更知道，上帝往往是偏要眷顧小草的，因為，真正的上帝的土地上，更廣大眾多的，是小草而不是大樹，是小花而不是芝蘭。難道，難道自己不聽上帝的嗎？

那時，他再次地想了起來多年前的一個晚上，她還是一個撲在了他的懷裡、個頭還不及他的肚臍那麼高的小女孩時，她對他說過的那句話。

他的全身竟禁不住再一次地陣陣毛骨悚然了起來……

夜裡，在滿佈灰塵幾乎一年無人居住的三清寺東山四路一二〇號二〇八室二樓的房間裡，他躺在瑛子的身邊酣然地睡了過去……

第48章　先鋒男孩

一九九四年五月八日傍晚，倫敦 SOHO 廣場，無數巨大的各色廣告海報在水銀燈光的照射下在夜風中飄揚，那些廣告海報除了顏色、文字和尺寸大小不同外，上面都是共同的兩張照片：一張是英國倫敦「小太陽」（The Small Suns）前衛樂隊五人組合、造型前衛的青年戴寬邊墨鏡手持各式樂器的巨型照片；另外一張則是身著白色中國古典式對襟燈籠衣褲、剃著和尚光頭兩手合掌於胸著盤腿打躬狀的秦田的巨幅海報像（伍芳的傑作！）。

但見海報上的秦田佛像般也似的雙目深邃、神態安詳，他半敞半掩著白色的對襟衣衫、袒胸露腹跣足盤膝雙手合掌於胸地結跏趺坐於束腰式須彌高蓮座上，仰觀其美侖美奐之貌，則是一副月眉風眼、鼻直口闊、面如冠玉、唇若塗脂之金光燦燦的豐腴面態，其摯愛中透出凜然的威風，凜然的威風中又現著真切的摯愛。真真乃廟裡的佛像一座也似的。由是，按中國佛教徒們廿四拜隨禮觀佛像由頂至腳順序觀之則為：第一觀項光圓照相、第二觀首無見頂相、第三觀眉如遠山相、第四觀目似初月相、第五觀兩耳垂肩相、第六觀鼻如龍准相、第七觀口如獅頰相、第八觀胸有卍字相、第九觀左手托缽相、第十觀右手接引相、第十一觀兩足平滿相、第十二觀蓮花寶座相；再由腳至頂反序觀之則為：第十三觀蓮花寶座相至第二十四觀項光圓照相。

在這大英帝國的西洋人裡，雖不說讓他們像中國的佛教徒那樣在二十四觀佛像時來個二十四拜，且每次下拜時，須冥心少頃，默念一心頂禮，阿彌陀佛，還尤要五體虔誠，精神貫注，不可勉強！但是，在那時那刻的萬眾矚目中，即便是些金髮碧眼的洋人，當他們虔誠凝觀廣告畫面上秦田的目光，一股撼人的力量，自是透徹心扉地由不得他們躲閃般向他們撲面襲來……是故觀心觀佛，雖皆屬妄境，而應知「全真起妄，了妄即真」。佛由心生，心隨佛現。心外無境，全佛即心。境外無心，全他即自也。雖是不懂得佛教的洋人，也還是被那伍芳塑造的秦田的東方佛像所震懾。

其實，在她伍芳的心裡，佛教也好，天主教也好，伊斯蘭教也好，任何宗教的目的都是一樣的。就是說讓人有一個終身的至死不渝的信仰。所以你秦田不信天主教莫，我就把你打扮成一個西洋人怎麼也搞不清楚的光頭和尚的佛像模樣，再則，在她藝術家的伍芳的眼裡，准許英國 BBC 那樣的電視台裡出現光頭的前衛女人，這《先鋒男孩》們的締造者是個更高級的光頭又何嘗不可呢？於是乎，則秦田的光頭形象就那樣不倫不類地被她伍芳那樣的一個先鋒派的文學博士加上天主教徒的前衛女性給先鋒先鋒地抖將了在這個無奇不有的世界上來！居然那樣的一個不倫不類的先鋒光頭和尚形象，竟然把這十來萬來自英倫三島和德國、法國、荷蘭等國的金髮碧眼的在現場的 Fans 和觀眾們、以及通過幾家電視台轉播出去的坐在電視機前的成千上萬的電視觀眾們震懾和煽動得群情激昂沸騰了起來……

現在，英國倫敦「小太陽」前衛樂隊一行五人就在十來萬歌迷排山倒海般的鼓掌聲、歡呼聲、尖叫聲和無數夜空中銀光閃射的探照燈光中走上演播台。英國倫敦「小太陽」前衛樂隊是當今英國前衛舞曲之代表，成員包括唐納德·瓊斯（鍵盤、貝司手）、貝內狄托·克萊頓（鼓手）、馬修斯・戈爾德（貝司手）、拉切爾・費茨（打擊樂手）和道格拉斯・伊娜（歌手）。樂隊領軍人物唐納德・瓊斯早年畢業於英國倫敦大學瑪麗女王學院（Queen Mary's College, University of London）文學系，是伍芳的博士導師蓋伊・埃文斯教授的學生。伍芳則通過蓋伊・埃文斯教授的介紹認識了她的這個「高年級」同學，並成為藝術上的摯友。正是伍芳將秦田的一些作品翻譯出來介紹給了唐納德・瓊斯，才使得「小太陽」一幫演出人員喜歡上了秦田的作品。而「小太陽」樂隊又是倫敦乃至整個歐洲都名聲赫赫的英籍德裔的戲劇專欄評論家韓德爾一向十分看重的一支樂隊，因此才有前面談到的當「小太陽」樂隊將秦田的《夢遊的唐吉訶德》演出後，韓德爾在倫敦戲劇界很有影響力的《倫敦旗幟晚報》上的戲劇專欄裡，闢了一個整版用通欄大標題來再次詳細介紹「《夢遊的唐吉訶德》——一個來自中國的、藝術潛力巨大的、倫敦國王學院物理系研究雷射武器的博士後研究生的業餘戲劇家的天才作品！」現在，這幫英國最著名的搖滾樂隊和最富人氣魅力的好萊塢硬漢們，又將這個韓德爾認為「來自中國且藝術潛力巨大」的秦田的《先鋒男孩》，聯手打造成了一場精彩而又震撼的「世界反戰終曲」的音樂劇了，而今夜，他們到這個倫敦最著名的夜生活廣場 SOHO 廣場來，主要就是要演出他們的《先鋒男孩》，而接下來巡迴演出的地點已經排了六個城市，那就是法國的巴黎、德國的柏林、美國的紐約、日本的東京、中國的北京、台灣的台北。

身材高大相貌英俊的唐納德・瓊斯不僅僅是倫敦「歐洲地下音樂」（Europe Under ground）的 DJ，更是一個傑出的藝人和音樂製作人。

英國倫敦「小太陽」前衛樂隊的五人組合是倫敦當代音樂界最令人振奮的樂隊之一，更是在倫敦舞台上最活躍、最著名，最前衛的英國「歐洲地下音樂」現代舞曲的主創力量和佼佼者。他們在整個歐洲和北美洲都擁有廣泛眾多而又瘋狂的 Fans，其中很多還是主流音樂的聽眾。英國倫敦「小太陽」前衛樂隊藐視和反叛所有音樂潮流，他們是擁有十五張唱片和全世界一百八十萬張唱片銷量的樂隊。他們用音樂喚起和平、公正、平等、熱情、誠實、正義等等人類優良品質。他們在音樂史是一支異軍突起非常出色的樂隊。英國倫敦「小太陽」前衛樂隊誕生於一九七八年，自那以後，就給世界留下了很多的經典歌曲和白金唱片，他們的發展既無疆界，也不受任何陳規陋習的限制，對於他們來說，主要的就是表演、音樂內容、情感以及表達。

現在，台下的的數萬觀眾又開始響起了一陣陣潮湧般狂潮疊起的掌聲，讓他們吃驚地尖聲高叫的是，五個演出人員全都一改平時的裝束，穿了一身現代前衛青年的古怪服裝，而且，他們的頭髮還分別染成了金、綠、黃、藍和黑色，他們的褲子的褲腰一律地掛在髖上，而褲襠卻吊到了膝蓋的位置，原來，他們正是按秦田在他的《先鋒男孩》的詩歌前面形容的樣子去打扮的，於是，在一陣陣雷鳴般的鼓聲中間，他們開始演出起《先鋒男孩》來，那震撼人心的歌詞就是：

先鋒男孩——末世黃昏者自白

一

先鋒男孩

先鋒男孩

我們先鋒男孩
褲腰掛在髖上
腰位下降到髖位
褲檔落至膝蓋
鼠蹊門鎖住雙膝運動
好像只是爲了跳DISCO舞蹈
褲腳上開兩朵大喇叭花
活靈活現兩把大掃帚
一路走過學雷鋒掃大街
光膀子無腰小背心
肚臍眼亮出來看世界
屁股溝也伸頭伸腦探出一大截來先鋒先鋒
爲什麼把老子千年鎖在這羞恥的褲檔裡
褲檔是什麼?
羞恥究竟是個什麼玩藝兒?
哪天若是惹得老子不高興了
與許就要光身子在運動場萬眾雀躍歡呼聲中勁跑上他幾大圈!
最好上報紙頭版頭條電視新聞黃金時段爆光

氣死你這幫僞善的紳士淑女！

二

末世的黃昏已經降臨
遍地都是越戰、文革
戈巴契夫、南斯拉夫的殘肢斷體
東南西北天空
海洋陸地外太空
四面八方都豎起對著腦袋的
熱核聚變達摩克利斯鋒利的彈頭
政治騙子寡頭們還在一隻手提著錢袋子
另一隻手舉起高音喇叭一遍又一遍地吼叫著和平口號
耳朵都早已聽起了老繭
還在他媽的一遍又一遍的吼喊
狼來了狼來了狼來了狼又來了！
狼若是不來了我們吃什麼我們又如何如何餵
你們吃我們吃剩下的什麼什麼什麼？

三

先鋒男孩
先鋒男孩
我們先鋒男孩
金頭髮要染綠染藍染紫
黑頭髮要染紅染銀染金
紅頭髮要染白染灰染黑
嘴唇上要學女孩子抹點口紅口綠口黑
耳朵還要掛上兩個叮叮噹噹的耳環
鼻子上眼角上胸膛上肚臍眼兒上也要穿金掛銀
今天如若是再來場什麼韓戰越戰南斯拉夫東斯拉夫內戰貝爾法斯特巷戰
今天如若是再來了一場什麼列寧在一九一八在十月史達林在古拉格群島上大清洗
今天如若是再來了一場毛澤東在大躍進打麻雀捕右派
哄嘴上無毛紅衛兵孩兒們在文化大革命幫他老人家打砸搶抄鬥死他的
一串串遵義會議聚義廳一百單八傻瓜蛋

四

我們先鋒男孩

我們先鋒男孩可個個都不是傻瓜蛋
你幾十輩兒人的故事老子們電視裡幾天就看完
你祖宗十八代的陰謀詭計老子們電腦遊戲裡早已是身經百戰
你腦子裡一百八十轉兒老子們只要乜斜你半眼兒眼球兒在眼框裡轉半圈兒
你前天說你是爹
你昨天說你是娘
你今天明天後天又天天說你是顆紅太陽
我們今天可立馬就是爹是娘又是紅太陽
我們今天這天上地下到處都是太陽月亮
我們先鋒男孩可個個都是紅太陽
我們先鋒女孩可個個都是白月亮
要打仗在電腦螢幕也可戰火紛飛硝煙彌漫
南京大屠殺廣島長崎大屠殺死啦死啦的有他一大片
要真刀真槍要見血要聽慘叫
就把老爹越戰帶回來的槍枝彈藥弄到校園裡來實彈真人對著老師同學
玩他一回眞格的
要抽大煙吸大麻玩女人何必在軍營中？

五

先鋒男孩
先鋒男孩
我們先鋒男孩
反正老子們人已經是當得不耐煩
當鬼又還太年輕
在這人鬼兩頭之間關著竄來竄去實在他媽的難受
走也好跑也好爬也好滾也好好也好壞也好
都被老傢伙們當根隨風兒飄的草任籠兒關的鳥
老子們只得一路之上行過去翻著斤斗兒在這末日世界上
胡亂溜達溜達和蹦達蹦達
你說老子們爲啥行路要怪怪地翻著斤斗前進？
因爲走跑爬滾好也好壞也好老子們都害怕
老子們簡直都害怕人說的話只相信牲口說的話
因此上只好翻著斤斗兒在道路上蹦達和溜達
你說什麼老子們頭朝地時烏龜就露出了頭？
老子們實話實說告訴你吧
在這個烏龜世界上老子們就是要把烏龜當頭

你難道沒有看見遍地都是些頭在地上被腳當著球踢來踢去
踢得個個臉青面黑鼻青臉腫血肉橫飛
因此上老子們就得把那些這頭那頭全他媽當烏龜頭
你說老子們爲啥行路的樣子人不人鬼不鬼？
那麼你告訴我啥是人啥是鬼？
人不是人鬼不是鬼鬼比人還人人比鬼還鬼
這烏龜世界除了鬼人就是人鬼
老子們先鋒男孩們就個個都是些鬼人和人鬼
只不過老子們個個都是些乾乾淨淨的鬼人和人鬼
這世間上的事情我們是早已看破紅塵橙塵黃塵綠塵青藍紫塵
把一切的一切看成玻璃那樣透明
流淚就像撒尿說話就是放屁這世間還有什麼古時候人的信和義？

六

先鋒男孩
先鋒男孩
我們先鋒男孩
反正老子們人已經是當得不耐煩

當鬼又還太年輕
在這人鬼兩頭之間監獄裡囚得難受
老子們只得翻著斤斗兒在這末日世界來溜達和蹦達
爲什麼要翻著斤斗兒在這末日世界溜達？
爲什麼要翻著斤斗兒在這末日世界溜達？
唉喲唉喲唉喲唉嗨喲喲——
你怎麼問了個一遍一遍又一遍？
您是裝著不知道還是眞是個傻瓜大蛋？
正立著走路哪裡能看清這個世界？
從諾亞方舟洪水泛濫西元羅馬帝國大戰到今天
一戰二戰韓戰越戰兩伊中東幾百場大戰
從西漢劉邦項羽鴻溝之約背信棄義經隋唐宋元明清
至今毛澤東發動紅衛兵孩孩兒上萬次陰謀詭計
更不要談大英帝國、奧匈帝國、法蘭西帝國、
俄羅斯帝國、印度次大陸那些久遠的鬼鬼怪怪的故事
那件件樁樁裡的受害者上當者失敗者哪個不是豎起腦殼看世界的傻瓜大蛋？
因此上說
這就是爲什麼老子們只得翻著斤斗兒在這末日世界

來行路而不叫著走跑滾爬而只叫著「翻著筋斗兒溜達和蹦達！」
這世界上的事情
這人鬼兩頭之間的規矩和名堂
都是他媽的一派扯淡和荒堂！

七

敲鼓！
敲鼓！
敲鼓！敲鼓！敲鼓！
從娘肚子裡血淋淋地落地到今天老子們就一直憋悶得難受
叮叮咚咚！
叮叮咚咚！
叮咚！叮咚！叮咚咚！
叮咚！叮咚！叮叮叮咚咚咚！
這鼓聲就是人鬼和鬼人引爆了原子彈氫彈和中子彈
這鼓聲就是末世黃昏太陽永遠永遠永永遠落下山去時西天上最後的雷鳴
反正老子們人已經是當得不耐煩
當鬼又還太年輕

在這人鬼兩頭之間實在是待得難受
老子們只得翻著斤斗兒在這末日世界來溜達和蹦達
你說什麼老子們頭朝地時烏龜就露出了頭?
老子們實話實說告訴你吧
在這個烏龜世界上老子們就是要把烏龜當頭
因此上老子們就得把那些這頭那頭全他媽當烏龜頭
鏘鏘鏘鏘鏘鏘鏘鏘!
鏘鏘鏘鏘鏘鏘鏘鏘!
你這吊著兩根紅飄帶的銅鈸老兄
你那鏘鏘鏘鏘鏘的鏘鏘鏘鏘鏘聲音就是我們先鋒男孩兒們靈魂裡的哭喊聲啦!

八

叮叮咚咚!
叮叮咚咚!
叮咚!叮咚!叮咚!叮咚咚!
叮咚!叮咚!叮咚!叮叮叮咚咚咚!
什麼低音鼓、邊鼓、桶子鼓快敲起來
什麼雙邊鼓、排鼓、非洲鼓快敲打更響更響更更響亮!

特特別別是你這鏘鏘鏘鏘鏘的吊著兩根紅飄帶的鏘鏘鏘鏘鏘銅鈸老兄
當我把我的腦袋當烏龜頭在地上旋轉
就是說在人間旋轉刮起我們先鋒男孩兒們的先鋒男孩兒狂風時
在那個時候
在那個時候你就隨著那些密集的鼓點鏘鏘鏘鏘鏘地
抒發我們心靈深處靈魂最深最深的深淵下面的哭喊
哭聲要他媽的淒厲
喊叫聲要他爹的狂野
在這男不男女不女遍地是人妖和妖人陰陽混淆不清的天下
我們的哭喊聲要哭喊出男是男聲女是女聲！
我們先鋒男孩兒絕不男聲哭喊出女聲！
哭聲要他媽的淒厲
喊叫聲要他爹的狂野
就像那中國楚天蜀地秦山魯岱丘墳地上吹得雪白的亡魂幡
衝天空飄飄飄飄飄啊飄的撒喇聲聲
就像那大西洋福斯灣蘇格蘭高地教堂後面墓園裡陪伴著
蓋爾人語的祈禱聲嗚嗚嗚嗚哀泣的風笛聲聲
只有你這吊著兩根紅飄帶的鏘鏘鏘鏘鏘銅鈸老兄發出的聲音

還有中國的嗩吶和蘇格蘭的風笛聲
才配得上我們先鋒男孩兒們的哭喊聲
才配得上我們先鋒男孩兒們在沙漠荒原城市森林海洋天空的呼喊
因爲我們先鋒男孩兒們
在這今兒個茹毛飲血的人鬼和鬼人還有人妖和妖人一片烏煙瘴氣的天地間
就是一群饑餓的野狗野狼野猿野猴野人
就是他媽的他爹的他爺爺他奶奶他祖宗一百八十八代的眞人的眞祖先
就是眞正的野人的返祖的東西！

九

叮叮咚咚！
叮叮咚咚！
叮咚！叮咚！叮咚咚！
叮咚！叮咚！叮叮叮咚咚咚！
鏘鏘鏘鏘鏘鏘！
鏘鏘鏘鏘鏘鏘！
什麼長笛短笛橫笛風笛英國管巴松
什麼長號短號軍號薩克斯號

什麼大提琴小提琴手風琴豎琴鋼琴
什麼沙羅門和海頓的現代音樂會交響樂團管弦樂團合唱團
尤其是那些滿腦子壞水規定這旋律那節奏的作曲家
更醜惡的是卓古證今的作詞家
最最噁心的是那馬屎表面光鮮的舉著亮閃閃指揮棒
站在台子上聚光燈正中的稻草人
還有那大肚子粗脖子黑西裝吊奶子長裙子
扯喉嚨高吭頌歌的吹歌手男女二位
讓他們她們它們統統見鬼去吧！
我們先鋒男孩兒們
我們先鋒男孩兒們今天就是要把烏龜和頭在這人鬼和鬼人
還有人妖和妖人一片混戰的世界上徹徹底底地打他個一百八十度的顛倒！
我們先鋒男孩兒們今天就是要把烏龜豎起來當成頭
把頭杵在石板地上杵得嘭嘭嘭嘭作響吱吱呀呀亂叫喚當烏龜
我們先鋒男孩兒們今天就是要這樣一反千百年來
眼睛看世界的姿勢和習慣
我們先鋒男孩兒們今天就是要在這末世黃昏落幕的時刻
倒立著來看清這世界上究竟有多少陰謀詭計和謊言！

十

叮叮咚咚鏘！
叮叮咚咚鏘！
叮咚！叮咚！叮叮咚咚鏘鏘！
叮咚！叮咚！叮叮咚咚鏘鏘！
叮叮咚咚鏘鏘鏘鏘鏘鏘鏘！
叮叮咚咚鏘鏘鏘鏘鏘鏘鏘！
這鼓聲就是人鬼和鬼人人妖和妖人引爆了原子彈氫彈和中子彈
這鼓聲就是末世黃昏太陽永遠永遠永永遠落下山去時
西天上最後的雷鳴
快看！快看！
你說什麼快看他的臉皮掉到了地上
快看！快看！
他怎麼說快看你的臉皮也掉到了地上
快看！快看！快看！
你們說什麼快看他們的臉皮都一張張掉到了地上
快看！快看！快看！

他們怎麼說快看你們的臉皮也都一張張掉到了地上
唉呀呀我一看可不是嚇壞了你們他們的臉皮落了一地
唉呀呀我一看可不是嚇壞了我的臉皮我自個兒看不見
是不是也和別人一樣掉到了地上
快看！快看！快看天上！
快快抬起頭來看天上哪——
天落下來哪——
天落下來哪——
快看西天上的天幕正在徐徐飄落下來啊——
快看西天雲端上的上帝已經扯斷了他的手裡連著天幕的那根繩索
快看西天上淌流著鮮血的天幕正在徐徐飄落下來啊——
敲鼓！
敲鼓！
快敲啊！
敲打！敲打！敲打！
叮叮咚咚鏘！
叮叮咚咚鏘！
打鼓！

打鼓！
快快打啊！
打打打！打打打！打打打！
打打打！打打打！打打打！
叮咚！叮咚！叮叮咚咚鏘鏘！
叮咚！叮咚！叮叮咚咚鏘鏘！
叮叮咚咚鏘鏘鏘鏘鏘鏘！
叮叮咚咚鏘鏘鏘鏘鏘鏘！
…………

第49章　故土上生根的身軀

他看見他在特拉法加廣場逛來逛去，成百上千隻鴿子在低空飛來飛去，在地上咕咕咕咕叫嚷著，挺胸擴脯搖搖晃晃躥過來又躥過去……

他心裡咒罵著：

「他媽的！他媽的！你們倡狂個什麼？要是在中國，老子早就把你們這些刁毛玩藝兒的九雞①燉來喝了湯！不是嗎？老子文革那幾年飯都吃不上，還不抓幾隻你們這些東西來燉湯？還有九條命的小老虎②也都抓來掏了心扒了皮，別說是你們，連比你們好看得多的金絲雀、白頭翁、叼魚郎，甚至連他媽的尾巴像剪刀那種人家從北方好心好意飛來的燕子們，我們都掏了窩燉來喝了湯，你他媽的英國紅毛兒鬼裝他媽的什麼假仁假義假面具的假愛和平假慈悲？八國聯軍的事情都他媽的幹得出來，餓慌了連他媽的人肉都吃的玩意兒！一個個吃了飛機上的乘客還體體面面的在報上張榜公佈年年還要開年會，真他媽的衣冠禽獸！在小雀鳥面前又來裝扮熊家婆，爪子卻像利刀伸了出……」

他看見自己穿過兩條小巷子，繞過畢加得利圓環對面那棟怪怪的，橫匾上面鐫著「探花酒樓」四個斗大一般金光燦爛的隸體漢字的樓房，他感到自己的腦子裡老是凸凸地立著倫敦城正中心的、那座鶴立雞群似地立在那十里倫敦洋場裡的中國式牌樓……

他看見自己鑽進了地鐵。一會兒又冒了出來。從貝克街出站幾步到了塔梭滋夫人名人蠟像館旁的天文館的入口處。兩步邁進。見門內正中有一尊立在那兒金光燦爛的八大行星繞著金光四射的太陽旋轉的模型。那些金木水火土各大行星還有地球都在那兒嗡嗡嗡蒼蠅一般鳴叫著舞來舞去，各自按著各自的軌道繞著太陽旋轉著、又自己也自轉著……

他感到渾身大汗長淌，他看到身邊一大堆穿著玫瑰紅中學生制服的金髮碧眼珠子的男男女女的學生娃兒在那裡大喊大叫地擠來擠去，他們細皮嫩肉白白的臉上的那些雀斑就像是被火藥槍在上面轟了滿臉的鐵沙子兒一樣，他討厭他們的那些哇哇哇哇叫喊著的張開的嘴巴，他感到他們真他媽的是太吵了……

他看見他睡在哥白尼稱之為繞太陽旋轉的地球上，他的頭枕在蘇格蘭尼斯湖旁遍地青草的高地上還在 Robert Burns ③、Walter Scott ④兩人大談詩道，而身體卻躺在中國的版圖上，好像兩隻腳一隻伸在長江裡，另一隻伸在嘉陵江裡，泡在水裡的腳還感受到了山城的酷暑，那些水特別地燙腳，然而頭在蘇格蘭卻感到風聲呼呼，還很冷似的。他記得晚上睡得熱了，渴了，順手用杯子從尼斯湖裡舀了一杯水喝了解渴，他想起英國的水是可以生飲的。

後來，他好像覺得心裡開始納悶了？身子在中國，頭在蘇格蘭，難道自己被分屍了嗎？他想起了《三國演義》中的張飛，想起了四川的閬中縣埋葬著張飛身子的張飛墓，好像張飛的首級被受他鞭打得不能忍受的部下范疆和張達割了去獻給了吳侯孫權，後來那首級又被安葬在四川奉節縣，他想張飛才被分屍了，難道自己現在也被什麼人分屍了？……

他又想他沒有死呀，他去想他的脖子怎麼會從中國一直連到蘇格蘭，難道他的脖子像開火車的鐵路一樣可以橫貫蒙古大草原，那長長的脖子上有巨大沈重的火車從上面碾壓過去，他想到自己的血肉之軀。

他想起了他的小學同學鄭江。

在念小學三年級和四年級住校的時候，有很長的一段時間，他都和他兩人床靠床。那些床有些像托兒所幼稚園裡幼小的兒童的那種床，床的木頭上漆著透明的清漆，四周除了上床的地方，都有欄杆。鄭江的父親是當時的巴京市大學校長鄭群。鄭群在文革初期跳樓自殺了。然而，鄭群跳樓自殺的事件在當時就是眾說紛紜。一說是自殺，一說是被造反派從樓上推下來摔死在地上的。滿城大街小巷的牆上都貼著那張赫然醒目的大照片，觸目驚心的照片上的那個被摔死的人，他的歪扭著的後腦勺和像是被炸彈炸開了似他的臉，從那張臉上，似乎依稀可以認得出來有點像是鄭江的父親，他的四肢就像是要擺脫他的軀體似的向幾個方向大大地伸扭著飛開，他的迸裂的腦漿在他的腦後潑灑一地……

更慘的是，鄭江在兩年後的夏天也死於非命。

他是在一個火車站的站台上遇難的。

當時，他和也是同班的另一個叫石平的同學在一起，兩人都從當知青的地方在那個站台上轉車準備回家。因為太累了，他們就在月台上躺著睡著了。當一列飛奔的火車進站時，無論遠處跑過來的車站上的工作人員怎樣喊叫、揮旗子，吹口哨，他們就像是睡得死過去了似的。

結果，就真的睡得死過去了！

呼嘯而至的鐵甲巨龍把兩個傢伙都捲了進去。鄭江當時就被捲到鐵軌上，他齊嶄嶄地被切掉了兩條大腿。石平命大，他被摔在鐵軌和月台之間的空隙之間昏了過去。當人們將兩人用急救車往醫院送的時候，鄭江因為失血過多當時就在路上斷了氣。

從此以後，在他記憶的幻覺裡，就永遠地升起一個沒有了兩條大腿、血淋淋的兒童的鄭江來。他想起他那個兒童的樣子，他的頸項上還繫著四年級加入少年先鋒隊時發給他的紅領巾，每個星期日晚返校時，他們倆都躲在被窩裡亮著電筒津津有味地吃那些從家裡捎來的糖和水果……他想起他總是那麼黑黑的皮膚來，他的姐姐也是那麼黑黑的皮膚，她叫鄭岩。他想起鄭江愛臉紅，一紅就紅到脖子根……

……脖子……脖子……脖子……

……他才想起他的脖子正在月光的夜空下橫亙在蒙古大草原上……長長的，像火車軌道一樣，火車！重重的火車！！重重的向遠方呼嘯而去的鐵甲巨龍……

他感到脖子上有火車在碾壓過來……痛！唉——痛！

他滿頭大汗地醒了過來。

月光如瀑地從窗外瀉了進來……

他看見，瑛子雪白豐腴的手臂正壓在他的脖子上……

他沈在意識深處太久、太深了……

他感到眼前仿佛有很多的門洞在晃來晃去。那些門洞像馬克斯・普朗克⑤量子力學中的「波粒二象性」裡那些波或是粒子要去穿透的孔穴。成千上萬把鑰匙在他眼前晃來晃去，其中有些鑰匙會去一一對應有些鎖孔。那些鑰匙和鎖孔就像波粒二像性中粒子和孔穴一樣一一對應下去，從零到一到終點或是到終點的數子，從他母親的子宮到他的最末了火化後的骨灰盒。

一把把鑰匙聯結著一把把鎖或者說是一個個孔穴所連接成的軌跡，就是一個人的命運的軌跡。

哪些鑰匙和哪些鎖眼有緣分呢？那就恐怕是只有上帝才知道的事情了。

神靈有時偶爾顯現。

一九九三年的秋天，在巴京市的三清寺東山四路一二〇號二樓佈滿灰塵的屋子裡，神靈似乎就在他面前顯現了。

他想：

如果按照著他開鎖那樣的巧合去賭場贏錢，那不把全世都贏到了口袋裡？因此，他感到那三把鑰匙是由上帝的意旨在指導著他的手去選擇的。

他看見他的身軀像保羅・德爾沃⑥的油畫《署》中那四個裸體的少女一樣，齊腰以下漸漸地變成了大樹的根部，他的下體也變成了樹的根部……

立時，自己的身上就生長出了無窮多和無限長的樹根樣的根鬚來……那些根鬚從二樓上密密匝匝地穿透了腳下的水泥地板和那些地板之間的縫隙，又從窗框上攀沿著爬了出去順著外邊的牆體直插入樓下房子地基石下的大地，那些根鬚深深地插入了故土的大地和山山水水，牢牢地生長固定在了故土的土地上！盤根錯節，又死死地纏繞在了其他植物的根鬚上……

---

①這兒的「九雞」指鴿子，中國民間有「一鴿頂九雞」的說法。

②這兒「九條命的小老虎」指貓，中國民間有「貓有九條命」的說法。

③Robert Burns，蘇格蘭著名詩人。

④Walter Scott，蘇格蘭著名詩人。

⑤馬克斯・普朗克（Max Karl Ernst Ludwig Plank, 1858-1947），量子理論的「開山祖師」他於一九〇〇年十二月十四日正式提出了「量子」這一概念，開創了物理學的新時代，獲一九一八年度諾貝爾物理學獎，當普朗克提出自己真正劃時代的量子概念時，他是柏林大學的教授，年僅四十二歲。那時愛因斯坦剛剛大學畢業（得到博士學位），年僅二十一歲。尼爾斯・玻爾（Niels Bohr）還沒有進大學，年僅十五歲。這三個人，被稱為早期（舊）量子理論的三大先驅。普朗克當然是開山祖師；愛因斯坦對量子理論作出了貢獻，後來成了量子理論物理詮釋的反對派；玻爾大大推進了這一理論的發展、表達和哲學詮釋，成了二十世紀量子理論的思想領袖。

⑥保羅・德爾沃（Paul Delvaux, 1897-1994）比利時超現實主義畫家，常常描繪由夢和潛意識所激發出的怪異、卻總是美麗的意像。德爾沃在嘗試過印象主義和表現主義的繪畫風格後，較晚才加入到超現實主義運動中。在第二次世界大戰

之後，他在流行的藝術圈內頗具知名度，當時超現實主義正處在全盛期。一九三九年他曾走訪義大利，羅馬建築給他留下很深的印象。他為人所知的是這樣的繪畫手段：通常在精美的建築物之前，一展美麗的、常常是裸體的年輕女子夢幻般的意像。

第50章　大海上空燃燒的文字

他眼前現在有一對大大的、有如兩扇窗户那麼大的溫柔的眼睛。那是一對瞳仁呈暗褐色、眼白泛淡藍光斜睨著看人的羊眼似的眼睛。他看見那暗褐色的瞳仁裡湧出了一股股泉水似的淚水……那些淚水後來湧到了天上……

……他腦海裡天空一樣湛藍的螢幕上展現出一些漢文字，那是她在台北復活節受洗時的誓詞，就在St. Jimes公園路Lansdowne南街一二六號別墅二樓朝南的那間可以眺望格林公園裡鬱鬱蔥蔥的樹木的她的卧房牆壁上的一個精緻的玻璃鏡框裡寫著：

「感謝主，在我身上動土，蒙受眞愛及眞信心的恩典。
爾後的日子雖然充滿了許多變數，但靠著主耶穌基督，
我必得勝。主是我腳前的燈，他必修直我當行的路，
他是我力量的盾牌，我願與主合作，一同除掉魔鬼的作爲，
帶領我，並祝福主内弟兄姊妹平安，阿門。」

在那些文字的上方，是一方天主教長方形的古銅色十字架浮雕像，十字架上是耶穌被釘在上面的受難像……

然而，過了一會兒，那些文字的上方原來是一方天主教長方形的古銅色的十字架浮雕像的地方，卻漸漸地變成了一張中國古代皇帝的龍椅，那上面竟赫赫然地坐著一個頭戴十二行珠冠冕旒，身著九章法服，儀容威重，手持像徵權柄的江山星辰玉圭的玉皇大帝樣的人物，但見那男人肩後浮起一個巨大的七色彩虹光環，光環中的男人衣紋流暢飄逸、珠光璀璨地泰泰然穩坐在那把龍椅上，正所謂是兩耳垂肩、堯眉舜目、禹背湯腰、雙手過膝，竟是一幅氣像古樸莊嚴、表情智睿超脫、儀容威重、面如冠玉的玉帝天公形相，其雍容大度之態中透著一種遠觀巍巍、近觀恰恰、讓人不敢凝視的矜持之帝王尊容。

他再仔細地去看時，他看見那玉皇大帝天公樣的人物的容貌居然竟跟自己的父親長得是一模一樣，他頓時感到心裡一股暖暖的東西在全身彌漫奔騰了開來……

……他立時感到自己已經是淚流滿面，又模模糊糊地在潛意識裡思忖，就是嘛，父親本來就是當皇帝的料哦！皇帝嘛，對於他來說，不在這邊當，就在那邊當，不在陽世當，就在陰間當，總有一天當，只是一個時間的問題，就是說，活了又死，死了又活，活了又再死，死死活活沒有窮盡，還有很多輩子呢！不是嗎？那皇帝座位上的父親好像還在對著自己微笑呢……

後來，那些圖像和文字消失了。湛藍的螢幕一樣的天空變成了蔚藍色的大海，奔騰咆哮濁浪滔天……

他看見那樣的畫面上又出現了幾排似乎還劈劈啪啪燃燒著烈焰的金光閃爍的英文文字。他想起了那幾排字就印在擺在他桌子上，伍芳在他上飛機的時候，塞在他隨身的挎包裡的一本小册子裡面。小册子封面黑綢燙金地印著「STRERMAS IN THE DESERT」的字樣，就像文革時期人手一卷的《毛主席語錄本》那麼巴掌般大小，他知道那是一本美國的名叫 Charles E. Cowmande 的女性關於天主教的靈修作品，實際上就是她用一年三百六十五天天天寫的閱讀《聖經》的心得體會，而且，她將很多的心得體會用詩歌的形式寫了下來，就有些像中國文革時期一些人寫的學習《毛澤東選集》的心得體會是差不多的意思。伍芳在倫敦的時候拿給他看過「STRERMAS IN THE DESERT」在台灣一家出版社翻譯的中文版，知道中文的書名叫《荒漠甘泉》，作者叫考門夫人，他知道那本書在世界範圍內的發行量很大，再版的次數也是很多。無意地，秦田翻開的正好是十二月二十五日聖誕那天的內容，他翻開後就那樣地擺在了書桌上，因為天天看見，又是英文，讀了幾遍就記住了，現在，在他眼前出現的文字就是：

December 25

"His name shall be called Emmanuel...God with us."(Matt. 1: 23)

"The Prince of Peace." (Isa. 9: 6)

"There's a song in the air!
There's a star in the sky!
There's a mother's deep prayer,

And a baby's low cry!
And the star rains its fire
While the beautiful sing,
For the manger of Bethlehem cradles a King."

一忽兒，幾排還在劈劈啪啪燃燒著烈焰的金光閃爍的英文文字就又變成了中文文字，那就是：

十二月二十五日

「人要稱他的名爲以馬內利」（馬太一：二十三）

「他名稱爲奇妙、策士、全能的神、永在的父、和平的君。」（以賽九：六）①

「空中傳來歌聲，
天上閃耀著一顆明星，
聖母在虔誠祈禱，
聖嬰的啼聲嚶嚶，
那顆星灑布光芒，
其時美麗的天使在唱，

伯利恆的馬槽裡，臥著萬王之王。」

看著那些大海上驚濤駭浪裡的天火般燃燒著的文字，他看見那些燃燒著文字慢慢地變成了火中飄飛的灰白色的灰燼……後來，那些火中飄飛的灰燼就在空中漸漸地灰飛湮滅了……再過了一會兒，那片大海也變成了他們下鄉時的那條金龍河……

……他看見靳俊出現在了河邊，他在晚霞的映照下是一個黑色的少年的剪影的樣子，他揮舞手腳突然跑動起來，那樣子有些像山地滑雪的運動員聽到發令搶響了之後從起跑線上開始甩動雙手雙腳前進的樣子，但是，他很緩慢，很緩慢……

……他的晚霞裡玫瑰色背景上黑色的剪影像飄動的鬼魂般地向金紅色的金龍河的岸邊飄去，那黑色的剪影揚起了一隻手臂，那手臂的前端握著的是一顆手榴彈，黑色的剪影奮力地衝了幾步後，便把那顆手榴彈扔了出去，金紅色的鏡面般的河面立時激起一圈圈的漣漪，當一圈圈的漣漪正在擴大的時候，原子彈爆炸般地在水面上掀起了一個巨大的水柱，立時，金龍河裡的魚兒都被炸得飛出了水面（他感覺自己已經是很多次在夢裡夢見靳俊把手榴彈扔到河裡去了，他希望是那樣，他知道靳俊喜歡用烈性雷管在河裡炸魚吃，但是，每次當他夢醒了後發現那原來只是一個夢，就都是一陣陣極度的失望，他永遠都在夢裡尋找那個綠色的寶貝玩意兒……他害怕，害怕那綠色的寶貝玩意兒不知道會在以後的哪天突然轟隆地一聲……）……

……那些原來在河水裡的魚兒又都變成了一隻的翻飛的銀色蝴蝶，再後來，那些銀色的蝴蝶就在一片晚霞映照下的玫瑰色的金龍河上顫顫地飛得越來越整齊，最後，竟飛得排成了兩行，一隻隻撲打著翅膀停滯在了一片夕陽西下的紅色的背景上。那時，他看見，那兩排蝴蝶變成了兩排他早就背得的文字，那就是毛主席語錄本上面的話：

世界是你們的，也是我們的，但是歸根結底是你們的。你們青年人，朝氣蓬勃，正是興旺的時期，好像早晨八九點鐘的太陽，希望寄託在你們的身上。

---

①此句出自台北市歸主出版社一九七四年之《荒漠甘泉》（考門夫人著）版本之第七〇六頁，中譯文完整引自《聖經·舊約全書》之《以賽亞書》第九章之第六節。其全文為：「因有一嬰孩為我們而生，有一子賜給我們，政權必擔在他的肩頭上。他名稱為奇妙、策士、全能的神、永在的父、和平的君。」譯者在翻譯時擴充了原著中考門夫人引用《聖經》裡相關章節之「The Prince of Peace.」(Isa. 9:6)的意思。

後記　在「阿彌陀佛」和「阿門」之外

川沙

一

毋庸諱言，這部小說裡面包含著深重的社會問題。

社會問題的後面是政治問題，政治問題的本質是文化問題，文化問題歸結到底是宗教問題。所以，這部小說就從東方人的文化和宗教迥異的天主教堂裡的莊嚴肅穆而又隆重豪華的彌撒儀式展開，在讀者的眼前拉開人類靈魂世界舞台的帷幕，並讓彌撒儀式緩緩的進行，來作為小說在前半部的主要部分裡意識流動的主線……

十九世紀法國的政治思想家、預言家及第二共和國的外交部長托克維爾①在《論美國的民主》②裡認為，自由立憲政體產生於基督教的信仰體系之中，是基督教文化在政治學領域內的遺產。反過來即是，在沒有基督教文化的國度，不可能產生自由立憲的政體。中國自晚清以後一百多年的歷史看來，憲政的道路在中國人這樣的文化裡根本就是一個徹底失敗得撿不起來的東西。對於自孫中山、梁啟超、袁世凱以後的任何一個人物來說，基本上是一個無可辯駁的事實，甚至在今天號稱民主的台灣，這好像也是一個十分值得懷疑的事情。印度的近代政治史似乎也間接地說明了這樣的問題。一九九一年我剛到英國，我的一個學皮膚學的同學張榮欣在新德里給我寫來的信裡也驚呼「中國的政治體制絕對不可以學習印度的民主制度……」

那麼，按照托克維爾的觀點，是不是要中國人也來上一次基督教的廣泛傳播運動，或者像當年的拜占庭教廷和俄羅斯皇室一樣動用國家機器將基督教推行至國教的動作呢？在今天看來，這無疑是在開玩笑和癡人說夢。

無疑，在這部小說裡，天主教已經變成為一個啟示信仰的符號，它意味著小說對讀者的追問——特別是今天的中文讀者——如果信仰是人的靈魂，我們有沒有？如果有，它是什麼？如果沒有？我們需不需要？

宗教，這個和遠古人類的原始圖騰以及巫術、神秘的祭奠儀式相關；和基督教——今天仍有十六億信徒為核心的西方世界精神文明的主要支柱——歐洲中世紀基督教政教合一時期的運籌帷幄於教廷內的關於他們派別之間，他們向全世界用包括劍與火及橄欖枝在內的各種手段進行擴張的陰謀、戰爭及文化滲透相關；和全世界都在閱讀和傾聽的阿拉伯的莎赫札德③在夜幕徐徐降臨的時候就開始對國王講述她的在《一千零一夜》故事裡的那些諸如飛毯在「天方」④的夜空裡載著蒙面美女從城堡飛向森林的宮闈男女偷情故事的美妙文學相關，和他們分為遜尼派和什葉派兩大流派的十億穆斯林每年都前仆後繼千年不變年年不斷地湧向安拉帝國精神源泉的三大朝聖地：麥加、麥地那、耶路撒冷，並由此引發的精彩紛呈的事件有關；和東方的中國皇宮裡手捧《道藏》經文、口裡喃喃有聲的煉丹術士眼裡純金的香爐上升起的嫋嫋青煙後面那些陰險毒辣而又殘忍的籠罩在道袍下面的宮廷裡篡位謀殺的場景有關；更和在印度和錫南的佛教寺院裡，那些由於二千五百年前涅槃的釋迦牟尼不散的陰魂和精靈作祟而引發的：印度教皈依佛教的從廣場上大規模的遊行示威延伸到共和黨和困豹黨的政治路線鬥爭裡糾纏不清的詛咒、靜坐、吶喊、議會鬥爭直至戰爭相關聯的那些到那些……

……那些，那些遠古的浸透著祖血和咒語的祖先們的故事、和宗教緊密相關的事件，今天還深深地殘留和浸透在我們的血液、骨髓、靈魂、集體無意識裡的東西……那些看似久遠的只是一些和今天的摩登時代人們無關緊要的神話故事裡閒聊的故事和片段，那些爺爺奶奶們的爺爺奶奶們的神話裡的好像已經被我們遺忘了的故事和故事裡的咒符裡發出的詛咒，卻在今天似乎顯了靈，並在今天繼續時不時地攪亂、侵擾、傷害甚至幾乎是要毀滅著今天人們的和平生活……

眼前，最典型的就是二〇〇一年的「九・一一事件」導致的二〇〇三年的美國攻打伊拉克的戰爭。二〇〇三年的伊拉克戰爭究其根源，可以從文本裡上溯到一〇九六年羅馬天主教皇烏爾班二世至一二七〇年法王路易九世的羅馬教廷對伊斯蘭教聖地耶路撒冷在差不多二百年的時間裡發動的連續不斷的八次十字軍東征……本質上，這場發生在二〇〇三年的伊拉克戰爭是那次十字軍東征在二十一世紀的繼續。伊拉克戰爭表面上是一場反恐怖的戰爭，實質上是不同文化的政治家之間在進行文化戰爭，更實質上就是不同宗教之間的戰爭。雖然，今天已經不是政教合一的中世紀時代，但在骨子裡還是宗教問題在起核心作用。

我們中國人的宗教是什麼呢？如果有宗教，它的教主又是什麼呢？

中國在根本上來說是沒有什麼宗教的。如果硬要牽強附會說中國人有宗教，中國的宗教要麼是唐僧取經從印度弄回來的舶來品佛教；要麼就是中國自產自銷的所謂道教。

印度的佛教經過上千年在中國的傳播已經在實質上發生了蛻變是有目共睹的。也許在某些地方的佛教寺院或研究機構裡，還部分保持著佛教原始本真的意義，但在很多大城市裡的著名佛教寺院裡，實質上已經發生了很大的變化。一九八七年夏天我在敦煌佛教研究院時，就和北京法源寺中國佛學院（The Chinese Buddhist Academy）的身穿牛仔褲和現代T恤衫的學生以及中央美術學院的學生混跡在一個酒桌上猜拳行令談論女人的長短，但是在席間，到了他們該打坐的時候，他們還是一把就脱下戴在頭上漂亮的高爾夫球帽，露出自己光光的腦袋來在一旁緊閉雙目兩手合十嘴裡喃喃有聲地開始盤膝打坐。從他們的口裡知道，中國還有上海佛學院、四川尼眾佛學院、福建佛學院、廈門南普陀佛學院、南京佛學院等等。到了一九九〇年代後期，在成都的大街上更是可以看見身著灰色、藏青色、猩紅色、明黃色教袍的和尚和喇嘛們手裡提著手持電話在談生意，甚至滿嘴油腔滑調地談俗事……至於每年在中國農曆年的一些節氣日到寺廟裡去燒香拜佛的那些香客和所謂的善男信女們，則我們可以輕易地看見他們對觀世音菩薩的褻瀆和不敬的諸多舉動。

中國的道教淵源於古代的巫術、秦漢時期的神仙方術。黃老道是早期道教的前身。東漢順帝時期，張陵倡導的五鬥米道，奉老子為教主，以《老子五千文》為主要經典。於是，道教逐漸形成。「道教」一詞，則始見於《老子想爾注》。後來的唐高宗（650-683）、唐玄宗（712-756）又將《莊子》、《列子》和《老子》加在一塊列為「真經」，直到宋真宗（998-1022）時編輯為道教經書的總集《道藏》。宋徽宗（1101-1125）在位時竟自稱為「教主道君皇帝」，並詔告天下訪求道教仙經，將《道藏》重加校補為《政和萬壽道藏》達到五千四百八十一卷，雕版印行，刊行全國。唐宋以後，道教南北天師道與其他道教支派合流，再加上王重陽這樣的豪門出身的甲科武舉人參與其中並創立全真道，道教則在元太祖（1206-1227）時期達到鼎盛。

道教的教經《道藏》實際上是一個中國古代思想和哲學加上些江湖術士會道門思想的大雜燴。所以，中國的問題從宗教的意義上來說根本就是一個無源之水。中國的核心問題到了文化問題這樣的一個層面就追溯不下去了。就是說，到了文化問題這樣的一個層面就追溯不到最根本的宗教——信仰——問題這樣的核心了。

中國的教主就是歷代皇帝，中國的教經就是皇帝的「家法」。本質上的中國人對於家長有的僅只是奴性十足的懼怕，懼怕下面就是表面看上去的聽話。實際上，在中國人的內心就是魯迅先生筆下的阿Q，他是誰的話也不聽的，他只相信自己。

很多年前，我在學英語的時候看過一篇泛讀材料，那篇泛讀材料的名字就叫《一八四九年》，講的就是一八四九年中國勞工到北美洲去修鐵路淘金的故事。其中一段講的是西方人到中國人的家裡去時，吃驚地看到在中國人家裡供桌的祭壇上擺了很多彩色的泥塑和木雕的神像，西方人就說，我們的神就是一個耶穌，你們的神為什麼會有那麼多呢？那麼我問你，你們究竟是相信這祭壇上的哪一個神呢？中國人回答道：當我想錢的時候，我就敬拜財神；我想吃飽肚子的時候，就敬拜龜神；當我受到別人欺負的時候，我就敬拜張飛和關羽；當我受到了冤枉要吃官司的時候，我就去向黑臉包公包丞相叩頭！西方人聽了後就生氣地說，你們中國人實際上是對任何一個神都不尊敬！實際上，中國人對於宗教和神的態度在本質上就是非常地實用主義和不虔誠的，就是說，我們的所謂信仰，只是希望上帝給我們「託福」，佛教的「阿彌陀佛」到了我們那裡就變成了「阿彌『託福』」。

康德的觀點認為：法律約束人的行為，道德約束人的內心。沒有宗教信仰的人簡直就是撒旦的子孫，他們越是聰明就越是邪惡。神不但沒有讓他們產生敬畏和道德上約束，反而變成了他們實用主義的護身符。中國的儒教就是培養這種人的温床。

道貌岸然的儒教彷彿已經成為一個盤踞在我們靈魂深處非意識形態的鴉片的圖騰，它不可碰觸、無理可辯和「放之四海而皆準」！它用它的道德理論使人可怕地佔據著中國人靈魂裡高於人的位置的神的位置，而讓家長——冒充神的化身的皇帝——超然地居於比「合理合法」更高的萬皇之皇的地位！於是，華夏大地五千年來就在一個又一個的皇帝的統治下輪替著延續了下去。極權制的特徵是軍營式的集體思維和集體行動，一個接一個的週期相對穩定的運動在古華的《芙蓉鎮》裡借瘋人的口（只要我們冷靜的觀察一下今天中國的致富運動、貪污運動、賣淫嫖娼運動，幾乎就是電影裡瘋人說的「七、八年又來一次！」）似乎不幸言中；自由是需要批准的，平等是在壓迫下獲得，黑色幽默文學的代表作，約瑟夫·海勒的《第二十二條軍規》裡已經有最好的闡釋。壓得扁平了的中國人一旦放置在一個自由世界裡讓其自由彈性地恢復到一個立體人的時候，他（或她）反而不習慣和活不下去了。這有些像靠鰓呼吸的深水魚突然將它放置在自由空氣的陸地上一樣，那幾乎是很危險的。因為他（或她）已經習慣了一個單位（人身依附的軍營式的機構）。這在近年來移民海外的中國人中間是司空見慣的。

二

一九九一年夏天，我在蘇格蘭敦迪大學（Dundee University），一個歷史系的教授和我面對電視螢幕上正在實況轉播的莫斯科克里姆林宮廣場上烈火熊熊的大火討論當時正在發生的蘇聯解體的問題，他問我：你們中國人有幾根精神支柱？我說，家長和最大的家長。他說，那就是皇帝，就是毛澤東了？我說，應該是吧。他說，中國的文革讓你們的家長已經毀掉了。我無言以對。他說，他們英國人有三根精神支柱，就是：女皇、首相和基督教。所以，從那個時候，我就開始準備寫這部小說了。

由於以前在出版社擔任文學編輯的原因，我總是不敢輕易地對這部作品下筆。我不願意讓這部作品流於一本時下流行的速食式的生命短促的東西。我心目中的這部作品，應該是有著十九世紀末俄羅斯文學作品深沈博大的氣勢和宗教般博愛的格調、在技法上又結合一些二〇世紀歐洲現代主義風格、然後再把中國人的故事的素材或內容裝填進去有機地表現出來的比較紮實的東西。首先是素材的收集和構思。由於那一段時間為了生計經常往返於英國和中國，對於這部小說正式動筆開始寫作，卻是一九九五年在蘇格蘭首府愛丁堡居住差不多將近一年的時間裡。後來又是回到中國的顛沛流離，所以直到一九九九年移民加拿大後，才又開始時斷時續地往下寫了下去。

實際上，在我即將向出版社交付這部書稿的時候，我已經是三部相關聯的長篇小說都在交叉進行。三部小說總體的字數超過百萬字。按照我十年前在英國倫敦時出入一些教堂、又研究基督教的一些東西的原意，我將三部小說的名字分別叫做《原罪》（*Original Sin*）、《原愛》和《原恨》。我的朋友，加拿大約克大學的王鼎益教授在看了我的部分作品之後，也有完全相同的「三原系列」的建議，並為我提出了很多彌足珍貴的補充建議。他是我在這個世界上見到過的最熱心善良而又有著最淵博的、不是從書本到書本的知識的一個奇怪的人士。尤其在中國的近代政治和鄉野文化方面，他簡直就是一部無奇不有的、從書本上查找不到的「百科全書」。

愛和恨都和罪緊密相關。「原罪」的概念由亞當和夏娃偷吃禁果，從而「虧欠了上帝的榮耀」，因此將罪孽傳給了後世的子孫，成為人類一切罪惡、災難、痛苦和死亡的根源。這與生俱來的罪就是「原罪」。「原罪」是基督教的教義和神學的根本。因為有了「原罪」，才有基督教的救贖，由此，基督教才有了意義。在我看來，關鍵還是在於由「原罪」而引出的懺悔意識。因為，懺悔意識對於我們中國文化，對於中國人，對於中國人的信仰才是最重要的。所以，這三部曲又叫做「信仰三部曲」。當然，這並不是說，我就有什麼信仰。正因為我沒有什麼信仰，我才疑惑於這件事情，我疑惑，然後我追究和探索我的疑惑，這追究和探索就變成了我的信仰，變成了我的小說。又因為這三部曲和中國相關聯的故事發生地都在小說裡的「三清寺」，所以，這三部曲還叫「三清寺三部曲」。「三清」的出處源自道家的術語，道家認為，人天兩界之外，別有三清，即「玉清、太清、上清，是神仙居住的地方。」小說的反諷即是，有著「原罪」的三清寺的人們，他們在繼續著他們的「原罪」的同時，企盼著能夠在一片「三清」界裡過神仙樣的生活。

本來，去年秋天，快要完稿的《原愛》（暫定名）正在和一家出版社接洽的過程剛開始，其時，恰逢一家電視台的一個導演朋友來談到我的另外一部作品——已經寫了一大半的書稿《原罪》——他談到這部小說對於我們國人的信仰問題的及時性，更談到這部小說關於影視方面的前途，於是，在他的鼓勵下，我將《原愛》停了下來，而將這部停停寫寫從一九九五年直到今年夏天幾乎是寫了九年的《原罪》一鼓作氣地終於寫完了。《原罪》就是現在呈現在讀者面前的這部小說《陽光》，而《陽光》是後來出版方和作者雙方經過考慮之後，根據小說的內容、及希望作品裡的世界更加「陽光」和積極入世而定的名字，讀者不難從小說裡的內容發現，這的確是一個很好的名字。我們就將「原罪」的名字做為《陽光》的副標題和潛台詞吧。

小說的精神發源地，都回溯到我從小生活的地方，就是重慶市的上清寺靠近曾家岩一帶。上清寺的「上清」和三清寺的「三清」諧音，上清寺就變成了我小說裡的「三清寺」。

眾所周知，重慶是中國抗日戰爭時期國民黨的陪都所在地，而上清寺一帶則是歷史上官府衙門的所在地，四川軍閥混戰時期的川東一帶主要的軍閥都住在那一帶，例如像當時的劉湘、楊森、鄧錫侯、劉文輝、劉存厚、唐式遵、王陵基、潘文華等等。

毛澤東到重慶談判，白天就在上清寺的桂園。後來我的一個同學黃新路的家就住在裡面。文革時，他們全家人就被紅衛兵們趕了出來，說那是毛主席住的地方。現在那兒已經變成了一個讓人參觀的地方。周恩來在重慶談判期間的周公館、四川袍哥總舵爺范紹增的范莊也在上清寺一帶，裡面先後住過國民黨內包括宋美齡、孔祥熙等很多主要的高級官員。共產黨接管政權以後，上清寺一帶是中共西南軍政委員會和西南軍區以及後來的重慶市政府所在地，賀龍、鄧小平及後來歷任重慶市級主要官員都住那一帶。我從小生活的環境就是那樣的一個軍閥時期遺留下來的「大觀園」，裡面亭台樓榭應有盡有，以至於我在一九八四年到上海去出差時，走馬觀花地逛了幾圈之後，竟感歎沒有一座像樣的公園比自己從小生活過的機關大院更好看！當然，歷史文化、人物和事件的沈澱也是可以想像的多姿多彩了，院子外面卻是嘉陵江邊大片的貧民地區，對比反差是一望即知的。上清寺變成了我小說裡的「三清寺」，小說故事發生地的英國倫敦和中國重慶客觀上起到空間上和中西文化對比上相互間離的作用，雙方——一個全球資本主義發源地、當年的維多利亞日不落帝國的首都和一個紅色中國的內陸長江上游最大的城市——也如兩面鏡子般互相反照，觀察著自己視線裡對方的形像和自己的鏡像。

時空跨度較大的小說給人一種在長鏡頭裡觀察物像的邊緣模糊中心清晰的感覺，曲率半徑的恰到好處可以達到較佳的藝術效果；同樣，時空距離相對更近的現實題材在也可以在合適的廣角鏡頭裡呈現出異彩紛呈和厚重的質感。多年前，我看過高爾基的後期之作《阿爾達莫若夫家的事業》和他沒有最終完成的《克里姆・薩姆金的一生》，他企圖刻畫沙俄晚期的時代變革。近年，我又看了君特・格拉斯的包括《鐵皮鼓》、《貓與鼠》及《狗年月》在內的《但澤三部曲》，他用變形的神化手法描寫二戰前後德國風雲變換的醜惡歷史裡光怪陸離的眾生相。當然，還有一些其他的作品。這些閱讀都給了我在藝術上和技法上很好啟示。但是，更重要的卻是西方文學在文化背景深處的人性的東西和宗教懺悔意識。直截了當地說，這些東西在中國古典文學裡也好，在現當代文學裡面也好，都相當缺少甚至背道而馳。「五四」運動以後的新文學和一九八〇年代的當代中國文學在技法上描摹西方文學的痕跡到今天好像漸趨成熟，但是，在文學作品的思想內涵裡卻還存在相當的距離。是作品本身——作品裡的人物——的問題還是寫作品的人的問題？是工件的誤差還是測試工件的儀器的本症誤差？這個問題就是我寫作的時候所面臨的問題和挑戰。

我的父母都是共產黨裡的官員，父親一九四九年進軍四川的時候來到重慶，母親則是重慶的地下黨員，她在國民黨陪都時期就是重慶女子中學的英文教師，而英文教師的職業後面就是共產黨的地下黨員，她是一個真正的理想主義者，直到今天都還常常埋怨當年為什麼組織上沒有安排她去延安……母親的理想主義的血液大概是遺傳到了我的身上，使我變成了一個家裡幾個孩子裡最不實際總是好空想的人，思索和寫作似乎是將要伴隨我的一生。

我念小學時的同學都是共產黨官員的子女。同班同學裡的家長最早參加革命的有一九二一年和鄧小平同船到法國加入旅法共產主義小組，在趙世炎的介紹下，成為中國最早一批共產黨員的胡倫，他和李富春同一個黨支部，也和陳獨秀、王若飛、李大釗共同工作，他還是鄧小平的堂姐夫。其他紅軍時期、延安時期、解放戰爭時期的就更多了。我們的小學校長就是鄧小平的夫人卓琳。官場就是名利場，一次次排山倒海、生死搏殺的政治運動，特別是文革的巨大衝擊，都在我的心裡刻下深刻的印痕。

那些事情讓我深思……

當然，首先得說明的是，我自己更是一個曾經幹過很多壞事情的有些壞得可以的今天值得深刻懺悔和反思的傢伙……但是又不得不得解釋和狡辯幾句的是，很多我幹的壞事情都是環境使然。首先就是文革的兵荒馬亂，接著就是當知青時的漂泊，我承認，在那樣的一些時期，我染上了很多社會上的不良習氣。社會的混亂無序、家人的流離失所、個人的漂泊流浪、青春的鬱悶和煩躁，我們不知道怎樣和到哪裡去發洩，那個時候，我們結夥成幫地偷雞摸狗打群架，甚至翻牆入室行竊簡直就是家常便飯，有些壞事情就簡直是到了有些無法無天的地步！在那樣的時候，我們不僅沒有引以為恥，反而是洋洋得意！那時，我和一幫同學心裡最崇拜的就是國民黨投誠的沈醉了，可以說，我們幹壞事的時候，都是比照著《金陵春夢》那本書上蔣介石、杜月笙、黃金榮、戴笠、沈醉那些手法去幹的……就是說，怎麼刺激就怎麼幹！再則，別人收拾我們的時候也是那樣，怎麼刺激就怎麼收拾！我覺得，好像我們中國人的窩裡鬥就是那樣，反正相互之間都是往死裡整！我們曾經因為一件完全冤枉的事情，被別人抓住用繩子一個個捆綁得像端午節的粽子那樣遊街示眾並往死裡揍，他們根本不問事情的來龍去脈和我們都還是些孩子，所以，一旦我們開始報復這個社會的時候，就是「作用力等於反作用力」了。

文革武鬥砲火連天的時候，由於我的父母都被關在黨校裡辦學習班，我們的家實際上已經解體。不僅是輪番地被造反派抄家，屋子裡房頂上到處都是被嘉陵江對岸的高射機關槍打過來的子彈貫穿的彈洞……我們全家，連同我養的狗、鴿子和金魚，全部都流離失所。我當時雖然還是個小孩，然而卻已經成了一個到處亂竄的紅衛兵，當我的母親終日地以淚洗面地讓我的舅舅隔三差五地在紅衛兵辦的各類戰鬥報上到處從「陣亡將士名單」上尋找我的名字的時候，我卻和一些高年級的紅衛兵在全國到處「串聯」……

要是文革的時候我再大兩三歲，或者，當我下農村當知青的時候不是被父母發現苗頭開後門很早弄回來，我早就非死即殘或關進監獄裡去了。

文革和當知青的時候，我的最要好最接近的哥們兒死掉了好幾個，多半都是因為打群架……唯一沒有幹的就是搞女人，因為那個時候沒有那個風氣，而且，人也太小了……

反叛的心理最早是和父親的對立，還小的時候是聽他講羅成十八怎麼怎麼啦，周瑜又是十幾為都督怎麼怎麼啦，他的文化是山東省立第三中學畢業，但是，當我開始反叛他的時候，每次最後都是他的一句殺手鐧的話，那就是：「馬克思主義是放之四海而皆準的，但是，絕不對你這個資產階級！」他的文化理論很快就被我超過了。他是一個善良正直的好人，例如反右的時候，他作為一個組織部長放了很多人的生路。為一個大街上行路的素不相識的農民被扒手把錢偷去了，他可以給人家錢，領人家到家裡來吃飯，還成了日後家裡的客人。家裡經常都是大街上走街串巷的理髮匠、補鍋修鞋匠、麵鋪子裡的小老闆、中醫院的老醫生，他對那些人是有求必應，類似的事情是層出不窮。我當知青到他曾經工作過的縣裡的時候，當地人都對他印像特好。但是，作為一個共產黨官員、一個中國舊教育制度下出來的男人，他有他們的幾乎所有毛病和惡濁的東西，當然首先是男女作風問題，如果他的官階更低，他早就倒楣了，可是，文革中還是讓他為此付出代價。我們全家痛恨他，直到有一天我發現周圍的幾乎所有男人都差不多。

十分具有諷刺意味的是，父親當年是為右派戴帽子，而後來我卻是為右派摘帽子。和國民黨陪都時期有牽連的中國文藝界的主要人士趙丹、張瑞芳、郭沫若、茅盾、巴金、夏衍、胡績偉及胡風等等都和我當時在一個文化單位元需要摘帽的二十多個著名右派有關，我就在那個專案組裡負責。我有一段時間就住在北京南池子胡同內中組部招待所辦那些案子。事涉幾十上百人的檔案，王府井旁邊煤渣胡同裡人民日報社社長胡績偉的家裡我去過很多次，老頭兒和年輕人很多話。我有大半年的時間成天都泡在那些發黃的馬糞紙裡看那些檔案裡的人和事件，什麼當年黃埔軍校同學錄上一個個身著戎裝的軍人照啦，什麼四川省長林森簽發的上面蓋有方方正正巨大官印的公文啦，什麼電影裡扮演張軍長的演員項坤的哪個同學登報脱離共產黨啦，什麼男演員趙丹女演員蝴蝶作家魯迅、茅盾三十年代在上海和誰誰誰怎麼怎麼啦，什麼郭沫若在日本又和現在哪個單位的某某某又是什麼什麼關係啦，這個右派怎麼失蹤的？那個右派怎麼發瘋的？還有眼前卷宗裡的這個右派死在哪裡了？怎麼當年右派的花名册上根本没有他的名字？那麼，他是怎麼由一個正常人混進了右派隊伍而要去自討苦吃的？他的墳墓為什麼怎麼找也找不著了？他在成都的老伴女兒女婿現在要來上墳，是不是要給勞改農場打個電話去強迫他們造一座假墳啦，為什麼那個湖邊的勞改農場總是推三推四地抗拒落實右派政策？人為什麼死的？什麼時候死的？死在哪裡？不要說屍體，現在連墳墓在哪裡怎麼都不知道？等等等不一而足的曲裡拐彎複雜而又盤根錯節的事情，那些沈古八十的人和故事漸漸地形成了我的今天小說裡的故事和人物，更讓我反思整個二十世紀中國和中國人的那些深重而又痛苦的問題……我在那些浩若煙海的檔案裡看見了絕大多數中國人沒有看見過的喧囂的紅塵後面沈澱在底處陰暗的地方那些真正支撐歷史的真實的堅實的污濁恐怖的東西……

作為一個小說家，那些東西對於揣摩人性是極其重要的。

例如說，你面對兩個大半生是莫逆之交的好友，其中的一個已經官至部長，而另外的一個則在勞改農場裡關了二十多年，老婆早以改嫁，兩個人還在你的面前為了讓當右派的一人早日摘掉帽子而最後核實材料，右派還左一句右一句地感激不盡地稱讚他的老朋友，說是他在勞改農場沒有自殺而苟活幾十年直到今天的精神支柱，他是如何如何的好心。然而，那個右派卻不知道，當年把他出賣的，正是他現在坐在面前的這個好人，他的老婆後來成為了這個人的情婦，後來又被拋棄……一切的一切都在檔案袋裡白紙黑字地一摞摞裝著，他們兩人之間幾十年的黑幕和背信棄義就在他們兩人面前我的一紙之隔的公文袋裡。客觀來講，他們兩人的故事就變成了我要完成的右派的結案報告。當然，報告裡的故事情節要除掉必須隱去的保密的部分只顯現出來組織上認可的可以見人的部分。我不知道，是不是從那個時候開始就讓我產生了以後要寫小說的衝動。

那樣的狀態，那樣的一張辦公桌的一邊是坐的我這樣的一個人：一個掌握故事全部真實（全知角度！）的未來的小説家（歷史，具有永恆性質的文學的代表）；辦公桌的對面是兩個小説裡的主角：一個陰險的政客的偽裝的好心人的狐狸加獅子加綿羊的胡蘿蔔加大棒的充當台上演員的傢伙（國家利益的像徵），另外一個是被蒙蔽了一生的善良老實的書呆子的綿羊加小白兔的充當台下觀眾的可憐蟲（人民的像徵）……

那樣子的狀態讓我想起了巴爾札克，他老先生的那本《貝姨》，人性的深刻和險惡往往比文學和戲劇裡的人物和事件還要可怕、真實和難以想像千百倍！

我甚至感到，我根本不可能讓那些檔案裡面一些更醜惡的「上不得書」的事情在書或者説是小説裡出現，就像人類不會把大便展示到書店和圖書館的書架上去一樣。然而，現實卻就是那樣的醜惡！

後來就是我不願再繼續去搞那項工作。我當了一個文學編輯，從而大大地辜負了好心要培養我這個紅苗子的領導。

再後來就是我一九九一年到了英國。當年夏天就碰上了蘇聯的解體，於是，就有了前面的一段我在蘇格蘭和敦迪大學歷史系一個教授的那一段關於我產生了寫這部小説的念頭對話。

三

一九四九年以後發生在中國的歷次重大政治運動也好，一九九一年的蘇聯解體也好，後來發生在台灣的一些政治事件裡，我都感覺到了黑格爾對於中國歷史的評介是那麼的中肯和一針見血。中國這條東方的「巨龍」，實際上已經是一條「百足之蟲，死而不僵」的漸漸變成化石的僵屍。二〇〇一年秋天，從英國倫敦來的詩人楊煉和我在多倫多討論當代中國詩歌的時候，他談到他當年在農村當知青時，看見農民還在用幾千年前的方式抬著棺材，他感歎著中國的時間的凝固不變！再來看看中國近代史上的所謂革命，發生在一八九八年的戊戌政變和發生在一九九八年這中間所有從孫中山到蔣介石到文革到後來的一切的一切，其實質又有什麼本質上的變化呢？就是在號稱民主的台灣所發生的一些和政治、政權相關的事情又有什麼根本的不同呢？

小說裡很多的隱喻是讀者一定能夠感覺到的。小說裡從頭至尾的四首詩歌「拖著影子的人群」、「舉旗的人」、「早晨八九點鍾的太陽」、「先鋒男孩」貫穿了作品的從中國到世界的反叛和反傳統觀念，也是小說主人公秦田對傳統社會虛偽和腐朽的反叛和絕望。

就是秦田那樣反傳統的藝術家和善良正義的人，最後還是逃不掉骨子裡想當兒皇帝，可見中國封建主義在人們集體無意識裡之根深蒂固。但是，反過來不得不提出的問題是：中國這個千年不變的龐然大物，不當皇帝又怎麼能夠改造呢？然而，企圖為了行善的目的到達了權利頂峰的人，往往最後都被權利腐蝕，因為他們的權利是絕對的權利，於是，中國就陷入了皇權往復的怪圈。

黑格爾在一八二二年就說過的：

「中華帝國是一個神權政治專制國家。家長制政體是其基礎；為首的是父親，他也控制著個人的思想。這個暴君通過許多等級領導著組織成系統的政府……個人在精神上沒有個性。

中國的歷史從本質上看是沒有歷史的；它只是君主覆滅的一再重復而已。任何進步都不可能產生。」

「中國既是最古的，同時也是最新的帝國。中國很早就進入了它今日的情況。但是因爲它客觀的存在和主觀運動之間缺少一種對峙和交往，所以無以發生任何變化，一種終古不變的固定的東西代替了一種眞正的歷史的東西。」⑤

中國的封建主義的問題，在孫中山以後的國民黨和共產黨包括幾乎全球各地的中國人身上都普遍存在，為什麼？我認為，骨子裡還是中國人的文化核心裡缺失博愛和懺悔的宗教意識。這些，就是我在小說裡企圖闡述的東西。

應該說，我在中國的經歷，讓我比較深刻地瞭解中國文化傳統。一九八四年以後，我是一個外國文學書籍的編輯，我從那個時候正式開始較為系統地研究和吸收西方現代主義的東西。緊接著是一九九一年的前往英國，雖然中途很多時候是在中國，但是，可以說，從那個時候到現在，我基本上大部分時間都在歐洲和北美洲，就是說，對西方世界也有較為深刻的瞭解。作為一個文學工作者，對於人性和現實世界，我一般來說比較超脱，因此註定我對於外部世界無奈的現實的嘲諷性的立場。對於中國的問題由文化追究到宗教的觀點，可能會讓人認為我是一個道德上的虛無主義者，但是，實實在在地說，我畢竟是一個身處在一九九〇年代以後的後共產主義時代的人，這樣的現實狀態，讓我不得不去思索和反省，中國和中國人的事情，是不是要跳出千年不變的壓迫與被壓迫的二元對立思維方式。愛因斯坦的相對論和牛頓的力學三定律對於不同時代的哲學起著完全不同的作用，而馬克思的社會學觀點，就是假定它是有些正確的，它從哲學上來說，畢竟是太落後了。

前蘇聯的戈巴契夫以把自己的「皇權」卸下來寫出《真相與自白——戈巴契夫回憶錄》；捷克的瓦茨拉夫·哈維爾在走出監獄當上總統，由一個作家創造出一種哲學來，從而用這種哲學支持了一個國家，完成了天鵝絨革命。他把自己的角色從一個反抗性的知識份子轉換到一個需要他成功地解決國際政治難題的政治領袖，從一個寫出《無權力者的權力》的無權利者的偉大政治家變成了一個政績平平的總統後，他可以寫出《政治，再見！》。在戈巴契夫和哈維爾的祖裔的深層文化背景裡，我們是不是能夠追究出一些東正教裡的懺悔意識呢？

基督教誕生後不久，逐漸分化為以希臘語地區為中心的東派教會和以拉丁語地區為中心的西派教會。一〇五四年，兩派正式分裂，以地處東方的君士坦丁堡為中心的大部分東派教會成立「東正教」。因為儀式採用希臘語，又稱為「希臘正教」。在拜占庭帝國時代，東正教成為帝國的國教，直接受皇帝控制和領導。中世紀時期，俄羅斯的東正教屬於拜占庭帝國五大教區之一的君士坦丁堡教區，十六世紀末，俄羅斯的東正教會脱離君士坦丁堡教區管轄，成為由沙皇政府控制且使用斯拉夫語的名字叫做俄羅斯正教的國教。十八世紀以後，東歐諸國的東正教會也陸續脱離拜占庭帝國的控制而在行政上獨立。其中包括羅馬尼亞、塞爾維亞、保加利亞、阿爾巴尼亞、波蘭和捷克斯洛伐克等國。（十九世紀初，作為俄羅斯國教的俄羅斯正教會始終致力於將東歐諸國獨立的正教會並入自己的管轄，並於一八三九年成功地將波蘭強行納入，其他没有被納入的國家的獨立正教會也被「要求」與其保持「母女」關係。所以在一九六八年八月二十日夜間震驚世界的「布拉格之春」事件的發生是有其宗教上的帝國主義淵源的！）

東正教的文化觀認為宗教是精神文化的一種，文化源於宗教祭祀。斷言宗教是文化的本質和核心，是文化價值的唯一創造者、保存者和宣傳者。宣揚宗教向人類提供真正的精神價值，而這些價值又是「神的美」的表現或反映。

由這樣的宗教文化背景，我們不難理解那些從俄羅斯的十二月黨人到赫爾岑的回憶錄《往事與回想》，再到托爾斯泰的《復活》、陀思妥耶夫斯基的《罪與罰》，一直到帕斯捷爾納克的《日瓦果醫生》和索爾仁尼琴的《古拉格群島》；還有從卡夫卡到米蘭・昆德拉的那麼多的以東正教文化為背景的作家和思想家們對理想或信仰的教徒般虔誠、頑強和執拗的信念、信仰以及視死如歸的獻身精神！難怪在基督教的歷史上，什麼屬靈基督派、反儀式派、閹割派、鞭身派、托爾斯泰派（根據作家列夫・托爾斯泰的「非暴力抵抗邪惡」、「禁欲主義」、「神秘無為主義」及寬容一切的「普遍的愛」的信條等宗教道德學說創立的教派。雖然他本人反對。）、緘默派等等極端教派都是源於東正教。

相形之下，縱觀五千年我們華夏大地炎黃子孫的中國知識份子或是精英們，卻有的是名目繁多的巧言令色地躲藏在終南山、梁山泊或是桃花園裡的各類所謂的隱士，他們要麼是朝廷裡的忠臣，要麼就是躲在一旁等待招安的所謂隱士和反臣，他們缺乏獨立的人格，在今天的後共產主義拜金時代，中國知識份子的市俗化、流氓化和太監化傾向和現像更有目共睹和一目了然。

中國的聖人莊子在他的《應帝王》中說道：

南海之帝爲倏，北海之帝爲忽，中央之帝爲渾沌。倏與忽時相與遇於混沌之地，渾沌待之甚善。倏與忽謀報混沌之德，曰：「人皆有七竅，以視聽食息，此獨無有，嘗試鑿之。」日鑿一竅，七日而混沌死。

七天開了七個竅，開了七個竅以後中央之帝的古老中國就死了。然而，這個古老中國是不是該死呢？她是死亡了還是「涅槃」了呢？

英國的所謂中國問題專家伯特蘭・羅素（Bertrand Russell, 1872-1970）在一九二〇年到一九二一年在中國講學不到一年的時間回去後，以他的「西方思想在中國的一次經歷」撰寫的一本《中國問題》（The Problem of China）裡，雖然也對中國歷史說了和黑格爾幾乎相同的話：

「中國的歷史就是一部王朝更替史。每個王朝都是由盛而衰，做臣子的漸漸不聽王命，政府幾乎癱瘓，社會動蕩不安……」⑥

「孔子對於社會制度，對於人們的思想的影響是如此深遠，幾乎與一些宗教創始人如釋迦牟尼、耶穌、穆罕默德相同，但性質卻大不同。……他與其他宗教奠基者不同，其最大的特點是灌輸給人們嚴格的倫理道德標準，永爲後世尊崇，但這些準則卻無半點宗教上的武斷意味，這使得後世無數崇拜聖人治國安邦的儒家對神學持懷疑態度」⑦

「……元以後（一三七〇年）的歷居政府也都把孔教尊爲國教，在此之前，孔教還須與佛、道兩家分庭抗禮。因爲佛、道兩家常爲迷信的君主所信奉。有不少皇帝因爲服用道家的長生不老的藥而死。蒙古皇帝信奉的是喇嘛教。喇嘛教是佛教的一支，現在盛行於西藏和蒙古。清朝皇帝雖然同蒙古皇帝一樣是來自北方的征服者，但他們卻是極端正統的儒教信徒。長期以來，中國的讀書人都是儒家的子弟，對於宗教持懷疑態度，而對於道德卻不然。至於其他老百姓，則對於儒佛道三者都信奉。我們西方人沿襲了猶太人的思想，若認定一種宗教，其餘的都是異端，然而中國人沒有這個觀念。現在，巫術雖然仍通行於中國的底層社會，但其實稱不上是宗教。……在中國，宗教上的懷疑並不能引發道德上的懷疑，而這樣的情況在歐洲卻屢有發生。」⑧

但是，羅素的基本觀點還是相當贊同中國哲學家莊子的精神，他說：

「中國人摸索出的生活方式已沿襲數千年，若能夠被全世界採納，地球上肯定會有很多的祥和。然而，歐洲人的人生觀卻推崇競爭、開發、永無平靜、永不知足以及破壞。導向破壞的效率最終只能帶來毀滅，而我們的文明正在走向這一結局。若不借鑒一向被我們輕視的東方智慧，我們的文明就沒有指望了。」⑨

在羅素的觀點裡，我們無疑可以看出他從人道角度對中國人的善意以及他看到的東方文化的優秀的部分，其實，在馬可波羅之後羅素之前的萊布尼茨就說過：「鑒於我們道德敗壞的現實，我認為，由中國派教士來教我們自然神學的運用與實踐，就像我們派教士去教他們啟蒙的神學那樣……。」⑩伏爾泰也看出中國文明在歐洲某些價值：「……中國人在道德和政治經濟學、農業、生活必須的技藝等等方面已臻完美境地，其餘方面的知識，倒是我們應該傳授給他們……。」⑪歌德更是熱情洋溢地讚美中國道：「……中國人在思想、行為和情感方面幾乎和我們一樣，使我們很快就感到他們是我們的同類人，只是在他們那裡一切都比我們這裡更明朗，更純潔，也更合乎道德。」⑫

但是，從羅素說這些話的時候至今已經是八十多年過去了，黑格爾說那樣的話的時候至今已經是一百八十年過去了，中間發生了那麼多的歷史重大事件，蘇聯和整個東歐的共產主義發源地都已經土崩瓦解蕩然無存了，「混沌」的中國還是在一片「混沌」中，羅素在天之靈又作何感想呢？

無疑，在今天的互聯網時代，西學東漸和反過來的東學西漸都在勢所必然地不以人的意志為轉移地加速進行。東西方都相互滲透地學習對方的長處或優點，作為一個有著一些西方社會生活經歷的中國人，希望千百萬口裡念著「阿彌陀佛」的中國人也知道世界上還有千百萬口裡念著「阿門」的人，我們中國人除了希望「託福」外，還要知道人在有些時候需要懺悔，這樣的思想，就是我寫作這部小說的初衷。

以當代中國人靈魂深處宗教觀念和家長制觀念之間深刻的矛盾衝突為背景，用一部純文學嚴肅小說的形式來專門深刻探索中國人信仰問題，試圖客觀深刻描寫二十世紀中共高幹及其子女精神歷程：北洋軍閥時期的軍匪血戰、抗日戰爭時期濟南鋤奸的巷戰、國共內戰之間山西上黨戰役、文革時期武鬥的血腥、首次披露出的中國知青上山下鄉運動時的暴動、掌權者翻手為雲覆手為雨催生的血腥歷史在和平時期倖存者靈魂上的烙印……政治陰謀、軍事暴力、兒女情長、海誓山盟、流水落花……都有著幾千年博大文化底蘊和血脈淵源的東西方文化在後現代中國人思想領域裡的殊死搏殺：東方萬皇之皇神聖偶像的坍塌，西方萬王之王天主耶穌的東漸，中國人靈魂深處的排斥、抗拒和集體無意識的選擇……這些，就是我試圖呈現在我的讀者諸君面前的東西。

文學形象和故事更能夠讓人接受。說教和文學的本質相悖。今天的人討厭和擯棄說教，我本人更是一個說教的反叛者。D. H. 勞倫斯以前的很多作家都有說教的毛病。

我寫這部小說的目的，是想吼喊出自己心目中一種後極權時代新型的理想中的中國人的模糊的摸型。說他們的痛苦，道他們的願望。讓他們在繼承傳統的優秀的一面的同時，在思想深處和精神領域，去掉一切心中的所謂「太陽」、「月亮」和什麼千秋萬世的「聖人」，去掉中國人的奴性的盲目崇拜。因為奴性的人格要麼是自卑，要麼就是自大，在靈魂深處是沒有依歸的，而沒有依歸就無所謂懺悔，他不知道去向誰懺悔。所以，尤其重要的是要讓人知道羞恥和懺悔。否則，一切什麼憲政的說法都是空中樓閣。民主在人們的心裡是只有權利的一方面而沒有責任和義務的一方面。

因為，不知道羞恥和懺悔的人在他們靈魂深處的心裡只有自己，而沒有任何敬畏，無法無天。就是所謂「天下事了又來了，不妨以不了了之；世上人法無定法，然後知非法法亦！」一副流氓無賴不負責任「難得糊塗」的樣子。從官到民，從鄭板橋到今天。這樣說的時候，在我心裡總是感覺到自己頗有些厚顏無恥。因為，我自己長期以來就是這樣的一個傢伙，混到了後來，也覺得自己簡直就是個流氓無賴的混世魔王。看了很多書和人以後，才開始感覺到有些什麼不對的地方。

所以，說到為人招魂的問題，我自己感覺到首先是為我自己招魂。因為，這對於我來說是一個事實，就是感到信仰上的空無，而追問這個為什麼空無的根源的過程，現在就成為了我的信仰。我沒有理由相信，作為當代中國人中間的一個人或一份子，我和他們有什麼不同。一九八八年，我在國內曾經偷偷地看過美國著名文化史學家孫隆基教授那部《中國文化深層結構》，我驚歎他對中國文化的解構。那個複印本裡充滿了著名中國詩人XXX的批語：如像：「看了這段不站起來大罵三聲的不是他媽的一個中國人！」、「讀過第XX頁XX段到XX頁X段不站起來擂桌子五拳踢牆壁三腳的男人絕對不是他媽的中國男人！！！」幾百頁厚厚的複印紙上，橫七豎八地批得滿紙都是。前仆後繼地，中國還是不乏有血性的知識份子。我在海外十多年的觀察，深信中國人無論居住在哪個地方，三代以內，都深深浸透著中國文化。保留中國文化優秀的一面是我們的責任，祛除中國文化裡面的毒素，則更是清醒的中國人的義務。去中國化的言論可以休亦，極端民族主義的別有用心更應該揭露。

如果說在十九世紀中葉的一八六〇年代俄國的車爾尼雪夫斯基⑬寫長篇小說《怎麼辦》是在當時的沙皇統治下提出「集問題之大成——怎麼辦？何處更好？誰有過錯？……的文學」⑭，是用小說裡塑造的「新人」去提倡包含著革命性的對人們和對自己最大的熱愛的合理利己主義，反對天堂賜福和塵世忍讓的牧師說教，揭露貴族資產階級社會的道德，揭露利他主義的欺騙性，反對舊世界的極端利己主義和個人主義，號召公民為祖國而殞身不恤的話，則長篇小說《陽光》是在一百五十年後的今天的後工業、後共產主義時代向中國人提出了他們的信仰問題，提出了極端利他主義的欺騙性之後中國人反過來變成了極端的利己主義者之後面臨的信仰問題。說到底，就是今天中國人的精神支柱問題。

英國女作家伏尼契⑮的長篇小說《牛虻》裡，那個十六世紀的有著亞平寧半島特有憂鬱氣質的青年，那個夢幻般神秘的眸子裡透出不似火樣激烈，倒像水般柔和的激情的眼睛的亞瑟，他把他的聲音低沈卻如銀子般圓潤地說著：「過來，我親愛的孩子。」的父親蒙太尼裡神甫的外衣剝得一乾二淨。他敬仰而純真的眼神，讓背著「神甫」名號的他的父親充滿憐愛又痛苦難當。以至在小說結尾時，蒙太尼里大主教再也不能繼續說，「為了我們的上帝，我們的愛。」一個泥塑木雕的上帝在亞瑟的心裡被一錘子敲得粉碎！

幾百年前的青年亞瑟最後在他的一首詩歌裡說道：

不論我活著
或者是死掉
我都是一隻
快樂的飛虻！

今天的《陽光》卻是在二十一世紀的大門前看著人類正在走向毀滅的時代發出了秦田的吶喊，他寫的詩和唱的歌卻是《先鋒男孩》。

幾百年前的亞瑟的眼裡看穿的是義大利政教合一的虛偽殘暴的統治本性，今天的秦田卻惶惑絕望於更大更廣更深的全球性的意識形態的欺騙，並且看見了（不是預見）世界末日即將到來的恐怖畫面。

四

在結束這篇後記的時候，我要在這裡借此感謝我在寫作這部小說的過程中，在許多方面給過我幫助和鼓勵的一些親人和朋友。

他們是：我的為了我的寫作含辛茹苦的我的妻子吳宏博士、加拿大華人社會活動家譚千就先生、台灣高雄的R·H女士、移民加拿大的台灣長輩詩人洛夫先生、加拿大約克大學教授王鼎益先生、加拿大華人社會活動家楊小齊女士、和我共同創辦《移民世界》雜誌的搭檔：加拿大海龍出版社社長羅珈女士、中國文學批評家周政保先生、中國原灕江出版社總編輯劉碩良先生、中國《文學報》副刊副主編朱小如先生、人民文學出版社的編輯王曉先生、中央電視台的導演潘小楊先生、中國城市出版社副總編輯的何玉興先生、文化藝術出版社的編輯喻靜女士、北京大學的尹國鈞博士先生；我在中國的同學黃新路先生、魯曉曦女士、胡曉棣先生、林麗莎女士；

加拿大多倫多嘉模聖母堂（OUR LADY OF MOUNT CARMEL CHURCH）的有關神職人員；

加拿大多倫多的華人天主教徒譚王筱蕙博士女士、張岳風先生；

感謝他們在我寫作這部小說的過程中給予我在歷史、政治、宗教、社會知識等方面的熱誠幫助；

特別要感謝在美國波士頓的作家哈金先生和在溫哥華的詩人洛夫先生，感謝他們平時在電話裡的談話中給予我的文學養料及鼓勵；

特別感謝曾經和我的先父同在一個軍隊，於一九四七年就在二野四縱十三旅（十三軍三十八師的前身）的長輩作家白樺先生，感謝他在這部作品中擔當了我的熱誠可靠的軍事歷史顧問；

更要感謝為這部小說作序言和評論文章的英國倫敦大學東方學院教授、作家、文學批評家趙毅衡教授先生，中國詩人、作家、編劇白樺先生及中國作家莫言先生，美國作家哈金先生，感謝他們對這部作品異常專業及目光銳利的評介、批評和熱情鼓勵；

感謝台灣商務印書館編輯部的編輯及相關負責人，感謝他們對這部書稿慧眼獨具的目光；感謝責任編輯李俊男先生以及他的同事們使這部作品得以如此快速地成書面世的高效認真負責的工作，從而讓我感受到海峽另岸同胞對我、對中國人命運的一脈祖血共同脈動的關懷。

二〇〇四、七、二十二

加拿大　多倫多

---

①夏爾・阿列克西・德・托克維爾（Charles Alexis de Tocqueville, 1805-1859），法國政治思想家，生於今伊夫林省塞納河畔維爾內伊，家庭是諾曼第貴族。一八三一年在美國考察九個月。一八三五年，托克維爾成名之作《論美國的民主》上卷問世。一八四〇年，《論美國的民主》下卷出版。被選為法蘭西學院院士參加法蘭西第二共和國憲法的制定工作，並被 國民議會議員。一八四八年六—十月，出任第二共和國外交部長。後來撰寫《回憶錄》及《舊制度與革命》。

②夏爾・阿列克西・德・托克維爾《論美國的民主》出版後，使托克維爾名揚海外。據《論美國的民主》英譯本（Vintage

Book, New York, 1945）卷末的統計，在托克維爾生前，該書的法文本出過十三版，逝世後出到十七版。截至一九四五年，共有英、德、荷、匈、意、丹、俄、西班牙、瑞典、塞爾維亞等十種文字的譯本先後問世，而且有些國家不止一個譯本和不止出版一次，英國和美國就有六十多個英文版本。日本在明治十四—十五年（一八八二—一八八三年），肥塚龍曾以《自由原論》的書名，由英譯本轉譯上卷出版。至於中文的譯本，托克維爾認為，建立一個新世界，必須有新的政治理論，而這個政治理論就是關於民主的基本原理。「從經歷過這場革命的國家中找出一個使這場革命發展得最完滿和最和平的國家，從而辯明革命自然應當產生的結果；如有可能，再探討能使革命有益於人類的方法」。這就是托克維爾去美國考察的真正目的，也是寫作《論美國的民主》的由來。他還在這部著作裡提出了一些極為著名而且後來果真應驗的社會學預測。比如，關於資產階級民主的前途的預測，關於美國北方和南方將來可能發生戰爭的預測，關於當時尚屬於墨西哥的德克薩斯將來必被美國吞併的預測；尤其是關於美俄兩國將要統治全球的預測，引起了第二次世界大戰後研究托克維爾的熱潮。卡連斯基稱他為未來學的奠基人。

③莎赫札德，小説《一千零一夜》裡給國王講故事的美麗女人。

④「天方」，從前中國對阿拉伯的稱呼。

⑤黑格爾《歷史哲學》。

⑥羅素著，秦鋭譯《中國問題》，中國學林出版社，第一三頁。

⑦同⑤，第二八頁。

⑧同⑤，第三一—三二頁。

⑨同⑤，第七—八頁。

⑩《萊布尼茨和中國》，安文鑄等編譯，福建人民出版社，一九九三年版，第一三八、一〇八頁。

⑪《哲學辭典》，伏爾泰著，王燕生譯，商務印書館，一九九一年版，上册，第三二三頁。

⑫《歌德談話錄》，愛克曼輯錄，朱光潛譯，人民文學出版社，一九七八年版，第一一二頁。

⑬車爾尼雪夫斯基（Nikolai Chernyshevsky, 1828-1889），俄國革命家、哲學家、作家和批評家。論文〈藝術對現實的美學關係〉向黑格爾的唯心主義美學進行挑戰，提出了「美是生活」的定義。論文〈俄國文學果戈理時期概觀〉，系統探討俄國文學批評思想的發展。一八六二年被沙皇政府逮捕，判處七年苦役並終身流放西伯利亞，在囚禁與流放中撰寫《怎麼辦？》、《序幕》。

⑭馬克西姆・高爾基著，《俄羅斯文學史》，蘇聯國家文藝出版社，一九三九年。

⑮艾捷爾・麗蓮・伏尼契（Ethel Lilian Voynich, 1864-1960），生於愛爾蘭科克市，一八八二年前往德國求學，一八八五年畢業於柏林音樂學院，一八九二年和從流放地逃到倫敦的波蘭革命者米哈依・伏尼契結婚。夫婦一起積極參與俄國流亡者的活動。伏尼契擔任了流亡者辦的《自由俄羅斯》雜誌的編輯，同時結識普列漢諾夫、札蘇里奇，恩格斯等共產主義者。主要作品：《牛虻》、《傑克・雷蒙》、《奧利芙・雷瑟姆》、《中斷了的友誼》。在一九六〇年代的中國大陸，《牛虻》這部小說極其小說裡的主人公牛虻這個人物曾影響了許多當時的青年。

陽光 ／ 川沙著. -- 初版. -- 臺北市：臺灣商
務, 2004[民 93]
面： 公分

ISBN 957-05-1861-8（平裝）

857.7 93017435

陽光

定價新臺幣 390 元

著 作 者 川 沙
責任編輯 李俊男
美術設計 吳郁婷
校對人員 楊福臨
發 行 人 王 學 哲
出 版 者
印 刷 所 臺灣商務印書館股份有限公司
臺北市 10036 重慶南路 1 段 37 號
電話：(02)23116118 · 23115538
傳眞：(02)23710274 · 23701091
讀者服務專線：0800056196
E-mail：cptw@ms12.hinet.net
網址：www.commercialpress.com.tw
郵政劃撥：0000165 — 1 號
出版事業登記證：局版北市業字第 993 號

· 2004 年 11 月初版第一次印刷

ISBN 957-05-1861-8（平裝） 79000010

廣　告　回　信
台灣北區郵政管理局登記證
第 6 5 4 0 號

100臺北市重慶南路一段37號

臺灣商務印書館　收

對摺寄回，謝謝！

讀者回函卡

感謝您對本館的支持，為加強對您的服務，請填妥此卡，免付郵資寄回，可隨時收到本館最新出版訊息，及享受各種優惠。

姓名：＿＿＿＿＿＿＿＿＿＿＿＿＿＿　性別：□男 □女

出生日期：＿＿＿年＿＿＿月＿＿＿日

職業：□學生 □公務（含軍警） □家管 □服務 □金融 □製造
□資訊 □大眾傳播 □自由業 □農漁牧 □退休 □其他

學歷：□高中以下（含高中） □大專 □研究所（含以上）

地址：□□□＿＿＿＿＿＿＿＿＿＿＿＿＿＿＿＿＿＿＿＿＿＿＿＿

＿＿＿＿＿＿＿＿＿＿＿＿＿＿＿＿＿＿＿＿＿＿＿＿＿＿＿

電話：（H）＿＿＿＿＿＿＿＿＿＿＿＿（O）＿＿＿＿＿＿＿＿＿＿＿

E-mail: ＿＿＿＿＿＿＿＿＿＿＿＿＿＿＿＿＿＿＿＿＿＿＿＿＿

購買書名：＿＿＿＿＿＿＿＿＿＿＿＿＿＿＿＿＿＿＿＿＿＿＿

您從何處得知本書？

□書店 □報紙廣告 □報紙專欄 □雜誌廣告 □DM廣告
□傳單 □親友介紹 □電視廣播 □其他

您對本書的意見？（A/滿意 B/尚可 C/需改進）

內容＿＿＿＿ 編輯＿＿＿＿ 校對＿＿＿＿ 翻譯＿＿＿＿

封面設計＿＿＿＿ 價格＿＿＿＿ 其他＿＿＿＿＿＿＿＿＿＿＿

您的建議：＿＿＿＿＿＿＿＿＿＿＿＿＿＿＿＿＿＿＿＿＿＿＿

＿＿＿＿＿＿＿＿＿＿＿＿＿＿＿＿＿＿＿＿＿＿＿＿＿＿＿

＿＿＿＿＿＿＿＿＿＿＿＿＿＿＿＿＿＿＿＿＿＿＿＿＿＿＿

臺灣商務印書館

台北市重慶南路一段三十七號 電話：（02）23116118・23115538

讀者服務專線：0800056196 傳真：（02）23710274・23701091

郵撥：0000165-1號 E-mail：cptw@ms12.hinet.net

網址：www.commercialpress.com.tw